Memórias

Arthur Golden

MEMÓRIAS

DE UMA GUEIXA

Tradução:
LYA LUFT

IMAGO

Título Original:
Memoirs of a Geisha

Capa:
Luciana Mello e Monika Mayer

CIP-Brasil. Catalogação-na-fonte
Sindicato Nacional dos Editores de Livros, RJ.

G566m   Golden, Arthur
              Memórias de uma gueixa / Arthur Golden; tradução
de Lya Luft. — Rio de Janeiro: Imago Ed., 2006.

            460 pp.

            Tradução de: *Memoirs of a geisha*
            ISBN 85-312-0605-7

              1. Romance norte-americano. I. Luft, Lya, 1938-.
II. Título.

                         CDD — 813
97-1987.   CDU — 820(73)-3

2006

IMAGO EDITORA
Rua da Quitanda, 52/8º andar — Centro
20011-030 — Rio de Janeiro — RJ
Tel.: (21) 2242-0627 — Fax: (21) 2224-8359
E-mail: imago@imagoeditora.com.br
Www.imagoeditora.com.br

Impresso no Brasil
Printed in Brazil

NOTA DO TRADUTOR

Certa noite na primavera de 1936, quando eu era um rapazinho de catorze anos, meu pai me levou a um espetáculo de dança em Kioto. Recordo só duas coisas desse dia. A primeira é que ele e eu éramos os dois únicos ocidentais na platéia; fazia poucas semanas que tínhamos chegado de nossa terra, os Países Baixos, de modo que ainda não me habituara ao isolamento cultural, e o sentia intensamente. A segunda é quanto me agradou, depois de meses de estudo intensivo de japonês, ver que agora conseguia entender fragmentos das conversas que escutava. Quanto às jovens japonesas dançando no palco à minha frente, nada lembro delas, exceto uma vaga impressão de quimonos de cores vivas. Eu com certeza não tinha como saber que, num lugar e futuro tão distantes como Nova Iorque cinqüenta anos depois, uma delas se tornaria minha boa amiga e me ditaria suas extraordinárias memórias.

Como historiador sempre considerei memórias um material de fonte. Memórias não constituem tanto um registro do memorialista quanto do universo do memorialista. É diferente da biografia na medida em que um memorialista nunca obtém a perspectiva que o biógrafo possui ao natural. Autobiografia, se é que isso existe, é como pedir a um coelho que nos conte como se parece ao saltar pelo campo. Com poderia saber? Se quiséssemos ouvir algo a respeito do campo, por outro lado, ninguém está em melhores condições de nos relatar isso do que ele — desde que lembremos que nos ficarão faltando todas as coisas que o coelho não conseguisse observar.

Digo isso com a certeza do acadêmico que baseou sua carreira nessas distinções. Mesmo assim, devo confessar que as memórias de minha querida amiga Nitta Sayuri me levaram a repensar meus pontos de vista. Sim, ela nos revela o mundo muito secreto em que viveu — visão que a lebre tem do campo, se quiserem. Talvez não haja melhor registro da estranha vida de uma gueixa do que o que Sayuri nos dá. Mas ela também deixa um registro de si mesma, bem mais completo e acurado e mais emocionante do que o longo capítulo examinando sua vida no livro *Jóias Cintilantes do Japão* (*Glittering Jewels of Japan*), ou os vários artigos de revista a respeito dela, que apareceram nestes anos. Parece que, pelo menos no caso desse assunto inusitado, ninguém conheceu tão bem a memorialista quanto ela própria.

O fato de Sayuri atingir essa proeminência foi em grande parte questão de acaso. Outras mulheres tiveram vidas semelhantes. A renomada Kato Yuki — gueixa que cativou o coração de George Morgan, sobrinho de J. Pierpont, e se tornou sua noiva-no-exílio na primeira década deste século — pode ter levado em alguns aspectos uma vida até mais inusitada do que a de Sayuri. Mas somente Sayuri documentou tão completamente a sua saga. Por muito tempo pensei que sua decisão de fazer isso tivesse sido mero acidente. Se tivesse permanecido no Japão, sua vida teria sido ocupada demais para que pudesse pensar em compilar suas memórias. Mas em 1962 circunstâncias forçaram Sayuri a emigrar para os Estados Unidos. Pelos trinta anos seguintes ela morou no Hotel Waldorf Astoria em Nova Iorque, onde montou para si uma suíte em elegante estilo japonês, no trigésimo segundo andar. Mesmo então, sua vida continuou no seu ritmo frenético. Sua suíte viu muitíssimos artistas japoneses, intelectuais, empresários — até ministros e um gângster ou dois. Só a conheci quando lhe fui apresentado em 1985. Como estudioso do Japão, eu já vira o nome de Sayuri, embora quase nada soubesse a respeito dela. Nossa amizade cresceu, ela confiava cada vez mais em mim. Certo dia perguntei se pensava em permitir que sua história fosse contada.

— Bem, Jakob-san, talvez, se você a registrar — me disse.

E foi assim que iniciamos nossa tarefa. Sayuri estava certa de que queria ditar suas memórias em lugar de as escrever ela mesma, porque, como explicou, estava tão habituada a falar cara a cara que dificilmente saberia como agir sem alguém no quarto para escutar. Concordei, e o manuscrito me foi ditado durante dezoito meses. Nunca tive tanta consciência do dialeto de Kioto que Sayuri falava, no qual as próprias gueixas são chamadas *geiko* e quimonos por vezes são chamados *obebe*, como quando comecei a pensar em como traduziria todas aquelas nuances. Mas desde o começo eu me senti perdido naquele mundo dela. Em todas as ocasiões, exceto algumas poucas, nós nos encontrávamos à noite; devido a um longo hábito, era quando a mente de Sayuri ficava mais alerta. Habitualmente preferia trabalhar em sua suíte no Waldorf, mas de vez em quando nos encontrávamos em uma sala reservada de um restaurante japonês na Park Avenue, onde era bem conhecida. Nossas sessões geralmente duravam de duas a três horas. Embora gravássemos cada sessão em fita, sua secretária estava presente para também transcrever seu ditado, o que fazia com grande fidelidade. Mas Sayuri jamais falava com o gravador ou com a secretária; falava sempre comigo. Quando tinha dúvidas a respeito de como agir, era eu que a guiava. Eu me considerava o alicerce daquele empreendimento, e sentia que a história dela jamais teria sido contada se eu não tivesse conquistado sua confiança. Agora passei a ver que talvez a realidade seja outra. Foi Sayuri quem me escolheu como seu amanuense, mas talvez tivesse esperado todo aquele tempo para que lhe aparecesse o candidato certo.

O que nos apresenta a questão central: por que Sayuri iria querer que sua história fosse contada? Gueixas não fazem nenhum voto formal de silêncio, mas sua existência é marcada pela convicção singularmente japonesa de que o que ocorre de manhã no escritório e o que ocorre à noite atrás de portas fechadas não têm nenhuma relação entre si, e têm de permanecer para sempre compartimentados e separados. Gueixas simplesmente não falam sobre suas experiências para registro. Como as prostitutas — suas contrapartes de classe inferior —, gueixas seguidamente estão na inusitada posição de saber se essa ou aquela figura pública realmente veste cada perna da calça de uma vez como todo mundo. Provavelmente fica a crédito dessas borboletas noturnas encarar seu papel como uma espécie de depositório da confiança pública ou não, mas de qualquer maneira a gueixa que violar essa confiança fica numa posição insustentável. As circunstâncias de Sayuri contando sua história eram inusitadas, pois ninguém mais tinha poder sobre ela no Japão. Seus laços com o país natal já haviam sido cortados. Isso pode explicar ao menos em parte por que ela já não se sentia obrigada a silenciar, mas não nos diz por que decidiu falar. Eu tinha receio de levantar essa questão com ela; e se, analisando seus próprios escrúpulos, ela mudasse de idéia? Mesmo quando o manuscrito ficou completo, relutei em perguntar. Só depois de ela ter recebido o adiantamento do editor, senti segurança para lhe perguntar: por que tinha querido documentar a sua vida?

— O que mais posso fazer com meu tempo nestes dias? — respondeu.

O leitor que decida se seus motivos foram realmente tão simples assim.

Embora estivesse ansiosa por ter sua biografia registrada, Sayuri insistiu em uma série de condições. Queria que o manuscrito só fosse publicado depois de sua morte e da morte de vários dos homens que tinham sido proeminentes em sua vida. Mas afinal todos faleceram antes dela. Sayuri preocupava-se muito em que ninguém ficasse constrangido por suas revelações. Sempre que possível, deixei os nomes como eram, embora Sayuri escondesse as identidades de certos homens até mesmo de mim, pela convenção — bastante comum entre gueixas — de referir-se a clientes por um apelido. Quando se encontram personagens como Sr. Flocos de Neve — o que sugere caspa —, o leitor que pensar que Sayuri queria apenas fazer graça pode interpretar mal a sua verdadeira intenção.

Quando pedi a Sayuri permissão de usar um gravador, pretendia fazer isso apenas como segurança contra possíveis erros de transcrição de parte de sua secretária. Mas depois de sua morte no ano passado, fiquei pensando se não tive também outros motivos — isto é, preservar a sua voz, que tinha uma expressividade muito rara. Habitualmente falava com um tom suave, como se esperaria de uma mulher que fez carreira entretendo homens. Mas quando desejava me apresentar alguma cena de sua vida, sua voz podia me fazer pensar que havia seis ou oito pessoas na sala. Às vezes ainda toco suas fitas em meu estúdio à noite, e acho muito difícil acreditar que não vive mais.

Jakob Haarhuis
Professor de História Japonesa na
Universidade Arnold Rusoff
de Nova Iorque

capítulo um

magine que você e eu estamos sentados em um quarto sosse-
gado que dá para um jardim, conversando e bebericando de
nossas taças de chá verde enquanto falamos de algo passado
há muito tempo, e eu lhe diga: "Aquela tarde, quando encontrei
Fulano de Tal, foi a melhor tarde de minha vida e também a
pior...". Eu esperaria que você baixasse sua taça e dissesse: "E afinal como foi? A melhor ou a pior? Porque é impossível que tenha
sido as duas coisas!" Habitualmente eu teria rido de mim mesma,
concordando com você. Mas a verdade é que a tarde em que
conheci o Sr. Tanaka Ichiro foi realmente a melhor e a pior de
minha vida. Ele me pareceu tão fascinante que até o cheiro de peixe em suas mãos foi uma espécie de perfume para mim. Se não o
tivesse conhecido, tenho certeza de que não teria me tornado
uma gueixa.

Não nasci nem fui criada para ser uma gueixa de Kioto. Eu
nem ao menos nasci em Kioto. Sou filha de um pescador de uma
aldeiazinha chamada Yoroido, no Mar do Japão. Em toda a minha
vida não falei de Yoroido a mais do que um punhado de pessoas,
nem sobre a casa onde cresci, ou sobre minha mãe e meu pai, ou
sobre minha irmã mais velha — e certamente não falei sobre
como me tornei uma gueixa ou como foi ser uma. A maior parte
das pessoas teria preferido seguir com suas fantasias de que

minha mãe e avó foram gueixas, e de que comecei a treinar minha dança quando fui desmamada, e assim por diante. Na verdade, um dia, há muitos anos, estava servindo uma xícara de saquê para um homem que casualmente mencionou ter estado em Yoroido na semana anterior. Bem, senti-me como deve se sentir um pássaro que atravessa o oceano e encontra uma criatura que conheceu seu ninho. Fiquei tão chocada que não consegui evitar de dizer:

— Yoroido! Ora, foi lá que eu cresci!

Pobre homem! Seu rosto passou pela mais notável série de transformações. Esforçou-se ao máximo por sorrir, mas não se saiu muito bem porque não conseguia tirar do rosto a expressão de choque.

— Yoroido? — disse. — Você não pode estar falando sério!

Há muito tempo desenvolvi um sorriso muito treinado que chamo meu "sorriso Nô", porque se parece com uma máscara Nô de sorriso congelado. A vantagem é que os homens o podem interpretar como quiserem; e você pode imaginar quantas vezes recorri a ele. Decidi que seria melhor usá-lo naquele momento, e naturalmente funcionou. Ele expirou forte e baixou a taça de saquê que eu lhe servira, depois deu uma grande risada, que, tenho certeza, foi causada mais por alívio do que por qualquer outra coisa.

— Grande idéia! — disse, com outra grande risada. — Você, crescendo num lixo como Yoroido. É como preparar chá num balde!

E voltando a rir, disse ainda:

— É por isso que você é tão divertida, Sayuri-san. Às vezes quase me faz acreditar que suas pequenas anedotas são verdadeiras.

Não gosto muito de pensar em mim mesma como uma taça de chá preparada num balde, mas acho que de certa forma deve ser verdade. Afinal eu cresci em Yoroido, e ninguém sugeriria que é um lugar charmoso. Quase ninguém o visita. As pessoas que moram lá nunca têm ocasião de sair. Provavelmente você está imaginando como é que eu saí de lá. E é aí que começa a minha história.

Em nossa aldeiazinha de pescadores de Yoroido, eu morava no que chamava de "casa bêbada". Ficava perto de um penhasco onde o vento do oceano soprava o tempo todo. Em criança eu achava que o oceano tinha um resfriado terrível, porque estava sempre chiando, e em certos acessos soltava um espirro enorme — o que significa uma lufada de vento com respingos tremendos.

10

Decidi que nossa casa minúscula devia ter sido ofendida com o oceano espirrando na sua cara de tempos em tempos, e que se inclinara para trás para esquivar-se disso. Provavelmente teria desmoronado se meu pai não tivesse cortado madeira de um barco de pesca naufragado para apoiar os beirais, o que fazia a casa parecer um velho de pileque amparado na sua bengala.

Dentro dessa casa bêbada vivi uma espécie de vida entortada. Porque desde os meus primeiros anos fui muito parecida com minha mãe, e quase nada com meu pai ou com minha irmã mais velha. Minha mãe dizia que era porque éramos feitas do mesmo jeito, ela e eu — e na verdade tínhamos os mesmos olhos peculiares de um tipo que quase nunca se vê no Japão. Em vez de serem castanho-escuros como os de todo mundo, os olhos de minha mãe eram de um cinza translúcido, e os meus são exatamente assim. Quando era muito pequena, eu disse à minha mãe que achava que alguém tinha feito um furo em seus olhos e a tinta escorrera, o que ela achou muito engraçado. As adivinhas diziam que seus olhos eram tão pálidos porque havia água demais em sua personalidade, tanta que os outros quatro elementos quase nem estavam presentes — e diziam que era por isso que seus traços combinavam tão mal. Muitas vezes os moradores da aldeia diziam que ela deveria ter saído extremamente atraente porque seus pais tinham sido. Bem, um pêssego tem um gosto delicioso e o cogumelo também, mas não se pode juntar os dois; era essa a terrível peça que a natureza lhe pregara. Ela tinha a boca amuada de sua mãe, mas o queixo anguloso do pai, o que dava a impressão de uma pintura delicada com moldura pesada demais. E seus adoráveis olhos cinzentos eram rodeados de grossos cílios — que devem ter sido belos no seu pai, mas no caso dela apenas lhe conferiam um ar espantado.

Minha mãe sempre dizia que se casara com meu pai porque havia água demais em sua própria personalidade e madeira demais na dele. Quem conhecesse meu pai logo entendia o que ela estava dizendo. Água corre rapidamente de um lugar a outro e sempre encontra uma fenda onde se derramar. Madeira, por outro lado, prende-se rapidamente à terra. No caso de meu pai isso era bom, pois era pescador, e um homem com madeira em sua personalidade vive bem no mar. Na verdade, meu pai sentia-se melhor no mar do que em qualquer outra parte, e nunca se afastava muito dele. Cheirava como o mar mesmo depois de ter tomado banho. Quando não estava pescando, ele se sentava junto da mesinha em nossa escura sala da frente remendando uma rede de pescar. E se a rede de pescar fosse uma pessoa adormecida ele nem a teria acor-

11

dado, tão devagar trabalhava. Mesmo quando assumia um ar concentrado, a gente podia correr para fora e esvaziar a banheira no tempo que ele levava para rearranjar seus traços. Seu rosto tinha sulcos fundos, e em cada sulco ele enfiara uma preocupação ou outra; de modo que já não era de verdade o seu rosto, mas parecia muito antes uma árvore com ninhos de pássaros em todos os ramos. Ele precisava lutar constantemente para administrar isso, e sempre parecia exausto pelo esforço.

Quando eu tinha seis ou sete anos, aprendi a respeito de meu pai algo que não sabia ainda. Um dia eu lhe perguntei:

— Papai, por que você é tão velho?

Ele arqueou as sobrancelhas, que formaram pequenas sombrinhas caídas sobre seus olhos. Expirou longamente, balançou a cabeça e disse:

— Não sei.

Quando me virei para minha mãe, ela me lançou aquele olhar dizendo que outra hora responderia à minha pergunta. No dia seguinte, sem dizer nada, levou-me para a aldeia descendo a colina, e pegou uma trilha que levava a um cemitério no bosque. Conduziu-me a três sepulturas num canto, com três postes bem mais altos do que eu. Havia letras pretas e severas escritas neles, de alto a baixo, mas eu não freqüentara a escola de nossa aldeiazinha o suficiente para compreender onde uma terminava e começava outra. Minha mãe apontou para eles e disse:

— Natsu, esposa de Sakamoto Minoru.

Sakamoto Minoru era o nome de meu pai.

— Morreu aos vinte e quatro anos, no décimo nono ano de Meiji.

Depois apontou o outro poste:

— Jinichiro, filho de Sakamoto Minoru, morreu aos seis anos, no décimo nono ano de Meiji.

E depois apontou para o poste seguinte, idêntico exceto pelo nome, Masao, e a idade, que era de três anos. Levei algum tempo para compreender que meu pai fora casado antes, havia muito tempo, e que toda a sua família tinha morrido. Voltei àquelas sepulturas pouco depois, e parada ali descobri que tristeza era uma coisa muito pesada. Meu corpo pesava duas vezes mais do que um momento atrás, como se aquelas tumbas me puxassem para baixo, para junto delas.

Com tanta água e tanta madeira, os dois deviam formar um bom equilíbrio e produzir crianças com o arranjo adequado de elementos. Estou certa de que foi uma surpresa para eles acabarem com uma de cada um. Pois não apenas eu me parecia com minha mãe, mas até herdara seus olhos incomuns; minha irmã, Satsu, era tão parecida com meu pai quanto possível. Satsu tinha seis anos mais que eu, e naturalmente sendo mais velha podia fazer coisas que eu não podia. Mas Satsu tinha a notável qualidade de fazer tudo de um jeito que parecia totalmente acidental. Por exemplo, se a gente lhe pedia que derramasse uma tigela de sopa de uma panela no fogão, ela fazia a tarefa, mas de um modo tal que era como se tivesse conseguido despejar sopa na tigela por mera sorte. Uma vez até se cortou com um peixe, e não falo da faca que usava para limpá-lo. Vinha da aldeia colina acima trazendo um peixe enrolado em papel, quando ele escorregou e caiu contra sua perna de jeito tal que a cortou com uma de suas barbatanas.

Nossos pais podiam ter tido outros filhos além de Satsu e eu, especialmente porque meu pai queria muito um menino para pescar com ele. Mas quando eu tinha sete anos minha mãe ficou terrivelmente doente, provavelmente câncer ósseo, embora na época eu não tivesse idéia do que estava errado com ela. Sua única fuga da dor era dormir, o que começou a fazer do jeito que os gatos fazem — quer dizer, mais ou menos o tempo todo. À medida que os meses passavam ela dormia a maior parte do tempo, e logo começou a gemer sempre que estava acordada. Eu sabia que alguma coisa nela estava mudando rapidamente, mas por causa da muita água em sua personalidade isso não me pareceu preocupante. Às vezes ela emagrecia em meses, mas com a mesma rapidez voltava a se fortalecer. Porém quando eu estava com nove anos, os ossos em seu rosto começavam a se destacar, e ela nunca mais recuperou peso. Não compreendi que a água estava saindo dela por causa da enfermidade. Assim como as algas do mar são naturalmente encharcadas mas ficam quebradiças quando secam, minha mãe estava perdendo cada vez mais e mais de sua essência.

Então, certa tarde eu estava sentada no chão desigual de nossa escura sala da frente, cantando para um grilo que encontrara de manhã, quando uma voz chamou na porta:

— Ei! Abram! É o Dr. Miura!

O Dr. Miura vinha uma vez por semana à nossa aldeia de pescadores, e fazia questão de subir a colina e ver minha mãe desde que sua doença começara. Naquele dia meu pai estava em casa, porque se armava uma terrível tempestade. Estava no seu lugar habitual, com suas duas grandes mãos parecendo aranhas enroladas numa rede de pesca. Mas deixou o trabalho um instante

13

para me olhar e erguer um dos dedos. Isso significava que eu devia abrir a porta.

O Dr. Miura era um homem muito importante — ou nós da aldeia pensávamos assim. Estudara em Tóquio e sabia mais caracteres chineses do que qualquer um de nós. Era orgulhoso demais para notar uma criatura como eu. Quando abri a porta para ele, saiu dos sapatos e passou direto por mim, entrando em casa.

— Então, Sakamoto-san — disse a meu pai —, eu queria ter a sua vida, pescando no mar o dia todo. Que glória! E depois, em dias ruins, você descansa. Estou vendo que sua mulher ainda dorme — prosseguiu. — Que pena! Pensei que poderia examiná-la.

— Ah? — disse meu pai.

— Na semana que vem não vou estar aqui, você sabe. Talvez você a possa acordar para mim.

Meu pai levou algum tempo soltando as mãos da rede, mas finalmente levantou-se.

— Chiyo-chan — disse-me —, traga uma xícara de chá para o Doutor.

Naquele tempo meu nome era Chiyo. Só anos mais tarde eu seria conhecida pelo meu nome de gueixa, Sayuri.

Meu pai e o médico entraram no outro quarto, onde minha mãe dormia. Tentei escutar na porta, mas só conseguia ouvir minha mãe gemendo, e nada do que se dizia. Distraí-me preparando o chá, e logo o Doutor saiu do quarto esfregando as mãos e parecendo muito sério. Ele e meu pai sentaram-se juntos à mesa.

— Chegou a hora de lhe dizer uma coisa, Sakamoto-san — começou o Dr. Miura. — Você precisa falar com uma das mulheres da aldeia, quem sabe a senhora Sugi. Peça-lhe para fazer um belo traje novo para sua mulher.

— Não tenho dinheiro, Doutor — disse meu pai.

— Todos ficamos mais pobres ultimamente. Entendo o que você está dizendo. Mas você deve isso à sua mulher. Ela não pode morrer naquela roupa esfarrapada que está usando.

— Então ela vai morrer logo?

— Talvez mais algumas semanas. Sofre dores horríveis. A morte vai ser um alívio para ela.

Depois disso não pude mais ouvir suas vozes; pois em meus ouvidos havia um rumor como de asas de pássaro tateando em pânico. Talvez fosse meu coração, não sei. Mas se você alguma vez viu um pássaro preso dentro do grande recinto de um templo procurando um jeito de fugir, era assim que minha mente reagia. Nunca me ocorrera que minha mãe não continuasse sendo simplesmente doente. Não quero dizer que nunca pensasse no que aconteceria se ela morresse; pensava nisso do mesmo modo que pensava no que poderia acontecer se nossa casa fosse engolida por um terremoto. Dificilmente poderia haver vida depois de um acontecimento desses.

— Sempre achei que eu ia morrer primeiro — meu pai estava dizendo.

— Você é um velho, Sakamoto-san. Mas tem boa saúde. Pode ter mais quatro, cinco anos. Vou lhe deixar mais algumas daquelas pílulas para sua mulher. Pode lhe dar duas de uma vez, se for preciso.

Falaram mais um pouco sobre as pílulas, depois o Dr. Miura foi embora. Meu pai continuou sentado longo tempo em silêncio, de costas para mim. Não usava camisa, apenas a sua pele frouxa; quanto mais olhava para ele, mais começava a me parecer apenas uma curiosa coleção de formas e texturas. Sua espinha era uma trilha de nós. Sua cabeça, com manchas descoloridas, poderia ser uma fruta machucada. Seus braços eram paus enrolados em couro velho, balançando presos em duas mossas. E se minha mãe morresse, como eu poderia continuar morando na casa com ele? Não queria me separar dele; mas ele estando ali ou não, a casa ficaria igualmente vazia depois que minha mãe se fosse.

Finalmente meu pai disse meu nome num sussurro. Fui ajoelhar-me a seu lado.

— Uma coisa muito importante — ele disse.

Seu rosto estava tão mais pesado do que o habitual, olhos rolando nas órbitas quase como se tivesse perdido controle sobre eles. Pensei que estava lutando para me dizer que minha mãe morreria logo, mas tudo o que disse foi:

— Desça até a aldeia. Traga um pouco de incenso para o altar.

Nosso minúsculo altar budista pousava sobre um caixote velho ao lado da entrada da cozinha, e era a única coisa de valor em nossa casa bêbada. Na frente de uma tosca escultura de Amida, o Buda do Paraíso Ocidental, havia minúsculas tabuinhas mortuárias pretas com os nomes budistas de nossos ancestrais mortos.

— Mas, pai... é só isso?

Ele fez com a mão um gesto indicando-me que saísse.

A trilha de nossa casa bêbada seguia a beira dos penhascos junto ao mar antes de dobrar para o interior, em direção da aldeia. Caminhar por ali num dia daqueles era difícil, mas me lembro de ter-me sentido grata porque o vento feroz afastava minha mente de suas preocupações. O mar estava violento, com ondas como pedras com beiradas tão agudas que poderiam cortar. Parecia que o mundo todo estava se sentindo exatamente como eu. A vida não era nada senão uma tempestade constantemente varrendo o que estivera ali um momento atrás, deixando apenas algo estéril e irreconhecível? Eu nunca pensara assim antes. Para escapar disso corri pela trilha abaixo até a aldeia aparecer diante de mim. Yoroido era uma aldeia muito pequena, bem na entrada de uma enseada. Habitualmente a água estava salpicada de pescadores, mas hoje eu só podia ver uns poucos botes retornando — parecendo-me, como sempre, baratas-d'água saltitando na superfície. A tempestade ficava séria; eu podia ouvir seu bramido, e as nuvens acima eram pretas como carvão. Os pescadores na enseada começaram a ficar borrados, desaparecendo na cortina de chuva, depois sumiram completamente. Pude ver a tempestade escalando a encosta em minha direção. As primeiras gotas me golpearam como ovos de codorna, e em alguns segundos eu estava molhada como se tivesse caído no mar.

Yoroido tinha só uma rua, levando direto para a porta da frente da Companhia Japonesa de Frutos do Mar; dos lados alinhavam-se algumas casas cujos quartos da frente eram usados como lojas. Corri pela rua até a casa Okada, onde funcionava um armazém, mas nisso alguma coisa aconteceu comigo — um desses fatos triviais com conseqüências enormes, como dar um passo em falso e cair diante de um trem. A rua lamacenta estava escorregadia da chuva, e meus pés perderam todo o apoio. Caí para a frente, sobre um lado da cara. Acho que fiquei meio desmaiada, porque só me lembro de uma espécie de embotamento e de sentir na minha boca algo que queria cuspir fora. Ouvi vozes e senti que me viravam de costas; fui levantada e carregada. Sabia que estavam me levando para dentro da Companhia Japonesa de Frutos do Mar, porque sentia o odor de peixe enroscando-se em mim. Ouvi um som cavo quando removeram uma porção de peixes de uma das mesas de madeira para o chão e me deitaram naquela superfície escorregadia. Eu sabia que estava molhada de chuva, e sangrando também, e que estava descalça e suja, metida em roupas de camponesa. O que não sabia era que esse era o momento que mudaria tudo. Pois foi nesse estado que ergui os olhos para o rosto do Sr. Tanaka Ichiro.

Eu já vira o Sr. Tanaka várias vezes antes em nossa aldeia. Ele vivia numa cidade muito maior, ali perto, mas vinha todos os dias, pois sua família era dona da Companhia Japonesa de Frutos do Mar. Não usava roupas de camponês como os pescadores, mas um quimono masculino, com calças de quimono que o faziam parecer, a meus olhos, uma daquelas ilustrações de samurais. Sua pele era macia e retesada como num tambor; seus zigomas eram colinas lustrosas como a pele crocante de peixe grelhado. Eu sempre o achara fascinante. Quando eu estava na rua brincando com um saquinho de feijões com as outras crianças, e o Sr. Tanaka por acaso saía da Companhia de Frutos do Mar, eu sempre interrompia o que estivesse fazendo para olhar para ele.

Estava ali deitada naquela mesa viscosa enquanto o Sr. Tanaka examinava meu lábio, puxando-o para baixo entre seus dedos e movendo minha cabeça para um lado e para o outro. De repente ele deparou com meus olhos cinzentos, fixos no seu rosto com tamanha fascinação que eu não podia nem fingir que não o estivera admirando. Ele pareceu me achar uma menina desavergonhada; nem desviou os olhos, como se o que eu pensasse ou para onde olhasse não fizesse a mínima diferença. Ficamos nos encarando um longo momento — tão longo que me deu um arrepio até mesmo ali, no ar abafado da Companhia de Frutos do Mar.

— Eu conheço você — ele disse. — Você é a filhinha do velho Sakamoto.

Mesmo sendo criança eu podia dizer que o Sr. Tanaka via o mundo a seu redor como realmente era: nunca tinha aquele olhar aturdido de meu pai. Para mim, ele parecia capaz de ver a resina sangrando dos troncos dos pinheiros e o círculo de claridade no céu onde o sol estava coberto de nuvens. Vivia num mundo visível, mesmo que nem sempre lhe agradasse estar nele. Eu sabia que ele percebera as árvores e a lama e as crianças na rua, mas não tinha motivos de achar que me notara a mim.

Talvez por isso, quando ele me falou, meus olhos se encheram de lágrimas.

O Sr. Tanaka me ergueu numa posição sentada. Achei que me mandaria embora, mas em vez disso ele disse:

— Não engula esse sangue, menininha. A não ser que queira ter uma pedra no estômago. Se eu fosse você, cuspia isso no chão.

— Sangue de menina, Sr. Tanaka? — disse um dos homens. — Logo aqui onde botamos o peixe?

Você sabe, pescadores são terrivelmente supersticiosos. Principalmente não querem mulheres metidas com pesca. Um homem de nossa aldeia, o Sr. Yamamura, encontrou sua filha brincando no bote certa manhã. Bateu nela com um pau, depois lavou o bote com saquê e *lye*, tão fortes que manchou a madeira com listras descoloridas. Mas nem isso bastou; o Sr. Yamamura mandou chamar o sacerdote shinto para abençoar o bote. Tudo isso porque sua filha apenas brincara no local onde se pegam peixes. E ali estava o Sr. Tanaka sugerindo que eu cuspisse sangue no chão do aposento onde se limpavam peixes.

— Se está com medo de que o cuspe dela possa estragar as tripas de peixe — disse o Sr. Tanaka —, leve-as para casa. Eu tenho bastantes aqui.

— Não são as tripas de peixe, senhor.

— Eu acho que o sangue dela vai ser a coisa mais limpa que já caiu neste chão desde que você ou eu nascemos. Vamos — disse o Sr. Tanaka, agora falando para mim. — Cuspa fora.

Lá estava eu sentada naquela mesa viscosa, sem saber o que fazer. Achei que seria horrível desobedecer ao Sr. Tanaka, mas não sei se teria coragem de cuspir se um dos homens não tivesse se inclinado para o lado pressionando um dedo na narina e assoando o nariz no chão. Depois de ver isso não consegui mais ter nada na boca, e cuspi o sangue como o Sr. Tanaka tinha me dito para fazer. Todos os homens se afastaram enojados menos o assistente do Sr. Tanaka, chamado Sugi. O Sr. Tanaka lhe disse que fosse buscar o Dr. Miura.

— Não sei onde ele está — disse Sugi, embora o que realmente quisesse dizer, eu acho, era que não estava interessado em ajudar.

Eu disse ao Sr. Tanaka que o médico estivera em nossa casa minutos atrás.

— Onde fica a sua casa? — perguntou o Sr. Tanaka.

— É a casinha bêbada no alto do penhasco.

— O que significa... casa bêbada?

— É aquela que está torta para um lado como se tivesse bebido demais.

O Sr. Tanaka pareceu não saber o que fazer com aquilo.

— Bom, Sugi, suba até a casa bêbada de Sakamoto e procure o Dr. Miura. Não será difícil encontrá-lo. Basta ouvir os gritos de seus pacientes quando os apalpa.

Imaginei que o Sr. Tanaka voltaria ao seu trabalho depois que Sugi se fora; em vez disso ele ficou parado longo tempo junto da mesa me encarando. Senti meu rosto começar a arder. Finalmente ele disse algo que achei muito inteligente.

— Você está com uma berinjela no rosto, filhinha de Sakamoto.

Foi até uma gaveta e pegou um espelhinho para me mostrar. Meu lábio estava inchado e roxo, bem como ele dissera.

— Mas o que eu realmente quero saber — ele me disse —, é como você conseguiu esses olhos tão extraordinários, e por que não se parece mais com seu pai.

— São os olhos de minha mãe — eu disse. — Meu pai tem tantas rugas que nunca soube como ele realmente se parece.

— Você também vai ter rugas um dia.

— Mas algumas das rugas dele são do jeito que ele é — eu disse. — A parte de trás de sua cabeça é tão velha quanto a da frente, mas lisa como um ovo.

— Isso não é uma coisa respeitosa para dizer sobre seu pai — me disse o Sr. Tanaka. — Mas acho que é verdade.

Depois disse algo que me fez corar tanto que meus lábios devem ter ficado pálidos.

— Então como um velho enrugado com cabeça de ovo gerou uma menina linda como você?

Nos anos que se passaram desde então fui chamada de linda mais vezes do que posso recordar. Embora naturalmente gueixas sempre sejam chamadas de lindas, mesmo as que não o são. Mas quando o Sr. Tanaka o disse para mim, antes de eu ouvir isso como gueixa, quase acreditei que era verdade.

Depois de o Dr. Miura cuidar de meu lábio e de eu ter comprado o incenso que meu pai me mandara apanhar, voltei para casa num estado de tamanha agitação que se eu fosse um formigueiro não haveria mais atividade dentro de mim. Teria sido mais fácil se minhas emoções me levassem na mesma direção, mas não era tão simples. Eu estava sendo jogada de um lado para outro como um pedacinho de papel na ventania. Em algum ponto entre meus vários pensamentos relacionados com minha mãe — algum lugar além do desconforto com meu lábio — aninhava-se um pensamento agradável que eu tentava focar a toda hora. Era sobre o Sr. Tanaka. Parei sobre os penhascos e fiquei olhando o mar, onde mesmo depois da tempestade as ondas continuavam como pedras afiadas, e o céu adquirira um tom castanho de lama. Certifiquei-me de que ninguém estava olhando, depois apertei o incenso ao peito e pronunciei o nome do Sr. Tanaka no vento que assobiava, repetidamente, até ficar satisfeita de ouvir música em cada sílaba. Sei que parece uma coisa boba de minha parte — e era mesmo. Mas eu era apenas uma menininha confusa.

Depois de terminarmos o nosso jantar e de meu pai descer até a aldeia para assistir a outros pescadores jogando xadrez japonês, Satsu e eu limpamos a cozinha caladas. Tentei lembrar como o Sr. Tanaka me fizera sentir, mas no frio silêncio da casa aquilo me escapara. Em vez disso, senti um medo gélido e persistente ao pensar na doença de minha mãe. Surpreendi-me imaginando quanto tempo demoraria até ela ser enterrada no cemitério da aldeia junto com a outra família de meu pai. O que seria de mim depois disso? Com minha mãe morta, Satsu ficaria em seu lugar, pensei. Observei minha irmã esfregar a panela de ferro onde cozinhara nossa sopa; mas mesmo que estivesse ali bem diante dela — mesmo que seus olhos estivessem fixados naquele objeto — eu sabia que ela não o estava vendo. Continuou esfregando muito depois que a panela estava limpa. Finalmente eu lhe disse:

— Satsu-san, eu não estou me sentindo bem.

— Vá até lá fora e esquente o banho — ela me disse, e afastou dos olhos seu cabelo rebelde com uma das mãos molhadas.

— Não quero um banho — eu disse. — Satsu, a mamãe vai morrer...

— Esta panela está rachada. Olhe!

— Não está rachada — eu disse. — Essa linha sempre esteve aí.

— Mas então como foi que a água saiu?

— Você a despejou fora. Eu estava vendo.

Por um momento percebi que Satsu estava sentindo muito intensamente algo que assim como tantas de suas emoções se traduzia em seu rosto como um olhar de extrema perplexidade. Mas não me disse mais nada. Apenas tirou a panela do fogão e foi até a porta para botá-la no lixo.

capítulo dois

Na manhã seguinte, para afastar a mente de minhas preocupações, fui nadar no laguinho perto de nossa casa, terra adentro, no meio de um bosque de pinheiros. As crianças da aldeia iam até lá quase todas as manhãs quando fazia bom tempo. Satsu também ia algumas vezes, usando um maiô espinhento que fizera com uma das velhas roupas de pescaria de nosso pai. Não era um traje de banho muito bonito porque ficava frouxo no seu peito sempre que ela se inclinava, e um dos meninos gritava:

— Olha ali! Dá para ver o Monte Fuji!

Mas ela o usava mesmo assim.

Pelo meio-dia decidi voltar para casa e comer alguma coisa. Satsu saíra bem mais cedo com o rapazinho Sugi, filho do assistente do Sr. Tanaka. Parecia um cachorrinho ao redor dele. Quando ia a algum lugar ele olhava sobre o ombro sinalizando que ela devia segui-lo, e ela sempre ia. Eu não esperava voltar a vê-la até a hora do jantar, mas quando me aproximei da casa vi minha irmã à minha frente na trilha, encostada numa árvore. Se você tivesse visto o que estava acontecendo, teria entendido logo. Mas eu era apenas uma menininha. Satsu baixara seu traje de banho nos ombros, e o jovem Sugi estava brincando com os seus "Montes Fuji", como os meninos diziam.

Desde que nossa mãe adoecera pela primeira vez, minha irmã engordara um pouquinho. Seus seios eram tão rebeldes quanto seu cabelo. O que me espantava mais era que essa rebeldia parecia ser exatamente o que o jovem Sugi achava fascinante neles. Fazia-os balançar em suas mãos, puxava-os de um lado para vê-los voltar ao lugar no peito dela. Eu sabia que não devia estar espiando, mas não sabia o que fazer enquanto a trilha à minha frente estava bloqueada. Então de repente escutei uma voz masculina dizendo atrás de mim:

— Chiyo-chan, o que está espiando ali atrás daquela árvore?

Considerando que eu era uma menininha de nove anos vindo de um lago onde estivera nadando; considerando que eu ainda não tinha em meu corpo formas nem texturas para esconder... bom, é fácil imaginar o que eu estava vestindo. Quando me voltei — ainda agachada na trilha, cobrindo minha nudez com os braços do melhor jeito que podia —, lá estava parado o Sr. Tanaka. Eu não podia ficar mais constrangida! Nunca o tinha visto subir para a região da colina onde morávamos.

— Aquela ali adiante deve ser a sua casa bêbada — ele disse. — E ali, parece o jovem Sugi. E parece bem ocupado! Quem é aquela mocinha com ele?

— Bom, pode ser a minha irmã, Sr. Tanaka. Estou esperando que saiam dali.

O Sr. Tanaka botou as mãos em taça em torno da boca e deu um grito, e escutei o som do jovem Sugi correndo dali pela trilha abaixo. Minha irmã também deve ter corrido, pois o Sr. Tanaka me disse para ir para casa e me vestir.

— Quando avistar aquela sua irmã — ele me disse —, quero que lhe dê isto.

Entregou-me um embrulho de papel de arroz, mais ou menos do tamanho de uma cabeça de peixe.

— São ervas chinesas — ele me disse. — Não dê atenção ao Dr. Miura se ele disser que não valem nada. Faça sua irmã preparar chá e dar à sua mãe para diminuir a dor. São ervas muito preciosas. Cuide para não desperdiçar nada.

— É melhor eu mesma fazer isso, Sr. Tanaka. Minha irmã não sabe preparar chá muito bem.

— O Dr. Miura me contou que sua mãe está doente — ele disse. — Agora me diz que sua irmã não sabe nem fazer um chá direito! Com seu pai tão velho, o que vai ser de você, Chiyo-chan? Quem cuida de você agora?

— Acho que agora eu cuido de mim mesma.

— Eu conheço um homem. Está mais velho agora, mas quando era um menino de sua idade, o pai dele morreu. No ano seguinte morreu a mãe dele, e então o seu irmão mais velho fugiu para Osaka e o deixou sozinho. Parece um pouco com você, não acha? — disse o Sr. Tanaka, e me lançou um olhar dizendo que eu nem ousasse discordar.

— Bom, o nome dele é Tanaka Ichiro — ele prosseguiu. — Sim, eu... Embora naquele tempo meu nome fosse Morihashi Ichiro. Fui acolhido pela família Tanaka aos doze anos. Depois de crescer um pouco mais, casei-me com a filha deles e fui adotado. Agora ajudo a dirigir a companhia de frutos do mar da família. No fim as coisas acabaram bem para mim, como viu. Quem sabe algo assim poderá acontecer com você.

Olhei por um instante o cabelo grisalho do Sr. Tanaka e as rugas na sua fronte como sulcos na casca de uma árvore. Ele me pareceu o homem mais sábio e culto do mundo. Acreditei que ele sabia coisas que eu não saberia nunca; e que tinha uma elegância que eu não teria jamais; e que seu quimono azul era mais fino do que tudo que eu jamais teria ocasião de usar. Estava sentada diante dele, nua, agachada na lama, cabelo emaranhado e rosto sujo, cheiro de água do lago na pele.

— Acho que ninguém vai querer me adotar nunca — eu disse.

— Não? Você é uma menina esperta, não é? Chamando sua casa de "casa bêbada", dizendo que a cabeça de seu pai parece um ovo!

— Mas parece um ovo.

— Ou não seria uma coisa inteligente, dizer isso. Agora corra, Chiyo-chan — ele disse. — Você quer almoçar, não quer? Quem sabe se sua irmã estiver tomando sopa você possa se deitar no chão e beber o que ela derramar.

Desde aquele momento comecei a fantasiar que o Sr. Tanaka me adotaria. Às vezes me esqueço de quanto me senti atormentada naquele período, e acho que teria me agarrado a qualquer coisa que me desse conforto. Muitas vezes, quando estava perturbada, sentia minha mente voltando à mesma imagem de minha mãe muito antes de começar a gemer de dores dentro dela todas as manhãs. Eu tinha quatro anos, e era a festa *obon* em nossa aldeia, época do ano em que saudávamos os espíritos dos mortos que retornavam. Depois de algumas noites de cerimônias no cemitério e fogueiras diante da entrada das casas para guiar os espíritos, nós nos reunimos na última noite do festival em nosso altar shinto, que ficava nos rochedos sobre a enseada. Logo dentro do portão do altar havia uma clareira, naquela noite decorada com lanternas de papel coloridas penduradas em cordas entre as árvores. Minha mãe e eu dançamos juntas por algum tempo com o resto dos moradores da vila, ao ritmo da música de tambores e de uma flauta; mas finalmente comecei a me sentir cansada, e ela me aninhou em seu colo na beira da clareira. De repente o vento subiu os penhascos e uma das lanternas pegou fogo. Vimos a chama queimar a corda e a lanterna baixou flutuando até o vento a apanhar de novo e a rolar pelo ar exatamente em nossa direção com um rastro de poeira dourada no céu. A bola de fogo parecia pousar no solo, mas então minha mãe e eu a vimos erguer-se na corrente de vento flutuando em nossa direção. Senti que minha mãe me soltava e de súbito atirou os braços no fogo para o apagar. Por um momento ficamos as duas banhadas em fagulhas e chamas; depois os farrapos de fogo flutuaram entre as árvores e se extinguiram, e ninguém — nem mesmo minha mãe — ficou ferido.

Mais ou menos uma semana depois, quando minhas fantasias de adoção haviam tido bastante tempo para amadurecer, voltei para casa certa tarde e encontrei o Sr. Tanaka sentado diante de meu pai à mesinha. Soube que falavam algo sério, porque nem me notaram quando entrei no vestíbulo. Fiquei ali, paralisada, para ouvir o que diziam.

— Então, Sakamoto, o que acha da minha proposta?

— Não sei, senhor — disse meu pai. — Não posso imaginar as meninas vivendo em outra parte.

— Compreendo, mas ficariam muito melhor, e você também. Trate apenas de que desçam até a aldeia amanhã de tarde.

Dizendo isso, o Sr. Tanaka ergueu-se para sair. Fingi estar apenas chegando de modo que nos encontrássemos na porta.

— Eu estava mesmo falando com seu pai sobre você, Chiyochan — ele me disse. — Moro do outro lado da montanha, na cidade de Senzuru. É maior do que Yoroido. Acho que você iria gostar. Por que você e Satsu-san não vão até lá amanhã? Vocês vão ver minha casa e conhecer minha filhinha. Quem sabe vão passar a noite? Só uma noite, você entende; e então eu as trarei de volta para sua casa. O que lhe parece?

Eu disse que seria muito bom. E esforcei-me por fingir que ninguém me sugerira nada fora do comum. Mas era como se tivesse acontecido uma explosão em minha cabeça. Meus pensamentos tinham virado fragmentos que eu não conseguia juntar direito. Certamente era verdade que parte de mim esperava desesperadamente ser adotada pelo Sr. Tanaka depois que minha mãe morresse; mas parte tinha tanto medo. Senti-me horrivelmente envergonhada de sequer imaginar que eu poderia viver em algum lugar além de minha casa bêbada. Depois que o Sr. Tanaka saíra tentei ocupar-me na cozinha, mas sentia-me um pouco como Satsu, pois quase não conseguia enxergar as coisas na minha frente. Não sei quanto tempo se passou. Finalmente ouvi meu pai fungar, e pensei que estava chorando, o que fez meu rosto arder de vergonha. Quando finalmente me forcei a olhar para seu lado, vi-o com as mãos já enredadas em uma de suas redes de pesca, mas de pé no umbral espreitando o quarto dos fundos onde minha mãe jazia com o fino lençol que a cobria como uma pele.

No dia seguinte, preparando-me para encontrar o Sr. Tanaka na aldeia, esfreguei meus tornozelos sujos e por algum tempo fiquei mergulhada na nossa banheira, que um dia fora o compartimento da caldeira de uma velha máquina a vapor que alguém abandonara em nossa aldeia; tinham serrado o topo, e o interior fora forrado de madeira. Sentei-me longo tempo olhando o mar e sentindo-me muito independente, pois pela primeira vez em minha vida estava na iminência de ver algo do mundo fora de nossa aldeiazinha.

Quando Satsu e eu chegamos à Companhia Japonesa de Frutos do Mar, vimos os pescadores descarregando sua presa no cais. Meu pai estava entre eles, pegando peixes com suas mãos ossudas e largando-os dentro de cestos. A certa altura ele olhou para mim e Satsu, depois limpou a cara na manga da camisa. De algum modo suas feições pareciam mais pesadas do que o habitual. Os homens carregavam os cestos cheios até a carroça puxada a cavalos do Sr. Tanaka, arranjando-os atrás. Trepei na roda para ver. Em geral os peixes olhavam com olhos vítreos, mas um ou outro movia a boca no que me parecia um pequeno grito. Tentei acalmá-los dizendo:

— Vocês vão para a cidade de Senzuru, peixinhos! Tudo vai ficar bem.

Não vi de que adiantaria contar-lhes a verdade.

Finalmente o Sr. Tanaka saiu para a rua e disse a Satsu e a mim que subíssemos no banco da carroça com ele. Sentei-me no meio, perto o bastante para sentir o tecido do quimono do Sr. Tanaka contra minha mão. Não pude evitar de ficar vermelha por isso. Satsu olhava bem para mim, mas não pareceu perceber nada, e mostrava a sua habitual expressão confusa.

Passei boa parte da viagem olhando para trás, para os peixes, que sacolejavam em seus cestos. Quando passamos sobre a montanha deixando Yoroido, a roda passou sobre uma pedra e a carroça inclinou-se para um lado de repente. Um dos peixes saltou do cesto e bateu tão forte no chão que voltou à vida. Vê-lo retorcendo-se e gaspeando foi mais do que eu podia suportar. Voltei-me com lágrimas nos olhos, e embora tentasse escondê-las do Sr. Tanaka, mesmo assim ele percebeu. Depois que ele recuperara o peixe e estávamos de novo a caminho, ele me perguntou o que estava acontecendo.

— Coitados dos peixes! — eu disse.

— Você parece a minha esposa. Estão quase todos mortos quando ela os vê, mas se tem de cozinhar um caranguejo ou outra coisa ainda viva, fica de olhos molhados e canta para eles.

O Sr. Tanaka ensinou-me uma cançãozinha — na verdade quase uma espécie de oração — que achei que sua esposa inventara. Ela a cantava para caranguejos, mas nós mudamos as palavras para peixes:

Suzuki yo suzuki!
Jobutsu shite kure!

Peixinho, ah, peixinho!
Corra para o colo de Buda!

Depois ensinou-me outra canção, uma de ninar, que eu nunca ouvira antes. Nós a cantamos para o linguado que jazia sozinho num cesto ao fundo, com seus dois olhos de botão ao lado da cabeça rolando nas órbitas.

Nemure yo, ii karei yo!
Niwa ya makiba ni
Tori mo hitsuji mo
Minna nemureba
Hoshi wa mado kara
Gin no hikari o
Sosogu, kono yoru!

Durma, bom linguado!
Quando todos dormirem —
até pássaros e ovelhas
nos campos e nos jardins —
Esta noite as estrelas
vão derramar sua luz dourada
pela janela.

26

Chegamos ao alto da montanha alguns minutos depois, e a cidade de Senzuru apareceu abaixo de nós. O dia estava escuro, tudo em sombras de cinza. Era minha primeira visão do mundo fora de Yoroido, e achei que não era grande coisa. Podia ver os telhados de sapê da cidade em torno de uma enseada entre colinas sem graça, e além delas o mar cor de metal com listras brancas. Terra adentro a paisagem podia ser mais atraente, não fossem os trilhos de trem que a atravessavam como uma cicatriz.

Senzuru era em geral uma cidade suja e malcheirosa. Até o oceano tinha ali um odor terrível, como se todos os seus peixes estivessem apodrecendo. Em torno dos pilares do cais boiavam pedaços de legumes como as águas-vivas em nossa pequena enseada. O barcos eram tão amassados e sujos de óleo que pareciam ter estado lutando entre si.

Satsu e eu nos sentamos longo tempo no cais, até que por fim o Sr. Tanaka nos chamou para dentro da sede da Companhia Japonesa de Frutos do Mar e nos levou por um corredor comprido. Nem se estivéssemos dentro de um peixe o cheiro de tripas de peixe seria mais forte do que ali. Mas no final, para surpresa minha, havia um escritório adorável para os meus olhos de nove anos. Dentro do umbral Satsu e eu paramos descalças num chão de pedra lisa. Diante de nós, um degrau levava a uma plataforma coberta com tatames. Talvez fosse isso o que me impressionou; aquele assoalho mais elevado fazia tudo parecer maior. De qualquer modo, achei que era o aposento mais belo que eu já vira — embora agora me faça rir, a idéia de que o escritório de um comerciante de peixes numa minúscula cidade do Mar do Japão pudesse ter impressionado tanto a quem quer que seja.

Na plataforma sentava-se uma velha senhora sobre uma almofada, que se levantou quando nos viu e chegou até a beira para acomodar-se sobre os joelhos. Era velha e parecia mal-humorada, e acho que não existe ninguém que se agitasse mais que ela. Quando não estava ajeitando seu quimono, estava limpando algo do canto do olho ou coçando o nariz, o tempo todo suspirando como se lamentasse muito ter de se agitar tanto.

O Sr. Tanaka lhe disse:

— Estas são Chiyo-chan e sua irmã mais velha, Satsu-san.

Fiz uma pequena mesura, a que a Sra. Mexe-mexe respondeu com um aceno de cabeça. Então soltou o seu maior suspiro até ali e começou a catar com uma das mãos numa mancha grossa no pescoço. Eu queria desviar os olhos, mas os dela ainda estavam fixos nos meus.

— Bem, você é Satsu-san, é? — disse, mas ainda olhava para mim.

— Eu sou Satsu — disse minha irmã.

— Quando foi que nasceu?

Satsu ainda parecia incerta a respeito de a quem de nós duas a Sra. Mexe-mexe se dirigia, de modo que respondi por ela:

— Ela é do ano da vaca.

A velha estendeu a mão e deu-me umas palmadinhas com os dedos. Mas fez isso de um jeito muito peculiar, batendo várias vezes de leve em meu queixo. Entendi que era só uma palmadinha porque seu olhar era bondoso.

— Esta é bem bonita, não é? Que olhos raros! E a gente vê que é inteligente. Olhe só a sua testa. — Nisso virou-se para minha irmã novamente, e disse: — Então. O ano da vaca; quinze anos; planeta Vênus; seis, branca. Hum... Chegue mais perto.

Satsu fez o que ela pedia. A Sra. Mexe-mexe começou a examinar o rosto dela, não só com os olhos mas com as pontas dos dedos. Passou longo tempo conferindo o nariz de Satsu de diversos ângulos, e suas orelhas. Beliscou os lóbulos várias vezes, depois deu um grunhido indicando que terminara com Satsu, e virou-se para mim.

— Você é do ano do macaco. Posso dizer só de olhar para você! Quanta água você tem! Oito, branca; planeta Saturno. E é uma menina muito atraente. Venha mais perto.

Passou a fazer a mesma coisa comigo, beliscando minhas orelhas e assim por diante. Fiquei pensando que ela arranhara aquela mancha cascuda em seu pescoço com aqueles mesmos dedos. Logo se levantou e desceu até o chão de pedra onde estávamos paradas. Levou algum tempo metendo os pés mutilados nos *zori*, mas finalmente virou-se para o Sr. Tanaka e lançou-lhe um olhar que ele pareceu entender, pois saiu da sala fechando a porta.

A Sra. Mexe-mexe abriu a saia camponesa de Satsu e tirou-a. Mexeu um pouco nos seios de Satsu, olhou debaixo de seus braços, depois virou-a e olhou seu traseiro. Eu estava em tal estado de choque que quase nem conseguia olhar. Certamente vira Satsu nua antes, mas o modo como a Sra. Mexe-mexe manipulava o corpo dela parecia ainda mais indecente do que quando Satsu abrira seu traje de banho para o rapaz Sugi. Depois, como se ainda não tivesse feito o bastante, a Sra. Mexe-mexe baixou as calças de Satsu até o chão, olhou-a de cima a baixo, e virou-a, olhando-a de frente outra vez.

— Saia de suas calças — disse.

Fazia muito tempo que eu não via o rosto de Satsu tão confuso, mas ela saiu das calças e as deixou no chão de pedra lisa. A Sra. Mexe-mexe a pegou pelos ombros e sentou-a na plataforma. Satsu estava totalmente nua; não sei se ela tinha mais idéia do que eu do motivo por que estava ali sentada. Mas não teve tempo de pensar muito, pois em um instante a Sra. Mexe-mexe tinha posto as mãos nos joelhos de Satsu, abrindo-os. E sem hesitar um instante, meteu a mão entre as pernas dela. Eu já não conseguia olhar. Acho que Satsu deve ter resistido, porque a Sra. Mexe-mexe deu um grito, e no mesmo momento ouvi uma palmada ruidosa, da Sra. Mexe-mexe batendo na perna de Satsu — vi isso mais tarde pela marca vermelha que ficara. Num momento a Sra. Mexe-mexe terminou e disse a Satsu que vestisse de novo suas roupas. Enquanto se vestia, Satsu deu uma grande fungada. Talvez estivesse chorando, mas eu não me atrevia a olhar para ela.

Em seguida a Sra. Mexe-mexe veio direto até mim, e num momento minhas próprias calças estavam baixadas em torno de meus joelhos, e minha camisa fora retirada como a de Satsu. Eu não tinha peitos para a velha mexer, mas ela olhou debaixo de meus braços como fizera com minha irmã, e também me virou antes de me sentar na plataforma e puxar minhas calças de minhas pernas. Eu tinha um medo horrível do que ela faria, e quando tentou apartar meus joelhos teve de me bater na perna como fizera com Satsu, e minha garganta ardeu no esforço de conter as lágrimas. Ela meteu o dedo entre minhas pernas e fez o que me parecia um beliscão, de um jeito que me fez gritar. Quando mandou que me vestisse outra vez, senti como deve sentir uma represa segurando um rio inteiro. Mas tive medo de que, se Satsu ou eu começássemos a soluçar feito criancinhas, o Sr. Tanaka pudesse não gostar.

— As meninas são saudáveis — disse ela ao Sr. Tanaka quando ele voltou — e muito adequadas. As duas estão intactas. A mais velha tem madeira demais, mas a novinha tem bastante água. Bonita, também, não acha? A irmã mais velha parece uma camponesa ao lado dela!

— Estou certo de que são duas meninas atraentes, cada uma a seu modo — ele disse. — Por que não falamos um pouco sobre isso, enquanto eu a acompanho até lá fora? As meninas vão esperar por mim aqui.

Quando o Sr. Tanaka fechara a porta atrás deles, virei-me e vi Satsu sentada na beira da plataforma, olhos fixos no teto. Por causa do formato de seu rosto, as lágrimas se acumulavam ao longo de suas narinas, e rompi em soluços no momento em que a vi aborrecida. Senti-me culpada pelo que acontecera, e limpei suas lágrimas com a beira de minha camisa camponesa.

— Quem era aquela mulher horrenda? — ela me perguntou.

— Deve ser uma adivinha. Provavelmente o Sr. Tanaka quer saber sobre nós tudo que puder...

— Mas por que ela teve de nos olhar daquele jeito horrível?

— Satsu-san, você não entende? O Sr. Tanaka está pensando em nos adotar.

Ouvindo isso Satsu começou a piscar como se tivesse um inseto no olho.

— De que está falando? — disse. — O Sr. Tanaka não pode nos adotar.

— Papai está tão velho... E agora que nossa mãe está doente, acho que o Sr. Tanaka se preocupa com o nosso futuro. Não vai haver ninguém para cuidar de nós.

Satsu se pôs de pé, tão agitada ficou ao ouvir isso. Num momento seus olhos começaram a ficar estrábicos, e pude ver que se esforçava duramente por acreditar que nada nos tiraria de nossa casinha bêbada. Espremia as coisas que eu lhe dissera como a gente espreme água de uma esponja. Lentamente seu rosto começou a relaxar outra vez, e ela se sentou novamente na beira da plataforma. Logo estava olhando vagamente em torno do quarto, como se nunca tivéssemos tido aquela conversa.

A casa do Sr. Tanaka ficava no fim de um caminho logo fora da cidade. A alameda de pinheiros a seu redor tinha o aroma rico do oceano nos penhascos junto de nossa casa; e quando pensei no oceano e em como eu estaria trocando um cheiro pelo outro, senti um vazio terrível, do qual tive de me livrar assim como a gente tem de se afastar de um penhasco depois de espiar por cima dele. A casa era mais imponente do que qualquer coisa em Yoroido, com enormes beirais como o altar de nossa aldeia. E quando o Sr. Tanaka andou até a entrada, deixou seus sapatos exatamente onde saíra deles, porque chegou uma empregada e os colocou para ele numa prateleira. Satsu e eu guardamos nossos próprios sapatos. Quando eu estava inclinada fazendo isso, senti algo me roçar de leve nas costas, e um cone de pinha caiu no chão de madeira entre meus pés. Virei-me e vi uma menina mais ou menos da minha idade parada fora da porta. Era um pouquinho menor do que eu, com cabelo muito curto. Sorriu para mim com um triângulo de espaço vazio entre os dentes da frente, depois saiu correndo, olhando sobre o ombro como para ver se eu a perseguiria. Pode parecer esquisito, mas eu nunca tinha realmente encontrado outra menina pequena. Naturalmente conhecia as meninas de minha aldeia, mas tínhamos crescido juntas, e nunca fazíamos nada parecido com um "encontro". Mas Kuniko — era o nome da filhinha do Sr. Tanaka — foi tão amigável desde o primeiro instante em que a vi, que achei que seria fácil para mim mudar-me de um mundo para outro.

O traje de Kuniko era muito mais refinado do que o meu, e ela usava *zori*; mas sendo a menina de aldeia que eu era, corri atrás dela descalça para dentro do bosque. Alcancei-a numa espécie de casa de brinquedo feita com ramos serrados de uma árvore morta. Ela arranjara pedras e cones de pinha formando quartos. Num deles fingiu servir-me chá de uma xícara rachada; em outro nos revezamos cuidando de sua boneca, um bebê, um menininho chamado Taro, que na verdade não passava de um saco de lona recheado de terra. Taro adorava estranhos, disse Kuniko, mas tinha muito medo de minhocas; e por uma coincidência muito peculiar, Kuniko tinha o mesmo medo. Quando encontramos uma, Kuniko certificou-se de que eu a levasse para fora em meus dedos para que o pobre Taro não rompesse em pranto.

Fiquei encantada com a perspectiva de ter Kuniko como irmã. Na verdade, as árvores majestosas e o cheiro de pinheiros — até mesmo o Sr. Tanaka —, tudo começou a me parecer quase insignificante comparado a isso. A diferença entre a vida ali na casa dos Tanakas e a vida em Yoroido era tão grande quanto a diferença entre o odor de alguma coisa cozinhando e um bocado de comida deliciosa.

Quando escureceu, lavamos nossas mãos e pés no poço e entramos para nos assentar no chão em torno de uma mesa quadrada. Fiquei surpresa ao ver a fumaça do que íamos comer erguer-se para os caibros de um teto acima de mim, com lâmpadas elétricas penduradas sobre nossas cabeças. A claridade no aposento era ofuscante. Eu nunca vira nada assim antes. Logo os empregados trouxeram nosso jantar de linguado grelhado, picles, sopa e arroz cozido, mas no momento em que começamos a comer as luzes se apagaram. O Sr. Tanaka riu; aparentemente isso acontecia com freqüência. Os criados acenderam lanternas penduradas em tripés de madeira ao redor de nós.

Ninguém falou muito enquanto comíamos. Eu esperara que a Sra. Tanaka fosse glamourosa, mas parecia uma versão mais velha de Satsu, apenas sorria bastante. Depois do jantar ela e Satsu começaram a jogar *go*, e o Sr. Tanaka se pôs de pé e chamou uma criada para trazer o casaco de seu quimono. Num momento ele se fora, e depois de um instante Kuniko me fez um gesto para que a seguisse para fora. Calçou um par de *zori* de palha e me emprestou um par extra. Perguntei-lhe aonde íamos.

— Quieta! — ela disse. — Vamos seguir o meu papai. Eu faço isso sempre que ele sai. É um segredo.

Seguimos pelo caminho e entramos na rua principal em direção da cidade de Senzuru, seguindo o Sr. Tanaka a certa distância. Em poucos minutos estávamos andando entre as casas da cidade, e Kuniko pegou meu braço, puxando-me por uma rua lateral. No final de uma calçada de pedra entre duas casas chegamos a uma janela fechada com cortinas de papel que deixavam passar a luz interior. Kuniko botou o olho num buraco rasgado bem ao nível dos olhos numa das cortinas. Enquanto ela espiava, ouvi rumores de riso e conversas, e alguém cantando acompanhado por um *shamisen*. Depois ela deu um passo para o lado, para que eu pudesse espiar pelo buraco. Metade do aposento lá dentro estava escondido de meu olho pela outra cortina, mas pude ver o Sr. Tanaka sentado sobre os colchões com um grupo de três ou quatro homens. Um ancião a seu lado estava contando uma história, a respeito de segurar uma escada para uma jovem, espiando debaixo de suas roupas; todos riam, exceto o Sr. Tanaka, que olhava fixamente em frente, para aquela parte do quarto que eu não podia enxergar. Uma mulher mais velha, de quimono, trouxe um copo que ele segurou enquanto ela lhe servia cerveja. O Sr. Tanaka me parecia uma ilha no meio do mar, porque, embora todos os demais estivessem achando graça da história — até a mulher idosa servindo cerveja —, ele continuava olhando para a outra ponta da mesa. Tirei meu olho do buraco para perguntar a Kuniko que lugar era aquele.

— Uma casa de chá — ela me contou, — onde as gueixas entretêm os homens. O meu papai vem aqui quase toda noite. Não sei por que ele gosta tanto. As mulheres servem bebidas e os homens contam histórias — a não ser quando cantam. E todo mundo acaba bêbado.

Botei o olho outra vez no buraco, em tempo de ver uma sombra atravessando a parede, e então apareceu uma mulher. Seu cabelo estava enfeitado com os botões verdes pendentes de salgueiro, e ela usava um quimono rosa-claro com flores brancas como que aplicadas em todo ele. O largo *obi* amarrado à sua cintura era laranja e amarelo. Eu nunca vira roupas tão elegantes. Nenhuma das mulheres de Yoroido possuía nada mais sofisticado do que um traje de algodão, ou talvez linho, com um desenho simples em tom índigo. Mas, diferente de suas roupas, a mulher não era nada bonita. Seus dentes eram tão salientes que seus lábios nem os cobriam direito, e sua cabeça era tão estreita que imaginei se não tinha sido comprimida entre duas tábuas quando bebê. Você pode me achar cruel ao descrevê-la assim; mas achei estranho que, embora ninguém a pudesse chamar de beldade, os olhos do Sr. Tanaka estivessem fixos nela como um trapo num gancho. E continuava observando-a quando todo mundo ria, e quando ela se ajoelhou a seu lado para despejar mais algumas gotas de cerveja em seu copo, ergueu os olhos para ele de um modo que sugeria que se conheciam muito bem.

Kuniko espiou outra vez pelo buraco; depois voltamos para casa e nos sentamos juntas na banheira, na beira do bosque de pinheiros. O céu estava extravagantemente estrelado, exceto a metade bloqueada por ramos por cima de mim. Eu poderia ter ficado ali muito mais tempo tentando entender o que vira naquele dia e as mudanças que enfrentava... Mas Kuniko ficara tão sonolenta na água quente que logo chegaram as criadas para nos ajudar a sair.

Satsu já roncava quando Kuniko e eu nos deitamos a seu lado em nossos *futons*. Corpos apertados um contra o outro, braços enlaçados. Um cálido sentimento de felicidade começou a inchar dentro de mim, e sussurrei para Kuniko:

— Sabia que eu virei morar aqui com você?

Achei que a novidade a chocaria e a faria abrir os olhos, ou quem sabe até sentar-se. Mas não a despertou de sua sonolência. Ela soltou um grunhido e um momento depois sua respiração era quente e úmida, com o ronronar do sono.

capítulo três

E m casa minha mãe parecia ter ficado ainda mais doente naquele dia de minha ausência. Ou talvez eu apenas tivesse conseguido esquecer o quanto ela realmente estava enferma. A casa do Sr. Tanaka cheirara a fumaça e pinheiro, mas a nossa cheirava a doença, de um jeito que não suporto descrever. Satsu estava trabalhando na aldeia à tarde, de modo que a Sra. Sugi veio me ajudar a banhar minha mãe. Quando a levamos para fora de casa, suas costelas eram mais largas do que seus ombros, e até o branco de seus olhos estava nublado. Eu só consegui agüentar vê-la daquele jeito lembrando como uma vez me sentira ao sair com ela da banheira enquanto era forte e saudável, quando o vapor se desprendera de nossa pele pálida como se fôssemos dois pedaços de rabanete cozido. Achei difícil imaginar que essa mulher cujas costas tantas vezes eu esfregara com uma pedra, e cuja carne sempre me parecera mais firme e macia do que a de Satsu, pudesse estar morta antes mesmo que terminasse o verão.

Naquela noite, deitada no meu *futon*, tentei imaginar de todos os ângulos aquela situação confusa, para me convencer de que de alguma forma tudo estaria bem. Para começar, fiquei pensando como poderíamos continuar vivendo sem minha mãe. Ainda que sobrevivêssemos e o Sr. Tanaka nos adotasse, minha própria família deixaria de existir? Finalmente decidi que o Sr. Tanaka

34

não adotaria apenas a minha irmã e a mim, mas também meu pai. Afinal de contas, ele não podia esperar que meu pai morasse sozinho. Habitualmente eu não conseguia dormir sem me persuadir de que aquilo era verdade, conseqüentemente naquelas semanas dormia pouco, e as manhãs eram nebulosas.

Numa dessas manhãs, durante o calor do verão, eu estava voltando depois de ter ido apanhar um pacote de chá na aldeia, quando escutei atrás de mim um som de areia esmagada. Era o Sr. Sugi — assistente do Sr. Tanaka — correndo pela trilha acima. Quando me alcançou, levou um bom tempo para controlar a respiração, ofegando e apertando o lado como se tivesse corrido desde Senzuru. Estava vermelho e lustroso como uma *snapper*, embora o dia ainda não estivesse muito quente. Por fim disse:

— O Sr. Tanaka quer que você e sua irmã... desçam até a aldeia... assim que puderem.

Eu achara esquisito meu pai não ter ido pescar naquela manhã. Agora entendi: chegara o dia.

— E meu pai? — perguntei. — O Sr. Tanaka disse alguma coisa a respeito dele?

— Vamos, Chiyo-chan — disse ele apenas. — Vá pegar sua irmã.

Não gostei daquilo mas corri até a casa e encontrei meu pai sentado à mesa, catando sujeira de um buraco na madeira com uma de suas unhas. Satsu botava carvão no forno. Os dois pareciam estar aguardando um acontecimento terrível.

Eu disse:

— Pai, o Sr. Tanaka quer que Satsu-san e eu desçamos até a aldeia.

Satsu tirou seu avental, pendurou-o num gancho e saiu pela porta. Meu pai não respondeu mas piscou algumas vezes, fitando o lugar onde Satsu tinha estado. Depois baixou pesadamente os olhos para o chão e fez um sinal afirmativo com a cabeça. Ouvi minha mãe gritar no sono, no quarto dos fundos.

Satsu já estava quase na aldeia quando a alcancei. Eu estava imaginando esse dia havia semanas, mas jamais esperara me sentir tão assustada como estava. Satsu não parecia entender que aquela ida à aldeia era diferente do que teria sido no dia anterior. Nem ao menos se importara de limpar o carvão de suas mãos; afastando o cabelo da cara, acabou com uma mancha no rosto. Eu não queria que encontrasse o Sr. Tanaka naquele estado, de modo que estendi a mão para tirar a mancha, como nossa mãe teria feito. Satsu afastou minha mão.

Diante da Companhia Japonesa de Frutos do Mar, fiz uma mesura e disse bom-dia ao Sr. Tanaka, esperando que ficasse feliz ao nos ver. Em vez disso, estava estranhamente frio. Acho que isso deveria ser para mim o primeiro sinal de que as coisas não seriam como eu imaginara. Quando nos conduziu até sua carroça puxada por cavalos, decidi que provavelmente ele queria nos levar até sua casa para que sua esposa e filha estivessem na sala quando ele nos falasse da adoção.

— O Sr. Sugi vai na frente comigo — ele disse —, de modo que é melhor você e Shizu-san irem atrás. — Foi exatamente o que ele disse: — Shizu-san.

Achei grosseiro de sua parte errar o nome de minha irmã, mas ela nem pareceu notar. Subiu na parte de trás da carroça e sentou-se entre os cestos de peixe vazios, colocando uma das mãos nas tábuas viscosas. E com a mesma mão afastou uma mosca da cara, deitando na bochecha uma mancha lustrosa. Eu não era indiferente àquele visco todo, como Satsu. Só conseguia pensar naquele cheiro, e em como ficaria contente de lavar as mãos, quem sabe até a roupa, quando chegássemos à casa do Sr. Tanaka.

Durante a viagem Satsu e eu não dissemos uma palavra até chegarmos ao alto da colina de onde se via Senzuru, quando de repente ela disse:

— Um trem.

Olhei e vi na distância um trem indo para a cidade. A fumaça se enroscava de um jeito que me fez pensar na pele de uma cobra sendo retirada. Achei uma idéia inteligente e tentei explicar a Satsu, mas ela não pareceu interessada. O Sr. Tanaka teria apreciado aquilo, pensei, e Kuniko também. Decidi que explicaria aos dois quando chegássemos à casa dos Tanakas.

Então, de repente, percebi que não estávamos indo na direção da casa do Sr. Tanaka.

A carroça parou poucos minutos depois numa poça de lama ao lado dos trilhos do trem, logo fora da cidade. Uma multidão estava parada ali com sacos e caixotes empilhados em redor. E de um lado deles estava a Sra. Mexe-mexe, de pé ao lado de um homem singularmente magro com um quimono rígido. Tinha cabelo preto macio como o de um gato, e numa das mãos segurava uma sacola de pano presa numa cordinha. Pareceu-me deslocado em Senzuru, principalmente ao lado dos fazendeiros e dos pescadores com seus cestos e de uma velha corcunda com um saco de inhames. A Sra. Mexe-mexe disse-lhe qualquer coisa, e quando ele se virou e nos olhou, imediatamente senti medo dele.

O Sr. Tanaka nos apresentou ao homem, cujo nome era Bekku. O Sr. Bekku não disse nada, apenas me olhou bem de perto e pareceu confuso ao ver Satsu.

O Sr. Tanaka lhe disse:

— Eu trouxe Sugi comigo de Yoroido. Você gostaria que ele o acompanhasse? Ele conhece as meninas, e eu o posso dispensar um dia ou dois.

— Não, não — disse o Sr. Bekku, acenando a mão.

Eu certamente não esperara nada daquilo. Perguntei aonde estávamos indo, mas ninguém pareceu me escutar, de modo que eu mesma encontrei uma resposta. Decidi que o Sr. Tanaka ficara aborrecido com o que a Sra. Mexe-mexe lhe contara de nós, e que aquele homenzinho curiosamente magro, o Sr. Bekku, planejara nos levar a algum lugar para que lessem melhor a nossa sorte. Depois voltaríamos ao Sr. Tanaka.

Enquanto eu tentava me acalmar da melhor forma possível com esses pensamentos, a Sra. Mexe-mexe, com um sorriso agradável, levou Satsu e a mim até alguma distância da plataforma de lama. Quando estávamos longe o bastante para que ninguém mais nos ouvisse, seu sorriso se desvaneceu e ela disse:

— Agora me escutem. Vocês duas são meninas muito más — olhou em torno para certificar-se de que ninguém via, e nos bateu no alto das cabeças. Não me machucou mas gritei de surpresa, e Satsu também.

— Se fizerem qualquer coisa para me constranger — continuou —, eu faço vocês pagarem por tudo! O Sr. Bekku é um homem severo; prestem atenção a tudo que ele diz! Se as mandar rastejar debaixo do assento do trem, rastejem. Entendido?

Pela expressão no rosto da Sra. Mexe-mexe, vi que deveria responder ou ela me machucaria. Mas estava em tal estado de choque que não consegui falar. E como eu receara, ela estendeu a mão e começou a me beliscar tão fortemente do lado do pescoço que eu nem conseguia dizer qual a parte de mim que doía. Era como se tivesse caído numa bacia com criaturas que me mordiam por toda a parte, e ouvi meus próprios ganidos. Em seguida o Sr. Tanaka estava parado ao nosso lado.

— O que está acontecendo aqui? — disse. — Se tem mais alguma coisa a dizer a essas meninas, diga na minha frente. Não há motivo para tratá-las desse jeito.

— Estou certa de que temos muitas coisas a falar. Mas o trem está chegando — disse a Sra. Mexe-mexe. Era verdade: pude vê-lo enroscando-se numa volta não muito longe dali.

O Sr. Tanaka nos levou de volta à plataforma onde fazendeiros e velhas juntavam seus pertences. Logo o trem parou diante de nós. O Sr. Bekku, em seu quimono rígido, enfiou-se entre Satsu e mim e levou-nos pelos cotovelos até um vagão. Ouvi o Sr. Tanaka dizer alguma coisa, mas estava confusa e nervosa demais para compreender. Não sabia ao certo se escutara:

— *Mata yo!* Vamos nos ver de novo!

Ou:

— *Matte yo!* Esperem!

Ou até mesmo:

— *Ma... deyo!* Bom, vamos!

Quando espiei pela janela, vi o Sr. Tanaka caminhando de volta à sua carroça e a Sra. Mexe-mexe passando as mãos pelo quimono.

Algum tempo depois minha irmã disse:

— Chiyo-chan!

Enterrei o rosto nas mãos. E, honestamente, se pudesse teria me jogado no assoalho do trem rolando de angústia. Por que do modo que minha irmã pronunciara meu nome, não era preciso dizer mais nada.

— Você sabe para onde estamos indo? — perguntou-me.

Acho que ela só queria uma resposta de sim ou não. Provavelmente não lhe importava o nosso destino — desde que alguém soubesse o que ia acontecer. Mas naturalmente eu não sabia. Perguntei ao magricela Sr. Bekku, mas ele não me deu nenhuma atenção. Ainda olhava para Satsu como se nunca tivesse visto nada parecido antes. Finalmente fez uma careta de nojo e disse:

— Peixe! Como vocês duas fedem!

Tirou um pente da sua sacola de pano e começou a pentear o cabelo dela. Certamente deve tê-la machucado, mas pude ver que olhar a paisagem passar diante da janela a fazia sofrer muito mais. Num momento os lábios de Satsu viraram-se para baixo como os de um bebê, e ela começou a chorar. Se me tivesse batido ou gritado comigo eu não teria sofrido tanto quanto ao ver seu rosto desfeito. Era tudo culpa minha. Uma velha camponesa com dentes expostos como os de um cão veio até nós com uma cenoura para Satsu, e depois perguntou aonde ela estava indo.

— Kioto — respondeu o Sr. Bekku.

Ouvindo isso fiquei tão nauseada de preocupação que não consegui mais fitar Satsu nos olhos. Mesmo a cidadezinha de Senzuru parecia remota e distante. Kioto me soava tão estrangeiro quanto Hong Kong ou até Nova Iorque, sobre as quais uma vez escutara o Dr. Miura falar. Até onde eu sabia, em Kioto criavam crianças para alimentar cachorros.

Ficamos naquele trem várias horas sem comida. A visão do Sr. Bekku tirando de sua bolsa uma folha de lótus enrolada, abrindo-a para mostrar uma bola de arroz com sementes de gergelim, chamou minha atenção. Mas quando ele a pegou em seus dedos ossudos e enfiou em sua boquinha sem sequer me olhar, percebi que eu não suportaria mais nem um segundo de sofrimento. Finalmente saímos do trem em uma cidade grande que imaginei ser Kioto; mas algum tempo depois outro trem entrou na estação, e subimos nele. Esse nos levou a Kioto. Estava muito mais lotado do que o primeiro, de modo que tivemos de ficar de pé. Quando chegamos estava anoitecendo, e eu me sentia moída como uma pedra deve se sentir depois de uma cachoeira bater nela um dia inteiro.

Pouco pude ver da cidade quando nos aproximamos da Estação Kioto. Mas então, para meu espanto, percebi rapidamente telhados que chegavam até a base das colinas distantes. Jamais tinha imaginado uma cidade tão imensa. Até hoje, ver ruas e edifícios de um trem muitas vezes me faz lembrar o terrível vazio e medo que senti naquele estranho dia em que deixei meu lar pela primeira vez.

Naquela época, por volta de 1930, um bom número de riquixás ainda funcionava em Kioto. Na verdade havia tantos enfileirados diante da estação, que imaginei que ninguém andava por aquela grande cidade a não ser de riquixá — e nada podia ser mais distante da verdade. Havia talvez quinze ou vinte inclinados para a frente, apoiados em seus varais, os condutores agachados ali perto, fumando ou comendo; alguns dos condutores até dormiam encolhidos ali mesmo, na sujeira da rua.

O Sr. Bekku nos conduzia outra vez pelos cotovelos, como se fôssemos um par de baldes que ele trouxesse do poço. Provavelmente pensou que eu fugiria se me soltasse um só momento; mas eu não teria fugido. Aonde quer que ele nos estivesse levando, preferia isso a ser lançada sozinha naquela imensidão de ruas e edifícios, tão estranhos para mim quanto o fundo do mar.

Subimos num riquixá com o Sr. Bekku apertado entre nós duas no banco. Ele era muito mais ossudo debaixo daquele quimono do que eu tinha suspeitado. Quase caímos para trás quando o condutor ergueu os varais, e o Sr. Bekku disse:

— Tominaga-cho, em Gion.

O condutor não respondeu nada, mas deu um puxão no riquixá, para que se movesse, e partiu a trote. Depois de um quarteirão ou dois reuni minha coragem e disse ao Sr. Bekku:

— Por favor, o senhor pode nos dizer aonde estamos indo?

Ele pareceu não responder, mas um momento depois disse:

— Para o seu novo lar.

Meus olhos encheram-se de lágrimas. Escutei Satsu soluçando do outro lado do Sr. Bekku, e estava quase soluçando também, quando o Sr. Bekku subitamente lhe deu um tapa e eu a ouvi expirar com força. Mordi os lábios e parei de chorar tão depressa que acho que as próprias lágrimas teriam voltado atrás se escorressem pelas minhas faces.

Logo entramos numa avenida que parecia tão larga quanto toda a aldeia de Yoroido. Quase não consegui ver o outro lado por causa de todas aquelas pessoas, bicicletas, carros, caminhões. Eu nunca tinha visto um automóvel. Vira fotografias, mas me lembro de ter ficado surpresa de ver como... bem, como pareciam *cruéis*, por eu estar tão assustada, como se se destinassem antes a machucar pessoas do que a ajudá-las. Todos os meus sentidos estavam sendo golpeados. Caminhões passavam trovejando tão perto que eu podia cheirar o odor de borracha queimada dos pneus. Ouvi o guincho horrível de um bonde sobre trilhos no centro da avenida.

Senti-me aterrorizada quando a noite começou a baixar ao nosso redor; mas nada em minha vida me deixou tão atônita quanto ver pela primeira vez as luzes de uma cidade acendendo-se. Nunca vira eletricidade, exceto durante parte do nosso jantar na casa do Sr. Tanaka. Janelas iluminavam-se ao longo dos edifícios, andares acima e abaixo, as pessoas nas calçadas paravam em poças de brilho amarelo. Eu podia ver alfinetes até mesmo nos cantos mais afastados da avenida. Dobramos em outra rua, e pela primeira vez vi o Teatro Minamiza, do outro lado de uma ponte à nossa frente. Seu telhado de telhas era tão imenso que pensei que fosse um palácio.

Finalmente o riquixá entrou numa alameda de casas de madeira. Do modo como estavam unidas, pareciam ter uma só fachada contínua — o que mais uma vez me deu a terrível sensação de estar perdida. Observei mulheres de quimono correndo muito rapidamente pela ruazinha. Pareceram-me muito elegantes, embora mais tarde eu ficasse sabendo que eram quase todas criadas.

Quando paramos diante de um umbral, o Sr. Bekku me mandou desembarcar. Desceu depois de mim, e só então, como se o dia não tivesse sido ainda suficientemente difícil, aconteceu o pior de tudo. Quando Satsu tentou descer também, o Sr. Bekku virou-se e a empurrou de volta com seu braço comprido.

— Fique aí — ele disse. — Você vai para outro lugar.

Olhei para Satsu e ela para mim. Talvez tenha sido a primeira vez que compreendemos inteiramente os sentimentos uma da outra. Mas durou só um momento, pois em seguida meus olhos transbordaram de lágrimas e eu mal podia enxergar. Senti que o Sr. Bekku me arrastava para trás; escutei vozes femininas e um tumulto. Eu estava quase me jogando na rua quando de repente a boca de Satsu se abriu diante de algo que estava vendo atrás de mim, no umbral.

Era uma entrada estreita com um poço antigo de um lado, e umas poucas plantas do outro. O Sr. Bekku me arrastara para dentro, e agora me botava de pé. Ali no degrau da entrada, enfiando seus pés nos *zori* laqueados, estava uma mulher de singular beleza usando um quimono mais lindo do que qualquer coisa que eu já pudera imaginar. Eu ficara impressionada com o quimono usado pela jovem gueixa dentuça na aldeia de Senzuru, do Sr. Tanaka; mas aquele era de um azul-água, com sinuosas linhas marfim imitando a corrente de um rio. Trutas de prata cintilante saltavam na corrente, e a superfície da água tinha círculos dourados sempre que era tocada pelas tenras folhas verdes de uma árvore. Eu tinha certeza de que o traje fora tecido em seda pura, assim como o *obi*, bordado em verdes e amarelos pálidos. E não apenas sua roupa era extraordinária nela; seu rosto estava pintado com uma espécie de branco denso, como uma nuvem tocada pelo sol. Seu cabelo, em coques, brilhava escuro como laca, e estava enfeitado de flores de seda, com uma vareta de onde tremulavam minúsculas tiras de prata quando ela se movia.

Foi minha primeira visão de Hatsumomo. Nessa época era uma das mais famosas gueixas no distrito de Gion, embora naturalmente eu não soubesse nada daquilo naquele momento. Era uma mulher tipo *mignon*; o topo de seu penteado não chegava acima do ombro do Sr. Bekku. Fiquei tão espantada com sua aparência que esqueci minha educação — e ainda nem tinha modos muito bons naquela época — e a encarei diretamente no rosto. Ela sorria para mim, embora não fosse com bondade. E então disse:

— Sr. Bekku, pode levar esse lixo para fora? Eu gostaria de poder sair.

Não havia lixo na entrada; era de mim que ela falava. O Sr. Bekku disse que achava que Hatsumomo tinha suficiente espaço para passar.

— *Você* pode não se importar de ficar perto dela — disse Hatsumomo. — Mas eu, quando vejo sujeira de um lado da rua, atravesso para o outro lado.

De repente apareceu atrás dela no umbral uma mulher mais velha, alta e nodosa como um bambu.

— Não sei como é que as pessoas agüentam você, Hatsumomo-san — disse ela. Mas fez um gesto para o Sr. Bekku me colocar de volta na rua, o que ele fez. Depois disso desceu para a entrada andando de maneira muito desajeitada — pois um de seus quadris se deslocava e lhe dificultava caminhar — e foi até uma minúscula caixinha na parede. Tirou dali algo que me pareceu um pedaço de sílex junto com uma pedra retangular como as que os pescadores usam para afiar suas facas, depois parou atrás de Hatsumomo e golpeou a pedra com o sílex, fazendo saltar pequenos cachos de fagulhas nas costas de Hatsumomo. Eu não entendia nada. Mas, sabe, gueixas são ainda mais supersticiosas do que pescadores. Uma gueixa jamais sairá para a noite a não ser que alguém lhe faça saltar fagulhas nas costas para dar boa sorte.

Depois disso, Hatsumomo afastou-se com passinhos tão pequenos que parecia deslizar, com a bainha de seu quimono apenas ondulando um pouco. Naquele tempo eu não sabia que ela era uma gueixa, pois estava mundos acima da criatura que eu vira em Senzuru semanas antes. Decidi que devia ser uma espécie de atriz. Todos a observamos enquanto se afastava flutuando, depois o Sr. Bekku me entregou à mulher mais velha, na entrada. Subiu de novo no riquixá com minha irmã, e o condutor ergueu os varais. Mas não os vi quando se afastavam, porque desabei na entrada, em prantos.

A mulher mais velha deve ter sentido pena de mim, porque por longo tempo fiquei ali deitada, soluçando na minha desgraça, e ninguém me tocou. Até ouvi quando fez calar-se uma criada que viera de dentro da casa falar com ela. Finalmente ajudou-me a me levantar e secou meu rosto com um lenço que tirou da manga de seu simples quimono cinza.

— Vamos, vamos, menininha. Não há motivo para se preocupar tanto. Ninguém vai te cozinhar por aqui.

Falava com o mesmo sotaque peculiar do Sr. Bekku e Hatsumomo. Parecia tão diferente do japonês falado em minha aldeia, que tive dificuldade em entender. Seja como for, eram as palavras mais bondosas que alguém me dissera em todo aquele dia. Decidi fazer o que ela me aconselhava. Disse-me que a chamasse de Titia. Depois baixou os olhos sobre mim, direto na cara, e me disse numa voz gutural:

— Santos deuses! Que olhos espantosos! Você é mesmo uma menina adorável! Mamãe vai ficar encantada.

Pensei imediatamente que a mãe daquela mulher, fosse quem fosse, devia ser velhíssima, porque o cabelo de Titia, amarrado firmemente atrás da cabeça, já era quase todo grisalho, com apenas algumas listras pretas.

Titia me levou pelo umbral, onde passei para um corredor de terra batida conduzindo entre duas estruturas até um pátio nos fundos. Uma era uma casa pequena como a minha de Yoroido — dois quartos com chão de terra batida; vi depois que eram os alojamentos das criadas. Do outro lado do corredor, uma pequena casa elegante sobre um alicerce de pedras, deixando embaixo um vão pelo qual poderia rastejar um gato. O corredor entre elas abria-se para o céu escuro acima, dando-me a sensação de estar parada antes numa aldeia em miniatura do que numa casa — especialmente porque eu podia ver várias outras pequenas casas de madeira no pátio que ficava na extremidade. Eu não sabia naquele tempo, mas isso é um tipo especial de moradia na seção de Kioto onde estávamos. Os edifícios no pátio, embora dando a impressão de outro grupo de minúsculas casas, eram apenas um pequeno galpão para os banheiros e um armazém de dois andares com uma escada externa. Toda a habitação cabia numa área menor do que a casa de campo do Sr. Tanaka, e ali moravam apenas oito pessoas. Ou nove, agora que eu tinha chegado.

Depois de assimilar o arranjo peculiar daquelas pequenas construções, percebi a elegância da casa principal. Em Yoroido as estruturas de madeira eram antes cinzentas do que marrons, e marcadas pela maresia. Mas, aqui, os assoalhos e vigas de madeira brilhavam na luz amarela das lâmpadas elétricas. Abrindo do corredor da frente havia portas deslizantes com biombos de papel, bem como uma escada que parecia subir na vertical. Uma delas estava aberta, de modo que consegui ver uma caixa de madeira com um altar budista. Depois vi que esses aposentos elegantes serviam para uso da família — e também de Hatsumomo, embora, como eu compreenderia, ela nem fosse membro da família. Quando membros da família queriam ir ao pátio não passavam pelo corredor de terra batida como as criadas, mas tinham sua própria rampa de madeira polida correndo ao lado da casa. Havia até banheiros separados — um superior para a família, um inferior para os criados.

Eu ainda teria de descobrir a maior parte dessas coisas, embora em um dia ou dois ficasse sabendo de tudo. Mas parei ali no corredor um longo tempo, imaginando que tipo de lugar seria aquele e sentindo muito medo. Titia desaparecera na cozinha e falava com alguém numa voz rouca. Finalmente alguém apareceu. Vi que era uma menina da minha idade carregando um balde de madeira tão pesado de água que ela derramava a metade no chão de terra. Seu corpo era magro, mas o rosto era gordinho e de um redondo quase perfeito, de modo que parecia um melão numa vara. Esforçava-se por carregar o balde, sua língua saía da boca como o caule do alto de uma abóbora. Como eu logo veria, era um hábito dela. Botava a língua para fora quando mexia a sua sopa de *miso*, ou servia arroz numa tigela, e até quando amarrava o nó de sua roupa. E seu rosto era realmente tão gordinho e macio, com aquela língua saindo feito um caule de abóbora, que em poucos dias eu já lhe dera o apelido de "Abóbora", que todo mundo acabou usando — até seus clientes, muitos anos depois, quando se tornara uma gueixa em Gion.

Quando havia depositado o balde perto de mim, Abóbora recolheu a língua e afastou uma madeixa de cabelo para atrás da orelha, enquanto me fitava. Achei que ela diria alguma coisa, mas continuou apenas me encarando como se tentasse decidir se iria ou não dar-me uma mordida. Realmente parecia faminta; finalmente inclinou-se e sussurrou para mim:

— De onde diabos você apareceu?

Achei que não ajudaria nada dizer que tinha vindo de Yoroido; pois como seu sotaque era tão estrangeiro para mim quanto o de todo mundo, tive certeza de que ela não reconheceria o nome de minha aldeia. Em vez disso eu disse que acabava de chegar.

— Achei que nunca mais ia ver outra menina da minha idade — ela me disse. — Mas qual é o problema com os seus olhos?

Nesse minuto Titia saiu da cozinha e enxotou Abóbora dali. Pegou o balde e um trapo de pano, e me levou até o pátio. Este tinha uma linda aparência musgosa, com pedras de calçamento levando a um depósito no fundo; mas o cheiro era horrível porque ali ficavam os banheiros, no galpãozinho a um lado. Titia me mandou tirar a roupa. Tive medo de que ela pudesse fazer algo como a Sra. Mexe-mexe tinha feito, mas apenas despejou a água nos meus ombros e me esfregou toda com o pano. Depois deu-me um traje que era apenas um algodão grosseiro com um padrão simples azul-escuro, mas certamente mais elegante do que tudo o que eu jamais usara. Uma velha que depois vi ser a cozinheira veio pelo corredor com várias criadas idosas dar uma espiada em mim. Titia disse-lhes que teriam muito tempo para me olhar outro dia e as mandou de volta para o lugar de onde tinham vindo.

— Agora, menininha, me escute — disse-me Titia quando ficamos sozinhas. — Eu ainda nem quero saber o seu nome. Mamãe e Vovó não gostaram da última menina que veio, e ela ficou aqui só um mês. Sou velha demais para aprender nomes novos, a não ser depois de decidirem que você vai ficar aqui.

— E o que vai acontecer se não me quiserem? — perguntei.

— Melhor para você que queiram.

— Senhora, eu posso perguntar... que lugar é este?

— É um *okiya* — ela disse. — Onde vivem as gueixas. Se trabalhar duro, você também vai ser uma gueixa quando crescer. Mas não irá além da próxima semana a não ser que me escute muito bem, porque Mamãe e Vovó vão descer as escadas em seguida para dar uma olhada em você. E é melhor que gostem do que virem. Sua tarefa é fazer uma mesura, o mais fundo que puder, e não olhe nos olhos delas. A mais velha, que chamamos Vovó, nunca na vida gostou de ninguém, de modo que não se preocupe com o que ela disser. Se lhe fizer uma pergunta, não responda, pelo amor de Deus! Eu respondo por você. A que você deve tentar impressionar é Mamãe. Não é má, mas só se interessa por uma coisa.

Não tive ocasião de descobrir que coisa era, pois ouvi um rangido da direção do *hall* de entrada, e duas mulheres vieram deslizando em direção do passadiço. Não me atrevi a olhar para elas. Mas o que pude ver pelo canto do olho me fez pensar em dois adoráveis pacotes de seda flutuando numa correnteza. Num instante estavam diante de mim, sobre o passadiço, onde se baixaram e ajeitaram os quimonos sobre os joelhos.

— Umeko-san! — berrou Titia, pois esse era o nome da cozinheira. — Traga chá para Vovó.

— Não quero chá — escutei dizer uma voz de taquara rachada.

— Ora, Vovó — disse uma voz mais rouca, que pensei ser de Mamãe. — Você não tem de beber. Titia só quer cuidar de que você se sinta bem.

— Ninguém com ossos como estes meus pode sentir-se bem — grunhiu a velha. Ouvi-a inspirar para dizer mais alguma coisa, mas Titia a interrompeu.

— Esta é a nova menina, Mãe — ela disse, e me deu um empurrãozinho, que considerei sinal para fazer a mesura. Ajoelhei-me e fiz uma mesura tão funda que consegui aspirar o ar bolorento que vinha de sob os alicerces. Então voltei a ouvir a voz de Mamãe.

— Levante-se e chegue mais perto. Quero dar uma olhada em você.

Estou certa de que ela ia dizer mais alguma coisa para mim depois que eu me aproximara dela, mas em vez disso tirou do seu *obi*, onde o guardava enfiado, um cachimbo com taça de metal e um longo cabo de bambu. Colocou-o a seu lado no assoalho e tirou do bolso da manga uma bolsinha de seda num cordão, da qual tirou um grande pitada de tabaco. Ajeitou o tabaco com o dedo mínimo, manchado da cor laranja de inhame assado; depois botou o cachimbo na boca, e acendeu-o com um fósforo de uma minúscula caixa de metal.

Agora pela primeira vez me olhou direito, baforando em seu cachimbo enquanto a velha a seu lado suspirava. Eu senti que não devia olhar Mamãe diretamente, mas tive a impressão de que a fumaça emanava de seu rosto como vapor de uma rachadura na terra. Estava tão curiosa com ela que meus olhos assumiram vida própria e começaram a espiar. Quanto mais eu via dela, mais fascinada ficava. Seu quimono era amarelo com ramos de salgueiro cheios de adoráveis folhas verdes e laranjas; era feito de gaze de seda, delicada como uma teia de aranha. Seu *obi* me deixou espantadíssima. Também era de uma linda textura de gaze, mas de aparência mais pesada, em marrom e castanho-avermelhado com fios de ouro entremeados. Quanto mais olhava sua roupa, menos eu me dava conta de estar parada num corredor de terra batida, e nem pensava onde estaria minha irmã — e minha mãe e meu pai — e do que seria de mim. Cada detalhe do quimono dessa mulher bastava para me fazer esquecer de mim mesma. E então tive um rude choque: pois acima da gola do elegante quimono estava um rosto que combinava tão pouco com a roupa como se eu tivesse estado apalpando o corpo de um gato e descobrisse que a criatura tinha cabeça de buldogue. Era uma mulher horrenda, embora muito mais moça do que Titia, o que eu não esperava. Na verdade, Mamãe era a irmã mais moça de Titia — embora se chamassem uma à outra de "Mãe" e "Tia", assim como todos no *okyia* faziam. Na verdade, não eram realmente irmãs como Satsu e eu. Não tinham nascido na mesma família; mas Vovó adotara as duas.

Fiquei tão ofuscada, ali parada com tantos pensamentos disparando em minha mente, que acabei fazendo exatamente aquilo que Titia me dissera para não fazer. Olhei direto nos olhos de Mamãe. Quando fiz isso ela tirou o cachimbo da boca, e seu queixo caiu como a portinhola de um alçapão. Embora eu soubesse que deveria a qualquer custo olhar de novo para baixo, seus estranhos olhos me chocaram tanto em sua feiúra que não consegui evitar de ficar olhando fixamente para eles. Em vez de serem brancos e claros, tinham um horroroso tom amarelo, fazendo-me pensar num vaso em que alguém acabasse de urinar. Eram beirados por pálpebras vermelhas em que se aninhava uma nuvem úmida; e ao redor deles, pele murcha.

Baixei os olhos até sua boca, que ainda estava aberta. As cores de seu rosto eram todas misturadas; a beira de seus olhos era vermelha como carne crua, e suas gengivas e língua eram cinzentas. Para tornar tudo ainda pior, cada um de seus dentes inferiores parecia ancorar numa pequena poça de sangue nas gengivas. Era devido a alguma deficiência na dieta de Mamãe nos últimos anos, conforme aprendi mais tarde; mas não pude evitar de sentir, olhando para ela, que era como uma árvore que começava a perder as folhas. Fiquei tão chocada com todo o efeito daquilo que devo ter dado um passo atrás ou inspirado forte, ou de algum modo lhe dei uma noção do que sentia, pois imediatamente ela me disse naquela sua voz roufenha:

— O que está olhando?

— Sinto muito, senhora. Eu estava olhando o seu quimono — eu disse. — Nunca vi nada assim.

Deve ter sido a resposta certa — se é que havia resposta certa —, porque ela deu uma espécie de risada, embora soasse como tosse.

— Então você gostou, hem? — disse, continuando a tossir, ou rir, eu não sabia. — Você tem idéia de quanto ele custou?

— Não, senhora.

— Mais do que você, com certeza.

Nisso apareceu a criada com o chá. Enquanto o serviam, aproveitei a ocasião para dar uma rápida olhada em Vovó. Se Mamãe era um tanto gorducha, com dedos grossos e pescoço gordo, Vovó era velha e enrugada. Tinha no mínimo a idade de meu pai, mas parecia ter passado seus anos sendo cozida num estado de malignidade concentrada. Seu cabelo grisalho me fez pensar em um novelo de fios prateados, pois podia-se ver direto o seu crânio. E mesmo o seu crânio parecia mau, por causa de lugares onde a pele estava vermelha ou marrom da idade. Ela não franzia exatamente as sobrancelhas, mas sua boca assumia ao natural aquela postura de amuo.

Ela inspirou longamente, preparando-se para falar; depois, quando expirou de novo, murmurou:

— Eu não disse que não queria chá? — Então suspirou, sacudiu a cabeça e me disse:

— Que idade você tem, menininha?

— Ela é do ano do macaco — respondeu Titia em meu lugar.

— Aquela cozinheira idiota é do macaco — disse Vovó.

— Nove anos — disse Mamãe. — O que acha dela, Titia?

Titia postou-se à minha frente e botou minha cabeça para trás para encarar meu rosto:

— Ela tem bastante água.

— Olhos lindos — disse Mamãe. — Vovó, você viu os olhos dela?

— Para mim parece uma idiota — disse Vovó. — E não precisamos de mais um macaco.

— Tenho certeza de que você tem razão, Vovó — disse Titia. — Provavelmente ela é bem como você disse. Mas me parece uma menina bem inteligente, e adaptável; pode-se ver isso pelo formato das orelhas.

— Com tanta água em sua personalidade — disse Mamãe —, ela provavelmente saberá farejar fogo antes mesmo que ele comece. Não seria bom, Vovó? Você não terá mais de se preocupar com nosso depósito pegando fogo com todos os nossos quimonos lá dentro.

Como eu aprenderia mas tarde, Vovó tinha mais medo de fogo do que a cerveja tem medo de um velho sedento.

— Seja como for, é bem bonitinha, você não acha? — acrescentou Mamãe.

— Já temos meninas bonitas demais em Gion — disse Vovó. — O que precisamos é de uma menina esperta, não bonita. Aquela Hatsumomo era bonita quando chegou aqui, e veja só que idiota que é!

Depois disso Vovó se pôs de pé com a ajuda de Titia, e voltou pelo passadiço. Embora eu deva dizer que, apesar do andar desajeitado de Titia — por causa de um de seus quadris movendo-se diferente do outro —, não era óbvio qual das duas mulheres andava com mais dificuldade. Logo ouvi o som de uma porta no *hall* de entrada deslizando para se abrir e depois fechar de novo, e Titia voltou.

— Menininha, você tem piolhos? — perguntou Mamãe.

— Não — respondi.

— Vai ter de aprender a falar com mais educação. Titia, seja bondosa e apare o cabelo dela só para termos certeza.

Titia chamou uma criada e pediu tesouras.

— Bem, menininha — disse Mamãe —, agora você está em Kioto. Vai ter de aprender a se portar, ou vai levar uma surra. E é Vovó quem bate, de modo que você vai lamentar isso. Meu conselho é: trabalhe muito duro, e nunca saia do *okiya* sem licença. Faça o que lhe mandam; não dê trabalho, e em dois ou três meses quem sabe poderá começar a aprender as artes de uma gueixa. Eu não a trouxe para cá para ser uma criada. Se for assim, eu a botarei na rua.

Mamãe baforava no seu cachimbo e me olhava fixamente. Não me atrevi a fazer nenhum movimento até ela me dizer que o fizesse. Imaginei se minha irmã estaria parada diante de outra mulher cruel em outra casa, em alguma parte daquela cidade medonha. E tive uma súbita visão de minha pobre mãe doente, apoiada num cotovelo em seu *futon*, olhando em torno para ver aonde teríamos ido. Não quis que Mamãe me visse chorando, mas as lágrimas inundaram meus olhos antes que eu pudesse pensar em como as interromperia. Com minha visão enevoada, o quimono amarelo de Mamãe ficou cada vez mais macio até parecer cintilante. Então ela soprou uma baforada de sua fumaça, e ele desapareceu completamente.

capítulo quatro

D urante os primeiros poucos dias naquele lugar estranho, não me teria sentido pior se tivesse perdido braços e pernas em lugar de casa e família. Não tinha dúvida de que a vida jamais seria a mesma. Só conseguia pensar em minha própria confusão e infelicidade; dia após dia imaginava quando veria Satsu outra vez. Eu estava sem pai, sem mãe — até sem a roupa que sempre usara. Mas de alguma forma, a coisa que mais me espantara, depois de uma semana ou duas, foi que na verdade eu tinha sobrevivido. Lembro-me de um momento em que secava tigelas de arroz na cozinha, e de repente me senti tão desorientada que tive de interromper o que fazia e fitar minhas mãos por longo tempo; pois quase não podia acreditar que aquela pessoa secando tigelas era realmente eu.

Mamãe me dissera que eu poderia começar meu treinamento dentro de poucos meses, se trabalhasse duro e me portasse bem. Como aprendi com Abóbora, começar meu treinamento significaria freqüentar a escola em outro setor de Gion, tendo aulas de coisas como música, dança e a cerimônia do chá. Todas as meninas que estudavam para serem gueixas tinham aulas nessa mesma escola. Eu estava certa de que encontraria Satsu quando finalmente me permitissem ir até lá; assim, no fim de minha primeira semana, decidi ser tão obediente quanto uma vaca seguindo a corda que a puxava, esperando que Mamãe me mandasse logo para a escola.

A maior parte das minhas tarefas era simples. Eu guardava os *futons* de manhã, limpava os quartos, varria o corredor de terra, e assim por diante. Às vezes mandavam-me até o farmacêutico pegar ungüento para a sarna da cozinheira ou a uma loja na Avenida Shijo apanhar os biscoitos de arroz de que Titia tanto gostava. Por sorte os trabalhos piores, como limpar banheiros, eram responsabilidade de uma das criadas mais velhas. Mas mesmo trabalhando tão duramente quanto era capaz, eu parecia nunca causar a boa impressão que esperava, porque cada dia minhas tarefas eram mais do que eu poderia cumprir; e o problema ficava bem pior por causa de Vovó.

Cuidar dela não era um de meus deveres — não quando Titia os descreveu. Mas quando Vovó me chamava eu não podia ignorá-la, pois ela tinha mais antigüidade que qualquer outra pessoa no *okiya*. Certo dia, por exemplo, eu ia levar chá para Mamãe no andar de cima, quando ouvi Vovó chamar:

— Onde anda aquela menina! Mandem-na para cá!

Tive de largar a bandeja de Mamãe e correr para o aposento onde Vovó estava almoçando.

— Você não está vendo que este quarto está quente demais? — ela me disse depois de eu ter feito minha mesura, de joelhos. — Você devia ter vindo abrir a janela.

— Desculpe, Vovó. Eu não sabia que você estava com calor.

— Mas eu não pareço estar com calor?

Ela estava comendo arroz, vários grãos grudados em seu lábio inferior. Achei que parecia antes maligna do que acalorada, mas fui direto à janela e a abri. Assim que fiz isso, entrou uma mosca e começou a zumbir em torno da comida de Vovó.

— O que há com você? — disse ela, abanando seus pauzinhos em direção da mosca. — As outras criadas não deixam entrar moscas quando abrem a janela!

Pedi desculpas e disse-lhe que iria pegar um mata-moscas.

— E matar a mosca na minha comida? Ah, de jeito nenhum! Vai ficar parada aqui mesmo enquanto eu como e espanto a mosca.

Assim tive de ficar ali plantada todo o tempo em que Vovó comia sua comida, e ouvi-la contando a respeito do grande ator *kabuki* Ichimura Uzaemon XIV, que segurara sua mão na festa de olhar a lua quando ela estava com apenas catorze anos. Quando finalmente fiquei livre para me afastar, o chá de Mamãe estava tão frio que não pude entregá-lo. Tanto a cozinheira quanto Mamãe ficaram zangadas comigo.

A verdade era que Vovó não gostava de ficar sozinha. Mesmo quando precisava usar o vaso, fazia Titia ficar parada do lado de fora e segurar suas mãos para ajudá-la a equilibrar-se ali agachada. O odor era tão extraordinário que a pobre Titia quase quebrava o pescoço tentando afastar a cabeça o mais possível daquilo. Eu não tinha tarefas como aquela, mas freqüentemente Vovó me chamava para massageá-la enquanto ela limpava suas orelhas com uma minúscula colherinha; e a tarefa de a massagear era bem pior do que você imaginaria. Quase tive náuseas da primeira vez que ela abriu seu traje e o baixou sobre os ombros, porque a pele ali e no pescoço era cheia de bolotas e amarela como a de uma galinha antes de ser cozida. Mais tarde aprendi que em seu tempo de gueixa ela usara uma espécie de maquilagem branca que chamamos "argila chinesa", que tinha chumbo como base. A Argila da China era venenosa, descobriu-se depois, o que em parte explicaria o péssimo humor de Vovó. Mas, quando jovem, Vovó também fora seguidamente até as fontes quentes no norte de Kioto. Teria sido ótimo se a maquilagem com base de chumbo não fosse tão difícil de remover; resquícios dela combinaram-se com algum produto químico na água, formando uma tintura que arruinara sua pele. Vovó não era a única afligida por esse problema. Até durante os primeiros anos da Segunda Guerra Mundial, podiam-se ver nas ruas de Gion mulheres velhas com pescoços amarelos e engelhados.

Um dia, quando eu estava no *okiya* havia três semanas, subi ao andar de cima para arrumar o quarto de Hatsumomo bem mais tarde do que o habitual. Eu sentia um medo terrível dela, embora quase nunca a visse por causa de sua vida ocupada. Eu me preocupava com o que ela poderia fazer se me encontrasse sozinha, de modo que sempre tentava limpar seu quarto quando ela deixava o *okiya* para as aulas de dança. Infelizmente, naquela manhã Vovó me ocupara quase até o meio-dia.

O quarto de Hatsumomo era o maior do *okiya*, mais amplo do que toda a minha casinha bêbada. Eu não podia entender por que seria tão maior do que os quartos de todo mundo, até que uma das criadas mais velhas me contou que embora Hatsumomo fosse a única gueixa do *okiya* agora, no passado havia três ou quatro, todas dormindo juntas naquele aposento. Hatsumomo vivia sozinha mas fazia confusão por quatro. Naquele dia, quando subi até seu quarto, além das habituais revistas espalhadas por toda a parte, escovas e pó de arroz sobre as esteiras junto de seu minúsculo penteador, encontrei restos de maçã e uma garrafa de uísque debaixo da mesa. A janela estava aberta e o vento devia ter derrubado o cabide de madeira onde pendurara o quimono da noite anterior — ou talvez o tivesse derrubado antes de ir bêbada para a cama e não o levantara mais. Habitualmente Titia já teria apanhado o quimono, porque era sua responsabilidade cuidar das roupas no *okiya*, mas por alguma razão ela não o fizera. Exatamente quando eu estava colocando o cabide de pé outra vez, a porta deslizou e abriu-se de súbito, e virei-me para Hatsumomo ali parada.

— Ah, é você — disse ela —, pensei ter ouvido um camundongo ou coisa assim. Vejo que arrumou o meu quarto! É você que anda remexendo nos meus bules de maquilagem? Por que insiste em fazer isso?

— Sinto muito, senhora — eu disse. — Só mexo neles para tirar o pó.

— Mas se você tocar neles — ela disse —, vão começar a cheirar como você. E aí os homens vão me dizer: "Hatsumomo-san, por que está fedendo como uma mocinha ignorante de uma aldeia de pescadores?" Estou certa de que você entende isso, não entende? Mas repita para mim, para eu ter certeza. Por que é mesmo que não quero que você mexa na minha maquilagem?

Eu quase não consegui dizer, mas finalmente respondi:

— Por que as coisas vão começar a cheirar como eu.

— Muito bem! E o que vão dizer os homens?

— Vão dizer: "Ah, Hatsumomo-san, você está cheirando exatamente como uma menina de uma aldeia de pescadores."

— Hum... há alguma coisa no jeito de você dizer isso que não me agrada. Mas acho que está bem assim. Não entendo por que vocês meninas de aldeias de pescadores cheiram tão mal. Aquela sua irmã pavorosa esteve aqui outro dia, procurando por você, e fedia quase tanto quanto você.

Até ali meus olhos estavam pregados no chão; mas quando ouvi aquelas palavras, encarei Hatsumomo direto no rosto, para ver se estava dizendo a verdade ou não.

— Ficou surpresa! — ela disse. — Eu não contei que ela esteve aqui? Queria que eu lhe desse um recado a respeito do lugar onde está morando. Provavelmente quer que você a encontre, para que as duas possam fugir juntas.

— Hatsumomo-san...

— Quer que eu lhe diga onde ela está? Bom, você vai ter de merecer essa informação. Quando eu imaginar o jeito, avisarei. Agora saia.

Não me atrevi a desobedecer, mas antes de sair do quarto parei pensando que talvez a pudesse persuadir.

— Hatsumomo-san, sei que você não gosta de mim — eu disse. — Se tiver a bondade de me dizer o que quero saber, prometo que não a incomodarei nunca mais.

Hatsumomo pareceu muito contente ao ouvir isso, chegou até mim com uma felicidade luminosa no rosto. Sinceramente, nunca vi uma mulher de aspecto mais surpreendente. Por vezes homens na rua paravam e tiravam os cigarros da boca olhando para ela. Achei que ia sussurrar algo no meu ouvido. Mas depois de ficar diante de mim sorrindo por um momento, estendeu a mão e me deu uma bofetada.

— Eu disse que saísse do meu quarto, não disse? — comentou.

Fiquei perplexa demais para reagir. Mas devo ter tropeçado e caído para fora do quarto, porque logo me vi sentada no assoalho de madeira do corredor, com a mão no rosto. Num instante a porta do quarto de Mamãe se abriu.

— Hatsumomo! disse Mamãe, e me ajudou a me erguer. — O que foi que fez com Chiyo?

— Ela estava falando em fugir, Mamãe. Achei que seria melhor lhe dar um tapa em seu lugar. Imaginei que você estaria ocupada demais para fazer isso.

Mamãe chamou uma criada e pediu várias fatias de gengibre fresco, depois me levou para seu quarto e me sentou junto da mesa enquanto acabava de dar um telefonema. O único telefone para ligar para fora do *okiya* ficava na parede do quarto dela, e ninguém mais tinha permissão de o usar. Ela deixara o fone sobre a prateleira, e quando o pegou de novo apertou-o com tanta força em seus dedos gorduchos que achei que um suco haveria de escorrer nas esteiras.

— Desculpe — disse em sua voz rascante. — Hatsumomo está outra vez dando tapas nas criadas.

Durante minhas primeiras semanas no *okiya* senti uma afeição insensata por Mamãe — algo como um peixe poderá sentir pelo pescador que tira o anzol de sua boca. Provavelmente era porque não a via mais do que poucos minutos cada dia, enquanto limpava seu quarto. Ela estava sempre ali, sentada junto da mesa, habitualmente com um livro de contabilidade que tirara da prateleira aberto à sua frente, os dedos de uma mão manobrando as contas de marfim do seu ábaco. Talvez fosse organizada com seus livros de contabilidade, mas no resto era ainda mais relaxada do que Hatsumomo. Quando largava o cachimbo na mesa, esparramava pedacinhos de cinza e tabaco ao redor, e ela os deixava onde quer que caíssem. Não gostava que ninguém tocasse o seu *futon*, nem mesmo para trocar os lençóis, de modo que o quarto todo cheirava horrivelmente. E as cortinas de papel nas janelas estavam cheias de manchas de fumaça, porque ela fumava tanto, o que dava ao aposento uma atmosfera sombria.

Enquanto Mamãe falava ao telefone, uma das criadas mais velhas entrou com várias fatias de gengibre fresco para eu comprimir contra meu rosto, onde Hatsumomo me batera. O movimento da porta abrindo e fechando despertou o cachorrinho de Mamãe, Taku, uma criatura de mau gênio e cara amassada. Ele parecia ter apenas três diversões na vida: latir, rosnar e morder quem tentasse afagá-lo. Depois que a criada saíra, Taku veio deitar-se atrás de mim. Era um de seus pequenos truques; ele gostava de se colocar onde eu pisasse nele por acidente, e em seguida me mordia. Eu começava a me sentir como um camundongo numa ratoeira, entre Mamãe e Taku, quando finalmente ela desligou o telefone e me fitou com seus olhos amarelos.

— Agora, menininha, escute o que vou dizer. Talvez tenha ouvido Hatsumomo dizer mentiras. Só porque ela pode mentir, isso não significa que você possa. Quero saber... por que ela lhe deu um tapa?

— Queria que eu saísse do quarto, Mamãe — respondi. — Sinto muitíssimo.

Mamãe me fez repetir tudo com o sotaque correto de Kioto, o que achei difícil. Quando finalmente pronunciei de maneira satisfatória para ela, prosseguiu:

— Acho que você não compreende seu trabalho aqui no *okiya*. Todas nós pensamos em uma só coisa: em como podemos ajudar Hatsumomo a ter sucesso como gueixa. Até Vovó. Ela pode lhe parecer uma velha difícil, mas na verdade passa o dia pensando em como ajudar Hatsumomo.

Eu não fazia a menor idéia do que Mamãe estava falando. Para dizer a verdade, acho que ela não acreditava nem um pouco que Vovó pudesse ajudar quem quer que fosse.

— Se uma pessoa com a idade de Vovó trabalha o dia todo para facilitar o trabalho de Hatsumomo, entenda que você tem de trabalhar muito mais.

— Sim, Mamãe, vou continuar a trabalhar muito.

— Não quero mais saber de você aborrecendo Hatsumomo. A outra menina consegue ficar afastada dela; você pode fazer o mesmo.

— Sim, Mamãe... mas antes de ir posso fazer uma pergunta? Tenho estado pensando se alguém sabe onde está minha irmã. Sabe, eu esperava poder lhe mandar um bilhete.

Mamãe tinha uma boca singular, grande demais para seu rosto, e ficava entreaberta a maior parte do tempo; mas agora fez algo que eu nunca a vira fazer antes: juntou os dentes como se quisesse que eu desse uma boa olhada neles. Era o seu jeito de sorrir — embora eu não percebesse até ela começar a fazer aquele ruído de tosse que era o seu riso.

— E por que diabos eu lhe contaria uma coisa dessas? — ela disse.

Depois deu mais algumas vezes sua risada tossida, e abanou a mão indicando que eu devia sair do quarto.

Quando saí, Titia estava esperando no saguão do andar de cima, com uma tarefa para mim. Deu-me um balde e me mandou escada acima por um alçapão, até o telhado. Lá, apoiado em suportes de madeira, havia um tanque para coletar água da chuva. Esta corria pela força da gravidade para o pequeno banheiro do segundo andar perto do quarto de Mamãe, pois naquele tempo não havia água encanada, nem na cozinha. Ultimamente o tempo estivera seco, e o vaso começara a cheirar mal. Minha tarefa era botar água no tanque, de modo que Titia pudesse dar a descarga no vaso algumas vezes e limpá-lo.

As telhas ao sol do meio-dia eram como facas ardentes em meu corpo; enquanto esvaziava o balde, não pude deixar de pensar na água fresca do laguinho onde nadávamos em nossa aldeia junto do mar. Poucas semanas antes eu tinha estado nesse lago; mas agora, ali no telhado do *okiya*, tudo parecia tão remoto. Titia gritou para mim, lá no alto, para que antes de descer recolhesse as algas que secavam entre as telhas. Olhei o calor nebuloso que jazia sobre a cidade e as colinas que nos rodeavam como muros de uma prisão. Em algum lugar debaixo desses telhados minha irmã provavelmente cumpria suas tarefas como eu. Pensei nela quando me choquei por acaso com o tanque, e a água se derramou e escorreu para a rua.

Mais ou menos um mês depois de eu ter chegado ao *okiya*, Mamãe me disse que chegara a hora de eu começar a freqüentar a escola. Acompanharia Abóbora na manhã seguinte, para ser apresentada aos professores. Depois Hatsumomo me levaria a algum lugar chamado "escritório de registros", de que eu nunca ouvira falar, e à tarde eu a observaria botando maquilagem e vestindo seu quimono. Era uma tradição do *okiya* que no dia de iniciar seu treinamento uma menina observasse a gueixa mais importante.

Quando ouviu que me levaria à escola na manhã seguinte, Abóbora ficou muito nervosa.

— Você vai ter de estar pronta para sair no momento em que acordar — disse. — Se nos atrasarmos, será melhor nos afogarmos logo no esgoto.

Eu vira Abóbora sair do *okiya* todos os dias tão cedo que seus olhos ainda estavam remelentos. E muitas vezes parecia quase em prantos ao sair. Na verdade, quando passava pela cozinha matraqueando em seus sapatos de madeira, às vezes eu pensava ouvi-la chorar. Não estava se dando muito bem em suas lições — na verdade, não estava indo nada bem. Chegara ao *okiya* cerca de seis meses antes de mim, mas só uma semana depois de minha chegada começara a freqüentar a escola. Na maior parte dos dias, quando voltava pelo meio-dia, escondia-se imediatamente no alojamento, para que ninguém visse que estava aborrecida.

Na manhã seguinte acordei ainda mais cedo do que de hábito, e pela primeira vez vesti a roupa branca e azul que as alunas usavam. Não era senão um traje de algodão informe com um desenho infantil em xadrez; estou certa de que não parecia mais elegante do que um hóspede de uma estalagem parece usando roupão a caminho do banho. Mas nunca antes eu usara sobre meu corpo nada nem de longe tão glamouroso.

Abóbora me aguardava na entrada com aquele ar preocupado. Eu estava por enfiar os pés nos sapatos quando Vovó me chamou ao seu quarto.

— Não! — disse Abóbora entre os dentes; e realmente seu rosto desabava como cera derretendo. — Vou me atrasar de novo. Vamos sair fingindo que não ouvimos!

Eu gostaria de ter feito o que Abóbora sugeria, mas Vovó já estava no seu umbral olhando-me do outro lado do saguão de entrada. Afinal ela me reteve apenas dez a quinze minutos, mas a essa altura já corriam lágrimas dos olhos de Abóbora. Quando finalmente partimos, ela começou imediatamente a andar tão depressa que eu quase não a conseguia acompanhar.

— Como aquela velha é cruel! — ela disse. — Trate de enfiar sempre as mãos num prato de sal depois de ela a obrigar a massagear aquele seu pescoço.

— Por que eu faria isso?

— Minha mãe costumava dizer: "O mal se espalha no mundo através do toque." Sei que é verdade também porque certa manhã minha mãe roçou num demônio que passava por ela na estrada, e foi por isso que ela morreu. Se não purificar suas mãos, você vai acabar uma velha enrugada como picles, igualzinha a Vovó.

Tendo em vista que Abóbora e eu tínhamos a mesma idade e a mesma peculiar posição na vida, estou certa de que teríamos conversado muitas vezes se pudéssemos. Mas nossas tarefas nos mantinham tão ocupadas que quase não tínhamos tempo de tomar as refeições — que Abóbora tomava antes de mim por ser mais velha no *okiya*. Eu sabia que Abóbora viera só seis meses antes de mim, como já disse. Mas sabia muito pouco a respeito dela, de modo que perguntei:

— Abóbora, você é de Kioto? Pelo sotaque, parece que é.

— Eu nasci em Sapporo. Mas minha mãe morreu quando eu tinha cinco anos, e meu pai me mandou para cá para viver com um tio. No ano passado meu tio perdeu seu negócio, e aqui estou eu.

— Por que não foge para Sapporo?

— O meu pai sofreu uma maldição e morreu no ano passado. Não posso fugir porque não tenho para onde ir.

— Quando eu encontrar minha irmã — eu disse —, você pode vir conosco. Vamos fugir juntas.

Sabendo das dificuldades que Abóbora estava tendo com suas lições, achei que ficaria contente com minha oferta. Mas ela não disse nada. A essa altura estávamos na Avenida Shijo, que atravessamos em silêncio. Era a mesma avenida tão apinhada quando o Sr. Bekku me trouxera com Satsu da estação. Agora, tão cedo de manhã, eu só vi um único bonde na rua, ao longe, e uns poucos ciclistas aqui e ali. Quando chegamos ao outro lado, continuamos por uma rua estreita, depois Abóbora parou pela primeira vez desde que deixamos o *okiya*.

— O meu tio era um homem muito bom — ela disse. — Esta foi a última coisa que o ouvi dizer antes de me mandar embora: "Algumas meninas são inteligentes, outra são bobas", ele me disse. "Você é uma boa menina mas é das bobas. Não vai conseguir muita coisa no mundo. Vou mandá-la a um lugar onde as pessoas lhe dirão o que fazer. Faça o que lhe disserem, e sempre vão cuidar de você." Assim, Chiyo-chan, se você quiser agir por conta própria, faça isso. Mas eu, eu achei um lugar onde vou passar a vida. Vou trabalhar duro sempre para não ser mandada embora. Mas é mais fácil me jogar de um penhasco do que estragar minhas chances de ser uma gueixa como Hatsumomo.

Nisso Abóbora se interrompeu. Olhava algo no chão atrás de mim.

— Ah, santos deuses, Chiyo-chan — ela disse —, isso não lhe dá fome?

Virei-me e olhei para a entrada de outro *okiya*. Numa prateleira dentro da porta havia um altar shinto em miniatura com uma oferenda de bolo de arroz-doce. Fiquei imaginando se era isso que Abóbora vira; mas seus olhos estavam voltados para o chão. Algumas samambaias e musgos beiravam a trilha de pedra que levava à porta interna, mas eu não enxergava nada mais. E então minha vista o descobriu. Fora da entrada, na beira da rua, um espeto de madeira com um pedaço de lula assada na brasa.

À noite, os vendedores os vendiam de carrocinhas. O cheiro do molho doce era um tormento para mim, pois criadas como nós só podiam se alimentar com arroz e picles na maior parte das refeições, sopa uma vez ao dia, e pequenas porções de carne duas vezes ao mês. Mas mesmo assim não vi nada de apetitoso naquele pedaço de lula no chão. Duas moscas giravam em círculos sobre ele casualmente como se estivessem passeando no parque.

Abóbora tinha todo o jeito de quem iria engordar, se tivesse chance. Às vezes eu ouvia seu estômago roncando de fome, como o rumor de uma enorme porta se abrindo. Mesmo assim não pensei que realmente estivesse querendo comer a lula, até que a vi olhar rua acima e abaixo para ter certeza de que não vinha ninguém.

— Abóbora — eu disse —, pelo amor de Deus, se você tiver fome, pegue o bolo de arroz-doce daquela prateleira. As moscas já tomaram conta da lula.

— Mas eu sou maior que elas — ela disse. Além do mais, seria sacrilégio comer o bolo de arroz-doce, é uma oferenda.

Tendo dito isso, abaixou-se para pegar o espetinho.

É verdade que cresci num lugar onde as crianças experimentavam comer tudo que se movesse. E admito que comi um grilo certa vez quando tinha quatro ou cinco anos, mas só porque alguém me enganou. Mas ver Abóbora parada ali segurando aquele pedaço de lula num espeto, com sujeira da rua e as moscas andando... Ela soprou para as afastar, mas elas apenas tentaram manter o equilíbrio.

— Abóbora, você não pode comer isso — eu disse. — Será o mesmo que lamber o calçamento da rua!

— E o que tem o calçamento? — ela disse. E dizendo isso — eu jamais teria acreditado se não tivesse visto —, Abóbora se ajoelhou, botou a língua de fora e deu uma longa e cuidadosa lambida no chão. Minha boca abriu-se de choque; e quando Abóbora se levantou de novo, tinha o ar de quem não acredita no que fez. Mas limpou a língua com a palma da mão, cuspiu algumas vezes, meteu o pedaço de lula entre os dentes e o retirou do espeto.

Deve ter sido um pedaço duro, pois Abóbora o mastigou todo o trajeto subindo a suave colina até o portão de madeira que levava ao complexo da escola. Senti um nó no estômago ao entrar, porque o jardim me pareceu tão imponente. Arbustos de sempre-vivas e pinheiros torcidos rodeavam um lago decorativo cheio de carpas. Do outro lado da parte mais estreita do lago, uma pedra. Duas velhas de quimono estavam de pé em cima dela, segurando sombrinhas laqueadas para bloquear o sol da manhã. Não compreendi o que estava vendo das edificações, mas agora sei que apenas uma minúscula parte do complexo era dedicado à escola. O edifício imponente no fundo era na verdade o Teatro Kaburenjo — onde cada primavera as gueixas de Gion realizam as *Danças da Velha Capital*.

Abóbora correu até a entrada de uma longa construção de madeira que pensei serem alojamentos de empregados, mas que era a escola. No momento em que entrei no vestíbulo, notei um claro cheiro de folhas de chá torradas, que até hoje fazem meu estômago se contrair como se eu estivesse de novo a caminho daquelas aulas. Tirei meus sapatos para os colocar na prateleira mais próxima, mas Abóbora me interrompeu; havia uma regra tácita sobre qual escaninho usar. Abóbora estava entre as mais jovens das meninas, e tinha de escalar os escaninhos de outras feito uma escada para guardar seus sapatos bem no alto. Como fosse minha primeira manhã, eu era ainda mais novata que ela; tive de usar o escaninho acima do dela.

— Tenha muito cuidado para não pisar nos outros sapatos quando subir ali — ela me disse, embora houvesse apenas uns poucos pares. — Se pisar neles e uma das meninas avistar você fazendo isso, vai levar um castigo tão sério que suas orelhas vão rebentar.

O interior da escola me pareceu velho e empoeirado como uma casa abandonada. No fim do longo corredor havia um grupo de seis ou oito meninas. Levei um choque ao botar os olhos nelas, porque achei que uma delas poderia ser Satsu, mas quando se viraram para nos olhar fiquei desapontada. Todas usavam o mesmo penteado, o *wareshinobu* das aprendizes de gueixa, e pareciam saber muito mais sobre Gion do que Abóbora e eu jamais saberíamos.

No meio do corredor entramos numa sala de aula espaçosa no estilo japonês tradicional. Ao longo de uma parede havia um grande quadro de pinos, com muitas minúsculas placas de madeira; em cada placa estava escrito um nome em traços pretos e gordos. Minha leitura e escrita ainda eram precárias. Em Yoroido eu freqüentava a escola de manhã, e desde que viera a Kioto passara uma hora todas as tardes estudando com Titia, mas consegui ler muito poucos dos nomes. Abóbora foi até o quadro e de uma caixa rasa sobre as esteiras pegou uma placa com seu próprio nome, que pendurou no primeiro gancho vazio. Esses quadros de pinos, você sabe, eram como folhas de caderno de chamada.

Depois disso, fomos a várias outras salas de aula para assinar do mesmo modo para as outras aulas de Abóbora. Ela teria quatro aulas naquela manhã: *shamisen*, dança, cerimônia do chá, e uma espécie de canto que chamamos *nagauta*. Abóbora estava tão preocupada por ser a última aluna de suas classes que começou a torcer a barra de sua roupa assim que deixamos a escola para o café da manhã no *okiya*. Mas quando entrávamos em nossos sapatos outra menina de nossa idade chegou correndo pelo jardim, com o cabelo ainda desalinhado. Depois de vê-la, Abóbora pareceu mais calma.

Tomamos uma tigela de sopa e voltamos à escola o mais depressa que podíamos, de modo que Abóbora pudesse ajoelhar-se no fundo da sala de aula e pegar o seu *shamisen*. Se você nunca viu um, vai achá-lo um instrumento de aspecto peculiar. Algumas pessoas o chamam guitarra japonesa, mas na verdade é bem menor do que uma guitarra, com um fino pescoço de madeira com três grandes cravelhas de afinação na ponta. O corpo é apenas uma pequena caixa de madeira com pele de gato esticada por cima como um tambor. O instrumento todo pode ser desmontado e colocado numa caixa ou bolsa, e é assim que o transportam. De qualquer modo, Abóbora pegou seu *shamisen* e começou a afiná-lo com a língua de fora, mas lamento dizer que tinha péssimo ouvido e as notas subiam e desciam como um bote sobre as ondas, sem jamais parar onde deveriam. Logo a sala de aula estava cheia de meninas com seus *shamisens*, colocadas em intervalos como bombons numa caixa. Fiquei de olho na porta, na esperança de que Satsu aparecesse, mas ela não o fez.

Um momento depois entrou a professora. Era uma mulherzinha muito pequena com voz estridente. Seu nome era Professora Mizumi, e era assim que a chamávamos em sua presença. Mas seu sobrenome soava muito parecido com *nezumi* — "camundongo" —, de modo que pelas suas costas a chamávamos Professora Nezumi — Professora Camundongo.

A Professora Camundongo ajoelhava-se numa almofada diante da classe e não se esforçou nem um pouco por parecer amável. E quando as estudantes lhe fizeram mesuras em conjunto e lhe deram bom-dia, ela apenas baixou os olhos para elas sem dizer nada. Finalmente olhou o quadro na parede e chamou o nome da primeira aluna.

Essa primeira menina parecia ter um elevado conceito de si mesma. Depois de deslizar para a frente na sala, inclinou-se diante da professora e começou a tocar. Um minuto ou dois depois, a Professora Camundongo disse à menina que parasse e fez toda a sorte de comentários desagradáveis sobre sua maneira de tocar; depois fechou o leque num golpe e acenou com ele para que a menina se afastasse. Esta agradeceu, fez outra mesura e voltou ao seu lugar, e a Professora Camundongo bebeu outro golinho de chá e chamou o nome da próxima estudante.

Isso continuou por mais de uma hora, até que enfim foi chamado o nome de Abóbora. Pude ver que ela estava nervosa, e no momento em que começou a tocar tudo pareceu sair errado. Primeiro, a Professora Camundongo a interrompeu e tirou-lhe o *shamisen* para afinar ela mesma as cordas. Depois Abóbora tentou de novo, mas todas as estudantes começaram a se entreolhar, pois ninguém sabia que peça Abóbora estava tentando tocar. A Professora Camundongo bateu na mesa com ruído e disse-lhes que olhassem em frente; então usou o seu leque para bater o ritmo que Abóbora devia seguir. Não adiantou nada, de modo que finalmente a Professora Camundongo começou a trabalhar na maneira de Abóbora segurar o instrumento. Quase torceu cada um dos dedos de Abóbora, me pareceu, querendo fazê-la assumir a posição correta de segurar o instrumento. Finalmente desistiu disso, também, e deixou a palheta cair na esteira, aborrecida. Abóbora a apanhou e voltou a seu lugar com lágrimas nos olhos.

Depois disso, entendi por que Abóbora estivera tão preocupada em ser a última aluna. Porque agora a menina de cabelo desalinhado, que correra até a escola quando saímos para o café da manhã, foi até a frente da sala e fez a sua mesura.

— Não desperdice seu tempo fazendo cortesias para mim! — disse a Professora Camundongo com sua voz de taquara rachada. — Se não tivesse dormido demais esta manhã, podia ter chegado aqui em tempo de aprender alguma coisa.

A menina desculpou-se e logo começou a tocar, mas a professora não lhe dava nenhuma atenção. Apenas disse:

— Você dorme demais de manhã. Como espera que eu a ensine, se não consegue nem se dar o trabalho de chegar à escola como as outras meninas e assinar seu nome adequadamente? Volte para o seu lugar. Não quero me aborrecer mais com você.

A turma foi dispensada, e Abóbora me levou até a frente da sala, onde fizemos mesuras para a Professora Camundongo.

— Permita que eu lhe apresente Chiyo, Professora — Abóbora disse —, e lhe peça que concorde em ensiná-la, porque é uma menina de muito pouco talento.

Abóbora não estava tentando me insultar; era o jeito que as pessoas falavam naqueles tempos, quando queriam ser polidas. Minha própria mãe teria dito a mesma coisa.

Fiz outra mesura e disse a mesma coisa a respeito de mim mesma. A Professora Camundongo não falou muito, apenas me olhou, depois disse:

— Você é uma menina esperta. Vejo isso só de olhar para você. Talvez possa ajudar sua irmã mais velha com as aulas.

Naturalmente falava de Abóbora.

— Coloque seu nome no quadro de pinos todas as manhãs o mais cedo que puder — ela me disse. — Fique quieta na sala de aula. Não tolero que falem! E seus olhos têm de estar fixos na frente. Se fizer tudo direito, vou lhe ensinar do melhor jeito que sei.

E tendo dito isso, nos despachou.

No corredor entre as salas de aula fiquei de olhos bem abertos para ver se via Satsu, mas não a encontrei. Comecei a me preocupar com a possibilidade de não a ver nunca mais, e fiquei tão nervosa que uma das professoras, antes de começar a aula, mandou todo mundo se calar e me perguntou:

— Você aí! O que a está perturbando tanto?

— Ah, nada, senhora. Eu mordi meu lábio por acidente — respondi. E para justificar isso — e para o bem das meninas ao redor, que me encaravam — mordi fortemente meu lábio, que sangrou.

Fiquei aliviada porque as outras aulas de Abóbora não eram tão duras de assistir quanto aquela primeira. Na aula de dança, por exemplo, as estudantes treinavam movimentos simultaneamente, e assim nenhuma se destacava. Abóbora não era a pior dançarina, tinha até mesmo certa graça desajeitada ao se mover. A aula de canto, mais tarde naquela manhã, foi mais difícil para ela, pois tinha mau ouvido; mas novamente as alunas treinavam em uníssono, de modo que ela podia dissimular seus erros movendo a boca claramente, mas cantando bem baixinho.

No fim de cada uma de suas aulas, ela me apresentava à professora. Uma delas me disse:

— Você mora no mesmo *okiya* que Abóbora, não é?

— Sim, senhora — eu disse —, o *okiya* Nitta — pois esse era o sobrenome de Vovó e Mamãe, bem como de Titia.

— Isso significa que mora com Hatsumomo-san.

— Sim, senhora. Hatsumomo é a única gueixa em nosso *okiya*, no momento.

— Vou fazer o melhor que puder para ensinar você a cantar — ela disse —, desde que você consiga sobreviver!

E a professora riu como se tivesse dito uma grande piada; depois mandou-nos embora.

capítulo cinco

N aquela tarde Hatsumomo me levou ao Registro de Gion. Eu esperava algo imponente, mas afinal tudo não passava de vários aposentos escuros, com tatames, no segundo andar do edifício da escola, cheios de escrivaninhas e livros de contabilidade, com um terrível cheiro de cigarro. Um funcionário ergueu os olhos para nós através da fumaça dos cigarros e nos chamou para o quarto dos fundos, com um sinal de cabeça. Lá, a uma mesa com pilhas de papéis, sentava-se o maior homem que eu vira na vida. Naquele tempo eu não sabia, mas outrora ele fora lutador de sumô; e com efeito, se tivesse saído e jogado seu peso contra o próprio edifício, provavelmente todas aquelas mesas teriam caído da plataforma de tatame. Ele não fora um lutador suficientemente bom para aposentar-se com nome famoso, como alguns faziam; mas ainda gostava de ser chamado pelo nome que usara nos dias de lutador, que era Awajiumi. Todo mundo abreviava isso para Awaji, como apelido.

Assim que entramos, Hatsumomo ligou seu charme. Era a primeira vez que eu a via fazer isso. Disse-lhe:

— Awaji-san! — Mas do modo como o disse eu não teria ficado surpresa se lhe tivesse faltado o ar no meio, porque soava assim:

— Awaaa-jii-saaaannnnnnn!

Era como se o estivesse censurando. Ele baixou a caneta ao ouvir a voz dela, e suas grandes bochechas moveram-se em direção das orelhas, o que era seu jeito de sorrir.

— Hum... Hatsumomo-san — disse —, se você ficar mais bonita do que já está, não sei o que vou fazer!

Quando ele falava parecia um sussurro alto, porque muitas vezes os lutadores de sumô prejudicam suas cordas vocais esmagando as gargantas uns dos outros.

Ele podia ter o tamanho de um hipopótamo, mas vestia-se com grande elegância. Usava um quimono listrado e calças de quimono. Seu trabalho era cuidar de que todo o dinheiro que passava por Gion fosse aonde devia ir; e um riachinho desse rio todo corria direto para o seu bolso. Não quero dizer que roubasse; era apenas assim que o sistema funcionava. Considerando que Awaji tinha um cargo tão importante, era vantagem para qualquer gueixa fazê-lo feliz, por isso ele tinha reputação de gastar tanto tempo fora de suas elegantes roupas quanto dentro delas.

Ela e Awaji falaram longo tempo, e finalmente Hatsumomo lhe disse que viera me registrar para as aulas na escola. Awaji ainda não me olhara de verdade, mas nisso virou sua cabeça gigantesca. Depois de um momento levantou-se para empurrar de lado um dos painéis diante da janela, para ter mais luz.

— Ora, achei que meus olhos estavam me enganando — ele disse. — Você devia ter-me contado antes que linda menina trazia consigo, Hatsumomo-san. Os olhos dela... são da cor de um espelho!

— Espelho? — disse Hatsumomo. — Um espelho não tem cor, Awaji-san.

— Claro que tem. É de um cinza cintilante. Se *você* olhar num espelho, tudo que vê é a si mesma, mas conheço uma linda cor quando a vejo.

— Mesmo? Bem, eu não acho tão bonito assim. Uma vez vi um morto que pescaram do rio, e a língua dele tinha a mesma cor dos olhos dela.

— Talvez você apenas seja bonita demais para conseguir enxergar outra coisa — disse Awaji abrindo um livro de contabilidade e pegando a caneta. — Seja como for, vamos registrar a menina. Então... Chiyo, hem? Me diga todo o seu nome, Chiyo, e onde nasceu.

No instante em que ouvi essas palavras, tive na mente uma imagem de Satsu erguendo os olhos para Awaji, cheia de confusão e medo. Ela devia ter estado naquele mesmo aposento alguma vez; se eu tinha de me registrar, certamente ela também precisara fazer o mesmo.

— Meu sobrenome é Sakamoto — eu disse —, e nasci na cidade de Yoroido. Talvez tenha ouvido, senhor, por causa de minha irmã mais velha, Satsu.

Achei que Hatsumomo ia ficar furiosa comigo; mas, para surpresa minha, pareceu quase contente por eu ter perguntado.

— Se ela é mais velha do que você, eu já a devo ter registrado — disse Awaji. — Mas não a conheci. Acho que nem está em Gion.

Agora entendi o sorriso de Hatsumomo; ela sabia de antemão o que Awaji iria dizer. Se eu tinha tido dúvida de que ela realmente falara com minha irmã, agora não duvidava mais. Havia outros distritos de gueixas em Kioto, embora eu pouco soubesse deles. Satsu estava em algum deles, e eu estava decidida a encontrá-la.

Quando voltei ao *okiya*, Titia estava esperando para me levar aos banhos rua abaixo. Eu estivera lá antes, embora só com as criadas mais velhas, que habitualmente me entregavam uma toalha pequena e um pedacinho de sabão e depois se agachavam no chão de azulejos para se lavarem, enquanto eu fazia o mesmo. Titia foi muito mais bondosa, e se ajoelhou a meu lado para esfregar minhas costas. Fiquei surpresa ao ver que ela não demonstrava qualquer modéstia, deixando cair seus seios em forma de tubos como se fossem apenas garrafas. Várias vezes, por acaso, até roçou meu ombro com um deles.

Depois levou-me de volta ao *okiya* e vestiu-me com o primeiro quimono de seda que jamais usara, de um azul brilhante com relva verde em torno da bainha, flores amarelas brilhantes nas mangas e no peito. Levou-me então escadas acima até o quarto de Hatsumomo. Antes de entrar avisou-me severamente para que não distraísse Hatsumomo de nenhum modo, nem fizesse nada que a aborrecesse. Na hora não entendi, mas agora sei perfeitamente o que a preocupava. Porque, você sabe, quando uma gueixa acorda de manhã parece-se exatamente com qualquer outra mulher. Seu rosto pode estar lustroso do sono, e seu hálito, desagradável. Pode estar usando um penteado deslumbrante mesmo quando luta por abrir os olhos; mas, em todos os outros aspectos, é uma mulher como qualquer outra, nada gueixa. Só quando se senta diante do espelho para colocar a maquilagem cuidadosamente, ela se torna uma gueixa. E não quero dizer que nesse momento ela começa a parecer uma. É também quando começa a *pensar* como gueixa.

No quarto, fui instruída a sentar-me ao lado de Hatsumomo, à distância de um braço, e logo atrás dela, onde pudesse ver seu rosto no minúsculo espelho de sua mesinha de maquilagem. Ela estava ajoelhada sobre uma almofada, usando um robe de algodão ajustado nos ombros, e em suas mãos reunia meia dúzia de pincéis de maquilagem, de diversos tamanhos. Alguns eram largos como leques, outros pareciam um pauzinho com um punhado de cabelo macio na ponta. Finalmente ela se virou e os mostrou a mim.

— Estes são os meus pincéis — disse. — E você recorda isto? — disse, tirando da gaveta o bule de vidro com sua maquilagem branca, balançando-o no ar para que eu o visse. — É a maquilagem que eu lhe disse para jamais tocar.

— Não a toquei — respondi.

Ela cheirou o vidro fechado várias vezes, depois disse:

— É, acho que não a tocou mesmo. — Então largou a maquilagem e pegou três bastõezinhos de pigmento, que estendeu para mim na palma da mão.

— São para sombrear. Pode examinar.

Peguei um dos bastõezinhos de pigmento. Tinha mais ou menos o tamanho de um dedo de bebê, mas era duro e liso como uma pedra, de modo que não deixou sinal e cor em minha pele. Uma ponta estava enrolada em delicada folha de prata, gasta pela pressão do uso.

Hatsumomo pegou de volta os bastõezinhos de pigmento e estendeu o que me pareceu um galhinho de madeira queimado numa ponta.

— Isto é um belo pedaço de madeira de *paulownia* — ela disse —, para desenhar minhas sobrancelhas. E isto é cera. — Ela tirou de um embrulho de papel duas barras meio usadas de cera e as estendeu para que eu as visse.

— Então, por que acha que estou lhe mostrando estas coisas?

— Para que eu compreenda como a senhora se pinta — respondi.

— Deus do céu, não! Mostrei para que você visse que não há nenhuma magia envolvida. Que pena por você! Porque significa que só maquilagem não vai mudar a pobre Chiyo em algo bonito.

Hatsumomo voltou a encarar o espelho e cantava baixinho enquanto abria um bule de creme amarelo pálido. Você pode não acreditar, mas esse creme era feito de excremento de rouxinol, e é verdade. Muitas gueixas usavam isso como creme facial naqueles dias, porque se acreditava que fosse excelente para a pele; mas era tão caro que Hatsumomo botava apenas umas poucas gotas em torno dos olhos e da boca. Então quebrou um pedacinho de cera de uma das barras, e depois de amaciar entre as pontas dos dedos esfregou-a na pele do rosto, do pescoço e do peito. Levou algum tempo limpando as mãos num pano, depois umedeceu num prato d'água um de seus pincéis achatados de maquilagem e esfregou-o na maquilagem até obter uma pasta branca como giz. Usou-a para pintar o rosto e o pescoço, mas deixou os olhos nus, bem como a área em torno dos lábios e do nariz. Se você já viu uma criança cortar buracos num papel para fazer uma máscara, era assim que Hatsumomo se parecia, até umedecer alguns pincéis menores usando-os para encher os espaços ainda não pintados. Pareceu então ter caído de cara num tonel de farinha de arroz, pois todo o seu rosto estava de um branco assustador. Parecia o demônio que realmente era, mas mesmo assim fiquei doente de ciúme e vergonha. Porque sabia que em uma hora, mais ou menos, os homens fitariam aquele rosto, cheios de admiração; e eu continuaria no *okiya*, suada e sem graça.

Agora ela umedeceu seus bastõezinhos de pigmento e usou-os para esfregar nas faces um tom avermelhado. Já em meu primeiro mês no *okiya* eu vira várias vezes Hatsumomo e sua maquilagem concluída; dera uma olhada nela sempre que podia fazer isso sem parecer rude. Notara que ela usava várias nuances para as faces, dependendo das cores do quimono. Não havia nada de inusitado nisso. Mas o que eu só soube anos depois era que Hatsumomo sempre escolhia uma sombra muito mais vermelha do que outras teriam escolhido. Não sei por que fazia isso, a não ser que fosse para fazer as pessoas pensarem em sangue. Mas Hatsumomo não era tola; sabia como destacar a beleza em seus traços.

Quando terminou de colocar o *blush* ainda não tinha sobrancelhas nem lábios. Mas de momento deixou seu rosto como uma máscara bizarra e pediu a Titia que pintasse a parte de trás do pescoço. Devo lhe dizer algo sobre pescoços no Japão, se ainda não sabe; é que via de regra os homens japoneses sentem a respeito de um pescoço e garganta de mulher o mesmo que os homens no Ocidente podem sentir com relação às pernas. É por isso que as gueixas usam as golas de seus quimonos tão abertas atrás que se vêem as primeiras vértebras de sua espinha; suponho que é como uma mulher em Paris usando saia bem curta. Titia pintou na parte de trás do pescoço de Hatsumomo um desenho chamado *sanbon-ashi* — "três pernas". É um desenho muito dramático, pois a gente tem a impressão de estar olhando a pele nua do pescoço através de minúsculos pontos numa cerca branca. Levei anos para entender o efeito erótico que isso tem sobre os homens; mas de certa maneira é como uma mulher espreitando entre os dedos. Na verdade a gueixa deixa uma beiradinha de pele nua em torno da linha do couro cabeludo, fazendo sua maquilagem parecer mais artificial ainda, quase como uma máscara usada no teatro Nô. Quando um homem senta a seu lado e vê sua pintura como máscara, fica muito mais consciente da pele nua debaixo.

Enquanto Hatsumomo lavava seus pincéis, olhou várias vezes rapidamente o meu reflexo no espelho, e finalmente me disse:

— Sei o que você está pensando. Está pensando que nunca vai ser tão bela assim. Bem, é verdade mesmo.

— Quero lhe dizer — disse Titia — que algumas pessoas acham Chiyo-chan uma menina bastante bonita.

— Algumas pessoas gostam do cheiro de peixe podre — disse Hatsumomo. E mandou que saíssemos do quarto para poder vestir sua roupa de baixo.

Titia e eu saímos para o patamar, onde estava parado o Sr. Bekku, esperando perto do espelho alto como no dia em que tirara Satsu e eu de nossa casa. Como eu aprendera na minha primeira semana no *okiya*, sua verdadeira ocupação não era arrancar meninas de suas casas; era um vestidor, isto é, vinha todos os dias ao *okiya* ajudar Hatsumomo a vestir seu elaborado quimono.

O traje que ela usaria naquela noite estava pendurado num cabide perto do espelho. Titia o alisava, ali parada, até que Hatsumomo saiu usando um traje de baixo de uma linda cor de ferrugem, com desenho de folhas de um amarelo profundo. O que aconteceu em seguida não fez muito sentido para mim naquela hora, porque o complicado hábito do quimono confunde quem não está acostumado a ele. Mas a maneira como é usado tem absoluto sentido quando bem explicada.

Para começar, é preciso entender que uma dona de casa e uma gueixa usam quimonos de modo totalmente diferente. Quando uma dona de casa veste um quimono, usa todo tipo de acolchoado para evitar que o traje se amontoe desgraciosamente na cintura, e como resultado acaba com aparência de um cilindro perfeito, como uma coluna de madeira num templo. Mas a gueixa usa quimono tão freqüentemente que quase não precisa de acolchoamentos, e aparecerem pregas não parece ser problema. Tanto uma dona de casa quanto uma gueixa começarão tirando a roupa com que aplicam a maquilagem e ajeitando uma anágua de seda em torno dos quadris nus; chamamos isso de *koshimaki* — "lenço de quadris". Isso é seguido de uma camiseta de mangas curtas, amarrada na cintura, e depois os acolchoamentos que parecem pequenos travesseiros com fitas para os prender no lugar certo. No caso de Hatsumomo, com seu tradicional corpo de quadris pequenos feito um salgueiro, e sua experiência de tantos anos vestindo quimono, ela nem usava acolchoamentos.

Tudo o que a mulher está vestindo até então ficará oculto quando estiver plenamente vestida. Mas o item seguinte, o vestido de baixo, não é realmente uma roupa interior. Quando uma gueixa executa uma dança ou às vezes até quando anda na rua, pode erguer a bainha do quimono na mão esquerda para que não estorve. O efeito é expor o vestido de dentro abaixo dos joelhos; assim, você entende, o padrão e o tecido desse vestido de baixo têm de combinar com o quimono. E com efeito, a gola do vestido de baixo aparece também, como o colarinho da camisa de um homem com terno. Parte da tarefa de Titia no *okiya* era costurar diariamente uma gola de seda no vestido de baixo que Hatsumomo planejava usar e tirá-la na manhã seguinte para limpar. Uma aprendiz de gueixa usa uma gola vermelha, mas naturalmente Hatsumomo não era uma aprendiz; sua gola era branca.

Quando saiu do quarto ela estava usando todos os itens que descrevi — embora nada pudéssemos ver exceto o vestido de baixo, fechado com uma tira na cintura. Também usava meias brancas, que chamamos *tabi*, abotoadas do lado. A essa altura estava pronta para ser vestida pelo Sr. Bekku. Vendo-o trabalhar você teria compreendido imediatamente por que a ajuda dele era necessária. Todos os quimonos são do mesmo comprimento, não importa quem os usa, de modo que, exceto pelas mulheres muito altas, o tecido que sobra tem de ser dobrado debaixo do cinturão. Quando o Sr. Bekku dobrou o tecido do quimono na cintura e amarrou uma corda para o firmar, não apareceu a menor mossa. Ou se aparecia algo, ele dava um puxão aqui e ali, e tudo ficava liso. Quando concluía seu trabalho, o traje sempre se adaptava maravilhosamente aos contornos do corpo.

O principal trabalho do Sr. Bekku como vestidor era amarrar o *obi*. Um *obi* como o que Hatsumomo usava tem duas vezes o comprimento da altura de um homem, e é quase tão largo quanto os ombros de uma mulher. Enrolado na cintura, cobre a área do osso esterno até abaixo do umbigo. A maior parte das pessoas que nada sabem de um quimono parecem pensar que o *obi* é simplesmente amarrado atrás, como uma faixa qualquer; nada pode estar mais longe da verdade. Meia dúzia de fitas e grampos são necessários para o manter firme, e certa quantidade de acolchoamento também, para dar forma ao grande laço. O Sr. Bekku levou vários minutos amarrando o *obi* de Hatsumomo. Quando estava pronto, quase não se viam ruguinhas no tecido, por mais grosso e pesado que fosse.

Eu entendia muito pouco do que estava vendo no patamar naquele dia; mas me parecia que o Sr. Bekku amarrava fitas e enfiava tecido num ritmo frenético, enquanto Hatsumomo nada fazia senão estender os braços e encarar a própria imagem no espelho. Olhando para ela, eu me sentia infeliz de tanta inveja. Seu quimono era de um brocado em nuances de castanho e ouro. Abaixo da cintura, corças em seus ricos tons de castanho outonal uniam os focinhos, com ouros e ferrugem ao fundo, num padrão de folhas caídas no chão de uma floresta. O *obi* era cor de ameixa entremeado com fios de prata. Naquele tempo eu não sabia, mas o traje que estava usando provavelmente custava tanto quanto o salário de um ano inteiro de um policial ou bombeiro. Mesmo assim, olhando para Hatsumomo ali parada quando se virou para olhar-se no espelho, a gente pensava que nenhuma quantidade de dinheiro neste mundo poderia tornar uma mulher tão glamourosa quanto ela estava.

Faltavam apenas os toques finais em sua maquilagem e nos ornamentos do cabelo. Titia e eu seguimos Hatsumomo de volta ao quarto dela, onde ela se ajoelhou junto do toucador e pegou uma minúscula caixa de laca contendo batom para os lábios. Usou um pincelzinho para o aplicar. Naquele tempo a moda era deixar o lábio superior sem pintura, o que tornava o inferior mais cheio. Maquilagem branca provoca toda a sorte de ilusões curiosas; se uma gueixa pintasse toda a superfície dos lábios, a boca acabaria parecendo dois grandes pedaços de atum. Assim, a maior parte das gueixas prefere um formato mais amuado, antes como um botão de violeta. A não ser que a gueixa tenha ao natural esse formato de lábios — e muito poucas têm —, quase sempre pinta uma boca mais arredondada do que a real. Mas, como eu disse, naqueles dias a moda era pintar apenas o lábio inferior, e foi o que Hatsumomo fez.

Agora ela pegou o raminho de madeira *paulownia* que me mostrara antes e o acendeu com um fósforo. Depois que queimara alguns segundos ela o apagou com um sopro, esfriou-o com as pontas dos dedos, e voltou ao espelho para desenhar as sobrancelhas com o carvão. Apareceu uma linda sombra gris. Depois foi a uma cômoda e escolheu enfeites para o cabelo, incluindo um de tartaruga e um inusitado cacho de pérolas na ponta de um longo alfinete. Quando as enfiara no cabelo, aplicou um pouco de perfume na carne nua atrás do pescoço e pôs o frasquinho achatado no *obi* para o caso de precisar dele depois. Também meteu no *obi* um leque fechado, e o lenço na manga direita. Depois virou-se e baixou os olhos para mim com o mesmo leve sorriso que mostrara antes, e até Titia teve de suspirar, tão extraordinária era a aparência de Hatsumomo.

capítulo seis

Não importa o que pensávamos de Hatsumomo, em nosso *okiya* ela era como uma imperatriz, pois ganhava o dinheiro do qual todas nós vivíamos. E sendo uma imperatriz, ficaria muito aborrecida se, voltando tarde da noite, encontrasse seu palácio às escuras e a criadagem dormindo. Quer dizer que, quando chegava bêbada demais para desabotoar suas meias, alguém tinha de fazer isso por ela; e se tinha fome, certamente não iria até a cozinha preparar algo para si mesma — algo como um *umeboshi ochazuke*, um de seus petiscos favoritos, feito com sobras de arroz e ameixas azedas em conserva, embebidas em chá quente. Na verdade, o nosso *okiya* não era nada inusitado nesse aspecto. O trabalho de esperar para fazer mesuras e dar boas-vindas à gueixa que voltava para casa quase sempre recaía sobre a mais nova dos "casulos", que era como seguidamente se chamavam as aprendizes de gueixa. E a partir do momento em que comecei a ter aulas na escola, o mais jovem casulo em nosso *okiya* era eu. Muito antes da meia-noite Abóbora e as duas criadas mais velhas dormiam profundamente em seus *futons*, a um metro do chão de madeira do *hall* de entrada; mas eu tinha de continuar ajoelhada ali, lutando para ficar acordada às vezes até as duas da manhã. O quarto de Vovó era perto, e ela dormia de porta entreaberta e luz acesa. A faixa de luz que caía sobre o meu *futon* vazio me fazia pensar em um dia, não muito antes de Satsu e eu sermos tiradas de nossa aldeia, quando espiei no quarto dos fundos de nossa casa e vi minha mãe adormecida. Meu pai enrolara redes de pesca nos painéis de papel para escurecer o quarto, mas tudo parecia tão triste que resolvi abrir uma das janelas; e quando fiz isso, uma clara faixa de sol caiu sobre o *futon* de minha mãe, mostrando sua mão tão pálida e ossuda. Ver aquela luz amarela saindo do quarto de Vovó até o meu *futon*... me fazia imaginar se minha mãe ainda estaria viva. Éramos tão parecidas que eu estava certa de que se ela tivesse morrido eu ficaria sabendo; mas naturalmente não recebera nenhum sinal.

Certa noite, quando o outono esfriava, eu acabara de adormecer encostada num pilar quando ouvi a porta externa abrir-se. Hatsumomo ficaria muito zangada se me encontrasse dormindo, de modo que fiz o possível para parecer bem desperta. Mas quando se abriu a porta interna, fiquei surpresa vendo um homem com o casaco normal, frouxo, de um trabalhador, amarrado no quadril, e um par de calças de camponês — embora não se parecesse nada com um operário ou camponês. Seu cabelo untado de óleo estava penteado para trás de um jeito muito moderno, e ele usava uma barba bem aparada que lhe dava um ar intelectual. Inclinou-se e pegou minha cabeça entre as mãos, olhando-me direto na cara.

— Ora, você é bonitinha — disse em voz baixa. — Como é seu nome?

Tive certeza de que devia ser um operário, embora não pudesse imaginar por que viera tão tarde da noite. Tive medo de responder, mas consegui dizer meu nome, e então ele umedeceu a ponta de um dedo na língua e tocou meu rosto — vi depois que era para remover um cílio.

— Yoko ainda está aí? — perguntou. Yoko era uma jovem que passava todos os dias desde o almoço até tarde da noite sentada no quartinho das empregadas. Naqueles tempos os *okiya* e as casas de chá em Gion eram todos interligados por um sistema privado de telefones, e Yoko ficava mais ocupada do que qualquer outra de nós no *okiya*, anotando os compromissos de Hatsumomo, às vezes para banquetes ou festas dentro de seis meses ou um ano. Habitualmente a agenda de Hatsumomo só ficava completa na manhã da véspera, e continuavam pela noite adentro os chamados de casas de chá cujos clientes queriam que ela passasse por lá se tivesse tempo. Mas o telefone não soara muito naquela noite, e pensei que provavelmente Yoko pegara no sono como eu. O homem não aguardou minha resposta, mas fez um gesto para que eu ficasse quieta e esgueirou-se pelo corredor de terra batida até o quartinho de serviço.

Logo em seguida escutei Yoko pedindo desculpas — pois realmente pegara no sono — e depois teve uma longa conversa com a telefonista. Teve de ligar para várias casas de chá até que finalmente localizou Hatsumomo e deixou o recado de que o ator *kabuki* Onoe Shikan estava na cidade. Naquele tempo eu ainda não sabia, mas não havia nenhum Onoe Shikan; era só um código.

Depois disso Yoko saiu para descansar. Não parecia preocupada por deixar um homem esperando no quartinho de serviço, de modo que decidi não dizer nada a ninguém. O que foi muito bom, porque quando Hatsumomo apareceu vinte minutos mais tarde parou no *hall* de entrada para me dizer:

— Eu ainda não tentei tornar a sua vida realmente horrível. Mas se alguma vez mencionar que um homem esteve aqui, ou até que voltei antes do fim da noite, isso vai mudar.

Dizia isso parada diante de mim, e quando meteu a mão na manga para pegar alguma coisa, até na luz fraca pude ver que seus antebraços estavam corados. Ela entrou no quarto de serviço e fechou a porta. Ouvi uma conversa breve e abafada, depois o *okiya* ficou quieto. Eventualmente pensei escutar um breve gemido ou murmúrio, mas os sons eram tão fracos que não consegui ter certeza. Não vou dizer que sabia exatamente o que estavam fazendo ali, mas pensei em minha irmã mais velha baixando seu traje de banho para o rapazinho Sugi. E senti tal combinação de repulsa e curiosidade que mesmo que tivesse liberdade para sair do meu lugar, acho que não teria conseguido.

Uma vez por semana, mais ou menos, Hatsumomo e seu namorado — que afinal era chefe de um restaurante de massas ali perto — vinham ao *okiya* e se fechavam no quartinho de serviço. Também se encontravam em outros lugares. Sei porque seguidamente pediam a Yoko que entregasse mensagens, e às vezes eu escutava alguma coisa. Todas as criadas sabiam o que Hatsumomo estava fazendo; e o fato de ninguém dizer nada a Mamãe, Titia ou Vovó mostrava quanto ela era poderosa em relação a nós. Hatsumomo certamente teria problemas por ter um namorado, especialmente por trazê-lo até o *okiya*. O tempo que passava com ele não lhe dava dinheiro, e até a afastava de festas em casas de chá onde estaria sendo paga. Além disso, qualquer homem rico que estivesse interessado em alguma relação fixa de longo prazo certamente pensaria mal dela e mudaria de idéia se soubesse que andava metida com um cozinheiro de restaurante de massas.

Certa noite eu bebera um copo de água no poço e estava voltando ao meu lugar quando ouvi a porta externa abrir-se e bater na moldura com um golpe.

— Hatsumomo-san — disse uma voz profunda —, cuidado, você vai acordar todo mundo...

Nunca entendi realmente por que Hatsumomo assumia aquele risco de trazer o namorado até o *okiya* — embora provavelmente o risco a deixasse excitada. Mas nunca antes fora descuidada a ponto de fazer barulho. Corri para assumir minha posição de joelhos, e num instante Hatsumomo estava no *hall* de entrada, segurando dois embrulhos em papel de linho. Logo outra gueixa entrou atrás dela. Teve de abaixar-se para passar pelo umbral baixo; e quando se endireitou e baixou os olhos sobre mim, seus lábios pareciam estranhamente grandes e pesados, no fim de um rosto muito comprido. Ninguém a teria considerado bonita.

— Esta é a nossa criada mais inferior, e boba — disse Hatsumomo. — Acho que tem um nome, mas por que não a chama apenas de "Burrinha"?

— Bem, Burrinha — disse a outra gueixa, vá pegar algo de beber para sua irmã maior e para mim, sim? — Era dela a voz profunda que eu escutara, não do namorado de Hatsumomo.

Habitualmente Hatsumomo gostava de beber um tipo especial de saquê chamado *amakuchi* — muito leve e doce. Mas *amakuchi* só era preparado no inverno, e parecíamos estar em falta dele. Em vez disso servi dois copos de cerveja e os trouxe. Hatsumomo e sua amiga já tinham ido até o pátio, e estavam paradas em sapatos de madeira no corredor de terra. Pude ver que estavam muito embriagadas, e a amiga de Hatsumomo tinha pés grandes demais para nossos pequenos sapatos de madeira, de modo que quase não conseguia dar um passo sem as duas caírem na risada. Talvez você recorde que havia um passadiço de madeira ao longo da casa, externamente. Hatsumomo acabava de largar os pacotes nesse lugar e ia abrir um deles quando fui entregar a cerveja.

— Odeio isso — ela disse e inclinou-se esvaziando os dois copos debaixo do alicerce da casa.

— Eu não odeio — disse a amiga dela, mas era tarde.

— Por que botou a minha fora?

— Ora, fique quieta, Korin! — disse Hatsumomo. — Você nem deve beber mais, de qualquer jeito. Olhe isto, porque vai morrer de felicidade quando o vir! — E Hatsumomo abriu o

pacote, espalhando no assoalho de madeira um belíssimo quimono em diferentes nuances de verde, com um motivo de videira com folhas vermelhas. Era realmente uma gaze de seda glo-
riosa — embora para o verão, e certamente nada apropriada
para o outono. A amiga de Hatsumomo, Korin, admirou-se tanto
que inspirou fortemente e sufocou na própria saliva — o que fez
as duas romperem em risadas outra vez. Achei que era hora de
pedir licença de me afastar. Mas Hatsumomo disse:

— Não vá embora, Burrinha. — Virou-se para sua amiga
novamente e disse: — Está na hora de nos divertirmos um pouco,
Korin-san. Adivinhe de quem é este quimono!

Korin ainda tossia muito, mas quando conseguiu falar disse:

— Eu queria que fosse meu!

— Pois não é. Pertence àquela gueixa que nós duas odiamos
mais do que a tudo neste mundo.

— Ah, Hatsumomo... você é um gênio. Mas como foi que conseguiu o quimono de Satoka?

— Não estou falando de Satoka! Estou falando da... Srta. Perfeita!

— Quem?

— A Srta. "Eu-sou-muito-melhor-que-vocês"... é dela!

Houve uma longa pausa, então Korin disse:

— Mameha! Ah, meu santo, *é* o quimono de Mameha! Não sei
como foi que não o reconheci logo! Como conseguiu botar as
mãos nele?

— Há poucos dias deixei uma coisa no Teatro Kaburenjo
durante um ensaio — disse Hatsumomo. — Quando voltei para
pegar, escutei o que parecia um gemido vindo da escada do porão.
Pensei: "Não pode ser! É divertido demais!" E quando me esguei-
rei para baixo e acendi a luz, adivinhe quem estava deitado ali no
chão como dois pedaços de arroz grudados um no outro?

— Não posso acreditar! Mameha?

— Não seja boba. Ela é cheia de coisas demais para fazer algo
assim. Eram a criada dela e o zelador do teatro. Eu sabia que ela
faria qualquer coisa no mundo para eu não contar nada, de modo
que mais tarde a procurei e lhe disse que queria este quimono de
Mameha. E quando entendeu qual eu estava descrevendo, começou a chorar.

— E isso aí, o que é? — perguntou Korin apontando para o
segundo pacote no chão, ainda amarrado.

— É um que fiz a moça comprar com seu próprio dinheiro, e
agora me pertence.

— O dinheiro dela mesma? — disse Korin. — Mas que criada tem dinheiro bastante para comprar um quimono?

— Bom, se não comprou como disse, nem quero saber de onde veio. Seja como for, a Srta. Burrinha aqui vai guardá-lo no depósito para mim.

Respondi imediatamente:

— Hatsumomo-san, não tenho permissão de entrar no depósito.

— Pois se quiser descobrir onde está a sua irmã mais velha... não me obrigue a dizer nada duas vezes esta noite. Tenho planos para você. Depois pode me fazer uma única pergunta, e eu responderei a ela.

Não quero dizer que acreditei nela; mas naturalmente Hatsumomo tinha o poder de tornar minha vida miserável do jeito que quisesse. Eu não tinha outra escolha senão obedecer.

Ela botou o quimono — embrulhado em seu papel de linho — em meus braços e me acompanhou até o depósito no pátio. Lá abriu a porta e acendeu a luz com ruído. Pude ver prateleiras cheias de travesseiros e lençóis, bem como várias cômodas fechadas e alguns *futons* dobrados. Hatsumomo me pegou pelo braço e apontou uma escada de mão encostada na parede.

— Os quimonos ficam ali em cima — disse.

Subi e abri uma porta de madeira, de deslizar, no topo. O andar onde se guardavam aqueles quimonos não tinha prateleiras ao nível do chão. As paredes eram cobertas de caixas laqueadas de vermelho empilhadas umas sobre as outras, quase até o teto. Um corredor estreito passava entre essas duas paredes de caixas, com janelas de tabuinhas nas extremidades, cobertas com biombos para ventilação. O espaço era bem iluminado, como embaixo, mas muito mais claro ainda; de modo que quando eu estava dentro podia ler as letras pretas nas caixas. Diziam coisas como *Kata-Komon, Ro* — "Desenhos a Estêncil, Gaze de Seda de Trama Aberta"; e *Kuromontsuki, Awase* — "Trajes Formais de Beirada Negra com Forro Interno". Para dizer a verdade, eu não entendia todos os caracteres naquela época, mas consegui encontrar a caixa com o nome de Hatsumomo, numa prateleira bem no alto. Deu-me trabalho tirá-la de lá, mas finalmente coloquei o quimono novo com os outros, também enrolados em papel de linho, e botei a caixa de volta no lugar onde a encontrara. Por curiosidade, abri muito rapidamente outra das caixas, e vi que estava repleta até as bordas com talvez quinze quimonos, e as outras, cujas tampas levantei, estavam lotadas do mesmo modo. Vendo o depósito repleto de caixas entendi imediatamente por que Vovó tinha tanto terror de fogo. A coleção de quimonos ali provavelmente valia duas vezes mais do que as aldeias de Yoroido e Senzuru juntas. E como aprendi muito mais tarde, os mais caros dos quimonos estavam guardados noutra parte. Só eram usados por gueixas muito jovens. E como Hatsumomo não os pudesse mais usar, eram guardados num cofre alugado até serem necessários outra vez.

Quando voltei ao pátio, Hatsumomo subira ao seu quarto para pegar uma pedra de tinta com um bastão de tinta, bem como um pincel de caligrafia. Pensei que talvez quisesse escrever um bilhete e botar no quimono quando o dobrasse outra vez. Ela deixara pingar água do poço na pedra, e agora estava sentada no passadiço esmagando tinta. Quando estava boa, e bem preta, meteu um pincel ali e amaciou sua ponta contra a pedra — de modo que o pincel absorvesse toda a tinta e não pingasse. Depois colocou-o em minha mão, segurou minha mão sobre o lindo quimono, e me disse:

— Treine sua caligrafia, pequena Chiyo.

Esse quimono, que pertencia a uma gueixa chamada Mameha — de quem até ali eu nunca ouvira falar —, era uma obra de arte. Abrindo caminho da bainha até a cintura havia uma belíssima videira de tramas laqueadas, unidas como minúsculos cabos e costuradas. Era parte do tecido, mas parecia tanto com uma videira de verdade crescendo por ali que eu tinha a sensação de que poderia pegá-la nos dedos, se quisesse, e arrancá-la como da terra pelo talo. As folhas enroscadas nela pareciam estar desbotando e secando no outono, assumindo nuances amarelas.

— Não posso fazer isso, Hatsumomo-san! — gritei.

— Que vergonha, benzinho — disse-me a amiga dela. — Por que se você obrigar Hatsumomo a lhe dar a ordem duas vezes, vai perder a chance de encontrar sua irmã.

— Ora, Korin, cale a boca. Chiyo sabe que tem de fazer o que eu mando. Escreva algo no tecido, Srta. Burrinha. Não me importa o que é.

Logo que o pincel tocou o quimono Korin ficou tão excitada que soltou um guincho que despertou uma das criadas mais velhas, que apareceu no corredor com um pano ao redor da cabeça, o traje de dormir solto balançando em torno do corpo. Hatsumomo bateu o pé e assumiu quase a postura de um gato que vai dar o bote, suficiente para a criada voltar ao seu *futon*. Korin não ficou contente com as pinceladas inseguras que dei naquela seda verde, então Hatsumomo me instruiu sobre onde marcar o tecido e que tipos de sinais devia fazer. Não significavam nada:

Hatsumomo estava apenas tentando ser artística do seu próprio jeito. Depois dobrou de novo o quimono em seu papel de linho e amarrou as cordinhas, fechando tudo. Ela e Korin voltaram à entrada da casa e calçaram de novo seus *zori* laqueados. Quando abriu a porta para a rua, ela me disse que fosse junto.

— Hatsumomo-san, se eu deixar o *okiya* sem permissão, Mamãe vai ficar muito furiosa, e...

— Eu estou lhe dando permissão — interrompeu Hatsumomo. — Temos de devolver o quimono, não temos? Espero que você não esteja querendo me fazer esperar.

Assim, não pude fazer nada senão entrar em meus sapatos e segui-la pela alameda até uma rua que corria ao lado do estreito Riacho Shirakawa. Naqueles dias as ruas e alamedas em Gion ainda eram lindamente calçadas com pedra. Caminhamos ao luar por mais ou menos um quarteirão ao lado das cerejeiras que se inclinavam até as águas negras, e finalmente atravessamos uma ponte de madeira arqueada até uma seção de Gion que eu não conhecia. A margem das águas era de pedra, quase toda coberta de musgo. Ao longo dessa margem, em cima, os fundos de casas de chá e *okiya*s ligavam-se formando uma parede. Painéis de junco diante das janelas cortavam a luz amarela em tirinhas finas que me faziam pensar no que a cozinheira fizera com um rabanete em conserva naquele dia. Pude ouvir risadas de um grupo de homens e gueixas. Devia ter acontecido algo muito engraçado numa das casas de chá, porque cada onda de riso era mais forte do que a anterior, até que finalmente morreram, deixando apenas o toque de um *shamisen* em outra festa. De momento imaginei que provavelmente Gion era um lugar bem alegre para algumas pessoas. Não pude deixar de pensar se Satsu estaria numa daquelas festas, embora Awaji me tivesse dito que ela nem estava em Gion.

Em breve Hatsumomo e Korin pararam diante de uma porta de madeira.

— Você vai levar o quimomo escadas acima e entregá-lo para a criada que estiver lá — disse-me Hatsumomo. — Ou se a própria Srta. Perfeita atender à porta, pode dar a ela. Não diga nada, só entregue. Estaremos aqui embaixo observando você.

Dizendo isso, botou o quimono embrulhado em meus braços, e Korin abriu a porta. Degraus de madeira polida levavam para a escuridão no alto. Eu tremia tanto de medo que não pude ir além de metade do caminho e parei. Ouvi Korin dizer num sussurro alto:

— Vamos, menininha! Ninguém vai te comer a não ser que volte para baixo com o quimono ainda nas mãos — e aí nós vamos te comer viva. Não é, Hatsumomo-san?

Hatsumomo suspirou mas nada disse. Korin espreitava a escuridão tentando me ver; mas Hatsumomo, que não chegava muito acima do ombro de Korin, roía uma das unhas e não prestava atenção a nada. Mesmo então, apesar de todo o medo, não pude deixar de ver como era extraordinária a sua beleza. Podia ser cruel como uma aranha, mas era mais adorável roendo a unha do que a maioria das gueixas posando para um retrato. E o contraste com sua amiga Korin era como comparar uma pedra ao lado da estrada com uma jóia. Korin parecia desconfortável em seu penteado formal, apesar de todos os lindos enfeites, e seu quimono parecia estar sempre a estorvando. Mas Hatsumomo usava o seu como se fosse a própria pele.

No patamar das escadas ajoelhei-me na negra escuridão e chamei:

— Desculpe, por favor!

Esperei mas nada aconteceu.

— Mais alto — disse Korin. — Não estão esperando você.

Por isso eu disse de novo bem alto:

— Desculpe!

— Um momentinho! — escutei dizer uma voz abafada; logo a porta se abriu. A menina ajoelhada do outro lado não era mais velha do que Satsu, mas magra e nervosa como um passarinho. Entreguei-lhe o quimono embrulhado em papel. Ela ficou muito surpresa, pegou-o de minhas mãos, quase em desespero.

— Quem está aí, Asami-san? — disse uma voz de dentro do apartamento. Pude ver uma única lanterna de papel sobre um pé antigo ardendo ao lado de um *futon* recém-arrumado. O *futon* era para a gueixa, Mameha; eu sabia por causa dos lençóis engomados e do elegante acolchoado de seda, bem como pelo *takama-kura* — "travesseiro alto" — do tipo que Hatsumomo usava, que nem era um travesseiro, mas um suporte de madeira com um lugar para a nuca; único modo que uma gueixa pode dormir sem estragar seu penteado elaborado.

A criada não respondeu mas abriu o embrulho em torno do quimono com todo o cuidado possível, olhando-o de um lado e do outro na luz. Vendo as marcas de tinta, gaspeou e tapou a boca. Lágrimas saltaram pelas suas faces quase no mesmo instante, depois uma voz disse:

— Asami-san! Quem está aí?

— Ah, ninguém, senhorita! — gritou a criada. Senti uma pena horrível dela quando secou depressa os olhos na manga. Enquanto ela se levantava para fechar as portas, consegui ter um vislumbre de sua patroa.

Imediatamente entendi por que Hatsumomo chamava Mameha de "Srta. Perfeita". Seu rosto era de um oval perfeito, exatamente como o de uma boneca, tão suave e delicado como uma peça de porcelana, mesmo sem maquilagem. Veio em direção da porta tentando espiar a escada, mas a criada fechou as portas depressa.

Na manhã seguinte depois das aulas voltei ao *okiya* e encontrei Mamãe, Vovó e Titia fechadas na sala de recepção formal do primeiro andar. Sabia que falavam sobre o quimono; e certamente assim que Hatsumomo entrou da rua uma das criadas contou a Mamãe, que entrou no *hall* e interrompeu Hatsumomo a caminho da escada

— Esta manhã recebemos uma visitinha de Mameha e sua criada — disse ela.

— Ah, Mamãe. Eu sei o que vai dizer. Lamento muitíssimo pelo quimono. Tentei interromper Chiyo antes de botar a tinta em cima, mas era tarde. Ela deve ter achado que era meu! Não sei por que me odeia tanto desde o instante em que chegou aqui... E pensar que ela estragou um quimono tão maravilhoso esperando ferir a mim!

A essa altura Titia entrara mancando no *hall* e gritou:

— *Matte mashita!*

Compreendi bem suas palavras, que significavam: "Estávamos à sua espera!" Mas eu não sabia a quem ela se referia. Na verdade, era uma coisa bem inteligente de dizer, porque é o que a platéia às vezes grita quando uma grande estrela entra no palco no teatro *kabuki*.

— Titia, você está sugerindo que eu tive algo a ver com o quimono estragado? — disse Hatsumomo. — Por que eu faria uma coisa dessas?

— Todo mundo sabe que você odeia Mameha — disse-lhe Titia. — Odeia qualquer pessoa que tenha mais sucesso do que você.

— Isso sugere que eu deveria gostar imensamente de você, Titia, pois é um tamanho fracasso?

— Não quero saber de nada disso — disse Mamãe. — Você me escute, Hatsumomo. Não acha realmente que somos tão bobas a ponto de acreditarmos em sua pequena história. Não quero esse tipo de comportamento no *okiya*, nem mesmo de você. Tenho grande respeito por Mameha. Não quero que isso se repita. Quanto ao quimono, alguém terá de pagá-lo. Não sei o que houve na noite passada, mas não há discussão sobre quem segurou o pincel. A criada viu a menina fazendo isso. A menina vai pagar — disse Mamãe, e botou o cachimbo de volta na boca.

Vovó então saiu da sala de recepção e chamou uma criada para que pegasse a vara de bambu.

— Chiyo já tem bastantes dívidas — disse Titia —, não vejo por que ela teria de pagar as de Hatsumomo também.

Já falamos bastante sobre isso — disse Vovó. — A menina deve levar a surra e pagar o custo do quimono, e está dito. Onde está a vara?

— Eu mesma a vou castigar — disse Titia. — Não quero que suas juntas voltem a se inflamar, Vovó. Vamos, Chiyo.

Titia esperou que a criada trouxesse a vara e me levou até o pátio. Estava tão zangada que suas narinas estavam ainda maiores que o habitual, e seus olhos estavam tensos como punhos. Desde que chegara ao *okiya* eu tomara imenso cuidado para não apanhar uma surra. De repente senti calor, e as pedras debaixo dos meus pés ficaram indistintas. Mas em vez de me bater Titia encostou a vara na parede do depósito, mancou até onde eu estava e me disse calmamente:

— Mas o que foi que você fez a Hatsumomo? Ela está decidida a destruir você. Deve haver um motivo, e quero saber qual é.

— Eu lhe garanto, Titia, que ela me trata assim desde que cheguei. Não sei que mal fiz a ela.

— Vovó pode chamar Hatsumomo de idiota, mas acredite em mim, Hatsumomo não é nada tola. Se quiser arruinar a sua carreira, ela o fará. Seja o que for que você fez para a deixar zangada, pare de fazê-lo.

— Mas não fiz nada, Titia, eu juro.

— Nunca confie nela, mesmo que queira ajudar você. Ela já te cobriu com dívidas que você nunca poderá pagar.

— Não entendo... — eu disse — sobre isso de *dívida*.

— O pequeno truque de Hatsumomo com o quimono vai lhe custar mais dinheiro do que você jamais pensou ver em sua vida. É o que quero dizer falando em dívida.

— Mas... como vou pagar?

— Quando começar a trabalhar como gueixa você pagará ao *okiya*, junto com o resto que deve — refeições e aulas; se adoecer, os honorários de seus médicos. Você pagará tudo. Por que acha que Mamãe passa o dia no quarto anotando números naqueles caderninhos? Você deve ao *okiya* até o dinheiro que ele pagou por você.

Durante meus meses em Gion eu certamente imaginara que o dinheiro devia ter mudado de mãos antes que Satsu e eu fôssemos tiradas de casa. Muitas vezes lembrei a conversa que ouvira entre o Sr. Tanaka e meu pai, e do que a Sra. Mexe-mexe dissera sobre Satsu e eu sermos "adequadas". Imaginara com horror se o Sr. Tanaka ganhara dinheiro ajudando a nos vender, e quanto tínhamos custado. Mas nunca tinha pensado que eu mesma tivesse de pagar por isso.

— Você só vai parar quando for gueixa há bastante tempo — prosseguiu ela. — E nunca pagará se acabar sendo uma gueixa fracassada como eu. É assim que pretende passar o seu futuro?

No momento o meu futuro não me importava muito.

— Se quiser arruinar a sua vida em Gion, há uma dúzia de modos de fazer isso — disse Titia. — Pode tentar fugir. Depois que fizer isso, Mamãe a verá como um mau investimento, não vai mais investir dinheiro em quem poderá desaparecer de uma hora para outra. Isso seria o fim de suas aulas, e sem treinamento não se pode ser uma gueixa. Ou pode-se tornar impopular com suas professoras, de modo que não a vão querer ajudar. Ou pode crescer tornando-se uma mulher feia como eu. Eu não era feia quando Vovó me comprou de meus pais, mas não cresci bonita, e Vovó sempre me detestou por isso. Uma vez me bateu tanto por algum motivo que quebrou um de meus quadris. Foi quando deixei de ser uma gueixa. E por isso vou eu mesma lhe bater, em vez de deixar que Vovó bote as mãos em você.

Levou-me até o passadiço e me fez deitar de barriga para baixo. Não me importava muito se ela ia me bater ou não; nada podia piorar a minha situação. Toda vez que meu corpo se retorcia sob a vara, eu uivava o mais alto que ousava berrar, imaginando o adorável rosto de Hatsumomo sorrindo para mim. Quando a surra terminou Titia me deixou chorando. Logo senti o passadiço de madeira tremer aos passos de alguém e Hatsumomo estava parada diante de mim.

— Chiyo, eu ficaria tão grata se você saísse do meu caminho.

— Você prometeu me dizer onde eu podia encontrar minha irmã, Hatsumomo — respondi.

— É verdade! — ela se inclinou e seu rosto ficou próximo do meu. Achei que ia me dizer que eu ainda não fizera o suficiente, e que quando soubesse o que eu deveria fazer me diria. Mas não foi isso que ocorreu.

— Sua irmã está em um *jorou-ya* chamado Tatsuyo — ela me disse —, no distrito de Miyagawa-cho, logo ao sul de Gion.

Quando acabou de falar empurrou-me de leve com o pé, e saí do seu caminho.

capítulo sete

E u nunca ouvira o termo *jorou-ya*. Assim, na noite seguinte, quando Titia jogou no chão do *hall* de entrada um cesto de costura e pediu minha ajuda para o limpar, eu perguntei:

— Titia, o que é um *jorou-ya*?

Titia não respondeu, mas continuou enrolando um novelo de fio.

— Titia? — repeti.

— É o tipo de lugar onde Hatsumomo vai acabar se receber o que merece — ela disse.

Não parecia inclinada a dizer mais, de modo que não pude fazer nada.

Minha pergunta não fora respondida. Mas tive a impressão de que Satsu podia estar sofrendo ainda mas que eu. Assim, comecei a pensar em como poderia me esgueirar até esse lugar chamado Tatsuyo quando tivesse oportunidade. Infelizmente, parte do meu castigo por estragar o quimono de Mameha foi ficar confinada ao *okiya* por cinqüenta dias. Podia assistir às aulas desde que Abóbora me acompanhasse, mas não podia mais sair para pequenos recados. Acho que poderia ter corrido porta afora a qualquer hora se quisesse, mas não ia fazer uma tolice daquelas. Para começar, não sabia bem como encontrar o Tatsuyo, e, pior ainda, no momento em que descobrissem minha falta o Sr. Bekku ou alguém assim seria enviado para me procurar. Uma jovem criada fugira do *okiya* ao lado havia alguns meses, e na manhã seguinte a tinham trazido de volta. Bateram-lhe tanto nos dias seguintes que seus gritos eram horríveis de ouvir. Às vezes eu tinha de tapar os ouvidos.

Decidi que eu não tinha outra escolha senão esperar meus cinqüenta dias de confinamento. Enquanto isso, esforçava-me por achar meios de retribuir a maldade de Hatsumomo e Vovó. Paguei a Hatsumomo raspando os excrementos de pombo sempre que os devia limpar nos degraus de pedra do pátio, misturando-os ao seu creme facial. O creme já continha ungüento de bosta de rouxinol, como mencionei. Assim, talvez não lhe fizesse mal, mas me dava satisfação. Paguei a Vovó esfregando o trapo do banheiro dentro do seu traje de dormir; e fiquei feliz vendo-a farejar espantada, embora nunca o tirasse. Logo descobri que a cozinheira resolvera me punir mais ainda pelo incidente do quimono — embora ninguém lhe tivesse pedido isso — diminuindo minhas porções de carne que eu recebia duas vezes ao mês. Não imaginei como lhe retribuiria até que um dia a vi caçando um camundongo pelo corredor com um martelo. Ela odiava camundongos mais do que os gatos. Então raspei excremento de camundongo que havia debaixo dos alicerces da casa e os espalhei pela cozinha. Até peguei certo dia um pauzinho e fiz um buraco no fundo de um saco de arroz, para ela ter de tirar tudo procurando sinais dos roedores.

Certa noite eu aguardava Hatsumomo quando ouvi o telefone tocar e Yoko saiu um momento depois, subindo as escadas. Quando voltou estava segurando o *shamisen* de Hatsumomo desmontado em sua caixa de laca.

— Você vai ter de levar isto até a Casa de Chá Mizuki — ela me disse. — Hatsumomo perdeu uma aposta e tem de tocar uma canção no *shamisen*. Não sei o que deu nela, mas não quer usar o que a casa de chá ofereceu. Acho que está só se fazendo de boba, pois há anos não pega num *shamisen*.

Aparentemente Yoko não sabia que eu estava confinada ao *okiya*, o que realmente não era surpresa. Ela raramente podia deixar o telefone, para não perder um chamado importante, e não se envolvia na vida do *okiya*. Peguei o *shamisen* de suas mãos enquanto ela vestia o casaco do seu quimono para sair, depois do trabalho. Depois que me explicara onde ficava a Casa de Chá Mizuki, calcei meus sapatos na entrada, tremendo de medo de que alguém me descobrisse. As criadas e Abóbora — até as três mulheres mais velhas — estavam dormindo, e Yoko sairia em alguns minutos. Parecia que enfim chegara minha oportunidade de encontrar minha irmã.

Ouvi um trovão rumorejar no alto, e o ar cheirava a chuva. Por isso corri pelas ruas, passando por grupos de homens e gueixas. Alguns me lançaram olhares estranhos, porque naqueles dias ainda tínhamos homens e mulheres em Gion ganhando a vida como carregadores de *shamisen*. Freqüentemente eram idosos, e com certeza nunca eram crianças. Eu não ficaria surpresa se algumas das pessoas por quem passei pensassem que eu tinha roubado o *shamisen* e fugia com ele.

Quando cheguei à Casa de Chá Mizuki começava a chover; mas a entrada era tão elegante que eu tive medo de botar o pé ali dentro. As paredes atrás da cortininha pendurada no umbral eram de um laranja suave, beiradas com madeira escura. Uma trilha de pedra polida levava a um imenso vaso com um arranjo de ramos tortos de bordo, com suas vermelhas e brilhantes folhas de outono. Finalmente reuni coragem e passei pela cortininha. Perto do vaso abria-se de um lado uma entrada espaçosa, com assoalho de granito toscamente polido. Lembro-me de meu espanto porque toda a beleza que eu estava vendo ainda nem era a entrada da casa de chá, mas o caminhozinho levando à entrada. Era tudo singularmente belo — como aliás devia mesmo ser; porque embora eu não soubesse ainda, estava vendo pela primeira vez uma das mais exclusivas casas de chá de todo o Japão. E, você sabe, uma casa de chá não é para se tomar chá; é o lugar onde os homens vão para serem entretidos pelas gueixas.

No momento em que pisei na entrada, a porta à minha frente deslizou abrindo-se. Uma jovem criada ajoelhada no assoalho mais elevado, lá dentro, baixou os olhos para mim; devia ter ouvido meus sapatos de madeira na pedra. Vestia um lindo quimono azul-escuro, com um desenho simples em cinza. Um ano antes eu a teria tomado pela dona daquele local extravagante, mas agora, depois dos meses em Gion, reconheci imediatamente o seu quimono — embora mais belo do que qualquer coisa em Yoroido —, simples demais para uma gueixa ou para a dona da casa de chá. E naturalmente seu penteado era simples também. Mesmo assim era muito mais elegante do que eu, e me encarava com desprezo.

— Vá pelos fundos — ela disse.

— Hatsumomo pediu que eu... — comecei.

— Pelos fundos! — ela repetiu, e fechou a porta sem esperar minha resposta.

A chuva agora era mais forte, de modo que corri por uma estreita alameda ao lado da casa de chá. A porta na entrada dos fundos deslizou e abriu-se quando cheguei, e a mesma criada estava ali ajoelhada à minha espera. Não disse uma palavra, apenas tirou de meus braços a caixa com o *shamisen*.

— Senhorita — eu disse —, me permite uma pergunta? Pode me dizer onde fica o distrito de Miyagawa-cho?

— Por que quer ir até lá?

— Preciso apanhar uma coisa.

Ela me lançou um olhar estranho, depois me disse que andasse ao longo do rio até passar o Teatro Minamiza, e estaria em Miyagawa-cho.

Resolvi permanecer debaixo das beiradas do telhado da casa de chá até parar a chuva. E parada ali, olhando em torno, descobri uma ala da construção visível entre as frestas da cerca a meu lado. Espiei na cerca e enxerguei um belíssimo jardim atrás de uma janela de vidro. Dentro, um adorável aposento de tatames banhado numa luz laranja, um grupo de homens e gueixas sentados em torno de uma mesa repleta de taças de saquê e copos de cerveja. Hatsumomo também estava lá, e um velho de olhos inflamados que parecia estar no meio de uma história. Hatsumomo divertia-se com alguma coisa, embora evidentemente não com o que o velho relatava. Ficava olhando para outra gueixa que estava de costas para mim. Lembrei a última vez que tinha espiado uma casa de chá com a filhinha do Sr. Tanaka, Kuniko, e comecei a ter o mesmo sentimento de peso que sentira tanto tempo atrás, junto das sepulturas da primeira família de meu pai — como se a terra estivesse me puxando para baixo. Certo pensamento começava a nascer em minha cabeça, e aumentou até que não o pude mais ignorar. Quis afastá-lo, mas era tão incapaz de impedir aquele pensamento de me dominar quanto o vento é incapaz de parar de soprar. Então dei um passo atrás, sentei-me no degrau de pedra, com a porta às costas, e comecei a chorar. Não conseguia parar de pensar no Sr. Tanaka. Ele me tirara de minha mãe e meu pai e me vendera como escrava, vendendo minha irmã para algo ainda pior. Eu o tomara por um bom homem. Julgara-o refinado, um homem do mundo. Que criança idiota eu fora! Decidi que jamais voltaria a Yoroido. Ou, se voltasse, seria apenas para dizer ao Sr. Tanaka quanto o odiava.

Quando finalmente me levantei e limpei os olhos com minha roupa molhada, a chuva se transformara em névoa. As pedras do calçamento da alameda brilhavam douradas do reflexo dos lampiões. Passei pela seção Tominaga-cho de Gion até o Teatro Minamiza, com seu imenso telhado de ardósia que me fizera pensar num palácio no dia em que o Sr. Bekku me trouxera com Satsu da estação de trens. A criada na Casa de Chá Mizuki me dissera que andasse ao longo do rio, passando pelo Minamiza. Mas a rua ao longo do rio parava no teatro. Assim, andei pela rua atrás do teatro. Alguns quarteirões adiante eu estava numa área sem iluminação nas ruas e quase sem pessoas. Naquele tempo eu não sabia, mas as ruas estavam vazias especialmente por causa da Grande Depressão; em qualquer outra época o Miyagawa-cho teria sido ainda mais animado do que Gion. Naquela noite pareceu-me um lugar muito triste — e realmente acho que sempre foi. As fachadas de madeira se pareciam com Gion, mas não havia árvores, nem o lindo Riacho Shirakawa, nem belas entradas de casas. A única iluminação vinha de lâmpadas nas portas abertas onde velhas se sentavam em banquetas, muitas vezes com duas ou três mulheres na rua a seu lado, que tomei por gueixas. Usavam quimono e penteados parecidos com os de gueixas, mas seus *obi* estavam amarrados na frente. Eu nunca vira isso antes, e não entendi. Mas é a marca de uma prostituta: uma mulher que tem de tirar sua roupa a noite toda não pode se atrapalhar amarrando-o atrás a toda hora.

Com a ajuda de uma dessas mulheres encontrei o Tatsuyo num beco sem saída, com apenas três casas mais. Todas estavam marcadas com placas junto das portas. Não posso descrever como me senti ao ver uma placa dizendo "Tatsuyo", mas direi que meu corpo parecia tremer inteiro, a ponto de eu pensar que ia explodir. Na entrada do Tatsuyo sentava-se uma velha numa banqueta, conversando com uma mulher muito mais moça numa banqueta do outro lado da ruazinha — embora na verdade só a velha falasse. Recostava-se no umbral da porta com sua roupa cinza meio aberta e os pés metidos num par de *zori*. Eram toscamente tecidos de palha, do tipo que se veria em Yoroido, mas nada parecidos com os *zori* lindamente laqueados que Hatsumomo usava com o seu quimono. Mais ainda, os pés da velha estavam nus, e não vestidos nas macias meias de seda que chamamos *tabi*. Mesmo assim ela os tirava para fora com suas unhas mal-aparadas como se se orgulhasse do seu aspecto e quisesse ter certeza de que a gente os percebera.

— Mais três semanas, você sabe, e não volto mais — ela dizia. — A patroa acha que volto, mas não volto. A mulher de meu filho vai cuidar muito bem de mim, sabe? Não é inteligente mas muito trabalhadeira. Você não a conheceu?

— Como se eu pudesse esquecer — disse a mulher mais jovem do outro lado. — Há uma menininha aí esperando para falar com você. Não a está vendo?

A velha me fitou pela primeira vez. Não disse nada, mas acenou com a cabeça para me mostrar que estava escutando.

— Por favor, senhora — eu disse —, a senhora tem aí uma menina chamada Satsu?

— Não temos nenhuma Satsu — ela disse.

Fiquei chocada demais para responder. Mas de repente a mulher pareceu muito alerta porque um homem passava por mim na entrada. Desviou-se dele e fez várias mesuras com as mãos nos joelhos, e lhe disse:

— Bem-vindo!

Quando ele tinha entrado ela voltou para a banqueta e esticou os pés nus outra vez.

— Por que ainda está aqui? — disse-me então. — Eu lhe disse que não temos nenhuma Satsu.

— Tem sim — disse a mais nova. — A sua Yukiyo. O nome dela era Satsu, eu me lembro disso.

— Pode ser — respondeu a velha. — Mas não temos uma Satsu para esta menina. Não me meto em encrenca por coisa nenhuma.

Eu não entendi o que ela queria dizer, até a mais moça murmurar que eu não parecia ter um único *sen* comigo. E tinha razão. Um *sen* — que valia apenas um centésimo de iene — ainda era usado naqueles dias, embora um só não comprasse nem uma xícara vazia. Eu nunca segurara na mão nenhum tipo de moeda desde que chegara a Kioto. Quando ia apanhar coisas, pedia para botarem na conta do *okyia* Nitta.

— Se o que você quer é dinheiro — eu disse —, Satsu vai lhe pagar.

— E por que ela pagaria para falar com gente da sua laia?

— Eu sou a irmã mais nova dela.

Ela me chamou com um aceno de mão; e quando cheguei mais perto, pegou-me pelos braços e me fez arrodear.

— Olhe só essa menina — disse para a mulher do outro lado da ruela. — Parece irmã mais nova de Yukiyo? Se a sua Yukiyo fosse tão bonita quanto esta, teríamos a casa mais movimentada da cidade! Você é uma mentirosa, é isso que é! — E dizendo isso deu-me um empurrãozinho para a rua.

Admito que estava apavorada. Mas estava ainda mais determinada, e já chegara até ali, de modo que não iria embora só porque aquela mulher não acreditava em mim. Então virei-me e fiz-lhe uma mesura dizendo:

— Peço desculpas se pareço mentirosa, senhora. Mas não sou. Yukiyo é minha irmã. Se puder ter a bondade de lhe dizer que Chiyo está aqui, ela vai lhe pagar o que você quiser.

Deve ter sido a coisa certa a dizer, porque finalmente ela se virou para a mulher mais moça do outro lado da ruela.

— Suba você por mim. Não está ocupada esta noite. Além disso, o meu pescoço está me incomodando. Eu fico aqui de olho nesta menina.

A mais jovem levantou-se de sua banqueta e entrou no Tatsuyo. Ouvi-a subindo escadas lá dentro. Finalmente voltou e disse:

— Yukiyo está com um cliente. Quando ele terminar alguém a mandará para baixo.

A velha mandou que eu me agachasse na sombra longe da porta para não ser vista. Não sei quanto tempo passou, mas eu estava cada vez mais preocupada de que alguém no *okyia* descobrisse minha ausência. Eu tinha uma desculpa para sair, mas Mamãe ficaria zangada comigo do mesmo jeito. Não havia desculpa nenhuma para ficar fora tanto tempo. Finalmente saiu um homem limpando os dentes com um palito. A velha levantou-se e fez uma mesura, agradecendo-lhe por ter vindo. Então escutei o som mais agradável que ouvira desde que chegara a Kioto.

— Chamou, senhora?

Era a voz de Satsu.

Saltei de pé e corri para vê-la parada na soleira da porta. Sua pele estava pálida, quase cinzenta — embora talvez fosse apenas porque usava um quimono em tons de amarelo e vermelho berrantes. E sua boca estava pintada com batom claro do tipo que Mamãe usava. Estava amarrando o *sash* na frente, como as mulheres que eu vira a caminho dali. Senti tal alívio e excitação ao vê-la que quase não consegui evitar de correr para seus braços; e também Satsu deu um grito e cobriu a boca com a mão.

— A patroa vai ficar zangada comigo — disse a velha.

— Eu volto em seguida — disse-lhe Satsu, e desapareceu dentro do Tatsuyo novamente. Um momento ou dois após estava de volta e botou várias moedas na mão da mulher, que lhe disse para me levar até o quarto desocupado no primeiro andar.

— E se me ouvir tossindo — acrescentou — é porque a patroa está vindo. Agora, corram.

Fui atrás de Satsu pela entrada escura do Tatsuyo. Sua luz era antes marrom que amarela, e o ar cheirava a suor. Debaixo da escada havia uma porta de deslizar fora do trilho. Satsu abriu-a e com dificuldade conseguiu fechá-la atrás de nós. Estávamos paradas num pequeno quarto de tatame com apenas uma janela, coberta com papel. A luz de fora era suficiente para que eu visse a forma de Satsu, mas nada de seus traços.

— Ah, Chiyo — ela disse, e levantou a mão para coçar o rosto. Ou pelo menos achei que era isso, pois não enxergava direito. Demorei um instante para notar que ela chorava. Depois disso também não consegui conter as lágrimas.

— Lamento tanto, Satsu! — eu disse. — É tudo culpa minha.

De um jeito ou de outro cambaleamos no escuro uma em direção da outra e nos abraçamos. Tudo o que eu conseguia pensar era em como ela emagrecera. Ela acariciava meu cabelo de um jeito que me lembrou minha mãe, e chorei tanto como se estivesse debaixo d'água.

— Quietinha, Chiyo-chan — ela sussurrou. Com seu rosto tão perto do meu, seu hálito tinha um odor pungente quando falava. — Vou levar uma surra se a patroa descobrir que você esteve aqui. Por que demorou tanto?

— Ah, Satsu, eu sinto tanto! Sei que você esteve no meu *okiya*...

— Meses atrás...

— A mulher com quem você falou lá é um monstro. Não queria me dar o seu recado.

— Chiyo, eu tenho de fugir daqui, não posso mais ficar.

— Eu vou com você!

— Escondi um horário de trens debaixo do tatame no andar de cima. Tenho roubado dinheiro sempre que posso. Tenho o bastante para pagar à Sra. Kishino. Ela leva uma surra sempre que uma das moças foge. Não vai me deixar ir sem que eu lhe pague antes.

— Sra. Kishino... quem é?

— A velha da porta da frente. Ela vai embora, e não sei quem vai ocupar o seu lugar. Não posso mais esperar! Este lugar é horrível. Nunca acabe num lugar assim, Chiyo-chan! É melhor você ir agora. A patroa pode chegar a qualquer momento.

— Espere. Quando vamos fugir?

— Espere ali naquele canto sem dizer nada. Tenho de subir.

Fiz o que ela me pedia. Enquanto ela se ia, ouvi a velha na entrada cumprimentar um homem, e depois os passos pesados dele subiram a escada sobre minha cabeça. Logo alguém desceu outra vez, apressadamente, e a porta se abriu. Por um momento fiquei em pânico, mas era apenas Satsu, muito pálida.

— Terça-feira. Vamos fugir na terça tarde da noite, cinco dias a partir de hoje. Agora tenho de subir, Chiyo-chan. Chegou um homem para mim.

— Mas espere, Satsu. Onde vamos nos encontrar? A que horas?

— Não sei... uma da manhã. Mas não sei onde.

Sugeri que nos encontrássemos perto do Teatro Minamiza, mas Satsu achou que seria fácil demais para as pessoas nos acharem. Concordamos em nos encontrar num local exatamente do outro lado do rio.

— Tenho de ir agora — ela disse.

— Mas Satsu... e se eu não puder sair? Ou se não nos encontrarmos?

— Esteja lá, Chiyo, nada mais. Eu só terei uma chance. Esperei mais do que posso. Você tem de ir agora, antes que a patroa chegue. Se ela te pegar aqui, eu talvez nunca consiga fugir.

Havia tantas coisas que eu queria lhe dizer, mas ela me levou até a entrada e fechou a porta atrás de nós. Quis vê-la subindo a escada, mas já a velha da porta me pegara pelo braço e me empurrara para a escuridão da rua.

Corri de volta de Miyagawa-cho e fiquei aliviada vendo o *okiya* quieto como o deixara. Esgueirei-me para dentro e ajoelhei-me na penumbra do *hall* de entrada, limpando o suor da testa e do pescoço com a manga do meu traje e tentando acalmar a respiração. Mas então olhei a porta do quarto de serviço e vi que estava um pouco aberta, o bastante para passar um braço, e fiquei gelada. Ninguém jamais a deixava assim. Exceto em dias muito quentes, estava sempre toda fechada. Agora que observava, tive certeza de que ouvira um som farfalhante lá de dentro. Desejei que fosse um rato; porque, se não fosse, seria Hatsumomo e seu namorado mais uma vez. Comecei a desejar não ter ido a Miyagawa-cho. Desejei tanto que, se fosse possível uma coisa dessas, o próprio tempo teria corrido para trás só pela força do meu desejo. Levantei-me e me arrastei pelo corredor de terra, tonta de preocupação, com a garganta seca como um pedaço de terra poeirenta. Quando cheguei à porta do quarto de serviço botei o olho na fresta para espiar. Não enxergava direito. Por causa do tempo úmido, Yoko acendera o carvão mais cedo naquela noite, no braseiro no assoalho; havia um brilho suave e naquela penumbra algo pálido e pequeno se remexia. Quase dei um grito ao ver, porque estava certa de que era um rato, a cabeça balançando enquanto roía alguma coisa. Para meu horror, pude até escutar o som úmido de sua boca mastigando. Pareceu-me que ele estava em cima de alguma coisa, eu não sabia o quê. Em minha direção estendiam-se dois fardos, provavelmente rolos de tecido, e pareceu-me que o rato abrira caminho entre eles com os dentes, afastando-os enquanto andava. Certamente ele devorava algo que Yoko deixara no quarto. Eu ia fechar a porta, com medo de que o rato saísse comigo pelo corredor, quando ouvi um gemido de mulher. Então de repente, de trás do lugar onde o rato mastigava, ergueu-se uma cabeça, e Hatsumomo me encarou. Saltei para fora da porta. O que eu pensara serem dois rolos de tecido eram suas pernas, e o rato não era um rato. Era a mão pálida do seu namorado, saindo da manga.

— O que foi? — ouvi a voz do seu namorado. — Tem alguém aí?

— Não é nada — sussurrou Hatsumomo. — Achei que tinha ouvido alguma coisa, mas não era nada.

Eu não tinha dúvidas de que Hatsumomo me vira. Mas aparentemente não queria que seu namorado soubesse. Corri para me ajoelhar de novo na entrada, tão abalada como se tivesse sido atropelada por um trólei. Ouvi gemidos e rumores vindos do quarto de serviço, depois pararam. Quando finalmente Hatsumomo e seu namorado saíram para o corredor, ele me fitou diretamente.

— A menina da entrada — ele disse. — Não estava aqui quando cheguei.

— Ora, não preste atenção nela. Foi uma menina má esta noite, saindo do *okiya* quando não devia sair. Mais tarde eu dou um jeito nela.

— Então *havia* alguém nos espiando! Por que mentiu para mim?

— Koichi-san — ela disse —, como você está mal-humorado esta noite!

— Você não ficou nada surpresa ao ver a menina. Sabia que ela estava aí o tempo todo.

O namorado de Hatsumomo entrou no *hall* com passos largos e parou para me encarar antes de descer para a entrada. Fiquei de olhos baixos, mas podia sentir meu rosto ficando bem vermelho. Hatsumomo passou por mim depressa, para ajudá-lo com seus sapatos. Ouvi-a falar com ele como nunca a ouvira antes, num tom suplicante, quase choramingando:

— Por favor, Koichi-san — ela dizia —, acalme-se. Não sei o que lhe deu esta noite. Volte amanhã...

— Não quero ver você amanhã.

— Odeio quando me faz esperar tanto tempo. Eu o encontrarei onde me disser, até no fundo do rio.

— Não tenho onde me encontrar com você. Minha mulher me vigia o tempo todo.

— Então volte aqui. Temos o quarto de serviço...

— Sim, se você gosta de ser espionada! Me deixe ir, Hatsumomo, quero ir para casa.

— Por favor, Koichi-san, não se zangue comigo. Não sei por que fica assim! Me diga que vai voltar, mesmo que não seja amanhã.

— Chegará o dia em que não voltarei mais — ele disse —, eu sempre a avisei disso.

Ouvi a porta exterior abrir-se e fechar-se novamente; algum tempo depois Hatsumomo voltou para o *hall* de entrada e parou-se espreitando o corredor, sem olhar nada fixamente. Por fim virou-se para mim e secou os olhos.

— Muito bem, pequena Chiyo — disse. — Foi visitar aquela sua irmã horrorosa, não foi?

— Por favor, Hatsumomo — eu disse.

— E depois voltou para me espionar! — Hatsumomo disse isso tão alto que acordou uma das criadas mais velhas, que se apoiou no cotovelo e nos olhou. Hatsumomo gritou com ela:

— Durma outra vez, sua velha burra! — A criada balançou a cabeça e deitou-se outra vez.

— Hatsumomo-san, eu farei tudo o que você quiser — eu disse. — Não quero problemas com Mamãe.

— Claro que fará tudo o que eu quiser. Isso nem se discute! E você já está com problemas.

— Eu tive de sair para entregar o seu *shamisen*.

— Isso faz mais de uma hora. Você foi ver sua irmã e fez planos de fugir com ela. Pensa que eu sou burra? E depois voltou para me espionar!

— Por favor, me perdoe — eu disse. — Não sabia que você estava ali! Pensei que fosse...

Quis lhe dizer que tinha pensado ser um rato, mas achei que ela levaria isso a mal.

Ela me espreitou algum tempo e depois subiu as escadas até seu quarto. Quando voltou estava segurando alguma coisa no punho fechado.

— Você quer fugir com sua irmã, não quer? — ela disse. — Acho uma ótima idéia. Quanto mais cedo você sumir do *okiya*, melhor para mim. Algumas pessoas pensam que não tenho coração, mas não é verdade. É comovente imaginar você e aquela vaca gorda indo embora e tentando viver em algum lugar, sozinhas no mundo! Quanto mais cedo você sumir daqui, melhor para mim. Levante-se.

Levantei-me, embora com medo do que ela iria fazer. Fosse o que fosse que tinha na mão fechada, quis metê-lo debaixo do cinto de minha roupa, mas quando veio em minha direção eu recuei.

— Veja — ela disse, abrindo a mão. Segurava uma porção de notas dobradas — mais dinheiro do que eu jamais tinha visto, embora não saiba quanto era. — Eu trouxe isso para você. Não precisa agradecer. Pegue. Você me pagará saindo de Kioto, para que eu nunca mais precise vê-la.

Titia me dissera que nunca confiasse em Hatsumomo, mesmo que ela se oferecesse para me ajudar. Mas quando lembrei quanto Hatsumomo me odiava, entendi que não estava realmente me ajudando; estava ajudando a si mesma a livrar-se de mim. Fiquei quieta até ela meter a mão dentro da minha roupa enfiando as notas debaixo do meu *sash*. Senti suas unhas vítreas roçando minha pele. Ela me fez rodear para amarrar melhor o *sash* de modo que o dinheiro não escorregasse, depois fez uma coisa muito estranha. Rodeou-me para que ficasse de frente para ela de novo e começou a acariciar o lado de minha cabeça com um olhar quase maternal. A simples idéia de Hatsumomo agindo bondosamente comigo era tão esquisita que senti como se uma cobra venenosa se esfregasse em mim feito um gato. Depois, antes que eu soubesse o que ela fazia, foi baixando os dedos pelo meu couro cabeludo; inesperadamente fechou os dentes enfurecida e agarrou um maço dos meus cabelos, puxando tão fortemente para um lado que caí de joelhos com um grito. Não entendia o que estava acontecendo, mas logo Hatsumomo me puxara de pé outra vez, e começou a me levar escadas acima, puxando-me de um lado para outro pelos cabelos. Gritava comigo, irada, enquanto eu gritava tanto que não me teria surpreendido se acordasse todo mundo rua acima e abaixo.

Quando chegamos ao topo da escada, Hatsumomo bateu na porta de Mamãe chamando por ela. Mamãe abriu muito depressa, amarrando o *sash* no corpo e parecendo zangada.

— Mas o que há com vocês duas! — disse.

— Minhas jóias! — disse Hatsumomo. — Esta menina burra, burra! — E começou a me bater. Eu só conseguia me encolher no assoalho e gritar pedindo que parasse, até Mamãe conseguir contê-la de algum modo. A essa altura Titia viera juntar-se a ela no patamar.

— Ah, Mamãe — disse Hatsumomo —, quando voltei ao *okiya* esta noite achei que vira a pequena Chiyo no fim da alameda falando com um homem. Não pensei nada de mais, porque sabia que não podia ser ela. Ela nem deve sair do *okiya*. Mas quando subi ao meu quarto, encontrei minha caixa de jóias toda desarrumada e corri de volta em tempo de ver Chiyo entregando algo ao homem. Tentou fugir mas eu a peguei!

Mamãe ficou calada algum tempo olhando para mim.

— O homem escapou — continuou Hatsumomo —, mas acho que Chiyo pode ter vendido algumas jóias para obter dinheiro. Está planejando fugir do *okiya*, Mamãe, por isso eu acho... depois que fomos tão boas com ela!

— Tudo bem, Hatsumomo — disse Mamãe. — Já basta. Você e Titia vão ao seu quarto descobrir o que está faltando.

Assim que fiquei sozinha com Mamãe ergui o olhar para ela, ainda ajoelhada no chão, e sussurrei:

— Mamãe, não é verdade... Hatsumomo estava no quarto de serviço com seu namorado. Está zangada com alguma coisa, e agora desconta em mim. Eu não tirei nada dela!

Mamãe não disse nada. Não tive nem certeza de que estivesse me escutando. Logo Hatsumomo saiu e disse que faltava um broche que usava para enfeitar a frente de um *obi*.

— Meu broche de esmeralda, Mamãe! — repetia chorando como uma boa atriz. — Ela vendeu meu broche de esmeralda para aquele homem horrendo! Era o *meu broche*! Quem ela pensa que é, roubando uma coisa dessas de mim?

— Revistem a menina — disse Mamãe.

Uma vez, quando era pequena, com seis anos mais ou menos, observei uma aranha tecendo sua teia num canto da casa. Antes que a aranha tivesse concluído seu trabalho um mosquito voou direto para a teia e ficou preso. Primeiro a aranha não lhe prestou nenhuma atenção, mas prosseguiu com o que estava fazendo; só quando tinha terminado ela se arrastou em seus dedinhos pontudos e picou mortalmente o pobre mosquito. Sentada ali no chão de tábuas observando Hatsumomo vir em minha direção com seus dedos delicados, eu soube que estava presa na rede que ela tecera para mim. Nada pude fazer para explicar o dinheiro debaixo do meu *sash*. Quando ela o retirou, Mamãe o pegou na mão e contou.

— Você foi boba vendendo um broche de esmeralda por tão pouco — disse-me. — Especialmente porque vai lhe custar bem mais para repô-lo.

Meteu o dinheiro na manga de seu próprio traje de dormir, depois disse a Hatsumomo:

— Esta noite você trouxe um namorado para o *okiya*.

Hatsumomo recuou mas não hesitou em responder:

— O que lhe deu essa idéia, Mamãe?

Houve uma longa pausa, depois Mamãe disse a Titia:

— Segure os braços dela.

Titia pegou Hatsumomo pelos braços e segurou-a por trás, enquanto Mamãe começou a abrir as bainhas do quimono de Hatsumomo, na altura das coxas. Pensei que Hatsumomo resistiria, mas ela não o fez. Olhava para mim com olhos frios enquanto Mamãe levantava o *koshimaki* e abria seus joelhos. Depois Mamãe meteu a mão entre as pernas dela, e quando a mão saiu outra vez estava com dedos úmidos. Esfregou o polegar e os dedos algum tempo, depois cheirou-os. Então ergueu a mão e deu um tapa na cara de Hatsumomo, deixando um rastro úmido.

capítulo oito

Hatsumomo não foi a única zangada comigo no dia seguinte, pois Mamãe ordenou que todas as criadas ficassem sem comer carne por seis semanas, como castigo por terem tolerado o namorado de Hatsumomo no *okiya*. Se eu tivesse realmente roubado carne de suas tigelas, as criadas não teriam ficado mais zangadas comigo; Abóbora começou a chorar assim que descobriu a ordem de Mamãe. Mas para dizer a verdade não me senti tão mal quanto imaginei que me sentiria com todo mundo olhando para mim e por ter o custo de um broche que eu jamais vira acrescido às minhas dívidas. Qualquer coisa que piorasse minha vida ali apenas reforçava minha determinação em fugir.

Acho que Mamãe não acreditou que eu tivesse roubado o broche, embora certamente ficasse satisfeita com comprar outro à minha custa, desde que Hatsumomo ficasse contente. Mas não duvidava de que eu deixara o *okiya* quando não devia, pois Yoko confirmou isso. Quase senti minha vida fugir de mim quando soube que Mamãe ordenara que a porta da frente fosse trancada para impedir que eu saísse outra vez. Como eu poderia escapar do *okiya* agora? Só Titia tinha a chave, e guardava-a em redor do pescoço até quando dormia. Como medida extra, o trabalho de ficar sentada junto da porta à noite me foi retirado e dado a Abóbora, que tinha de acordar Titia para abrir a porta quando Hatsu-momo chegava em casa.

Eu ficava deitada em meu *futon* todas as noites arquitetando coisas; mas na segunda-feira, o dia antes daquele em que Satsu e eu tínhamos combinado fugir, eu ainda não tinha plano algum para minha fuga. Fiquei tão desesperada que não tinha energia para as minhas tarefas, e as criadas me censuravam por arrastar o pano na madeira que devia estar polindo e empurrar a vassoura no corredor que devia estar varrendo. Passei longo tempo na tarde de segunda fingindo limpar o pátio quando na verdade estava só agachada nas pedras pensando. Então uma das criadas me deu uma tarefa, de lavar o chão de madeira no quarto de serviço onde Yoko estava sentada junto do telefone, e algo extraordinário aconteceu. Espremi um pano molhado no chão, mas em vez de correr para a entrada como eu imaginara, a água escorreu para um dos cantos do quarto.

— Olhe, Yoko — eu disse —, a água está correndo para cima.

Na verdade, não era bem para cima, só me parecia assim. Fiquei tão surpresa com isso que espremi mais água e observei-a escorrer para o canto outra vez. E então... bem, nem posso dizer direito o que aconteceu; mas vi a mim mesma correndo escadas acima até o patamar do segundo andar, dali para a escada, pela porta de alçapão, e até o telhado ao lado do tanque que funcionava com a gravidade.

O telhado! Fiquei tão espantada com a idéia que esqueci totalmente onde estava; e quando o telefone ao lado de Yoko tocou, quase gritei de susto. Não sabia bem o que faria quando chegasse ao telhado, mas se conseguisse descer de lá poderia afinal de contas encontrar-me com Satsu.

Na noite seguinte pus-me a bocejar escandalosamente quando fui para a cama, e me joguei no meu *futon* como um saco de arroz. Qualquer pessoa que me observasse pensaria que eu ia pegar no sono instantaneamente, mas na verdade nunca tinha estado tão desperta. Deitei-me longo tempo pensando em minha casa e na expressão do rosto de meu pai quando erguesse os olhos da mesa e me visse parada na porta. Provavelmente as bolsas debaixo de seus olhos cairiam mais ainda e ele começaria a chorar, ou sua boca assumiria aquele contorno estranho quando sorria. Eu não me permitia imaginar minha mãe tão claramente; só a idéia de a ver de novo me fazia chorar.

Finalmente as criadas se instalaram em seus *futons* ao meu lado no chão, e Abóbora assumiu seu posto de esperar por Hatsumomo. Ouvi Vovó cantar seus *sutras*, o que fazia todas as noites antes de ir para a cama. Depois observei-a pela porta parcialmente aberta, parada diante de seu *futon* botando a roupa de dormir. Fiquei horrorizada ao vê-la sem roupa nenhuma, pois nunca a vira inteiramente nua antes disso. Não era apenas a pele de galinha de seu pescoço e ombros. Seu corpo todo me fazia pensar numa pilha de roupa amassada. Parecia estranhamente digna de pena lidando para desdobrar a roupa de dormir que pegara da mesa. Tudo nela caía, até os bicos saltados dos peitos que pendiam como dedos. Quanto mais a olhava mais sentia que naquela sua mente nebulosa de velha dama devia estar lutando com lembranças de seu próprio pai e mãe — que provavelmente a tinham vendido como escrava quando era menininha —, assim como eu andara lutando com a recordação de meus próprios pais. Talvez ela também tivesse perdido uma irmã. Eu certamente nunca pensara em Vovó daquela maneira. E fiquei imaginando se a sua vida começara mais ou menos como a minha. Não fazia diferença o fato de ela agora ser uma velha malvada e eu apenas uma menininha que lutava. Uma vida errada não poderia transformar a gente em uma pessoa má? Lembrei muito bem que um dia em Yoroido um menino me empurrara para um arbusto de espinhos perto da lagoa. Quando saí de lá eu estava tão zangada que poderia morder um pedaço de pau. Se alguns minutos de sofrimento me deixavam tão zangada, o que seria com anos de dor? Até uma pedra pode ficar gasta com chuva bastante.

Se eu ainda não tivesse decidido fugir, certamente teria ficado horrorizada com o sofrimento que provavelmente esperava por mim em Gion. Eu me transformaria numa velha como Vovó. Mas consolei-me pensando em que no dia seguinte poderia começar a esquecer até mesmo minhas lembranças de Gion. Eu já sabia como chegar ao telhado; quanto a descer até a rua... bem, eu não tinha certeza. Não haveria escolha senão arriscar-me no escuro. Mesmo que eu conseguisse descer sem me ferir, chegar à rua seria apenas o começo de minhas dificuldades. Por mais que a vida em Gion fosse uma luta, depois de fugir certamente seria mais que isso. O mundo era simplesmente cruel demais; como eu poderia sobreviver? Deitei-me em meu *futon* algum tempo, angustiada, imaginando se teria realmente forças para fazer aquilo... mas Satsu estava esperando por mim. Ela saberia o que fazer.

Passou-se um bom tempo antes de Vovó se acomodar em seu quarto. Àquela altura as criadas roncavam alto. Fingi me virar no meu *futon* para dar uma olhada em Abóbora ajoelhada no chão perto dali. Não consegui ver bem seu rosto, mas tive a impressão de que estava sonolenta. Eu planejara esperar até ela pegar no sono, mas não sabia mais que horas eram; além disso, Hatsumomo poderia aparecer a qualquer momento. Sentei-me o mais silenciosamente que pude, pensando que se alguém me percebesse eu iria ao banheiro e voltaria. Mas ninguém prestou atenção. Havia um traje para eu usar no dia seguinte dobrado no chão ali ao lado. Peguei-o nos braços e fui direto até a escada.

Diante da porta de Mamãe parei um instante à escuta. Habitualmente ela não roncava, de modo que não pude entender nada do silêncio, a não ser que ela não estava falando ao telefone nem fazendo ruído. Na verdade, o quarto dela não estava inteiramente quieto por causa do cachorrinho Taku, que fungava dormindo. Quanto mais eu escutava, mais suas fungadas me pareciam alguém dizendo meu nome: "CHI-yo! CHI-yo!" Eu não estava preparada para fugir do *okiya* até ver Mamãe adormecida, de modo que decidi abrir a porta um pouco e dar uma olhada. Se estivesse acordada, eu diria ter pensado que ela me chamara. Como Vovó, Mamãe dormia com a lâmpada da mesa iluminada, de modo que quando abri uma fresta na porta e espiei, pude ver as plantas de seus pés aparecendo dos lençóis. Taku estava deitado entre seus pés com o peito erguendo-se e baixando, fazendo aquele som que parecia meu nome.

Fechei de novo a porta e mudei de roupa no *hall* do andar de cima. A única coisa que me faltava agora eram sapatos — nunca tinha pensado em fugir sem eles, o que deve lhe dar uma idéia de quanto eu mudara desde aquele verão. Se Abóbora não estivesse ajoelhada no *hall* de entrada da frente, eu teria pegado um par dos sapatos de madeira que usava para andar no corredor de terra batida. Em vez disso, peguei sapatos que se usavam no banheiro do andar superior. Eram muito pobres, com uma única tira de couro para os segurar no pé. Para piorar as coisas, eram grandes demais para mim; mas eu não tinha escolha.

Depois de fechar silenciosamente a porta do alçapão atrás de mim, meti meu traje de dormir debaixo do tanque e consegui escalar e botar as pernas por cima da beira do telhado. Não fingirei que não estava apavorada; as vozes de pessoas na rua pareciam muito abaixo de mim. Mas eu não podia perder tempo com medo, pois me parecia que a qualquer momento uma das criadas ou até Titia ou Mamãe poderiam aparecer no alçapão procurando por mim. Peguei os sapatos nas mãos para que não caíssem, e comecei a seguir pela cumeeira do telhado, o que era mais difícil do que eu imaginara. As telhas eram tão grossas que formavam quase um pequeno degrau onde cobriam umas às outras, e batiam uma na outra quando eu deslocava meu peso, a não ser que o fizesse muito lentamente. Cada ruído que eu fazia ecoava nos telhados.

Levei vários minutos para atravessar nosso *okiya* de um lado para outro. O telhado da construção ao lado era mais baixo que o nosso. Desci até ele e parei um momento procurando uma descida até a rua; mas apesar do luar eu só enxergava um lençol de treva. O telhado era alto e íngreme demais para eu pensar em deslizar por ele. Não sabia se o telhado seguinte seria melhor; e comecei a sentir um pouco de pânico. Mas continuei de cumeeira em cumeeira, até olhar para um pátio aberto perto do fim do quarteirão. Se eu conseguisse chegar à calha, poderia descer até chegar ao que me parecia ser um banheiro. Do alto desse banheiro poderia descer facilmente até o pátio.

Não pensei muito em cair no meio da moradia de alguém. Não tive dúvida de que era um *okiya*; todas as casas ao longo do nosso quarteirão eram. Muito provavelmente alguém estaria na porta da frente esperando pelo retorno da gueixa, e me pegaria pelo braço quando eu tentasse escapar. E se a porta da frente estivesse trancada como a nossa? Eu nem pensaria naquele trajeto se tivesse outra escolha. Mas achei que o caminho lá embaixo parecia mais seguro do que tudo que eu já vira antes.

Sentei-me na cumeeira um longo tempo atenta ao menor sinal do pátio. Tudo o que conseguia ouvir eram risos e conversas da rua. Não tinha idéia do que encontraria no pátio quando caísse lá, mas decidi que era melhor me mexer antes que alguém no *okiya* descobrisse minha falta. Se eu tivesse qualquer idéia do prejuízo que estava prestes a causar ao meu futuro, teria voltado daquela cumeeira o mais depressa que pudesse e disparado para o lugar de onde viera. Mas não sabia nada do que estava arriscando. Eu era apenas uma criança que pensava estar embarcando numa grande aventura.

Passei a perna por cima, de modo que num momento estava balançando no telhado, mal e mal agarrada à cumeeira. Percebi com algum pânico que era muito mais íngreme do que eu pensara. Tentei voltar para cima, mas não consegui. Com sapatos de banheiro nas mãos, não conseguia me agarrar na beira do telhado, apenas prender-me ali pelos punhos. Eu sabia que estava comprometida, pois nunca conseguiria voltar para cima; mas parecia-me que no momento em que me soltasse dali deslizaria pelo telhado abaixo descontroladamente. Minha mente disparava com tais pensamentos, e logo antes de eu decidir soltar a cumeeira ela me soltou. Primeiro deslizei mais devagar do que esperara, o que me deu alguma esperança de poder parar um pouco abaixo, onde o telhado se curvava para fora, formando os beirais. Mas então meu pé deslocou uma das telhas, que escorregou para baixo com um som de coisa despedaçando-se no pátio ali embaixo. Logo em seguida, sem querer, soltei um dos sapatos e ele passou por mim deslizando. Ouvi seu ruído quieto quando caiu no chão, e depois um rumor muito pior — o de passos descendo um passadiço de madeira até o pátio.

Muitas vezes eu vira como as moscas param numa parede ou teto como se estivessem no chão. Eu não tinha idéia disso, mas quando ouvi o som de alguém caminhando ali embaixo decidi que, não importa o que fizesse, eu encontraria um jeito de me grudar ao telhado como uma mosca, e faria isso da maneira certa. Ou acabaria desabando no pátio em poucos segundos. Tentei enfiar os dedos dos pés no telhado, e depois meus cotovelos e joelhos. Como ato final de desespero, fiz a coisa mais tola de todas — tirei o sapato da outra mão e tentei prender-me premindo as duas palmas contra as telhas. Minhas mãos deviam estar molhadas de suor, porque em vez de diminuir a queda comecei a descer mais depressa assim que toquei o telhado. Ouvi a mim mesma deslizando com um som sibilante. E depois já não havia telhado algum.

Por um instante não escutei nada; apenas um silêncio vazio e assustador. Caindo pelo ar tive tempo de formar um pensamento claro: imaginei uma mulher saindo para o pátio, baixando os olhos para a telha quebrada no chão, e depois erguendo os olhos para o telhado em tempo de me ver cair do céu direto em cima dela; mas naturalmente não foi o que aconteceu. Enquanto caía eu me virei e caí de lado no chão. Tive o bom senso de levantar um braço para proteger minha cabeça; mesmo assim caí tão pesadamente que fiquei atordoada. Não sei onde estava parada a mulher, nem se ela estava no pátio quando caí do céu. Mas ela deve ter-me visto descer daquele telhado, porque quando eu estava deitada, zonza, no chão, ouvi-a dizer:

— Pelos deuses, estão chovendo menininhas!

Bem, eu queria saltar de pé e sair correndo, mas não consegui. Todo um lado de meu corpo estava mergulhado em dor. Lentamente percebi as duas mulheres ajoelhadas a meu lado. Uma delas repetia alguma coisa que não consegui entender. Falavam entre si, depois me levantaram do musgo e me sentaram no passadiço de madeira. Lembro apenas um fragmento da sua conversa:

— Estou lhe dizendo, senhora, ela veio do telhado.

— E por que céus estava carregando sapatos de banheiro? Você subiu ali em cima para usar o banheiro, menininha? Está me ouvindo? Mas que coisa perigosa de se fazer! Teve sorte de não se quebrar toda ao cair!

— Ela não está escutando, senhora, veja os olhos dela.

— Claro que pode me ouvir. Diga alguma coisa, menininha!

Mas eu não conseguia dizer nada. Só podia pensar em Satsu esperando por mim diante do Teatro Minamiza, e eu não apareceria.

A criada foi enviada pela rua acima para bater nas portas até descobrir de onde eu vinha, enquanto fiquei deitada, encolhida, em estado de choque. Chorava sem lágrimas e segurava meu braço, que doía horrivelmente, quando de repente fui puxada para cima e alguém me bateu na cara.

— Menina boba, boba! — Titia estava parada na minha frente, furiosa, depois me puxou para fora daquele *okiya* e me arrastou rua acima atrás dela. Quando chegamos ao nosso *okiya* ela me encostou contra a porta de madeira e me bateu na cara outra vez.

— Você sabe o que fez? — ela dizia mas eu não conseguia responder. — O que estava pensando? Bem, você se arruinou para sempre... que coisa boba de se fazer! Menina burra, burra!

Eu jamais imaginara que Titia pudesse ficar tão zangada. Arrastou-me para o pátio e me jogou no passadiço de barriga para baixo. Comecei a chorar a sério, pois sabia o que ia acontecer. Mas desta vez, em lugar de me bater como fizera antes, Titia despejou um balde de água sobre meu vestido para que a vara doesse ainda mais, e me bateu tanto que eu não conseguia nem respirar. Quando acabou jogou a vara no chão e me rolou de costas.

— Agora você jamais será uma gueixa — gritou. — Eu avisei você para não cometer esse erro! E agora não há nada que eu ou qualquer pessoa possa fazer para ajudar.

Não ouvi mais nada do que ela dizia por causa dos horríveis gritos que vinham mais além no passadiço. Vovó surrava Abóbora por não ter ficado de olho em mim.

Depois constatou-se que caindo naquele pátio eu tinha quebrado o braço. Na manhã seguinte veio um médico e me levou a uma clínica próxima. Quando fui trazida de volta ao *okiya* com o braço engessado já era quase fim da tarde. Eu ainda sofria de dores horríveis, mas Mamãe me chamou imediatamente ao seu quarto. Ficou sentada longo tempo me encarando, dando palmadinhas em Taku com uma das mãos, segurando o cachimbo na boca com a outra.

— Sabe quanto paguei por você? — perguntou finalmente.

— Não, senhora — respondi. — Mas vai me dizer que pagou mais do que valho.

Não acho que tenha sido uma resposta educada. Na verdade, achei que Mamãe ia me dar um tapa por isso, mas eu não ligava mais. Parecia que nada voltaria a ficar bem de novo neste mundo. Mamãe apertou os dentes e tossiu algumas vezes, naquele seu estranho jeito de rir.

— Tem razão quanto a isso! — disse. — Meio iene já seria mais do que você vale. Bem, tive a impressão de que era esperta, mas não é esperta o bastante para entender o que é bom para você.

Voltou a baforar em seu cachimbo algum tempo, depois disse:

— Paguei setenta e cinco ienes por você, foi isso que paguei. Então você foi e arruinou um quimono, roubou um broche, e agora quebrou o braço, de modo que ainda vou acrescentar contas médicas às suas dívidas. Além disso, há suas refeições e aulas, e exatamente nesta manhã ouvi a dona do Tatsuyo em Miyaga-wa-cho dizer que sua irmã mais velha fugiu. A mulher ainda nem me pagou o que me deve, e agora me disse que não vai mais pagar! Vou acrescentar isso também às suas dívidas, mas que diferença vai fazer? Você já deve mais do que poderia pagar.

Então Satsu tinha escapado. Eu passara o dia pensando nisso, e agora tinha a resposta. Queria me sentir feliz por ela mas não conseguia.

— Acho que depois de dez ou quinze anos como gueixa você poderia pagar — ela prosseguiu —, se conseguisse ser um sucesso. Mas quem investiria outro *sen* numa menina que só quer fugir?

Eu não sabia ao certo como responder, de modo que disse a Mamãe que sentia muito. Até ali ela me falara de maneira bastante agradável. Mas depois de minhas desculpas botou o cachimbo na mesa e estendeu de tal maneira o queixo para fora — acho que de raiva — que me pareceu um animal pronto a atacar.

— Você sente muito? Eu fui idiota em investir tanto dinheiro em você em primeiro lugar. Provavelmente é a empregada mais cara de todo Gion! Se pudesse vender seus ossos para repor algumas de suas dívidas, tenha certeza de que eu os arrancaria de seu corpo agora mesmo!

Depois mandou-me sair do quarto e botou o cachimbo de volta na boca.

Meu lábio tremia quando saí, mas controlei minhas emoções; pois ali no patamar estava Hatsumomo. O Sr. Bekku esperava para terminar de amarrar seu *obi*, enquanto Titia, com um lenço na mão, se postava diante de Hatsumomo espreitando dentro dos olhos dela.

— Bom, está tudo borrado — disse Titia. — Não posso fazer mais nada. Você terá de concluir esse seu chorinho e refazer a maquilagem depois.

Eu sabia exatamente por que Hatsumomo chorava. Seu namorado não viera mais vê-la, agora que ela não o podia mais trazer ao *okiya*. Eu soubera disso na manhã anterior e estava certa de que Hatsumomo me acusaria por seus problemas. Estava ansiosa por descer as escadas antes que ela me visse, mas era tarde. Ela arrancou seu lenço de Titia e fez um gesto me chamando. Eu não queria ir, mas não podia recusar.

— Você não tem nada a fazer com Chiyo — disse-lhe Titia. — Vá ao seu quarto concluir sua maquilagem.

Hatsumomo não respondeu, mas me empurrou para seu quarto e fechou a porta atrás de nós.

— Passei dias tentando decidir o que exatamente fazer para arruinar a sua vida — ela me disse. — Mas agora você tentou fugir, e fez isso por mim! Nem sei se devo me sentir contente com isso, pois estava esperando fazê-lo eu mesma.

Fui muito rude, mas fiz uma mesura para Hatsumomo e abri a porta para sair sem responder. Ela podia me dar uma bofetada por isso, mas apenas me seguiu até o *hall* e disse:

— Se quiser saber como será ser criada a vida toda, fale com Titia! Vocês já parecem as duas extremidades da mesma corda. Ela tem um quadril quebrado, você um braço. Talvez um dia você até pareça um homem, do mesmo jeito que Titia!

— Isso mesmo, Hatsumomo — disse Titia. — Mostre-nos o seu famoso charme!

Quando eu era uma menina de cinco ou seis anos e nunca sequer pensara em Kioto, conheci um menininho de nossa aldeia chamado Noboru. Tenho certeza de que era um bom menino, mas cheirava muito mal, e acho que por isso era tão impopular. Sempre que ele falava as outras crianças não lhe davam mais atenção do que a um passarinho que piasse ou um sapo que coaxasse, e o pobre Noboru muitas vezes se sentava no chão e começava a chorar. Nos meses depois de minha fracassada fuga, entendi que tipo de vida ele devia ter levado; pois ninguém falava comigo a não ser para me dar uma ordem. Mamãe sempre me tratara como se eu fosse apenas uma fumacinha, pois tinha coisas mais importantes em que pensar. Mas agora todas as criadas, a cozinheira e Vovó faziam o mesmo.

Todo aquele inverno gelado fiquei imaginando o que acontecera com Satsu, meu pai e minha mãe. Na maior parte das noites, deitada em meu *futon*, sentia-me doente de ansiedade, sentindo um buraco dentro de mim, grande e vazio como se o mundo todo nada fosse senão um gigantesco *hall* vazio. Para me consolar eu fechava os olhos e imaginava estar andando pelo caminho junto dos penhascos de Yoroido. Conhecia-os tão bem que podia me imaginar ali tão vividamente como se tivesse afinal fugido com Satsu e voltado para casa. Em pensamento voltava correndo para a nossa casa bêbada de mãos dadas com Satsu — embora nunca antes tivesse segurado sua mão — sabendo que em instantes estaríamos com nossa mãe e nosso pai. Eu nunca conseguia chegar à casa nessas fantasias; talvez tivesse medo demais do que encontraria lá, e de qualquer modo era o trajeto por aquele caminho que parecia me dar conforto. Em algum momento eu escutaria a tosse de uma das criadas perto de mim, ou o constrangedor ruído de Vovó soltando gases com um gemido, e nesse instante o cheiro do ar marinho se dissolvia, a terra áspera do caminho debaixo de meus pés se transformava novamente nos lençóis do meu *futon*, e eu ficava onde tinha começado, sem nada senão a minha própria solidão.

Quando chegou a primavera, as cerejeiras floresceram no Parque Maruyama, e ninguém em Kioto falava em outra coisa. Hatsumomo estava mais ocupada do que habitualmente durante o dia por causa dos grupos que iam visitar as cerejeiras. Eu invejava a vida agitada para a qual a via preparar-se todas as tardes. Já começava a desistir de minhas esperanças de acordar uma noite e ver que Satsu entrara em nosso *okiya* para me salvar, ou de que de algum modo eu teria notícias de minha família em Yoroido. Então, certa manhã, quando Mamãe e Titia estavam se preparando para levar Vovó a um piquenique, desci as escadas e encontrei um pacote no chão do *hall* de entrada da frente. Era uma caixa mais ou menos do comprimento de meu braço, enrolada em papel grosso e presa com barbante. Eu sabia que não era da minha conta, mas como não houvesse ninguém ali, fui ler o nome e o endereço escritos em caracteres fortes. Diziam:

Sakamoto Chiyo
a/c Nitta Kayoko
Gion Tominaga-cho
Cidade de Kioto, Prefeitura de Kioto

Fiquei tão espantada que permaneci ali parada um bom tempo tapando a boca com a mão, e estou certa de que meus olhos estavam do tamanho de um pires. O endereço do remetente, debaixo de uma porção de selos, era o do Sr. Tanaka. Eu não tinha idéia do que havia no pacote, mas vendo o nome do Sr. Tanaka... você pode achar absurdo, mas honestamente pensei que talvez ele reconhecesse seu erro em me mandar para aquele lugar horrível, e estivesse me enviando algo que me libertasse do *okiya*. Não imagino nenhum pacote que possa libertar da escravidão uma menina pequena, e mesmo então não conseguia imaginar. Mas realmente em meu coração acreditei que de algum modo, quando o pacote fosse aberto, minha vida mudaria para sempre.

Antes que eu pudesse pensar no que fazer, Titia desceu as escadas e me enxotou de perto da caixa, embora meu nome estivesse nela. Eu mesma gostaria de ter aberto, mas ela pediu uma faca para cortar o barbante e demorou-se abrindo o papel grosso. Debaixo havia uma camada de lona fechada com uma forte corda de pescador. Costurado pelas beiradas ao saco, havia um envelope com meu nome. Titia cortou o envelope e abriu o saco revelando uma caixa de madeira escura. Comecei a ficar excitada com o que poderia haver lá dentro, mas quando Titia abriu a tampa, mais uma vez me senti esmagada por um peso. Pois ali, aninhadas entre dobras de linho branco, estavam as minúsculas tabuinhas mortuárias que um dia tinham estado diante do altar em nossa casinha bêbada. Duas delas, que eu nunca vira antes, pareciam mais recentes do que as outras, com nomes budistas estranhos e caracteres que eu não compreendia. Tive até medo de imaginar por que o Sr. Tanaka as enviara.

Titia largou por um instante a caixa no chão com as tabuinhas tão bem arrumadas dentro, tirou a carta do envelope e começou a ler. Fiquei parada durante o que me pareceu um longo tempo, cheia de medo, sem me atrever sequer a pensar. Finalmente Titia deu um suspiro fundo e me levou pelo braço à salinha de recepção. Minhas mãos tremiam em meu colo quando me ajoelhei diante da mesa, provavelmente pelo esforço de impedir que todos os meus horríveis pensamentos emergissem na superfície de minha mente. Talvez fosse realmente um sinal de esperança, o Sr. Tanaka me enviar as tabuinhas fúnebres. Quem sabe minha família estava se mudando para Kioto, e iríamos construir juntos um altar novo onde colocar as tabuinhas? Ou quem sabe Satsu pedira que me fossem mandadas porque estava voltando? Então Titia interrompeu meus pensamentos.

— Chiyo, vou ler uma coisa para você, de um homem chamado Tanaka Ichiro — ela disse numa voz estranhamente pesada e lenta. Acho que enquanto ela abria o papel sobre a mesa eu nem ao menos respirava.

Estimada Chiyo:

Duas estações passaram desde que você deixou Yoroido, e logo as árvores vão dar à luz uma nova geração de botões. Flores que crescem onde as antigas murcharam servirão para nos lembrar de que um dia a morte virá para todos nós.

Sendo alguém que também foi órfão na infância, esta humilde pessoa lamenta ter de informar a terrível carga que você terá de suportar. Seis semanas depois de você partir para sua nova vida em Kioto, os sofrimentos de sua honrada mãe terminaram, e apenas poucas semanas depois o seu honrado pai também partiu deste mundo. Esta humilde pessoa lamenta profundamente a sua perda, e espera que você fique certa de que os restos de seus dois honrados pais estão abrigados no cemitério da aldeia. Foram realizadas cerimônias por eles no Templo Hoko-ji em Senzuru, e além disso as mulheres de Yoroido cantaram os *sutras*. Esta humilde pessoa está certa de que seus dois honrados pais encontraram seus lugares no paraíso.

O treinamento de uma gueixa aprendiz é uma trilha árdua. Mas esta humilde pessoa está cheia de admiração por aqueles que são capazes de usar seu sofrimento tornando-se grandes artistas. Alguns anos atrás, visitando Gion, tive a honra de assistir às danças da primavera e depois a uma festa numa casa de chá, e a experiência deixou em mim uma impressão muito funda. Tenho alguma satisfação de saber que foi encontrado um lugar seguro para você neste mundo, Chiyo-chan, e que você não será obrigada a sofrer anos de incerteza. Esta humilde pessoa viveu o bastante para ver duas gerações de filhos crescer e sabe como é raro que pássaros comuns dêem luz a um cisne. O cisne que vai habitar a árvore de seus pais morrerá. Por isso os que são belos e talentosos carregam o ônus de encontrar seu próprio caminho neste mundo.

Sua irmã Satsu passou por Yoroido no fim do último outono, mas fugiu logo em seguida com o filho do Sr. Sugi. O Sr. Sugi espera ardentemente rever seu amado filho nesta vida, e por isso pede que por favor você o avise imediatamente caso receba alguma palavra de sua irmã.

Muito sinceramente seu,

Tanaka Ichiro.

Muito antes de Titia terminar de ler a carta as lágrimas tinham começado a correr de mim como água de um bule que ferve e transborda. Pois teria sido bastante ruim saber da morte de minha mãe ou de meu pai. Mas saber num só instante que os dois tinham morrido e me deixado, que também minha irmã estava perdida para sempre... Minha mente parecia um vaso quebrado que não poderia mais ficar de pé. Eu estava perdida dentro do aposento que me rodeava.

Você deve me achar muito ingênua por ter mantido por tantos meses as esperanças de que minha mãe estivesse viva. Mas eu realmente tinha tão poucas coisas com as quais ter esperança, que acho que me teria agarrado a qualquer coisa. Titia foi muito bondosa comigo enquanto eu tentava me controlar. Repetiu várias vezes:

— Controle-se, Chiyo, controle-se. Não há nada mais neste mundo que possamos fazer.

Quando finalmente consegui falar, pedi a Titia que ajeitasse as tabuinhas em algum lugar onde eu não as visse e que rezasse em meu lugar — porque eu sofreria demais tendo de fazer isso. Mas ela recusou e me disse que eu devia ter vergonha só de pensar em voltar as costas aos meus próprios ancestrais. Ajudou-me a instalar as tabuinhas numa prateleira perto da base da escada, onde eu podia rezar todas as manhãs.

— Nunca os esqueça, Chiyo-chan — ela disse —, pois são tudo o que restou da sua infância.

capítulo nove

M ais ou menos na época dos meus sessenta e cinco anos, uma amiga me enviou um artigo que encontrou em algum lugar, chamado "As Vinte Maiores Gueixas do Passado de Gion". Ou talvez fossem as trinta maiores, não recordo. Mas lá estava eu na lista, com um pequeno parágrafo dizendo coisas a meu respeito, incluindo que eu nascera em Kioto — o que naturalmente era mentira. Posso lhe assegurar que também não fui uma das vinte maiores gueixas de Gion; algumas pessoas acham difícil dizer a diferença entre algo grande e algo de que simplesmente ouviram falar. Seja como for, eu teria tido sorte se acabasse como pouco mais que uma gueixa ruim e infeliz, como tantas outras meninas pobres, se o Sr. Tanaka não tivesse me escrito para me dizer que meus pais tinham morrido e que eu provavelmente nunca mais veria a minha irmã.

Estou certa de que você recorda que eu lhe disse que aquela tarde em que vi o Sr. Tanaka pela primeira vez foi a melhor de minha vida e também a pior. Provavelmente não preciso explicar por que foi a pior; mas você pode estar imaginando como seria possível sair daquilo algo de bom. É verdade que até aquele momento de minha vida o Sr. Tanaka só me trouxera sofrimento. Mas também mudou meus horizontes para sempre. Levamos nossas vidas como água correndo uma colina abaixo, mais ou

114

menos numa direção, até batermos em algo que nos força a encontrar um novo rumo. Se eu nunca tivesse conhecido o Sr. Tanaka, minha vida teria sido uma simples corrente fluindo de nossa casa bêbada até o oceano. Mandando-me para o mundo, o Sr. Tanaka modificou isso. Mas ser mandada para o mundo não significa necessariamente deixar seu lar. Eu estava em Gion havia mais de seis meses quando recebi a carta do Sr. Tanaka; e durante aquele tempo em nenhum momento desistira de acreditar que um dia teria uma vida melhor noutra parte, com pelo menos parte da minha família. Só metade de mim vivia em Gion; minha outra metade vivia em meus sonhos de voltar para casa. É por isso que sonhos podem ser coisas tão perigosas: queimam como fogo, e às vezes nos consomem completamente.

No resto da primavera e todo o verão depois da carta eu me senti como uma criança perdida num lago no nevoeiro. Os dias se desfaziam numa confusão. Lembro apenas pedacinhos de coisas, além da permanente sensação de infelicidade e medo. Certa noite fria de inverno eu estava longo tempo sentada no quarto de serviço vendo a neve cair silenciosa no pequeno pátio do *okiya*. Imaginei meu pai tossindo naquela solitária mesa em sua solitária casa, e minha mãe tão frágil no seu *futon* que seu corpo quase nem fazia peso. Saí cambaleando para o pátio para fugir da minha dor, mas naturalmente não se consegue fugir do sofrimento interno.

Então, no começo da primavera, um ano depois das terríveis notícias de minha família, alguma coisa aconteceu. No abril seguinte, quando as cerejeiras floresciam novamente; pode até ter sido um ano depois da carta do Sr. Tanaka. Eu tinha quase doze anos, e começava a adquirir alguns traços de mulher, embora Abóbora ainda se parecesse muito com uma menininha. Eu estava quase tão alta quanto seria em adulta. Meu corpo ficaria magro e duro como um graveto mais um ano ou dois, mas meu rosto já perdera a macieza infantil e era bem definido em torno do queixo e dos zigomas, tão largo que meus olhos assumiam uma verdadeira forma amendoada. No passado os homens não tinham me notado nas ruas, mais do que se eu fosse uma pomba; agora me observavam quando eu passava. Depois de ter sido ignorada por tanto tempo, achei esquisito ser objeto de atenção.

Seja como for, muito cedo certa manhã naquele mês de abril acordei depois de um estranho sonho com um homem barbado. Sua barba era tão densa que seus traços estavam borrados, como se alguém os tivesse censurado. Estava postado diante de mim dizendo algo que não recordo, e então de repente abriu o painel de papel de uma janela a seu lado, com um claque alto. Acordei achando que ouvira um rumor no quarto. As criadas suspiravam no sono. Abóbora jazia quieta com o rosto redondo mergulhado no travesseiro. Tudo parecia como sempre, estou certa; mas minhas emoções estavam estranhamente mudadas. Sentia-me como se contemplasse um mundo transformado em relação àquele que eu vira ainda na noite anterior — quase como se espiasse daquela mesma janela que se abrira durante meu sonho.

Eu não podia explicar o que isso significava, mas continuei pensando enquanto varria as pedras do pátio naquela manhã, até sentir aquele tipo de zumbido em minha cabeça que vem de um pensamento circulando sem ter aonde ir, como uma abelha num vidro. Logo deixei a vassoura e fui me sentar no corredor de terra batida, onde o ar fresco de sob os alicerces da casa principal soprava apaziguador em minhas costas. E então pensei algo que não lembrara desde minha primeira semana em Kioto.

Um dia ou dois após ter sido separada de minha irmã, tinham-me mandado lavar trapos certa tarde, quando uma mariposa veio esvoaçando do céu e pousou em meu braço. Retirei-a com um piparote para que saísse voando, mas em vez disso ela caiu no pátio como uma pedra e ficou no chão. Não sei se já caíra morta do céu ou se eu a matara, mas esse pequeno inseto morto havia me comovido. Admirei o adorável desenho de suas asas, e depois a enrolei em um dos panos que estava lavando, escondendo-a debaixo dos alicerces da casa.

Desde então eu não tinha mais pensado na mariposa, mas quando me veio à mente ajoelhei-me e procurei debaixo da casa até a encontrar. Tantas coisas em minha vida tinham mudado, até minha aparência. Mas quando desembrulhei a mariposa de sua mortalha, era ainda a mesma criatura espantosamente bela do dia em que eu a enterrara. Parecia estar vestindo um traje em vários tons de gris e castanho, como Mamãe usava quando ia jogar *mah-jongg* à noite. Tudo nela parecia belo e perfeito, e tão absolutamente imutável. Se uma coisa ao menos, em minha vida, estivesse a mesma que fora na minha primeira semana em Kioto... Pensando nisso, minha mente começou a girar como um furacão. Ocorreu-me que nós — aquela mariposa e eu — éramos dois opostos extremos. Minha existência era instável como uma torrente, mudando de todas as formas; mas a mariposa não mudara nada, como uma pedra. Pensando esse pensamento estendi o dedo para sentir a superfície veludosa do inseto; mas quando o toquei com a ponta do dedo transformou-se num montinho de cinzas sem um som, sem um momento sequer em que eu pudesse constatar que se esboroava. Fiquei tão surpresa que dei um grito. Minha mente parou de girar; senti que entrara no olho de um furacão. Deixei a minúscula mortalha e seu montinho de cinzas flutuar para o solo. Agora compreendi o que me intrigara a manhã inteira. O ar estagnado se fora. O passado se fora. Minha mãe e meu pai estavam mortos, e eu nada podia fazer para mudar isso. Mas acho que em todo aquele ano passado eu também estivera morta, de certa forma. E minha irmã... sim, ela se fora. Mas eu continuava ali. Não sei se vai fazer sentido para você, mas senti-me como se tivesse me virado para olhar em outra direção. De modo que não olhava mais para o passado, mas para a frente, para o futuro. E agora a questão que eu enfrentava era: que futuro seria esse?

No momento em que essa questão se formou em minha mente, eu soube, com tanta certeza quanto soubera de qualquer coisa na vida, que em algum momento daquele dia eu iria receber um sinal. Era por isso que o homem de barba abrira a janela em meu sonho. Estava-me dizendo: "Preste atenção na coisa que vai se mostrar a você. Porque, se a encontrar, essa coisa será o seu futuro."

Não tive tempo de pensar outra coisa quando Titia me chamou:

— Chiyo, venha cá!

Bem, andei por aquele corredor de terra como em transe. Não teria me surpreendido se Titia me dissesse: "Quer conhecer o seu futuro? Tudo bem, escute direitinho..." Mas em vez disso ela apenas estendeu dois enfeites de cabelo num pedaço de seda branca.

— Pegue-os — disse. — Deus sabe o que deu em Hatsumomo ontem à noite; ela voltou ao *okiya* usando os enfeites de outra moça. Deve ter bebido mais do que a quantidade habitual de saquê. Vá procurar por ela na escola, pergunte de quem são estes e devolva-os.

Quando peguei os enfeites, Titia me deu um pedaço de papel com uma série de outras tarefas a cumprir, e me disse que resolvesse tudo e voltasse ao *okiya* assim que fosse possível.

Usar os enfeites de cabelo de outra pessoa voltando para casa à noite pode não parecer estranho, mas é mais ou menos o mesmo que voltar usando as roupas de baixo de outra pessoa. Gueixas não lavam o cabelo todos os dias, sabe, por causa do penteado complicado. De modo que enfeites de cabelo são coisas muito íntimas. Titia não queria nem tocar as coisas, por isso as colocara num pedaço de seda branca. Embrulhou-as no pano para as entregar a mim, de modo que pareciam exatamente a mariposa embrulhada que eu segurara minutos atrás. Naturalmente um sinal nada significa a não ser que se saiba como o interpretar. Fiquei ali parada olhando o pacotinho de seda na mão de Titia até ela dizer:

— Pegue, santos deuses!

Mais tarde, a caminho da escola, desembrulhei tudo para olhar de novo os enfeites. Um era um pente de laca preta em forma de sol poente, com um desenho de flores douradas na beira exterior. O outro era um bastão de madeira clara com duas pérolas na ponta, sustentando uma minúscula esfera de âmbar.

Esperei diante da escola até ouvir o som do sino indicando que as aulas tinham acabado. Logo meninas em vestidos brancos e azuis saíram da casa. Hatsumomo me viu antes mesmo que eu a visse, e veio em minha direção com outra gueixa. Você pode querer saber por que ela estava na escola, pois era uma excelente bailarina e certamente sabia tudo o que se podia saber a respeito de gueixas. Mas até a mais famosa gueixa continuava a ter aulas de dança avançadas, durante suas carreiras, algumas até os cinqüenta ou sessenta anos.

— Ora, veja só — disse Hatsumomo à amiga —, deve ser uma erva daninha. Veja como é alta! — Era seu jeito de me ridicularizar por estar um dedo mais alta que ela. — Titia me mandou aqui, senhora — eu disse —, para descobrir de quem são estes enfeites de cabeça que a senhora roubou na noite passada.

O sorriso de Hatsumomo sumiu. Ela tirou de minha mão o pacotinho e abriu-o.

— Ora, não são meus.... — disse. — Onde foi que os pegou?

— Ora, Hatsumomo-san! — disse a outra gueixa. — Não lembra? Você e Kanako tiraram seus enfeites de cabelo quando estavam jogando aquele jogo idiota com o Juiz Uwazumi. Kanako deve ter ido para casa com os seus enfeites, e você foi com os dela.

— Que nojo — disse Hatsumomo. — Quando você acha que Kanako lavou o cabelo pela última vez? Seja como for, o *okiya* dela é ao lado do seu. Leve-os por mim, sim? Diga que irei pegar os meus mais tarde, e que é melhor ela nem tentar ficar com eles.

A outra gueixa pegou os enfeites de cabelo e se afastou.

— Ah, não vá, pequena Chiyo — disse Hatsumomo. — Há uma coisa que quero lhe mostrar. Aquela menina ali, andando pelo portão. Seu nome é Ichikimi.

Olhei para Ichikimi, mas Hatsumomo não parecia ter nada mais a dizer a respeito dela.

— Não a conheço — comentei.

— Não, claro que não. Ela não tem nada de especial. Um pouco burra, e desajeitada como um aleijado. Mas achei interessante você saber que ela vai ser uma gueixa, e você não.

Acho que Hatsumomo não poderia ter encontrado nada mais cruel para me dizer. Por um ano e meio, agora, eu fora condenada às duras condições da vida de criada. Sentia minha vida estender-se diante de mim como um longo caminho que não levava a lugar algum. Não quero dizer que desejasse me tornar uma gueixa. Mas certamente não queria ser uma criada para sempre. Fiquei longo tempo parada no jardim da escola observando outras meninas de minha idade conversando entre si ao passar. Podiam estar voltando ao seu *okiya* para o almoço, mas para mim estavam indo de uma coisa importante a outra, com objetivo em suas vidas, enquanto eu voltaria para algo não mais glamouroso do que esfregar as pedras do pátio. Quando o jardim ficou vazio, fiquei parada preocupando-me porque talvez fosse esse o sinal que eu estava esperando — que outras meninas de Gion iriam progredir em suas vidas, deixando-me atrás. Essa idéia me deu tal medo que não consegui mais ficar sozinha no jardim. Caminhei pela Avenida Shijo, e dobrei em direção do Rio Kamo. Bandeiras gigantes no Teatro Minamiza anunciavam uma peça *kabuki* naquela tarde, chamada *Shibaraku*, uma das nossas peças mais famosas, embora eu nada soubesse de *kabuki* naquele tempo. Multidões subiam os degraus, entrando no teatro. Entre os homens em seus ternos escuros de estilo ocidental destacavam-se várias gueixas em cores brilhantes como folhas de outono nas águas barrentas de um rio. Ali mais uma vez vi a vida em toda a sua rumorosa excitação, passando por mim. Afastei-me depressa da avenida, descendo a rua lateral ao longo do Riacho Shirakawa, mas mesmo ali homens e gueixas corriam seguindo suas vidas tão cheias de objetivo. Para fugir dessa dor virei-me para o Shira-kawa, mas cruelmente até suas águas deslizavam com objetivo — para o Rio Kamo e de lá para a Baía de Osaka e o Mar de Dentro. A mesma mensagem parecia esperar por mim em toda a parte. Deixei-me cair numa pequena amurada de pedra na beira do rio e chorei. Eu era uma ilha abandonada no meio do oceano, sem passado e sem futuro. Logo senti que chegava a um ponto em que nenhuma voz humana poderia me alcançar — até ouvir uma voz masculina dizer:

— Ora, um dia tão bonito para ser tão infeliz.

Habitualmente um homem nas ruas de Gion nem notaria uma menina como eu, especialmente porque estava chorando feito boba. Se ele me notasse, certamente nem falaria comigo, a não ser para me mandar sair do seu caminho, ou coisa assim. Mas aquele homem não apenas se incomodara de falar comigo, como falara bondosamente, numa linguagem que sugeria que eu poderia ser uma jovem de classe — filha de um bom amigo, quem sabe. Por um rápido instante imaginei um mundo totalmente diverso daquele que conhecia, um mundo em que era tratada com lealdade, até bondade — um mundo em que pais não vendem as filhas. O rumor e torvelinho de tanta gente vivendo suas vidas plenas de objetivo ao meu redor pareceu interromper-se; pelo menos eu deixei de o perceber. E quando me ergui para olhar o homem que falara, tive a sensação de deixar minha infelicidade atrás, naquele muro de pedra.

Terei prazer em descrevê-lo para você, mas só posso imaginar um jeito de fazer isso — falar-lhe de certa árvore na beira dos penhascos em Yoroido. Era macia como madeira flutuante por causa do vento, e quando eu era uma menininha de quatro ou cinco anos, certo dia descobri nessa madeira um rosto de homem. Quer dizer, encontrei um lugar macio, do tamanho de um prato, com duas mossas na beira, como ossos de zigomas. Lançavam sombras sugerindo olhos, e debaixo das sombras erguia-se um suave nariz. Todo o rosto estava um pouco inclinado de lado, e me fitava de modo intrigante; parecia-me um homem muito certo de seu lugar neste mundo, feito uma árvore. Havia algo nele tão meditativo que pensei ter encontrado o rosto de Buda.

O homem que me falava ali na rua tinha esse mesmo rosto largo e calmo. Mais ainda, seus traços eram tão suaves e serenos que senti que ficaria ali parado calmamente até eu deixar de ser infeliz. Devia ter uns quarenta e cinco anos de idade, cabelo cinza penteado para trás na fronte. Mas não o pude encarar muito tempo. Ele me pareceu tão elegante que fiquei vermelha e desviei os olhos.

Dois homens mais jovens estavam ao lado dele; do outro lado, uma gueixa. Ouvi-a dizer-lhe em tom calmo:

— Ora, é apenas uma criadinha! Provavelmente deu uma topada no dedo do pé ao cumprir alguma tarefa. Estou certa de que logo virá alguém ajudá-la.

— Pois eu queria ter a sua fé na sua gente, Izuko-san — disse o homem.

— O espetáculo vai começar num instante. Com efeito, Presidente, não acho que o senhor deva perder mais tempo...

Andando pelas ruas de Gion cumprindo minhas tarefas, eu seguidamente ouvia homens sendo chamados de "Chefe de Departamento" ou "Vice-Presidente", mas raramente alguém era chamado "Presidente". Habitualmente esses homens eram carecas e de testas enrugadas, descendo as ruas a passo lerdo rodeados de jovens executivos. Esse homem à minha frente era tão diferente dos habituais presidentes, que embora eu fosse apenas uma menina com limitada experiência do mundo soube que sua empresa não devia ser terrivelmente importante. Um homem de uma empresa importante não pararia para falar comigo.

— Está tentando me dizer que ficar aqui parado tentando ajudar essa menina é perda de tempo — disse o Presidente.

— Ah, não — disse a gueixa. — Trata-se antes de não ter tempo a perder. Já podemos estar atrasados para a primeira cena.

— Ora, Izuko-san, em algum momento você certamente esteve na mesma situação desta menininha. Não pode fingir que a vida de uma gueixa é sempre simples. Logo você, entre todas as pessoas...

— *Eu*, na situação em que *ela* está? Presidente, o senhor quer dizer... que eu faria de mim mesma um espetáculo público desses?

O Presidente virou-se para os dois homens mais jovens e pediu que levassem Izuko ao teatro. Fizeram mesuras e seguiram seu caminho enquanto o Presidente ficou atrás. Olhou-me longo tempo, embora eu não me atrevesse a retribuir seu olhar. Finalmente eu disse:

— Por favor, senhor, o que ela disse é verdade. Eu sou apenas uma menina boba... Por favor não se atrase por minha causa.

— Fique de pé um pouco — ele me disse.

Não me atrevi a desobedecer, embora não tivesse idéia do que ele queria. Então tirou um lenço do bolso para limpar a sujeira da pedra que ficara no meu rosto. Parada assim tão perto dele, pude cheirar o talco em sua pele macia, o que me lembrou o dia em que o sobrinho do Imperador Taisho viera à nossa aldeiazinha. Ele apenas descera do carro e andara até a península e de volta, acenando com a cabeça para as multidões que se ajoelhavam diante dele, e usava um terno em estilo ocidental, o primeiro que eu jamais vira — porque espiei para ele, embora fosse proibido. Lembrei também que seu bigode estava cuidadosamente penteado, diferente dos pêlos no rosto dos nossos aldeões, que cresciam como erva daninha. Ninguém tão importante estivera antes em nossa aldeia. Acho que todos nos sentimos tocados por nobreza e grandeza.

Eventualmente na vida encontramos coisas que não compreendemos porque nunca vimos nada parecido. O sobrinho do Imperador foi assim para mim. E o Presidente também. Quando limpara a sujeira e as lágrimas de meu rosto, ele levantou minha cabeça.

— Olhe só você... uma linda menina com nenhum motivo para ter vergonha — ele disse. — E mesmo assim tem medo de olhar para mim. Alguém foi cruel com você... ou talvez a vida tenha sido cruel.

— Não sei, senhor — respondi, embora soubesse muito bem.

— Nenhum de nós recebe neste mundo a bondade que deveria receber — ele me disse, e por um momento apertou os olhos como para dizer que eu refletisse a sério naquilo.

Mais que tudo no mundo eu queria ver mais uma vez a sua pele macia, com a fronte larga e as pálpebras como mármore sobre os olhos doces; mas havia entre nós aquele imenso abismo social. Finalmente ergui os olhos rapidamente, embora ficasse vermelha, e afastei os olhos tão depressa que ele talvez nem percebesse que eu fitara os dele. Mas como posso descrever o que vi naquele instante? Ele me encarava como um músico pode olhar seu instrumento logo antes de começar a tocar com compreensão e maestria. Senti que podia ver dentro de mim como se eu fosse parte dele. Como teria adorado ser o instrumento que ele ia tocar!

Num instante ele meteu a mão no bolso e tirou algo.

— Você gosta de ameixa ou cereja? — disse.

— Perdão? Para comer... ou da cor?

— Passei há pouco por um vendedor vendendo sorvete com geléia. Em criança nunca saboreei nada disso, mas teria gostado muito. Pegue esta moeda e compre um. Pegue meu lenço também para poder limpar seu rosto depois — ele disse. E meteu uma moeda no centro do lenço, amarrou-o suavemente numa trouxinha e o estendeu para mim.

Desde que o Presidente me dirigira a palavra da primeira vez eu esquecera que estava aguardando um sinal sobre o meu futuro. Mas quando vi a trouxinha em sua mão ela se parecia tanto com a mariposa amortalhada que entendi que finalmente ali estava o meu sinal. Peguei a trouxinha e fiz uma funda mesura para agradecer, tentando dizer quanto estava grata — embora saiba que minhas palavras não expressavam a plenitude dos meus sentimentos. Eu não lhe agradecia a moeda ou o trabalho de pagar para me ajudar. Agradecia-lhe por... bem, por algo que nem agora consigo explicar. Por me mostrar que havia mais coisas no mundo além da crueldade, eu acho.

Observei-o enquanto se afastava, com meu coração doente — embora fosse uma doença agradável, se é que existe algo assim. Quero dizer que se você teve uma noite mais excitante do que o resto de sua vida, fica triste quando ela acaba; mas continua grato porque ela aconteceu. Naquele breve encontro com o Presidente eu mudara de uma menina perdida, enfrentando uma vida vazia, para uma menina com objetivo. Pode parecer estranho que um encontro casual na rua tivesse provocado tal modificação. Mas a vida às vezes é assim, não é? E eu realmente acho que se você tivesse estado lá para ver o que eu via, e sentir o que eu sentia, a mesma coisa poderia ter-lhe acontecido.

Quando o Presidente havia desaparecido, corri rua acima para procurar o vendedor de sorvete. O dia não estava muito quente e eu não gostava muito do sorvete, mas tomá-lo faria perdurar um pouco mais meu encontro com o Presidente. Então comprei um cone de papel com sorvete e cobertura de cereja e fui-me sentar de novo no mesmo muro de pedra. O gosto da cobertura parecia estranho e complexo, acho que porque meus sentidos estavam tão aguçados. Se eu fosse uma gueixa como aquela chamada Izuko, pensei, um homem como o Presidente poderia passar algum tempo comigo. Eu nunca pensara em ter inveja de uma gueixa. Fora trazida a Kioto para me tornar uma, claro; mas até ali teria fugido no momento em que tivesse ocasião. Agora compreendi o que ignorara: o problema não era tornar-me uma gueixa, mas ser uma. Tornar-me uma gueixa.... bem, não era lá um grande objetivo de vida. Mas ser uma gueixa... Eu podia ver isso agora como degrau para outras coisas. Se eu estava certa sobre a idade do Presidente, ele não devia ter mais de quarenta e cinco. Muitas gueixas tinham obtido enorme sucesso aos vinte. Provavelmente a gueixa Izuko não tinha mais que vinte e cinco. Eu ainda era criança, quase doze anos... Mas em mais doze estaria na casa dos vinte. E o Presidente? Não seria mais velho do que o Sr. Tanaka agora.

A moeda que ele me dera era muito mais do que eu gastaria num simples sorvete. Segurei o troco na mão — três moedas de tamanhos diferentes. Primeiro pensei em guardá-las para sempre; depois entendi que podia servir a uma finalidade bem mais séria.

Corri até a Avenida Shijo, segui por ela até o fim, na beira leste de Gion, onde ficava o Altar Gion. Escalei os degraus mas me senti tímida demais para passar debaixo do portão de entrada de dois andares com seu telhado de torreões, e em vez disso fui andando ao seu redor. Do outro lado do pátio de cascalho e subindo mais um lance de escadas passei pelo portão *tori* até o próprio portão. Lá joguei as moedas na caixa do ofertório — moedas que teriam bastado para me tirar de Gion — e anunciei minha presença aos deuses batendo palmas três vezes e fazendo uma mesura. Com olhos bem fechados e mãos unidas rezei para que me permitissem de alguma forma chegar a ser uma gueixa. Eu suportaria qualquer treinamento, qualquer dureza, por uma oportunidade de atrair outra vez a atenção de um homem como o Presidente.

Quando abri os olhos ainda podia escutar o ruído do tráfego na Avenida Higashi-Oji. As árvores sibilavam numa rajada de vento como um momento atrás. Nada mudara. Quanto ao fato de os deuses me escutarem, eu não tinha modo de saber. Só pude enfiar o lenço do Presidente dentro de minha roupa, levando-o comigo ao voltar ao *okiya*.

capítulo dez

Vários meses se passaram, e certa manhã, quando estávamos guardando as roupas de baixo *ro* — feitas de gaze de seda levíssima para dias quentes — e tirando em vez delas os vestidos de baixo *hitoe* — sem forro, usados em setembro —, senti um cheiro tão horrível na entrada que larguei uma braçada de roupas que levava. O cheiro vinha do quarto de Vovó. Corri para o andar de cima para chamar Titia, porque soube imediatamente que algo estava muito errado. Titia desceu as escadas mancando o mais depressa que podia, e encontrou Vovó morta no chão; morrera de um jeito muito estranho.

Vovó tinha o único aquecedor elétrico do nosso *okiya*. Usava-o todas as noites exceto no verão. Agora que setembro começara e estávamos guardando as roupas de baixo leves de verão, Vovó recomeçara a usar o aquecedor. Isso não significa necessariamente que fizesse frio; mudamos as nossas roupas segundo o calendário, não pela temperatura real lá fora, e Vovó usava o aquecedor exatamente do mesmo modo. Era apegada a ele de uma maneira absurda, provavelmente porque passara tantas noites sofrendo miseravelmente com o frio.

A rotina habitual de Vovó toda manhã era enrolar o fio elétrico em torno do aquecedor antes de o empurrar de volta para junto da parede. Com o tempo o calor comera o fio, de modo que o arame entrara em contato com ele, e tudo ficara eletrificado. A polícia disse que quando Vovó tocou o aparelho naquela manhã deve ter ficado imobilizada imediatamente, talvez até tivesse morrido na hora. Quando deslizou para o chão, acabou com a cara comprimida na superfície de metal, e isso causara aquele cheiro horrível. Por sorte não a vi depois de morta, apenas suas pernas, que eram visíveis do corredor e pareciam esguios galhos de árvore enrolados em seda amarfanhada.

Por uma semana ou duas depois que Vovó morrera ficamos ocupadíssimas, como você pode imaginar, não apenas limpando bem a casa — porque na religião shinto a morte é a coisa mais impura que pode acontecer —, mas colocando velas, bandejas com oferendas de comida, lanternas na entrada, bules de chá, bandejas com o dinheiro trazido pelas visitas, e assim por diante. Trabalhamos tanto que certa noite a cozinheira ficou doente e chamaram um médico; afinal o problema dela era apenas não ter dormido mais que duas horas na noite anterior, e não se sentara o dia inteiro, tendo comido apenas uma tigela de sopa leve. Também fiquei surpreendida por ver Mamãe gastar dinheiro quase sem limites, fazendo planos para que se cantassem *sutras* por Vovó no Templo Chion-in, comprando arranjos e flores de lótus do agente funerário — tudo isso bem no meio da Grande Depressão. Primeiro fiquei imaginando se o seu comportamento era depoimento de quanto sentia a morte de Vovó; mais tarde entendi o que realmente significava: praticamente todo o Gion entraria em nosso *okiya* para homenagear Vovó, e assistiria ao funeral mais tarde naquela semana. Mamãe tinha de preparar o espetáculo mais condizente.

Por uns dias todo Gion realmente passou pelo nosso *okiya*, ou parecia assim. E tínhamos de dar chá e doces a todos eles. Mamãe e Titia receberam as donas de várias casas de chá e *okiya*s, bem como muitas criadas relacionadas com Vovó. Também donos de lojas, fabricantes de perucas, cabeleireiros, a maioria deles homens. E naturalmente dúzias e dúzias de gueixas. As mais velhas conheciam Vovó dos tempos em que trabalhava, mas as mais jovens nunca tinham ouvido falar dela. Vinham por respeito a Mamãe — ou em alguns casos tinham alguma relação com Hatsumomo.

Meu trabalho naquele período agitado era levar visitantes à sala de recepção, onde Mamãe e Titia aguardavam. Era uma distância de apenas alguns passos, mas as visitas não podiam entrar por si. Além disso, eu tinha de observar que rostos combinavam com que sapatos, pois meu trabalho era levar os sapatos ao quar-

tinho de serviço para que a entrada ficasse livre, e depois tra-
zê-los de volta no momento certo. Eu não podia espiar direto nos
olhos das visitas sem parecer rude, mas apenas uma olhadinha
em seus rostos não bastava para que eu os recordasse. Logo
aprendi a fixar bem o quimono que usavam.

Lá pela segunda ou terceira tarde, a porta se abriu e entrou
um quimono que novamente me pareceu o mais belo que já vira
em qualquer de nossas visitas. Era sombrio devido à ocasião —
um simples traje negro com uma beirada —, mas seu desenho de
relva verde e dourada ao redor da bainha era riquíssimo. Imaginei como as esposas e filhas dos pescadores de Yoroido ficariam
espantadas ao ver uma coisa daquelas. A visitante trazia uma
criada, o que me fez pensar que talvez fosse dona de uma casa de
chá ou *okiya* — porque muito poucas gueixas podiam dar-se esse
luxo. Enquanto ela olhava o minúsculo altar shinto em nossa
entrada, aproveitei a ocasião para dar uma espiada em seu rosto.
Era de um oval tão perfeito que logo pensei num rolo de pintura
no quarto de Titia, mostrando o retrato à tinta de uma cortesã do
período Heian, mil anos atrás. Não era uma mulher deslumbrante como Hatsumomo, mas seus traços eram tão perfeitos que
logo comecei a me sentir ainda mais insignificante do que de costume. Então de repente percebi quem era.

Mameha, a gueixa cujo quimono Hatsumomo me fizera arruinar.

O que ocorrera com seu quimono não fora realmente culpa
minha. Mesmo assim eu teria dado a roupa que vestia para não
ter de encontrá-la. Baixei a cabeça para esconder meu rosto
enquanto a conduzia com a criada à sala de recepção. Achei que
ela não me reconheceria, pois estava certa de que naquela noite
não vira meu rosto quando eu fora devolver o quimono; e mesmo
que tivesse visto, haviam se passado dois anos. A criada que a
acompanhava não era a mesma jovem que tirara o quimono de
mim naquela noite, os olhos cheios de lágrimas. Mas fiquei aliviada na hora em que pude fazer a mesura e deixá-las na sala.

Vinte minutos depois, quando Mameha e sua criada estavam
prontas para partir, peguei seus sapatos e arranjei-os no degrau
da entrada, ainda de cabeça baixa, sentindo-me tão nervosa
quanto antes. Quando a criada abriu a porta senti que minha provação acabara. Mas em vez de sair Mameha apenas continuou ali
parada. Comecei a me preocupar; e tive medo de que meus olhos
e minha mente se comunicavam, pois embora soubesse que não o
devia fazer, ergui os olhos rapidamente. Fiquei horrorizada ao
ver que Mameha baixava os dela sobre mim.

— Como é seu nome, menininha? — disse ela no que julguei um tom muito severo.

Disse-lhe que meu nome era Chiyo.

— Levante-se um pouco, Chiyo. Eu gostaria de dar uma olhada em você.

Pus-me de pé como ela pedira. Mas se fosse possível fazer meu rosto encolher-se e sumir, como um macarrão engolido, eu certamente o teria feito.

— Vamos, quero dar uma olhada em você! — ela disse. — E você fica aí como se estivesse contando os dedos dos pés.

Ergui a cabeça mas não os olhos, e Mameha deu um longo suspiro e me mandou olhar para ela.

— Mas que olhos estranhos! — disse. — Pensei ter imaginado isso. De que cor diria que são, Tatsumi?

A criada voltou para a entrada e me olhou.

— Azul-cinza, senhora — respondeu.

— É o que eu teria provavelmente dito. Ora, quantas meninas em Gion você acha que têm olhos desses?

Eu não sabia se Mameha falava comigo ou com Tatsumi, mas nenhuma de nós respondeu. Ela me encarava com uma expressão peculiar — concentrada em algo, me pareceu. Depois, para meu grande alívio, desculpou-se e saiu.

O funeral de Vovó foi mais ou menos uma semana depois, numa manhã escolhida por um adivinho. Depois começamos a arrumar novamente o *okiya*, mas com várias mudanças. Titia mudou-se para o andar de baixo, para o quarto que fora de Vovó, enquanto Abóbora — que começaria em breve seu aprendizado de gueixa — pegou o quarto do segundo andar, onde Titia vivera. Além disso, na semana seguinte chegaram mais duas criadas, ambas de meia-idade e muito enérgicas. Pode parecer estranho Mamãe acrescentar mais empregadas agora que havia menos gente na família, mas na verdade o *okiya* sempre tivera empregadas de menos, porque Vovó não tolerava muita gente.

A mudança final foi Abóbora livrar-se de suas tarefas. Em vez disso, disseram-lhe que praticasse as várias artes de que dependeria como gueixa. Habitualmente não se dava tanta oportunidade de treinamento, mas a pobre Abóbora aprendia devagar e precisava do tempo extra, mais do que qualquer pessoa. Eu achava difícil observá-la ajoelhada no passadiço de madeira todos os dias praticando horas a fio em seu *shamisen*, língua de fora do lado da boca como se tentasse lamber a própria bochecha. Sempre que nossos olhos se encontravam, dava-me pequenos sorrisos. E realmente sua disposição era tão doce e bondosa quanto possível, mas eu já achava difícil levar com paciência a carga da minha vida, esperando alguma pequeníssima abertura que poderia nunca ocorrer, e que certamente seria a única chance que eu jamais teria. Agora eu tinha de ver a porta da oportunidade se abrir para outra pessoa. Algumas noites, quando ia para a cama, eu pegava de seu esconderijo debaixo da escada o lenço que o Presidente me dera e deitava-me em meu *futon* aspirando o seu rico aroma de talco. Limpava minha mente de tudo, exceto a imagem dele e a sensação do cálido sol em meu rosto e da dura parede de pedra onde me sentara no dia em que o conhecera. Ele era o meu *bodhisattva* de mil braços, que me ajudaria. Eu não tinha idéia de como essa ajuda viria, mas rezava para que viesse.

Pelo fim do primeiro mês depois da morte de Vovó, uma de nossas novas criadas me procurou e disse que havia visita na porta. Era uma tarde de outubro singularmente quente, e todo o meu corpo estava molhado de suor por usar nosso aspirador elétrico manual para limpar os tatames no andar de cima, no quarto novo de Abóbora, que até pouco tempo fora de Titia. Abóbora pegara o hábito de levar biscoitos de arroz para cima às escondidas, de modo que o tatame tinha de ser limpo freqüentemente. Limpei-me depressa com uma toalha úmida e corri para baixo, encontrando uma jovem na entrada, vestida em quimono de criada. Ajoelhei-me e fiz a mesura para ela. Só quando olhei uma segunda vez eu a reconheci como aquela que acompanhara Mameha a nosso *okiya* poucas semanas atrás. Lamentei muito vê-la. Tive certeza de que me traria problemas. Mas quando ela me fez gestos para descer até ela na entrada, meti os pés nos sapatos e segui-a para a rua.

— Você às vezes é mandada para alguma tarefa na rua, Chiyo? — perguntou.

Tanto tempo se passara desde que eu tentara fugir que não estava mais confinada ao *okiya*. Não tive idéia do motivo de ela perguntar, mas disse que sim.

— Muito bem — disse ela. — Dê um jeito de ser mandada para fora de casa amanhã de tarde, às três, e me encontre na pontezinha de arcos sobre o Riacho Shirakawa.

— Sim, senhora — respondi. — Mas posso perguntar por quê?

— Você vai descobrir amanhã, não vai? — respondeu ela, franzindo um pouco o nariz, e achei que estava brincando comigo.

Não fiquei nada feliz por a criada de Mameha querer que eu a acompanhasse a algum lugar — provavelmente até Mameha, pensei, para ser repreendida pelo que fizera. Mesmo assim, no dia seguinte convenci Abóbora a me mandar sair para alguma tarefa que realmente não precisava ser feita. Ela preocupou-se com a possibilidade de se meter em problemas, até que prometi um modo de a compensar. Assim, pelas três da tarde, ela me chamou do pátio:

— Chiyo-chan, você poderia por favor sair e comprar algumas cordas novas para o meu *shamisen* e algumas revistas *kabuki*? — Tinham-na mandado ler revistas *kabuki* para se instruir. Então ouvi-a dizer em voz ainda mais alta: — Está bem, Titia? — Mas Titia nem respondeu, pois estava no andar de cima tirando uma soneca.

Saí do *okiya* e andei ao longo do Riacho Shirakawa até a ponte de arcos levando para a seção Motoyoshi-cho de Gion. Com o clima tão quente e adorável, muitos homens e gueixas passeavam por ali admirando as cerejeiras com ramos pendentes caindo até as águas. Enquanto esperava perto da ponte, observei um grupo de turistas estrangeiros que viera ver o famoso distrito de Gion. Não eram os únicos estrangeiros que eu vira em Kioto, mas certamente me pareciam esquisitos, mulheres de nariz grande com vestidos compridos e cabelos coloridos, homens altos e confiantes, com sapatos cujos saltos faziam ruído no calçamento. Um dos homens apontou para mim e disse algo numa língua estrangeira, e todos se viraram para me olhar. Fiquei tão embaraçada que fingi achar algo no chão para poder me abaixar e esconder o rosto.

Finalmente chegou a criada de Mameha. E assim como eu temia, levou-me pela ponte ao longo do riacho para a mesma entrada de casa onde Hatsumomo e Korin tinham me dado o quimono mandando-me subir as escadas. Achei uma terrível injustiça aquele mesmo incidente me causar ainda mais problemas — e depois de ter passado tanto tempo. Mas quando a criada abriu a porta para mim, subi na luz cinzenta da escada. No alto as duas saímos de nossos sapatos e entramos no apartamento.

— Chiyo-chan está aqui, senhora — gritou ela.

Então ouvi Mameha chamar do quarto dos fundos:

— Tudo bem, obrigada, Tatsumi!

A jovem me levou até uma mesa junto de uma janela aberta, onde me ajoelhei em uma das almofadas e tentei não parecer nervosa. Pouco depois outra criada entrou com uma xícara de chá para mim, pois, como vi depois, Mameha não tinha só uma criada, mas duas. Eu certamente não esperava que me servissem chá. E de fato nada disso me acontecera desde aquele jantar na casa do Sr. Tanaka anos atrás. Fiz uma mesura para lhe agradecer e tomei uns golinhos, para não parecer grosseira. Depois fiquei longo tempo sentada sem nada para fazer senão escutar o rumor da água passando pela cascata rasa no Riacho Shirakawa lá fora.

O apartamento de Mameha não era grande, mas extremamente elegante, com lindos tatames obviamente novos, pois tinham um belo estofamento amarelo-esverdeado, com rico odor de palha. Se alguma vez você viu bem um colchão tatame, terá notado que a borda em torno é em tecido, habitualmente só uma tira de algodão escuro ou linho; mas aqueles tinham beiradas em seda com desenho verde e ouro. Perto dali, numa alcova, pendia um rolo escrito em belíssima letra, que fora um presente para Mameha, de um famoso calígrafo, Matsudaira Koichi. Abaixo dele, na base de madeira da alcova, um arranjo de ramos de cornisos em flor erguia-se de uma tigela rasa de formato irregular, com uma cobertura negra vitrificada. Achei aquilo muito singular, mas na verdade quem o dera a Mameha fora ninguém menos do que Yoshida Sakuhei, grande mestre do estilo *setoguro* de cerâmica, que se tornou Tesouro Nacional Vivo nos anos depois da Segunda Guerra Mundial.

Finalmente Mameha saiu do quarto de trás, refinadamente vestida num quimono creme, com um desenho de água na fímbria. Virei-me e fiz uma mesura muito funda no colchão enquanto ela deslizava até a mesa. E quando chegou ali, acomodou-se de joelhos à minha frente, tomou um golinho de chá que a criada lhe serviu, e disse isto:

— Então... Chiyo, não é? Por que não me conta como conseguiu sair do *okiya*? Estou certa de que a Sra. Nitta não gosta de que suas criadas cuidem de assuntos pessoais no meio da tarde.

Eu não esperara esse tipo de pergunta. Na verdade, nem pude pensar em algo para dizer, mesmo sabendo que seria grosseria não responder. Mameha apenas bebericava seu chá e me fitava com uma expressão benigna no rosto de oval perfeito. Finalmente disse:

— Acha que a estou censurando. Mas apenas estou interessada em saber se conseguiu se meter em problemas vindo aqui.

Fiquei muito aliviada ao ouvi-la dizer isso.

— Não, senhora — respondi. — Pensam que estou na rua para comprar revistas *kabuki* e cordas de *shamisen*.

— Ah, bem, eu tenho muito disso aqui — ela disse, e chamou a criada, dizendo-lhe que pegasse algumas e pusesse na mesa à minha frente. — Leve quando voltar ao seu *okiya*, e ninguém vai pensar em saber por onde andou. Agora, diga-me uma coisa.

Quando fui ao seu *okiya* prestar minha homenagem vi outra menina de sua idade.

— Deve ter sido Abóbora. Com rosto bem redondo?

Mameha perguntou por que eu a chamava Abóbora, e quando expliquei deu uma risada.

— Essa menina Abóbora — disse Mameha —, como é que ela e Hatsumomo se dão?

— Bem, senhora — eu disse —, acho que Hatsumomo não lhe dá mais atenção do que daria a uma folha esvoaçando no pátio.

— Mas que poético... uma folha esvoaçando no pátio. E Hatsumomo também trata você assim?

Abri a boca para falar, mas a verdade é que eu não sabia o que dizer. Sabia muito pouco a respeito de Mameha, e seria inadequado falar mal de Hatsumomo com alguém fora do *okiya*. Mameha pareceu sentir o que eu estava pensando, pois me disse:

— Não precisa responder. Sei perfeitamente bem como Hatsumomo trata você: mais ou menos como uma serpente trata sua próxima refeição, eu acho.

— Se posso perguntar, senhora, quem lhe contou isso?

— Ninguém me contou — ela disse. — Hatsumomo e eu nos conhecemos desde quando eu tinha seis anos, e ela, nove. Quando a gente observou uma criatura portando-se mal tanto tempo, não é segredo o que fará logo a seguir.

— Não sei o que fiz para que ela me odeie tanto — eu disse.

— Hatsumomo não é mais difícil de entender do que um gato. Um gato fica feliz enquanto está deitado ao sol sem outros gatos ao redor. Mas se pensa que alguém está rodeando o seu prato de comida... Alguém lhe contou a história de como Hatsumomo expulsou a jovem Hatsuoki de Gion?

Eu lhe disse que não.

— Que moça atraente era Hatsuoki — começou Mameha. — Uma amiga muito querida. Ela e a sua Hatsumomo eram irmãs. Quer dizer, tinham sido treinadas pela mesma gueixa — nesse caso, a grande Tomihatsu, que já era velha na ocasião. A sua Hatsumomo nunca gostou da jovem Hatsuoki, e quando as duas se tornaram aprendizes de gueixa não suportou tê-la como rival. Então começou a espalhar em Gion o boato de que Hatsuoki fora apanhada numa alameda pública certa noite, fazendo algo muito impróprio com um jovem policial. Naturalmente era tudo mentira. Se Hatsumomo simplesmente andasse por Gion contando a história, ninguém teria acreditado, pois as pessoas sabiam a inveja que ela sentia de Hatsuoki. Então, eis o que ela fez: sempre que encontrava alguém muito bêbado — gueixa ou criada, ou até um homem visitando Gion — sussurrava a história a respeito de Hatsuoki de maneira tal que no dia seguinte a pessoa não recordava que a fonte fora Hatsumomo. Logo a reputação da pobre Hatsuoki ficou tão prejudicada que foi fácil Hatsumomo empregar mais alguns de seus pequenos truques e expulsá-la.

Senti um estranho alívio ouvindo que alguém além de mim fora tratada de maneira monstruosa por Hatsumomo.

— Ela não suporta rivais — prosseguiu Mameha. — Por isso trata você do jeito que trata.

— Mas certamente Hatsumomo não vê em mim uma rival, senhora — eu disse. — Não sou rival dela mais do que uma poça de lama é rival do oceano.

— Talvez não nas casas de chá de Gion. Mas dentro do seu *okiya*... Não acha estranho que a Sra. Nitta nunca tenha adotado Hatsumomo como sua filha? O *okiya* Nitta deve ser o mais rico de Gion que ainda está sem herdeira. Se adotasse Hatsumomo, a Sra. Nitta não apenas resolveria seu problema, mas nenhum *sen* dos ganhos de Hatsumomo teria de ser pago a Hatsumomo. Tudo iria diretamente para o *okiya*. E Hatsumomo é uma gueixa muito bem-sucedida! A gente pensaria que a Sra. Nitta, que gosta de dinheiro como todo mundo, a teria adotado há muito tempo. Mas deve ter um motivo muito bom para não fazer isso, não acha?

Eu nunca pensara nisso antes, mas depois de escutar Mameha achei que sabia exatamente o motivo.

— Adotando Hatsumomo — eu disse —, ela estaria soltando um tigre da jaula.

— Isso mesmo. Estou certa de que a Sra. Nitta sabe perfeitamente bem o tipo de filha adotiva que Hatsumomo seria — do tipo que expulsa a própria mãe. De qualquer modo, Hatsumomo não tem mais paciência do que uma criança. Acho que não seria capaz de manter nem um grilo vivo numa gaiola. Provavelmente, depois de um ano ou dois venderia a coleção de quimonos do *okiya* e se aposentaria. Isso, jovem Chiyo, é a razão pela qual Hatsumomo odeia você como um pedaço de carvão em brasa odeia a água. A pequena Abóbora, bem, não acho que Hatsumomo se preocupe com a idéia de a Sra. Nitta poder adotá-la.

— Mameha-san — eu disse —, sei que recorda aquele seu quimono estragado...

— Vai me dizer que você foi a menina que botou tinta nele.

— Bom... sim, senhora. Embora a senhora saiba que Hatsumomo estava por trás disso tudo, espero um dia poder lhe mostrar como lamento o que aconteceu.

Mameha me contemplou longo tempo. Eu não fazia idéia do que estava pensando até que ela disse:

— Se quiser, pode me pedir desculpas.

Recuei da mesa e fiz uma funda mesura para a esteira; mas antes que pudesse dizer qualquer coisa, Mameha me interrompeu:

— Seria uma mesura adorável se você fosse uma fazendeira visitando Kioto pela primeira vez — ela disse. — Mas já que quer parecer educada, tem de fazer assim. Olhe para mim; afaste-se mais da mesa. Tudo bem, você está de joelhos; agora endireite os braços e coloque as pontas dos dedos na esteira à sua frente. Só as pontas, não a mão inteira. E não espalme os dedos. Ainda posso ver algum espaço entre eles. Muito bem, ponha-os na esteira... Mãos unidas... isso! Agora está lindo. Curve-se o mais que puder, mas mantenha seu pescoço perfeitamente reto, não deixe sua cabeça baixar desse jeito. E pelo amor de Deus, não ponha seu peso em suas mãos, ou vai parecer um homem! Está ótimo. Agora, pode tentar de novo.

Assim fiz outra mesura e lhe disse novamente quanto sentia por ter estragado o seu belo quimono.

— Era belo, não era? — ela disse. — Bem, e agora vamos esquecer isso. Quero saber por que não está mais treinando para se tornar uma gueixa. Suas professoras na escola me disseram que você estava indo muito bem, até o momento em que interrompeu as aulas. Você devia estar a caminho de uma carreira de sucesso em Gion. Por que a Sra. Nitta fez você parar com as aulas?

Eu lhe falei de minhas dívidas, incluindo o quimono e o broche que Hatsumomo me acusara de ter roubado. Mesmo quando terminei ela continuou me olhando friamente, por fim disse:

— Há outra coisa ainda, que você não me disse. Levando em conta suas dívidas, eu esperaria que a Sra. Nitta ficasse ainda *mais* determinada a fazer você ter sucesso como gueixa. Pois certamente nunca a compensará trabalhando apenas como criada.

Ouvindo isso devo ter baixado os olhos envergonhada, sem perceber; por um instante, Mameha parecia poder ler meus pensamentos.

— Você tentou fugir, não foi?

— Sim, senhora — respondi. — Eu tinha uma irmã. Fomos separadas mas conseguimos nos reencontrar. Devíamos nos encontrar certa noite para fugir juntas... Mas eu caí do telhado e quebrei o braço.

— O telhado! Deve estar brincando. Você subiu até lá para admirar Kioto?

Expliquei-lhe por que o fizera.

— Sei que foi bobagem minha — eu disse depois. — Agora Mamãe não vai mais investir um *sen* no meu treinamento, pois tem medo de que eu fuja outra vez.

— Há mais do que isso. Uma menina que foge dá má fama à dona do seu *okiya*. É assim que as pessoas aqui em Gion pensam. "Santos deuses, ela nem consegue evitar que suas criadas fujam de casa!" Esse tipo de coisa. Mas o que você vai fazer agora, Chiyo? Não me parece uma menina que queira passar o resto da vida como criada.

— Ah, senhora... Eu daria tudo para desfazer meus erros — eu disse. — Faz mais de dois anos. Esperei tão pacientemente, na expectativa de que pudesse surgir alguma oportunidade.

— Esperar pacientemente não combina com você. Posso ver que sua personalidade tem muita água. Água nunca espera. Muda de forma e escorre ao redor das coisas, e encontra a trilha secreta que ninguém imaginara — o buraquinho minúsculo no teto, o fundo de uma caixa. Não há dúvida de que é o mais versátil dos cinco elementos. Pode lavar a terra; pode apagar o fogo; pode gastar um pedaço de metal e levá-lo embora. Até madeira, seu complemento natural, não pode sobreviver sem ser nutrida pela água. Mesmo assim você não usou essas forças em sua vida, foi?

— Bem, na verdade, senhora, a água fluindo foi que me deu a idéia de fugir pelo telhado.

— Tenho certeza de que você é uma menina esperta, Chiyo, mas acho que aquele não foi seu momento mais brilhante. Aqueles de nós que temos água em nossa personalidade não determinamos para onde vamos fluir. Tudo o que podemos fazer é escorrer para onde nos leva a paisagem de nossa vida.

— Acho que sou como um rio que topou com uma represa, e essa represa é Hatsumomo.

— Sim, provavelmente é verdade — ela disse, olhando-me calmamente. — Mas às vezes os rios derrubam a represa.

Desde o momento em que chegara ao seu apartamento eu estivera imaginando por que Mameha me chamara. Já decidira que não tinha nada a ver com o quimono. Mas só então meus olhos finalmente se abriram para o que estivera bem ali diante de mim o tempo todo. Mameha devia ter decidido usar-me para se vingar de Hatsumomo. Era óbvio para mim que eram rivais; por que outro motivo Hatsumomo teria destruído o quimono de Mameha, dois anos antes? Sem dúvida Mameha estivera esperando pelo momento certo, e agora parecia tê-lo encontrado. Ia me usar no papel de erva daninha que sufoca as outras plantas do jardim. Não estava simplesmente procurando vingança, mas, a não ser que eu me enganasse, queria livrar-se inteiramente de Hatsumomo.

— De qualquer modo — prosseguiu —, nada vai mudar até a Sra. Nitta permitir que você retome seu treinamento.

— Não tenho muita esperança de a persuadir — respondi.

— Não se preocupe com isso. Preocupe-se com a hora certa para fazê-lo.

Eu já aprendera uma porção de lições da vida. Mas nada sabia sobre paciência — nem mesmo entendia o que Mameha queria dizer com encontrar a hora certa. Disse-lhe que, se pudesse me sugerir algo a dizer, eu estaria ansiosa por falar com Mamãe no dia seguinte.

— Chiyo, tropeçar é um mau jeito de avançar na vida. Você tem de aprender a descobrir a hora e o lugar das coisas. Um camundongo que deseja enganar o gato não sai simplesmente do seu buraco quando sente o menor desejo. Você não sabe conferir seu almanaque?

Não sei se você já viu um almanaque. Abrindo um e folheando as páginas, você o veria repleto dos mais complicados mapas de caracteres obscuros. Gueixas são muito supersticiosas, como eu já disse. Titia e Mamãe, e até a cozinheira e as criadas, praticamente não tomavam uma decisão, por mais simples que fosse, como comprar um par de sapatos novos, sem consultar um almanaque. Mas eu nunca na vida consultara um.

— Não admira que você tenha passado por tantos infortúnios — disse Mameha. — Quer dizer que tentou fugir sem conferir se era um dia bom?

Eu lhe disse que minha irmã decidira quando devíamos partir. Mameha quis saber se eu lembrava a data, e consegui, depois de olhar um calendário com ela; fora na última terça-feira de outubro de 1929, poucos meses depois de Satsu e eu sermos tiradas de casa.

Mameha pediu à criada que trouxesse o almanaque do ano; e depois de perguntar qual meu signo, o ano do macaco, passou algum tempo conferindo várias vezes diversos mapas, bem como uma página que dava minha previsão geral para aquele mês. Finalmente, leu em voz alta:

— "Tempo muito pouco auspicioso. Agulhas, comidas inusitadas e viagens devem ser evitadas a qualquer preço." — Ela se interrompeu e olhou para mim. — Está ouvindo isso? Viagens. Depois prossegue dizendo que você deve evitar... vamos ver... tomar banho na hora do galo, comprar roupas novas, *meter-se em*

novos empreendimentos, e escute só esta: *"mudar de residência"*.
— Mameha fechou o livro e olhou para mim. — Você teve cuidado com essas coisas?

Muitas pessoas duvidam desse tipo de adivinhação; mas qualquer dúvida que você tivesse certamente se desfaria se você tivesse estado lá para ver o que sucedeu em seguida. Mameha perguntou o signo de minha irmã e procurou a mesma informação a respeito dela.

— Aqui diz: "Dia auspicioso para pequenas mudanças" — começou. — Talvez não o melhor dia para fugir, mas certamente melhor do que outros dias daquela semana ou da seguinte. — E então veio a coisa surpreendente: — E continua aqui dizendo: "Dia bom para viajar em direção das ovelhas" — leu Mameha. E quando pegou um mapa e encontrou Yoroido, ficava a nordeste de Kioto, o que era realmente a direção correspondente ao signo zodiacal de Áries. Satsu conferira seu almanaque. Provavelmente fora o que a fizera me deixar no quartinho debaixo da escada no Tatsuyo por alguns minutos. E estivera certa, pois conseguira escapar, enquanto eu não conseguira.

Foi nesse momento que comecei a me dar conta de quanto fora ignorante — não apenas no planejamento da minha fuga, mas em tudo. Eu nunca entendera como as coisas estão estreitamente ligadas entre si. Não falo apenas do zodíaco. Nós humanos somos apenas parte de algo muito maior. Quando caminhamos podemos esmagar um besouro, ou simplesmente causar alguma agitação no ar, de modo que uma mosca pouse onde de outra forma não iria parar. E se pensarmos no mesmo exemplo, mas conosco em lugar do inseto, e com o universo no papel que nós tínhamos desempenhado, fica perfeitamente claro que todos os dias somos afetados por forças que não controlamos, assim como o pobre besouro não controla nosso gigantesco pé descendo sobre ele. O que devemos fazer? Temos de usar todos os métodos possíveis para entender o movimento do universo ao nosso redor e marcar nossas ações de modo a não lutarmos contra as correntes, mas movendo-nos com elas.

Mameha conferiu meu almanaque para aquele ano e escolheu várias datas, nas semanas seguintes, que seriam auspiciosas para uma mudança importante. Perguntei se devia tentar falar com Mamãe em uma dessas datas, e o que exatamente devia dizer.

— Não pretendo que você mesma fale com a Sra. Nitta — disse ela. — Vai recusar no mesmo instante. Eu faria o mesmo, se fosse ela! Até onde ela pensa, ninguém em Gion iria querer ser sua irmã mais velha.

Fiquei profundamente triste ao ouvi-la dizer isso.

— Nesse caso, Mameha-san, o que devo fazer?

— Voltar ao seu *okiya*, Chiyo — disse ela —, e não mencionar a ninguém que falou comigo.

Depois lançou-me um olhar significando que eu devia fazer a mesura e pedir licença, o que realmente fiz. Eu estava tão assombrada que saí sem as revistas *kabuki* e as cordas de *shamisen* que Mameha me dera. Sua criada teve de vir correndo pela rua atrás de mim com elas.

capítulo onze

D evo explicar exatamente o que Mameha quis dizer com "irmã mais velha", embora naquela hora pouco soubesse a respeito. Quando uma menina finalmente está pronta para debutar como aprendiz, precisa ter estabelecido uma relação com uma gueixa mais experiente. Mameha mencionara a irmã mais velha de Hatsumomo, a grande Tomihatsu, que já era velha quando treinara Hatsumomo. Mas irmãs mais velhas nem sempre são tão mais idosas do que a gueixa que treinam. Qualquer gueixa pode agir como irmã mais velha de uma moça mais nova, desde que seja ao menos um dia mais velha.

Quando duas jovens se ligam como irmãs, executam uma cerimônia como de casamento. E depois encaram-se quase como membros da mesma família, chamando-se de "Irmã Mais Velha" e "Irmã Mais Nova", como membros de uma família de verdade. Algumas gueixas podem não levar seu papel tão a sério quanto deveriam, mas uma irmã mais velha que cumpre direito seu papel torna-se a figura mais importante na vida de uma jovem gueixa. Faz muito mais do que assegurar que sua irmã mais nova aprenda o modo certo de fingir vergonha e riso quando um homem conta uma piada forte, ou ajudando-a a escolher a quanti- dade certa de cera para a maquilagem. Também deve cuidar de que sua irmã mais nova atraia a atenção de pessoas que precisa conhecer. Faz isso levando-a por Gion e apresentando-a às donas de todas as casas de chá adequadas, e ao homem que faz perucas para espetáculos de palco, e aos chefes dos restaurantes importantes, e assim por diante.

Tudo isso significa muito trabalho. Mas apresentar sua irmã mais nova em Gion durante o dia é apenas metade do que uma irmã mais velha deve fazer. Porque Gion é como uma débil estrela que somente aparece em sua plena beleza depois que o sol se põe. À noite a irmã mais velha deve levar a mais nova com ela para as diversões, a fim de apresentá-la aos clientes e benfeitores que conheceu. E lhes diz: "Ah, você já encontrou minha nova irmã mais jovem, Fulana de Tal? Por favor, lembre o nome dela, porque será uma grande estrela! E por favor permita que ela o veja da próxima vez que você vier a Gion." Naturalmente poucos homens pagam bem para ficar conversando com uma menina de catorze anos; de modo que esse cliente não vai chamar a menina em sua próxima visita. Mas a irmã mais velha e a dona da casa de chá continuarão a empurrá-la para ele até que ele o faça. Se ele não gostar dela por algum motivo... bem, aí é outra história. Mas do contrário provavelmente será seu benfeitor na hora certa, e gostará muito dela — como gosta da irmã mais velha.

Assumir o papel de irmã mais velha muitas vezes é como carregar um saco de arroz pela cidade toda. Porque não apenas uma irmã mais nova depende da mais velha como passageira no trem, mas, quando a menina se porta mal, sua irmã tem a responsabilidade. O motivo por que uma gueixa ocupada e bem-sucedida assume todo esse trabalho por uma menina mais jovem é porque, quando o aprendizado dá certo, todo mundo em Gion tira benefícios disso. A própria aprendiz com o tempo pode pagar suas dívidas, e se tiver sorte acabará amante de um homem rico. A irmã mais velha beneficia-se recebendo parte dos honorários da irmã mais nova — assim como as donas das várias casas de chá aonde a moça comparece. Até o fabricante de perucas e a loja de enfeites de cabelo, e as lojas de doces onde de tempos em tempos a gueixa aprendiz comprará presentes para seus benfeitores... Podem nunca receber diretamente uma parte dos honorários da moça; mas certamente todos se beneficiam da proteção de outra gueixa bem-sucedida que pode trazer clientes a Gion, para gastarem dinheiro.

Deve-se reconhecer que para uma jovem em Gion quase tudo depende de sua irmã mais velha. Mesmo assim poucas podem escolher quem será sua irmã mais velha. Uma gueixa bem estabelecida não quererá arriscar sua reputação pegando uma irmã mais jovem que julga tola, ou que seus benfeitores poderão não apreciar. De outro lado, a dona de um *okiya* que investiu muito dinheiro treinando certa aprendiz não ficará sentada quieta apenas esperando que alguma gueixa sem graça apareça oferecendo-se para treinar a jovem. Como resultado disso, uma gueixa bem-sucedida acaba com muito mais pedidos do que pode atender. Pode recusar alguns, outros não... o que me traz ao motivo por que Mamãe provavelmente sentia — como sugerira Mameha — que nenhuma gueixa de Gion quereria ser minha irmã mais velha.

Logo que cheguei ao *okiya*, provavelmente Mamãe pensara que Hatsumomo seria minha irmã mais velha. Ela podia ser o tipo de mulher que devolve a mordida de uma aranha, mas quase toda aprendiz teria ficado contente em ser sua irmã mais nova. Hatsumomo já fora irmã mais velha de pelo menos duas jovens gueixas bem conhecidas de Gion. Em vez de as torturar como a mim, ela se portara bem. Decidira aceitá-las, e fora pelo dinheiro que isso lhe traria. Mas no meu caso Hatsumomo já não poderia me ajudar a ter sucesso em Gion e depois contentar-se com os poucos ienes extras que isso lhe traria, assim como um cachorro não pode se contentar com acompanhar um gato pela rua sem tentar dar-lhe uma mordida. Mamãe certamente poderia ter feito Hatsumomo ser minha irmã mais velha — não apenas porque vivia em nosso *okiya*, mas porque tinha tão poucos quimonos seus e dependia da coleção do *okiya*. Mas acho que nenhuma força do mundo poderia ter obrigado Hatsumomo a me treinar corretamente. Estou certa de que no dia em que lhe pedissem para me levar à Casa de Chá Mizuki e me apresentar à dona, ela me teria levado para as margens do rio dizendo:

— Rio Kamo, você conhecia minha irmã mais nova? — e me empurraria lá para dentro.

Quanto à idéia de outra gueixa assumindo o papel de me treinar... bem, significaria cruzar o caminho de Hatsumomo. Poucas gueixas em Gion teriam coragem suficiente.

No fim de certa manhã, poucas semanas depois de meu encontro com Mameha, eu servia chá para Mamãe e para uma visita na sala de recepção quando Titia abriu a porta.

— Lamento interromper — disse —, mas queria saber se você pode pedir licença por um instante, Kayoko-san. — Kayoko era o verdadeiro nome de Mamãe, que raramente usávamos no nosso *okiya*. — Temos uma visita na porta.

Ouvindo isso, Mamãe deu um de seus risos tossidos.

— Titia, você deve estar tendo um dia muito sem graça — disse ela —, para anunciar você mesma uma visita. As criadas não trabalham tanto assim, e agora você ainda cumpre as tarefas delas?

— Achei que preferiria saber por mim — disse Titia — que nossa visitante é Mameha.

Eu começara a me preocupar com a idéia de meu encontro com Mameha não ter resultado. Mas ao ouvir que ela aparecera subitamente em nosso *okiya*... bem, o sangue subiu tão intenso ao meu rosto como uma lâmpada que alguém acendesse. Por um longo momento o aposento ficou totalmente quieto, depois a visita de Mamãe disse:

— Mameha-san... bem! Vou saindo, mas apenas se prometer me contar amanhã do que se trata.

Aproveitei a ocasião para sair do quarto junto com a visitante. Depois, no *hall* de entrada, ouvi Mamãe dizer a Titia algo que jamais imaginei que pudesse dizer. Estava limpando seu cachimbo num cinzeiro que trouxera da sala de recepção, e quando me passou o cinzeiro disse:

— Titia, venha aqui por favor, arrumar meu cabelo.

Eu nunca imaginara antes que ela tivesse a menor preocupação com sua aparência. É verdade que usava roupas elegantes. Mas assim como seu quarto estava cheio de lindos objetos mas mesmo assim fosse incrivelmente triste, ela própria podia ter-se vestido nos mais refinados tecidos, mas seus olhos eram gosmentos como os de um peixe velho e fedorento... E ela parecia encarar seu cabelo como um trem encara sua fumaça: era apenas algo que acontecia lá em cima.

Enquanto Mamãe atendia à porta, fiquei no quarto de serviço limpando o cinzeiro. Esforcei-me tanto para escutar o que Mamãe e Mameha diziam que não me surpreenderia se tivesse esticado todos os músculos de minhas orelhas.

Primeiro Mamãe disse:

— Perdão por fazê-la esperar, Mameha-san. Que honra, uma visita sua!

Então Mameha disse:

— Espero que me perdoe por visitá-la tão inesperadamente, Sra. Nitta — ou algo igualmente sem graça. E tudo prosseguiu assim por algum tempo. Todo o meu enorme esforço para escutar estava me compensando tanto quanto um homem que carrega uma arca morro acima para descobrir no fim que está cheia de pedras.

Finalmente passaram pela entrada formal para a sala de recepção. Eu estava tão desesperada para escutar, que peguei um pano qualquer no quarto de serviço e comecei a polir o chão da entrada. Normalmente Titia não me permitiria trabalhar com uma visita na sala de recepção, mas estava tão desejosa de escutar quanto eu. Quando a criada saiu depois de servir chá, Titia parou de um lado, de onde não seria vista, e certificou-se de que a porta ficasse entreaberta para poder ouvir. Escutei tão intensamente a conversa delas que devo ter perdido o sentido de tudo ao meu redor, pois de repente vi o rosto redondo de Abóbora junto do meu. Estava de joelhos polindo o chão, embora eu já o estivesse fazendo, e não se esperava mais que cumprisse essas tarefas.

— Quem é Mameha? — sussurrou.

Obviamente ouvira as criadas falando entre si. Pude vê-las juntas no corredor de terra na ponta do passadiço.

— Ela e Hatsumomo são rivais — sussurrei. — É aquela em cujo quimono Hatsumomo me mandou botar tinta.

Abóbora fez cara de quem vai perguntar mais alguma coisa, mas aí ouvimos Mameha dizer:

— Sra. Nitta, espero que me perdoe por perturbá-la num dia tão ocupado, mas gostaria de lhe falar rapidamente sobre sua criada Chiyo.

— Ah, não — disse Abóbora, e olhou nos meus olhos mostrando como sentia pena de mim pelo problema em que ia me meter.

— A nossa Chiyo sabe incomodar um pouco — disse Mamãe —, e espero que não a tenha aborrecido em nada.

— Não, não é nada disso — disse Mameha. — Mas percebi que não tem ido à escola nas últimas semanas. Estou tão habituada a encontrá-la de vez em quando na entrada... Ainda ontem percebi que deve estar muito doente! Conheci há pouco um médico muito bom. Posso pedir que a venha ver?

— É muita bondade sua — disse Mamãe —, mas você deve estar pensando em outra menina. Não poderia encontrar Chiyo na entrada da escola, pois faz dois anos que ela não vai lá.

— Estaremos pensando na mesma menina? Bem bonita, com estranhos olhos azul-cinza?

— Ela tem olhos diferentes. Mas deve haver duas meninas assim em Gion... Quem teria imaginado!

— Será possível que tenham passado dois anos desde que a vi lá? — disse Mameha. — Talvez tenha me causado uma impressão tão forte que parece recente. Se permite que eu pergunte, Sra. Nitta... ela está bem?

— Ah, sim. Uma jovem bem saudável, e se me permite dizer, igualmente rebelde.

— Mas não está mais tendo aulas? Que estranho.

— Para uma jovem gueixa de sucesso como você, tenho certeza de que Gion é um bom lugar para se viver. Mas, sabe, os tempos andam difíceis. Não posso investir dinheiro em qualquer uma. Assim que percebi como Chiyo era inadequada...

— Tenho certeza de que falamos de meninas diferentes — disse Mameha. — Não posso imaginar que uma mulher de negócios astuta como a senhora achasse Chiyo "inadequada"...

— Tem certeza de que o nome é Chiyo? — perguntou Mamãe.

Nenhuma de nós percebeu, mas assim que disse essas palavras Mamãe já se levantava da mesa e cruzava o pequeno aposento. Um momento depois abriu a porta e deparou com a orelha de Titia. Esta saiu do caminho, como se nada tivesse acontecido. E acho que Mamãe ficou contente de fingir a mesma coisa, pois apenas olhou para mim e disse:

— Chiyo-chan, venha aqui um momento.

Quando fechei a porta atrás de mim e me ajoelhei nos tatames para fazer a mesura, Mamãe se acomodara junto da mesa outra vez.

— Esta é a nossa Chiyo — disse Mamãe.

— Exatamente a menina em que eu estava pensando! — disse Mameha. — Como vai, Chiyo-chan? Estou feliz por você estar tão saudável! Eu estava mesmo dizendo à Sra. Nitta que começava a me preocupar com você. Mas parece bastante bem.

— Ah, sim, senhora, estou muito bem — respondi.

— Obrigada, Chiyo — disse Mamãe. Fiz uma mesura para me despedir, mas antes que eu pudesse me levantar Mameha disse:

— Ela é realmente uma menina adorável, Sra. Nitta. Devo dizer que tenho pensado em vir lhe pedir permissão de fazer dela minha irmã mais nova. Mas agora que não está mais sendo treinada...

Mamãe deve ter levado um choque, porque embora estivesse começando a tomar um golinho de chá, sua mão parou no meio do caminho e ficou imóvel durante o tempo que levei para sair da sala. Eu estava quase de volta em meu lugar no chão do *hall* de entrada quando finalmente ela respondeu:

— Uma gueixa popular como você, Mameha-san... poderia ter qualquer aprendiz de Gion como sua irmã mais nova.

— É verdade, e seguidamente me pedem isso. Mas não peguei nenhuma irmã mais nova em mais de um ano. A gente imaginou que com esta terrível Depressão os clientes diminuiriam, mas na verdade nunca andei tão ocupada. Acho que os ricos simplesmente continuam sendo ricos, mesmo em tempos como estes.

— E precisam se divertir mais do que nunca — disse Mamãe.

— Mas você estava dizendo...

— Ah, sim, o que é que eu estava dizendo? Bem, não importa. Não devo mais roubar seu tempo. Fico feliz por ver que afinal Chiyo está bem de saúde.

— Muito bem, sim. Mas Mameha-san, espere um momento, se não se importa. Estava dizendo que quase pensara em tomar Chiyo como irmã mais nova...

— Bem, mas ela está há tanto tempo sem treinamento... — disse Mameha. — De qualquer forma, estou certa de que a senhora teve um excelente motivo para tomar essa decisão, Sra. Nitta. Eu não me atreveria a contrariá-la.

— Nos dias de hoje, é de partir o coração ver as escolhas que as pessoas são obrigadas a fazer. Eu simplesmente não conseguia mais pagar seu treinamento! Mas se você sentir que ela tem potencial, Mameha-san, estou certa de que qualquer investimento que quisesse fazer com ela seria plenamente compensado no futuro.

Mamãe estava tentando tirar vantagem de Mameha. Nenhuma gueixa jamais pagava as lições de sua irmã mais nova.

— Eu bem que queria poder fazer isso — respondeu Mameha, — mas com esta Depressão horrível...

— Quem sabe há algum modo de eu poder — disse Mamãe. — Embora Chiyo seja um pouco teimosa, e suas dívidas, consideráveis. Muitas vezes pensei em como seria surpreendente se algum dia conseguisse pagar tudo.

— Uma menina tão bonita? Eu acharia surpreendente se não conseguisse pagar as dívidas.

— Seja como for, a vida não é só dinheiro, é? — disse Mamãe. — Todo mundo quer o melhor para uma menina como Chiyo. Talvez eu pudesse investir um pouco mais nela... só com as aulas, você entende. Mas aonde levaria tudo isso?

— Tenho certeza de que as dívidas de Chiyo são consideráveis — disse Mameha. — Mas, mesmo assim, eu imagino que as pagará antes mesmo dos vinte anos.

— Vinte! — disse Mamãe. — Acho que nenhuma menina em Gion jamais fez isso. E no meio desta Depressão...

— Sim, é verdade, a Depressão.

— Eu acho que certamente nossa Abóbora é um investimento mais seguro — disse Mamãe. — Afinal, no caso de Chiyo, com você como irmã mais velha, as dívidas só vão piorar ao invés de melhorarem.

Mamãe não falava só do pagamento de minhas aulas; falava do que teria de pagar a Mameha. Uma gueixa na posição de Mameha habitualmente pega uma parte maior dos ganhos de sua irmã mais nova do que uma gueixa comum.

— Mameha-san, se puder ficar mais um momento — prosseguiu Mamãe —, quem sabe pensaria numa proposta. Se a grande Mameha diz que Chiyo pagará suas dívidas aos vinte anos, como posso eu duvidar disso? Naturalmente uma menina como Chiyo não terá sucesso sem uma irmã mais velha como você, e mesmo assim nosso pequeno *okiya* chegou ao seu limite financeiro neste momento. Não posso lhe oferecer as condições com que está habituada. O máximo que posso oferecer dos futuros ganhos de Chiyo pode ser apenas metade do que você esperaria habitualmente.

— Neste momento estou ponderando várias ofertas generosas — disse Mameha. — Se eu aceitar uma irmã mais nova, não posso fazer isso com ganhos reduzidos.

— Eu ainda não terminei, Mameha-san — retrucou Mamãe. — Eis a minha proposta. É verdade que só posso gastar a metade do que você habitualmente esperaria. Mas se Chiyo realmente conseguir pagar suas dívidas aos vinte anos, como você antecipou, eu lhe devolveria o que você teria recebido normalmente, mais trinta por cento. A longo prazo você ganharia mais.

— E se Chiyo fizer vinte anos sem ter pago suas dívidas? — perguntou Mameha.

— Lamento, mas neste caso nós duas teríamos feito um mau investimento. O *okiya* não conseguiria lhe pagar a dívida com você.

Houve um silêncio, e depois Mameha suspirou.

— Sou péssima com números, Sra. Nitta. Mas, se entendi bem, a senhora gostaria que eu assumisse uma tarefa que julga impossível, com ganhos menores que o habitual. Muitas meninas promissoras de Gion seriam excelentes irmãs mais novas para mim. E sem risco algum. Receio ter de recusar a sua oferta.

— Você está certa — disse Mamãe. — Trinta por cento é um pouco baixo. Em vez disso, se você conseguir, eu lhe darei o dobro.

— Mas, se eu falhar, não me dará nada.

— Por favor, não pense que será nada. Uma parte dos ganhos de Chiyo teria ficado com você. Apenas o *okiya* não poderia lhe pagar a quantia adicional que você mereceria.

Eu estava certa de que Mameha diria não. Em vez disso, ela disse:

— Eu gostaria de saber qual é a verdadeira dívida de Chiyo.

— Vou pegar os livros de contabilidade para você — respondeu Mamãe.

Não escutei nada da conversa delas, pois nesse momento Titia perdeu a paciência comigo por estar escutando e me mandou sair do *okiya* com uma lista de tarefas. Durante toda a tarde fiquei tão agitada quanto uma pilha de pedras durante um terremoto; naturalmente, porque eu não tinha idéia do que iria acontecer. Se Mamãe e Mameha não concordassem, eu continuaria sendo criada toda a vida, assim como uma tartaruga será sempre uma tartaruga.

Quando voltei ao *okiya* Abóbora estava ajoelhada no passadiço perto do pátio, tirando sons medonhos do seu *shamisen*. Parecia muito contente ao me ver, e me chamou.

— Ache alguma desculpa para ir ao quarto de Mamãe — disse ela. — Passou a tarde lá com seu ábaco. Tenho certeza de que vai lhe dizer alguma coisa. Depois volte correndo e me conte!

Achei uma ótima idéia. Um de meus recados fora comprar pomada para a sarna da cozinheira, mas a farmácia estava em falta. Assim, decidi subir e me desculpar com Mamãe por ter voltado sem ela. Ela não se importaria, naturalmente. Provavelmente nem sabia que me tinham mandado comprá-la, mas pelo menos eu poderia entrar em seu quarto.

Mamãe estava ouvindo uma comédia no rádio. Normalmente, se eu a perturbasse numa hora dessas, acenaria para eu entrar e continuaria escutando rádio — olhando por cima de seus livros de contabilidade e baforando no seu cachimbo. Mas, para minha surpresa, naquele dia desligou o rádio e fechou o livro na hora em que me viu. Fiz a mesura e fui ajoelhar-me junto da mesa.

— Enquanto Mameha esteve aqui — disse ela —, percebi você polindo o assoalho da entrada. Estava tentando escutar nossa conversa?

— Não, senhora. Havia um arranhão no assoalho. Abóbora e eu estávamos tentando apagá-lo.

— Eu espero que você seja melhor gueixa do que mentirosa — ela disse, e começou a rir, mas sem tirar o cachimbo da boca, de modo que eventualmente soprou ar na boquilha e as cinzas saltaram da pequena taça de metal. Parte dos pedacinhos de tabaco ainda estavam queimando quando caíram em seu quimono. Ela largou o cachimbo na mesa e deu tapinhas em si mesma até ver que tinha apagado todos.

— Bem, Chiyo, você está aqui no *okiya* há mais de um ano.

— Mais de dois anos, senhora.

— Neste tempo todo quase nem a notei. E hoje aparece uma gueixa como Mameha dizendo que quer ser sua irmã mais velha! Como diabos posso entender isso?

Mameha estava realmente mais interessada em prejudicar Hatsumomo do que em me ajudar, segundo eu pensava. Mas não poderia dizer isso a Mamãe. Estava quase dizendo que não tinha idéia do motivo de Mameha se interessar por mim. Mas antes que eu pudesse falar, a porta do quarto de Mamãe se abriu e ouvi Hatsumomo dizer:

— Sinto muito, Mamãe, não sabia que estava repreendendo uma criada!

— Não vai ser criada por muito tempo — disse-lhe Mamãe. — Hoje tivemos uma visita que pode lhe interessar.

— Sim, imagino que Mameha tenha vindo tirar nosso peixinho do aquário — disse Hatsumomo. Veio até nós deslizando e ajoelhou-se junto da mesa, tão perto que tive de me afastar para ceder-lhe espaço.

— Por algum motivo — disse Mamãe —, Mameha pensa que Chiyo vai pagar suas dívidas aos vinte anos.

O rosto de Hatsumomo estava voltado para mim. Vendo seu sorriso, você pensaria numa mãe adorando seu bebê. Mas ela disse:

— Mamãe, quem sabe se você a vender a uma casa de putas...

— Pare com isso, Hatsumomo. Não a chamei aqui para escutar esse tipo de coisa. Quero saber o que você andou fazendo com Mameha ultimamente, para a provocar.

— Posso ter estragado o dia da Senhorita Afetada passando por ela na rua, mas nada mais.

— Ela anda com um plano. Eu gostaria de saber qual é.

— Não tem mistério nenhum, Mamãe. Ela acha que pode me atingir através da Senhorita Burrinha.

Mamãe não respondeu; parecia estar pensando no que Hatsumomo lhe dissera.

— Talvez — disse por fim — ela realmente pense que Chiyo será uma gueixa mais bem-sucedida do que a nossa Abóbora, e gostaria de ganhar algum dinheiro com ela. Quem a pode censurar por isso?

— Com efeito, Mamãe... Mameha não precisa de Chiyo para ganhar dinheiro. Você acha que só por acaso ela decidiu perder seu tempo com uma menina que vive no mesmo *okiya* que eu? Mameha, se pudesse, iniciaria um relacionamento com o seu cachorrinho, se isso a ajudasse a me expulsar de Gion.

— Ora, vamos lá, Hatsumomo. Por que ela quereria expulsar você de Gion?

— Porque sou mais bonita. Ela precisa de motivo melhor? Quer me humilhar dizendo a todo mundo: "Oh, por favor, conheça minha nova irmã mais jovem. Mora no mesmo *okiya* que Hatsumomo, mas é tal jóia que a confiaram *a mim* para treinar."

— Não consigo imaginar Mameha portando-se desse jeito — disse Mamãe quase sufocando.

— Se ela pensa que pode fazer de Chiyo uma gueixa mais bem-sucedida do que Abóbora — prosseguiu Hatsumomo —, vai ter uma bela surpresa. Mas estou feliz por ver que Chiyo vai ser enfiada num quimono e exibida por aí. É a oportunidade perfeita para Abóbora. Você já viu um gatinho atacando um novelo de barbante? Abóbora vai ser uma gueixa muito melhor, depois de ter afiado seus dentes neste aqui.

Mamãe pareceu gostar disso, pois ergueu os cantos da boca num tipo de sorriso.

— Eu não sabia como este dia seria bom — comentou. — Nesta manhã, quando acordei, havia duas meninas inúteis neste *okiya*. Agora, estarão na batalha... com uma dupla das mais importantes gueixas de Gion empurrando-as para a frente!

capítulo doze

Na tarde seguinte Mameha me chamou a seu apartamento. Desta vez estava sentada à mesa esperando por mim quando a criada abriu a porta. Tive o cuidado de fazer a mesura adequada antes de entrar, e depois fui até a mesa e me curvei outra vez.

— Mameha-san, não sei o que a levou a essa decisão... — comecei —, mas não posso dizer quanto lhe sou grata...

— Não me agradeça ainda — interrompeu ela. — Nada aconteceu. É melhor você me dizer o que a Sra. Nitta lhe disse ontem depois de minha visita.

— Bem — respondi —, acho que Mamãe ficou um pouco confusa quanto ao motivo de você ter me notado... E para dizer a verdade, eu também estou. — Esperei que Mameha me dissesse alguma coisa, mas ela não o fez. — Quanto a Hatsumomo...

— Nem perca seu tempo pensando no que ela diz. Você já sabe que está louca por ver você falhar, e a Sra. Nitta também.

— Não vejo por que Mamãe havia de querer que eu falhasse — eu disse —, levando em conta que se eu tiver sucesso ela vai ganhar dinheiro.

— Mas se você pagar suas dívidas pelos vinte anos, ela vai me dever bastante dinheiro. Ontem fiz uma espécie de aposta com ela — disse Mameha enquanto a criada nos servia chá. — Eu não faria essa aposta se não tivesse certeza de que você será um sucesso. Mas se vou ser sua irmã mais velha, você também deve saber que minhas condições são muito severas.

Esperei que me dissesse quais eram, mas ela apenas franziu a testa e disse:

— Chiyo, você tem de parar de soprar o seu chá desse jeito. Parece uma camponesa! Deixe-o na mesa até esfriar o suficiente.

— Desculpe — eu disse. — Não percebi o que estava fazendo.

— Pois está na hora de perceber; uma gueixa tem de ter muito cuidado com sua imagem. Agora, como eu disse, minhas condições são muito severas. Para começar, espero que você faça o que eu disser sem me questionar e sem duvidar de nada. Sei que desobedeceu algumas vezes a Hatsumomo e à Sra. Nitta. Pode achar que foi compreensível, mas, se me perguntar, devia ter sido mais obediente, e talvez nenhum desses infortúnios tivesse lhe acontecido.

Mameha estava certa. O mundo mudou muito desde então. Mas quando eu era criança, uma menina que desobedecesse aos mais velhos era logo posta em seu lugar.

— Há vários anos peguei duas irmãs mais novas — prosseguiu Mameha —, uma trabalhou duro mas a outra era negligente. Um dia eu a trouxe ao meu apartamento e lhe expliquei que não toleraria que ela continuasse me fazendo de boba, mas nada adiantou. No mês seguinte eu a mandei embora e disse que procurasse outra irmã mais velha.

— Mameha-san, eu lhe prometo que isso nunca vai acontecer comigo — eu disse. — Graças a você eu me sinto como um navio que entra no oceano pela primeira vez. Jamais me perdoarei se a decepcionar.

— Sim, tudo bem, está ótimo, mas não falo apenas em trabalho duro. Você terá de cuidar para que Hatsumomo não a faça cair em alguma armadilha. E por Deus, não faça nada que aumente ainda mais as suas dívidas. Não quebre nem uma taça de chá!

Prometi que não faria isso, mas devo confessar que pensando em Hatsumomo me pregando peças de novo... bem, não tive certeza de poder me defender.

— Mais uma coisa — disse Mameha. — O que quer que você e eu falemos, tem de ser particular. Você jamais vai contar nada a Hatsumomo. Mesmo que tenhamos falado só do clima, entendeu? Se Hatsumomo lhe perguntar o que eu disse, deve dizer: "Ah, Hatsumomo-san, Mameha-san nunca diz nada de interessante! Assim que ouço, sai do meu pensamento. Ela é a pessoa mais sem graça que conheço!"

Eu disse a Mameha que entendia.

— Hatsumomo é muito esperta — prosseguiu ela. — Se você lhe der a menor indicação, vai ficar bem surpresa de ver quanto ela adivinhará.

De repente Mameha se inclinou para mim e disse numa voz zangada:

— O que estavam falando ontem quando vi vocês duas juntas na rua?

— Nada, senhora! — eu disse. E embora ela continuasse me fitando, fiquei tão chocada que não consegui mais dizer coisa alguma.

— Como, nada! É melhor responder, sua menina idiota! Ou vou despejar tinta em seu ouvido esta noite, quando estiver dormindo!

Levei um instante para entender que Mameha tentava imitar Hatsumomo. Receio que não fosse uma imitação muito boa, mas quando entendi o que era, eu disse:

— Sinceramente, Hatsumomo-san, Mameha-san fica sempre dizendo coisas tão sem graça! Nunca consigo lembrar uma só palavra. Elas simplesmente derretem como flocos de neve. Tem certeza de que nos viu conversando ontem? Porque, se falamos, eu não recordo nada...

Mameha prosseguiu algum tempo com sua pobre imitação de Hatsumomo, e no fim disse que eu tinha feito tudo direito. Mas eu não estava tão confiante assim. Ser interrogada por Mameha, mesmo quando ela tentava agir como Hatsumomo, não era a mesma coisa que manter as aparências diante da própria.

Nos dois anos desde que Mamãe me tirara das aulas eu esquecera muito do que tinha aprendido. E para começar, não tinha aprendido muita coisa, pois minha mente andara ocupada com outros assuntos. Por isso, quando voltei à escola depois de Mameha concordar em ser minha irmã mais velha, senti realmente que só agora começava a aprender.

Eu estava então com doze anos, e era quase tão alta quanto Mameha. Ficar mais velha pode parecer uma vantagem, mas posso assegurar-lhe que não era. A maior parte das meninas da escola começara seus estudos muito antes disso, e em alguns casos na tradicional idade de três anos e três dias. As poucas que haviam começado tão jovens eram em geral filhas de gueixas, e haviam sido criadas de tal modo que dança e cerimônia do chá eram parte do seu cotidiano como nadar na lagoa fora parte do meu.

Sei que descrevi um pouco como era estudar *shamisen* com a Professora Camundongo. Mas uma gueixa tem de estudar muitas artes além de *shamisen*. E de fato o *"guei"* de *"gueixa"* significa "artes", de modo que a palavra "gueixa" significa na verdade "artesã", ou "artista". Minha primeira aula de manhã era numa espécie de pequeno tambor que chamamos *tsutsumi*. Você pode pensar em como uma gueixa se interessaria por tocar tambor, mas a resposta é simples. Num banquete ou em qualquer reunião informal em Gion, as gueixas habitualmente dançam apenas com acompanhamento de um *shamisen* ou canto. Mas para o palco, em espetáculos como *Danças da Velha Capital*, realizados a cada primavera, seis ou mais tocadoras de *shamisen* se reúnem num grupo, apoiadas por vários tipos de tambores e também por uma flauta japonesa que chamamos *fue*. Assim, você entende, uma gueixa tem de exercitar-se em todos esses instrumentos, mesmo que eventualmente seja encorajada a especializar-se em um ou dois.

Como lhe disse, minha aula cedo de manhã era o tamborzinho que chamamos *tsutsumi*, tocado de joelhos como todos os outros instrumentos musicais que aprendíamos. O *tsutsumi* é diferente dos outros tambores porque é apoiado no ombro e tocado com a mão, diferente do *okawa*, maior que ele, que se apóia na coxa; ou que o maior tambor de todos, o *taiko*, que fica inclinado num suporte e é tocado com pauzinhos grossos. Eu os estudei a todos, em uma ocasião ou outra. Um tambor pode parecer algo que até uma criança pode tocar, mas na verdade há vários modos de tocar todos eles, como — no *taiko* — cruzando o braço diante do corpo e manejando o pauzinho com a mão para trás, o que chamamos de *uchikomi*; ou tocando com um braço enquanto se ergue o outro ao mesmo tempo, o que chamamos *sarashi*. Há outros métodos ainda, e cada um produz um som diferente, mas só depois de muita prática. Além disso, a orquestra está sempre à vista do público, de modo que todos esses movimentos têm de ser graciosos e atraentes, e em harmonia com os das outras gueixas que tocam. Metade do trabalho consiste em tirar o som correto; outra metade, em fazê-lo da maneira certa.

Minha próxima aula de manhã, após os tambores, era flauta japonesa, e depois disso *shamisen*. O método de estudar qualquer desses instrumentos era mais ou menos o mesmo. A professora começava tocando alguma coisa e as alunas tentavam repetir. Às vezes soávamos como um bando de animais no zoológico, mas não muito seguidamente, pois as professoras tinham o cuidado de começar com muita simplicidade. Por exemplo, em minha primeira aula de flauta a professora tocou uma nota só e tentamos repeti-la juntas. Mesmo depois de apenas uma nota, a professora ainda tinha muito a corrigir.

— Fulana de Tal, você tem de ficar com o dedo mínimo baixado, não esticado no ar. E você, Sicrana, acaso a sua flauta está cheirando mal? Não? Então por que está franzindo o nariz desse jeito?

Era muito exigente, como a maior parte das professoras, e naturalmente tínhamos medo de cometer erros. Não era incomum ela tirar a flauta de alguma pobre menina para bater-lhe no ombro com ela.

Depois de tambores, flauta e *shamisen*, minha aula seguinte quase sempre era de canto. No Japão se canta muito em festas; e naturalmente, em geral, é para as festas que os homens vêm a Gion. Mas mesmo que uma menina não consiga manter o tom e nunca lhe peçam para atuar diante de outros, precisa aprender canto para entender a dança. É porque as danças são feitas conforme músicas especiais, muitas vezes executadas por uma cantora que se acompanha ao *shamisen*.

Há muitos tipos diferentes de canções — ah, muito mais do que eu poderia dizer —, mas em nossas aulas estudávamos cinco tipos diferentes. Algumas eram baladas populares; algumas eram longas peças do teatro *kabuki*, contando uma história. Outras pareciam um breve poema musical. Não faria sentido descrever-lhe essas canções. Mas quero dizer que se eu achava a maior parte encantadoras, estrangeiros muitas vezes pensam que soam antes como gatos miando num pátio de templo do que música. É verdade que o canto japonês tradicional envolve muitos gorjeios, e muitas vezes é cantado tão no fundo da garganta que o som sai antes pelo nariz do que pela boca. Mas é apenas questão de hábito.

Em todas essas aulas, música e dança eram apenas parte do nosso aprendizado. Porque uma menina que domina os vários tipos de arte ainda se sairá mal numa festa se não aprendeu o comportamento e atitude adequados. Esse é um dos motivos pelo qual as professoras sempre insistem em boas maneiras e postura em suas alunas, ainda que a menina esteja apenas correndo pelo corredor até o banheiro. Quem tem aula de *shamisen*, por exemplo, será corrigida se não falar em linguagem adequada, ou se falar com sotaque regional em lugar da fala de Kioto, ou por sentar-se encurvada, ou por andar a passo arrastado. Na verdade, a censura mais severa que uma menina pode receber não será, em geral, por tocar mal seu instrumento ou não aprender as palavras de uma canção, mas por ter unhas sujas ou ser pouco respeitosa, ou coisa assim.

Às vezes, quando falo com estrangeiros sobre o meu treinamento, eles perguntam:

— Bom, mas quando estudou arranjo de flores?

A resposta é: nunca aprendi. Qualquer pessoa que se sente diante de um homem e comece a arranjar flores como maneira de o distrair, provavelmente ao levantar os olhos verá que ele deitou a cabeça na mesa e pegou no sono. Você deve lembrar que uma gueixa deve acima de tudo distrair ou atuar. Podemos servir chá ou saquê para um homem, mas jamais vamos apanhar outra porção de picles. Na verdade, nós gueixas somos tão mimadas por nossas criadas que quase nem sabemos cuidar de nós mesmas, nem arrumar nossos quartos, muito menos enfeitar uma sala de chá com flores.

Minha última aula da manhã era a cerimônia do chá. Vários livros foram escritos a respeito, de modo que não vou entrar em detalhes. Mas basicamente a cerimônia do chá é conduzida por uma pessoa, ou duas, sentadas diante de seus convidados preparando chá de uma maneira muito tradicional, usando taças lindas e misturadores de bambu, e assim por diante. Até os convidados são parte da cerimônia, porque têm de segurar a taça de certo modo, e assim beber dela. Se você pensar que tudo é apenas sentar-se para tomar uma bela taça de chá... bem, é antes uma espécie de dança ou meditação, conduzida de joelhos. O chá em si é feito de folhas de chá moídas em pó e depois misturadas com água fervente numa mistura verde espessa que chamamos *matcha*, que não agrada nada aos estrangeiros. Admito que parece uma água verde e suja e tem um gosto amargo a que a gente precisa se acostumar.

A cerimônia do chá é uma parte muito importante do treinamento de uma gueixa. Não é inusitado que uma festa numa residência particular comece com uma breve cerimônia do chá. E os convidados que vêm assistir às danças em Gion primeiro recebem chá preparado por uma gueixa.

Minha professora da cerimônia do chá era uma jovem de talvez vinte e cinco anos que, como eu soube mais tarde, não era muito boa gueixa. Mas era tão obcecada pela cerimônia que a ensinava como se cada momento fosse absolutamente sagrado. Devido ao seu entusiasmo aprendi rapidamente a respeitar suas aulas, e devo dizer que era a aula perfeita para se ter depois de uma longa manhã. A atmosfera era tão serena. Mesmo agora, acho a cerimônia do chá tão revigorante quanto uma boa noite de sono.

O que dificulta tanto o treinamento de uma gueixa não são apenas as artes que ela precisa aprender, mas o ritmo frenético de sua vida. Depois de passar a manhã inteira em aulas, ainda esperam que ela trabalhe de tarde e de noite, como sempre. E ela não dorme mais que três a cinco horas cada noite. Nesses anos de meu treinamento, mesmo que eu fosse duas pessoas, provavelmente minha vida ainda seria ocupada demais. Eu ficaria feliz se Mamãe me liberasse de minhas tarefas, como fizera com Abóbora. Mas levando em conta sua aposta com Mameha, penso que jamais pensou em me oferecer mais tempo para treinar e praticar. Algumas de minhas tarefas foram passadas a criadas, mas na maior parte dos dias eu era responsável por mais do que conseguia fazer, e ainda se esperava que me exercitasse uma hora ou mais no *shamisen* todas as tardes. No inverno, Abóbora e eu devíamos endurecer nossas mãos mantendo-as em água gelada até gritarmos de dor, e depois tocávamos lá fora, no ar gelado no pátio. Pode parecer terrivelmente cruel, mas assim as coisas eram feitas naquele tempo. Com efeito, endurecer as mãos assim realmente ajudava a tocar melhor. Você entende, o medo do palco tira a sensibilidade de nossas mãos. E se a gente já se habituou a tocar com mãos insensíveis e doloridas, o medo do palco se torna um problema muito menor.

No começo, Abóbora e eu praticávamos *shamisen* juntas todas as tardes logo depois de nossa aula de uma hora inteira de leitura e escrita com Titia. Estudávamos japonês com ela desde que eu chegara, e Titia sempre insistia nas boas maneiras. Mas enquanto praticávamos *shamisen* à tarde, Abóbora e eu nos divertíamos imensamente. Se ríamos alto, Titia ou uma das criadas vinha nos repreender; mas enquanto fazíamos pouco ruído, tocando os *shamisen*s enquanto conversávamos, conseguíamos nos divertir a hora inteira uma com a companhia da outra. Era a hora do dia de que eu mais gostava.

Então certa tarde, enquanto Abóbora me ajudava com uma técnica para fundir notas, Hatsumomo apareceu no corredor à nossa frente. Não a tínhamos escutado chegar ao *okiya*.

— Ora, vejam só, a futura irmã mais nova de Mameha! — ela me disse. E acrescentou "futura" porque oficialmente Mameha e eu não seríamos irmãs até a minha estréia como gueixa aprendiz.

— Eu podia ter chamado você de "Senhorita Burrinha" — ela continuou —, mas depois do que acabo de observar acho que devo usar isso para Abóbora.

A pobre Abóbora baixou seu *shamisen* no colo como um cachorrinho metendo o rabo entre as pernas.

— Eu fiz alguma coisa errada? — perguntou.

Não precisei olhar diretamente para Hatsumomo para ver a raiva em seu rosto. Tive um medo horrível do que aconteceria a seguir.

— Absolutamente nada! — disse Hatsumomo. — Eu só não tinha percebido que pessoa escrupulosa você é...

— Desculpe, Hatsumomo — disse Abóbora —, eu estava tentando ajudar Chiyo...

— Mas Chiyo não quer a sua ajuda. Quando quiser ajuda com o *shamisen*, vai procurar a professora. Será que essa sua cabeça é apenas uma grande abóbora vazia?

Hatsumomo beliscou tão fortemente o lábio de Abóbora que o *shamisen* caiu de seu colo no chão de madeira onde esta estava sentada, e dali no corredor de terra batida embaixo.

— Precisamos ter uma conversinha — disse-lhe Hatsumomo. — Guarde o seu *shamisen*, e eu ficarei aqui parada para assegurar que não vai cometer nenhuma outra burrice.

Quando Hatsumomo a soltou, a pobre Abóbora desceu para pegar seu *shamisen* e começou a desmontá-lo. Lançou-me um olhar compassivo, e achei que ia se acalmar. Mas na verdade seu lábio começou a tremer; depois todo o seu rosto tremeu como o chão antes de um terremoto. E de repente ela deixou cair as peças do seu *shamisen* no chão e botou a mão no lábio — que já começara a inchar — enquanto lágrimas rolavam por suas faces. O rosto de Hatsumomo se abrandou, como se o céu irado se desfizesse, e virou-se para mim com um sorriso satisfeito.

— Você vai ter de procurar outra amiguinha — disse-me. — Depois que Abóbora e eu tivermos a nossa conversa, ela não vai mais lhe dirigir a palavra. Não é, Abóbora?

Abóbora concordou com um sinal de cabeça, pois nem tinha escolha. Mas pude ver como lamentava aquilo. E nunca mais treinamos *shamisen* juntas.

Na minha visita seguinte ao apartamento de Mameha, contei-lhe o ocorrido.

— Espero que leve a sério o que Hatsumomo lhe disse — retrucou ela. — Se Abóbora não deve falar com você, não diga uma palavra a ela, pois só vai lhe criar problemas; além disso, ela terá de contar a Hatsumomo o que você disser. Você pode ter confiado na pobre menina, mas agora não pode confiar mais.

Fiquei tão triste ouvindo isso que por longo tempo quase nem pude falar.

157

— Tentar sobreviver num *okiya* com Hatsumomo — eu disse afinal — é como um porco tentando sobreviver num matadouro.

Pensei em Abóbora ao dizer isso, mas Mameha deve ter pensado que eu falava de mim mesma.

— Tem razão — ela disse. — Sua única defesa é ter mais sucesso que Hatsumomo e expulsá-la.

— Mas todo mundo diz que ela é uma das gueixas mais populares. Não posso imaginar-me sendo mais popular do que ela.

— Eu não falei em popular — respondeu Mameha. — Falei em bem-sucedida. Ir a montes de festas não é tudo. Eu moro num apartamento espaçoso com uma criada pessoal, enquanto Hatsumomo — que provavelmente vai a tantas festas quanto eu — continua a viver no *okiya* Nitta. Quando falo em sucesso quero dizer uma gueixa que conquistou a sua independência. Até ter a sua própria coleção de quimonos — ou até ser adotada como filha de um *okiya*, o que é mais ou menos a mesma coisa — ela estará em poder de outra pessoa a vida toda. Você viu alguns de meus quimonos, não viu? Como acha que os consegui?

— Pensei que talvez você fosse filha adotada de um *okiya* antes de viver neste apartamento.

— Morei num *okiya* até cinco anos atrás. Mas a dona dele tem uma filha natural. Nunca adotaria outra.

— Então, se posso perguntar... você comprou toda essa coleção de quimonos?

— Chiyo, quanto acha que ganha uma gueixa? Uma coleção completa de quimonos não significa apenas dois ou três para cada estação. As vidas de alguns homens giram em torno de Gion. Vão se aborrecer se virem você com a mesma roupa noite após noite.

Devo ter mostrado todo o meu espanto, pois Mameha riu da minha cara.

— Alegre-se, Chiyo-chan, há outra resposta a esse enigma. O meu *danna* é um homem generoso, e comprou a maioria desses trajes para mim. É por isso que tenho mais sucesso do que Hatsumomo. Tenho um *danna* rico. Ela não tem nenhum há anos.

Eu estava em Gion tempo suficiente para saber alguma coisa do que Mameha queria dizer com *danna*. É o termo que a esposa usa para referir-se a seu marido — ou antes, era assim no meu tempo. Mas uma gueixa que fala em seu *danna* não está falando de marido. Gueixas nunca se casam. Ou, pelo menos, aquelas que continuam sendo gueixas.

Você entende, às vezes, depois de uma festa com uma gueixa, alguns homens não se satisfazem com o flerte e começam a desejar um pouco mais. Alguns se contentam em ir a lugares como Miyagawa-cho, onde vão acrescentar o odor de seu suor às casas desagradáveis que vi na noite em que encontrei minha irmã. Outros homens se encorajam e num sussurro perguntam à geixa a seu lado quais os seus "honorários". Uma geixa de classe inferior pode gostar desse arranjo; provavelmente ficará feliz em pegar o dinheiro que lhe for oferecido. Uma mulher como essa pode se chamar de geixa e ser registrada assim no cartório; mas você deveria observar como ela dança, como toca o *shamisen* e o que conhece da cerimônia do chá antes de decidir se ela é ou não uma verdadeira geixa. Uma geixa de verdade jamais mancha sua reputação entregando-se a um homem por uma noite.

Não vou fingir que uma geixa nunca ceda casualmente a um homem atraente. Mas isso será seu problema particular. Geixas têm paixões como todo mundo, e cometem os mesmos erros. Uma geixa que assume esse risco só pode esperar não ser descoberta. Estará arriscando sua reputação; mas mais importante que isso, o mesmo acontecerá com sua posição junto ao seu *danna*, se tiver um. Mais ainda, ela provoca a ira da mulher que dirige o seu *okiya*. Uma geixa que quer seguir suas paixões pode assumir esse risco. Mas certamente não o fará para gastar o dinheiro que poderia ganhar com a mesma facilidade de maneira legítima.

Assim, você entende, uma geixa do primeiro ou do segundo escalão em Gion não pode ser comprada para uma noite por ninguém. Mas se o tipo certo de homem está interessado em algo mais — não uma noite juntos mas um tempo muito maior — e se quiser oferecer-lhe condições adequadas, bem, nesse caso, a geixa ficará feliz em aceitar esse arranjo. Festas e coisas assim são muito bonitas. Mas o verdadeiro dinheiro em Gion vem de ter um *danna*, e uma geixa sem nenhum — como Hatsumomo — é como um gato vadio na rua sem dono que o alimente.

Você poderia esperar que, no caso de uma mulher linda como Hatsumomo, muitos homens quisessem se oferecer como seu *danna*; e tenho certeza de que muitos o fizeram. Mas de um modo ou de outro Hatsumomo irritou tanto a dona da Mizuki, que é a sua principal casa de chá, que os homens que indagavam ouviam sempre que ela não estava disponível — o que habitualmente significaria já ter um *danna*. Prejudicando sua relação com a dona, Hatsumomo prejudicou sobretudo a si mesma. Como geixa muito popular, ganhava dinheiro suficiente para deixar Mamãe satisfeita. Mas como geixa sem um *danna*, não ganhava o bastante para obter sua independência e mudar-se do *okiya* definitivamente. Nem podia simplesmente mudar seu registro para outra casa de chá cuja dona fosse mais cordata e ajudasse a encontrar um *danna* para Hatsumomo; nenhuma das outras donas de casas de chá iria querer lesar sua relação com a Mizuki.

Naturalmente a gueixa comum não fica enredada como Hatsumomo. Em vez disso, vai passar seu tempo encantando homens, esperando que algum dia um deles irá indagar da dona da casa de chá a seu respeito. Muitas dessas perguntas não levam a nada: o homem pode ter dinheiro de menos; ou hesitar quando alguém lhe sugerir um quimono caro como gesto de boa vontade. Mas se as semanas de negociação chegam a um final feliz, a gueixa e seu novo *danna* fazem uma cerimônia como quando duas gueixas se tornam irmãs. Na maioria dos casos esse laço durará uns seis meses, talvez mais — porque naturalmente os homens se cansam rapidamente das mesmas coisas. Provavelmente as condições do arranjo obrigarão o *danna* a pagar uma parte das dívidas de sua nova amante, a cobrir parte de suas despesas mensais — como o custo de sua maquilagem e talvez parte das suas aulas — e talvez também suas despesas médicas. Coisas desse tipo. Apesar de todas essas despesas extravagantes, ele ainda continuará pagando os habituais honorários pelas horas que passar com ela, como qualquer outro cliente. Mas terá direito a certos "privilégios".

Essas seriam as condições para uma gueixa comum. Mas uma gueixa muito especial, como devia haver quarenta ou cinqüenta em Gion, esperaria muito mais. Para começar, nem pensaria em macular sua reputação com uma série de *dannas*, mas teria um ou dois em toda a sua vida. O seu *danna* não apenas cobriria suas despesas normais, como o pagamento pelo registro, pelas aulas e alimentação; também lhe daria dinheiro para gastar, pagaria por recitais de dança, e lhe compraria presentes como quimonos e jóias. E se passasse tempo com ela, não lhe pagaria o habitual honorário por horas, mas provavelmente, como gesto de boa vontade, pagaria bem mais.

Certamente Mameha era uma dessas gueixas superiores. Na verdade, eu soube depois que era uma das duas ou três gueixas mais famosas de todo o Japão. Você talvez tenha ouvido falar na famosa gueixa Mametsuki, que teve um caso com o Primeiro-Ministro do Japão pouco antes da Primeira Guerra Mundial, e causou algum escândalo. Era a irmã mais velha de Mameha — por isso ambas tinham "Mame" no nome. É comum uma jovem gueixa tirar seu nome do da irmã mais velha.

Ter uma irmã mais velha como Mametsuki já bastava para assegurar uma grande carreira a Mameha. Mas no começo dos anos vinte a Secretaria de Turismo do Japão começou sua primeira campanha de propaganda internacional. Os pôsteres mostravam uma linda foto do pagode do Templo Toji ao sul de Kioto, com uma cerejeira de um lado e uma adorável jovem gueixa aprendiz do outro, muito tímida e graciosa e de uma refinada delicadeza. Essa gueixa aprendiz era Mameha.

Seria desnecessário dizer que Mameha se tornou famosa. O pôster foi exibido nas grandes cidades de todo o mundo, dizendo: "Venha Visitar a Terra do Sol Nascente" em todos os tipos de idiomas diferentes — não apenas inglês, mas alemão, francês, russo, e... ah, outras línguas de que nunca ouvi falar. Na época Mameha tinha apenas dezesseis anos, mas de repente era chamada para conhecer todos os chefes de Estado que vinham ao Japão, cada aristocrata da Inglaterra ou da Alemanha, todo milionário dos Estados Unidos. Serviu saquê para o grande escritor alemão Thomas Mann, que depois lhe contou uma longa história aborrecida durante quase uma hora, através de um intérprete; também para Charlie Chaplin e Sun Yat-sen, e mais tarde para Ernest Hemingway, que ficou muito embriagado e disse que seus lindos lábios vermelhos o faziam pensar em sangue sobre a neve. Depois disso Mameha só ficara ainda mais famosa, dando recitais de dança amplamente anunciados no Teatro Kabukiza em Tóquio, habitualmente assistidos pelo Primeiro-Ministro e grande número de outros homens muito importantes.

Quando Mameha anunciou sua intenção de me pegar como sua irmã mais nova, eu não sabia nada disso a respeito dela, e foi melhor assim. Pois acho que teria me sentido tão intimidada se soubesse, e acabaria só tremendo na sua presença.

Mameha teve a bondade de me fazer sentar e explicar muitas dessas coisas naquele dia em seu apartamento. Quando viu que eu entendera, disse:

— Depois da sua estréia você será gueixa aprendiz até os dezoito anos. E depois vai precisar de um *danna*, se quiser pagar suas dívidas. Um *danna* muito rico. Meu trabalho será cuidar de que você então seja bem conhecida em Gion, mas depende de você trabalhar muito para se tornar boa dançarina. Se não conseguir chegar pelo menos ao quinto lugar pelos dezesseis anos, nada que eu faça poderá ajudar, e a Sra. Nitta adorará ganhar a aposta de mim.

— Mas Mameha-san — eu disse —, não entendi o que a dança tem a ver com isso.

— A dança tem tudo a ver com isso — ela me disse. — Se você olhar em torno para as mais bem-sucedidas gueixas de Gion, todas são bailarinas.

A dança é a mais reverenciada das artes de uma gueixa. Só as mais belas e promissoras são encorajadas a se especializar nisso, e nada exceto talvez a cerimônia do chá pode-se comparar à riqueza de suas tradições. A Escola de Dança Inoue, que é a que as gueixas de Gion praticam, deriva do teatro Nô. Como Nô é uma arte muito antiga, sempre foi patrocinada pela Corte Imperial, e as bailarinas de Gion consideram sua arte superior à praticada no distrito de Pontocho, do outro lado do rio, que vem do *kabuki*. Ora, eu sou grande admiradora do *kabuki*, e na verdade tive a sorte de ter como meus amigos vários dos mais famosos atores *kabuki* deste século. Mas *kabuki* é uma forma relativamente nova de arte; não existia antes de 1700. E sempre foi apreciada por pessoas comuns, em vez de ser patrocinada pela Corte Imperial. Simplesmente não se pode comparar a dança em Pontocho com a Escola Inoue de Gion.

Todas as gueixas aprendizes têm de estudar dança, mas, como eu disse, só as promissoras e atraentes serão encorajadas a se especializar nisso e a se tornar verdadeiras dançarinas em vez de tocadoras de *shamisen* ou cantoras. Infelizmente, o motivo pelo qual Abóbora com seu doce rosto redondo passava tanto tempo exercitando-se no *shamisen* era não ter sido escolhida para dançarina. Eu não era tão originalmente bela que me dessem a dança como única escolha, como acontecera com Hatsumomo. Parecia-me que só me tornaria bailarina mostrando às professoras que estava disposta a trabalhar tanto quanto fosse preciso.

Mas graças a Hatsumomo minhas aulas tiveram um péssimo começo. Minha instrutora tinha uns cinqüenta anos e era conhecida como Professora Rabo, pois sua pele se acumulava na garganta de modo a formar um pequeno rabo debaixo do queixo. A Professora Rabo odiava Hatsumomo, como todo mundo em Gion. Hatsumomo sabia bem disso; e o que pensa que ela fez? Foi procurar a mulher — sei disso porque a Professora Rabo me contou anos depois — e comentou:

— Professora, posso lhe pedir um favor? Estou de olho numa das alunas de sua turma que me parece muito talentosa. Eu ficaria muito grata se pudesse me dizer o que pensa dela. Chama-se Chiyo, e gosto muito, muito dela. Eu lhe ficaria muito grata por qualquer ajuda especial que pudesse lhe dar.

Depois disso Hatsumomo não precisou dizer mais nada, porque a Professora Rabo me deu toda a "ajuda especial" que Hatsumomo esperara. Eu realmente não dançava mal, mas a Professora Rabo começou imediatamente a me usar como exemplo de como as coisas não deviam ser feitas. Por exemplo, recordo certa dança em que nos mostrou um movimento dobrando o braço sobre o corpo de certo modo e batendo o pé na esteira. Todas devíamos copiar o movimento juntas. Mas porque éramos iniciantes, quando terminamos e batemos o pé, o som foi como se uma travessa de feijões tivesse sido derramada no chão, pois nem um pé acertou a esteira no mesmo momento que outro. Posso lhe assegurar que não fiz nada pior que as outras, mas a Professora Rabo se postou diante de mim com aquele rabinho debaixo do queixo tremendo, e bateu seu leque dobrado várias vezes contra a coxa antes de bater com ele do lado de minha cabeça.

— Não batemos o pé a qualquer hora — ela disse — e não repuxamos o queixo.

Nas danças da Escola Inoue, o rosto precisa permanecer totalmente inexpressivo, imitando a máscara usada no teatro Nô. Mas ela se queixara de que meu queixo estava se repuxando, quando o seu próprio tremia de raiva... fiquei quase em prantos porque ela me batera, mas as outras alunas caíram na risada. A Professora Rabo me censurou por isso, e como castigo me mandou para fora da aula.

Não posso dizer o que teria sido de mim com ela se Mameha finalmente não tivesse ido lhe falar, ajudando-a entender o que realmente acontecera. Por mais que antes disso a professora Rabo já odiasse Hatsumomo, tenho certeza de que a odiou ainda mais ao saber como a outra a enganara. Fico feliz em dizer que ela lamentou tanto o modo como me tratara, que logo me tornei uma de suas alunas favoritas.

Não digo que eu tivesse qualquer tipo de talento natural, em dança ou qualquer outra coisa. Mas estava muito determinada a trabalhar obstinadamente para atingir meu objetivo. Desde o encontro com o Presidente na rua, naquele dia de primavera, o que eu mais desejava era me tornar uma gueixa e conseguir um lugar no mundo. Agora que Mameha me dera essa chance, eu queria fazer tudo direito. Mas com tantas aulas e tarefas, e minhas altas expectativas, senti-me totalmente exausta nos primeiros seis meses de treinamento. Depois disso comecei a descobrir pequenos truques que ajudavam a fazer tudo andar melhor. Por exemplo, um jeito de me exercitar no *shamisen* enquanto fazia minhas tarefas na rua. Fazia isso treinando uma canção mentalmente enquanto imaginava como minha mão esquerda deslizaria no instrumento, e como o plectro deveria tocar a corda. Assim, quando colocava no colo o instrumento real, às vezes eu podia tocar bastante bem, embora só tivesse treinado uma vez. Algumas pessoas achavam que eu aprendia sem exercício, mas na verdade tinha praticado subindo e descendo as ruas de Gion.

Usei um truque diferente para aprender baladas e outras canções que estudávamos na escola. Desde a infância fui capaz de escutar uma vez uma música e lembrá-la bastante bem no dia seguinte. Não sei o motivo, talvez algo especial em minha mente. Assim, passei a escrever as palavras em um pedaço de papel antes de dormir. Quando eu acordava, minha mente ainda estava macia e impressionável, e eu lia a página antes de me mexer no meu *futon*. Habitualmente isso bastava, mas com música era mais difícil, e usei um truque de descobrir imagens que me lembrassem a melodia. Por exemplo, um ramo caindo de uma árvore me fazia lembrar um tambor, ou água fluindo numa pedra me lembrava de dobrar a corda do *shamisen* para que a nota se tornasse aguda. E eu imaginava a canção como uma espécie de passeio pela paisagem.

Mas naturalmente o maior e mais importante desafio para mim era a dança. Meses a fio usei os vários truques que descobrira, mas pouco me ajudaram. Então certo dia Titia ficou furiosa quando derramei chá sobre uma revista que ela estava lendo. O estranho era que eu andava pensando coisas boas a seu respeito exatamente no instante em que ela se virou contra mim. Fiquei muito triste depois disso e pensei em minha irmã, que estava em algum lugar do Japão sem mim. E em minha mãe, que eu esperava estivesse em paz no paraíso agora; e em meu pai, que com tanta facilidade nos vendera e vivera sozinho até o fim da vida. Enquanto essas idéias passavam em minha mente, meu corpo foi ficando pesado. Então subi as escadas e fui ao quarto onde Abóbora e eu dormíamos — porque depois da visita de Mameha ao nosso *okiya* Mamãe me transferira para lá. Em vez de me deitar no tatame e chorar, movi meu braço numa espécie de movimento ondulante sobre meu peito. Não sei por que fiz isso. Era um movimento de uma dança que eu estudara naquela manhã, que me parecera muito triste. Ao mesmo tempo pensei no Presidente e em como minha vida seria muito melhor se eu pudesse me apoiar num homem como aquele. Observando meu braço ondular o ar, a doçura do seu movimento me pareceu expressar sentimentos de tristeza e desejo. Meu braço parecia passar pelo ar com grande dignidade de movimento — não como uma folha flutuando ao cair de uma árvore, mas como um navio no oceano deslizando pelas águas. Acho que com "dignidade" eu me refiro a uma espécie de confiança ou certeza tais que um pequeno sopro de vento ou a queda de uma onda não farão nenhuma diferença.

Naquela tarde descobri que quando meu corpo ficava pesado eu podia me mover com grande dignidade. E eu imaginava o Presidente me observando, meus gestos assumiam tal emoção que às vezes cada movimento de uma dança interagia um pouco com ele. Girando com minha cabeça inclinada em certo ângulo eu podia estar indagando: "Onde passaremos o dia juntos, Presidente?" Estendendo meu braço e abrindo meu leque eu dizia como estava grata por ele ter-me honrado com sua companhia. E quando fechava de novo o leque mais tarde naquela dança, eu estava lhe dizendo que nada na vida me interessava mais do que agradar a ele.

capítulo treze

N a primavera de 1934, depois de eu estar treinando havia mais de dois anos, Hatsumomo e Mamãe decidiram que estava na hora de Abóbora estrear-se como gueixa aprendiz. Naturalmente ninguém me disse nada, pois Abóbora ainda tinha ordens de não falar comigo, e Hatsumomo e Mamãe não desperdiçariam seu tempo sequer pensando numa coisa dessas. Descobri somente quando Abóbora deixou o *okiya* cedo, certa tarde, e voltou no fim do dia com o penteado de uma jovem gueixa — o chamado *momoware*, significando "pêssego partido". Quando lhe lancei o primeiro olhar enquanto entrava pelo *hall*, fiquei doente de inveja e decepção. Seus olhos não pousaram nos meus mais do que uma fração de segundo; provavelmente não pôde deixar de notar o efeito de sua estréia em mim. Com os cabelos penteados para trás numa linda curva, em vez de amarrado na nuca como sempre, ela parecia uma jovem mulher, embora ainda com aquele rosto infantil. Anos a fio ela e eu tínhamos invejado meninas mais velhas que usavam penteado tão elegante. Agora Abóbora podia sair como gueixa enquanto eu permanecia atrás, não podendo nem ao menos interrogá-la sobre sua nova vida.

Depois chegou o dia em que Abóbora se vestiu como gueixa aprendiz pela primeira vez e foi com Hatsumomo à Casa de Chá Mizuki, para a cerimônia que as uniria como irmãs. Mamãe e

Titia foram, mas eu não estava incluída. Mesmo assim parei perto delas, na entrada da casa, até Abóbora descer as escadas assistida pelas criadas. Usava um magnífico quimono negro com o emblema do *okiya* Nitta e um *obi* ameixa e ouro. Seu rosto estava pintado de branco pela primeira vez. Era de esperar que com os enfeites de cabelo e lábios vermelhos brilhantes ela parecesse orgulhosa e adorável. Mas achei que parecia antes preocupada. Tinha grande dificuldade em caminhar; os trajes e enfeites de uma gueixa aprendiz são muito pesados. Mamãe pôs uma câmera na mão de Titia e lhe disse que saísse para fotografar Abóbora com as fagulhas da pedra em suas costas pela primeira vez, para dar boa sorte. O resto de nós permaneceu apinhado na entrada, fora da vista. As criadas seguraram os braços de Abóbora enquanto ela enfiava os pés nos altos sapatos de madeira que chamamos *okobo*, que uma gueixa aprendiz usa sempre. Então Mamãe foi postar-se atrás de Abóbora e fez pose de quem vai tirar fagulhas de uma pedra, embora na verdade fosse sempre Titia ou uma das criadas a fazer isso. Quando finalmente a foto foi tirada, Abóbora cambaleou por alguns degraus da porta e virou-se para olhar para trás. As outras estavam indo reunir-se com ela, mas foi para mim que ela olhou, com uma expressão que parecia dizer quanto lamentava por todas as coisas terem saído daquele jeito.

No fim daquele dia Abóbora passou a ser oficialmente conhecida por seu novo nome de gueixa, Hatsumiyo. O "Hatsu" vinha de Hatsumomo, e embora devesse ajudar Abóbora ter um nome derivado de uma gueixa conhecida como Hatsumomo, não foi o que aconteceu. Muito poucas pessoas conheceram seu nome de gueixa; simplesmente a chamavam de Abóbora, como nós tínhamos feito.

Fiquei muito ansiosa por contar a Mameha sobre a estréia de Abóbora. Mas ela andava muito ocupada naqueles dias, viajando freqüentemente a Tóquio a pedido do seu *danna*, e assim por quase seis meses não nos vimos. Outras semanas se passaram antes de ela finalmente ter tempo de me chamar ao seu apartamento. Quando entrei a criada se engasgou; num momento depois, quando Mameha saiu do quarto dos fundos e também parecia engasgada, não consegui pensar no motivo. E quando me ajoelhei para fazer a mesura a Mameha e dizer como me sentia honrada por vê-la outra vez, ela nem prestou atenção em mim.

— Pelos deuses, faz tanto tempo assim, Tatsumi? — perguntou à criada. — Quase não reconheço Chiyo.

— Fico feliz de ouvi-la dizer isso, senhora — respondeu — Tatsumi. — Pensei que meus olhos tinham se enganado!

Fiquei admirada com o que estavam dizendo. Mas evidentemente os seis meses desde que não nos víamos tinham me transformado mais do que eu percebera; Mameha disse-me que virasse a cabeça para um lado e outro, e repetia:

— Santos deuses, ela se transformou numa jovem mulher!

Em certo momento Tatsumi inclusive me colocou de pé e me fez estender os braços para ela poder medir minha cintura e quadris com as mãos, depois me disse:

— Bem, não há dúvida de que um quimono vai servir no seu corpo como uma meia num pé.

Estou certa de que era um elogio, porque havia um olhar bondoso em seu rosto quando disse isso.

Finalmente Mameha pediu a Tatsumi que me levasse para o quarto dos fundos e me vestisse um quimono adequado. Eu chegara na roupa de algodão azul e branco que usara aquela manhã para minhas aulas na escola, mas Tatsumi me enfiou em algo de seda azul-marinho com um desenho de minúsculas rodas de carruagem em nuances de amarelo e vermelho brilhantes. Não era o mais belo quimono que já se viu, mas quando me olhei no espelho grande enquanto Tatsumi amarrava em minha cintura o *obi* verde brilhante, achei que, exceto pelos meus cabelos simples, eu podia ser confundida com uma jovem gueixa aprendiz a caminho de uma festa. Fiquei bem orgulhosa ao sair do quarto e achei que Mameha ia expirar forte de novo, ou coisa assim. Mas ela apenas se levantou, meteu na manga um lenço, e foi direto até a porta, onde meteu os pés num par de *zori* laqueados de verde e olhou para mim sobre o ombro.

— Então? — disse. — Você não vem?

Eu não tinha idéia do lugar aonde íamos. Mas estava excitada com a idéia de ser vista nas ruas com Mameha. A criada pegou um par de *zori* laqueados para mim, em um cinza suave. Coloquei-os e segui Mameha pelo túnel escuro da escada. Quando saímos para a rua, uma mulher mais idosa diminuiu o passo para fazer uma mesura para Mameha, e quase no mesmo movimento virou-se para fazê-lo para mim. Eu quase nem sabia que pensar disso, pois quase nunca alguém sequer me notava nas ruas. O sol claro ofuscara tanto meus olhos que não consegui distinguir se a conhecia ou não. Mas devolvi a mesura, e ela logo se fora. Achei que podia ser uma de minhas professoras, mas num instante depois o mesmo voltou a acontecer — desta vez com uma jovem gueixa que eu muitas vezes admirara, mas que jamais me lançara um olhar.

Subimos a rua com quase todos os que passavam dizendo algo a Mameha ou pelo menos fazendo-lhe uma mesura, e depois dando-me um pequeno sinal de cabeça ou outra mesura. Parei várias vezes para devolver a mesura, e assim fiquei um passo ou dois atrás de Mameha. Ela podia ver minha dificuldade, e me levou a uma rua calma para me mostrar o modo adequado de caminhar. Explicou que meu problema era não ter aprendido a mover a parte superior do corpo independente da inferior. Sempre que precisava fazer uma mesura eu parava de andar.

— Reduzir o passo mostra respeito — ela disse. — Quanto mais reduzir o passo, maior o respeito. Você pode parar inteiramente para fazer uma mesura a alguma de suas professoras, mas para todas as outras pessoas não reduza o passo mais do que precisa, ou, pelos deuses, você nunca chegará a lugar algum. Mantenha o ritmo que puder, dando passinhos pequenos para que a bainha do seu quimono continue esvoaçando. Quando caminha, uma mulher deve dar a impressão de ondas sobre um banco de areia.

Treinei subir e descer a ruela como Mameha descrevera, olhando para meus pés para ver se meu quimono esvoaçava corretamente. Quando Mameha ficou satisfeita, seguimos adiante.

Vi que a maior parte dos cumprimentos tinham um ou dois padrões simples. Jovens gueixas, quando passávamos por elas, habitualmente reduziam o passo ou paravam fazendo uma funda mesura a Mameha, que respondia com uma palavra bondosa ou duas e com um pequeno aceno de cabeça; então a jovem gueixa me lançava uma espécie de olhar intrigado e uma mesura insegura, que eu devolvia mais funda — pois era mais jovem do que todas as mulheres que encontrávamos. Quando passávamos por uma mulher idosa ou de meia-idade, quase sempre Mameha fazia a mesura antes; então a mulher devolvia uma mesura respeitosa, mas não tão funda quanto a de Mameha, e depois me olhava de cima a baixo antes de me dar um pequeno aceno de cabeça. Eu sempre respondia com a mais funda mesura que podia fazer mantendo meus pés em movimento.

Naquela tarde contei a Mameha sobre a estréia de Abóbora. E esperei que meses depois ela dissesse que chegara a hora de começar o meu aprendizado também. Em vez disso, passou-se a primavera e o verão também, sem que ela dissesse nada disso. Em contraste com a vida excitante que Abóbora levava agora, eu só tinha aulas e tarefas, bem como quinze ou vinte minutos que

Mameha passava comigo várias tardes da semana. Às vezes eu me sentava em seu apartamento enquanto ela me ensinava alguma coisa que eu precisava saber. Mas mais freqüentemente ela me vestia um de seus quimonos e me levava por Gion, realizando pequenas tarefas ou visitando o seu adivinho ou seu peruqueiro. Mesmo quando chovia e ela nada tinha a fazer na rua, andávamos sob sombrinhas laqueadas de loja em loja para conferir quando chegaria a nova carga de perfumes da Itália, ou se certo conserto de quimono estava pronto, embora não tivesse sido marcado senão para a semana seguinte.

Primeiro pensei que Mameha talvez me levasse para poder me ensinar coisas como postura adequada — pois me batia constantemente nas costas com seu leque fechado para que eu me parasse mais reta — e como me portar com as pessoas. Mameha parecia conhecer todo mundo, e sempre fazia questão de sorrir ou dizer algo agradável, até às criadas mais jovens, porque entendia bem que devia sua alta posição a pessoas que pensavam dela com grande respeito. Mas um dia, enquanto saíamos de uma livraria entendi de repente o que ela realmente estava fazendo. Não tinha interesse especial em ir à livraria, ou ao peruqueiro, ou ao vendedor de tecidos. As coisas que fazia na rua não eram muito importantes, e podia ter enviado uma de suas criadas. Ela fazia isso para que as pessoas em Gion nos vissem juntas pelas ruas. Estava adiando a minha estréia para que todo mundo me notasse antes.

Numa tarde ensolarada de outubro saímos do apartamento de Mameha e seguimos rio abaixo ao longo das margens do Shirakawa, observando as flores das cerejeiras esvoaçando até a água. Muitas outras pessoas passeavam ali pelo mesmo motivo, e como era de esperar todas cumprimentavam Mameha. Em quase todos os casos, ao cumprimentarem Mameha também cumprimentavam a mim.

— Você vai ser bastante conhecida, não acha? — ela me disse.

— Acho que as pessoas cumprimentariam até uma ovelha que estivesse andando junto de Mameha-san.

— Especialmente uma ovelha — ela disse —, pois seria bem inusitado. Mas na verdade muita gente me pergunta sobre a menina com os lindos olhos cinzentos. Ainda não aprenderam seu nome, mas não faz diferença. De qualquer modo, você não vai se chamar Chiyo por muito tempo.

— Mameha-san, quer dizer...

— Quero dizer que andei falando com Waza-san — era o nome de seu adivinho —, e ele sugeriu o terceiro dia de novembro para a sua estréia.

Mameha parou para me observar enquanto eu ficava parada hirta como uma árvore, olhos do tamanho de biscoitos de arroz. Não gritei nem bati palmas, mas estava tão encantada que nem conseguia falar. Finalmente fiz uma mesura para Mameha e agradeci.

— Você será uma excelente gueixa — ela disse —, mas será melhor ainda se cuidar do que seus olhos dizem.

— Nunca me dei conta de que dizem alguma coisa — eu disse.

— Pois são a parte mais expressiva do corpo de uma mulher, especialmente em seu caso. Fique um momento parada aí, vou lhe mostrar.

Mameha dobrou a esquina, deixando-me sozinha na rua quieta. Um momento depois veio andando e passou por mim com os olhos voltados para um lado. Tive a impressão de que estava com medo do que aconteceria se olhasse em minha direção.

— Se você fosse um homem — comentou ela —, o que iria pensar?

— Que você estava tão concentrada evitando-me que não podia pensar em outra coisa.

— Não seria possível que eu estivesse apenas olhando as calhas junto da base destas casas?

— Mesmo que estivesse, eu pensaria que estava evitando olhar para mim.

— É disso que estou falando. Uma moça com um perfil deslumbrante nunca dará *acidentalmente* o recado errado a um homem. Mas os homens vão notar os seus olhos e imaginar que está dando mensagens com eles, mesmo que não esteja. Agora me observe mais uma vez.

Mameha voltou para a esquina, e dessa vez retornou com os olhos no chão, andando de um jeito especialmente sonhador. Então, quando se aproximou de mim, seus olhos se ergueram e encontraram os meus só um instante, e desviaram-se muito depressa. Devo dizer que senti um choque elétrico; se fosse um homem, eu pensaria que ela se entregara por um momento a fortes sentimentos contra os quais lutava.

— Se eu posso dizer isso com olhos comuns como os meus — ela me disse —, imagine quanto poderá dizer com os seus. Não me surpreenderia se conseguisse fazer um homem desmaiar na rua.

— Mameha-san! — eu disse. — Se eu tivesse o poder de fazer um homem desmaiar, estou certa de que saberia disso.

— Pois me surpreende que não saiba. Vamos concordar então em que você estará pronta para debutar assim que fizer um homem interromper seu passo apenas lançando-lhe um olhar.

Eu estava tão ansiosa por debutar que mesmo que Mameha me desafiasse a derrubar uma árvore com um olhar, eu certamente teria tentado. Perguntei se teria a bondade de andar comigo enquanto eu experimentasse com alguns homens, e ela concordou contente. Meu primeiro encontro foi com um homem tão velho que parecia um quimono recheado de ossos. Ele subia lentamente a rua com a ajuda de uma bengala, e seus óculos estavam tão sujos que não me teria surpreendido se topasse direto com a quina de uma casa. Ele nem me percebeu. Assim continuamos para a Avenida Shijo. Logo vi dois homens de negócios em ternos ocidentais, mas não tive mais sorte com eles. Acho que reconheceram Mameha, ou talvez simplesmente a achassem mais bela do que eu, pois não tiravam os olhos dela.

Eu estava por desistir quando vi um menino de entregas de talvez uns vinte anos carregando uma bandeja com embalagens de almoço. Naqueles dias, muitos restaurantes em Gion faziam entregas, e mandavam um rapaz durante a tarde pegar as embalagens vazias. Habitualmente eram metidas num cesto levado na mão ou amarrado numa bicicleta; não sei por que aquele jovem usava uma bandeja. Seja como for, ele estava a meio quarteirão, andando para o meu lado. Pude ver Mameha olhando direto para ele, e então ela disse:

— Faça-o deixar cair as bandejas.

Antes que eu pudesse decidir se ela estava brincando, Mameha se virou para outra rua e desapareceu.

Acho que não é possível uma garota de catorze anos — ou uma mulher de qualquer idade — fazer um rapaz largar uma coisa só olhando para ele de certa maneira; acho que essas coisas acontecem em livros e filmes. Mas eu teria desistido sem tentar, se não tivesse notado duas coisas. Primeiro, o rapaz já estava me olhando como um gato faminto olharia um rato. Segundo, a maior parte das ruas de Gion não tinham meio-fio, mas aquela tinha, e o rapaz estava andando na rua junto dele. Se eu o pudesse interromper para que subisse na calçada e tropeçasse no meio-fio, ele talvez largasse a bandeja. Comecei mantendo os olhos no chão à minha frente, depois tentei fazer o que Mameha fizera comigo minutos atrás. Ergui os olhos até encontrarem os do rapaz por um momento, e desviei o olhar rapidamente. Depois de mais alguns passos repeti tudo isso. Mas desta vez ele me olhava tão intensamente que decerto esqueceu a bandeja no braço e o meio-fio junto de seus pés. Quando estávamos bem próximos mudei meu curso levemente para me aproximar dele, de modo que não conseguiria passar por mim sem pisar no meio-fio, e aí olhei direto nos seus olhos. Ele tentava sair do meu caminho. E como eu esperava, seus pés tropeçaram no meio-fio e ele caiu de lado, espalhando na calçada as embalagens de comida. Não pude deixar de rir! Alegra-me dizer que o rapaz riu também. Ajudei-o a pegar as embalagens, e lancei-lhe um pequeno sorriso antes que ele se curvasse para mim, mais fundo do que jamais homem algum fizera antes, e seguiu seu caminho.

Encontrei-me logo depois com Mameha, que vira tudo.

— Acho que talvez você esteja tão preparada como necessita estar — ela disse. E me levou pela avenida principal ao apartamento de Waza-san, seu adivinho, e o fez procurar datas auspiciosas para os vários eventos que levariam à minha estréia — como ir ao altar anunciar minhas intenções aos deuses, mandar pentear meu cabelo pela primeira vez, e realizar a cerimônia que me tornaria irmã de Mameha.

Naquela noite eu nem dormi. O que tanto tempo tinha desejado finalmente aconteceria, e ah, meu estômago se revirava! A idéia de vestir aquelas roupas delicadas que tanto admirava e de me apresentar numa sala cheia de homens bastava para fazer as palmas de minhas mãos ficarem escorregadias de suor. Toda vez que pensava nisso eu sentia uma deliciosa excitação que formigava desde meus joelhos até meu peito. Imaginei-me numa casa de chá abrindo a porta para uma sala de tatames. Os homens virariam as cabeças para me olhar; e naturalmente eu via o Presidente no meio deles. Às vezes imaginava-o sozinho numa sala, não usando o terno ocidental, mas o traje japonês que os homens vestiam à noite para relaxar. Em seus dedos, macios como madeira tirada do mar, ele segurava uma taça de saquê; mais do que tudo no mundo, eu o queria encher de saquê e sentir seus olhos em mim enquanto o fazia.

Eu podia não ter mais de catorze anos, mas parecia-me já ter vivido duas vidas. A nova ainda estava começando, embora a velha tivesse terminado havia algum tempo. Vários anos tinham se passado desde que eu soubera das tristes notícias sobre minha família, e era surpreendente para mim quanto a paisagem de minha mente se transformara. Todos sabemos que uma paisagem invernosa, embora possa estar coberta por um dia, até com as árvores vestidas em xales de neve, estará irreconhecível na primavera seguinte. Mas eu jamais imaginara que isso pudesse ocorrer dentro de nós. Logo que soubera das notícias de minha família, fora como se eu ficasse coberta por um lençol de neve. Mas com o tempo o terrível frio degelara revelando uma paisagem que eu não vira nem imaginara antes. Não sei se fará sentido para você, mas minha mente, na véspera da minha estréia, era como um jardim em que as flores apenas começaram a mostrar seus rostinhos acima da terra, de modo que ainda é impossível saber como realmente se parecerão. Eu estava tremendo de excitação. E nesse jardim da minha mente havia uma estátua, exatamente no centro. Era a imagem da gueixa que eu queria me tornar.

capítulo catorze

O uvi dizer que a semana em que uma jovem se prepara para debutar como gueixa aprendiz é como quando uma lagarta se transforma em borboleta. É uma idéia encantadora; mas não consigo imaginar por que se criaria essa idéia. Uma lagarta só precisa tecer seu casulo e cochilar algum tempo, e no meu caso, sei que nunca tive uma semana mais cansativa. O primeiro passo foi mandar arrumar meu cabelo como o de uma gueixa aprendiz, o estilo "pêssego partido", que já mencionei. Gion tinha muitos cabeleireiros naqueles dias. O de Mameha trabalhava numa sala terrivelmente apinhada sobre um restaurante de enguias. Tive de passar quase duas horas esperando minha vez com seis ou oito gueixas ajoelhadas aqui e ali, inclusive no patamar da escada. Lamento dizer que o odor de cabelo sujo dominava tudo. Os penteados elaborados que as gueixas usavam naqueles dias exigiam tanto esforço e despesa que ninguém ia ao cabeleireiro mais do que uma vez por semana, ou coisa assim. No fim desse período nem os perfumes que punham no cabelo adiantavam muito.

Quando finalmente chegou minha vez, a primeira coisa que o cabeleireiro fez foi inclinar-me sobre uma grande pia numa posição que me fez pensar que iria me decapitar. Depois despejou um balde de água quente em meu cabelo e começou a esfregar com sabonete. Na verdade, "esfregar" não é forte o bastante, porque o que ele fazia em meu couro cabeludo com os dedos era antes o que um trabalhador faz com uma enxada num campo. Pensando nisso agora, sei por quê. Caspa é um grande problema entre as gueixas, e poucas coisas são mais desagradáveis e fazem o cabelo parecer mais sujo. O cabeleireiro podia ter as melhores razões, mas algum tempo depois meu couro cabeludo estava tão sensível que eu quase chorei de dor. Por fim ele me disse:

— Vamos, chore se tiver vontade. Por que acha que a botei em cima de uma pia?

Acho que era a sua idéia de uma piada inteligente, porque depois de dizer isso ele riu alto.

Quando esfregara bastante suas unhas em minha cabeça, ele me sentou numa das esteiras de um lado, e passou um pente de madeira por meu cabelo até os músculos de meu pescoço ficarem doloridos. Por fim contentou-se ao ver que não havia mais nós, e penteou meu cabelo com óleo de camélias, dando-lhe um brilho encantador. Eu começava a pensar que o pior tinha passado, mas aí ele pegou uma barra de cera. Devo dizer que mesmo com óleo de camélias como lubrificante, e um ferro quente para amaciar a cera, cabelo e cera não combinam. Foi uma demonstração de quanto somos civilizados, o fato de uma jovem se sentar voluntariamente permitindo que um adulto penteasse seu cabelo com cera sem fazer nada além de choramingar silenciosamente. Se você tentar isso com um cachorro, ele morderá tanto que você poderá espiar pelos buracos em suas mãos.

Quando meu cabelo estava todo encerado, o cabeleireiro penteou para trás a parte da frente e levantou o resto num grande coque como uma almofadinha no alto da cabeça. Visto de trás, esse travesseirinho tem uma fenda, como se cortado em dois, que lhe dá o nome de "pêssego partido".

Embora eu usasse esse penteado vários anos, há nele algo que nunca me ocorreu a não ser bem depois, quando um homem o explicou. O nó — que chamei de "almofadinha" — forma-se enrolando o cabelo em volta de um pedaço de tecido. Atrás, onde o nó se parte, o tecido fica visível. Pode ser de qualquer cor ou desenho, mas no caso de uma gueixa aprendiz é sempre de seda vermelha. Certa noite um homem me disse:

— A maior parte dessas menininhas inocentes não tem idéia de quanto esse penteado "pêssego partido" realmente é provocante! Imagine você estar andando atrás de uma jovem gueixa pensando toda a sorte de coisas indecentes que quer fazer com ela, e de repente vê em sua cabeça aquela forma de pêssego partido com uma grande mancha rubra dentro da fenda... E em que você pensa?

Não pensei coisa nenhuma e lhe disse isso.

— Você não está usando sua imaginação! — ele me disse.

Um momento depois entendi e fiquei tão vermelha que ele começou a rir.

Voltando ao *okiya*, não me importei de sentir meu pobre couro cabeludo como a argila deve se sentir depois que o ceramista a raspou com um pauzinho afiado. Toda vez que me via refletida numa vitrine sentia que agora eu devia ser levada a sério; não era mais uma menina, mas uma jovem mulher. Quando cheguei ao *okiya*, Titia me fez mostrar meu penteado e fez uma porção de comentários elogiosos. Nem Abóbora resistiu, e me rodeou mais uma vez admirativamente — embora Hatsumomo ficasse zangada se soubesse disso. E qual pensa que foi a reação de Mamãe? Ficou nas pontas dos pés para ver melhor — o que não adiantou muito, pois eu já era mais alta que ela —, depois queixou-se de que eu devia ter ido ao cabeleireiro de Hatsumomo, e não ao de Mameha.

No começo toda jovem gueixa se orgulha de seu penteado, mas acaba tendo ódio dele em três ou quatro dias. Porque, você vê, se uma moça chega exausta do cabeleireiro e deita a cabeça no travesseiro para cochilar como fez na noite anterior, seu cabelo vai ficar amassado. Assim que acorda, terá de voltar direto ao cabeleireiro. Por isso uma jovem gueixa aprendiz tem de aprender a dormir de um jeito novo depois que seu cabelo foi penteado assim pela primeira vez. Não usa um travesseiro normal mas um *takamakura* — que já mencionei antes. Não é bem um travesseiro, mas um suporte para a base do pescoço. A maioria é forrada com um saquinho de casca de trigo, mas mesmo assim não é muito melhor do que botar a nuca numa pedra. A gente fica deitada no *futon* com o cabelo suspenso no ar, pensando que está tudo bem até pegar no sono. Mas quando acorda acabou se mexendo e sua cabeça se acomodou na esteira, e o penteado está tão achatado como se você nem tivesse usado um travesseiro alto. No meu caso, Titia me ensinou a evitar isso botando uma bandeja de farinha de arroz na esteira debaixo do meu cabelo. Sempre que minha cabeça escorregava durante o sono, meu cabelo caía na farinha, que se grudava à cera, arruinando meu penteado. Eu já vira Abóbora passar por essa provação. Agora era minha vez. Por algum tempo acordei todas as manhãs com o cabelo desmanchado, tendo de esperar na fila para ser torturada pelo cabeleireiro.

177

Todas as tardes na semana antes da minha estréia Titia me vestia com os trajes completos de uma gueixa aprendiz e me fazia caminhar pelo corredor de terra do *okiya* para me fortalecer. No começo eu mal conseguia andar, e tinha medo de cair de costas. Jovens se vestem de maneira muito mais complicada do que mulheres mais velhas, você sabe, o que significa cores mais brilhantes e tecidos mais chamativos, mas também um *obi* mais longo. Uma mulher madura usa o *obi* amarrado atrás, do jeito que chamamos "nó de tambor", porque forma uma almofadinha bem arrumada. Isso não exige muito tecido. Mas uma moça mais jovem, com cerca de vinte anos mais ou menos, usa o seu *obi* de maneira mais chamativa. No caso de uma aprendiz, significa a moda mais dramática de todas, o *darari-obi* — "*obi* pendente" —, com laço subindo quase até as omoplatas, pontas penduradas quase até o chão. Por mais colorido que o quimono seja, o *obi* é sempre muito mais colorido. Quando uma gueixa aprendiz caminha pela rua à sua frente, você não nota logo o seu quimono, mas muito antes o *obi* colorido e pendente — com apenas uma beirada do quimono aparecendo nos ombros e nos lados. Para conseguir esse efeito, o *obi* tem de ser tão comprido que se estenda de um canto do quarto a outro. Mas não é o comprimento do *obi* que o torna difícil de usar; é o peso, pois quase sempre é feito de pesado brocado de seda. Só levá-lo escadas acima é cansativo, de modo que pode imaginar o que é usá-lo — a parte grossa esmagando você no meio como uma daquelas cobras horrendas, e o tecido pesado pendurado atrás, dando-lhe a sensação de que alguém amarrou um tronco de árvore em suas costas.

Para piorar ainda mais as coisas, o quimono também é pesado, com longas mangas esvoaçantes. Não falo de mangas que caiam até o solo. Você pode ter notado que quando uma mulher usa um quimono e estende os braços, o tecido embaixo da manga pende, formando uma espécie de bolso. Esse bolso fofo, que chamamos *furi*, é a parte comprida no quimono de uma gueixa aprendiz. Pode arrastar no chão se a moça não tomar cuidado. E quando ela dança, certamente vai pisar nas mangas se não as enrolar várias vezes no braço para as tirar do caminho.

Anos mais tarde, certa noite um famoso cientista da Universidade de Kioto, muito bêbado, disse algo sobre o traje de uma gueixa aprendiz que nunca esqueci.

— O mandril da África central muitas vezes é considerado o mais exibido dos primatas — ele disse. — Mas acho que a gueixa aprendiz de Gion talvez seja o primata mais colorido de todos!

Finalmente chegou o dia em que Mameha e eu realizaríamos a cerimônia que nos ligaria como irmãs. Tomei banho cedo e passei o resto da manhã me vestindo. Titia me ajudou com os toques finais de maquilagem e cabelo. Como a cera e a maquilagem cobriam minha pele, eu tinha a sensação de ter perdido toda a sensibilidade do rosto; sempre que tocava minha face eu só sentia vagamente a pressão do dedo. Fiz isso tantas vezes que Titia teve de refazer minha maquilagem. Depois, quando me analisei no espelho, tinha acontecido uma coisa muito estranha. Eu sabia que a pessoa ajoelhada diante da mesa de maquilagem era eu, mas assim também pensava aquela menina estranha que me encarava. Na verdade, estendi a mão para a tocar e fiquei espantada com o frio vidro entre nós. Ela usava a magnífica maquilagem de uma gueixa. Seus lábios eram de um vermelho forte num rosto branco como giz, faces pintadas de um rosa suave. Seu cabelo era enfeitado de flores de seda e galhinhos de arroz. Usava um quimono formal preto, com o emblema do *okiya* Nitta. Quando finalmente consegui me pôr de pé, fui ao saguão e me contemplei atônita no espelho grande. Começando pela bainha de meu vestido, um dragão bordado se enroscava da parte inferior do traje até o meio de minha coxa. Sua juba era tecida de fios laqueados com uma linda cor vermelha. Suas garras e dentes eram de prata, os olhos, dourados — ouro de verdade. Não pude impedir as lágrimas de me subirem aos olhos, e tive de olhar direto para o teto para evitar que corressem pelas minhas faces. Antes de deixar o *okiya* peguei o lenço que o Presidente me dera e o enfiei no *obi* para me dar boa sorte.

Titia acompanhou-me ao apartamento de Mameha, onde expressei minha gratidão a Mameha e prometi honrá-la e respeitá-la. Então fomos as três ao Altar Gion, onde Mameha e eu batemos palmas e anunciamos aos deuses que logo estaríamos ligadas como irmãs. Rezei para que me favorecessem nos anos futuros, e então fechei os olhos e agradeci por me terem concedido o desejo que eu tivera três anos e meio antes, de me tornar uma gueixa.

A cerimônia aconteceria na Casa de Chá Ichiriki, que é certamente a mais conhecida do Japão inteiro. Tem uma bela história, em parte por causa de um famoso samurai que se escondeu ali no começo de 1700. Se você alguma vez ouviu a história dos quarenta e sete Ronin, que vingaram a morte de seu mestre e depois se suicidaram pelo *sepukku*: bem, foi o líder deles que se escondeu na Casa de Chá Ichiriki enquanto tramava a vingança. A maior parte das casas de chá de primeira categoria em Gion são invisíveis da rua, exceto pelas suas entradas simples, mas a Ichiriki é tão óbvia quanto uma maçã numa árvore. Fica num canto proeminente da Avenida Shijo, rodeada por uma parede lisa cor de abricó com telhado de telhas. Pareceu-me um verdadeiro palácio.

Lá apareceram também as duas irmãs mais jovens de Mameha e Mamãe. Quando nos reunimos no pátio externo uma criada nos conduziu pelo *hall* de entrada e por um lindo corredor sinuoso até uma pequena sala com tatames, no fundo. Eu nunca tinha estado em local tão elegante. Cada peça de madeira brilhava. As paredes de reboco eram perfeitas. Cheirei a fragrância doce e poeirenta do *kuroyaki* — "calcinado" —, tipo de perfume que se faz calcinando madeira e moendo-a em uma poeira cinza macia. É muito antiquado, e até Mameha, que era uma gueixa bem tradicional, preferia algo mais ocidental. Mas todo o *kuroyaki* usado por gerações de gueixas ainda assombrava o Ichiriki. Até hoje tenho um pouco, que guardo num potinho de madeira. E quando sinto o cheiro, parece que voltei àquele lugar.

A cerimônia, assistida pela dona da Ichiriki, durou apenas uns dez minutos. Uma criada trouxe uma bandeja com várias taças, e Mameha e eu bebemos juntas. Tomei três golinhos de uma taça e passei a ela, que bebeu outros três golinhos. Fizemos isso com três taças diferentes, e estava tudo terminado. A partir daquele instante eu já não era conhecida como Chiyo. Era a gueixa noviça Sayuri. Durante o primeiro mês de aprendizado, uma jovem gueixa é conhecida como "noviça" e não pode realizar danças nem entreter sozinha sem sua irmã mais velha, e de fato pouco faz além de observar e aprender. Quanto ao meu nome, Sayuri, Mameha trabalhara longo tempo com seu adivinho para o escolher. O som do nome não é só o que importa, você sabe; o significado dos caracteres é muito importante também, e assim o número de traços usados para escrevê-los — pois há números de traços que dão sorte e outros que dão azar. Meu novo nome vinha de "sa", significando "junto", "yu", do signo zodiacal da Galinha — a fim de contrabalançar outros elementos em minha personalidade —, e "ri": "entendimento". Todas as combinações envolvendo um elemento do nome de Mameha infelizmente tinham sido declaradas de mau agouro pelo adivinho.

Achei Sayuri um lindo nome, mas era estranho não ser mais Chiyo. Depois da cerimônia fomos a outro aposento para um almoço de "arroz vermelho", feito de arroz misturado com feijões vermelhos. Belisquei um pouco, estranhamente inquieta, sem me sentir num estado de espírito de comemoração. A dona da casa de chá me fez uma pergunta, e quando a ouvi chamar-me de "Sayuri" entendi o que estava me incomodando. Era como se a menininha chamada Chiyo, correndo descalça da lagoa até sua casa bêbada, já não existisse. Senti que essa nova moça, Sayuri, com seu rosto branco brilhante e lábios vermelhos, a tinha destruído.

Mameha planejava passar o começo da tarde conduzindo-me por Gion para me apresentar às donas das várias casas de chá e okiya com que se relacionava. Mas não saímos logo depois do almoço. Em vez disso ela me levou a um quarto na Ichiriki e pediu que eu me sentasse. Naturalmente uma gueixa nunca realmente se "senta" enquanto está de quimono. O que chamamos sentar é provavelmente o que outras pessoas chamariam ajoelhar-se. Seja como for, depois que eu o fizera ela fez uma careta e me mandou repetir. Os trajes eram tão desajeitados que tive de tentar várias vezes até conseguir corretamente. Mameha me deu um pequeno enfeite em forma de porongo e mostrou como eu o devia usar pendurado no obi. O porongo, sendo oco e leve, é tomado como contraparte do peso do corpo, sabe, e muitas jovens aprendizes desajeitadas se apóiam nisso para não cair.

Mameha falou algum tempo comigo, e depois, quando estávamos prontas para sair, pediu-me que lhe servisse uma xícara de chá. O bule estava vazio mas ela me disse que fingisse mesmo assim. Queria ver como eu segurava a minha manga para que não estorvasse. Achei que sabia exatamente o que ela estava procurando e tentei o melhor que podia, mas Mameha ficou insatisfeita.

— Antes de mais nada — disse ela —, de quem é a xícara que está enchendo?

— Sua! — eu disse.

— Bom, por amor dos céus, não precisa me impressionar. Finja que sou outra pessoa. Sou um homem ou uma mulher?

— Homem — eu disse.

— Tudo bem, então tente de novo.

Fiz isso, e Mameha quase quebrou o pescoço tentando espiar pela minha manga acima enquanto eu estendia o braço.

— Que tal isso? — perguntou. — Por que é exatamente o que vai acontecer se você levantar tanto seu braço.

Tentei servir chá de novo com o braço mais baixo. Dessa vez ela fingiu bocejar, e então virou-se e começou a conversar com uma gueixa imaginária sentada do seu outro lado.

— Acho que está tentando me dizer que eu a entediei — eu disse. — Mas como posso entediá-la só de servir chá?

— Você pode não querer que eu espie pela sua manga acima, mas isso não significa que tenha de ser tão cheia de pudor! Um homem só se interessa por uma coisa. Acredite, você vai entender muito em breve do que estou falando. Enquanto isso, pode deixá-lo feliz permitindo que pense que você lhe permite divisar partes de seu corpo que ninguém mais pode ver. Se uma gueixa aprendiz age como você acaba de fazer — servindo chá feito uma criada —, o pobre homem perderá toda a esperança. Tente de novo, mas primeiro mostre-me seu braço.

Levantei a manga acima do cotovelo e estendi o braço para que ela o visse. Ela o pegou, virou-o em suas mãos, olhando em cima e embaixo.

— Você tem um braço lindo; pele magnífica. Deve assegurar-se de que todo homem sentado perto de você o veja pelo menos uma vez.

Prossegui servindo chá de novo e de novo, até Mameha estar satisfeita quando tirei a manga do caminho o bastante para mostrar meu braço sem ser óbvia demais. Eu ficaria ridícula erguendo a manga até o cotovelo. O truque era agir como se apenas o estivesse repuxando um pouco enquanto ao mesmo tempo o erguia um dedo acima do pulso para dar a ver meu braço. Mameha disse que a parte mais bonita do braço é a inferior, de modo que eu devia sempre segurar o bule de modo que o homem visse a parte inferior, não a superior do meu braço.

Pediu-me que o fizesse de novo, dessa vez fingindo que servia chá para a dona da Ichiriki. Mostrei meu braço do mesmo jeito, e Mameha logo fez careta.

— Pelos deuses, eu sou uma mulher — ela disse. — Por que me mostra seu braço desse jeito? Está só tentando me deixar zangada.

— Zangada?

— O que mais posso pensar? Você me mostra como é jovem e bela, enquanto eu já sou velha e decrépita. A não ser que o estivesse fazendo só para ser vulgar...

— Como é vulgar?

— Por que outra razão você faria questão de me mostrar a parte inferior do braço? Pode também me mostrar a planta do pé, ou a parte interna da coxa. Se por acaso eu divisar algo aqui ou ali, tudo bem. Mas fazer questão de me mostrar isso!

Então servi mais algumas vezes e aprendi mais postura e método adequados. Finalmente Mameha anunciou que estávamos prontas para sair juntas em Gion.

A essa altura fazia várias horas que eu estava usando o traje completo de uma gueixa aprendiz. Agora tinha de tentar andar por Gion nos sapatos que chamamos *okobo*. São bem altos e feitos de madeira, com adoráveis correias laqueadas que seguram o sapato no pé. A maior parte das pessoas acha muito elegante o modo como se inclinam, de maneira que a pegada atrás tem metade do tamanho da da frente. Mas achei difícil caminhar com eles delicadamente. Era como se tivesse telhas amarradas nas plantas dos pés.

Mameha e eu paramos umas vinte vezes, em vários *okiya* e casas de chá, embora não passássemos mais de cinco minutos em cada um. Habitualmente uma criada atendia à porta, e Mameha pedia educadamente para falar com a dona: então, quando ela aparecia, Mameha lhe dizia: "Queria lhe apresentar minha irmã mais nova, Sayuri", eu fazia uma mesura muito funda e dizia: "Por favor, senhora, imploro a sua indulgência." A dona e Mameha trocavam algumas palavras e íamos embora. Em alguns lugares nos serviam chá e talvez passássemos uns cinco minutos ali. Mas eu relutava muito em beber chá e só umedecia os lábios. Usar o banheiro de quimono é uma das coisas mais difíceis de aprender, e eu não estava certa de tê-lo aprendido corretamente.

Seja como for, em uma hora eu estava tão exausta que mal podia me impedir de gemer. Mas mantivemos nosso ritmo. Naqueles dias eu acho que devia haver trinta a quarenta casas de chá de primeira linha em Gion, e mais umas cem um pouco inferiores. Claro que não podíamos visitar todas. Fomos a umas quinze ou dezesseis onde Mameha estava habituada a entreter. Quanto aos *okiya*, devem ter sido centenas, mas fomos apenas a uns poucos onde Mameha mantinha alguma relação.

Logo depois das três tínhamos acabado. Tudo o que eu queria no mundo agora era voltar ao *okiya* e dormir um longo tempo. Mas Mameha tinha planos para mim naquela noite. Eu iria ao meu primeiro compromisso como gueixa noviça.

— Vá tomar um banho — ela me disse. — Andou transpirando muito, e sua maquilagem se desfez.

Você entende, era um dia quente de outono, e eu estivera trabalhando duro.

De volta ao *okiya*, Titia me ajudou a me despir e depois teve piedade, e me deixou cochilar por meia hora. Eu recuperara as suas boas graças, agora que superara meus erros tolos e meu futuro parecia ainda mais brilhante do que o de Abóbora. Depois do cochilo ela me despertou e corri à casa de banhos o mais depressa que podia. Pelas cinco terminara de me vestir e aplicar a maquilagem. Estava incrivelmente excitada, como pode imaginar, porque anos a fio passara observando Hatsumomo e ultimamente Abóbora partindo de tarde e de noite, lindíssimas, e agora finalmente chegara a minha vez. O evento daquela noite, o primeiro que eu presenciaria, seria um banquete no Hotel Kansai International. Banquetes são acontecimentos rígidos e formais, com todos os convidados ombro a ombro formando um tipo de U ao redor de um grande aposento de tatames, e bandejas de comida em pequenos suportes à sua frente. As gueixas, que estão ali para entretê-los, movem-se em torno do centro da sala — dentro do U formado pelas bandejas — e passam apenas poucos minutos ajoelhadas diante de cada convidado para servir saquê e conversar. Não é o que se chama um acontecimento excitante; e como noviça meu papel era ainda menos interessante do que o de Mameha. Eu ficava do lado dela feito uma sombra. Sempre que se apresentava, eu fazia o mesmo, com uma funda mesura, dizendo: "Meu nome é Sayuri. Sou noviça e imploro a sua indulgência." Depois disso eu não dizia mais nada, e ninguém falava comigo.

Pelo fim do banquete as portas em uma extremidade do aposento foram abertas e Mameha e outra gueixa dançaram juntas, uma dança conhecida como *Chi-yo no Tomo* — "Amigas para sempre". É uma peça encantadora sobre duas mulheres devotadas que se encontram depois de longa ausência. A maior parte dos homens sentava-se todo o tempo palitando os dentes; eram executivos de uma grande empresa que fabricava válvulas de borracha ou coisa assim, e estavam em Kioto para seu banquete anual. Acho que nem um deles saberia a diferença entre dançar e sonambular. Eu, de minha parte, estava extasiada. Gueixas em Gion sempre usam um leque como apoio quando dançam, e Mameha era especialmente boa nesses movimentos. Primeiro fechou o leque e, enquanto girava o corpo em círculo, acenava-o delicadamente com o pulso para sugerir uma corrente de água passando. Depois abria-o, e tornava-se uma taça na qual sua companheira derramava saquê para ela beber. Como eu disse, a dança era adorável, e assim era a música tocada no *shamisen* por uma gueixa terrivelmente magra com olhos úmidos.

Em geral um banquete formal não dura mais que duas horas. Assim pelas oito estávamos outra vez na rua. Eu estava mesmo me virando para agradecer a Mameha e dar-lhe boa-noite, quando ela me disse:

— Bem, pensei em mandar você para a cama agora, mas parece tão cheia de energia. Estou indo para a Casa de Chá Komoriya. Venha comigo e verá pela primeira vez uma festa informal. O melhor será começarmos a exibir você quanto antes.

Eu não podia lhe dizer que estava cansada demais. De modo que engoli meus verdadeiros sentimentos e segui Mameha pela rua.

A festa, como ela me explicou enquanto andávamos, seria dada pelo Diretor do Teatro Nacional de Tóquio. Ele conhecia todas as gueixas importantes em quase todos os distritos de gueixas no Japão; e embora provavelmente fosse muito cordial quando Mameha me apresentasse, eu não devia esperar que ele dissesse muita coisa. Minha única responsabilidade era certificar-me de estar sempre bonita e atenta.

— Cuide de que não aconteça nada que a faça ficar menos bonita — avisou-me ela.

Entramos na casa de chá e fomos conduzidas por uma criada a uma sala no segundo andar. Eu quase nem me atrevi a espiar quando Mameha se ajoelhou e abriu a porta para os lados, mas pude ver sete ou oito homens sentados em almofadas em torno de uma mesa, com umas quatro gueixas. Fizemos a mesura e entramos, e depois nos ajoelhamos nas esteiras para fechar a porta atrás de nós — pois é assim que uma gueixa entra numa sala. Primeiro cumprimentamos as outras gueixas, como Mameha me dissera para fazer, depois o anfitrião, numa ponta da mesa, e depois os outros convidados.

— Mameha-san! — disse uma das gueixas. — Você chegou bem na hora de nos contar aquela história sobre Konda-san, o fabricante de perucas.

— Ah, céus, não me lembro dela — disse Mameha, e todos riram. Eu não tinha idéia de que brincadeira era aquela. Mameha me levou em torno da mesa e ajoelhou-se ao lado do Diretor. Fui com ela e me postei ao seu lado.

— Senhor Diretor, me permita apresentar-lhe minha nova irmã mais jovem — ela disse.

Era minha vez de fazer uma mesura e dizer meu nome, e implorar a indulgência do Diretor, e assim por diante. Era um homem muito nervoso, com olhos saltados e ossos muito frágeis. Ele nem me olhou, mas jogou um cigarro no cinzeiro quase cheio à sua frente, e disse:

— Que história é essa sobre o peruqueiro Konda-san? As meninas falam disso a noite toda, mas nenhuma quer contar a história.

— Sinceramente, eu não sei! — disse Mameha.

— O que significa — disse outra gueixa — que ela está envergonhada demais para contar. Se ela não o fizer, acho que eu terei de contar.

Os homens pareceram gostar da história, mas Mameha apenas suspirou.

— Vou dar uma taça de saquê a Mameha para acalmar seus nervos — disse o Diretor, e esvaziou sua taça de saquê numa tigela de água no centro da mesa — que estava ali para isso mesmo — antes de a oferecer a ela.

— Bem — começou a outra gueixa —, esse camarada, Konda-san, é o melhor fabricante de perucas de Gion, ou pelo menos é o que todo mundo diz. E anos a fio Mameha-san o freqüentava. Sempre teve o melhor de tudo, sabem. Basta olhar para ela e se nota isso.

Mameha fingiu estar zangada.

— Ela certamente tem o melhor ar de desprezo — disse um dos homens.

— Durante um espetáculo — continuou a gueixa —, o peruqueiro está sempre nos bastidores para ajudar na troca de roupas. Seguidamente enquanto uma gueixa tira certo traje e coloca outro, algo pode escorregar aqui ou ali, e de repente... seio de fora! Ou um pouquinho de cabelo! Vocês sabem, essas coisas acontecem. Seja como for...

— E eu passei todos esses anos trabalhando num banco! — disse um dos homens. — Quero ser peruqueiro!

— Mas não é só espiar mulheres nuas. De qualquer modo, Mameha-san sempre é muito pudica e troca de roupas atrás de um biombo.

— Deixe-me contar a história — interrompeu Mameha. — Você vai me dar má fama. Eu não estava sendo pudica. Konda-san sempre me olha como se não pudesse esperar a próxima troca de roupas, de modo que mandei trazer um biombo. É um milagre que ele não tenha queimado um buraco no biombo com os olhos, do jeito que tentava espiar.

— Por que você não o deixa dar uma espiada de vez em quando? — interrompeu o Diretor. — Ser simpática não a vai prejudicar.

— Nunca pensei nisso — respondeu Mameha. — Tem razão, Diretor. Que mal pode fazer, dar uma olhadinha? Quem sabe o senhor quer nos deixar dar uma agora mesmo?

Todo mundo na sala explodiu em riso. Quando estavam se acalmando, o Diretor começou a pôr-se de pé e a desamarrar o cinto de sua roupa.

— Farei isso — disse ele — se você fizer o mesmo.

— Mas eu não me ofereci para isso — disse Mameha.

— Não está sendo muito generosa.

— Pessoas generosas não são gueixas — disse Mameha. — São os benfeitores das gueixas.

— Então, nada feito — disse o Diretor, e sentou-se de novo. Devo dizer que fiquei muito aliviada por ele ter desistido; porque embora todas as outras parecessem estar se divertindo imensamente, eu estava constrangida.

— Onde é que eu estava? — disse Mameha. — Bem, mandei vir um biombo certo dia, e pensei que isso me livraria de Konda-san. Mas quando a certa altura corri de volta do banheiro, não o consegui encontrar. Comecei a entrar em pânico porque precisava da peruca para minha próxima cena. Mas logo o encontramos sentado num baú perto da parede, parecendo muito fraco e suando. Imaginei que tivesse algum problema de coração! Minha peruca estava ao seu lado, e quando me viu pediu desculpas e me ajudou a colocá-la. Depois, naquela tarde, passou-me um bilhete escrito...

— A voz de Mameha se quebrou. Finalmente um dos homens disse:

— E então? O que dizia o bilhete?

Mameha cobriu os olhos com a mão. Estava embaraçada demais para prosseguir, e todo mundo na sala rompeu em risos.

— Tudo bem, vou lhes contar o que ele escreveu — disse a gueixa que começara a história. — Era mais ou menos assim: "Querida Mameha. Você é a mais encantadora gueixa de todas em Gion", e assim por diante. "Depois que você usa uma peruca ela se torna o meu tesouro e guardo-a em minha oficina para botar meu rosto nela e cheirar o aroma de seu cabelo várias vezes ao dia. Mas hoje, quando você correu para o banheiro, presenteou-me com o maior momento de minha vida. Enquanto você estava lá dentro eu me escondi atrás da porta e escutei aquele lindo som de água, mais adorável do que uma cascatinha..."

Os homens riram tanto que a gueixa teve de esperar para continuar.

— "...lindo som de água, mais adorável do que uma cascatinha, que me fez ficar duro e rijo naquele lugar que eu manipulo..."

— Ele não escreveu assim — comentou Mameha —, mas escreveu: "Lindo som de água, mais adorável do que uma cascatinha, me fez inchar e intumescer ao saber que seu corpo estava nu..."

— E então ele lhe disse — prosseguiu a outra gueixa — que não conseguia ficar de pé depois disso, de tão excitado. E esperava voltar a ter essa experiência algum dia.

Naturalmente todos riram e fingi rir também. Mas a verdade é que eu achava difícil acreditar que aqueles homens — que pagavam tão caro para estar ali entre mulheres envoltas em seus lindos trajes caros — realmente quisessem ouvir as mesmas histórias que as crianças poderiam contar junto da lagoa em Yoroido. Eu imaginara que falariam sobre literatura ou *kabuki*, ou coisas assim. E naturalmente havia festas assim em Gion. Acontece que a minha primeira foi bastante infantil.

Durante toda a história de Mameha o homem a meu lado esfregara seu rosto manchado com as mãos, sem prestar muita atenção. Agora fitou-me um longo momento e perguntou:

— O que há com seus olhos? Ou será que eu bebi demais?

Ele certamente bebera demais — embora eu não achasse apropriado dizer-lhe isso. Mas antes que eu pudesse responder as sobrancelhas dele começaram a se agitar e um instante depois ele levantou a mão e coçou a cabeça, e uma nuvenzinha de neve se espalhou em seus ombros. Era conhecido em Gion como "Sr. Flocos de Neve" por causa de sua terrível caspa. Parecia ter esquecido a pergunta que me fizera — porque agora perguntou minha idade. Eu lhe disse catorze.

— Você é a menina de catorze anos mais velha que já vi. Aqui, tome isso — ele disse e me passou sua taça vazia de saquê.

— Ah, não, não, obrigada, senhor — respondi. — Eu sou só uma noviça... — Era o que Mameha me ensinara a dizer, mas o Sr. Flocos de Neve não escutava. Apenas segurava a taça no ar, até que eu a peguei, e depois levantou um frasquinho de saquê para me servir.

Eu não devia beber saquê, porque uma gueixa aprendiz — especialmente no noviciado — deveria parecer infantil. Mas não podia desobedecer-lhe. Estendi a taça de saquê, mas ele coçou novamente a cabeça antes de servir, e fiquei horrorizada ao ver algumas caspas caírem na taça. O Sr. Flocos de Neve a encheu de saquê e me disse:

— Agora beba. Vamos. A primeira de muitas.

Sorri para ele e começara a levantar lentamente a taça até os lábios — sem saber o que fazer — quando graças aos céus Mameha me salvou.

— Sayuri — disse ela —, é seu primeiro dia em Gion. Não vai ficar bem ficar bêbada — embora na verdade falasse com o Sr. Flocos de Neve. — Só molhe os lábios, mais nada.

Obedeci e umedeci meus lábios com saquê. E quando digo umedeci meus lábios, quero dizer que os fechei tão fortemente que quase machuquei a boca, depois emborquei a taça até sentir o líquido contra minha pele. Então larguei depressa a taça na mesa e disse:

— Hum! Delicioso! — pegando o lenço em meu *obi*. Fiquei muito aliviada ao limpar delicadamente os lábios com ele, e alegra-me dizer que o Sr. Flocos de Neve nem percebeu, pois estava ocupado olhando a taça cheia à sua frente. Um momento depois pegou-a nos dois dedos e a despejou na garganta, levantou-se e me pediu licença para ir ao banheiro.

Espera-se que uma gueixa aprendiz acompanhe um homem ao banheiro e de volta, mas ninguém espera que uma noviça o faça. Quando não há uma aprendiz na sala, o homem habitualmente irá sozinho ao banheiro, ou às vezes uma das gueixas o acompanhará. Mas o Sr. Flocos de Neve ficou ali parado olhando para mim até que entendi que esperava que eu também me levantasse.

Eu não conhecia a Casa de Chá Komoriya, mas o Sr. Flocos de Neve certamente conhecia. Segui-o pelo *hall* e dobrando um corredor. Ele parou de lado enquanto eu abria a porta do banheiro para ele. Depois que a fechei e fiquei esperando no corredor, ouvi alguém subindo as escadas, mas não pensei em nada. Logo o Sr. Flocos de Neve estava pronto e voltamos. Quando entrei na sala vi que outra gueixa se reunira ao grupo, junto com uma aprendiz. Estavam de costas para a porta, de modo que não vi seus rostos até seguir o Sr. Flocos de Neve em torno da mesa, ocupando de novo meu lugar. Pode imaginar como fiquei chocada quando as vi; pois ali, do outro lado da mesa, estava a mulher que eu daria tudo para evitar. Hatsumomo sorria para mim, com Abóbora a seu lado.

capítulo quinze

Hatsumomo sorria quando estava feliz, como todo mundo. E nunca ficava mais feliz do que quando estava por fazer alguém sofrer. Por isso estava com aquele lindo sorriso no rosto ao dizer:

— Ora, que coisa! Que coincidência singular. Uma noviça! Eu nem devia contar o resto desta história; porque posso deixar a pobre constrangida.

Esperei que Mameha pedisse licença para sair e me levasse consigo. Mas ela apenas me lançou um olhar ansioso. Deve ter sentido que deixar Hatsumomo sozinha com aqueles homens seria como fugir de uma casa em fogo; era melhor ficarmos e controlarmos o prejuízo.

— Com efeito, não há nada mais difícil do que ser uma noviça — disse Hatsumomo. — Não acha, Abóbora?

Agora Abóbora era uma aprendiz, seis meses antes fora noviça. Lancei-lhe um olhar pedindo simpatia, mas ela apenas olhava a mesa, mãos no colo. Conhecendo-a como conhecia, eu sabia que a pequena ruga no alto do nariz significava que estava aborrecida.

— Sim, senhora — disse.

— Um momento tão difícil na vida — continuou Hatsumomo. — Ainda lembro como achava difícil.... Qual é seu nome, pequena noviça?

Por sorte não precisei responder, pois Mameha falou.

— Você certamente tem razão quanto a ter sido um período difícil para você, Hatsumomo-san. Mas naturalmente você era mais desajeitada do que a maioria.

— Quero ouvir o resto daquela história — disse um dos homens.

— E constranger a pobre noviça que acaba de chegar? — disse Hatsumomo. — Só vou contar se prometerem que não pensarão nessa pobre moça enquanto eu contar a história. Pensem em outra qualquer.

Hatsumomo era muito engenhosa no seu jeito diabólico. Os homens poderiam não ter imaginado a história ligada a mim antes, mas agora certamente o fariam.

— Vamos ver, onde eu estava? — começou Hatsumomo. — Ah, sim. Bem, essa noviça de quem eu falava... Não recordo seu nome, mas devo dar-lhe um para que não a confundam com essa pobre menina aí. Diga-me, pequena noviça... qual é seu nome?

— Sayuri, senhora — eu disse. Meu rosto estava tão quente de nervosismo que eu não ficaria surpresa se minha maquilagem se derretesse e começasse a pingar no meu colo.

— Sayuri. Que lindo! De alguma forma não combina com você. Bem, vamos chamar a minha noviça da história de Mayuri. Então, um dia eu estava andando pela Avenida Shijo com Mayuri a caminho do *okiya* da irmã mais velha dela. Havia um vento medonho, do tipo que sacode as janelas, e a pobre Mayuri tinha pouca experiência com o quimono. Era leve como uma folha, e aquelas mangas enormes podem funcionar como velas, sabem? Quando estávamos por cruzar a rua ela desapareceu e escutei um som leve atrás de mim, como "Ah... ah!", mas muito baixinho.

Hatsumomo nesse momento me encarou.

— Minha voz não é alta o bastante — disse. — Quero ouvir você dizer: "Ah... ah!"

O que poderia eu fazer? Tentei do melhor modo possível imitar o ruído.

— Não, não, muito mais alto... ora, deixe estar! — Hatsumomo virou-se para o homem a seu lado e disse entre os dentes: — Não é muito inteligente ela, é? — Sacudiu a cabeça por um momento e prosseguiu: — Bem, quando me virei, a pobre Mayuri estava sendo levada pela rua, para trás, por um quarteirão inteiro, com braços e pernas batendo como um besouro de costas.

Quase rasguei meu *obi* de tanto rir, mas de repente ela tropeçou num cruzamento movimentado, quando vinha um carro. Graças aos céus foi soprada para cima do capô! Suas pernas se levantaram... E podem imaginar, quando o vento levantou seu quimono, e... bem, não preciso dizer o que aconteceu.

— Claro que precisa! — disse um dos homens.

— Vocês não têm imaginação? — ela retrucou. — O vento levantou seu quimono acima dos quadris. Ela não queria ser vista nua; assim, para preservar sua modéstia, ela se virou e acabou com as pernas apontando para lados diferentes, e as partes privadas comprimidas contra a vidraça do carro, bem na cara do motorista...

Naturalmente a essa altura os homens estavam histéricos, incluindo o Diretor, que batia sua taça de saquê na mesa como uma metralhadora, e disse:

— Por que uma coisa dessas nunca acontece comigo?

— Com efeito, Sr. Diretor — disse Hatsumomo —, a menina era apenas uma noviça! Não que o motorista tenha conseguido ver alguma coisa. Quero dizer, podem imaginar olhar as partes privadas dessa menina do outro lado da mesa? — Era de mim que falava, claro. — Provavelmente não é muito diferente de um bebê!

— Às vezes meninas começam a ter pêlos aos onze anos — disse um dos homens.

— Que idade você tem, pequena Sayuri-san? — perguntou Hatsumomo.

— Catorze, senhora — eu lhe disse do jeito mais educado que pude. — Mas sou uma catorze velha.

Os homens gostaram disso, e o sorriso de Hatsumomo endureceu um pouco.

— Catorze? — ela disse. — Mas é perfeito! E naturalmente não tem pêlos...

— Ah, eu tenho. E bastante! — levantei a mão e dei uma palmadinha em meu cabelo, na cabeça.

Acho que deve ter sido uma coisa inteligente, embora a mim não pareça. Os homens riram ainda mais do que tinham rido da história de Hatsumomo. Ela também riu, provavelmente porque não queria que parecesse que a piada tinha sido com ela.

Quando os risos foram morrendo, Mameha e eu saímos. Nem tínhamos fechado a porta atrás de nós quando ouvimos Hatsumomo pedir licença também. Ela e Abóbora nos seguiram pela escada.

— Então, Mameha-san — disse Hatsumomo. — Foi engraçado demais! Nem sei por que não entretemos juntas mais vezes!

— Foi divertido, sim — disse Mameha. — Fico deliciada ao imaginar o futuro!

Depois Mameha me lançou um olhar muito contente. Encantava-a pensar em Hatsumomo sendo destruída.

Naquela noite, depois de tomar banho e tirar a maquilagem, eu estava parada no *hall* de entrada respondendo às perguntas de Titia sobre meu dia, quando Hatsumomo entrou da rua e parou diante de mim. Normalmente não voltava tão cedo, mas no momento em que vi seu rosto eu soube que voltara só para me enfrentar. Não usava aquele seu sorriso cruel, mas os lábios estavam apertados de um jeito quase feio. Plantou-se diante de mim um momento, depois recuou a mão e bateu-me na cara. A última coisa que vi antes de sua mão me bater foram seus dentes comprimidos como duas fileiras de pérolas.

Fiquei tão espantada que não recordo o que aconteceu então. Mas Titia e Hatsumomo devem ter começado a discutir, porque em seguida ouvi Hatsumomo dizer:

— Se essa menina me embaraçar outra vez em público, ficarei feliz em lhe dar um tapa no outro lado da cara!

— Mas como foi que eu a deixei embaraçada? — perguntei.

— Você sabia perfeitamente bem o que eu quis dizer quando perguntei se tinha pêlos, mas me fez parecer uma idiota. Eu lhe devo um favor, pequena Chiyo, e vou retribuir em breve, prometo.

A raiva de Hatsumomo parecia fechar-se sobre si mesma, e ela saiu outra vez do *okiya*, para junto de Abóbora, que esperava na rua para lhe fazer uma mesura.

Na tarde seguinte relatei isso a Mameha, mas ela não prestou muita atenção.

— Qual o problema? — disse. — Hatsumomo não deixou marcas no seu rosto, graças aos céus. Não esperava que ela se alegrasse com seu comentário, não é?

— Eu só me preocupo com o que pode acontecer da próxima vez em que nos encontrarmos com ela — eu disse.

— Vou lhe dizer o que vai acontecer. Vamos nos virar e sair. O anfitrião pode ficar surpreendido ao nos ver sair de uma festa em que acabamos de chegar, mas é melhor do que dar a Hatsumomo outra chance de humilhar você. Seja como for, se a encontrarmos será uma bênção.

— Não vejo como, Mameha-san.

— Se Hatsumomo nos forçar a deixar algumas casas de chá, iremos a mais festas, só isso. Você será muito mais rapidamente conhecida em Gion.

A confiança de Mameha me deixou tranqüila. De fato, quando saímos para Gion mais tarde, eu esperava no fim da noite poder tirar a maquilagem e ver minha pele brilhando de satisfação pela longa noite. Nossa primeira parada foi em uma festa para um jovem ator de cinema, que parecia ter mais de dezoito mas não tinha um fio de cabelo na cabeça, nem cílios ou sobrancelhas. Ele se tornaria muito famoso uns anos depois, mas apenas pelo modo como morreria. Matou-se com uma espada depois de assassinar uma jovem garçonete em Tóquio. Seja como for, achei-o muito esquisito até perceber que ficava me olhando; eu vivera em tal isolamento no *okiya* que devo admitir que me encantava ser objeto de atenção. Ficamos mais de uma hora, e Hatsumomo não apareceu. Parecia-me que minhas fantasias de sucesso começavam a se concretizar.

Nossa parada seguinte foi numa festa dada pelo chanceler da Universidade de Kioto. Mameha começou imediatamente a falar com um homem que não via fazia algum tempo, e me deixou por minha conta. O único espaço que encontrei à mesa era do lado de um velho de camisa branca manchada, que devia ter muita sede porque bebia continuamente um copo de cerveja, a não ser quando o afastava dos lábios para arrotar. Ajoelhei-me a seu lado e estava por me apresentar quando ouvi a porta deslizar para os lados e abrir-se. Esperei ver uma criada servindo outra rodada de saquê, mas na soleira ajoelhavam-se Hatsumomo e Abóbora.

— Ah, santos deuses! — ouvi Mameha dizer ao homem que entretinha. — O seu relógio de pulso está certo?

— Muito — disse ele. — Eu o acerto todas as tardes pelo relógio da estação de trens.

— Receio então que Sayuri e eu não tenhamos outra escolha senão sermos rudes e pedirmos licença. Estamos sendo esperadas noutra parte há meia hora!

Dizendo isso ficamos de pé e saímos da festa no instante em que Hatsumomo e Abóbora entravam.

Quando estávamos saindo da casa de chá Mameha me empurrou para um aposento vazio com tatames. Na penumbra não conseguia ver seus traços, apenas o belo oval de seu rosto, com sua elaborada coroa de cabelos. Se eu não a podia ver, ela não podia me ver também; deixei meu queixo cair de frustração e desespero, pois parecia-me que eu jamais escaparia de Hatsumomo.

— O que foi que você disse àquela horrenda mulher hoje? — disse Mameha.

— Nada absolutamente, senhora!

— Então como foi que nos encontrou aqui?

— Mas nem eu mesma sabia que viríamos — eu disse. — Não seria possível contar a ela.

— Minha criada sabe dos meus compromissos, mas não posso imaginar... Bem, iremos a uma festa que quase ninguém conhece. Naga Teruomi acabou de ser indicado o novo maestro da Filarmônica de Tóquio, na semana passada. Ele chegou à cidade esta tarde, para dar a todos a chance de o idolatrarem. Não quero muito ir, mas... pelo menos Hatsumomo não estará lá.

Atravessamos a Avenida Shijo e entramos numa alameda estreita cheirando a saquê e batata-doce assada. Uma cascata de risos caiu sobre nós vinda das janelas do segundo andar bem iluminadas. Dentro da casa de chá uma jovem criada nos levou a um aposento no segundo andar, onde encontramos o maestro sentado com seu cabelo fino e oleoso penteado para trás e os dedos acariciando, zangados, uma taça de saquê. Os outros homens da sala estavam no meio de um jogo de beber com duas gueixas, mas o maestro recusara-se a participar. Falou algum tempo com Mameha, e logo lhe pediu que dançasse. Acho que ele realmente não se interessava pela dança. Era apenas um meio de acabar com aqueles jogos de beber e encorajar os convidados a prestarem novamente atenção nele. Quando a criada trouxe o *shamisen* e o colocara na mão de uma das gueixas — antes mesmo que Mameha assumisse sua postura — a porta se abriu e... Estou certa de que sabe o que vou dizer. Eram como cães que não paravam de nos perseguir. Eram de novo Hatsumomo e Abóbora.

Você devia ter visto como Mameha e Hatsumomo sorriram uma para a outra. Quase parecia que partilhavam de alguma piada secreta — e na verdade estou certa de que Hatsumomo se deliciava com sua vitória por nos encontrar, e Mameha... bem, acho que seu sorriso era apenas um modo de esconder a raiva. Durante sua dança pude ver seu queixo empurrado para diante e as narinas frementes. Nem voltou para a mesa depois, apenas disse ao maestro:

— Obrigada por nos permitir aparecer aqui! Receio que seja tarde... Sayuri e eu temos de pedir licença...

Não posso nem lhe dizer como Hatsumomo parecia contente quando fechamos a porta.

Segui Mameha escadas abaixo. No último degrau ela parou e esperou. Finalmente uma jovem criada saiu do *hall* de entrada para nos acompanhar — a mesma que antes nos levara escadas acima.

— Que vida dura você deve ter como criada! — disse-lhe Mameha. — Provavelmente quer tantas coisas e tem tão pouco dinheiro. Mas diga-me como vai aplicar o que acaba de ganhar?

— Não ganhei nada, senhora — disse ela. Mas vendo-a engolir nervosamente, percebi que mentia.

— Quanto dinheiro Hatsumomo lhe prometeu?

O olhar da moça caiu no chão. Só então entendi o que Mameha pensava. Mais tarde ficamos sabendo que realmente Hatsumomo subornara ao menos uma das criadas de cada casa de chá de primeira categoria em Gion. Deviam telefonar a Yoko — a mocinha que atendia ao telefone em nosso *okiya* — sempre que Mameha e eu chegássemos a uma festa. Naturalmente não sabíamos então do envolvimento de Yoko. Mas Mameha estava certa imaginando que a criada daquela casa de chá passara a mensagem de Hatsumomo, de um jeito ou de outro.

A moça nem conseguia encarar Mameha. Mesmo quando esta levantou o queixo da jovem, ela ainda olhava para baixo, como se os olhos fossem bolas de chumbo. Quando saímos da casa de chá podíamos ouvir a voz de Hatsumomo da janela acima — era uma alameda tão estreita que tudo fazia eco.

— Ah, sim, como era mesmo o nome dela? — dizia Hatsumomo.

— Sayuko — disse um dos homens.

— Sayuko não, Sayuri — disse outro.

— Acho que é isso mesmo — disse Hatsumomo. — Mas é muito embaraçoso para ela... acreditem! Parece uma boa moça...

— Não consegui observar direito — disse um homem —, mas é muito bonita.

— Olhos tão inusitados! — disse uma das gueixas.

— Sabe o que ouvi outro dia um homem dizer dos olhos dela? — disse Hatsumomo. — Ele disse que eram da cor de minhocas esmagadas.

— Minhocas esmagadas... Nunca ouvi descrever uma cor assim antes.

— Bem, eu lhe digo o que ia dizer a respeito dela — prosseguiu Hatsumomo —, mas precisam prometer que não vão repetir. Ela tem uma espécie de doença e seus peitos são como os de uma velha... caídos e enrugados... um horror! Eu a vi uma vez na casa de banhos...

Mameha e eu tínhamos parado para ouvir, mas quando escutamos isso ela me deu um pequeno empurrão e saímos juntas da alameda. Mameha parou um momento olhando rua acima e abaixo, então disse:

— Estou tentando imaginar aonde podemos ir, mas... não sei um só lugar. Se aquela mulher nos encontrou aqui, acho que pode nos encontrar em qualquer lugar de Gion. Pode voltar ao seu okiya, Sayuri, até descobrirmos outro plano.

Certa tarde, durante a Segunda Guerra Mundial, alguns anos depois desses fatos que estou lhe contando, um oficial pegou sua pistola, durante uma festa debaixo dos ramos de um bordo, e a colocou na esteira para me impressionar. Lembro-me de ficar espantada com a beleza da arma. O metal tinha um brilho cinza fosco; suas curvas eram macias, perfeitas. O cabo de madeira encerada tinha ricos desenhos. Mas quando pensei em seu real objetivo, ouvindo as histórias dele, deixei de achar a arma bela e ela se tornou monstruosa.

É exatamente o que aconteceu com Hatsumomo aos meus olhos depois que ela interrompeu a minha estréia. Não quer dizer que antes eu não a considerasse monstruosa. Mas sempre invejara sua beleza, e agora não invejava mais. Em vez de poder freqüentar banquetes todas as noites além de dez ou quinze festas, eu era obrigada a ficar sentada no *okiya* treinando dança e *shamisen* como se nada em minha vida tivesse mudado desde o ano anterior. Quando Hatsumomo passava por mim no corredor em toda a sua magnificência, maquilagem branca brilhando sobre a roupa escura como a lua num céu noturno, sei que até um cego a acharia bela. Mas eu nada sentia senão ódio, e ouvia o sangue zumbir em meus ouvidos.

Fui chamada ao apartamento de Mameha várias vezes nos dias seguintes. Sempre esperava ouvi-la dizer que encontrara um jeito de lograr Hatsumomo. Mas ela apenas queria que eu realizasse tarefas na rua que não confiaria à criada. Certa tarde perguntei se fazia idéia do que aconteceria comigo.

— Receio que de momento você esteja no exílio, Sayuri-san — ela respondeu. — Espero que se sinta mais determinada do que nunca a destruir aquela mulher perversa! Mas até termos imaginado um plano, não será bom para você seguir-me por Gion.

Naturalmente fiquei desapontada ouvindo isso, mas Mameha tinha razão. Hatsumomo me expondo ao ridículo me prejudicaria tanto aos olhos dos homens, e até das mulheres de Gion, que seria melhor para mim ficar em casa.

Por sorte Mameha era imaginativa e de tempos em tempos conseguia encontrar tarefas que eu podia cumprir sem perigo.

Hatsumomo podia ter fechado Gion para mim, mas não podia fechar o mundo inteiro. Quando Mameha saía de Gion para um compromisso, seguidamente me convidava. Fiz uma viagem de um dia inteiro de trem a Kobe, onde Mameha cortou a fita inaugural de uma nova fábrica. Em outra ocasião fui com ela acompanhar o novo Presidente da Nippon Telephone & Telegraph num passeio de limusine por Kioto. Esse passeio me impressionou muito, pois era a primeira vez que via a vasta cidade de Kioto além dos limites de nosso pequeno Gion, sem falar que era minha primeira vez andando de carro. Eu nunca entendera realmente o desespero em que algumas pessoas viviam naqueles anos, até irmos ao rio ao sul da cidade e vermos mulheres sujas cuidando de seus bebês debaixo de árvores ao longo dos trilhos do trem e homens agachados em sandálias de palha entre as ervas daninhas. Não fingirei que nunca vinha gente pobre a Gion, mas raramente víamos alguém como aqueles camponeses famintos, pobres demais até para tomarem banho. Eu jamais teria imaginado que eu — uma escrava aterrorizada pela maldade de Hatsumomo — tivesse uma vida relativamente afortunada durante a Grande Depressão. Mas naquele dia entendi que era verdade.

No fim de certa manhã voltei da escola e encontrei um bilhete dizendo-me que levasse minha maquilagem e corresse ao apartamento de Mameha. Quando cheguei, o Sr. Itchoda, vestidor como o Sr. Bekku, estava no quarto dos fundos amarrando o *obi* de Mameha diante do espelho grande.

— Depressa, aplique a maquilagem — disse Mameha. — Botei um quimono para você no outro quarto.

O apartamento de Mameha era enorme para os padrões de Gion. Além do seu quarto principal, que ocupava uma área de seis tatames, ela tinha dois outros quartos menores — um de vestir, que também servia de quarto de criada, e um quarto onde ela dormia. Ali no quarto de dormir havia um *futon* recém-arrumado, com um conjunto completo de quimono que sua criada estendera para mim. Fiquei perplexa com o *futon*. Os lençóis não eram os que Mameha usara para dormir na noite anterior, pois estavam limpos como neve recente. Fiquei pensando nisso enquanto vestia a roupa de algodão que trouxera. Quando voltei ao quarto de vestir para aplicar a maquilagem, Mameha me contou por que me chamara.

— O Barão voltou à cidade — disse ela. — Vem almoçar aqui. Quero que conheça você.

Não tive ainda ocasião de mencionar o Barão, mas Mameha falava do Barão Matsunaga Tsuneyoshi — o seu *danna*. Já não temos barões nem condes no Japão, mas antes da Segunda Guerra tínhamos, e o Barão Matsunaga era provavelmente um dos mais ricos. Sua família controlava um dos maiores bancos do Japão e era muito influente nas finanças. Originalmente seu irmão mais velho herdara o título de Barão, mas fora assassinado enquanto servia como Ministro das Finanças no gabinete do Primeiro-Ministro Inukai. O *danna* de Mameha, então já na casa dos trinta anos, não apenas herdara o título de Barão, mas todas as empresas do irmão, incluindo uma imensa propriedade em Kioto, perto de Gion. Seus negócios o faziam ficar boa parte do tempo em Tóquio; e outra coisa o mantinha lá também — muitos anos depois eu soube que ele tinha outra amante no distrito de gueixas de Akasaka, em Tóquio. Poucos homens são ricos o bastante para sustentarem uma gueixa como amante, mas o Barão Matsunaga Tsuneyoshi tinha duas.

Agora que eu sabia que Mameha passaria a tarde com o seu *danna*, tive uma idéia bem melhor do motivo pelo qual o *futon* em seu quarto fora arrumado com lençóis limpos.

Vesti depressa a roupa que Mameha escolhera para mim — vestido de baixo verde-claro e quimono ferrugem e amarelo com desenho de pinheiros na bainha. A essa altura uma das criadas de Mameha voltava de um restaurante próximo com uma grande caixa laqueada trazendo o almoço do Barão. A comida, em pratos e travessas, estava pronta para servir como num restaurante. A maior era um prato de laca com dois *ayu* salgados de barriga para baixo como se nadassem juntos num rio. De um lado, dois minúsculos caranguejos cozidos do tipo que se comem inteiros. Uma trilha de sal curvava-se pela laca preta sugerindo a areia que haviam cruzado.

Poucos minutos depois chegou o Barão. Espiei por uma fresta na porta de deslizar e vi-o parado no patamar enquanto Mameha desamarrava seus sapatos. Minha primeira impressão foi de uma amêndoa ou outro tipo de noz, pois era pequeno e muito redondo e pesado, especialmente ao redor dos olhos. Barbas eram grande moda então, e o Barão trazia no rosto uma série de longos pêlos macios que deveriam parecer uma barba, mas eu os achei parecidos com um tipo de guarnição ou finas algas que às vezes se colocam numa tigela de arroz.

— Ah, Mameha... estou exausto — ele disse. — Como odeio essas longas viagens de trem!

Por fim saiu de seus sapatos e atravessou o quarto em passinhos enérgicos. Mais cedo naquela manhã o vestidor de Mameha trouxera de um depósito do outro lado do *hall* uma cadeira estofada e um tapete persa arranjando-os perto da janela. O Barão sentou-se ali. Mas não sei o que aconteceu depois, porque a criada de Mameha veio até mim e fez uma mesura, pedindo-me desculpas, e fechou a porta.

Fiquei no pequeno quarto de vestir de Mameha por uma hora ou mais enquanto a criada ia e vinha servindo o almoço do Barão. Eventualmente eu ouvia os murmúrios de Mameha, mas em geral era o Barão quem falava. A certa altura percebi que estava zangado com ela, mas por fim entendi o suficiente para saber que apenas se queixava de um homem que conhecera no dia anterior, e que lhe fizera perguntas pessoais que o tinham deixado zangado. Por fim, quando a refeição acabara, a criada trouxe xícaras de chá, e Mameha mandou me chamar. Fui ajoelhar-me diante do Barão, muito nervosa — pois nunca antes conhecera um aristocrata. Fiz mesura e implorei sua benevolência, e pensei que talvez ele me dissesse alguma coisa. Mas pareceu olhar em torno, pelo apartamento, quase nem me percebendo.

— Mameha — disse —, o que aconteceu com aquele rolo que você tinha na alcova? Era um quadro a tinta. Muito melhor do que essa coisa que você pendurou ali agora.

— O rolo agora, Barão, é um poema na própria letra de Matsudaira Koichi, e está na alcova há quase quatro anos.

— Quatro anos? Quando eu vim no mês passado não era a pintura à tinta que estava ali?

— Não era... Mas, seja como for, faz quase três meses que o Barão não me honra com uma visita.

— Não admira que me sinta tão cansado. Estou sempre dizendo que devia passar mais tempo em Kioto, mas... bem, uma coisa leva a outra. Vamos dar uma olhada naquele rolo de que estou falando. Não posso acreditar que faz quatro anos que o vi.

Mameha chamou a criada e mandou que trouxesse o rolo. Deram-me a tarefa de o desenrolar. Minhas mãos tremiam tanto que quando o segurei para o Barão olhar ele escorregou de minha mão.

— Cuidado, menina! — disse.

Fiquei tão embaraçada que mesmo depois de ter feito a mesura e pedido desculpas não podia evitar de a toda hora olhar o Barão para ver se estava zangado comigo. Enquanto eu erguia o rolo, ele pareceu olhar mais para mim do que para o desenho.

Mas não era um olhar reprovador. Algum tempo depois entendi que era curiosidade, o que me deixou ainda mais constrangida.

— Este rolo é muito mais bonito do que isso que você tem na alcova agora, Mameha — ele disse. Mas ainda parecia olhar para mim, e não tentou desviar os olhos quando o encarei. — De qualquer modo, caligrafia é tão antiquado — prosseguiu. — Você devia tirar aquela coisa da alcova e botar de volta esta paisagem.

Mameha não teve escolha senão fazer o que o Barão sugeria. Até conseguiu fazer ar de quem achava uma grande idéia. Quando a criada e eu terminamos de pendurar o quadro e enrolar o outro rolo, Mameha me chamou para que servisse chá ao Barão. Olhados de cima formávamos um pequeno triângulo — Mameha, o Barão e eu. Mas naturalmente Mameha e o Barão falavam; quanto a mim, a única coisa útil que fazia era ficar ajoelhada sentindo-me tão fora do meu elemento quanto uma pomba num ninho de falcões. Pensar que eu jamais me imaginara digna de entreter o tipo de homens que Mameha entretinha — não apenas grandes aristocratas como o Barão, mas até o Presidente. Até o diretor de teatro, várias noites atrás... E quase nem me olhara. Não direi que não me sentira antes digna da companhia do Barão; mas não podia evitar de perceber mais uma vez que eu era apenas uma menina ignorante de uma aldeia de pescadores. Hatsumomo, se vencesse, me manteria tão rebaixada que todo homem que visitasse Gion ficaria fora do meu alcance para sempre. Até onde eu sabia, nunca voltaria a ver o Barão Matsunaga, nem o Presidente. Não seria possível que Mameha entendesse que minha causa era sem esperança, e me deixasse murchar no *okiya* como um quimono pouco suado que parecera tão lindo na loja? O Barão — que eu começava a ver que era um homem nervoso — debruçou-se para raspar alguma coisa na superfície da mesa de Mameha, e me fez pensar em meu pai no último dia em que eu o vira, retirando sujeira das frestas na madeira com as unhas. Fiquei pensando se ele poderia estar me vendo ajoelhada ali no apartamento de Mameha com um vestido mais caro do que qualquer coisa que ele jamais vira, com um Barão na minha frente, e do meu lado uma das mais famosas gueixas de todo o Japão. Eu não era digna daquele ambiente. Então dei-me conta de toda a magnífica seda que envolvia meu corpo, e tive a sensação de me afogar em beleza. Nesse momento, a própria beleza me pareceu triste.

capítulo dezesseis

C erta tarde, quando Mameha e eu andávamos pela ponte da Avenida Shijo para apanhar um novo enfeite de cabelo no distrito de Pontocho — pois Mameha não gostava das lojas que vendiam enfeites de cabelo em Gion —, ela parou subitamente. Um velho barco a vapor passava debaixo da ponte; achei que Mameha estava apenas preocupada com a fumaça preta, mas um momento depois virou-se para mim com uma expressão que não entendi.

— O que foi, Mameha-san? — perguntei.

— Posso lhe dizer, porque você vai saber por outra pessoa — ela disse. — A sua amiguinha Abóbora acaba de ganhar o prêmio de aprendiz. Espera-se que ganhe uma segunda vez.

Mameha referia-se ao prêmio para a aprendiz que ganhara mais dinheiro no mês anterior. Pode parecer estranho que existisse esse prêmio, mas há um motivo muito bom. Encorajar aprendizes a ganhar o mais possível ajuda a torná-las aquelas gueixas mais apreciadas em Gion — aquelas que não ganham apenas muito dinheiro para si mesmas, mas para todos os demais.

Várias vezes Mameha predissera que Abóbora lutaria por alguns anos e acabaria uma gueixa com uns poucos clientes fiéis — nenhum deles rico — e pouco mais que isso. Era uma imagem triste, e fiquei contente sabendo que ela estava indo melhor que isso. Mas ao mesmo tempo senti a ansiedade comichar em meu estômago. Agora Abóbora parecia uma das mais populares aprendizes em Gion, enquanto eu continuava uma das mais obscuras. Quando comecei a imaginar o que isso poderia significar para o meu futuro, sinceramente, o mundo ao meu redor me pareceu ficar bem escuro.

O mais espantoso quanto ao sucesso de Abóbora, pensei, parada ali na ponte, era ter conseguido superar uma delicada jovem chamada Raiha, que ganhara o prêmio vários meses atrás. A mãe de Raiha fora uma gueixa famosa, e seu pai era membro de uma das mais ilustres famílias, com fortuna quase ilimitada. Sempre que Raiha passava por mim eu me sentia como um simples lambari deve se sentir ao ver um salmão prateado passando. Como é que Abóbora conseguira ser melhor que ela? Com certeza Hatsumomo a empurrara desde o dia da sua estréia, tanto que ela começara a perder peso, e quase nem se parecia mais consigo mesma. Mas não importa quanto Abóbora tenha trabalhado, poderia ficar mais popular do que Raiha?

— Ora, o que é isso? — disse Mameha. — Não fique tão triste! Você devia estar contente!

— É, estou sendo muito egoísta — eu disse.

— Não me refiro a isso. Hatsumomo e Abóbora vão pagar caro esse prêmio de aprendiz. Em cinco anos ninguém se lembrará de Abóbora.

— Parece-me que todo mundo vai se lembrar dela como a menina que venceu Raiha.

— Ninguém venceu Raiha. Abóbora pode ter ganho mais dinheiro no mês passado, mas Raiha ainda é a aprendiz mais popular de Gion. Venha, vou lhe explicar.

Mameha me levou a uma casa de chá no distrito de Pontocho e me fez sentar.

Em Gion, disse Mameha, uma gueixa muito popular sempre pode conseguir que sua irmã mais nova ganhe mais dinheiro que qualquer outra — se quiser arriscar sua própria reputação. O motivo disso tem a ver com o modo como se cobra o *ohana*, "preço das flores". Antigamente, há cem anos ou mais, toda vez que uma gueixa chegava a uma festa para entreter os convidados, a dona da casa de chá acendia um pauzinho de incenso — chamado *ohana*, ou "flor". Os honorários da gueixa se baseavam em quantos bastõezinhos de incenso haviam queimado quando ela saía.

O custo de um *ohana* sempre foi fixado pelo Cartório de Registros de Gion. Enquanto eu era aprendiz, era de 3 ienes, mais ou menos o que custariam duas garrafas de bebida alcoólica. Pode parecer muito, mas uma gueixa não popular, ganhando um *ohana* por hora, tem uma vida dura. Provavelmente gasta mais noites sentada em torno do braseiro aguardando algum compromisso. Mesmo quando é solicitada, pode não ganhar mais que 10 ienes por noite, o que não será suficiente para pagar suas dívidas. Considerando a riqueza que circula por Gion, ela não será mais que um inseto picando uma carcaça, comparada com Hatsumomo ou com Mameha, leoas magníficas deliciando-se com a presa. Porque uma gueixa como Hatsumomo não tem apenas compromissos todas as noites, e a noite toda, mas cobra um *ohana* a cada quinze minutos e não a cada hora. Mas no caso de Mameha... bem, não havia outra igual em Gion, pois cobrava um *ohana* a cada cinco minutos.

Naturalmente nenhuma gueixa fica com todo o seu dinheiro, nem mesmo Mameha. A casa de chá onde ganha seus honorários fica com uma parte, uma parte bem menor vai para a associação das gueixas, e outra para seu vestuário; e assim por diante, cada vez mais baixo na lista, incluindo algo que pode pagar a um *okiya* que cuide de seus livros de contabilidade e anote seus compromissos. Provavelmente ela mesma fica com pouco mais da metade do que ganha. Mesmo assim é uma quantia enorme comparada com o modo de vida de uma gueixa não popular, que cai diariamente mais e mais baixo no buraco.

É assim que uma gueixa como Hatsumomo pode fazer sua irmã mais nova parecer mais bem-sucedida do que realmente é.

Para começar, uma gueixa popular em Gion é bem-vinda em quase todas as festas, e em muitas delas ficará apenas cinco minutos. Seus clientes ficarão felizes em pagar os honorários, mesmo que ela só diga olá. Sabem que da próxima vez que vierem a Gion ela provavelmente ficará em sua mesa algum tempo para lhes dar o prazer de sua companhia. Por outro lado, uma aprendiz não pode portar-se dessa maneira. Seu papel é construir relacionamentos. Até tornar-se uma gueixa completa, aos dezoito anos, ela não pode pensar em ir de festa em festa. Fica uma hora ou mais, e só então telefona ao seu *okiya* para saber onde está sua irmã mais velha, e assim ir a outra casa-de-chá e ser apresentada a outros clientes. Enquanto sua popular irmã mais velha pode aparecer em vinte festas numa noite, uma aprendiz provavelmente não irá a mais de quinze. Mas não era isso que Hatsumomo fazia. Ela levava Abóbora a toda a parte aonde ia.

Até os dezesseis anos, uma gueixa aprendiz cobra meio *ohana* por hora. Se Abóbora ficasse numa festa apenas cinco minutos, o anfitrião pagava o mesmo que se ficasse uma hora inteira. Por outro lado, ninguém esperava que Abóbora ficasse só cinco minutos. Provavelmente os homens não se importavam com que Hatsumomo trouxesse sua irmã mais nova para uma visita breve uma noite, ou duas. Mas algum tempo depois começariam a pensar por que ela estaria ocupada demais para ficar mais tempo; e por que sua irmã mais nova não ficava mais, como era esperado. Os ganhos de Abóbora podiam ser altos, você entende — uns três ou quatro *ohanas* por hora. Mas ela pagaria com sua reputação, como Hatsumomo.

— O comportamento de Hatsumomo apenas mostra como está desesperada — concluiu Mameha. — Fará qualquer coisa para que Abóbora apareça. E você sabe por quê, não sabe?

— Não tenho certeza, Mameha-san.

— Ela quer que Abóbora apareça para que a Sra. Nitta a adote. Se Abóbora for filha do *okiya*, o futuro dela está assegurado, e o de Hatsumomo também. Afinal, Hatsumomo é irmã de Abóbora, e assim a Sra. Nitta certamente não a porá na rua. Entende o que estou dizendo? Se Abóbora for adotada, você jamais se livrará de Hatsumomo... a não ser que você seja posta na rua.

Senti como devem se sentir as ondas do oceano quando as nuvens bloqueiam o calor do sol.

— Eu esperava que em breve você seria uma jovem aprendiz popular — continuou Mameha —, mas Hatsumomo se meteu em nosso caminho.

— É verdade!

— Bem, pelo menos você está aprendendo a entreter adequadamente os homens. Tem sorte por ter conhecido o Barão. Posso ainda não ter encontrado um meio de vencer Hatsumomo, mas para dizer a verdade... — ela se interrompeu.

— Senhora? — eu disse.

— Nada, nada, Sayuri. Eu seria boba se partilhasse meus pensamentos com você.

Fiquei magoada. Mameha deve ter percebido logo meu sentimento, pois disse depressa:

— Você mora sob o mesmo teto que Hatsumomo, não mora? Qualquer coisa que eu diga pode chegar a ela.

— Lamento muito, Mameha-san, por merecer da senhora uma opinião tão baixa — eu disse. — Pode realmente pensar que vou correr ao *okiya* e dizer qualquer coisa a Hatsumomo?

— Não me preocupa o que você vai fazer. Os camundongos não são devorados porque correm até onde o gato dorme e o acordam. Você sabe muito bem como Hatsumomo é cheia de truques. Você terá de confiar em mim, Sayuri.

— Sim, senhora — respondi, pois não havia outra coisa a dizer.

— Vou lhe confiar uma coisa — disse Mameha, inclinando-se um pouco para adiante, no que tomei por excitação. — Você e eu iremos juntas a um compromisso nas duas próximas semanas, num lugar onde Hatsumomo jamais vai nos encontrar.

— Posso perguntar onde?

— Claro que não! Nem vou lhe dizer quando será. Fique preparada. Quando chegar a hora, você saberá tudo o que for preciso.

Quando voltei ao *okiya* naquela tarde, escondi-me no andar de cima e conferi o meu almanaque. Uma porção de dias se destacava nas duas semanas seguintes. Um era a quarta-feira, dia favorável para viajar para oeste; pensei que talvez Mameha planejasse me levar para fora da cidade. Outro era a segunda seguinte, também *tai-an* —, mais auspicioso dia da semana budista que tem seis dias. Finalmente o domingo depois tinha uma frase curiosa: "Equilíbrio de bom e mau pode abrir a porta do destino." Esse parecia o mais intrigante de todos os dias.

Não ouvi nada de Mameha na quarta-feira. Poucas tardes depois ela mandou me chamar ao seu apartamento — num dia que meu almanaque dizia ser desfavorável —, mas apenas para discutir uma mudança em minhas aulas de *shamisen* na escola. Depois disso passou-se toda uma semana sem uma palavra dela. E então, no domingo pelo meio-dia, ouvi a porta do *okiya* abrir-se e larguei meu *shamisen* no passadiço onde estava treinando havia uma hora mais ou menos, e corri para a frente. Esperava ver uma das criadas de Mameha, mas era apenas um homem da drogaria entregando ervas chinesas para a artrite de Titia. Depois que uma de nossas criadas mais velhas pagou o pacote, eu ia voltar ao *shamisen* quando percebi que o homem da entrega tentava chamar minha atenção. Segurava numa das mãos um pedaço de papel, para que eu o visse. Nossa criada ia fechar a porta, mas ele me disse:

— Lamento incomodá-la, senhorita, mas poderia jogar isto fora para mim?

A criada achou esquisito, mas peguei o papel e fingi jogá-lo fora no quartinho de serviço. Era um bilhete sem assinatura, na letra de Mameha.

"Peça permissão a Titia para sair. Diga que tenho trabalho para você em meu apartamento e venha antes da uma hora. Não deixe ninguém mais saber aonde você vai."

Estou certa de que os cuidados de Mameha eram sensatos, mas Mamãe estava almoçando com uma amiga, e Hatsumomo e Abóbora tinham saído para um compromisso de tarde. Não havia ninguém no *okiya* senão Titia e as criadas. Fui direto ao quarto dela e vi-a estendendo um pesado cobertor de algodão sobre seu *futon*, preparando-se para o cochilo. Assim que ouviu que Mameha me chamara, ela nem quis saber o motivo. Apenas fez um aceno com a mão e enfiou-se debaixo do cobertor para dormir.

Mameha já atendia a um compromisso matinal quando cheguei a seu apartamento, mas a criada me levou ao quarto de vestir para me ajudar com a maquilagem, e depois trouxe o conjunto de quimono que Mameha separara para mim. Eu estava acostumada a vestir quimonos de Mameha, mas é inusitado para uma gueixa emprestar assim roupagens de sua coleção. Duas amigas de Gion podiam trocar quimonos para uma noite ou duas; mas é raro que uma gueixa mais velha mostre tanta bondade com uma jovem. E na verdade Mameha dava-se muito trabalho por minha causa, porque já não usava esses trajes de mangas longas e tinha de retirar os seus do depósito. Eu seguidamente imaginava se ela esperava alguma retribuição.

O quimono que separara para mim naquele dia era o mais lindo — seda laranja com uma cascata prateada caindo da altura do joelho até um oceano azul-acinzentado. A cascata era fendida por pedras marrons, com gravetos flutuantes enovelados na base, bordados em fios laqueados. Eu não sabia, mas o traje era bem conhecido em Gion; as pessoas que o vissem provavelmente logo pensariam em Mameha. Permitindo-me usá-lo, acho que ela passava para mim um pouco da sua aura.

Depois que o Sr. Itchoda amarrara o *obi* — ferrugem e castanho com fios dourados —, botei os toques finais de minha maquilagem e os enfeites de cabelo. Enfiei o lenço do Presidente — que freqüentemente trazia do *okiya* — dentro do *obi*, e parei diante do espelho boquiaberta comigo mesma. Eu já achava estranho que Mameha me fizesse parecer tão bela; mas além de tudo isso, quando voltou ao apartamento, trocou de roupa e vestiu um quimono bastante simples, cor de batata da montanha com suaves desenhos cinza, e o *obi* era um simples padrão de diamantes negros com fundo azul-escuro. Ela tinha o brilho discreto de uma pérola, como sempre; mas quando seguimos juntas pela rua, as mulheres que faziam sua mesura para Mameha olhavam para mim.

Do Altar de Gion fomos de riquixá para o norte por meia hora, para uma seção de Kioto que eu nunca vira. No caminho Mameha me contou que íamos assistir a um espetáculo de sumô como convidadas de Iwamura Ken, fundador da Eletrônica Iwamura em Osaka — que por acaso era o fabricante do aquecedor que matara Vovó —, e de seu braço direito, um homem chamado Nobu Toshikazu, diretor da empresa. Nobu era fã de sumô e ajudara a organizar o espetáculo daquela tarde.

— Devo lhe dizer — ela me disse — que Nobu é... tem um aspecto um pouco estranho. Se se portar bem quando o encontrar, você dará uma excelente impressão.

E dizendo isso, lançou-me um olhar como se ficaria terrivelmente decepcionada comigo se eu não conseguisse isso.

Não teríamos de nos preocupar com Hatsumomo. As entradas do espetáculo tinham se esgotado semanas atrás.

Finalmente saímos do riquixá no câmpus da Universidade de Kioto. Mameha me levou por um caminho de terra ladeado de pequenos pinheiros. Edifícios em estilo ocidental erguiam-se dos dois lados, com as janelas recortadas em minúsculos retângulos de vidro por sarrafos de madeira pintada. Eu não percebera quanto Gion se parecia com um lar meu, até me sentir deslocada na universidade. Estávamos rodeadas por homens de pele macia, jovens, com cabelo repartido, alguns usando suspensórios para prender as calças. Pareciam achar Mameha e eu tão exóticas, que paravam para nos observar quando passávamos, e até trocavam piadas entre si. Logo passamos por um portão de ferro onde se reunia um grupo de homens mais velhos e mulheres, incluindo algumas gueixas. Em Kioto havia poucos lugares onde se podia apreciar sumô dentro de casa, e um deles era a Sala de Espetáculos da Universidade de Kioto. Esse edifício já não existe. Mas naquele tempo combinava tão pouco com as estruturas ocidentais em torno dele como um velhote enrugado de quimono combina com um grupo de jovens executivos. Era um caixote enorme, com telhado que parecia frágil, mas me fez pensar em uma tampa colocada sobre a panela errada. As portas imensas de um lado eram tão frágeis que se entortavam contra as vigas de ferro cruzadas sobre elas. Lembraram-me tanto a minha casa bêbada que por um momento fiquei triste.

Quando subi os degraus de pedra até o edifício, percebi duas gueixas andando pelo pátio de cascalho, e fiz uma mesura para elas. Devolveram a saudação com um aceno de cabeça, e uma disse algo para a outra. Achei muito estranho — até que as fitei mais de perto. Meu coração caiu. Uma delas era a amiga de Hatsumomo, Korin. Fiz outra mesura, agora que a reconhecera, e esforcei-me para sorrir. Assim que desviaram os olhos, sussurrei para Mameha.

— Mameha-san! Acabo de ver uma amiga de Hatsumomo!

— Eu nem sabia que Hatsumomo tinha amigas.

— É Korin. Está aqui... ao menos estava há um momento, com outra gueixa.

— Conheço Korin. Por que se preocupa tanto com ela? O que é que ela pode fazer?

Não tive resposta. Mas se Mameha não estava preocupada, não pude pensar em nenhum motivo para estar.

Minha primeira impressão entrando no Salão de Espetáculos era de um enorme espaço vazio até o teto, com a luz do sol derramando-se por janelas bem no alto. O espaço imenso estava repleto dos rumores da multidão e da fumaça dos bolos de arroz-doce sendo assados lá fora nas grelhas, com pasta de *miso*. No centro havia um quadrado onde os lutadores competiriam, dominado por um telhado em estilo de altar shinto. Um sacerdote o rodeava cantando bênçãos e sacudindo seu bastão sagrado adornado com tiras de papel dourado.

Mameha levou-me até uma fileira na frente, onde tiramos os sapatos e começamos a andar em nossas meias de dedos separados, numa beiradinha de madeira. Nossos anfitriões estavam naquela fileira, mas eu não fazia idéia de quem fossem até perceber um homem acenando para Mameha. Vi imediatamente que era Nobu. Não havia dúvidas sobre o motivo por que Mameha me avisara sobre sua aparência. Mesmo de longe a pele de seu rosto parecia cera derretida. Em algum momento da vida ele sofrera queimaduras terríveis; toda a sua aparência era tão trágica que nem pude imaginar a agonia que devia ter suportado. Eu já achara esquisito deparar com Korin. Agora comecei a me preocupar com a possibilidade de me portar feito uma boba ao encontrar Nobu, mas sem entender direito por quê. Andando atrás de Mameha não concentrei minha atenção em Nobu mas em um homem muito elegante sentado atrás dele no mesmo tatame, usando um quimono masculino listrado. Assim que botei os olhos nesse homem senti uma calma estranha me dominar. Ele falava com outra pessoa em outro camarote, de modo que eu só podia ver a parte de trás de sua cabeça. Mas me pareceu tão familiar que por um instante não compreendi o que estava vendo. Só sabia que estava deslocado ali no Salão de Espetáculos. E então, antes de poder pensar por quê, vi em minha mente uma imagem dele virando-se para mim nas ruas de nossa aldeiazinha...

Era o Sr. Tanaka!

Ele mudara de um jeito que não pude descrever. Vi-o erguer a mão para ajeitar seu cabelo grisalho, e fiquei surpresa ao ver como movia os dedos com graça. Por que eu achava tão apaziguador olhar para ele? Talvez eu estivesse deslumbrada ao vê-lo e não soubesse direito como me sentia. Bem, se havia alguém no mundo que eu odiava era o Sr. Tanaka; tive de lembrar-me disso. Eu não ia me ajoelhar a seu lado e dizer: "Ora, Sr. Tanaka, quanta honra vê-lo outra vez! O que o trouxe a Kioto?" Em vez disso, encontraria um jeito de lhe mostrar o que realmente sentia, mesmo que não fosse adequado para uma aprendiz. Na verdade, eu pensara muito pouco no Sr. Tanaka naqueles últimos anos. Mas ainda devia a mim mesma não ser gentil com ele, e não servir saquê em sua taça mas despejá-lo em sua perna. Sorriria para ele como era minha obrigação; mas seria o sorriso que eu vira tantas vezes nos rosto de Hatsumomo; e então eu diria: "Oh, Sr. Tanaka, o forte cheiro de peixe... Me dá saudade de casa, sentar-me aqui a seu lado!" Como ele ficaria chocado! Ou talvez isto: "Ora, Sr. Tanaka, o senhor parece... quase um homem distinto!" Embora na verdade, olhando para ele — pois estávamos quase chegando ao camarote em que ele estava sentado —, parecesse distinto, mais do que eu poderia imaginar. Mameha estava chegando, ajoelhando-se para fazer a mesura. Então ele virou a cabeça e pela primeira vez vi seu rosto largo, os zigomas destacados... e mais que tudo, as pálpebras tão apertadas e macias. E de repente tudo ao meu redor pareceu se aquietar, como se ele fosse o vento e eu apenas uma nuvem levada por ele.

Certamente, ele era familiar — em alguns aspectos mais do que minha própria imagem no espelho. Mas não era o Sr. Tanaka. Era o Presidente.

capítulo dezessete

E u só vira o Presidente um breve instante em minha vida; mas passara muitos momentos imaginando-o. Era como uma canção que ouvira um dia, em fragmentos, mas cantara desde então em pensamento. Embora naturalmente as notas tivessem mudado um pouco com o tempo... o que quer dizer que eu esperava que sua fronte fosse mais alta, e seu cabelo grisalho, menos basto. Quando o vi, tive um momento de incerteza sobre ele ser realmente o Presidente. Mas senti-me tão tranqüila que soube sem dúvida que o havia encontrado.

Enquanto Mameha saudava os dois homens, fiquei parada atrás aguardando minha vez de fazer a mesura. E se quando eu tentasse falar minha voz soasse como taquara rachada ou madeira polida? Nobu, com suas trágicas cicatrizes, olhava para mim mas eu não sabia se o Presidente já me percebera; era tímida demais para olhar em sua direção. Quando Mameha tomou seu lugar e começou a ajeitar o quimono sobre os joelhos, vi que o Presidente me olhava com ar de curiosidade. Na verdade, meus pés ficaram gelados com todo o sangue correndo para meu rosto.

— Presidente Iwamura... Diretor Nobu — disse Mameha —, esta é minha irmã mais nova, Sayuri.

Estou certa de que você ouviu falar no famoso Iwamura Ken, fundador da Eletrônica Iwamura. E provavelmente também ouviu falar de Nobu Toshikazu. Nenhuma parceria empresarial no Japão foi tão famosa quanto a deles. Eram como uma árvore e suas raízes, ou um altar e o portão diante dele. Mesmo como menina de catorze anos, eu ouvira falar deles. Mas jamais imaginara, por um só instante, que Iwamura Ken poderia ser o homem que eu encontrara nas margens do Riacho Shirakawa. Bem, pus-me de joelhos e fiz-lhes uma mesura, dizendo as coisas habituais sobre implorar sua benevolência, e assim por diante. Quando terminei fui ajoelhar-me no espaço entre eles. Nobu passou a conversar com o homem a seu lado, enquanto o Presidente, do meu outro lado, sentava-se com a mão em torno de uma xícara de chá sobre uma bandeja em seus joelhos. Mameha começou a falar com ele; peguei um pequeno bule de chá e afastei a manga para servir. Para meu espanto, os olhos do Presidente vagaram até meu braço. Naturalmente eu estava ansiosa por ver exatamente o que ele via. Talvez devido à fraca luz do Salão de Espetáculos, a parte de baixo do meu braço parecia brilhar com a macieza de uma pérola, e era de uma linda cor de marfim. Nenhuma parte de meu corpo antes me parecera tão bela. Fiquei bem ciente de que os olhos do Presidente não se moviam; enquanto ele ficasse olhando meu braço eu não o tiraria dali. Então de repente Mameha se calou. Pareceu-me que parara de falar porque o Presidente observava meu braço em vez de escutar suas palavras. Só aí percebi o que realmente sucedera.

O bule de chá estava vazio. Mais ainda, estivera vazio quando eu o pegara.

Se antes me sentira glamourosa, agora murmurei desculpas e larguei o bule tão depressa quanto pude. Mameha riu.

— Pode ver que menina determinada, Presidente — ela disse. — Se houvesse uma só gota no bule, Sayuri a teria extraído.

— Que lindo quimono sua irmã mais nova está usando, Mameha — disse o Presidente. — Será que recordo que você o usou em seus dias de aprendiz?

Se eu tivera algumas dúvidas sobre aquele homem ser realmente o Presidente, não as senti mais quando ouvi a bondade familiar de sua voz.

— Acho que é possível — respondeu Mameha. — Mas o Presidente me viu em tantos quimonos diferentes nestes anos, que não posso imaginar que se lembre de todos.

— Bem, não sou diferente de qualquer outro homem. A beleza sempre me impressiona. Mas quando se trata de lutadores de sumô, não consigo distinguir um do outro.

Mameha inclinou-se diante do Presidente e me sussurrou:

212

— O Presidente está dizendo que não gosta muito de sumô.

— Ora, Mameha, está tentando criar problemas comigo e Nobu...

— Presidente, Nobu-san sabe há anos como o senhor se sente.

— Sayuri, é a primeira vez que vai assistir ao sumô? — perguntou ele.

Eu estivera aguardando alguma desculpa para falar com ele. Mas antes que eu pudesse respirar, ficamos chocados com o tremendo estrondo que sacudiu o grande edifício. Nossas cabeças se viraram e a multidão se calou; mas era apenas uma das portas gigantes se fechando. Num momento ouvimos gonzos rangendo e a segunda porta se fechou, empurrada por dois dos lutadores. Nobu desviara a cabeça para o outro lado. Não resisti a espiar as terríveis queimaduras do lado de seu rosto e pescoço, e a sua orelha deformada. Então vi que a manga de seu casaco estava vazia. Eu estivera tão preocupada que nem percebera isso antes; estava dobrada em duas e presa ao seu ombro por um longo alfinete de prata.

Se você ainda não sabe, quando jovem tenente da Marinha Japonesa Nobu fora gravemente ferido num bombardeio fora de Seul em 1910, quando a Coréia foi anexada ao Japão. Eu nada sabia do seu heroísmo quando o conheci, embora de fato todo mundo no Japão conhecesse a história. Se ele não tivesse se ligado ao Presidente, eventualmente tornando-se diretor da Eletrônica Iwamura, provavelmente teria sido esquecido como herói de guerra. Mas seus terríveis ferimentos tornavam mais notável ainda a história de seu sucesso, de modo que seguidamente se mencionavam as duas coisas juntas.

Não sei muito de história — pois na pequena escola só nos ensinavam artes —, mas acho que o governo japonês conseguiu controle sobre a Coréia no fim da guerra russo-japonesa, e poucos anos depois tomou a decisão de incorporar a Coréia ao império crescente. Estou certa de que os coreanos não gostaram muito disso. Nobu fora até lá como parte de uma pequena força para controlar a situação. Certa tarde acompanhara seu comandante numa visita a uma aldeia perto de Seul. No caminho de volta para o lugar onde estavam amarrados seus cavalos, a patrulha foi atacada. Quando ouviram o terrível guincho da granada que vinha, o comandante tentou descer para uma valeta, mas era velho e se movia como um caramujo. Momentos antes de a granada atingi-los ele ainda tentava equilibrar-se. Nobu deitou-se sobre o comandante para o salvar, mas o velho levou isso a mal e tentou escapar. Com algum esforço ergueu a cabeça; Nobu tentou empurrá-la para baixo, mas a granada acertou-os, matando o comandante e ferindo gravemente Nobu. Numa cirurgia mais tarde naquele ano, Nobu perdeu o braço esquerdo acima do cotovelo.

Na primeira vez em que vi sua manga presa com alfinete, não consegui evitar de desviar os olhos, assustada. Nunca antes vira alguém que perdera um membro — embora quando eu era uma menininha um assistente do Sr. Tanaka tivesse perdido a ponta de um dedo certa manhã limpando peixe. No caso de Nobu, muitas pessoas achavam que seu braço era o menor de seus problemas, pois sua pele parecia uma enorme ferida. É difícil descrever a aparência, e seria cruel eu tentar. Apenas repetirei o que ouvi outra gueixa dizer dele certa vez: "Sempre que olho o rosto dele, penso numa batata que rebentou a casca no fogo."

Quando se fecharam as enormes portas, virei-me para o Presidente para responder à sua pergunta. Como aprendiz, eu podia me sentar tão calada quanto um arranjo de flores, se quisesse. Mas estava decidida a não deixar passar aquela oportunidade. Mesmo que eu causasse nele uma levíssima impressão, como uma pegada de criança num chão poeirento, seria um começo.

— O Presidente perguntou se é a primeira vez que vou assistir ao sumô — eu disse. — É, sim, e eu ficaria muito agradecida se o Presidente pudesse me explicar alguma coisa.

— Se quer saber o que se passa — disse Nobu —, é melhor falar comigo. Qual o seu nome, aprendiz? Não pude escutar direito, com o barulho da multidão.

Desviei-me do Presidente como uma criança faminta se afasta de um prato de comida.

— Meu nome é Sayuri, senhor — respondi.

— Se você é irmã mais nova de Mameha, por que não há "Mame"-qualquer-coisa em seu nome? — prosseguiu Nobu. — Não é uma de suas tolas tradições?

— Sim, senhor. Mas todos os nomes com "Mame" eram de mau agouro para mim segundo o adivinho.

— O adivinho — disse Nobu com desdém. — Foi ele que escolheu o seu nome?

— Fui eu que escolhi — disse Mameha. — O adivinho não escolhe nomes, apenas nos diz se são aceitáveis.

— Mameha, um dia — respondeu Nobu — você vai crescer e parar de dar ouvidos aos tolos.

— Ora, ora, Nobu san — disse o Presidente —, quem ouve você falar pensa que é o homem mais moderno desta nação. Não conheço quem acredite mais firmemente em destino do que você.

— Todo homem tem seu destino. Mas quem precisa ir a um adivinho para o descobrir? Eu procuro um *maître* para saber se tenho fome? — disse Nobu. — Seja como for, Sayuri é um nome muito bonito — embora nomes bonitos e meninas bonitas nem sempre andem juntos.

Eu começava a imaginar se seu comentário seguinte seria algo como: "Que irmã bem feia você pegou, Mameha!", mas para meu alívio ele disse:

— Aqui temos o caso em que nome e menina combinam. Mameha, acho que ela pode ser até mais bonita do que você!

— Nobu-san! Mulher alguma gosta de ouvir dizer que ela não é a criatura mais bela ao redor.

— Principalmente você, hem? Bem, é melhor ir se acostumando. Ela tem olhos muito bonitos. Vire-se para mim, Sayuri, para que os possa ver de novo.

Eu não podia olhar para as esteiras, uma vez que Nobu queria ver meus olhos. Nem podia encará-lo diretamente sem parecer ousada demais. Assim, depois de deixar meu olhar vagar um pouco como se tentasse tomar pé no gelo, finalmente deixei-o pousar na região do queixo dele. Se pudesse obrigar meus olhos a deixarem de ver, eu o teria feito. Porque os traços de Nobu me pareceram argila mal esculpida. Você há de lembrar que até ali eu nada sabia da tragédia que o desfigurara. Quando fiquei imaginando o que lhe acontecera, não conseguia evitar aquela terrível sensação de peso.

— Seus olhos têm um brilho surpreendente — ele disse.

Nesse momento abriu-se uma portinha fora do salão e entrou um homem usando um quimono muito formal com um gorro preto alto na cabeça, parecendo ter saído diretamente de uma pintura da corte imperial. Ele abriu caminho pelo corredor liderando uma procissão de lutadores tão imensos que tinham de abaixar-se para passar pelo umbral.

— O que sabe de sumô, menina? — perguntou Nobu.

— Só que os lutadores são grandes como baleias, senhor — eu disse. — Em Gion trabalha um homem que um dia foi lutador de sumô.

— Você deve estar falando de Awaji. Está sentado ali, sabe? — Com a sua única mão Nobu apontou para outra fileira onde se sentava Awaji, rindo de alguma coisa, com Korin ao lado. Ela deve ter me visto porque deu um pequeno sorriso e inclinou-se para dizer algo a Awaji, que olhou em nossa direção.

— Ele nunca foi um grande lutador — disse Nobu. — Gostava de golpear os adversários com o ombro. Nunca dava certo, aquele burro, mas quebrou sua omoplata uma porção de vezes.

A essa altura os lutadores tinham entrado no salão e rodeavam a base do estrado. Um a um anunciaram-se seus nomes, e subiram postando-se num círculo encarando a platéia. Mais tarde, quando saíram novamente do salão para que os lutadores do outro lado pudessem começar sua procissão, Nobu me disse:

— Aquela corda num círculo no chão demarca o ringue, Sayuri. O primeiro lutador a ser empurrado para fora dele ou que toque o estrado fora dele com qualquer parte que não os pés é o perdedor. Pode parecer fácil, mas como se sentiria tentando empurrar um desses gigantes por cima da corda?

— Acho que eu viria por trás dele com matracas de madeira — eu disse — esperando assustá-lo tanto que ele saltaria para fora.

— Fale a sério — disse Nobu.

Não fingirei que tenha sido uma coisa inteligente para eu dizer, mas foi uma de minhas primeiras tentativas de fazer brincadeiras com um homem. Fiquei tão embaraçada que não podia pensar no que dizer. Então o Presidente se inclinou para mim:

— Nobu-san não brinca quando se trata de sumô.

— Não brinco com as três coisas que mais me importam na vida — disse Nobu. — Sumô, negócios e guerra.

— Santos deuses, achei que era uma espécie de piada — disse Mameha. — Isso significa que você está se contradizendo?

— Se você observasse uma batalha — disse Nobu — ou ficasse sentada no meio de uma reunião de negócios, entenderia o que estivesse ocorrendo?

Eu não sabia ao certo do quê ele falava, mas pude ver pelo seu tom que esperava que eu dissesse não.

— Ah, de jeito nenhum — respondi.

— Isso mesmo. E não espera entender o que ocorre no sumô. Por isso, pode rir das piadinhas de Mameha, ou escutar o que digo e aprender o que tudo isto significa.

— Ele tem tentado me ensinar anos a fio — disse-me o Presidente calmamente —, mas eu sou um péssimo aluno.

— O Presidente é um homem brilhante — disse Nobu. — É mau estudante de sumô porque não se interessa. Nem estaria aqui esta tarde, mas teve a generosidade de aceitar minha proposta de que a Eletrônica Iwamura patrocinasse esse espetáculo.

Àquela altura os dois times tinham concluído suas cerimônias de entrada no ringue. Seguiram-se mais duas cerimônias especiais, uma para cada um dos dois *yokozunas*. Um *yokozuna* é a

216

mais alta hierarquia no sumô. "Exatamente como a posição de Mameha em Gion", explicou Nobu. Não tive motivos para duvidar dele. Mas se Mameha levasse para entrar numa festa metade do tempo que aqueles *yokozuna* levavam para entrar no ringue, certamente nunca mais seria convidada. O segundo dos dois era baixo e com um rosto notável — nada flácido mas como que esculpido em pedra, com um queixo que me fez lembrar a parte dianteira quadrada de um barco de pesca. A audiência o saudou tão ruidosamente que tapei os ouvidos. O nome dele era Miyagiyama, e se você conhece algo de sumô, entenderá por que o saudavam daquele jeito.

— É o maior lutador que já vi — disse Nobu.

Logo antes de os lutadores começarem, o anunciador leu a lista dos prêmios do vencedor. Um era a considerável quantia oferecida por Nobu Toshizaku, Presidente da Eletrônica Iwamura. Nobu pareceu bem aborrecido ouvindo isso, e disse:

— Mas que tolo! O dinheiro nem é meu, é da Iwamura. Desculpe, Presidente. Vou pedir que alguém diga ao locutor que corrija seu erro.

— Não há erro, Nobu. Levando em conta quanto eu lhe devo, é o mínimo que posso fazer.

— O Presidente é generoso demais — disse Nobu. — Fico muito agradecido. — E passou ao Presidente a taça de saquê, encheu-a, e os dois beberam juntos.

Quando os primeiros lutadores entraram no ringue esperei que começassem a luta em seguida. Em vez disso gastaram uns cinco minutos ou mais derramando sal no estrado e agachando-se para inclinar os corpos de um lado levantando uma perna alto no ar antes de a bater no chão. De tempos em tempos agachavam-se, fuzilando-se com os olhos mutuamente, mas sempre que eu pensava que iam atacar, um deles se levantava e saía andando para pegar outro punhado de sal. Finalmente, quando eu não esperava aconteceu. Partiram um para cima do outro, tentando agarrar os panos da cintura; em mais um instante, um fizera o outro perder o equilíbrio e a luta terminara. A platéia bateu palmas e berrou, mas Nobu só sacudiu a cabeça e disse:

— Técnica ruim.

Durante os assaltos que se seguiram, muitas vezes senti que um ouvido estava ligado em minha mente e o outro em meu coração. Porque de um lado ouvia o que Nobu me contava — e muitas coisas eram interessantes. Mas o som da voz do Presidente do outro lado, falando com Mameha, sempre me distraía.

Passou-se uma hora ou mais, então o movimento de uma cor brilhante no setor de Awaji chamou minha atenção. Era uma flor de seda cor de laranja balouçando no cabelo de uma mulher que se ajoelhava. Primeiro pensei que fosse Korin, que tivesse trocado de quimono. Mas então vi que não era Korin, era Hatsumomo.

Vê-la ali quando não a esperava... senti um golpe, como se tivesse pisado num fio elétrico. Certamente era apenas questão de tempo até ela encontrar um jeito de me humilhar, mesmo ali naquele salão gigantesco no meio de centenas de pessoas. Eu não me importava de que ela me fizesse de boba na frente de uma multidão, se tivesse de ser; mas não suportava a idéia de parecer boba na frente do Presidente. Senti tal calor em minha garganta que quase nem conseguia fingir estar ouvindo quando Nobu começou a me contar algo sobre os dois lutadores que subiam ao estrado. Quando olhei para Mameha, ela lançou um olhar para Hatsumomo e disse:

— Presidente, perdoe-me mas tenho de pedir licença. E me ocorre que talvez Sayuri queira fazer o mesmo.

Ela esperou que Nobu concluísse sua história, e eu a segui para fora do salão.

— Ah, Mameha-san... ela parece um demônio — eu disse.

— Korin saiu há mais de uma hora. Deve ter encontrado Hatsumomo e a mandou para cá. Você na verdade devia sentir-se lisonjeada, pois Hatsumomo se dá tanto trabalho para a atormentar.

— Não suporto que ela me faça de boba na frente do... bem, de toda essa gente.

— Mas se você fizer algo que ela achar ridículo, vai deixar você em paz, não acha?

— Por favor, Mameha-san, não me deixe constrangida.

Tínhamos atravessado um pátio e íamos subir os degraus para o edifício onde ficavam os banheiros, mas Mameha me levou em vez disso a uma passagem coberta. Quando ninguém nos podia ouvir, ela me disse baixo:

— Nobu-san e o Presidente foram grandes benfeitores meus em muitos anos. Os deuses sabem que Nobu sabe ser duro com pessoas de quem não gosta, mas é tão leal como amigo quanto um servo com seu senhor feudal; e você nunca encontrará homem mais digno de confiança. Pensa que Hatsumomo entende essas qualidades? Tudo o que vê quando olha para Nobu é... "Sr. Lagarto". É assim que o chama. "Mameha-san, na noite passada eu vi você com o Sr. Lagarto! Ah, santos céus, você parece toda manchada. Acho que ele anda se esfregando em você." Esse tipo de coisa. Ora, eu não me importo com o que você acha de Nobu-san no momento. Um dia vai começar a ver que bom homem ele é. Mas Hatsumomo pode deixar você em paz se pensar que você começou a gostar dele.

Eu não sabia como reagir a isso. Nem sabia ao certo o que Mameha estava me pedindo para fazer.

— Nobu-san andou falando com você sobre sumô boa parte da tarde — ela prosseguiu. — Todos pensam que você o adora. Agora, finja um pouco para Hatsumomo. Deixe-a pensar que se encantou mais por ele do que por qualquer outra pessoa. Ela vai achar a coisa mais engraçada que já viu. Provavelmente vai querer que você fique em Gion só para apreciar mais isso.

— Mas Mameha-san, como farei Hatsumomo pensar que estou fascinada por ele?

— Se você não conseguir isso, é porque não a treinei direito — respondeu ela.

Quando voltamos ao nosso camarote, Nobu conversava com um homem a seu lado. Não pude interromper, de modo que fingi estar absorvida observando os lutadores no estrado prepararem seu assalto. A platéia devia estar inquieta; Nobu não era o único que conversava. Senti tanto desejo de me virar para o Presidente e perguntar se lembrava um dia vários anos atrás quando fora bondoso com uma menina... Mas naturalmente eu jamais poderia dizer nada disso. Além do mais, seria desastroso para mim falar com ele enquanto Hatsumomo observava.

Logo Nobu se voltou para mim outra vez e disse:

— Esses assaltos foram monótonos. Quando Miyagiyama atuar, vamos ver verdadeira habilidade.

Pareceu-me ser a minha chance de o envolver.

— Mas já fiquei tão impressionada com as lutas que vi! — eu disse. — E as coisas que o Diretor Nobu teve a bondade de me relatar foram tão interessantes, que mal posso imaginar ainda não ter visto o melhor.

— Não seja ridícula — disse Nobu. — Nenhum desses lutadores merece estar no mesmo ringue de Miyagiyama.

Eu podia ver Hatsumomo numa fileira distante, por cima do ombro de Nobu. Conversava com Awaji e não parecia estar olhando para mim.

— Sei que pode parecer uma pergunta muito boba — eu disse —, mas como é que um lutador pequeno como Miyagiyama pode ser o maior? — Se tivesse visto minha cara você acharia que nunca um assunto me interessara mais. Sentia-me ridícula fingindo estar absorvida em algo tão banal. Mas ninguém que nos visse saberia que não falávamos dos mais profundos segredos de nossas almas. Fico feliz em dizer que exatamente nesse momento surpreendi Hatsumomo voltando a cabeça para mim.

— Miyagiyama só parece pequeno porque os outros são tão mais gordos — dizia Nobu. — Mas ele tem muito orgulho de seu tamanho. Sua altura e peso foram impressos no jornal corretamente há alguns anos. Mesmo assim ele ficou ofendido a ponto de mandar um amigo bater-lhe no alto da cabeça com uma tábua, depois entupiu-se com batatas doces e água, e foi ao jornal mostrar que estavam errados.

Eu teria rido praticamente de qualquer coisa que Nobu dissesse — quero dizer, por causa de Hatsumomo. Mas na verdade era bem engraçado imaginar Miyagiyama fechando os olhos e esperando que a tábua lhe batesse na cabeça. Fiquei com essa imagem na mente e ri tão solta quanto me atrevia a fazer, e logo Nobu começou a rir comigo. Devemos ter parecido os melhores amigos aos olhos de Hatsumomo, pois eu a vi bater palmas encantada.

Logo tive a idéia de fingir que Nobu era o Presidente: cada vez que ele falava eu ignorava a sua maneira rude e tentava imaginá-lo gentil. Aos poucos fui capaz de olhar seus lábios e bloquear em minha mente o descolorido e as cicatrizes, imaginando que eram os lábios do Presidente, e que cada nuance de sua voz era um comentário a respeito de seus sentimentos para comigo. A certa altura convenci-me de que eu nem estava no espetáculo, mas num aposento calmo ajoelhada ao lado do Presidente. Desde que me lembrava nunca sentira tal felicidade. Como uma bola jogada no ar parece pender imóvel antes de cair, eu me sentia suspensa num estado de atemporalidade calma. Olhando em torno, vi apenas a beleza dos imensos troncos de madeira e aspirei o aroma dos bolos de arroz doce. Pensei que aquela condição não acabaria nunca. Mas a certa altura fiz um comentário que nem recordo, e Nobu reagiu:

— De que está falando? Só um tolo poderia ter uma idéia tão boba!

Meu sorriso descaiu antes que eu o pudesse impedir, como se as cordas que o sustentassem tivessem sido cortadas. Nobu me olhava direto nos olhos. Naturalmente Hatsumomo estava distante, mas tive certeza de que nos observava. Ocorreu-me então que se uma gueixa ou jovem aprendiz tivesse olhos marejados diante de um homem, a maioria tomaria isso como encantamento. Eu podia ter respondido com desculpas ao seu comentário rude; em vez disso imaginei que era o Presidente que falara tão bruscamente comigo, e num instante meu lábio tremia. Baixei a cabeça e me fiz de infantil.

Para minha surpresa, Nobu disse:

— Eu magoei você, não foi?

Não tive dificuldades em fungar de maneira teatral. Nobu me encarou um longo momento, depois disse:

— Você é uma menina encantadora.

Sei que pretendia fazer mais algum comentário, mas nesse instante Miyagiyama entrou no salão e a multidão começou a berrar.

Por um bom tempo Miyagiyama e o outro lutador, chamado Saiho, balouçaram-se em torno do estrado pegando sal e jogando-o no ringue, ou batendo os pés como fazem lutadores de sumô. Cada vez que se agachavam encarando-se me faziam pensar em dois rochedos na iminência de rolar. Miyagiyama sempre parecia pender um pouco mais para a frente do que Saiho, que era mais alto e muito mais pesado. Pensei que quando se chocassem o pobre Miyagiyama certamente seria empurrado para trás; não podia imaginar alguém arrastando Saiho por aquele ringue. Assumiram sua posição oito ou nove vezes sem que nem um deles atacasse; então Nobu sussurrou para mim:

— *Hataki komi!* Ele vai usar o *hataki komi*. Observe os olhos dele.

Fiz o que Nobu sugeria, mas tudo o que vi foi que Miyagiyama nunca olhava para Saiho. Acho que Saiho não gostava de ser ignorado dessa maneira, porque fuzilava o adversário com a ferocidade de um animal. Suas mandíbulas eram tão enormes que sua cabeça parecia uma montanha. E sua cara estava agora vermelha de raiva. Mas Miyagiyama continuou agindo como se mal o notasse.

— Não vai demorar muito — sussurrou-me Nobu.

Com efeito, da próxima vez que se agacharam apoiando-se nos punhos Saiho atacou.

Vendo Miyagiyama inclinar-se para adiante como fez, a gente pensaria que estava pronto para lançar seu peso sobe Saiho. Em vez disso, usou a força do ataque de Saiho para pôr-se de pé. Num instante saiu do caminho como uma porta de empurrar, e sua mão bateu no pescoço de Saiho. A essa altura o peso de Saiho estava bem na frente, ele parecia alguém prestes a cair de uma escada. Miyagiyama deu-lhe um empurrão com toda a força, e Saiho passou sobre a corda a seus pés. Então, para meu espanto, aquela montanha de homem voou sobre a beirada do estrado e caiu na primeira fila da platéia. Os espectadores tentaram escapar. Mas quando havia acabado, um homem se parou de pé, gaspeando, porque um dos ombros de Saiho o esmagara.

O embate não durara mais que um segundo. Saiho deve ter ficado humilhado com a derrota, porque fez a mais breve mesura dos perdedores daquele dia, e saiu do salão enquanto a multidão ainda bramia.

— Esse é o movimento chamado *hataki komi* — disse-me Nobu.

— Não é fascinante — disse Mameha como que deslumbrada. E nem concluiu seu pensamento.

— O que é fascinante? — quis saber o Presidente.

— O que Miyagiyama acaba de fazer. Nunca vi nada igual.

— Sim, você viu. Lutadores fazem isso o tempo todo.

— Bem, certamente me fez pensar... — disse Mameha.

Mais tarde, quando voltávamos a Gion, Mameha virou-se excitada para mim no riquixá.

— Aquele lutador de sumô me deu uma idéia maravilhosa — ela disse. Hatsumomo nem sabe, mas acaba de perder o equilíbrio. E só vai descobrir quando for tarde demais.

— Você tem um plano? Ah, Mameha-san, me conte, por favor!

— Você achou por um segundo que eu contaria? — ela disse.

— Não vou dizer nem à minha criada. Apenas procure manter Nobu-san interessado em você. Tudo depende dele, e de outro homem também.

— Qual?

— Um homem que você ainda não conhece. Agora não vamos mais falar disso! Provavelmente eu já disse mais do que devia. Foi uma grande coisa você conhecer Nobu-san hoje. Ele pode ser o seu salvador.

Devo admitir que senti uma tristeza enorme ouvindo isso. Se eu precisava de um salvador, que fosse o Presidente e ninguém mais.

capítulo dezoito

A gora que eu conhecia a identidade do Presidente, comecei a ler todas as noites todas as revistas que encontrava, na esperança de saber mais a seu respeito. Dentro de uma semana acumulara tamanha pilha em meu quarto que Titia me olhou como se eu tivesse perdido o juízo. Encontrei menção a ele em vários artigos, mas só de passagem, e ninguém me disse as coisas que eu realmente queria saber. Continuei pegando todas as revistas que encontrava no cesto de lixo, até certo dia deparar com uma pilha de papéis velhos atrás de uma casa de chá. Dentro dele havia um exemplar de dois anos atrás de uma revista que tinha um artigo sobre a Eletrônica Iwamura.

Parece que ela celebrara seus vinte anos em abril de 1931. Até hoje me surpreende pensar nisso, mas era o mês em que eu encontrara o Presidente nas margens do Shirakawa. Se tivesse olhado, eu teria visto seu rosto em todas as revistas. Agora que eu sabia em que data procurar, consegui com o tempo encontrar muitos outros artigos sobre esse aniversário. A maior parte deles vinha de uma coleção posta fora depois da morte de uma vovozinha que vivia num *okiya* do outro lado da alameda.

O Presidente nascera em 1890, de modo que, apesar dos cabelos grisalhos, tinha pouco mais de quarenta anos quando o conheci. Eu tivera a impressão de que ele era Presidente de uma com-

223

panhia importante, mas estava bem errada. A Eletrônica Iwamura não era tão grande quanto a Osaka — seu rival principal no Japão, segundo todos os artigos. Mas o Presidente e Nobu, devido à sua famosa parceria, eram muito mais conhecidos do que os chefes de companhias bem maiores. Seja como for, a Iwamura era considerada a mais inovadora e tinha melhor reputação.

Aos dezessete anos o Presidente fora trabalhar numa pequena eletrônica de Osaka. Logo estava supervisionando a equipe que instalava fiação para fábricas na região. O pedido de luz elétrica nas casas de escritórios crescia nessa época, e de noite o Presidente desenhava um aparelho que permitia usar duas lâmpadas num suporte só. O Presidente da companhia não o quis fabricar, e assim aos vinte e dois anos, em 1912, o Presidente saiu para estabelecer sua própria empresa.

Por alguns anos as coisas tinham sido difíceis, mas em 1914 a nova companhia do Presidente ganhara o contrato de fiação elétrica de um novo edifício numa base militar em Osaka. Nobu ainda estava no exército nesse tempo, pois suas feridas de guerra dificultavam-lhe conseguir emprego noutra parte. Ele recebeu a tarefa de fiscalizar o trabalho da nova Eletrônica Iwamura. Ele e o Presidente logo se tornaram amigos, e quando o Presidente lhe ofereceu um trabalho no ano seguinte, Nobu aceitou.

Quanto mais eu lia sobre a parceria deles, mais compreendia como realmente combinavam um com o outro. Quase todos os artigos mostravam a mesma foto deles, com o Presidente num terno moderno de três peças em lã pesada, na mão o suporte de cerâmica de duas lâmpadas que fora o primeiro produto de sua companhia. Parecia que alguém acabara de lhe entregar aquilo, e ele ainda nem decidira o que fazer com o objeto. Sua boca estava levemente aberta, mostrando os dentes, e ele fitava a câmera com olhar quase ameaçador, como se estivesse querendo jogar nela o que segurava. Em contraste com isso, Nobu estava postado ao lado dele, meia cabeça mais baixo e plenamente atento, com a única mão fechada do lado. Usava casaco de luto e calças listradas. Seu rosto cheio de cicatrizes não tinha nenhuma expressão, e seus olhos pareciam sonolentos. O Presidente — talvez pelos cabelos prematuramente grisalhos e pela diferença de tamanho — poderia ser quase o pai de Nobu, embora tivesse apenas dois anos mais. Os artigos diziam que enquanto o Presidente era responsável pelo crescimento e orientação da companhia, Nobu era responsável pela sua administração. Era o homem menos glamouroso com o trabalho menos glamouroso, mas aparentemente fazia aquilo tão bem que em público muitas vezes o Presidente dizia que a companhia jamais teria sobrevivido a severas crises sem os talentos de Nobu. Fora Nobu quem trouxera um grupo de investidores, salvando a companhia da ruína no começo dos anos 20. Era citada várias vezes uma frase do Presidente: "Devo a Nobu uma dívida impossível de resgatar."

Passaram-se várias semanas, e um dia recebi um bilhete dizendo que fosse ao apartamento de Mameha na tarde seguinte. A essa altura eu estava acostumada aos caríssimos conjuntos de quimono que a criada dela habitualmente estendia para mim, mas quando cheguei e comecei a vestir uma seda outonal de ferrugem e amarelo, com folhas espalhadas num campo de relva dourada, fiquei chocada ao encontrar no traje um rasgão que permitia meterem-se ali dois dedos. Mameha ainda não voltara, mas peguei a roupa nos braços e fui falar com a criada:

— Tatsumi-san — eu disse —, a coisa mais aborrecida... Este quimono está arruinado.

— Não está arruinado, senhorita. Precisa de conserto, mais nada. Esta manhã a patroa o tomou emprestado de um *okiya* nesta rua.

— Então ela não sabia... — eu disse. — E com minha fama de estragar quimonos, provavelmente ela vai pensar...

— Ah não, ela sabe que está rasgado — interrompeu Tatsumi. — Na verdade, o vestido de baixo também está rasgado no mesmo lugar. — Eu já vestira o traje de baixo cor de creme, e quando botei a mão atrás e senti o lugar na minha coxa, vi que Tatsumi estava certa.

— No ano passado uma gueixa aprendiz ficou por acaso presa num prego — disse Tatsumi. — Mas a patroa quer mesmo assim que você o vista.

Isso não me pareceu ter muito sentido, mas fiz o que Tatsumi dizia. Quando finalmente Mameha entrou apressada, fui lhe perguntar sobre isso enquanto ela retocava a maquilagem.

— Eu lhe disse que, conforme o meu plano — comentou ela —, dois homens serão importantes no seu futuro. Há poucas semanas você conheceu Nobu. O outro esteve fora da cidade até agora, mas com a ajuda deste quimono rasgado você está prestes a se encontrar com ele. Aquele lutador de sumô me deu uma idéia maravilhosa! Quase nem posso esperar para ver a reação de Hatsumomo quando você ressurgir dos mortos. Sabe o que foi que ela me disse outro dia? Que não podia me agradecer o bastante por ter levado você ao espetáculo. Valera toda a pena ir até lá, ela disse, só para ver você fazer olhinhos doces para o "Sr. Lagarto". Estou certa de que vai deixar você sozinha quando estiver com ele, a não ser que seja para dar uma olhadinha pessoalmente. Na verdade, quanto mais você falar em Nobu perto dela, tanto melhor — embora você não deva lhe dizer uma palavra sobre o homem que vai conhecer esta tarde.

Comecei a me sentir nauseada por dentro quando ouvi isso, mesmo tentando parecer contente com o que ela dizia. Porque, sabe, um homem nunca terá uma relação íntima com uma gueixa que foi amante de um associado íntimo. Certa tarde, numa casa de banhos, poucos meses atrás, eu escutara uma jovem tentando consolar outra gueixa que acabava de descobrir que o seu *danna* seria parceiro de negócios do homem com quem ela sonhava. Nunca me ocorrera, observando-a, que isso poderia ocorrer comigo.

— Senhora — eu disse —, posso lhe fazer uma pergunta? É parte de seu plano que um dia Nobu-san se torne o meu *danna*?

Mameha respondeu baixando seu pincel de maquilagem e me encarando no espelho com um olhar que, honestamente, teria feito parar um trem.

— Nobu-san é um excelente homem. Está sugerindo que teria vergonha de tê-lo como *danna*? — ela perguntou.

— Não, senhora, não falei disso. Eu estava só imaginando...

— Muito bem. Então tenho duas coisas a lhe dizer. Primeiro, você é uma menina de catorze anos sem nenhuma reputação. Terá muita sorte se jamais se tornar uma gueixa com *status* bastante para que um homem como Nobu pense em se propor como seu *danna*. Segundo, Nobu-san nunca encontrou uma gueixa de que gostasse o bastante para a tomar como amante. Se você for a primeira, espero que esteja muito lisonjeada.

Fiquei tão vermelha e quente na cara que pensei que ia pegar fogo. Mameha estava certa; fosse o que fosse que eu ia me tornar nos anos seguintes, eu teria sorte de atrair o interesse de um homem como Nobu. Se ele estava fora do meu alcance, muito mais inatingível seria o Presidente. Depois que o encontrara novamente naquele espetáculo de sumô, eu começara a pensar nas possibilidades que a vida me apresentava. Mas agora, depois das palavras de Mameha, fiquei vagando num mar de tristeza.

Vesti-me depressa, e Mameha me levou rua acima até o *okiya* onde vivera até seis anos atrás, quando ganhara sua independência. Na porta foi saudada por uma criada idosa, que estalou os lábios e sacudiu a cabeça.

— Chamamos o hospital há pouco — disse a criada. — O Doutor vai para casa às quatro horas hoje. São quase três e meia, você sabe.

— Antes de ir vamos lhe telefonar, Kazuko-san — respondeu Mameha. — Estou certa de que ele vai esperar por mim.

— Espero. Seria terrível deixar a pobre moça sangrando.

— Quem está sangrando? — perguntei alarmada; mas a criada apenas me olhou com um suspiro e nos levou pelas escadas a um pequeno saguão apinhado no segundo andar. Num espaço do tamanho de dois tatames estávamos não apenas Mameha e eu, mas a criada que nos trouxera e três outras jovens, além de uma alta cozinheira de avental engomado. Todas me encararam desconfiadas, exceto a cozinheira, que pendurou uma tolha no ombro e começou a afiar uma faca como as usadas para cortar cabeças de peixe. Senti-me como um pedaço de atum que o homem do armazém acabava de entregar, por que agora vi que eu era a que ia sangrar.

— Mameha-san — eu disse.

— Sayuri, eu sei o que você vai dizer — ela me disse, o que era interessante porque eu não tinha idéia do que ela ia dizer. — Antes de eu me tornar sua irmã mais velha você não prometeu fazer exatamente tudo que eu dissesse?

— Se eu soubesse que isso incluiria cortarem fora o meu fígado...

— Ninguém vai cortar o seu fígado — disse a cozinheira num tom que deveria me ajudar a me sentir melhor, mas não ajudou.

— Sayuri, vamos dar um cortezinho na sua pele — disse Mameha. — Só pouca coisa, de modo que possa ir ao hospital conhecer certo médico. Sabe o homem que eu lhe mencionei? Pois é médico.

— Não posso simplesmente fingir que estou com dor de barriga?

Eu disse isso totalmente séria, mas todo mundo pareceu achar uma boa piada, pois riram, até mesmo Mameha.

— Sayuri, todas só pensamos no seu próprio bem — disse ela. — Só precisamos fazer você sangrar um pouquinho, o suficiente para que o Doutor queira ver você.

Num momento a cozinheira terminou de afiar a faca e postou-se diante de mim, calma como se fosse me ajudar com a maquilagem — exceto que segurava uma faca. Kazuko, a criada idosa que nos recebera, puxou minha gola para os lados com as duas mãos. Comecei a sentir pânico; mas felizmente Mameha falou.

— Vamos fazer um corte na perna dela — disse.

— Não na perna — disse Kazuko. — O pescoço é muito mais erótico.

— Por favor, Sayuri, vire-se e mostre a Kazuko o buraco na parte de trás do seu quimono — disse Mameha. Quando fiz o que ela pedira, prosseguiu: — Então, Kazuko-san, como vamos explicar esse rasgão nas costas do quimono se o corte for no pescoço dela e não na perna?

— Mas qual a relação das duas coisas? — disse Kazuko. — Ela está usando um quimono rasgado, e tem um corte no pescoço.

— Não sei de que Kazuko está falando — disse a cozinheira. — Me diga onde quer que eu corte, Mameha-san, e eu corto.

Sei que devia ficar contente de ouvir isso, mas não fiquei.

Mameha mandou uma das jovens criadas pegar um bastão de pigmento vermelho do tipo usado para sombrear os lábios, e o enfiou no buraco de meu quimono, esfregando rapidamente para fazer uma marca na parte de trás de minha coxa.

— Você tem de cortar exatamente ali — disse Mameha.

Abri a boca, mas antes que eu pudesse falar Mameha me disse:

— Deite-se e fique quieta, Sayuri. Se você nos atrasar mais um pouco, vou ficar muito zangada.

Eu estaria mentindo se dissesse que queria obedecer, mas naturalmente não tive escolha. Deitei-me num lençol sobre o chão de madeira e fechei os olhos enquanto Mameha levantava minha roupa e fiquei exposta quase até o quadril

— Lembre que, se o corte tiver de ser mais fundo, você deverá cortar de novo — disse Mameha. — Comece com o mais superficial que puder.

Mordi o lábio quando senti a ponta da faca. Receei ter soltado um gritinho, embora não tenha certeza. Seja como for, senti uma pressão e Mameha disse:

— Não tão superficial. Você mal cortou a primeira camada de pele.

— Parecem lábios — disse Kazuko à cozinheira. — Você marcou uma linha bem no meio da mancha vermelha e parece um par de lábios. O Doutor vai dar risadas.

Mameha concordou, limpou o sinal depois que a cozinheira disse que conseguiria encontrar o local. Um momento depois senti de novo a pressão da faca.

Nunca suportei sangue. Pode recordar como desmaiei depois de cortar o lábio quando conheci o Sr. Tanaka. Então provavelmente pode imaginar como me senti ao me virar e ver um riozinho de sangue escorrendo pela minha perna até a toalha que Mameha segurava na parte interna da minha coxa. Fiquei em tal estado que não sei mais nada do que aconteceu em seguida — nem de ser levada até o riquixá, nem de nada sobre a viagem, até chegarmos perto do hospital e Mameha começou a virar minha cabeça de um lado para outro para chamar minha atenção.

— Agora escute! Sei que você ouviu repetidas vezes que seu trabalho como aprendiz é impressionar as outras gueixa pois serão elas que a vão ajudar em sua carreira, e não se preocupar com o que os homens pensam. Bem, esqueça tudo isso! Não vai funcionar assim no seu caso. O seu futuro depende de dois homens, como eu lhe disse, e você vai agora encontrar um deles. *Tem* de causar uma boa impressão. Está me ouvindo?

— Sim, senhora, cada palavra — murmurei.

— Quando lhe perguntarem como cortou a perna, responda que estava tentando ir ao banheiro de quimono e caiu sobre algo afiado. Nem sabe o que foi, porque desmaiou. Invente todos os detalhes que quiser, mas assegure-se de que vai parecer muito infantil. E quando entrarmos finja-se de desamparada. Vamos ver.

Bem, deitei a cabeça para trás e fechei os olhos. Acho que estava realmente me sentindo assim, mas Mameha não gostou nada.

— Eu não disse para se fazer de morta. Eu disse *desamparada*. Assim...

Mameha assumiu um ar vago, como se não soubesse nem onde fixar os olhos, com a mão na face como se se sentisse fraca. Fez-me imitar essa aparência até ficar satisfeita. Comecei meu teatro quando o condutor me ajudou na chegada do hospital. Mameha andava ao meu lado, ajeitando meu traje para assegurar que eu ainda parecesse atraente.

Entramos pelas portas de madeira, de vaivém, e perguntamos pelo diretor do hospital, que Mameha disse estar nos aguardando. Finalmente uma enfermeira nos conduziu por um longo corredor até um quarto empoeirado com mesa de madeira e um biombo simples diante das janelas. Enquanto esperávamos Mameha pegou uma toalha que enrolara em minha perna e jogou-a no cesto de lixo.

— Lembre, Sayuri — disse quase num sibilo —, queremos que o Doutor a veja tão inocente e desamparada quanto possível. Deite-se e tente parecer debilitada.

Não tive nenhuma dificuldade nisso. Um momento depois abriu-se a porta e entrou o Dr. Caranguejo. Naturalmente seu nome não era Caranguejo, mas se você o visse estou certa de que o mesmo nome lhe teria ocorrido, porque seus ombros eram levantados e seus cotovelos muito arqueados para fora, e se tivesse treinado não conseguiria imitar melhor um caranguejo do que ao natural. Até andava com um ombro mais para a frente, como um caranguejo que se move de lado. Tinha bigode, e ficou muito contente ao ver Mameha, embora antes com surpresa do que com sorriso nos olhos.

O Dr. Caranguejo era um homem metódico e ordeiro. Quando fechou a porta girou primeiro a maçaneta de modo que a lingüeta não fizesse ruído, depois pressionou outra vez a porta para certificar-se de que estava fechada. Depois tirou um estojo do bolso do casaco e abriu-o muito cuidadosamente, como se pudesse derramar algo se não tivesse cautela; mas ali só havia outro par de óculos. Quando trocara de óculos, ele botou o estojo outra vez no bolso e alisou o casaco com as mãos. Finalmente olhou para mim e deu um pequeno aceno brusco de cabeça, ao que Mameha disse:

— Lamento tanto perturbá-lo, Doutor. Mas Sayuri tem um futuro tão brilhante à sua frente, e agora teve o infortúnio de cortar a perna! Pensei na possibilidade de cicatrizes, infecção, coisas assim, por isso achei que o senhor seria a única pessoa que poderia tratar dela.

— Muito bem — disse o Dr. Caranguejo. — Quem sabe posso dar uma olhada no ferimento?

— Receio que Sayuri fique tonta ao ver sangue, Doutor — disse Mameha. — Talvez seja melhor ela simplesmente se virar e deixar que o senhor mesmo examine a ferida. Fica atrás de sua coxa.

— Compreendo perfeitamente. Talvez você possa ter a bondade de perguntar se ela pode se deitar de barriga na mesa de exames?

Eu não compreendia por que o próprio Dr. Caranguejo não me interrogava, mas para parecer obediente esperei até escutar as palavras de Mameha. Então o Doutor ergueu meu traje quase até os quadris, e botou por cima um pano e um líquido de cheiro forte com que esfregou minha coxa antes de dizer:

— Sayuri-san, tenha a bondade de me dizer como aconteceu esse ferimento.

Respirei fundo, exageradamente, ainda procurando parecer o mais fraca que podia.

— Bem, fico meio constrangida — eu disse —, mas a verdade é que eu andei... tomando muito chá esta tarde...

— Sayuri recém começou seu aprendizado — disse Mameha. — Eu a estava apresentando em Gion. Naturalmente todo mundo quis convidá-la para um chá.

— Sim, eu posso imaginar — disse o Doutor.

— Seja como for — prossegui —, de repente senti que eu precisava... bem, o senhor sabe...

— Beber quantidades excessivas de chá pode levar a uma premente necessidade de aliviar a bexiga — disse o Doutor.

— Ah, obrigada. E na verdade... bem, "premente necessidade" é pouco, porque fiquei com medo de que tudo começasse a ficar amarelo ao meu redor, se entende o que quero dizer...

— Conte apenas ao Doutor o que aconteceu, Sayuri — disse Mameha.

— Desculpe — eu disse. — Só quero dizer que precisei muito usar o banheiro... Tanto que quando finalmente cheguei lá... bem, eu estava lutando com o meu quimono, e devo ter perdido o equilíbrio. Quando caí minha perna bateu em alguma coisa afiada. Nem sei o que foi. Acho que desmaiei.

— Estranho que não tenha esvaziado a bexiga ao perder a consciência — comentou o Doutor.

Todo esse tempo eu estivera deitada de barriga para baixo, com o rosto afastado da mesa por medo de borrar minha maquilagem, e falava enquanto o Doutor só via a parte de trás da minha cabeça. Mas quando o Dr. Caranguejo fez seu último comentário, olhei sobre o ombro para Mameha, do melhor jeito que pude. Por sorte ela raciocinava mais depressa que eu, porque disse:

— Sayuri está dizendo que perdeu o equilíbrio quando tentava pôr-se de pé de novo, depois de estar agachada.

— Entendo — disse o Doutor. — O corte foi feito por um objeto muito afiado. Talvez tenha caído sobre um vidro quebrado ou um pedaço de metal.

— Muito afiado, sim — eu disse. — Afiado como uma faca!

O Dr. Caranguejo não disse mais nada, mas lavou o corte como se quisesse ver quanto doía, depois usou mais daquele líquido de cheiro forte para remover o sangue que secara na minha perna. Finalmente, disse-me que o corte precisaria de uma pomada e curativo, e me deu instruções de como cuidar dele nos próximos dias. Dizendo isso baixou minha roupa e guardou seus óculos como se os pudesse quebrar se lidasse muito rudemente com eles.

— Lamento muito que tenha estragado um quimono tão bonito — disse ele. — Mas estou feliz por ter a chance de a conhecer. Mameha-san sabe que estou sempre interessado em rostos novos.

— Ah, não, o prazer foi todo meu, Doutor — respondi.

— Talvez eu a veja em breve uma noite na Casa de Chá Ichiriki.

— Para dizer a verdade, Doutor — disse Mameha —, Sayuri é um tipo de... propriedade especial, como estou certa de que pode imaginar. Já tem mais admiradores da que pode atender, de modo que a tenho afastado da Ichiriki o mais que posso. Talvez possamos visitá-lo na Casa de Chá Shirae?

— Sim, eu mesmo preferiria isso — disse o Dr. Caranguejo. Então passou por todo o ritual de trocar de novo de óculos, para poder olhar o livrinho que tirara do bolso. — Estarei lá... deixe-me ver... duas noites a partir de hoje. Espero ver você.

Mameha assegurou-lhe que passaríamos lá, e fomos embora.

No riquixá a caminho de Gion, Mameha me disse que eu me portara muito bem.

— Mas Mameha, eu não fiz nada!

— Ah, é? Então como explica o que vimos na testa do Doutor?

— Eu só via a madeira da mesa diante da minha cara.

— Digamos que enquanto o Doutor limpava o sangue de sua perna a sua testa ficou cheia de gotinhas de suor, como se estivéssemos em pleno verão. Mas nem estava quente no quarto, estava?

— Acho que não.

— Bom, e então! — disse Mameha.

Eu não tinha muita certeza do que ela estava dizendo — ou exatamente de qual fora seu objetivo ao me levar para conhecer o Doutor. Mas não podia mais perguntar porque ela deixara claro que não me contaria seu plano. Então, quando o riquixá estava atravessando a Ponte da Avenida Shijo voltando a Gion, Mameha se interrompeu no meio de uma história:

— Sabe de uma coisa, seus olhos ficaram realmente lindos naquele quimono, Sayuri. Ferrugem e amarelo... fazem seus olhos brilhar quase como prata! Céus, nem posso acreditar como não tive essa idéia antes. Condutor! — chamou. — Fomos longe demais. Pare aqui, por favor.

— A senhora me disse Gion Tominaga-cho. Não posso largar os varais no meio de uma ponte.

— Ou nos deixa aqui ou termina de atravessar a ponte e nos traz de volta outra vez. Não vejo qual o problema.

O condutor largou os varais onde estávamos, e Mameha e eu saímos. Vários ciclistas tocaram suas campainhas furiosos conosco, mas Mameha não pareceu nada preocupada. Acho que estava tão segura de seu lugar no mundo, que não podia imaginar alguém aborrecido com uma questão mínima como ela estar bloqueando o tráfego. Lentamente tirou as moedas da bolsinha de seda até pagar o preço exato, e depois me levou de volta sobre a ponte, para o lugar de onde tínhamos vindo.

— Vamos ao estúdio de Uchida Kosaburo — ela anunciou. — É um artista maravilhoso, e vai adorar seus olhos. Às vezes ele fica um pouco... distraído, pode-se dizer. E seu estúdio é uma confusão. Pode levar algum tempo para perceber seus olhos, mas mantenha-os de modo que ele os possa ver.

Segui Mameha por ruas laterais até chegarmos a uma pequena alameda. No final havia um portão shinto vermelho berrante, em tamanho pequeno, comprimido entre duas casas. Atrás do portão passamos por vários pavilhões pequenos até um lance de escadas de pedra levando através de árvores em seus brilhantes tons outonais. O ar que vinha do pequeno túnel de degraus era frio como água, e me parecia estar entrando em um mundo totalmente diferente. Ouvi um som sibilante que me lembrou a maré lavando a praia, mas era um homem de costas para nós, varrendo água do degrau superior com uma vassoura de raminhos cor de chocolate.

— Ora, Uchida-san! — disse Mameha. — Você não tem uma empregada para arrumar as suas coisas?

O homem no topo da escada estava na plena luz do sol, de modo que quando se virou para nos olhar achei que não veria mais do que alguns vultos debaixo das árvores. Mas eu o via bem, e era um homem de aparência bastante peculiar. Em um canto de sua boca havia uma verruga gigante como um pedaço de comida, e suas sobrancelhas eram tão densas que pareciam lagartas que tivessem descido de seu cabelo para adormecer ali. Tudo nele estava desarrumado, não apenas o seu cabelo grisalho, mas seu quimono, que dava a impressão de que o homem dormira com ele na noite passada.

— Quem está aí? — perguntou ele.

— Uchida-san! Depois de todos esses anos você ainda não reconhece minha voz?

— Se está tentando me deixar zangado, seja quem for, está começando muito bem. Não estou disposto a ser interrompido! Se não me disser quem é, eu jogo esta vassoura em você!

Uchida-san parecia tão zangado que eu não ficaria surpresa se ele mordesse a verruga no canto de sua boca e a cuspisse em nós. Mas Mameha apenas continuou subindo a escada, e eu a segui — embora tivesse o cuidado de ficar atrás dela, de modo que a vassoura a atingisse e não a mim.

— É assim que saúda suas visitas, Uchida-san? — disse Mameha quando também entrou na claridade.

Uchida a fitou de olhos apertados:

— Então é você — disse. — Por que não diz simplesmente quem é, como todo mundo? Aqui, pegue esta vassoura e varra os degraus. Ninguém entra em minha casa enquanto eu não acender o incenso. Outro dos meus camundongos morreu, e o lugar todo cheira a caixão de defunto.

Mameha achou graça, e esperou que Uchida tivesse saído antes de encostar a vassoura numa árvore.

— Você alguma vez teve um furúnculo? — sussurrou para mim. — Quando o trabalho de Uchida vai mal, ele fica num estado de espírito medonho. A gente o tem de abrir, como com um furúnculo, para ele se acalmar de novo. Se a gente não lhe dá um motivo para se zangar, ele começa a beber e só piora.

— Ele tem camundongos como bichos de estimação? — sussurrei. — Disse que tinha morrido mais um dos seus camundongos.

— Não, pelos deuses. Ele larga por aí seus bastões de tinta, e os camundongos vêm comer tudo e morrem envenenados. Eu lhe dei uma caixa para botar as tintas, mas ele não a usa.

Nesse momento a porta de Uchida se abriu parcialmente — pois ele a empurrou e voltou direto para dentro. Mameha e eu saímos de nossos sapatos. O interior era um único aposento grande, no estilo de uma casa de fazenda. Pude ver incenso queimando num canto afastado, mas ainda não adiantara nada porque o cheiro de rato morto me golpeou como se alguém enfiasse argila no meu nariz. O aposento era ainda mais desarrumado do que o de Hatsumomo no seu pior estado. Por toda a parte longos pincéis, alguns quebrados ou roídos, e grandes tábuas de madeira com desenhos inacabados em branco e preto. No meio de tudo um *futon* desarrumado com manchas de tinta nos lençóis. Imaginei que Uchida devia estar também todo manchado de tinta, e quando me virei para descobrir ele me disse:

— O que está olhando?

— Uchida-san, posso lhe apresentar minha mais recente irmã mais nova, Sayuri? — disse Mameha. — Ela veio comigo todo o caminho desde Gion apenas pela honra de conhecer você.

Todo o caminho desde Gion não era muito longe, mas mesmo assim ajoelhei-me nas esteiras e fiz o ritual de mesuras e implorar a benevolência de Uchida-san, embora não estivesse certa de que ele tivesse escutado uma só palavra de Mameha.

— Eu estava tendo um excelente dia até a hora do almoço — ele disse — e então veja o que aconteceu. — Ele atravessou o aposento e ergueu uma tábua. Presa a ela com alfinetes estava o esboço de uma mulher de costas, olhando para um lado segurando

234

uma sombrinha — mas evidentemente um gato pisara em tinta e andara pelo desenho, deixando marcas perfeitas de suas patas. O próprio gato dormia enrodilhado numa pilha de roupa suja.

— Eu o trouxe para cá por causa dos camundongos, e veja só! — continuou ele. — Estou com idéia de o botar na rua.

— Ora, mas as marcas de patas ficaram lindas — disse Mameha. — Acho que enfeitam o quadro. O que acha, Sayuri?

Eu não estava com vontade de dizer nada porque Uchida parecia muito nervoso com o comentário de Mameha. Mas num momento entendi que ela tentava "abrir o furúnculo", como dissera. Assim usei da minha voz mais entusiasmada e disse:

— Fiquei surpresa de ver como são atraentes essas marcas de patas! O gato pode ser uma espécie de artista.

— Sei por que você não gosta dele — disse Mameha. — Está com ciúme do seu talento.

— Eu, ciumento? — disse Uchida. — Aquele gato não é artista coisa nenhuma. Quando muito, é um demônio!

— Perdoe-me, Uchida-san — respondeu Mameha. — É como você diz. Mas diga-me, está planejando jogar fora esse desenho? Por que se for assim ficarei contente se o der a mim. Não ficaria bonito em meu apartamento, Sayuri?

Ouvindo isso Uchida arrancou o desenho da tábua e disse:

— Gosta dele, gosta? Tudo bem, vou lhe fazer dois presentes dele! — Rasgou-o em dois pedaços e deu um a ela, dizendo:

— Aqui está um! E aqui está o outro! Agora saiam!

— Eu queria que você não tivesse feito isso — disse Mameha. — Acho que foi a coisa mais bela que você já produziu.

— Saia!

— Ah, Uchida-san, eu não posso! Não seria sua amiga se não arrumasse um pouco este lugar antes de sair.

Diante disso o próprio Uchida disparou para fora da casa, deixando a porta bem aberta. Vimos quando deu um pontapé na vassoura que Mameha deixara encostada na árvore, escorregou e quase caiu quando descia pelos degraus úmidos. Passamos a meia hora seguinte arrumando o estúdio até Uchida voltar num humor muito melhorado, exatamente como Mameha tinha predito. Ele ainda não estava o que se chamaria de alegre, e tinha realmente o hábito de mastigar constantemente a verruga no canto de sua boca, o que lhe deixava com ar de preocupação. Acho que estava constrangido pelo seu comportamento anterior, pois nunca nos encarava diretamente. Logo vimos que não ia notar meus olhos, e Mameha lhe disse:

— Você não acha Sayuri muito bonitinha? Acaso se deu o trabalho de olhar para ela?

Era um ato desesperado, pensei, mas Uchida apenas lançou um rápido olhar para mim como se tirasse uma migalha da mesa. Mameha pareceu muito decepcionada. A luz da tarde começava a diminuir, de modo que nos levantamos para ir embora. Ela se despediu com uma mesura brevíssima. Quando saímos da casa, não pude evitar de parar um instante para contemplar o pôr-do-sol que pintava o céu atrás dos morros distantes de ferrugem e rosa como pinceladas num quimono belíssimo — mais ainda porque não importa quanto um quimono seja magnífico, suas mãos jamais terão esse brilho laranja nessa luz. Mas naquele pôr-do-sol minhas mãos pareciam ter sido mergulhadas em algo iridescente. Levantei-as e as olhei um longo momento.

— Olhe, Mameha-san — eu disse, mas ela pensou que eu estivesse falando do crepúsculo e virou-se para ele, com indiferença. Uchida estava parado, paralisado no umbral, com uma expressão concentrada, passando a mão por um tufo de cabelos grisalhos. Mas não olhava o pôr-do-sol: olhava para mim.

Se você alguma vez viu o famoso quadro a tinta de Uchida Kosaburo, da jovem de quimono num estado de êxtase e olhos iluminados... bem, desde o começo ele insistiu em que a idéia lhe viera do que tinha visto naquela tarde. Nunca acreditei muito nele. Não posso imaginar que um quadro tão belo se baseasse apenas numa jovem contemplando feito boba as próprias mãos ao pôr-do-sol.

capítulo dezenove

A quele mês surpreendente em que pela primeira vez reencontrei o Presidente — e conheci Nobu e o Dr. Caranguejo e Uchida Kosaburo — me fez sentir-me mais ou menos como um grilo domesticado que finalmente escapou da sua gaiolinha. Pela primeira vez em séculos eu podia ir para a cama à noite acreditando que talvez não chamasse tão pouca atenção em Gion quanto uma gota de chá derramada numa esteira. Eu ainda não entendia o plano de Mameha, ou se ele me faria ter sucesso como gueixa, ou se meu sucesso como gueixa me levaria ao Presidente. Mas todas as noites me deitava em meu *futon* com o lenço dele apertado contra a face, revivendo muitas vezes meu encontro com ele. Eu era como um sino de um templo que ressoa muito depois de ter sido tocado.

Algumas semanas se passaram sem uma notícia de nenhum dos homens, e Mameha e eu começamos a nos preocupar. Mas finalmente certa manhã uma secretária da Eletrônica Iwamura telefonou à Casa de Chá Ichiriki pedindo minha companhia para aquela noite. Mameha ficou encantada com a notícia, pois esperava que o convite tivesse vindo de Nobu. Eu também fiquei encantada; esperava que o convite viesse do Presidente. Mais tarde no mesmo dia, diante de Hatsumomo, contei a Titia que iria entreter Nobu e pedi que me ajudasse a escolher o conjunto de quimono. Para meu espanto, Hatsumomo veio me dar uma mão. Estou certa de que um estranho nos teria considerado membros de uma família unida. Hatsumomo não zombou nem fez nenhum comentário sarcástico, e realmente me ajudou. Sei que Titia estava tão espantada quanto eu. Acabamos concordando num quimono de um verde poeirento com padrão de folhas em prata e escarlate, e um *obi* cinza com fios dourados. Hatsumomo prometeu passar para me ver com Nobu. Naquela noite ajoelhei-me no umbral da Ichiriki sentindo que toda a minha vida me conduzira àquele momento. Ouvi sons de risos abafados, imaginando se uma das vozes seria do Presidente. E quando abri a porta e o vi à cabeceira da mesa, e Nobu de costas para mim... bem, fiquei tão cativada pelo sorriso do Presidente — embora fosse na verdade só um resíduo do riso anterior — que tive de me cuidar para não sorrir para ele. Saudei Mameha primeiro, e depois as poucas outras gueixas na sala, e finalmente os seis ou sete homens. Quando me levantei fui direto a Nobu, como Mameha esperava que eu fizesse. Devo ter me ajoelhado mais perto dele do que percebera, porém, porque ele imediatamente bateu sua taça de saquê na mesa, aborrecido, e se afastou um pouquinho de mim. Pedi desculpas mas ele não me prestou atenção, e Mameha apenas franziu as sobrancelhas. Passei o resto do tempo sentindo-me muito mal. Mais tarde, quando saíamos juntas, Mameha me disse:

— Nobu-san se irrita facilmente. Tenha cuidado de não o aborrecer no futuro.

— Sinto muito, senhora. Aparentemente ele não gosta de mim como a senhora pensava...

— Ah, ele gosta sim. Se não gostasse da sua companhia você teria saído da festa em prantos. Às vezes o temperamento dele parece doce como um saco de pedregulhos, mas é, à sua maneira, um homem bondoso, como você ainda vai descobrir.

Fui convidada para a Casa de Chá Ichiriki outra vez naquela semana pela Eletrônica Iwamura, e muitas vezes nas semanas seguintes — e não sempre com Mameha. Ela me pediu que não ficasse muito tempo para não me tornar impopular; assim, depois de mais ou menos uma hora eu sempre fazia minha mesura e pedia licença, como se estivesse indo a outra festa. Muitas vezes, enquanto me vestia para aquelas noites, Hatsumomo dava a entender que passaria por lá, mas nunca o fez. Então certa tarde informou-me de que tinha algum tempo livre naquela noite e de que certamente iria.

Como você pode imaginar, fiquei um pouco nervosa; mas as coisas pareceram ainda piores quando cheguei à Ichiriki e vi que Nobu não estava. Era a menor festa a que eu já fora em Gion, apenas duas outras gueixas e quatro homens. E se Hatsumomo chegasse e me visse entretendo o Presidente sem Nobu? Eu nem pensara ainda no que fazer, quando de repente a porta se abriu e com um ímpeto de ansiedade vi Hatsumomo de joelhos no umbral.

Decidi que meu único recurso seria fingir-me de entediada, como se só a companhia de Nobu pudesse me interessar. Talvez isso tivesse sido suficiente para me salvar, mas por sorte minha Nobu chegou em poucos minutos. O adorável sorriso de Hatsumomo aumentou no momento em que ele entrou na sala, até seus lábios parecerem gotas de sangue ricas e cheias na beira de uma ferida. Nobu acomodou-se à mesa e de repente Hatsumomo sugeriu de maneira muito maternal que eu servise o saquê a ele. Fui me instalar ao lado de Nobu, tentando mostrar todos os sinais de uma jovem encantada. Por exemplo, sempre que ele ria eu lançava um olhar para ele como se não pudesse resistir. Hatsumomo estava encantada com isso e nos observava tão abertamente que nem parecia notar todos os olhares masculinos sobre si — ou, provavelmente, estava habituada a tais atenções. Naquela noite estava de uma beleza cativante, como sempre; o jovem na ponta da mesa não fazia mais do que fumar cigarros e olhar para ela. Até o Presidente, sentado com os dedos graciosamente em torno de uma taça de saquê, de tempos em tempos lhe lançava um olhar. Fiquei imaginando se os homens ficavam tão cegos pela beleza que se sentiriam privilegiados vivendo suas vidas com um verdadeiro demônio, desde que fosse um lindo demônio. Tive uma súbita visão do Presidente subindo à entrada formal do nosso *okiya* tarde da noite para encontrar Hatsumomo, tendo um chapéu de feltro na mão e sorrindo para mim enquanto desabotoava o sobretudo. Pensei que ele nunca ficaria tão extasiado com ela a ponto de ignorar os traços de crueldade que acabariam aparecendo. Mas uma coisa era certa: se Hatsumomo jamais compreendesse meus sentimentos por ele, poderia tentar seduzi-lo ainda que só para me causar sofrimento.

De repente tive urgência de que Hatsumomo deixasse a festa. Sabia que estava ali para observar o "romance em evolução" como dizia. De modo que decidi mostrar-lhe o que viera ver. Comecei a tocar a nuca ou cabelo sempre que podia, parecendo preocupada com minha aparência. Quando meus dedos inadvertidamente tocaram um dos meus enfeites de cabelo, tive uma idéia. Esperei alguém fazer uma piada, e enquanto ria e arrumava o cabelo, inclinei-me para Nobu. Arrumar o cabelo era uma coisa estranha de fazer, admito, pois estava posto no lugar com cera, e dificilmente precisava de cuidados. Mas meu propósito era derrubar um dos meus enfeites de cabelo — uma cascata de flores de seda amarelas e laranja —, deixando-o cair no colo de Nobu. Mas o alfinete de madeira segurando o enfeite em meu cabelo estava mais firme do que eu pensara; mesmo assim finalmente consegui soltá-lo e ele bateu no peito de Nobu, caindo no tatame, no meio de suas pernas cruzadas. Quase todo mundo notou, e ninguém pareceu saber o que fazer. Eu planejara estender a mão até seu colo e pegar o enfeite com embaraço infantil, mas não consegui pôr a mão entre suas pernas.

Nobu mesmo o pegou e revolveu-o lentamente no alfinete.

— Chame a jovem criada que me saudou — disse — e diga que quero o pacote que eu trouxe.

Fiz o que ele me pedira e voltei ao aposento com todo mundo esperando. Ele ainda segurava meu enfeite de cabelo, de modo que as flores pendiam sobre a mesa, e não fez menção de pegar o pacote quando o estendi para ele.

— Eu ia lhe dar mais tarde, na saída. Mas parece que devo dá-lo agora — ele disse e fez um sinal de cabeça para o pacote, sugerindo que eu o abrisse. Fiquei muito envergonhada com todo mundo olhando, mas desembrulhei o papel e abri a caixinha de madeira encontrando um sofisticado pente ornamental num leito de cetim. O pente, em forma de semicírculo, era de uma cor vermelho forte, adornada de flores coloridas.

— É uma antigüidade. Encontrei há alguns dias — disse Nobu.

O Presidente, olhando pensativamente o ornamento em sua caixa na mesa, moveu os lábios mas nada disse. Limpou a garganta e então disse com uma estranha espécie de melancolia:

— Ora, Nobu-san, eu não tinha idéia de que você fosse tão sentimental.

Hatsumomo ergueu-se da mesa; embora eu tivesse conseguido impor-me a ela, para surpresa minha veio até mim e ajoelhou-se ao meu lado. Eu não sabia o que iria acontecer, mas ela tirou o pente da caixa e cuidadosamente o enfiou em meus cabelos, exatamente na base no grande nó. Estendeu a mão, e Nobu lhe deu o enfeite de flores pendentes, que ela recolocou cuidadosamente em meu cabelo como uma mãe cuidando de seu bebê. Agradeci com uma pequena mesura.

— Ela não é adorável? — disse ela falando obviamente para Nobu. Então soltou um pequeno suspiro teatral, como se esses poucos momentos fossem os mais românticos que jamais vira, e saiu da festa como eu esperava que fizesse.

Não é preciso dizer que os homens podem ser tão diferentes uns dos outros como arbustos que florescem em diferentes épocas do ano. Porque embora Nobu e o Presidente parecessem interessar-se por mim algumas semanas depois do torneio de sumô, passaram-se vários meses e eu nada ouvira do Dr. Caranguejo e de Uchida. Mameha achava que devíamos esperar até ouvir notícias deles em vez de achar algum pretexto para nos aproximarmos outra vez, mas finalmente não conseguiu mais agüentar e certa tarde foi conferir com Uchida.

Acabou sabendo que pouco depois de nossa visita o seu gato fora mordido por um texugo e morrera de infecção poucos dias depois. Como resultado, Uchida caíra noutra fase de bebedeira. Mameha o visitou alguns dias para o animar. Finalmente, quando seu humor parecia melhorar, ela me vestiu em um quimono azul-gelo com fitas coloridas bordadas na bainha — apenas um toque de maquilagem ocidental "para acentuar os ângulos", como disse, e me mandou a ele com um presente: um gatinho branco-pérola que lhe custara não sei quanto dinheiro. Achei o gatinho encantador, mas Uchida lhe deu pouca atenção, sentando-se de olhos estreitados e movendo a cabeça de um lado e outro. Poucos dias depois soubemos que queria me usar como modelo em seu estúdio. Mameha me avisou de não lhe dizer uma palavra e me enviou acompanhada de sua criada Tatsumi, que passou a tarde cochilando em um canto arejado enquanto Uchida me levava de um lugar a outro, misturando freneticamente suas tintas e pintando um pouco em papel de arroz antes de me remover outra vez.

Se você alguma vez viajasse pelo Japão e visse as várias obras que Uchida produziu enquanto lhe servi de modelo naquele inverno e nos anos seguintes — como uma de suas únicas pinturas a óleo que sobreviveram, pendurada na sala da diretoria do Banco Sumitomo em Osaka —, poderia imaginar que posar para ele foi uma experiência cheia de encantamento. Mas na verdade nada poderia ser mais aborrecido. Na maior parte do tempo eu pouco fiz além de me sentar com desconforto por uma hora ou mais. Em geral recordo de sentir sede, porque Uchida nunca me ofereceu nada para beber. Mesmo quando comecei a trazer meu próprio chá em um jarro fechado, ele o levava para outro canto da sala de modo que o objeto não o distraísse. Seguindo as instruções de Mameha, eu tentava nunca dizer palavra, mesmo numa tarde difícil em meados de fevereiro quando eu provavelmente deveria ter dito algo e não disse. Uchida viera sentar-se diante de mim e fitar meus olhos, mascando a verruga no canto de sua boca. Segurava um punhado de bastões de tinta e água que ficava congelando, mas não importa quantas vezes moesse tinta em várias combinações de azul e cinza, nunca ficava satisfeito com a cor e a levava para fora para despejar na neve. No curso da tarde, enquanto seus olhos me perfuravam, ele foi ficando cada vez mais zangado e mais tarde vi que entrara noutra fase de bebedeira. Mameha me censurou por permitir que isso acontecesse.

Quanto ao Dr. Caranguejo, quando o conheci ele praticamente prometera a Mameha e a mim que nos veria na Casa de Chá Shirae; mas mesmo seis semanas depois ainda não tínhamos ouvido uma palavra dele. A preocupação de Mameha crescia com o passar das semanas. Eu ainda nada sabia de seu plano para desequilibrar Hatsumomo, exceto que era como uma porta de vaivém em dois gonzos, um dos quais era Nobu, o outro o Dr. Caranguejo. Eu não sabia o que ela queria com Uchida, mas me parecia um esquema separado — certamente não o centro de seus planos.

Finalmente, em fins de fevereiro, Mameha encontrou o Dr. Caranguejo na Casa de Chá Ichiriki e soube que estivera se consumindo com a inauguração de um novo hospital em Osaka. Agora que a maior parte do trabalho estava terminada, ele esperava renovar sua relação comigo na Casa de Chá Shirae na semana seguinte. Você deve lembrar que Mameha lhe dissera que eu ficaria soterrada de convites se mostrasse meu rosto na Ichiriki; por isso o Dr. Caranguejo nos convidou para a Shirae. O real motivo de Mameha era ficar longe de Hatsumomo, naturalmente; mesmo assim, enquanto me preparava para reencontrar o Doutor, eu não podia evitar de me sentir insegura, com medo de que Hatsumomo nos encontrasse. Mas assim que botei os olhos na Shirae quase rompi em risos, pois certamente era um local que Hatsumomo faria tudo por evitar. Fez-me pensar em uma pequena flor murcha numa árvore em plena florescência. Gion continuava uma comunidade ativa mesmo nos anos da Depressão, mas a Casa de Chá Shirae, que para começo de conversa nunca fora importante, apenas continuara a decair. A única razão por que um homem rico como o Dr. Caranguejo favorecia um lugar daqueles era que não fora sempre tão rico. Nos seus primeiros anos provavelmente a Shirae fora a melhor casa que pudera freqüentar. Só porque a Ichiriki finalmente o recebera bem, ele não se sentia livre para cortar os laços com a Shirae. Quando um homem pega uma amante, não pede divórcio de sua esposa.

Naquela noite na Shirae eu servia o saquê enquanto Mameha contava uma história. E durante todo o tempo o Dr. Caranguejo se sentou com os cotovelos tão arqueados que às vezes nos batia com eles, e se virava para pedir desculpas com um sinal de cabeça. Descobri que era um homem quieto, e passou a maior parte do tempo olhando a mesa através de seus pequenos óculos redondos, e de vez em quando passava pedaços de *sashimi* debaixo do bigode de um jeito que me fez pensar num menino escondendo alguma coisa debaixo de um tapete. Quando finalmente saímos naquela noite pensei que tínhamos falhado e não o veríamos mais — porque normalmente um homem que se divertiu tão pouco nem se interessaria em voltar a Gion. Mas afinal ouvimos do Dr. Caranguejo na semana seguinte, e quase todas as semanas depois disso, nos meses seguintes.

As coisas corriam facilmente com o Doutor, até certa tarde em meados de março, quando eu fiz uma coisa tola e quase arruinei todo o cuidadoso plano de Mameha. Estou certa de que muita menina estranhou suas possibilidades na vida recusando-se a fazer algo que se esperava dela, ou agindo mal com um homem importante, ou coisa assim. Mas o erro que cometi foi tão banal que nem me dei conta dele.

Aconteceu no *okiya* durante um minuto, pouco depois do almoço num dia frio, enquanto eu me ajoelhava no passadiço de madeira com meu *shamisen*. Hatsumomo passou por mim a caminho do banheiro. Se eu tivesse sapatos teria descido para o caminho de terra para lhe ceder lugar. Mas eu só pude lutar para me pôr de pé, com braços e pernas quase congelando. Se eu fosse mais rápida, Hatsumomo provavelmente nem teria se importado de falar comigo. Mas no momento enquanto eu me punha de pé, ela disse:

— O Embaixador Alemão está vindo à cidade, mas Abóbora não está livre para o entreter. Por que não pergunta a Mameha se você pode ocupar o lugar de Abóbora?

Depois disso deu uma risada como se a idéia de eu fazer algo assim fosse tão ridícula quanto servir ao Embaixador um prato de cascas de bolotas de carvalho.

O Embaixador Alemão estava causando agitação em Gion nessa época. Naquele tempo, em 1935, um novo governo acabara de chegar ao poder na Alemanha, e embora eu nunca tenha entendido muito de política, sei que o Japão estava se afastando dos

243

Estados Unidos, e queria muito causar boa impressão no novo Embaixador germânico. Todo mundo em Gion imaginava quem teria a honra de o entreter durante sua iminente visita.

Quando Hatsumomo falou comigo, eu devia ter baixado a cabeça em sinal de vergonha e dar um espetáculo, lamentando a desgraça de minha vida comparada com a de Abóbora. Mas eu acabava de refletir sobre quanto minhas perspectivas pareciam ter melhorado, e com que sucesso Mameha e eu escondíamos o seu plano de Hatsumomo — fosse qual fosse o plano dela. Meu primeiro instinto, quando Hatsumomo falou, foi sorrir, mas em vez disso mantive um rosto de máscara, e fiquei contente comigo mesma por não ter cedido. Hatsumomo lançou-me um olhar estranho; eu devia ter percebido que algo passara pela sua mente. Dei rapidamente um passo para o lado, e ela passou por mim. De minha parte, estava tudo acabado.

Mas uns dias depois Mameha e eu fomos à Casa de Chá Shirae para encontrar novamente o Dr. Caranguejo. Quando abrimos a porta vimos Abóbora enfiando os pés nos sapatos para partir. Fiquei tão surpresa ao vê-la que imaginei o que a poderia ter trazido até ali. Então Hatsumomo também desceu para a entrada, e naturalmente compreendi: de alguma forma Hatsumomo nos apanhara.

— Boa tarde, Mameha-san — disse ela. — E olhe só quem está com você! A aprendiz de que o Doutor gostava tanto.

Estou certa de que Mameha sentiu o mesmo choque que eu, mas não demonstrou nada.

— Ora, Hatsumomo-san — disse —, quase nem a reconheci... Mas, pelos deuses, você está envelhecendo muito bem!

Hatsumomo realmente não era velha; tinha apenas vinte e oito ou vinte e nove anos. Acho que Mameha apenas queria dizer algo maldoso.

— Espero que você esteja vindo ver o Doutor — disse Hatsumomo. — Que homem interessante! Só espero que ele goste de ver você. Bem, adeusinho. — Hatsumomo parecia alegre ao partir, mas na luz da avenida pude ver um ar de tristeza no rosto de Abóbora.

Mameha e eu saímos de nossos sapatos sem dizer palavra; nenhuma de nós sabia o que dizer. A atmosfera melancólica da Shirae parecia densa como a água de uma lagoa naquela noite. O ar cheirava a maquilagem velha. O reboco úmido descascava nos cantos das salas. Eu teria dado tudo para me virar e ir embora.

Quando abrimos as portas da entrada, vimos a dona da casa de chá fazendo companhia ao Dr. Caranguejo. Habitualmente ela ficava uns minutos depois de termos chegado, provavelmente para cobrar seu tempo ao Doutor. Mas naquela noite pediu licença assim que chegamos, e nem nos olhou ao passar. O Dr. Caranguejo estava sentado de costas para nós, de modo que omitimos a formalidade das mesuras e fomos nos reunir a ele à mesa.

— Parece cansado, Doutor — disse Mameha. — Como vai esta noite?

Ele não falou. Apenas girava seu copo de cerveja na mesa para passar o tempo — embora fosse um homem eficiente que nunca desperdiçava um momento se pudesse evitar.

— Sim, estou bastante cansado — disse finalmente. — Não tenho muita vontade de falar.

Dizendo isso bebeu o resto de sua cerveja e levantou-se para sair. Mameha e eu nos entreolhamos. Quando o Dr. Caranguejo chegou à porta da sala virou-se e disse:

— Eu realmente não gosto quando pessoas em quem confiei se voltam contra mim.

E saiu sem fechar a porta.

Mameha e eu estávamos chocadas demais para falar. Finalmente ela se levantou e fechou a porta. Voltando à mesa ajeitou o quimono e fechou os olhos, irada, e me disse:

— Muito bem, Sayuri. O que foi exatamente que você disse a Hatsumomo?

— Depois de todo esse trabalho, Mameha-san? Eu lhe garanto que jamais faria nada para estragar minhas próprias chances.

O Doutor parece ter jogado você fora como se não passasse de um saco vazio. Tenho certeza de que há um motivo... Mas não o descobriremos a não ser quando soubermos o que Hatsumomo lhe disse esta noite.

— E como faremos isso?

— Abóbora estava na sala. Você terá de perguntar a ela.

Eu não sabia se Abóbora falaria comigo, mas disse que iria tentar, e Mameha pareceu satisfeita. Pôs-se de pé e preparou-se para sair, mas fiquei até ela se virar para ver o que estava me detendo.

— Mameha-san, posso fazer uma pergunta? — eu disse. — Agora que Hatsumomo sabe que tenho passado tempo com o Doutor, provavelmente sabe por quê. O Dr. Caranguejo certamente sabe. Você sabe. Até Abóbora deve saber. Eu sou a única que não sabe. Poderia ter a bondade de me explicar seu plano?

Mameha me olhou como se lamentasse muito a minha pergunta. Por um longo momento olhou para tudo menos para mim, mas finalmente soltou um suspiro e ajoelhou-se de novo diante da mesa para me dizer o que eu queria saber.

— Você sabe perfeitamente bem — começou — que Uchi-da-san olha você com os olhos de um artista. Mas o Doutor está interessado em outra coisa, assim como Nobu. Você sabe o que significa "enguia sem lar"?

Eu não tinha idéia do que era, e disse-lhe isso.

— Os homens têm uma espécie de.... bem, eles têm uma "enguia"... — ela disse. — As mulheres não têm, mas os homens têm. E fica...

— Acho que sei do que você está falando — eu disse. — Mas não sabia que se chamava enguia.

— Na verdade não é uma enguia — disse Mameha. — Mas, fazendo de conta que era enguia, as coisas ficam tão mais fáceis de entender. Então vamos pensar dessa maneira. A coisa é a seguinte: essa enguia passa a vida toda tentando encontrar um lar, e o que você acha que as mulheres têm dentro de si? Cavernas, onde as enguias gostam de viver. É dessa caverna que vem todo mês o sangue quando as nuvens passam sobre a lua, como às vezes dizemos.

Eu já tinha idade para saber o que Mameha significava com passagem das nuvens sobre a lua, pois já o experimentava havia alguns dias. Da primeira vez não teria me sentido mais assustada se tivesse espirrado e encontrado pedaços de cérebro em meu lenço. Na verdade pensei que estava morrendo, até que Titia me pegou lavando um pano ensangüentado e me explicou que sangrar faz parte de ser mulher.

— Você pode não saber disso sobre as enguias — prosseguiu Mameha —, mas elas são meio territoriais. Quando encontram uma caverna de que gostam, entram nela algum tempo e se remexem lá, para ter certeza de que... bem, de que é uma boa caverna, eu acho. E quando decidiram que é confortável, marcam a caverna como seu território.... cuspindo nela. Você entende?

Se Mameha tivesse me dito simplesmente o que estava querendo dizer, tenho certeza de que teria levado um choque, mas ao menos teria interpretado com mais facilidade. Anos mais tarde descobri que as coisas tinham sido explicadas a Mameha exatamente do mesmo jeito por sua irmã mais velha.

— Agora vem a parte que vai lhe parecer muito estranha — continuou ela, como se o que já me contara não me parecesse estranho. — Na verdade, os homens gostam de fazer isso. Gostam muito, até. Há homens que pouco fazem na vida além de procurar várias cavernas onde suas enguias possam viver. A caverna de uma mulher é particularmente especial para um homem se nenhuma outra enguia esteve lá antes. Você entende? Chamamos isso *mizuage*.

— O que é que chamamos de *mizuage*?

— A primeira vez que a caverna de uma mulher é explorada pela enguia de um homem. É a isso que chamamos *mizuage*.

Bem, *mizu* significa "água" e *age* significa "levantar", ou "colocar"; assim o termo *mizuage* soa como se tivesse algo a ver com levantar água ou colocar algo na água. Se você puser três gueixas num quarto, todas terão idéias diferentes sobre a origem do termo. Quando Mameha concluiu sua explicação fiquei ainda mais confusa, embora tentasse fingir que tudo fazia algum sentido para mim.

— Acho que você adivinha por que o Doutor gosta de brincar em Gion — prosseguiu Mameha. — Ele ganha muito dinheiro em seu hospital. Exceto aquilo de que precisa para sustentar sua família, o resto ele gasta buscando *mizuage*. Talvez lhe interesse saber, Sayuri-san, que você é precisamente o tipo de mocinha que ele mais aprecia. Sei disso muito bem porque também fui uma delas.

Como eu soube mais tarde, um ano ou dois antes de eu chegar a Gion o Dr. Caranguejo pagara uma quantia recorde pelo *mizuage* de Mameha — talvez sete ou oito mil ienes. Pode não parecer muito, mas na época nem mesmo alguém como Mamãe — cujo pensamento se ligava unicamente a dinheiro e a como ganhar mais — poderia ver apenas uma ou duas vezes na vida. O *mizuage* de Mameha fora tão caro em parte por causa de sua fama; mas havia outro motivo, como ela me explicou naquela tarde. Dois homens muito ricos tinham competido querendo ser o patrocinador do seu *mizuage*. Um era o Dr. Caranguejo. Outro era um empresário chamado Fujikado. Habitualmente os homens não competiam assim em Gion; todos se conheciam e preferiam fazer acordos sobre as coisas. Mas Fujikado vivia do outro lado do país e só eventualmente vinha a Gion. Não se importava de ofender o Dr. Caranguejo. Este, que afirmava ter algum sangue nobre, odiava homens que se tinham feito sozinhos, como Fujikado.

Quando Mameha percebera no torneio de sumô que Nobu parecia interessado em mim, pensou imediatamente em quanto Nobu se parecia com Fujikado — um homem que se fizera por sim, e repulsivo para alguém como o Dr. Caranguejo. Com Hatsumomo me perseguindo como uma dona de casa persegue uma barata, eu certamente não ficaria famosa do jeito que Mameha ficara e acabando com um *mizuage* caro. Mas se aqueles dois homens me achassem suficientemente atraente, poderiam iniciar uma guerra que me colocaria na posição de pagar minhas dívidas como se tivesse sido o tempo todo uma aprendiz muito popular. Era isso que Mameha queria dizer com "tirar Hatsumomo do equilíbrio". Hatsumomo estava encantada por Nobu me achar atraente; o que não percebera era que provavelmente minha popularidade com Nobu tornaria o meu *mizuage* mais caro.

Precisávamos provocar o interesse do Dr. Caranguejo. Sem ele Nobu poderia oferecer o que quisesse pelo meu *mizuage* — isto é, se ele afinal tivesse algum interesse. Eu não estava muito certa, mas Mameha me assegurou que um homem não cultiva uma relação com uma gueixa aprendiz de quinze anos a não ser que esteja pensando no *mizuage* dela.

— Pode apostar que não é a sua conversa que o atrai — ela disse.

Tentei fingir que não ficara magoada com isso.

capítulo vinte

O lhando para trás hoje vejo que essa conversa com Mameha
marca uma mudança em minha visão do mundo. Antes disso
eu nada soubera sobre *mizuage*; ainda era uma menina ingênua com pouco entendimento das coisas. Mas depois começaria a
ver o que um homem como o Dr. Caranguejo queria com todo o
tempo e dinheiro gasto em Gion. Uma vez que a gente saiba esse
tipo de coisa, nunca mais pode esquecer. Eu já não conseguia pensar nele da mesma maneira que antes.

Voltando ao *okiya* mais tarde naquele noite esperei em meu
quarto que Hatsumomo e Abóbora subissem as escadas. Era uma
hora depois da meia-noite mais ou menos quando finalmente chegaram. Eu sabia que Abóbora estava cansada pelo modo como
suas mãos batiam nos degraus — porque às vezes subia a escada
íngreme de quatro, feito um cachorro. Antes de fechar a porta do
quarto delas, Hatsumomo chamou uma das criadas e pediu uma
cerveja.

— Não, espere um minuto — ela disse. — Traga duas. Quero
que Abóbora beba comigo.

— Por favor, Hatsumomo — ouvi Abóbora dizer —, prefiro beber cuspe.

— Você vai ler alto para mim enquanto eu bebo a minha, de modo que também pode beber uma. Além disso, odeio quando as pessoas estão sóbrias demais. É nauseante.

Depois disso a criada desceu as escadas. Quando voltou pouco depois, ouvi copos tilintando na sua bandeja.

Por longo tempo sentei-me com o ouvido na porta do meu quarto, escutando a voz de Abóbora ler um artigo sobre um novo ator *kabuki*. Finalmente Hatsumomo cambaleou para o corredor e abriu a porta do banheiro de cima.

Ouvi-a dizer:

— Abóbora! Não está com vontade de comer uma tigela de macarrão?

— Não, senhora.

— Veja se encontra o vendedor de macarrão na rua. E compre para você também para me fazer companhia.

Abóbora suspirou e desceu direto as escadas, mas tive de esperar que Hatsumomo voltasse ao quarto antes de descer também. Eu poderia nem ter alcançado Abóbora, mas ela estava tão exausta que mal conseguia se arrastar como alguém que sobe uma ladeira sem muito objetivo. Quando finalmente a encontrei parcccu alarmada ao me ver e perguntou o que acontecera.

— Nada — eu disse. — Só que... preciso desesperadamente da sua ajuda.

— Ah, Chiyo-chan — ela me disse, e acho que era a única pessoa que ainda me chamava assim —, não tenho tempo! Estou tentando achar macarrão para Hatsumomo, e ela vai querer que eu também coma. Tenho medo de vomitar em cima dela.

— Abóbora, coitadinha de você — eu disse. — Parece gelo começando a derreter. — O rosto dela estava descaído de exaustão, e o peso de suas roupagens parecia puxá-la para o chão. Eu a mandei sentar, dizendo que encontraria macarrão e o traria até ela. Estava tão cansada que nem protestou, mas simplesmente me deu o dinheiro e sentou-se num banco junto do Riacho Shirakawa.

Levei algum tempo para encontrar um vendedor de macarrão, mas finalmente voltei com duas tigelas de macarrão fumegante. Abóbora dormia profundamente com a cabeça para trás, a boca aberta como se esperasse beber gotas de chuva. Eram umas duas da manhã, e havia poucas pessoa na rua. Um grupo de homens pareceu achar Abóbora a coisa mais engraçada do mundo — e admito que era esquisito ver uma aprendiz com toda a sua pompa roncando num banco.

Quando coloquei as tigelas a seu lado e a acordei o mais docemente possível, disse:

— Abóbora, preciso muito de um favor seu, mas... receio que não fique feliz ouvindo o que é.

— Não importa — ela me disse. — Nada mais me faz feliz.

— Você esteve no quarto esta tarde quando Hatsumomo falou com o Doutor. Receio que todo o meu futuro possa ser afetado por essa conversa. Hatsumomo deve ter lhe contado uma mentira a meu respeito, porque agora o Doutor não quer mais me ver.

Por mais que eu odiasse Hatsumomo — e por mais que quisesse saber o que ela fizera naquela noite — lamentei ter de mencionar o assunto com Abóbora. Ela pareceu tão dolorida que a gentil pressão que fiz foi demasiado. Imediatamente várias lágrimas desceram por suas grandes faces como se ela as estivesse acumulando havia anos.

— Eu não sabia, Chiyo-san! — ela disse remexendo no *obi* à procura de um lenço. — Eu não fazia idéia!

— Quer dizer, do que Hatsumomo ia dizer? Mas como alguém poderia saber?

— Não é isso. Eu não sabia que alguém podia ser tão mau! Não entendo... Ela faz coisas sem motivo nenhum exceto magoar pessoas. E a pior parte é que ela pensa que eu a admiro e quero ser igual a ela. Mas eu a odeio! Nunca odiei ninguém tanto antes disso.

Àquela altura o lenço amarelo da pobre Abóbora estava todo sujo de maquilagem branca. Se antes ela parecera um cubo de gelo derretendo, agora era uma poça.

— Abóbora, me escute por favor — eu disse. — Eu não lhe pediria isso se houvesse outro jeito. Mas não quero voltar a ser criada a vida toda, e é o que vai acontecer se Hatsumomo vencer. Ela não vai parar até me transformar numa barata debaixo do seu pé. Quero dizer, se você não me ajudar a escapar, ela me esmagará.

Abóbora achou engraçado, e as duas começamos a rir. Enquanto ela estava entre rindo e chorando, peguei seu lenço e tentei corrigir a maquilagem em seu rosto. Fiquei tão comovida ao ver de novo a velha Abóbora, que outrora fora minha amiga, que meus olhos se umedeceram e acabamos abraçadas.

— Eu quero ajudar você, Chiyo — ela finalmente disse —, mas estou fora muito tempo. Hatsumomo virá à minha procura se eu não voltar correndo, e se nos encontrar juntas...

— Eu só preciso fazer umas poucas perguntas, Abóbora. Só me diga como foi que Hatsumomo descobriu que eu tenho entretido o Doutor na Casa de Chá Shirae.

— Ah, isso — disse Abóbora. — Ela tentou aborrecer você há uns dias sobre o Embaixador Alemão, mas você pareceu não se importar. Pareceu tão calma que ela achou que você e Mameha deviam ter algum esquema. Então foi até o cartório de registros de Awaji-san e perguntou em que casas de chá você andava. Quando ouviu que a Shirae era uma delas, ficou com aquele olhar, e começamos a ir lá na mesma noite, procurar o Doutor. Fomos duas vezes, até finalmente encontrarmos você.

Muito poucos homens ricos freqüentavam a Shirae. Por isso Hatsumomo devia ter pensado imediatamente no Dr. Caranguejo. Agora compreendi que, ele sendo conhecido em Gion como "especialista em *mizuage*", assim que pensou nele ela provavelmente soube exatamente o que Mameha pretendia.

— E o que disse a ele nesta noite? Quando vocês saíram o Doutor nem quis falar conosco.

— Bem — Abóbora disse —, eles falaram um pouco, então Hatsumomo fingiu que se lembrava de uma história. E disse: "Há uma jovem aprendiz chamada Sayuri, que mora no meu *okiya*." Quando ouviu seu nome, o Doutor... acredite, encolheu-se como se uma abelha o tivesse picado. E disse: "Você a conhece?" Então Hatsumomo lhe disse: "Bem, claro que a conheço, Doutor. Pois ela não mora no meu *okiya*?" Depois disse mais alguma coisa que não recordo, e então: "Eu não devia falar de Sayuri, porque... bem, na verdade estou guardando um importante segredo dela."

Ouvindo isso, fiquei gelada. Estava certa de que Hatsumomo inventara algo realmente horrível.

— Abóbora, e que segredo era esse?

— Bom, não sei se entendi — disse Abóbora. — Não pareceu muito importante. Hatsumomo contou que perto do *okiya* morava um rapaz e que Mamãe tinha uma proibição estrita quanto a namorados. Hatsumomo disse que você e esse rapaz se amavam e que ela não se importava de proteger você porque achava que Mamãe era severa demais. Disse que até deixava vocês dois ficarem algum tempo sozinhos no quarto dela quando Mamãe não estava. E depois disse: "Ah, Doutor, eu nem devia ter-lhe contado! E se Mamãe ficar sabendo depois de todo o trabalho que tive guardando o segredo de Sayuri!" Mas o Doutor disse que agradecia pelo que Hatsumomo lhe contara e que guardaria o segredo sem dúvida alguma.

Eu bem podia imaginar como Hatsumomo devia ter saboreado seu pequeno esquema. Perguntei a Abóbora se havia mais alguma coisa, mas ela disse não.

Agradeci-lhe muitas vezes por me ajudar e disse quanto lamentava que ela tivesse de passar esses anos como escrava de Hatsumomo.

— Acho que algum bem saiu disso — ela comentou. — Há poucos dias Mamãe me disse que pretende me adotar. Assim vai se realizar meu sonho de ter um lugar para passar a vida.

Fiquei quase nauseada ouvindo essas palavras, embora lhe dissesse que estava feliz por ela. Era verdade que eu estava contente por Abóbora; mas também sabia que era uma parte importante do plano de Mameha que em vez disso Mamãe me adotasse a mim.

Em seu apartamento no dia seguinte, eu contei a Mameha o que soubera. Assim que ouviu sobre o namorado, começou a balançar a cabeça, enojada. Eu já sabia, mas ela me explicou que Hatsumomo encontrara um jeito muito inteligente de botar na cabeça do Dr. Caranguejo a idéia de que minha "caverna" já fora explorada pela "enguia" de outro homem, por assim dizer.

Mameha ficou mais indignada ainda quando soube da iminente adoção de Abóbora.

— Acho que ainda temos uns poucos meses antes dessa adoção — ela disse. — O que significa que chegou a hora do seu *mizuage*, Sayuri, quer você esteja pronta, quer não.

Naquela mesma semana Mameha foi a uma loja e encomendou para mim uma espécie de bolo de arroz doce que chamamos *ekubo*, palavra japonesa para covinha. Nós os chamamos *ekubo* porque têm uma covinha no topo, com um minúsculo círculo vermelho no centro; algumas pessoas os acham muito sugestivos. Sempre achei que parecem travesseirinhos docemente amassados, como se uma mulher tivesse dormido neles, borrando o centro dessa covinha com seu batom vermelho, pois talvez estivesse cansada demais para o retirar antes de ir para a cama. Seja como for, quando uma gueixa aprendiz se aproxima da hora do *mizuage*, presenteia com caixas desses *ekubo* os homens que a favorecem. A maioria das aprendizes os dá a pelo menos uma dúzia de homens, talvez mais. Mas para mim haveria apenas Nobu e o Doutor — se tivéssemos sorte. De certa forma eu me entristecia porque não os iria dar ao Presidente. Mas de outro lado tudo parecia tão repulsivo que eu não lamentava demais ele ficar de fora.

Foi fácil presentear Nobu com os *ekubo*. A dona da Casa de Chá Ichiriki arranjou para que ele viesse um pouco mais cedo certa noite, e Mameha e eu o encontramos num quartinho dando para o pátio de entrada. Eu lhe agradeci por toda a sua consideração — pois fora extremamente bondoso comigo nos últimos seis meses, não apenas me chamando freqüentemente para participar de festas até quando o Presidente não estava, mas dando-me uma variedade de presentes além do pente ornamental naquela noite em que Hatsumomo viera. Depois de lhe agradecer peguei a caixa de *ekubo* embrulhada em papel e amarrada com fio tosco, fiz-lhe uma mesura e a empurrei sobre a mesa. Ele a aceitou, e Mameha e eu lhe agradecemos mais algumas vezes pela bondade, com repetidas mesuras até eu quase ficar tonta. A pequena cerimônia foi breve, e Nobu levou sua caixa para fora da salinha nas próprias mãos. Mais tarde, quando eu estava entretendo em sua festa, ele não se referiu a isso. Na verdade acho que o encontro o deixara um pouco desconfortável.

Naturalmente o Dr. Caranguejo era outro assunto. Mameha teve de começar circulando pelas principais casas de chá de Gion pedindo às donas que lhe dissessem quando o Doutor aparecesse. Esperamos algumas noites até que avisaram que ele aparecera em uma casa de chá chamada Yashino, como convidado de outro homem. Corri ao apartamento de Mameha para mudar de roupa e parti para a Yashino com a caixa de *ekubo* embrulhada num retângulo de seda.

A Yashino era uma casa de chá bastante nova, construída em estilo totalmente ocidental. Os aposentos eram elegantes à sua maneira, com vigas de madeira escura, e assim por diante; mas em lugar de tatames e mesas rodeadas de almofadas, a sala a que fui levada naquela noite tinha assoalho de madeira com um tapete persa escuro, uma mesa de café e algumas cadeiras muito estofadas. Devo admitir que não me ocorreu sentar-me numa das cadeiras. Em vez disso ajoelhei-me no tapete aguardando Mameha, embora o chão fosse terrivelmente duro para meus joelhos. Eu ainda estava nessa posição meia hora mais tarde, quando ela entrou.

— O que está fazendo? — me disse. — Isso não é um aposento em estilo japonês. Sente-se numa das cadeiras e trate de parecer que se sente à vontade aqui.

Fiz o que ela disse. Mas quando se sentou à minha frente, ela parecia tão pouco à vontade quanto eu provavelmente parecia.

Parecia que o Doutor estava numa festa na sala ao lado. Mameha o entretivera por algum tempo.

— Estou lhe servindo muita cerveja para que ele tenha de ir ao banheiro — disse-me ela. — Quando ele for, eu o pego no corredor e pedirei que venha até aqui. Você deve lhe dar os *ekubo* imediatamente. Não sei como ele vai reagir, mas será nossa única chance de desfazermos o mal que Hatsumomo causou.

Mameha saiu e esperei longo tempo em minha cadeira. Estava nervosa, e com calor, e preocupada em que meu suor não prejudicasse minha maquilagem fazendo-a parecer um *futon* depois de alguém dormir nele. Procurei algo que pudesse me distrair, e o melhor que pude fazer foi de tempos em tempos me levantar e olhar meu rosto num espelho na parede.

Finalmente escutei vozes, depois batidas na porta, e Mameha a abriu.

— Um momento por favor, Doutor — ela disse.

Pude ver o Dr. Caranguejo na escuridão do corredor parecendo tão severo como aqueles velhos retratos nos saguões de bancos. Espiava-me através das lentes dos óculos. Eu não sabia bem o que fazer; normalmente teria feito mesuras sobre as esteiras, de modo que me ajoelhei no tapete para fazer isso, embora soubesse que Mameha não haveria de gostar. Acho que o Doutor nem olhou para mim.

— Prefiro voltar para a festa — disse ele a Mameha. — Por favor, dê-me licença.

— Sayuri lhe trouxe algo, Doutor — disse-lhe Mameha. — Um momento só, por favor.

Fez-lhe um gesto para que entrasse na sala e se sentasse confortavelmente numa das cadeiras estofadas. Depois, acho que ela esqueceu o que me dissera pouco antes, pois ambas nos ajoelhamos no tapete, cada uma de um lado dos joelhos do Dr. Caranguejo. Estou certa de que ele se sentiu importante, com duas mulheres em trajes tão imponentes ajoelhadas a seus pés.

— Senti muito não o ver por tantos dias — eu lhe disse. — O tempo já está ficando quente. Parece-me que se passou uma estação inteira!

O Doutor não respondeu, apenas me olhou.

— Por favor, Doutor, aceite esses *ekubo* — prossegui, e depois de fazer a mesura coloquei o pacote na mesa perto de sua mão. Ele pôs as mãos no colo como para dizer que nem em sonho os tocaria.

— Por que está me dando isso?

Mameha interrompeu:

— Perdoe-me, Doutor. Induzi Sayuri a pensar que o senhor gostaria de receber os *ekubo* dela. Espero não ter me enganado!

— Enganou-se, sim. Talvez você não conheça essa menina tão bem quanto pensa. Eu tenho você em alto conceito, Mameha-san, mas recomendá-la a mim não está à sua altura.

— Lamento, Doutor — ela disse. — Eu não tinha idéia de que sentia isso. Tinha a impressão de que o senhor gostava de Sayuri.

— Muito bem, agora que está tudo esclarecido, voltarei à festa.

— Mas posso perguntar se Sayuri o ofendeu de alguma forma? As coisas parecem ter mudado de maneira tão inesperada.

— Ela certamente me ofendeu. Como lhe disse, fico ofendido com pessoas que me enganam.

— Sayuri-san, que vergonha você ter enganado o Doutor! — disse Mameha. — Você deve ter-lhe dito algo que sabia ser mentira. O que foi?

— Eu não sei! — respondi do jeito mais inocente que pude. — A não ser que fosse há algumas semanas, quando sugeri que estava esquentando e não esquentou...

Mameha lançou-me um olhar quando eu disse isso, e acho que não gostou.

— Isso é entre vocês duas — disse o Doutor. — Não é problema meu. Com licença.

— Mas Doutor, antes de ir — disse Mameha — não poderia haver algum mal-entendido? Sayuri é uma menina honesta e jamais enganaria ninguém conscientemente. Ainda mais quem tem sido tão bom com ela.

— Pois eu sugiro que a interrogue sobre o rapaz da vizinhança — disse o Doutor.

Fiquei muito aliviada por ele finalmente abordar o assunto. Era um homem tão reservado que não me surpreenderia se recusasse falar da questão.

— Então esse é o problema! — disse-lhe Mameha. — Você deve ter estado falando com Hatsumomo.

— Não sei em que isso interessa — respondeu ele.

— Pois ela anda espalhando essa história por todo Gion. É totalmente inverídica! Desde que Sayuri recebeu um papel importante no palco, em *Danças da Velha Capital*, Hatsumomo gasta toda a sua energia tentando desgraçar Sayuri.

As *Danças da Velha Capital* eram o maior evento anual de Gion. Sua inauguração ficava a apenas seis semanas, no começo de abril. Todos os papéis da dança tinham sido distribuídos havia alguns meses, e eu teria ficado honrada em receber algum. Uma de minhas professoras até me sugerira, mas até onde eu sabia meu único papel seria na orquestra, não no palco. Mameha insistira nisso para não provocar Hatsumomo.

Quando o Doutor me lançou um olhar, fiz o possível para parecer alguém que dançaria num papel importante, e já sabia disso havia algum tempo.

— Receio dizer isso, Doutor, mas Hatsumomo é conhecida como mentirosa — prosseguiu Mameha. — É arriscado acreditar em qualquer coisa que ela diz.

— Se Hatsumomo é mentirosa, é a primeira vez que me dizem isso.

— Ninguém sonharia em lhe dizer uma coisa dessas — disse Mameha, em voz baixa como se realmente temesse ser escutada. — Tantas gueixas são desonestas! Nenhuma quer ser a primeira a acusar alguém. Mas ou eu estou lhe mentindo agora, ou Hatsumomo mentia quando lhe contou essa história. É questão de decidir a quem de nós duas conhece melhor, Doutor, e em qual de nós confia mais.

— Não vejo por que Hatsumomo inventaria histórias apenas porque Sayuri recebeu um papel no palco.

— O senhor certamente não conheceu a irmã mais nova de Hatsumomo, Abóbora. Hatsumomo esperava que Abóbora recebesse certo papel, mas parece que em vez disso ele acabou caindo para Sayuri. E eu recebi o papel que Hatsumomo queria! Mas nada disso importa, Doutor. Se há dúvidas quanto à integridade de Sayuri, entendo que o senhor prefira não aceitar os seus *ekubo*.

O Doutor sentou-se encarando-me longo tempo, e finalmente disse:

— Vou pedir a um dos médicos de meu hospital que a examine.

— Eu gostaria de cooperar no que posso — respondeu Mameha —, mas terei dificuldade em arranjar isso, pois o senhor ainda nem aceitou ser patrocinador do *mizuage* de Sayuri. Se há dúvidas quanto à integridade dela... bem, Sayuri vai presentear muitos homens importantes com *ekubo*. Estou certa de que a maioria deles será cético com relação às histórias que ouvem de Hatsumomo.

Isso pareceu ter o efeito que Mameha desejava. O Dr. Caranguejo ficou sentado em silêncio algum tempo, finalmente disse:

— Não sei direito o que devo fazer. É a primeira vez que me encontro em posição tão estranha.

— Por favor, aceite os *ekubo*, Doutor, e vamos esquecer as tolices de Hatsumomo.

— Muitas vezes ouvi falar em moças desonestas que arranjam o *mizuage* para uma época do mês em que será fácil enganar um homem. Sou médico, você sabe. Não será tão fácil me enganar.

— Mas ninguém está tentando enganá-lo!

Não muito depois ele se ergueu de ombros curvados e saiu da sala, cotovelos arqueados. Eu estava ocupada demais despedindo-me dele para ver se levara consigo os *ekubo*; mas, por sorte, depois que Mameha e ele saíram, olhei para a mesa e já não estavam lá.

Quando Mameha mencionou meu papel no palco, pensei que estava inventando uma história na hora, para explicar por que Hatsumomo mentiria a meu respeito. Assim, você pode imaginar minha surpresa quando no dia seguinte fiquei sabendo que ela falara a verdade. Ou, se não era bem a verdade, na hora Mameha confiara em que seria verdade antes do fim da semana.

Naquela época, meados da década de 1930, trabalhavam provavelmente setecentas ou oitocentas gueixas em Gion; mas porque não mais do que sessenta eram necessárias cada primavera para a produção das *Danças da Velha Capital*, a competição por papéis destruiu mais de uma amizade naqueles anos. Mameha não fora sincera dizendo que tirara o papel de Hatsumomo, pois era uma das poucas gueixas de Gion a quem estava garantido cada ano um papel solo. Mas era bem verdade que Hatsumomo estivera desesperada por ver Abóbora no palco. Não sei de onde tirara a idéia de que isso seria possível. Abóbora podia ter recebido o prêmio de aprendiz e outras honrarias, mas nunca fora boa na dança. Mas poucos dias antes que eu presenteasse o Doutor com meus *ekubo*, uma aprendiz de dezessete anos, com papel solo, caiu de uma escada e machucou a perna. A pobre ficou devastada, mas qualquer outra aprendiz em Gion ficaria feliz em aproveitar-se do infortúnio dela, oferecendo-se para o papel. E foi esse papel que no fim me coube. Naquela época eu tinha apenas quinze anos, e nunca dançara num palco antes — o que não queria dizer que eu não estivesse pronta. Passara tantas noites no *okiya*, em vez de ir a festas como a maioria das aprendizes, que muitas vezes Titia tocava o *shamisen* para eu treinar dança. Era por isso que aos quinze anos eu já fora promovida ao nível onze, embora provavelmente não tivesse mais talento para a dança do que qualquer pessoa. Se Mameha não estivesse tão determinada a me esconder do público por causa de Hatsumomo, eu poderia ter tido um papel nas danças da estação já no ano anterior.

Esse papel me foi dado em meados de março, de modo que tive apenas um mês para treinar. Felizmente minha professora de dança me ajudou muito, e seguidamente trabalhava comigo, em particular de tarde. Mamãe não descobriu o que acontecera — e Hatsumomo certamente não iria lhe dizer — até vários dias mais tarde, quando ouviu o boato durante um jogo de *mah-jongg*. Voltou ao *okiya* e me perguntou se era verdade que o papel me fora confiado. Depois que eu lhe disse que sim, ela se afastou com aquele olhar perplexo que teria se seu cachorro Taku tivesse feito por ela os seus livros de contabilidade.

Naturalmente Hatsumomo ficou furiosa, mas Mameha não estava preocupada com isso. Chegara o tempo, disse, para empurrarmos Hatsumomo para fora do ringue.

capítulo vinte e um

Pelo final de uma tarde, mais ou menos uma semana depois, Mameha me procurou num intervalo dos ensaios, muito excitada. Parece que no dia anterior o Barão lhe mencionara casualmente que daria uma festa no fim de semana seguinte, para certo fabricante de quimonos chamado Arashino. O Barão possuía uma das melhores coleções de quimonos em todo o Japão. A maioria de suas peças eram antigüidades, mas de vez em quando trazia um belo trabalho de um artista vivo. Sua decisão de comprar uma peça de Arashino levara a querer dar uma festa.

— Pensei reconhecer o nome "Arashino" — me disse Mameha. — Mas quando o Barão o mencionou da primeira vez, não o conseguia localizar. É um dos mais íntimos amigos de Nobu! Você não vê as possibilidades? Eu não tinha pensado nisso até hoje, mas vou persuadir o Barão a convidar Nobu e o Doutor para a sua festinha. Os dois certamente não vão gostar um do outro. Quando começar a oferta pelo seu *mizuage*, tenha certeza de que nenhum dos dois vai ficar quieto sabendo que o outro poderia ficar com esse prêmio.

Eu ainda estava muito cansada, mas por causa de Mameha bati palmas de contentamento e disse lhe quanto agradecia pelo seu plano inteligente. Estou certa de que o plano era inteligente; mas a verdadeira prova da inteligência de Mameha era estar certa de que não teria dificuldade em persuadir o Barão a convidar os dois homens para sua festa. Os dois certamente quereriam vir — no caso de Nobu, porque o Barão era acionista da Eletrônica Iwamura, embora eu então não soubesse disso. E no caso do Dr. Caranguejo, porque... bem, porque o Doutor se considerava uma espécie de aristocrata, embora provavelmente tivesse apenas um antepassado obscuro de sangue nobre, e consideraria seu dever assistir a qualquer coisa para a qual o Barão o convidasse. Mas não sei se o Barão concordaria em convidar qualquer um deles. Não gostava de Nobu. Muito poucos homens gostavam. E o Barão nunca encontrara o Dr. Caranguejo, e poderia da mesma forma convidar qualquer pessoa da rua.

Mas eu sabia que Mameha tinha extraordinários poderes de persuasão. A festa foi arranjada, e ela convenceu minha instrutora de dança a me liberar dos ensaios no sábado seguinte, para que eu pudesse comparecer. O evento começaria de tarde e continuaria durante o jantar — embora Mameha e eu devêssemos chegar quando a festa já tivesse começado. Assim, foi pelas três horas que finalmente subimos num riquixá e nos dirigimos para a propriedade do Barão, na base dos morros a nordeste da cidade. Era minha primeira visita a um lugar tão luxuoso, e fiquei arrebatada com o que vi; porque se pensar na atenção dos detalhes ao se fazer um quimono, bem, o mesmo tipo de atenção fora posto no desenho e cuidados de toda a propriedade onde vivia o Barão. A casa principal era do tempo de seu avô, mas os jardins, que me pareceram um gigantesco brocado de texturas, fora desenhado e construído pelo seu pai. Aparentemente a casa e os jardins só combinaram direito quando o irmão mais velho do Barão — um ano antes de ser assassinado — mudara o lugar da lagoa, e também criara um jardim de musgos com trilha de pedras saindo do pavilhão de onde se observava a lua, ligado à casa. Cisnes negros deslizavam no lago com uma postura tão orgulhosa como se se envergonhassem diante de criaturas tão sem graça quanto os seres humanos.

Devíamos começar preparando a cerimônia do chá e os homens viriam quando estivessem prontos; assim fiquei muito espantada quando passamos pelo portão principal e não nos dirigimos para um pavilhão de chá comum, mas direto para a beira da lagoa, para entrarmos num pequeno barco. O barco era mais ou menos do tamanho de um quarto estreito. A maior parte estava ocupada com assentos de madeira junto das beiradas, mas num extremo havia um pavilhão em miniatura com seu próprio teto abrigando uma plataforma de tatame. Tinha paredes verdadeiras, com os painéis das janelas abertos para deixar entrar ar, e bem no centro havia uma cavidade retangular de madeira cheia de areia servindo como braseiro, onde Mameha acendeu pedras de carvão para aquecer a água numa graciosa chaleira de ferro. Enquanto ela fazia isso, tentei ser útil arranjando os utensílios para a cerimônia. Já estava bem nervosa, quando Mameha se virou para mim depois de botar a chaleira no fogo, e disse:

— Sayuri, você é uma menina esperta. Não preciso lhe dizer o que será do seu futuro se o Dr. Caranguejo ou Nobu não se interessarem por você. Não deve deixar que nenhum deles pense que você está dando excessiva atenção ao outro. Mas, naturalmente, certa quantidade de ciúme não fará mal nenhum. Estou certa de que você vai conseguir.

Eu não tinha tanta certeza, mas certamente teria de tentar.

Passou-se meia hora antes que o Barão e seus dez convidados saíssem da casa, parando aqui e ali para admirar a vista do morro de diferentes ângulos. Quando tinham subido ao barco o Barão nos conduziu ao centro do lago, com um remo. Mameha fez o chá e eu entreguei taças a cada um dos convidados.

Depois demos um passeio pelo jardim com os homens, e logo chegamos a uma plataforma de madeira suspensa sobre a água, onde várias criadas em quimonos idênticos arranjavam almofadas para que os homens se sentassem, e deixavam frascos de saquê quente em bandejas. Fiz questão de me ajoelhar ao lado do Dr. Caranguejo, e estava mesmo tentando pensar em algo para lhe dizer, quando para minha surpresa o Doutor se virou para mim:

— Aquela laceração em sua coxa sarou bem? — perguntou.

Era no mês de março, você entende, e eu cortara minha perna em setembro. Nos meses entre as duas datas eu vira o Dr. Caranguejo incontáveis vezes, de modo que não tenho idéia do motivo pelo qual esperou até aquele momento para me perguntar, e na frente de tantas pessoas. Por sorte não achei que ninguém tivesse escutado, por isso falei em voz baixa:

— Eu lhe sou tão grata, Doutor. Com sua ajuda, sarou completamente.

— Espero que o ferimento não tenha deixado uma cicatriz muito grande — ele disse.

— Ah, não, na verdade ficou só uma saliência bem pequena.

Eu podia ter encerrado a conversa ali mesmo, servindo-lhe mais saquê ou mudando de assunto; mas casualmente percebi que ele estava acariciando um de seus polegares com os dedos da outra mão. O Doutor era do tipo de homem que não desperdiça um só movimento. Se estava acariciando seu polegar enquanto pensava em minha perna... bem, decidi que seria bobagem minha mudar de assunto.

— Não é uma grande cicatriz — prossegui. — Às vezes no banho eu passo o dedo nela, e... é só um risquinho, de verdade. Mais ou menos assim.

Esfreguei a junta de um dos dedos com o indicador e a estendi para o Doutor fazer o mesmo. Ele estendeu a mão. Depois hesitou. Vi seus olhos saltarem para os meus. Num instante ele retirou a mão e em vez disso apalpou a sua própria junta.

— Um corte desses deveria sarar sem problemas — ele disse.

— Talvez seja até menor do que eu disse. Afinal a minha perna é muito... bem, sensível, sabe. Até uma gota de chuva caindo nela basta para me dar um calafrio!

Não fingirei que aquilo fazia sentido. Uma saliência não seria maior só porque minha perna era sensível. E de qualquer maneira, quando fora a última vez que eu sentira uma gota de chuva na perna nua? Mas agora que entendo por que o Dr. Caranguejo estava realmente interessado em mim, acho que me sentia meio enojada e meio fascinada enquanto tentava imaginar o que se passava em sua mente. De qualquer maneira, o médico pigarreou e inclinou-se para mim.

— E... você tem se exercitado?

— Exercitado?

— Você se feriu quando perdeu o equilíbrio ao... bem, sabe a que me refiro. Não quer que aconteça de novo. Então espero que você tenha treinado. Mas como se treina uma coisa dessas?

Então recostou-se para trás e fechou os olhos. Ficou claro que esperava uma resposta mais longa do que apenas uma palavra ou duas.

— Bem, o senhor vai me achar muito boba, mas todas as noites... — comecei; e mesmo então tive de refletir um momento. O silêncio se arrastava, mas o Doutor não abria os olhos. Parecia um bebê esperando o seio da mãe. — Todas as noites — prossegui —, logo antes de entrar no banho, eu treino me equilibrando em várias posições. Às vezes tremo de frio, com o ar na minha pele nua, mas passo uns cinco ou dez minutos fazendo isso.

O Doutor pigarreou, o que tomei como sinal positivo.

— Primeiro tento me equilibrar num pé, depois no outro. Mas o problema é que...

Até esse momento o Barão, do outro lado da plataforma, estivera falando com seus outros convidados. Mas agora, bruscamente, terminou sua história, e as minhas próximas palavras soaram tão claras quanto se eu estivesse num palco e anunciasse:

— ... quando estou sem roupas...

Tapei a boca com a mão, mas antes de poder pensar no que faria, o Barão falou:

— Pelos deuses! — disse. — Seja lá o que for que vocês dois conversavam, certamente é mais interessante do que o que nós andamos falando!

Ouvindo isso, os homens riram. Depois, o Doutor teve a bondade de explicar.

— Sayuri-san veio me procurar no fim do ano passado com um ferimento na perna — disse. — Feriu-se ao cair. Como resultado, sugeri que trabalhasse melhorando seu equilíbrio.

— Ela tem trabalhado muito — disse Mameha —, porque aqueles trajes são muito mais desajeitados do que parecem.

— Então vamos pedir-lhe que os tire! — disse um dos homens, embora fosse apenas uma brincadeira, e todos riram.

— Sim, de acordo! — disse o Barão. — Nunca entendi por que as mulheres se dão o trabalho de usar quimono. Nada é mais belo do que uma mulher sem roupa alguma.

— Isso não é verdade quando se trata de um quimono feito por meu amigo Arashino — comentou Nobu.

— Nem mesmo os quimonos de Arashino são tão adoráveis quanto aquilo que encobrem — disse o Barão, e tentou colocar a taça de saquê na plataforma, mas acabou derramando seu conteúdo. Não estava exatamente bêbado — embora tivesse bebido muito mais do que eu imaginara que faria. — Não me entendam mal — continuou. — Acho os trajes de Arashino belíssimos, ou ele nem estaria sentado aqui a meu lado, não é? Mas se me perguntarem se eu prefiro ver um quimono a uma mulher nua...

— Ninguém está perguntando isso — disse Nobu. — Eu pessoalmente estou interessado em saber que tipo de trabalho Arashino anda fazendo ultimamente.

Mas Arashino nem teve chance de responder; porque o Barão, que sorvia seu último gole de saquê, quase sufocou na pressa de o interromper:

— Hummm.... só um minuto — disse. — Não é verdade que todo homem nesta terra gosta de ver uma mulher nua? Quero dizer, Nobu, você está tentando dizer que a forma feminina nua não lhe interessa?

— Certamente não é isso que estou dizendo — disse Nobu. — O que estou dizendo é que acho que está na hora de escutarmos de Arashino exatamente que tipo de trabalho anda fazendo.

— Ah, sim, eu também estou interessado — disse o Barão. — Mas, sabe, eu *acho* fascinante que, não importa como nós homens pareçamos diferentes, por baixo de tudo somos exatamente iguais. Você não pode fingir que está acima disso, Nobu-san. Sabemos a verdade, não sabemos? Não há um homem aqui que não pagaria um bom dinheiro pela simples oportunidade de ver Sayuri tomando banho. Hem? Admito que é uma fantasia particular minha. Ora, vamos! Não finja que não sente o mesmo que eu.

— A pobre Sayuri é apenas uma aprendiz — disse Mameha. — Talvez devêssemos poupá-la dessa conversa.

— Certamente não! — respondeu o Barão. — Quanto mais cedo ela vir o mundo como realmente é, melhor para ela. Muitos homens fingem que não perseguem mulheres só pela chance de entrar debaixo de toda essa roupa, mas você me escute bem, Sayuri: há só um tipo de homem! E já que falamos neste assunto, aqui vai uma coisa para você lembrar: cada homem sentado aqui em algum momento esta tarde pensou em quanto gostaria de ver você nua. O que acha disso?

Eu estava sentada, mãos no colo, fitando o chão de madeira e tentando parecer humilde. Tinha de dar alguma resposta ao Barão, especialmente porque agora todos estavam calados; mas antes que eu pudesse pensar no que dizer, Nobu fez algo muito bondoso. Largou sua taça de saquê na plataforma, levantou-se e pediu licença.

— Desculpe, Barão, mas não conheço o caminho até o banheiro — disse. Naturalmente, era uma deixa para eu o acompanhar.

Eu também não sabia o caminho para o banheiro, mas não ia perder minha oportunidade de sair do grupo. Quando me pus de pé, uma criada ofereceu-se para me mostrar o caminho, e me levou em torno do lago, com Nobu atrás.

Na casa descemos por um longo corredor em madeira clara com janelas de um lado. Do outro lado, brilhantemente iluminado pelo sol, cômodas sólidas, com tampas de vidro. Eu já ia levar Nobu para a extremidade do corredor, mas ele parou diante de uma caixa com uma coleção de espadas antigas. Parecia estar olhando a exposição, mas ficou quase só tamborilando com os dedos da única mão no vidro, expirando forte repetidas vezes, pois ainda estava muito zangado. Eu também me perturbara com o acontecido. Mas estava grata por ele me haver salvo dali, e não sabia bem como expressar isso. Na caixa seguinte, uma exposição de minúsculas estatuetas *netsuke* esculpidas em marfim, perguntei-lhe se gostava de antiguidades.

— Antiguidades como o Barão? Certamente não.

O Barão não era um homem muito velho — bem mais jovem do que Nobu, de fato. Mas entendi o que ele queria dizer: achava o Barão uma relíquia da era feudal.

— Sinto muito — eu disse. — Estava pensando nas antigüidades aqui nesta caixa.

— Quando vejo as espadas ali, me fazem pensar no Barão. Quando vejo os *netsuke* aqui, me fazem pensar no Barão. Ele tem sido um amparo de nossa empresa, e eu lhe devo muito. Mas não gosto de desperdiçar meu tempo pensando nele quando não preciso. Isso responde à sua pergunta?

Respondi com uma mesura, e ele seguiu pelo corredor até o banheiro, tão depressa que nem consegui chegar à porta na frente dele para a abrir.

Mais tarde, quando voltamos para a beira da água, fiquei contente ao ver que o grupo começava a se desfazer. Poucos dos homens ficariam para o jantar. Mameha e eu acompanhamos os outros pelo caminho até o portão principal, onde os motoristas deles esperavam na rua lateral. Fizemos mesuras em despedida para o último homem, e virei-me vendo que uma das criadas do Barão esperava para nos conduzir para dentro da casa.

Mameha e eu passamos a hora seguinte nos alojamentos dos criados, comendo um jantar delicioso que incluía *tai no usugiri* — fatias de bremas do mar finas como papel, abertas num prato de cerâmica em forma de folha, servidas com molho *ponzu*. Eu teria me divertido se Mameha não estivesse tão mal-humorada. Comeu só um pouquinho de brema do mar e ficou sentada olhando o entardecer pela janela. Algo em sua expressão me fez pensar que gostaria de se sentar na beira do lago, talvez mordendo o lábio, e olhando o céu que escurecia.

Reunimo-nos ao Barão e seus convidados quando já comiam o seu jantar no que o Barão chamava de "saleta de banquete". Na verdade essa saleta poderia acomodar vinte ou vinte e cinco pessoas. E agora que o grupo diminuíra, só o Sr. Arashino, Nobu e o Dr. Caranguejo estavam ali. Quando entramos, estavam comendo em total silêncio. O Barão estava tão embriagado que seus olhos dançavam nas órbitas.

Quando Mameha iniciava uma conversa, o Dr. Caranguejo passou duas vezes o guardanapo pelo bigode e pediu licença para ir ao banheiro. Levei-o pelo mesmo corredor que Nobu e eu tínhamos visitado antes. Agora que anoitecera eu quase não enxergava os objetos por causa das luzes do teto que se refletiam no vidro das caixas. Mas o Dr. Caranguejo parou diante da caixa com as espadas e virou a cabeça até poder vê-las.

— Você conhece bem a casa do Barão — ele disse.

— Nada disso, senhor. Fico bem perdida num lugar tão imponente. O único motivo de eu poder achar o caminho é que há pouco conduzi Nobu-san por aqui.

— Estou certo de que ele passou aqui correndo — disse o Doutor. — Um homem como Nobu tem pouca sensibilidade para apreciar os objetos nestas vitrines.

Eu não sabia o que dizer, mas o Doutor olhou bem para mim.

— Você conhece pouco do mundo — continuou. — Mas um dia aprenderá a ter cuidado com pessoas que são arrogantes o bastante para aceitar um convite de um homem como o Barão, e depois falar com ele de modo grosseiro em sua própria casa, como Nobu esta tarde.

Fiz uma mesura, e quando ficou claro que o Dr. Caranguejo não tinha mais nada a me dizer, levei-o até o banheiro.

Quando voltamos à saleta do banquete, os homens estavam conversando, graças às sutis habilidades de Mameha, agora sentada ao fundo servindo saquê. Ela seguidamente dizia que o papel de uma gueixa era às vezes apenas o de mexer a sopa. Se você alguma vez notou como o *miso* se deposita em uma nuvem no fundo de uma taça, mas se mistura rapidamente com apenas alguns movimentos dos pauzinhos, era disso que ela falava.

Logo a conversa girou sobre o tema quimonos, e todos descemos até o museu subterrâneo do Barão. Ao longo das paredes havia imensos painéis que se abriam revelando quimonos suspensos em varas deslizantes. O Barão sentou-se numa banqueta no meio do aposento, cotovelos apoiados nos joelhos — ainda de olhar vago — e não disse uma palavra enquanto Mameha nos guiava pela coleção. Concordamos em que o traje mais espetacular era um que imitava a paisagem da cidade de Kobe, localizada do lado de um morro íngreme que desce até o mar. O desenho começava nos ombros com um céu azul e nuvens; os joelhos representavam a encosta; abaixo disso, o traje descia atrás numa longa trilha mostrando o verde-azulado do mar pintalgado com lindas ondas douradas e minúsculos navios.

— Mameha — disse o Barão —, acho que você devia usar este para minha festa de visita às flores em Hakone, semana que vem. Seria o máximo, não seria?

— Eu gostaria imensamente — disse Mameha. — Mas como mencionei outro dia, receio não poder assistir à festa este ano.

Pude ver que o Barão estava aborrecido, pois suas sobrancelhas se uniram como duas janelas sendo fechadas.

— O que quer dizer com isso? Quem marcou um compromisso que você não pode romper?

— Eu adoraria estar lá, Barão, mas exatamente neste ano receio que não possa. Tenho um compromisso médico que me impede de ir à festa.

— Médico? O que significa isso? Esses médicos podem mudar seus horários. Mude amanhã, e esteja na minha festa semana que vem, como sempre faz.

— Peço que me desculpe — disse Mameha —, mas com o consentimento do Barão eu já transferi uma consulta médica faz algumas semanas, e não poderei mudar de novo.

— Não me lembro de ter-lhe dado nenhum consentimento! Seja como for, você não está precisando de um aborto ou coisa assim...

Seguiu-se um longo silêncio constrangido. Mameha apenas ajeitou as mangas enquanto nós todos ficávamos de pé calados a ponto de só se ouvir a respiração do Sr. Arashino. Notei que Nobu, que não estivera prestando atenção, se virara para ver a reação do Barão.

— Bem — disse o Barão finalmente —, agora que você está dizendo, acho que esqueci... Certamente não queremos barõezinhos correndo por aqui, queremos? Mas, com efeito, Mameha, não vejo por que não podia ter-me lembrado disso em particular...

— Sinto muito, Barão...

— Seja como for, se não pode ir a Hakone, bem, então não pode! Mas, e o resto de vocês? É uma linda festa em minha propriedade de Hakone, no próximo fim de semana. Vocês todos precisam ir! Eu faço essa festa todo ano quando as cerejeiras estão mais floridas.

O Doutor e Arashino não poderiam ir. Nobu não respondeu. Mas quando o Barão o pressionou, ele disse:

— Barão, o senhor não acha, sinceramente, que vou até Hakone apenas para olhar as cerejeiras em flor!

— Oh, as flores são só uma desculpa para uma festa — disse o Barão. — De qualquer modo, não importa. Teremos aquele seu Presidente. Ele vai todos os anos.

Fiquei surpresa ao sentir que estava corando à menção do Presidente, pois pensara nele toda a tarde. Por um momento senti-me como se meu segredo tivesse sido revelado.

— Fico aborrecido por nenhum de vocês comparecer — prosseguiu o Barão. — Estávamos tendo uma noite tão boa até Mameha começar a falar de coisas que devia ter mantido em privado. Bem, Mameha, tenho um castigo adequado para você. Não é mais minha convidada para a festa deste ano. Mais ainda, quero que mande Sayuri em seu lugar.

Achei que o Barão estava fazendo uma piada; mas devo confessar que pensei em como seria delicioso andar com o Presidente no terreno de uma propriedade tão magnífica, sem Nobu nem o Dr. Caranguejo, nem mesmo Mameha por perto.

— Excelente idéia, Barão — disse Mameha —, mas infelizmente Sayuri estará ocupada com ensaios.

— Bobagem — disse o Barão. — Quero vê-la na festa. Por que você sempre tem de me desafiar cada vez que lhe peço alguma coisa?

Ele parecia realmente zangado. E infelizmente, porque estava tão embriagado, saía muita saliva de sua boca. Tentou limpá-la com as costas da mão, mas acabou lambuzando tudo nos longos pêlos negros de sua barba.

— Não há uma coisa que eu lhe peça que você não desconsidere? — continuou ele. — Quero ver Sayuri em Hakone. Você podia simplesmente responder: "Sim, Barão" e acabar com a história.

— Sim, Barão.

— Muito bem — ele disse. Recostou-se de novo para trás em sua banqueta e tirou um lenço do bolso para limpar o rosto.

Senti muito por Mameha. Mas seria inútil dizer que estava excitada com a perspectiva de assistir à festa do Barão. Toda vez que pensava nisso, na volta a Gion, no riquixá, sentia minhas orelhas ficarem rubras. Tinha um medo terrível de que Mameha notasse, mas ela apenas olhava para o lado, e não disse uma palavra até o fim do trajeto, quando se virou para mim e disse:

— Sayuri, você terá de ter muito cuidado em Hakone.

— Sim, senhora, vou ter — retruquei.

— Lembre-se de que uma aprendiz na véspera do seu *mizuage* é como um prato de comida na mesa. Nenhum homem vai querer comer se ouvir sugerir que outro homem comeu um pouco.

Eu não consegui encarar Mameha diretamente depois que ela disse isso. Sabia perfeitamente que estava falando do Barão.

capítulo vinte e dois

Àquela altura de minha vida eu nem sabia onde ficava Hakone — embora logo aprendesse que ficava no Leste do Japão, a uma boa distância de Kioto. Mas passei o resto da semana com uma agradável sensação de ser importante, sabendo que um homem importante como o Barão me convidara para viajar de Kioto até a sua festa. Na verdade, tive dificuldade em esconder minha excitação quando finalmente me sentei em um belo compartimento de segunda classe — com o Sr. Itchoda, vestidor de Mameha, sentado no lado do corredor para que ninguém tentasse falar comigo. Fingi passar o tempo lendo uma revista, mas realmente apenas virava as páginas, pois estava ocupada observando pelo canto do olho quando pessoas que passavam no corredor diminuíam o passo para me ver. Gostei daquela atenção toda. Mas quando chegamos a Shizuoka logo depois do meio-dia e fiquei de pé esperando o trem para Hakone, senti imediatamente algo desagradável me dominar. Eu passara o dia tentando não perceber isso, mas agora via muito claramente em meu pensamento a imagem de mim mesma em outra época, parada em outra plataforma, fazendo outra viagem de trem — com o Sr. Bekku — no dia em que minha irmã e eu tínhamos sido tiradas de casa. Tenho vergonha de admitir quanto eu me esforçara naqueles anos para não pensar em Satsu, meu pai e minha mãe, e em nossa casinha bêbada no penhasco junto do mar. Fora como uma criança com a cabeça enfiada numa sacola. Tudo o que eu vira dia após dia fora Gion, a ponto de pensar que Gion era tudo, e que a única coisa que importava no mundo era Gion. Mas agora que estava fora de Kioto, eu podia ver que para a maior parte das pessoas a vida nada tinha a ver com Gion; e naturalmente não pude deixar de pensar na outra vida que um dia levara. A dor é uma coisa muito esquisita; ficamos tão desamparados diante dela. É como uma janela que simplesmente se abre conforme seu próprio capricho. O aposento fica frio, e nada podemos fazer senão tremer. Mas abre-se menos cada vez, e menos ainda. E um dia nos espantamos porque ela se foi.

Tarde na manhã seguinte fui apanhada na pequena estalagem que dava para o Monte Fuji e levada por um dos automóveis do Barão até sua casa de verão num lindo bosque à beira de um lago. Quando entramos numa trilha circular e desci usando a roupagem completa de uma gueixa aprendiz de Kioto, muitos dos convidados do Barão se viraram para me olhar. Entre eles percebi várias mulheres, algumas de quimono e algumas em trajes ocidentais. Mais tarde compreendi que eram em geral gueixas de Tóquio — pois estávamos apenas a algumas horas de trem de Tóquio. Então apareceu o próprio Barão, saindo com vários outros homens de uma trilha do bosque.

— Então, era *por isso* que estávamos todos esperando! — ele disse. — Essa coisinha linda é Sayuri de Gion, que provavelmente um dia será a grande Sayuri de Gion. Vocês nunca mais verão olhos iguais aos dela, eu lhes garanto. E esperem para ver o modo como se movimenta... Eu a convidei para cá, Sayuri, para que todos os homens tivessem a chance de ver você; de modo que tem uma tarefa importante. Deve andar por toda a parte — dentro da casa, junto do lago, pelo bosque, toda a parte! Agora, comece a trabalhar!

Comecei a andar pela propriedade como o Barão pedira, passei pelas cerejeiras pesadas de flores, fazendo mesuras aqui e ali para os convidados, tentando não procurar pelo Presidente de maneira muito óbvia. Eu avançava lentamente porque a cada poucos passos um ou outro dos homens me interrompia e dizia algo como: "Pelos deuses! Uma gueixa aprendiz de Kioto!" E pegavam sua câmera e mandavam alguém tirar uma foto de nós dois juntos, ou me levavam ao longo do lago até o pequeno pavilhão de ver a lua ou onde quer que seus amigos pudessem me ver — como teriam feito com alguma criatura pré-histórica apanhada numa rede. Mameha me prevenira de que todo mundo ficaria fascinado

271

comigo. Porque nada como uma gueixa aprendiz de Gion. É verdade que nos melhores distritos de gueixas de Tóquio, como Shimbashi e Akasaka, a moça precisa dominar sua arte se espera debutar. Mas muitas das gueixas de Tóquio naquele tempo eram muito modernas em suas sensibilidades, por isso algumas caminhavam pela propriedade do Barão em roupas ocidentais.

A festa do Barão parecia continuar indefinidamente. Pelo meio da tarde eu praticamente desistira de encontrar o Presidente. Fui até a casa procurando um local onde descansar, mas assim que pus o pé no *hall* de entrada fiquei aturdida. Lá estava ele, saindo de uma sala de tatame, conversando com outro homem. Despediram-se, e então o Presidente se virou para mim.

— Sayuri! — disse. — Como é que o Barão conseguiu trazer você de Kioto até aqui? Eu nem sabia que você o conhecia.

Eu sabia que devia tirar os olhos dele, mas era como tentar puxar pregos da parede. Quando finalmente consegui, fiz uma mesura e disse:

— Mameha-san me enviou em seu lugar. Estou tão feliz com a honra de ver o Presidente.

— Sim, e eu estou feliz de ver você. Pode me dar sua opinião a respeito de uma coisa. Venha dar uma olhada no presente que eu trouxe para o Barão. Estou tentado a sair sem lhe dar o presente.

Segui-o para a sala dos tatames sentindo-me como uma pipa puxada pelo barbante. Lá estava eu em Hakone, tão longe de tudo que conhecia, passando uns momentos com o homem em que pensara mais do que em qualquer outra pessoa, e me surpreendia pensar nisso. Enquanto ele andava à minha frente, tive de admirar seu modo de mover-se tão facilmente em seu terno de lã. Pude perceber o volume de seus calcanhares, e até a cavidade de suas costas como uma fenda onde se dividem as raízes de uma árvore. Ele pegou uma coisa da mesa e a estendeu para que eu a visse. Primeiro pensei que era um bloco de ouro ornamentado, mas era uma antiga caixa de cosméticos para o Barão. O Presidente me disse que era de um artista do período Edo, chamado Arata Gonroku. Era uma caixa em forma de almofada, em laca dourada, com suaves imagens negras de grous voando e lebres saltando. Quando a pôs em minhas mãos, era tão deslumbrante que tive de suster a respiração ao contemplá-la.

— Você acha que o Barão vai gostar? — ele disse. — Encontrei-a na semana passada e pensei nele imediatamente, mas...

— Presidente, como pode imaginar que o Barão poderia não gostar?

— Ah, aquele homem tem coleções de tudo. Provavelmente vai considerar isso de terceira classe.

Assegurei ao Presidente que ninguém jamais pensaria isso. E quando lhe devolvi a caixa ele a embrulhou novamente em seda e fez um sinal para a porta, para que eu o seguisse. Na entrada ajudei-o a calçar os sapatos. Enquanto guiava seu pé com as pontas dos meus dedos, imaginava que tínhamos passado a tarde juntos, e que uma longa noite nos esperava ainda. Essa idéia me deixou em tal estado que não sei quanto tempo passou até que eu recuperasse a noção das coisas. O Presidente não deu sinal de impaciência, mas senti-me terrivelmente embaraçada quando tentava enfiar os pés em meus *okobo*, e levei muito mais tempo do que deveria.

Ele me conduziu por uma trilha lago abaixo, onde encontramos o Barão sentado sobre uma esteira debaixo de uma cerejeira com três gueixas de Tóquio. Todos se levantaram, embora o Barão o fizesse com alguma dificuldade. Seu rosto estava manchado de vermelho devido à bebida, de modo que era como se alguém lhe tivesse batido com um pauzinho.

— Presidente — disse o Barão —, fico tão contente por ter vindo à minha festa. Sempre gosto de o receber aqui, sabe disso? Aquela sua empresa não para de crescer, hem? Sayuri lhe contou que Nobu veio à minha festa em Kioto, na semana passada?

— Quem me contou tudo foi Nobu, que certamente foi do seu jeito habitual.

— Com certeza — disse o Barão. — Homenzinho esquisito, não é?

Não sei o que o Barão estava pensando, pois era mais baixo do que Nobu. O Presidente pareceu não gostar do comentário, e estreitou os olhos.

O Barão começou a dizer:

— Quero dizer... — mas o Presidente o interrompeu.

— Vim agradecer e despedir-me, mas primeiro tenho algo a lhe dar.

Entregou ao outro a caixa de cosméticos. O Barão estava bêbado demais para abrir o embrulho de seda, mas deu-o a uma das gueixas, que o fez por ele.

— Mas que objeto lindo! — disse o Barão. — Não acham também? Olhem só. Ora, poderia ser ainda mais belo do que essa refinada criatura parada a seu lado, Presidente. O senhor conhece Sayuri? Permita que eu a apresente.

— Oh, somos bem conhecidos, Sayuri e eu — disse o Presidente.

— Bem conhecidos quanto, Presidente? O bastante para que eu o inveje? — O Barão riu de sua própria piada, mas ninguém mais riu. — Seja como for, este presente generoso me lembra que lhe devo algo, Sayuri. Mas só poderei dá-lo a você quando essas outras gueixas se forem, ou vão querer um presente também. Por isso, terá de ficar aqui até todos irem para casa.

— O Barão é muito generoso — eu disse —, mas não quero me tornar aborrecida.

— Vejo que aprendeu com Mameha muita coisa sobre como dizer não a tudo. Encontre-me no *hall* de entrada depois que todos os meus convidados se forem. Convença-a por mim, Presidente, enquanto ela o acompanha até seu carro.

Se o Barão não estivesse tão embriagado, tenho certeza de que ele próprio acompanharia o Presidente. Mas os dois homens se despediram, e segui o Presidente até a casa. Enquanto seu motorista segurava a porta para ele, fiz uma mesura e agradeci a sua bondade. Ele estava entrando no carro mas parou.

— Sayuri — começou, e pareceu inseguro. — O que foi que Mameha lhe contou sobre o Barão?

— Pouca coisa, senhor. Ou pelo menos... bem, não sei direito o que o Presidente está querendo dizer.

— Mameha é uma boa irmã mais velha para você? Ela lhe conta as coisas que você tem de saber?

— Oh, sim, Presidente. Mameha me ajuda mais do que posso dizer.

— Bem — ele disse —, se eu fosse você eu tomaria cuidado quando um homem como o Barão diz que tem algo a lhe dar.

Eu não sabia como reagir a isso, de modo que disse algo a respeito da bondade do Barão de sequer ter pensado em mim.

— Sim, muita bondade, tenho certeza. Mas cuide-se — ele disse, olhando-me intensamente por um momento e depois entrando no carro.

Passei a hora seguinte andando entre os poucos convidados que ainda estavam lá, lembrando repetidamente tudo o que o Presidente me dissera. Em vez de me sentir preocupada com seu aviso, sentia-me deslumbrada por ele ter falado tanto comigo. Na verdade, não havia espaço em minha mente para pensar em meu encontro com o Barão, até que enfim estava sozinha no *hall* de entrada na luz fraca do anoitecer. Tomei a liberdade de me ajoelhar num quarto de tatames ali perto, onde fiquei olhando a paisagem por uma janela de vidro. Dez ou quinze minutos se passaram; finalmente o Barão entrou pelo *hall*. No momento em que o vi, fiquei doente de preocupação, pois ele usava apenas um robe de algodão. Tinha uma toalha numa das mãos, que esfregava nos longos pêlos negros de seu rosto, que deveriam compor uma barba. Acabava de sair do banho, era evidente. Levantei-me e fiz lhe uma mesura.

— Sayuri, você não sabe como sou bobo! — ele me disse. — Bebi demais. — Aqui certamente era verdade. — Esqueci que estava esperando por mim! Espero que me perdoe quando vir o que separei para você.

O Barão seguiu pelo corredor para dentro da casa, esperando que eu o seguisse. Mas fiquei onde estava, pensando no que Mameha me dissera sobre uma aprendiz na iminência do seu *mizuage* ser como um prato na mesa.

O Barão parou.

— Venha! — disse.

— Oh, Barão, eu não devo, permita que eu espere aqui.

— Tem uma coisa que eu quero lhe dar. Venha ao meu quarto e sente-se, e não seja boba.

— Barão, não posso evitar de ser uma menina boba, pois é isso que eu sou!

— Amanhã estará de novo sob o olhar vigilante de Mameha, hem? Mas nada vigia você aqui.

Se eu tivesse tido o menor bom senso, teria agradecido ao Barão ter-me convidado para sua bela festa e dito quanto lamentava ter de lhe pedir seu carro para me levar de volta à estalagem. Mas tudo se parecia tanto com um sonho... Acho que estava em estado de choque. A única coisa certa era o medo que eu sentia.

— Venha comigo enquanto me visto — disse o Barão. — Você bebeu muito saquê esta tarde?

Passou-se um longo momento. Eu sabia que meu rosto parecia tão inexpressivo como se fosse apenas uma máscara em minha cabeça.

— Não, senhor — consegui dizer finalmente.

— Acho que não. Vou lhe dar quanto quiser. Venha.

— Barão — eu disse —, por favor. Estão esperando por mim na estalagem.

— Esperando? Quem está esperando você?

Não respondi.

— Perguntei quem está esperando? Não vejo por que se porta desta maneira. Tenho algo para lhe dar. Prefere que eu vá apanhar?

— Sinto muito — eu disse.

O Barão apenas me encarava.

— Espere aqui — disse finalmente, e voltou para dentro da casa. Pouco depois regressou segurando algo achatado, enrolado em papel de linho. Não precisei olhar muito para ver que era um quimono.

— Então — ele disse —, já que insiste em ser uma menina boba, eu mesmo fui buscar o seu presente. Isso a faz sentir-se melhor?

Repeti ao Barão que lamentava muito.

— Vi quanto você admirou esse traje outro dia. Gostaria que o aceitasse — ele disse.

O Barão largou o pacote na mesa e desamarrou os barbantes. Achei que seria o quimono com a paisagem de Kobe; e para dizer a verdade sentia tanta preocupação quanto esperança, pois não tinha idéia do que faria com algo tão magnífico, nem como explicaria a Mameha que o Barão me dera tal presente. Mas em vez disso, quando o Barão abriu o embrulho, foi um magnífico tecido escuro com fios laqueados e bordados em prata. Ele pegou o traje e segurou-o pelos ombros. Era um quimono que deveria estar num museu — feito em 1860, como o Barão me disse, para a sobrinha do último xogum, Tokugawa Yoshinobu. O desenho era de aves de prata voando contra o céu escuro, com uma misteriosa paisagem de árvores e rochas escuras subindo da bainha.

— Volte comigo para o experimentar — ele disse. — E agora não seja uma menina boba! Tenho muita experiência em amarrar um *obi* com minhas mãos. Depois vestiremos de novo o seu quimono, e ninguém ficará sabendo.

Eu teria com prazer trocado o traje que o Barão me oferecia por algum jeito de sair daquela situação. Mas era um homem com tamanha autoridade que nem Mameha lhe desobedecia. Se ela não podia recusar os desejos dele, como poderia eu? Senti que ele estava perdendo a paciência. Os deuses sabem que ele fora bondoso comigo desde que eu debutara, permitindo que eu o servisse enquanto ele almoçava, e que Mameha me levasse à festa em sua propriedade de Kioto. E lá estava ele sendo bondoso mais uma vez, oferecendo-me aquele quimono deslumbrante.

Acho que eu finalmente concluí que eu não tinha escolha senão obedecer e pagar pelas conseqüências, fossem quais fossem. Baixei meus olhos sobre as esteiras, envergonhada; e naquele mesmo estado de sonho que sentira todo o tempo, notei que o Barão pegava minha mão e me guiava pelos corredores até os fundos de sua casa. Um criado entrou no corredor a certa altura, mas fez uma mesura e afastou-se assim que nos viu. O Barão não disse palavra, mas me conduziu até chegarmos a um amplo aposento de tatames, com uma parede toda de espelhos. Era o seu quarto de vestir. Ao longo da parede oposta havia armários com portas fechadas.

Minhas mãos tremiam de medo, mas se o Barão notou não comentou nada. Parou-me diante dos espelhos e levou minha mão aos lábios; pensei que ia beijá-la, mas ele apenas a segurou, as costas de minha mão contra os pêlos de seu rosto, e fez algo que achei esquisito: levantou minha manga acima do pulso, e cheirou o aroma de minha pele. Sua barba fez cócegas em meu braço, mas eu não sentia nada. Parecia não sentir coisa alguma; era como se estivesse soterrada sob camadas de medo, confusão e horror... Então o Barão me despertou de meu choque postando-se atrás de mim e estendendo a mão diante de meu peito para desamarrar meu *obijime*. Era o cordão que sustentava o meu *obi*.

Senti um momento de pânico agora que o Barão realmente pretendia me despir. Tentei dizer algo mas minha boca se movia tão pesadamente que não a pude controlar; de qualquer forma o Barão fazia ruídos para me acalmar. Eu tentava fazê-lo parar, com minhas mãos, mas ele as afastava e finalmente conseguiu remover meu *obijime*. Depois afastou-se e lutou um pouco com o nó do *obi* entre minhas omoplatas. Pedi que não o tirasse — embora minha garganta estivesse tão seca que várias vezes, quando tentei falar, nem um som saísse —, mas ele não me escutava, e logo começou a desamarrar o largo *obi*, enroscando e desenroscando seus braços de minha cintura. Vi o lenço do Presidente cair no chão. Num momento o Barão deixava cair o *obi*, numa pilha no chão, e desamarrou o *datejime* — laço da cintura que ficava debaixo. Senti a sensação nauseante de meu quimono soltando-se de minha cintura. Fechei-o com os braços, mas o Barão os afastou. Eu não podia mais me olhar no espelho. A última coisa que recordo ao fechar os olhos foi do pesado traje sendo erguido de meus ombros com o farfalhar do tecido.

O Barão pareceu ter feito o que desejara. Ou pelo menos de momento não fez mais nada. Senti suas mãos em minha cintura, acariciando meu vestido de baixo. Quando finalmente abri meus olhos, ele estava ainda parado atrás de mim, aspirando o aroma de meu cabelo e pescoço. Seus olhos estavam fixos no espelho — pareceu-me que estavam fixos na tira que fechava meu vestido de baixo. Toda vez que seus dedos se moviam eu tentava afastá-los com a força de meu pensamento, mas logo começaram a rastejar como aranhas sobre meu ventre, e noutro momento emaranharam-se na faixa de minha cintura e começaram a puxá-la. Tentei fazê-lo parar várias vezes, mas o Barão afastou minhas mãos como fizera antes. Finalmente a faixa da cintura se desfez; o Barão a deixou cair dos dedos no assoalho. Minhas pernas tremiam, e o aposento era apenas um borrão quando ele pegou nas mãos a bainha de meu vestido de baixo, começando a abri-lo. Não pude evitar de tentar agarrar suas mãos de novo.

— Não se preocupe, Sayuri! — ele sussurrou. — Pelos deuses, não vou fazer nada que você não deva fazer. Só quero olhar, não compreende? Não há nada de errado nisso. Qualquer homem faria o mesmo.

Quando ele dizia isso um pêlo de seu rosto tocou minha orelha, e tive de virar a cabeça para um lado. Acho que ele interpretou isso como um tipo de consentimento, pois agora suas mãos se moviam mais urgentes. Abriu minha roupa. Senti seus dedos em minhas costelas, quase me fazendo cócegas, enquanto ele lutava para abrir as tiras que seguravam a saia de baixo de meu quimono. Um momento depois ele conseguira. Eu não suportava a idéia do que o Barão poderia ver. Assim mesmo, enquanto desviava meu rosto, forcei meus olhos a olharem o espelho. A saia de baixo de meu quimono estava aberta, expondo uma longa faixa de pele descendo pelo meu peito.

A essa altura as mãos do Barão tinham-se movido para meus quadris, onde agora se ocupavam com meu *koshimaki*. Antes, naquele dia, quando eu enrolara o *koshimaki* várias vezes à minha volta, enfiara-o mais firmemente na cintura do que precisava. O Barão estava com problemas de encontrar a ponta, mas depois de várias tentativas soltou o tecido com seus puxões, de modo que com um puxão mais longo conseguiu tirá-lo em todo o comprimento de sob meu vestido de baixo. Quando a seda deslizava pela minha pele, ouvi um rumor de minha garganta, como um soluço. Minhas mãos agarraram o *koshimaki*, mas o Barão o tirou de meu alcance e o largou no chão. Então, lentamente como um homem levantasse o cobertor de uma criança adormecida, ele abriu meu vestido de baixo com um longo gesto, sem respirar, como se estivesse revelando algo magnificente. Senti um ardor na garganta me dizendo que eu estava a ponto de chorar. Mas não podia suportar a idéia de que o Barão veria minha nudez e ainda por cima meu choro. De alguma forma contive as lágrimas, e olhei tão intensamente o espelho que por um longo momento o tempo pareceu parar. Eu nunca me vira tão absolutamente nua antes. Era verdade que ainda tinha as meias abotoadas nos pés. Mas sentia-me mais exposta agora, com as beiradas de minha roupa sendo abertas, do que me sentira totalmente nua na casa de banhos. Vi os olhos do Barão demorando-se aqui e ali em meu reflexo no espelho. Primeiro ele abriu mais o traje para ver o contorno de minha cintura. Depois baixou os olhos para a escuridão que crescera ali nos anos em que eu estava em Kioto. Seus olhos permaneceram longo tempo ali, mas finalmente ergueram-se e devagar, passando pelo meu ventre, ao longo de minhas costelas, foram até os dois círculos cor de ameixa — primeiro de um lado, depois do outro. Agora o Barão retirou uma das mãos, de modo que meu vestido de baixo voltou a me cobrir de um lado. O que ele fez com a mão não sei dizer, mas não a vi mais. A certa altura tive um momento de pânico vendo seu ombro nu emergir de um lado do robe. Não sei o que ele estava fazendo — e embora agora pudesse adivinhar com bastante certeza, prefiro não pensar nisso. Tudo o que sei é que sentia sua respiração quente em minha nuca. Depois disso não vi mais nada. O espelho tornou-se uma mancha prateada, e não consegui mais controlar o pranto.

A certa altura a respiração do Barão se acalmou de novo. Minha pele estava quente e úmida de medo, de modo que, quando finalmente ele soltou minha roupa e a deixou cair, senti o ar em minha pele quase como se fosse brisa. Logo fiquei sozinha no quarto. O Barão saíra sem que eu percebesse. Agora que ele se fora, comecei a me vestir com tal desespero que, enquanto me ajoelhava no chão para juntar minhas roupas, via em minha mente uma criança faminta tentando juntar pedaços de comida.

Vesti-me o melhor que pude, mãos tremendo. Mas até obter ajuda não pude fazer mais do que fechar meu vestido de baixo e prendê-lo com a faixa de cintura. Esperei diante do espelho, olhando com alguma preocupação minha maquilagem borrada. Estava preparada para esperar ali uma hora inteira, se fosse preciso. Mas poucos minutos se passaram antes de o Barão voltar com o cinto de seu robe firmemente preso no ventre gordo. Ajudou-me a vestir meu quimono sem uma palavra, e prendeu o meu *datejime* exatamente como o Sr. Itchoda teria feito. Enquanto ele segurava meu grande e longo *obi* nos braços, medindo-o em laços enquanto o preparava para o amarrar várias vezes em torno de mim, comecei a ter uma sensação horrível. Primeiro não a consegui entender. Mas ela me impregnava como uma mancha passa por um tecido, e logo a compreendi. Era a sensação de ter feito algo terrivelmente errado. Não quis chorar diante do Barão, mas não consegui evitar, e ele não me olhava nos olhos desde que entrara de novo no quarto. Tentei imaginar que eu era apenas uma casa parada na chuva com a água me lavando. Mas o Barão deve ter visto, pois saiu do quarto e voltou logo depois com um lenço com seu monograma. Mandou que eu o guardasse, mas depois de o usar deixei-o numa mesa.

Logo ele me levou até a frente da casa e afastou-se sem uma palavra. Chegou um criado com o quimono antigo novamente embrulhado em papel de linho. Entregou-o a mim com uma mesura e me conduziu até o carro do Barão. Chorei quieta no banco de trás voltando para a estalagem, mas o motorista fingiu não notar. Eu já não chorava pelo que me acontecera. Algo muito mais assustador estava em minha mente, isto é, o que diria o Sr. Itchoda quando visse minha maquilagem borrada e o nó mal amarrado do *obi* quando me ajudasse a me despir, depois abrindo o embrulho e vendo o caro presente que eu recebera. Antes de descer do carro limpei o rosto com o lenço do Presidente, mas pouco me ajudou. O Sr. Itchoda deu uma olhada em mim e coçou o queixo como se entendesse tudo. Enquanto ele desamarrava o meu *obi* no quarto de cima, disse:

— O Barão despiu você?

— Sinto muito — eu disse.

— Ele a despiu e olhou no espelho. Mas não se satisfez em você. Não tocou você, nem se deitou em cima de você, foi?

— Não, senhor.

— Então está tudo bem — disse o Sr. Itchoda, olhando em frente. E não dissemos mais nenhuma palavra.

capítulo vinte e três

N ão vou dizer que minhas emoções se apaziguaram quando o trem entrou na Estação Kioto, cedo na manhã seguinte. Afinal, quando uma pedra é jogada num lago, a água continua tremendo depois que a pedra caiu no fundo. Mas quando desci as escadas de madeira que nos levavam à plataforma, com o Sr. Itchoda um passo atrás de mim, levei tamanho choque que por algum tempo esqueci todo o resto.

Numa vitrine estava o novo pôster das *Danças da Velha Capital* daquela temporada. Faltavam duas semanas para o evento. O pôster fora distribuído no dia anterior, provavelmente enquanto eu passeava pela propriedade do Barão esperando ver o Presidente. Todo ano a dança tem um tema, como "Cores das Quatro Estações em Kioto", ou "Passagens Famosas do *Conto de Heike*". Naquele ano o tema era "Luz Brilhante do Sol da Manhã". O pôster, que naturalmente era um desenho de Uchida Kosaburo — que criara quase todos os pôsteres desde 1919 —, mostrava uma gueixa aprendiz num adorável quimono verde e laranja parada sobre uma ponte de madeira em arco. Eu estava exausta da longa viagem e dormira mal no trem, de modo que fiquei algum tempo parada diante do pôster numa espécie de vaguidão, vendo os belos verdes e ouros do fundo, antes de voltar a atenção para a mocinha de quimono. Ela olhava direto para a luz clara do amanhecer, e seus olhos eram de um surpreendente cinza-azulado. Tive de pôr a mão na balaustrada para me segurar. Eu era a mocinha que Uchida desenhara sobre a ponte!

Voltando da estação de trens, o Sr. Itchoda apontou para todos os pôsteres pelos quais passamos, e até pediu ao condutor do riquixá que se desviasse para poder ver uma parede inteira coberta por eles no antigo edifício das Lojas Daimaru. Ver-me por toda a cidade não era tão emocionante como eu imaginara; fiquei pensando na pobre menina do pôster parada diante de um espelho enquanto seu *obi* era desamarrado por um homem mais velho. De qualquer modo, esperava escutar toda a sorte de congratula-ções nos dias seguintes, mas logo vi que uma honra como aquelas nunca vem sem um preço. Desde que Mameha conseguira que eu ganhasse o papel nas danças da temporada, eu ouvira vários comentários desagradáveis sobre minha pessoa. Depois do pôster as coisas apenas pioraram. Na manhã seguinte, por exemplo, uma jovem aprendiz que fora amigável na semana anterior, agora desviou os olhos quando a saudei com uma mesura.

Quanto a Mameha, fui visitá-la em seu apartamento, onde ela se recuperava, orgulhosa como se ela mesma estivesse no pôster. Certamente não lhe agradara a minha ida a Hakone, mas pareceu interessada no meu sucesso como sempre — estranhamente talvez, até mais ainda. Por algum tempo preocupou-me que pudesse tomar meu horrível encontro com o Barão como traição a ela. Imaginava que o Sr. Itchoda lhe falara a respeito... Mas, se ele o fez, ela jamais mencionou o assunto, nem eu.

Duas semanas depois inaugurou-se a temporada de danças. Naquele primeiro dia na sala de vestir do Teatro Kaburenjo eu estava quase transbordando de excitação, pois Mameha me dissera que Nobu e o Presidente estariam na platéia. Enquanto aplicava a maquilagem, enfiei o lenço do Presidente debaixo do meu traje de vestir, contra minha pele nua. Meu cabelo estava preso em minha cabeça com uma fita de seda por causa das perucas que eu teria de usar, e quando me vi no espelho sem a moldura familiar dos cabelos em torno do rosto, vi em minhas faces e ao redor de meus olhos ângulos que nunca vira antes. Pode parecer esquisito, mas quando percebi que a forma do meu rosto era uma surpresa para mim, tive a súbita visão de que nada na vida é simples como imaginamos.

Uma hora depois eu estava parada com outras aprendizes nos bastidores do teatro, pronta para a dança de abertura. Usávamos quimonos idênticos em amarelo e vermelho, com *obis* laranja e ouro — de modo que cada uma de nós era uma imagem cintilante da luz do sol. Quando a música começou, com aquele primeiro rufar dos tambores e o som de todos os *shamisens*, e dançamos aparecendo juntas como uma fileira de contas — braços estendidos, leques abertos na mão —, senti-me parte daquilo tudo, como nunca antes.

Depois da peça inicial corri escadas acima para trocar de quimono. A dança em que eu apareceria em solo chamava-se "O sol da manhã sobre as ondas", sobre uma donzela que nada no oceano de manhã e se apaixona por um golfinho encantado. Meu traje era um quimono rosa magnífico com desenhos de água em cinza, e eu segurava tiras de seda azul simbolizando a água encrespada atrás de mim. O príncipe golfinho encantado era representado por uma gueixa chamada Umiyo; havia também papéis para gueixas representando vento, luz do sol, e respingos de água — bem como umas poucas aprendizes em quimonos cor de carvão e azuis, nos extremos do palco, fingindo-se de golfinhos que chamavam o príncipe de volta.

Troquei de roupa tão depressa que tive alguns minutos para espiar a platéia. Segui o som de tambores eventuais até um corredor estreito e escuro atrás das duas cabines da orquestra dos lados do teatro. Umas poucas aprendizes e gueixas já estavam espiando por frestas nas portas de correr. Juntei-me a elas e consegui ver o Presidente e Nobu sentados juntos — embora me parecesse que o Presidente deixara o melhor lugar para Nobu. Este olhava intensamente o palco, mas fiquei surpresa ao ver que o Presidente parecia estar quase adormecendo. Pela música percebi que era o início da dança de Mameha, e fui até o fim do corredor, onde as frestas na porta permitiam ver o palco.

Observei Mameha não mais do que alguns minutos. E mesmo assim a impressão que sua dança me causou não se apagaria nunca. A maior parte das danças da Escola Inoue contam algum tipo de história, e a dessa dança — chamada "Um cortesão retorna para sua esposa" — baseava-se num poema chinês sobre um cortesão que tem um longo caso com uma dama do palácio imperial. Uma noite a esposa dele se esconde fora do palácio para descobrir onde seu esposo passava o tempo. Finalmente ao amanhecer ela observa dos arbustos seu marido despedir-se da amante — a essa altura ela já adoeceu do terrível frio, e logo depois morre.

Para nossas danças da primavera a história se passava no Japão em lugar da China; mas era a mesma história. Mameha era a esposa que morre de frio e de coração partido, enquanto a gueixa Kanako fazia o marido, o cortesão. Observei a dança a partir do momento em que o cortesão se despede da amante. O cenário já era de uma beleza inspiradora, com a branda luz do amanhecer e o ritmo lento da música dos *shamisens* como o pulsar de um coração ao fundo. O cortesão executou uma linda dança agradecendo à sua amante a noite que passaram juntos, depois moveu-se em direção do sol nascente para captar o calor do sol para ela. Era o momento em que Mameha começava a dançar seu lamento de terrível melancolia, escondida em um canto do palco, fora da vista do marido e da amante. Não sei se foi pela beleza da dança de Mameha ou da história, mas olhando-a senti tamanha tristeza como se eu mesma tivesse sido vítima daquela horrível traição. No final da dança a luz do sol enchia o palco. Mameha atravessou para um bosquezinho a dançar sua simples cena da morte. Não posso lhe dizer o que aconteceu depois disso. Tive de voltar para trás do palco e preparar minha entrada.

Enquanto eu esperava nos bastidores, tive a sensação peculiar de peso do edifício inteiro sobre mim — porque naturalmente tristeza sempre me pareceu uma coisa estranhamente pesada. Uma boa bailarina muitas vezes usa suas meias brancas abotoadas um tamanho menor, para sentir com os pés as fendas do palco de tábuas. Mas parada ali tentando reunir forças para dançar, eu tinha a impressão de tanto peso sobre mim que não apenas sentia as frestas do chão mas as fibras das meias. Finalmente ouvi a música dos tambores e *shamisens*, e o rumor farfalhante das roupas quando as bailarinas mais velhas passavam por mim rapidamente até o palco. Mas é muito difícil para mim lembrar o que aconteceu depois. Estou certa de que ergui os braços com meu leque fechado e meus joelhos dobrados — pois era nessa posição que eu entrava. Não ouvi depois nenhuma sugestão de ter errado minha deixa, mas só lembro com clareza que observava meus próprias braços com surpresa diante da segurança com que se moviam. Eu treinara aquela dança incontáveis vezes. Acho que devem ter sido suficientes. Porque embora minha mente estivesse totalmente fechada, cumpri meu papel sem nervosismo nem dificuldade.

Em todos os espetáculos pelo resto do mês eu me preparava para minha entrada da mesma forma, observando "O cortesão retornar para sua esposa" até poder sentir aquela tristeza sobre mim. Nós seres humanos temos um modo notável de nos habituar às coisas; mas quando eu imaginava Mameha dançando aquele lamento vagaroso escondida dos olhos do marido e da amante dele, não podia deixar de sentir aquela tristeza, assim como a gente não pode evitar de cheirar o aroma de uma maçã aberta na mesa à nossa frente.

Certo dia, na semana final, Mameha e eu ficamos mais tempo na sala de vestir, falando com outra gueixa. Quando saímos do teatro esperávamos não ver ninguém lá fora — e, com efeito, a multidão se desfizera. Mas quando chegamos à rua um motorista de uniforme saiu de um carro e abriu a porta de trás. Mameha e eu estávamos quase passando quando apareceu Nobu.

— Ora, Nobu-san — disse Mameha. — Eu começava a me preocupar pensando que já não se interessava pela companhia de Sayuri! Todos os dias desse mês que passou esperamos ouvir notícias suas...

— Por que se queixa de ter esperado? Fiquei mais de uma hora diante desse teatro...

— Você acaba de ver as danças outra vez? — disse Mameha.
— Sayuri é uma verdadeira estrela.

— Eu não acabo de ver nada — disse Nobu. — Vim das danças há uma hora. Tempo suficiente para eu dar um telefonema e mandar meu motorista à cidade apanhar algo para mim.

Nobu bateu com a sua única mão na janela do carro, e assustou tanto o pobre motorista que este deixou cair o boné. O motorista baixou a janela e deu a Nobu uma minúscula sacola de compras em estilo ocidental, parecendo de papel prateado. Nobu a deu a mim, e eu respondi com uma funda mesura, dizendo como me sentia feliz de vê-lo.

— Você é uma dançarina muito talentosa, Sayuri. Não dou presentes sem motivo — ele disse. Eu achei que não era bem assim. — Provavelmente é por isso que Mameha e as outras de Gion não gostam tanto de mim quanto dos outros homens.

— Nobu-san! — disse Mameha. — Quem foi que lhe deu essa idéia?

— Sei perfeitamente do que vocês gueixas gostam. Enquanto um homem lhes dá presentes, vocês agüentam qualquer tipo de bobagem.

Nobu estendeu o pacote estreito para que eu o pegasse.

— Então, Nobu-san — eu disse —, que bobagem o *senhor* vai pedir que eu tolere? — Eu quis fazer uma brincadeira, naturalmente, mas Nobu não entendeu assim.

— Eu não acabei de dizer que não sou como os outros homens? — resmungou. — Por que vocês gueixas nunca acreditam no que lhes dizem? Se você quer este pacote, é melhor pegá-lo antes que eu mude de idéia.

Agradeci a Nobu e peguei o pacote, e ele bateu mais uma vez na janela do carro. O motorista saltou para abrir-lhe a porta.

Ficamos fazendo mesuras até o carro dobrar a esquina, e então Mameha me levou de volta ao jardim do Teatro Kaburenjo, onde nos sentamos num banco de pedra diante da lagoa das carpas e espiamos na sacolinha que Nobu me dera. Continha apenas uma caixinha bem pequena enrolada em papel cor de ouro com o nome de uma famosa joalheria, e amarrado com uma fita vermelha. Abri e encontrei uma jóia simples, um rubi do tamanho de um caroço de pêssego. Era como uma gigantesca gota de sangue cintilando no sol sobre a lagoa. Quando o revirei em meus dedos, o brilho saltava de uma faceta a outra. Pude sentir cada um desses saltos em meu peito.

— Vejo como você está surpresa — disse Mameha — e fico muito feliz por você. Mas não fique contente *demais*. Você terá outras jóias em sua vida, Sayuri — muitas, eu acho. Mas nunca terá outra vez esta oportunidade. Leve este rubi ao seu *okiya* e dê-o a Mamãe.

Ver essa linda jóia e a luz que emanava dela pintando de rosa minha mão, e pensar em Mamãe com seus olhos amarelados doentes e as beiradas cor de carne... bem, parecia-me que dar-lhe aquela jóia seria como pôr um belo vestido num texugo. Mas naturalmente eu tinha de obedecer a Mameha.

— Quando lhe der isso — continuou ela —, você tem de ser particularmente doce e dizer: "Mamãe, eu realmente não preciso de uma jóia destas e ficaria honrada se a aceitasse. Eu lhe causei tantos problemas nestes anos." Mas não diga mais que isso, ou ela pensará que você está fazendo sarcasmo.

Mais tarde, sentada em meu quarto moendo um pauzinho de tinta para escrever a Nobu um bilhete de agradecimento, meu estado de espírito foi ficando cada vez mais sombrio. Se Mameha me tivesse pedido o rubi, eu o teria dado a ela alegremente... Mas dá-lo a Mamãe! Eu começara a gostar de Nobu, e lamentava que seu caro presente fosse para aquela mulher. Sabia perfeitamente bem que, se o rubi fosse do Presidente, eu não o teria dado. Seja como for, terminei o bilhete e fui ao quarto de Mamãe falar com ela. Estava sentada na luz débil acariciando o seu cachorro e fumando.

— O que quer? — perguntou-me. — Estou querendo mandar vir um bule de chá.

— Desculpe-me por perturbá-la, Mamãe. Esta tarde quando Mameha e eu saímos do teatro, o Diretor Nobu Toshikazu estava esperando por mim...

— Esperando por Mameha, você quer dizer.

— Não sei, Mamãe. Mas ele me deu um presente. É lindo, mas não tem utilidade para mim.

Eu quis dizer ainda que ficaria honrada se ela o aceitasse, mas Mamãe nem me escutava. Colocou o cachimbo sobre a mesa e tirou a caixa de minha mão antes que eu a pudesse oferecer. Tentei explicar as coisas outra vez, mas Mamãe apenas virou a caixa e deixou cair o rubi em seus dedos oleosos.

— O que é isto? — perguntou.

— É o presente do Diretor Nobu, Mamãe. Nobu Toshikazu, da Eletrônica Iwamura, quero dizer.

— Você acha que eu não sei quem é Nobu Toshikazu?

Ela levantou-se da mesa e foi até a janela, onde abriu o painel de papel e segurou o rubi na torrente de luz do sol da tarde. Fazia o que eu fizera na rua, girando a gema e observando as faíscas saltarem de uma faceta a outra. Finalmente fechou de novo o painel e voltou.

— Você deve ter entendido mal. Ele não lhe pediu que o desse a Mameha?

— Bem, Mameha estava comigo.

Pude ver a mente de Mamãe como um cruzamento com excesso de tráfego. Ela botou o rubi na mesa e começou a tirar baforadas do cachimbo. Vi cada nuvem de fumaça como um pequeno pensamento confuso que se evolava no ar. Finalmente ela me disse:

— Então Nobu Toshikazu tem interesse em você?

— Tenho sido honrada com sua atenção, faz algum tempo.

Ela largou o cachimbo na mesa como se quisesse dizer que a conversa estava ficando muito mais séria.

— Não tenho observado você tanto quanto deveria — ela disse. — Se você tem namorados, agora é hora de me dizer.

— Nunca tive um só namorado, Mamãe.

Não sei se ela acreditou ou não, mas despachou-me assim mesmo. Eu ainda não lhe dera o rubi para guardar, como Mameha me instruíra. Estava tentando pensar em como abordar o assunto. Mas quando dei uma olhada na mesa onde a gema jazia de lado, ela deve ter pensado que eu a pediria de volta. Não tive tempo de dizer mais nada, pois ela estendeu a mão e engoliu a pedra.

Finalmente aconteceu, certa tarde poucos dias depois. Mameha veio ao *okiya* e me levou para a sala de recepção para me dizer que começara a oferta pelo meu *mizuage*. Recebera uma mensagem da dona da Ichiriki naquela manhã.

— Eu não poderia ficar mais desapontada com a data — disse Mameha —, pois esta tarde tenho de viajar a Tóquio. Mas você não vai precisar de mim. Saberá se a oferta for alta, porque as coisas começarão a acontecer.

— Não entendo — eu disse. — Que tipo de coisas?

— Todo o tipo de coisas — ela disse, e saiu sem sequer uma xícara de chá.

Ela se foi por três dias. Primeiro meu coração disparava cada vez que eu ouvia uma das criadas se aproximar. Mas passaram dois dias sem novidades. Então, no terceiro dia, Titia veio ao meu encontro no corredor para me dizer que Mamãe estava me chamando no andar superior.

Eu acabava de botar o pé no primeiro degrau quando ouvi uma porta deslizar e abrir-se, e imediatamente Abóbora desceu correndo. Vinha como água despejada de um balde, tão rápido que seus pés quase nem tocavam o chão, e a meio caminho torceu o dedo no corrimão. Deve ter doído porque deu um grito e parou embaixo segurando o dedo.

— Onde está Hatsumomo? — disse, evidentemente com muita dor. — Preciso encontrá-la!

— Parece que você já está bastante machucada — disse Titia. — Precisa achar Hatsumomo para ela poder machucar você um pouco mais?

Abóbora parecia terrivelmente nervosa, e não era só por causa do dedo. Mas quando lhe perguntei o que havia acontecido, apenas correu para a entrada da casa e saiu.

Mamãe estava sentada junto de sua mesa quando entrei. Começava a botar tabaco no cachimbo, mas logo mudou de idéia e o largou. No topo das prateleiras com os livros de contabilidade havia um belíssimo relógio em estilo europeu numa redoma de vidro. Mamãe olhava para ele a toda hora, mas passaram-se longos minutos e ela ainda não me dizia nada. Finalmente falei:

— Lamento perturbá-la, Mamãe, mas disseram que você queria me ver.

— O médico está atrasado — ela disse. — Mas vamos esperar por ele.

Imaginei que se referia ao Dr. Caranguejo, que ele viria ao *okiya* para falar dos arranjos de meu *mizuage*. Eu não esperava aquilo e comecei a sentir um calafrio na barriga. Mamãe passou o tempo acariciando Taku, que logo ficou cansado de suas atenções e começou a rosnar um pouco.

Finalmente ouvi as criadas saudando alguém no *hall* de entrada no andar de baixo, e Mamãe desceu a escada. Quando voltou poucos minutos depois, não acompanhava o Dr. Caranguejo, mas um homem muito mais moço, com macio cabelo prateado e uma bolsa de couro.

— Esta é a menina — disse Mamãe.

Fiz uma mesura ao jovem Doutor, e ele a devolveu.

— Senhora — disse a Mamãe —, onde poderemos...

Mamãe disse-lhe que o aposento onde estávamos serviria perfeitamente. Pelo modo como fechou a porta entendi que ia acontecer algo desagradável. Ela começou a desamarrar meu *obi* e dobrá-lo sobre a mesa. Então tirou o quimono de meus ombros e o pendurou num cabide no canto. Fiquei parada em meu vestido de baixo amarelo, o mais calma que pude, mas um momento depois Mamãe começou a desamarrar a faixa de minha cintura, que segurava meu vestido de baixo. Não consegui evitar de pôr meus braços em seu caminho — embora ela os empurrasse para o lado como o Barão tinha feito, dando-me uma sensação de náusea. Depois que ela removera a faixa da cintura, meteu a mão dentro e tirou meu *koshimaki*, mais uma vez como acontecera em Hakone. Não gostei nada, mas, em vez de abrir meu vestido como o Barão fizera, ela o abriu em torno de meu corpo e mandou que eu me deitasse na esteira.

O médico ajoelhou-se a meus pés, e depois de pedir desculpas abriu meu vestido de baixo e expôs minhas pernas. Mameha me contara um pouquinho sobre *mizuage*, mas parecia-me que eu ia aprender algo mais agora. A oferta terminara e aquele jovem medico saíra vencedor? E o Dr. Caranguejo, e Nobu? Até passou pela minha mente que Mamãe pudesse estar sabotando intencionalmente os planos de Mameha. O jovem médico ajeitou minhas pernas e estendeu a mão entre elas, que, eu notara, era macia e graciosa como a do Presidente. Senti-me tão humilhada e exposta que tive de tapar o rosto. Queria juntar as pernas, mas tive medo de que tudo o que dificultasse a tarefa dele fosse prolongar ainda mais aquele momento. Então fiquei deitada de olhos cerrados, sem respirar. Senti-me como devia se sentir o pequeno Taku quando se sufocara com uma agulha e Mamãe metera seus dedos na goela dele enquanto Titia abria sua boca. A certa altura acho que o Doutor tinha as duas mãos entre minhas pernas. Mas finalmente as retirou e fechou meu vestido. Quando abri os olhos, vi-o limpando as mãos num pano.

— A menina está intacta.

— Bom, isso é uma boa notícia! — disse Mamãe. — E vai haver muito sangue?

— Não deveria haver nenhum. Eu apenas a examinei visualmente.

— Não, quero dizer, durante o *mizuage*.

— Não sei. Acho que a quantidade habitual.

Quando o jovem médico de cabelos prateados saíra, Mamãe me ajudou a me vestir e mandou que eu me sentasse sobre a mesa. Então, sem aviso, puxou o lóbulo de minha orelha com tanta força que gritei. Ela me segurou assim, cabeça perto da sua, enquanto dizia:

— Você é um bem muito caro, menininha. Eu a subestimava. Tenho sorte por nada ter lhe acontecido. Mas pode ter certeza de que no futuro a observarei mais de perto. O que um homem quer de você, vai pagar caro para obter. Entendido?

— Sim, senhora! — respondi. Naturalmente teria dito sim a qualquer coisa, pelo modo como puxava minha orelha.

— Se você der livremente a um homem aquilo por que ele tem de pagar, estará logrando este *okiya*. Você deve dinheiro e eu o tirarei de você. E não falo só disso! — Mamãe fez um ruído horrível com a mão livre — esfregando os dedos na palma e emitindo um ruído estranho.

— Os homens vão pagar por isso — prosseguiu. — Mas também vão pagar simplesmente para conversar com você. E se eu a descobrir escapando para se encontrar com um homem ainda que só para uma conversinha... — Ela concluiu o pensamento puxando novamente minha orelha com toda a força, antes de a soltar.

Tive de me esforçar para respirar normalmente. Quando senti que podia falar de novo, eu disse:

— Mamãe... Não fiz nada para você ficar zangada!

— Ainda não, ainda não. E se for uma menina ajuizada, não fará nunca.

Tentei pedir licença, mas Mamãe disse que eu ficasse. Esvaziou o cachimbo, embora estivesse vazio, e quando o enchera e acendera, disse:

— Tomei uma decisão. A sua situação aqui no *okiya* vai mudar.

Fiquei alarmada e comecei a dizer alguma coisa, mas Mamãe interrompeu.

— Na semana que vem você e eu vamos realizar uma cerimônia. Depois disso você será minha filha como se tivesse nascido de
mim. Decidi adotá-la. Um dia este *okiya* será seu.

Não pude pensar eu nada para dizer, nem lembro muito do
que aconteceu em seguida. Mamãe continuou falando, dizendo
que como filha do *okiya* eu me mudaria para o quarto maior ocupado por Hatsumomo e Abóbora, que ficariam juntas no quarto
menor onde eu vivera até então. Eu escutava com apenas metade
de minha mente, até começar a entender vagarosamente que,
como filha de Mamãe, eu não teria mais de sofrer a tirania de Hatsumomo. Esse fora sempre o plano de Mameha, e eu nunca acreditara realmente que ele ocorreria. Mamãe continuou me instru-
indo. Eu olhava seu lábio caído e os olhos amarelados. Talvez ela
fosse uma mulher odienta, mas como filha dessa mulher odienta
eu ficaria numa prateleira, fora do alcance de Hatsumomo.

No meio disso tudo a porta deslizou para o lado, abrindo-se, e
a própria Hatsumomo apareceu na soleira.

— O que quer? — disse Mamãe. — Estou ocupada.

— Saia — ela disse para mim. — Quero falar com Mamãe.

— Se quiser falar comigo — disse Mamãe —, pergunte a Sayuri se ela quer ter a bondade de sair.

— *Tenha a bondade de sair, Sayuri* — disse Hatsumomo, sar-
cástica.

E então pela primeira vez em minha vida falei sem medo de
que ela me castigasse:

— Eu saio se Mamãe quiser que eu saia — eu disse.

— Mamãe, pode ter a bondade de fazer a Senhorita Burrinha
nos deixar a sós? — disse Hatsumomo.

— Pare de me aborrecer! — disse-lhe Mamãe. — Entre e me
diga o que quer.

Hatsumomo não gostou daquilo, mas entrou e sentou-se à
mesa. Estava no meio de Mamãe e de mim, mas ainda tão próxima
que eu podia sentir o seu perfume.

— A pobre Abóbora veio correndo até mim muito aborrecida
— começou ela. — Prometi-lhe que falaria com você. Ela me contou uma coisa muito estranha. Disse: "Ah, Hatsumomo, Mamãe
mudou de idéia!" Mas eu lhe disse que duvidava de que fosse verdade.

— Não sei do que ela estava falando. Certamente não mudei
minha idéia sobre nada recentemente.

— Foi o que eu lhe disse, que você jamais voltaria atrás em sua
palavra. Mas estou certa de que ela se sentiria melhor, Mamãe, se
você mesma lhe dissesse.

— Dissesse o quê?

— Que não mudou de idéia sobre adotá-la.

— O que foi que lhe deu essa idéia? Nunca tive a menor intenção de adotá-la, em primeiro lugar.

Senti uma dor terrível escutando isso, pois não pude evitar de pensar em Abóbora correndo escadas abaixo, parecendo tão perturbada... E não era de admirar, pois já não se podia mais saber o que seria da vida dela. Hatsumomo estava com aquele sorriso que a fazia parecer uma peça de porcelana cara, mas as palavras de Mamãe a atingiram como pedradas. Olhou-me com ódio.

— Então é verdade! Está planejando adotar *essa aí*! Não se recorda do mês passado, Mamãe, quando disse que ia adotar Abóbora? E me pediu que lhe contasse a novidade!

— O que você pode ter dito a Abóbora não me interessa. Além disso, você não dirigiu o aprendizado de Abóbora tão bem quanto eu esperava. Por um tempo ela esteve bem, mas ultimamente...

— Mamãe, você prometeu — Hatsumomo disse isso num tom que me deu medo.

— Não seja ridícula! Você sabe que há anos estou de olho em Sayuri. Por que eu iria mudar e adotar Abóbora?

Eu sabia perfeitamente bem que Mamãe estava mentindo. Agora, chegou ao ponto de se virar para mim e dizer:

— Sayuri-san, quando foi a primeira vez que mencionei a possibilidade de adotar você? Um ano, quem sabe?

Se você alguma vez viu uma gata ensinando seu filhote a caçar — como apanha um camundongo desamparado e o faz em pedaços —, bem, senti-me como se Mamãe me estivesse oferecendo a chance de me tornar igual a ela. Tudo o que eu precisava fazer era mentir do jeito que ela mentia, e dizer: "Ah, sim, Mamãe, você mencionou o assunto várias vezes!" Seria meu primeiro passo para me tornar um dia uma velha de olhos amarelos, vivendo num quarto penumbroso com meus livros de contabilidade. Eu não podia ficar do lado de Mamãe nem de Hatsumomo. Mantive os olhos baixos para não ver nenhuma delas, e disse que não me lembrava.

O rosto de Hatsumomo tinha manchas vermelhas de ódio. Levantou-se e foi até a porta, mas Mamãe a deteve.

— Em uma semana Sayuri será minha filha — ela disse. — Até lá você deve aprender a tratá-la com respeito. Quando descer, peça a uma das criadas que traga chá para Sayuri e para mim.

Hatsumomo fez uma pequena mesura e se foi.

— Mamãe — eu disse —, sinto muito ter causado tantos problemas. Sei que Hatsumomo está errada quanto aos planos que a senhora tenha feito para Abóbora, mas... posso lhe fazer uma pergunta? Não seria possível adotar as duas, Abóbora e eu?

— Ah, então agora você sabe algo a respeito de negócios? Está querendo me ensinar a dirigir o meu *okiya*? — respondeu ela.

Poucos minutos depois chegou uma criada com uma bandeja, um bule de chá e uma taça — uma só. Mamãe pareceu não se importar. Enchi a sua taça e ela a bebeu fitando-me com seus olhos de beiradas vermelhas.

capítulo vinte e quatro

Quando Mameha voltou à cidade no dia seguinte e soube que Mamãe decidira me adotar, não pareceu tão contente quanto eu esperava. Fez um sinal afirmativo com a cabeça, e realmente pareceu contente; mas não sorriu. Perguntei se as coisas não tinham saído como ela esperava.

— Ah, não, a aposta entre o Dr. Caranguejo e Nobu saiu exatamente como eu esperava — ela disse —, e a quantia final foi considerável. Assim que descobri eu soube que a Sra. Nitta iria adotar você. E fiquei contentíssima!

Foi o que ela disse. Mas na verdade, como fui aprendendo aos poucos nos anos seguintes, a realidade era bem diferente. De um lado, a competição não fora entre o Dr. Caranguejo e Nobu, mas acabara realizando-se entre o Dr. Caranguejo e o Barão. Não posso imaginar como Mameha deve ter-se sentido em relação a isso, mas estou certa de que explica por que por pouco tempo foi tão fria comigo e por que guardou em segredo o que realmente acontecera.

Não quero sugerir que Nobu não estivesse envolvido. Competiu bem agressivamente pelo meu *mizuage*, mas só nos primeiros dias, até a cifra ultrapassar 8.000 ienes. Quando isso ocorreu ele saiu, e provavelmente não foi por a quantia ser alta demais. Mameha soube desde o começo que, se quisesse, Nobu poderia competir com qualquer pessoa. O problema, que Mameha não adivinhara, era que Nobu não tinha mais do que um vago interesse no meu *mizuage*. Só certo tipo de homem gasta tempo e dinheiro caçando *mizuages*, e Nobu não era um deles. Alguns meses antes, como você talvez recorde, Mameha sugerira que nenhum homem cultivaria uma relação com uma aprendiz de quinze anos, a não ser que estivesse interessado em seu *mizuage*. Foi na mesma discussão em que me disse: "Pode apostar que não é pela sua conversa que ele se sente atraído." Ela pode ter tido razão quanto à minha conversa, não sei; mas fosse o que fosse que em mim atraía Nobu, não era o meu *mizuage*.

O Dr. Caranguejo era um homem que provavelmente preferiria suicidar-se à maneira antiga a permitir que alguém como Nobu lhe roubasse um *mizuage*. Naturalmente não estava realmente competindo com Nobu nos primeiros dias, mas não sabia disso, e a dona da Ichiriki decidiu não lhe contar nada. Queria que o preço subisse o mais possível. Assim, quando lhe falava ao telefone, dizia coisas como: "Ah, Doutor, acabo de saber de Osaka que chegou uma oferta de cinco mil ienes." Provavelmente tivera notícias de Osaka, embora pudesse ter sido de sua irmã, pois a dona não gostava de contar mentiras completas. O Dr. Caranguejo pensava que a oferta fosse de Nobu, embora na verdade viesse do Barão.

Quanto ao Barão, sabia perfeitamente que adversário era o Doutor, mas não se importava. Queria o *mizuage*, e ficou amuado como um menininho quando começou a pensar na possibilidade de perder. Um pouco mais tarde uma gueixa me contou sobre uma conversa que tivera com ele nessa época.

— Ouviu falar no que está acontecendo? — disse-lhe o Barão.

— Estou tentando conseguir um *mizuage*, mas um médico enjoado fica se metendo no meu caminho. Só um homem pode explorar uma região não descoberta, e eu quero ser esse homem! Mas o que posso fazer? Esse médico idiota parece não entender que as cifras que oferece representam muito dinheiro!

Quando a oferta foi subindo mais e mais, o Barão começou a falar em sair. Mas a cifra já estava perto de um novo recorde, e a dona da Ichiriki decidiu aumentar ainda mais enganando o Barão como enganara o Doutor. No telefone, disse-lhe que o "cavalheiro mais idoso" fizera uma oferta muito elevada, e depois acrescentou:

— Mas muita gente acha que ele não vai oferecer mais que isso!

Sei que pode ter havido gente que pensava isso do Doutor, mas não ela. Ela sabia que quando o Barão fizesse sua última oferta, fosse qual fosse, o Doutor iria cobrir.

No fim o Dr. Caranguejo concordou em pagar 11.500 ienes pelo meu *mizuage*. Até aquele momento era o preço mais alto jamais pago por um *mizuage* em Gion, e possivelmente em qualquer distrito de gueixas no Japão. Lembre que naqueles dias uma hora do tempo de uma gueixa custava cerca de 4 ienes, e um quimono extravagante poderia custar 1.500 mais ou menos. De modo que pode não parecer muito, mas é muito mais do que um trabalhador ganharia, digamos, em um ano.

Devo confessar que não entendo muito de dinheiro. A maior parte das gueixas orgulha-se de nunca carregar dinheiro, e estão acostumadas a mandar botar coisas na conta, onde quer que andem. Mesmo agora, na cidade de Nova Iorque, continuo a viver do mesmo modo. Faço compras em lojas onde me conhecem de vista, onde os funcionários têm a bondade de anotar as coisas que desejo. Quando chega a conta no fim do mês, tenho uma encantadora assistente que paga por mim. Assim, como vê, eu não poderia lhe dizer quanto dinheiro gasto, ou quanto custa um vidro de perfume em relação a uma revista. De modo que sou um dos piores tipos de pessoas no mundo para explicar qualquer coisa sobre dinheiro. Mesmo assim vou lhe contar algo que um amigo muito chegado me contou um dia — tenho certeza de que ele sabe do que fala, pois era assessor do Ministro das Finanças do Japão nos anos sessenta. Dinheiro, ele disse, muitas vezes vale menos num ano do que valia no ano anterior, e por causa disso o *mizuage* de Mameha em 1929 realmente custou mais do que o meu em 1935, ainda que o meu fosse 11.500 ienes, e o de Mameha fosse cerca de 7.000 ou 8.000.

Naturalmente nada disso importava quando se vendeu o meu *mizuage*. Eu estabelecera um novo recorde, e ele permaneceu até 1951, quando apareceu Katsumiyo — em minha opinião uma das maiores gueixas do século XX. Mesmo assim, segundo meu amigo, o assessor do Ministro das Finanças, o verdadeiro recorde continuou sendo o de Mameha, até os anos sessenta. Mas, quer o recorde tenha sido meu, quer de Katsumiyo, quer de Mameha — ou até de Mamemitsu em 1890 —, você bem pode imaginar as mãozinhas gorduchas de Mamãe coçando quando ouviu falar daquela quantia recorde.

Não preciso dizer que foi por isso que me adotou. O pagamento pelo meu *mizuage* foi mais do que o necessário para saldar todas as minhas dívidas com o *okiya*. Se Mamãe não tivesse me adotado, parte desse dinheiro seria minha — e pode imaginar como Mamãe teria se sentido. Quando me tornei filha do *okiya* minhas dívidas deixaram de existir porque o *okiya* as absorveu todas. Mas meus ganhos também eram para o *okiya*, não só então, na época do meu *mizuage*, mas para sempre.

A adoção ocorreu na semana seguinte. Meu nome já mudara para Sayuri. Agora também mudou meu sobrenome. Na minha casinha bêbada junto do mar eu fora Sakamoto Chiyo. Agora, passava a ser Nitta Sayuri.

De todos os momentos importantes da vida de uma gueixa, o *mizuage* certamente é um dos mais altos. O meu ocorreu no começo de julho de 1935, quando eu tinha quinze anos de idade. Começou na tarde em que o Dr. Caranguejo e eu bebíamos saquê numa cerimônia que nos unia. O motivo dessa cerimônia era que embora o *mizuage* passasse muito depressa, o Dr. Caranguejo continuaria sendo meu patrono do *mizuage* até o fim de sua vida — não que isso lhe concedesse algum privilégio especial, você entende. A cerimônia foi realizada na Casa de Chá Ichiriki, na presença de Mamãe, Titia e Mameha. A dona da Ichiriki também assistiu, e o Sr. Bekku — meu vestidor —, porque o vestidor sempre se envolve numa cerimônia desse tipo, representando os interesses da gueixa. Fui vestida no traje mais formal que uma aprendiz usa, uma roupa negra com cinco camadas e um vestido de baixo vermelho, cor que simboliza os começos. Mameha me instruíra a me portar com muita gravidade, como se eu não tivesse nenhum senso de humor. Levando em conta meu nervosismo, era fácil parecer séria quando desci pelo corredor da Ichiriki, com a bainha do meu quimono ondulando aos meus pés.

Depois da cerimônia todos fomos a um restaurante conhecido como Kitcho, para jantar. Também era uma ocasião solene, e falei pouco, comendo menos ainda. Sentado à mesa do jantar, o Dr. Caranguejo provavelmente já pensava no momento que viria depois, e mesmo assim nunca vi um homem parecendo mais entediado. Fiquei de olhos baixos durante toda a refeição, para parecer inocente, mas toda vez que lançava um olhar na sua direção ele olhava para baixo, através dos óculos, como um homem numa reunião de negócios.

Quando o jantar acabara, o Sr. Bekku me acompanhou de riquixá para uma linda estalagem nos terrenos do Templo Nanzen-ji. Ele já estivera lá antes naquele mesmo dia arranjando minhas roupas num quarto ao lado. Ajudou-me a sair do meu quimono e me vestiu com outro mais casual, com um *obi* que não exigia acolchoamento para o nó — pois seria desconfortável para o Doutor. Amarrou o nó de um jeito que se desfizesse facilmente. Quando eu estava totalmente vestida fiquei tão nervosa que o Sr. Bekku teve de me ajudar a voltar ao meu quarto e me instalar perto da porta aguardando a chegada do Doutor. Quando ele me deixou ali, tive uma terrível sensação de pavor, como se fosse sofrer uma cirurgia para remover meus rins ou fígado, ou coisa assim.

Logo chegou o Dr. Caranguejo e pediu que eu encomendasse saquê enquanto ele se banhava num banheiro junto do quarto. Acho que esperava que eu o ajudasse a se despir, pois me lançou um olhar estranho. Mas minhas mão estavam tão frias e desajeitadas que acho que eu não conseguiria. Poucos minutos depois ele apareceu vestindo um robe e abriu as portas para o jardim, onde nos sentamos numa pequena varanda de madeira, bebericando saquê e escutando o som dos grilos e do riachinho abaixo de nós. Derramei saquê no meu quimono, mas o Doutor não percebeu. Para dizer a verdade, ele não parecia notar muita coisa, exceto um peixe que chapinhou no lago ali perto e que ele me indicou como se eu nunca tivesse visto nada parecido. Enquanto estávamos lá apareceu uma criada que estendeu os dois *futons* lado a lado.

Finalmente o Doutor me deixou na varanda e entrou no quarto. Ajeitei-me de modo a poder vê-lo pelo canto do olho. Ele tirou de sua maleta duas toalhas brancas e as colocou na mesa, arrumando-as de um modo ou de outro. Fez o mesmo com os travesseiros nos *futons*, e depois veio parar no umbral até eu me pôr de pé e o seguir.

Enquanto eu ainda estava de pé ele removeu o meu *obi* e me disse que ficasse à vontade em um dos *futons*. Tudo me parecia tão esquisito e assustador que eu não ficaria confortável, não importa o que fizesse. Mas deitei-me de costas e usei um dos travesseiros recheados de grãos para apoiar a nuca. O Doutor abriu meu vestido e levou muito tempo soltando passo a passo as vestimentas por baixo dele, esfregando as mãos em minhas pernas, o que, penso eu, devia me ajudar a relaxar. Isso prosseguiu por longo tempo, mas finalmente ele pegou as duas toalhas brancas. Pediu que eu erguesse meus quadris e as estendeu por baixo de mim.

— Isso vai absorver o sangue — ele disse.

Naturalmente muitas vezes o *mizuage* envolve certa quantidade de sangue, mas ninguém me explicara exatamente por quê. Sei que eu deveria ter ficado quieta ou até agradecida ao Doutor por ter tanta consideração comigo e usar toalhas, mas em vez disso eu disse bruscamente:

— Que sangue?

Minha voz esganiçou-se um pouco, porque minha garganta estava muito seca. O Dr. Caranguejo começou a me explicar como o "hímen" — que eu não fazia a menor idéia do que fosse — era rico em vasos sangüíneos... e isso, e aquilo, e mais aquilo... Acho que fiquei tão ansiosa ouvindo tudo isso que me ergui um pouco no *futon*, porque o Doutor botou a mão em meu ombro e gentilmente me empurrou de volta.

Sei que esse tipo de conversa poderia acabar com o apetite de qualquer homem, mas o Doutor não era desse tipo de homem. Quando concluíra sua explicação ele me disse:

— É a segunda vez que terei ocasião de coletar uma amostra de seu sangue. Posso lhe mostrar?

Eu notara que ele chegara não apenas com sua pequena bolsa de viagem, mas também com uma caixinha de madeira. O Doutor pegou um chaveiro do bolso da calça no armário e abriu a caixa. Trouxe-a até mim e levantou sua tampa numa espécie de exposição. Dos dois lados havia prateleiras com minúsculos frascos de vidro com rolhas e sustentados por tiras. Na prateleira de baixo havia uns poucos instrumentos, como tesouras e pinças; mas o resto da caixa estava lotado com aqueles frasquinhos, talvez uns quarenta ou cinqüenta. Exceto uns poucos vazios na prateleira de cima, todos continham algo, mas eu não fazia idéia do que pudesse ser. Só quando o Doutor aproximou a lâmpada da mesa consegui ver rótulos brancos no topo de cada frasco, marcados com nomes de várias gueixas. Vi o nome de Mameha e o da grande Mamekichi. Vi muitos outros nomes familiares, como o de Korin, amiga de Hatsumomo.

— Este — disse o Doutor removendo um dos frasquinhos — é o seu.

Ele escrevera meu nome errado, com um caractere diferente para o "ri" de Sayuri, mas dentro do frasco havia algo encarquilhado que parecia uma ameixa velha, embora fosse castanho e não roxo. O Doutor removeu a rolha e usou pinças para o retirar.

— É o algodão que banhei em seu sangue — ele disse — quando você cortou a perna, lembra? Normalmente não guardo sangue de minhas pacientes, mas fiquei... muito envolvido com você. Depois de coletar essa amostra, decidi ser o patrono de seu *mizuage*. Acho que você concordará em que será um espécimen inusitado, possuir não apenas uma amostra do sangue do seu *mizuage* mas também de um ferimento em sua perna meses antes.

299

Disfarcei minha repulsa enquanto o Doutor me mostrava vários outros frascos, incluindo o de Mameha. O dela continha não um chumaço de algodão mas um pedacinho de tecido branco manchado com cor de ferrugem, meio enrijecido. O Doutor Caranguejo parecia achar tudo aquilo fascinante, mas eu... bem, virei o rosto em direção deles para parecer educada, mas quando o Doutor não estava me observando eu desviava os olhos.

Finalmente ele fechou sua caixa e a colocou de lado antes de tirar os óculos, dobrá-los e os colocar na mesa ao lado. Tive receio de que o momento chegasse, e realmente o Dr. Caranguejo abriu minhas pernas e se ajoelhou no meio delas. Acho que meu coração batia tão rápido quanto o de um camundongo. Quando o Doutor desamarrou o cinto de seu robe fechei os olhos e tapei a boca com a mão, mas no último instante pensei que não devia causar má impressão, e deixei a mão ao lado de minha cabeça.

A mão do Doutor se remexeu em mim algum tempo, dando-me grande desconforto, mais ou menos como aquele jovem médico de cabelos penteados semanas atrás. Depois abaixou-se até seu corpo ficar colocado exatamente sobre o meu. Esforcei-me ao máximo para botar alguma espécie de barreira mental entre o Doutor e mim, mas não bastou para me impedir de sentir a "enguia", como Mameha diria, bater na parte interna de minhas coxas. A lâmpada ainda estava acesa, e procurei algo para me distrair nas sombras do teto, porque agora sentia o Doutor empurrar tão forte que minha cabeça se remexia no travesseiro. Eu realmente não sabia o que fazer com as mãos, de modo que agarrei o travesseiro e fechei os olhos com força. Logo havia uma atividade intensa em cima de mim, e também senti toda a sorte de movimentos no meu interior. Deve ter havido muito sangue, pois o ar tinha um cheiro metálico desagradável. Fiquei pensando em quanto aquele homem pagara por aquele privilégio. E lembro-me de que a certa altura desejei que ele estivesse se divertindo mais do que eu. Não senti mais prazer do que se alguém tivesse esfregado uma lixa dentro de minhas coxas até eu sangrar.

Finalmente a enguia sem lar demarcou seu território, eu acho, e o Doutor ficou deitado sobre mim, pesado, úmido de suor. Não gostei nada de ficar tão próxima dele, de modo que fingi estar sufocando na esperança de que ele tirasse seu peso de cima de mim. Ele ficou longo tempo imóvel, mas então subitamente ajoelhou-se e estava novamente muito formal. Não olhei para ele, mas do canto do olho vi quando se limpou com uma das toalhas embaixo de mim. Amarrou o cinto de seu robe e botou os óculos, sem notar uma manchinha de sangue na beira de uma das lentes, e co-

300

meçou a limpar entre minhas pernas com toalhas e chumaços de algodão e coisas assim, como se tivéssemos voltado à sala do hospital. O pior de meu desconforto já tinha passado, e devo admitir que estava quase fascinada deitada ali, mesmo com minhas pernas abertas de maneira tão reveladora, quando o observei abrir a caixa de madeira e pegar a tesoura. Ele cortou um pedaço ensangüentado da toalha embaixo de mim, e junto com um chumaço de algodão meteu-a no frasco de vidro com meu nome mal escrito. Depois fez uma mesura formal e disse:

— Muito obrigado.

Deitada eu não podia fazer uma mesura, mas não teve importância porque o Doutor levantou-se de chofre e voltou ao banheiro.

Eu não percebera, mas estava respirando muito depressa de nervosismo. Agora que tudo passara e eu consegui respirar normalmente, provavelmente parecia recém-operada, mas senti tanto alívio que sorri. Alguma coisa em tudo aquilo me parecia profundamente ridícula; quanto mais eu pensava nisso, mais engraçado me parecia, e logo eu estava rindo. Tive de ficar quieta porque o Doutor estava no quarto ao lado. Mas pensar que aquilo mudara todo o curso de meu futuro... imaginei a dona da Ichiriki telefonando para Nobu e o Barão enquanto a oferta estava em aberto, em todo o dinheiro gasto, e em todo o trabalho. Como teria sido esquisito com Nobu, pois eu começava a pensar nele como amigo. E não queria nem imaginar em como teria sido com o Barão.

Enquanto o Doutor ainda estava no banho bati na porta do quarto do Sr. Bekku. Ele entrou depressa para mudar os lençóis, depois voltou para me ajudar a botar um traje de dormir. Mais tarde, quando o Doutor adormecera, levantei-me de novo e tomei um banho silencioso. Mameha me instruíra para ficar acordada, caso o Doutor acordasse e precisasse de alguma coisa, mas embora tentasse não pude evitar de dormir. Consegui acordar de manhã em tempo de me arrumar antes que o Doutor me visse.

Depois do café da manhã acompanhei o Doutor até a porta da frente da estalagem e ajudei-o a entrar em seus sapatos. Logo antes de partir ele me agradeceu pela noite e me deu um pacotinho. Eu não sabia se era uma jóia como a que Nobu me dera, ou pedacinhos da toalha com sangue da noite anterior! Mas quando arrumei coragem de abrir, no quarto, era um pacote de ervas chinesas. Eu não sabia o que fazer com elas, mas perguntei ao Sr. Bekku, que me disse que eu deveria fazer chá com elas uma vez ao dia, para evitar gravidez:

— Tenha cuidado ao lidar com elas, porque são muito caras — ele disse. — Mas não seja cuidadosa demais. São mais baratas do que um aborto.

É esquisito e muito difícil de explicar, mas o mundo me parecia diferente depois do *mizuage*. Abóbora, que ainda não tivera o seu, agora me parecia inexperiente e infantil, embora fosse mais velha que eu. Mamãe e Titia, como Hatsumomo e Mameha, naturalmente tinham passado por aquilo, e eu provavelmente agora estava muito mais consciente do que elas de que tínhamos aquilo em comum. Depois do *mizuage* uma aprendiz usa seu cabelo em um novo estilo, com uma fita de seda vermelha na base do nó nas costas em lugar de uma com desenhos. Por algum tempo tive tanta consciência de quais das aprendizes tinham fitas vermelhas no cabelo ou desenhadas, que quase não conseguia notar outra coisa andando nas ruas ou nos corredores de nossa pequena escola. Sentia um novo respeito pelas que haviam passado pelo *mizuage* e achei-me muito mais mundana do que as outras.

Estou certa de que todas as aprendizes se sentem mudadas pela experiência do *mizuage*, de modo bastante parecido ao meu. Minha vida diária também mudou, por causa da nova visão que Mamãe tinha de mim. Ela era o tipo de pessoa, estou certa de que você entende, que só percebia as coisas depois que elas levavam etiquetas com seu preço. Quando descia pela rua sua mente provavelmente trabalhava como um ábaco. "Ah, aí vai a pequena Yukiyo, cuja burrice custou à sua pobre irmã mais velha quase cem ienes no ano passado! E ali vem Ichimitsu, que deve estar bem contente com os pagamentos que seu novo *danna* está fazendo." Se Mamãe andasse ao longo do Riacho Shirakawa num adorável dia de primavera, quando quase se podia ver a própria beleza gotejando das cerejeiras em flor na água, ela provavelmente não perceberia nada disso, a não ser que... não sei... tivesse planos de ganhar dinheiro vendendo as árvores, ou coisa assim.

Antes do meu *mizuage* não creio que tivesse feito diferença para Mamãe o fato de Hatsumomo me causar problemas em Gion. Mas agora que eu ostentava uma etiqueta com alto preço, ela parou com as artimanhas de Hatsumomo, sem que eu tivesse de lhe pedir. Não sei como o fez. Provavelmente apenas disse; "Hatsumomo, se seu comportamento causar problemas a Sayuri e custar dinheiro a este *okiya*, você terá de pagar!" Desde que minha mãe adoecera seis anos antes minha vida fora bem difícil, mas agora, por algum tempo, as coisas ficaram notavelmente simples. Não quero dizer que nunca me sentisse cansada ou decepcionada; na verdade, sentia-me cansada boa parte do tempo. A vida em Gion não é relaxante para as mulheres que ganham a vida ali. Mas certamente era um grande alívio estar livre das ameaças de Hatsumomo. Também dentro do *okiya* a vida era quase agradável. Como filha adotada, eu comia quando tinha vontade. Escolhia meu quimono primeiro, em vez de esperar que Abóbora escolhesse o seu — e quando eu escolhera, Titia começava a trabalhar cosendo as beiradas do tamanho certo e prendendo a gola dentro de meu vestido de baixo antes mesmo de tocar as coisas de Hatsumomo. Eu não me importava quando Hatsumomo me fitava com ressentimento e ódio por causa do tratamento especial que eu recebia agora. Mas quando Abóbora passava por mim no *okiya* com ar preocupado, olhos desviados dos meus até quando estávamos cara a cara, eu sentia uma dor imensa. Sempre sentira que nossa amizade teria crescido se as circunstâncias não nos tivessem separado. E já não tinha mais essa sensação.

Depois do meu *mizuage* o Dr. Caranguejo desapareceu de minha vida quase completamente. Digo "quase", porque embora Mameha e eu já não fôssemos à Casa de Chá Shirae entretê-lo, às vezes eu o encontrava em festas em Gion. O Barão, de outro lado, nunca mais vi. Eu ainda não sabia do papel que ele tivera elevando o preço do meu *mizuage*, mas olhando para trás entendo por que Mameha queria nos manter separados. Provavelmente eu me sentiria muito mal perto do Barão, como Mameha se sentiria mal tendo-me por perto. E não posso fingir que sentia falta de qualquer um desses homens.

Mas havia um homem que eu estava muito ansiosa por rever, e tenho certeza de que não preciso lhe dizer que estou falando do Presidente. Ele não tivera nenhum papel no plano de Mameha, de modo que eu não esperava que minha relação com ele mudasse ou acabasse apenas porque meu *mizuage* terminara. Mas devo admitir que me senti muito aliviada quando poucas semanas depois fiquei sabendo que a Eletrônica Iwamura telefonara pedindo mais uma vez minha companhia. Quando cheguei naquela noite, tanto o Presidente como Nobu estavam lá. No passado eu certamente teria ido sentar-me junto de Nobu. Mas agora que Mamãe me adotara eu não era mais obrigada a agradecer-lhe por ser meu salvador. Havia um lugar vago ao lado do Presidente, e assim, excitada, fui até lá. O Presidente foi muito cordial quando lhe servi saquê, e agradeceu-me erguendo a taça no ar antes de beber; mas durante toda a noite não olhou para mim, enquanto

Nobu, sempre que eu olhava em sua direção, me fitava como se eu fosse a única pessoa na sala. Eu sabia muito bem o que era desejar uma pessoa, de modo que antes de acabar a noite fiz questão de passar algum tempo com ele. Depois disso tive o cuidado de nunca o ignorar.

Passou-se mais ou menos um mês, e certa noite, numa festa, mencionei casualmente a Nobu que Mameha conseguira que eu aparecesse num festival em Hiroshima. Não tive certeza de que ele escutava quando lhe falei, mas no dia seguinte, quando voltei ao *okiya* depois das aulas, encontrei em meu quarto um novo baú de madeira que ele me enviara como presente. Era um baú muito mais fino do que aquele que eu tomara emprestado de Titia para a festa do Barão em Hakone. Senti uma vergonha terrível por ter pensado que poderia simplesmente descartar Nobu agora que ele não era mais centro de nenhum plano de Mameha. Escrevi-lhe um bilhete agradecendo, e disse-lhe que esperava a ocasião de lhe manifestar minha gratidão pessoalmente quando nos víssemos na semana seguinte, em uma grande festa que a Eletrônica Iwamura planejava havia meses.

Mas então ocorreu algo muito peculiar. Pouco antes da festa recebi uma mensagem de que afinal minha presença não seria necessária. Yoko, que trabalhava ao telefone em nosso *okiya*, tivera a impressão de que a festa fora cancelada. Naquela noite eu tinha de ir à Ichiriki de qualquer forma, para outra festa. Quando me ajoelhava no umbral para entrar, vi a porta para uma grande sala de banquetes abrir-se no fim do corredor, e uma jovem gueixa apareceu. Antes que ela fechasse a porta ouvi o que era certamente o riso do Presidente, vindo de dentro da sala. Fiquei muito espantada, de modo que me levantei e a alcancei antes que saísse da casa de chá.

— Sinto muito incomodar — eu disse —, mas você está vindo da festa da Eletrônica Iwamura?

— Sim, está muito animada. Deve haver umas vinte e cinco gueixas, quase cinqüenta homens...

— E... o Presidente Iwamura e Nobu-san estão aí também? — perguntei.

— Nobu não. Parece que ele foi para casa esta manhã, doente. Vai sentir muito ter faltado a essa festa. Mas o Presidente está, sim. Por que pergunta?

Murmurei alguma resposta — nem recordo qual —, e ela se foi.

Até aquele momento eu imaginava que o Presidente valorizava minha companhia tanto quanto Nobu. Agora, pensei que tudo talvez tivesse sido uma ilusão, e que só Nobu se interessava por mim.

capítulo vinte e cinco

Mameha já ganhara sua aposta com Mamãe, mas ainda tinha grande interesse em meu futuro. Assim, nos anos seguintes, trabalhou para que meu rosto fosse familiar entre seus melhores clientes, e também entre as outras gueixas. Nessa altura ainda estávamos saindo da Depressão; banquetes formais não eram tão comuns em Gion como Mameha teria gostado. Mas ela me levou a muitas reuniões informais, não apenas festas em casas de chá, mas passeios para nadar, passeios para ver lugares, peças *kabuki* e assim por diante. No calor do verão, quando todo mundo se sentia mais relaxado, muitas vezes esses encontros casuais eram bem divertidos, mesmo para aquelas de nós que estávamos trabalhando duro para entreter as pessoas. Por exemplo, um grupo de homens decidia andar de barco num canal ao longo do Rio Kamo, bebericando saquê e deixando os pés balançar na água. Eu era jovem demais para participar da farra, e seguidamente acabava apenas encarregada de raspar gelo para fazer cones de neve, mas mesmo assim era uma mudança agradável.

Algumas noites empresários ricos ou aristocratas davam festas com gueixas apenas para si mesmos. Passavam a noite cantando e dançando e bebendo com as gueixas, muitas vezes bem até depois da meia-noite. Certa vez a esposa de nosso anfitrião ficou parada na porta entregando-nos envelopes com generosas gorjetas, quando saímos. Deu dois a Mameha e pediu-lhe o favor de entregar o segundo à gueixa Tomizuru, que "fora para casa mais cedo com dor de cabeça", como ela disse. Na verdade sabia tão bem quanto nós que Tomizuru era amante de seu marido, e fora com ele para outra ala da casa para lhe fazer companhia naquela noite.

Muitas das festas mais glamourosas em Gion eram assistidas por artistas famosos, escritores, atores *kabuki*, e podiam ser muito interessantes. Mas lamento dizer-lhe que as habituais festas com gueixas eram muito mais mundanas. Provavelmente o anfitrião era chefe de seção de uma pequena empresa, e o convidado de honra um de seus fornecedores, ou talvez um de seus funcionários que ele acabava de promover, ou coisa desse tipo. De vez em quando uma gueixa bem-intencionada me admoestava dizendo que, como aprendiz, minha responsabilidade — além de tentar parecer bela — era sentar-me calada e ouvir as conversas, esperando um dia também me tornar inteligente na tarefa de manter uma conversação. Bem, a maior parte das conversas que eu ouvia nessas festas não me parecia nada inteligente. Um homem podia virar-se para a gueixa a seu lado e dizer: "O tempo está inusitadamente quente, não acha?" E a gueixa responderia algo como: "Ah sim, muito quente!" Então ela começava um jogo de beber com ele, ou tentaria fazer todos os homens cantar, e logo o homem que falara com ela estaria bêbado demais para lembrar que não estava se divertindo tanto quanto esperava. De minha parte, sempre considerei isso uma terrível perda de tempo. Se um homem viera a Gion apenas para relaxar e acabava jogando um jogo infantil como papel-tesoura-pedra... bem, do meu ponto de vista teria sido melhor para ele ficar em casa e jogar com seus filhos ou netos... que, afinal, provavelmente seriam mais inteligentes do que aquela pobre gueixa boba, ao lado de quem ele tinha o infortúnio de estar sentado.

Mas de vez em quando eu tinha o privilégio de escutar uma gueixa que realmente era inteligente, e com certeza Mameha era uma delas. Aprendi muito ouvindo suas conversas. Por exemplo, se um homem lhe dizia "Está quente, não acha?", ela sabia uma dúzia de respostas. Se ele era velho e devasso, ela talvez lhe dissesse: "Quente? Talvez seja apenas por estar rodeado de tantas mulheres lindas!" Ou se fosse um jovem empresário arrogante que parecia não conhecer seu lugar, ela talvez o tirasse do sério dizendo: "Aqui está você sentado com meia dúzia das melhores gueixas de Gion, e só consegue pensar no clima?" Uma vez quando eu a observava, Mameha se ajoelhou ao lado de um homem muito jovem, que não podia ter mais que dezenove ou vinte anos. Provavelmente não estaria numa festa com gueixas se não fosse seu pai o anfitrião. Naturalmente ele não sabia o que dizer nem como se portar com gueixas, e estou certa de que estava nervoso. Mas virou-se corajosamente para Mameha e lhe disse: "Quente, não é?" Ela baixou a voz e lhe respondeu mais ou menos isto:

— Bem, você certamente tem razão a respeito do calor. Devia ter me visto quando saí do banho esta manhã! Habitualmente, quando estou completamente nua sinto-me refrescada e relaxada. Mas esta manhã havia gotinhas de suor cobrindo minha pele ao longo das coxas, e da barriga, e... bem, outros lugares também.

Quando o pobre rapaz largou a taça de saquê na mesa seus dedos tremiam. Estou certa de que jamais esqueceu essa festa com gueixas, pelo resto da vida.

Se você me perguntar por que a maioria dessas festas era tão aborrecida, acho que provavelmente havia dois motivos. Primeiro, uma jovem ter sido vendida por sua família e criada desde cedo para ser gueixa não significa que ela será inteligente ou que tenha algo de interessante a dizer. Segundo, a mesma coisa vale para os homens. Só porque ganhou dinheiro suficiente para vir a Gion gastá-lo como quiser não quer dizer que um homem seja uma companhia interessante. Na verdade, muitos desses homens estão habituados a ser tratados com grande respeito. Sentarem-se com as mãos nos joelhos e as testas franzidas é o máximo que planejam fazer para serem entretidos. Certa vez ouvi Mameha passar uma hora inteira contando histórias a um homem que nem uma só vez olhou em sua direção, mas apenas observava as outras pessoas da sala enquanto ela falava. Estranhamente, era isso que ele queria, e sempre que vinha à cidade mandava chamar Mameha.

Depois de dois anos saindo e indo a festas — todo o tempo prosseguindo com meus estudos e participando de espetáculos de dança sempre que podia —, passei do estágio de aprendiz para o de gueixa. Foi no verão de 1938, quando eu tinha dezoito anos. Chamamos essa mudança de "virar a gola", porque uma aprendiz usa gola vermelha, enquanto uma gueixa usa gola branca. Embora se visse uma gueixa e uma aprendiz juntas, a última coisa que você fosse notar seriam suas golas. A aprendiz, com seu quimono elaborado de mangas longas e *obi* pendente, provavelmente faria você pensar em uma boneca japonesa, enquanto a gueixa poderia parecer mais simples mas mais feminina.

307

O dia em que virei a gola foi um dos mais felizes na vida de Mamãe. Ou pelo menos foi a vez em que a vi mais contente. Naquele tempo eu não entendia, mas agora sei perfeitamente o que ela estava pensando. Você sabe, uma gueixa, ao contrário de uma aprendiz, fica disponível para um homem para outras coisas além de servir chá, desde que as condições sejam boas. Por causa de minha ligação com Mameha e minha popularidade em Gion, minha posição era tal que Mamãe tinha todos os motivos para ficar feliz — pois no caso de Mamãe felicidade era sinônimo de dinheiro.

Desde que me mudei para Nova Iorque entendi o que a palavra "gueixa" realmente significa para a maioria dos ocidentais. De tempos em tempos, em festas elegantes, fui apresentada a uma jovem ou outra usando um vestido magnífico e jóias. Quando ela fica sabendo que um dia fui uma gueixa em Kioto, dá uma espécie de sorriso, embora os cantos de sua boca não se ergam como deveriam. Ela não sabe o que dizer. Então o ônus da conversa recai sobre o homem ou a mulher que me apresentou a ela — porque nunca aprendi muito inglês, mesmo depois de todos estes anos. Naturalmente, a essa altura não faria muito sentido nem tentar, porque a mulher estará pensando: "Meu Deus... estou falando com uma prostituta..." Logo depois ela é salva pelo seu acompanhante, um homem rico trinta ou quarenta anos mais velho que ela. Bem, muitas vezes imagino por que ela não percebe quanto realmente temos em comum. Ela é uma mulher sustentada, você entende, e antigamente eu também fui.

Sei que há muitas coisas que ignoro sobre essas jovens mulheres em seus vestidos esplêndidos, mas muitas vezes sinto que sem seus maridos ou namorados ricos muitas delas estariam lutando para sobreviver, e talvez não tivessem opinião tão altiva sobre si mesmas. E naturalmente a mesma coisa vale para uma gueixa de primeira linha. Está certo uma gueixa ir de festa em festa e ser popular com muitos homens; mas uma gueixa que deseja tornar-se uma estrela depende inteiramente de ter um *danna*. Mesmo Mameha, que se tornou famosa por si mesma devido a uma propaganda, logo teria perdido sua situação, sendo apenas mais uma gueixa, se o Barão não tivesse pago para que ela progredisse em sua carreira.

Três semanas depois de eu virar minha gola Mamãe me procurou certo dia, enquanto eu comia um almoço rápido na recepção, e sentou-se do outro lado da mesa baforando em seu cachimbo. Eu estava lendo uma revista, mas parei por educação — embora de início Mamãe não parecesse ter nada a me dizer. Algum tempo depois ela largou o cachimbo e disse:

— Você não devia estar comendo esses picles amarelos. Vão estragar seus dentes. Olhe o que fizeram com os meus.

Nunca me ocorrera que Mamãe acreditasse que seus dentes manchados se deviam aos picles. Quando me mostrara bem sua boca, pegou de novo o cachimbo e tirou uma baforada.

— Titia adora picles amarelos, senhora — respondi —, e seus dentes são ótimos.

— Quem se interessa pelos dentes de Titia? Ela não ganha dinheiro com uma boquinha bonita. Diga à cozinheira que não lhe sirva mais isso. Seja como for, não vim lhe falar de picles. Vim para dizer que no mês que vem, a esta altura, você terá um *danna*.

— Um *danna*? Mas, Mamãe, eu tenho só dezoito anos...

— Hatsumomo só teve um *danna* aos vinte. Você devia estar muito contente.

— Ah, mas eu estou muito contente. Mas não vai exigir muito tempo manter um *danna* contente? Mameha acha que eu devia primeiro estabelecer minha reputação, ao menos por uns poucos anos.

— Mameha! O que é que ela sabe de negócios? Quando eu quiser saber em que momento devo dar risadinhas numa festa, vou perguntar a ela.

Hoje em dia, mesmo no Japão, mocinhas estão acostumadas a se levantar da mesa de um salto e berrar com suas mães, mas em meu tempo a gente fazia uma mesura e dizia: "Sim, senhora" e pedia desculpas por ter causado aborrecimento, e foi exatamente isso que eu fiz.

— Deixe as decisões de negócios por minha conta — disse Mamãe. — Só uma boba negaria uma oferta como essa que Nobu Toshikazu fez.

Meu coração quase parou quando ouvi isso. Acho que era óbvio que Nobu um dia se proporia para ser meu *danna*. Afinal, ele fizera uma oferta pelo meu *mizuage* vários anos antes, e desde então certamente pedira minha companhia mais vezes que qualquer outro homem. Não vou fingir que eu não pensara nessa possibilidade, mas não quer dizer que eu tivesse realmente acreditado que esse seria o curso de minha vida. No dia em que eu conhecera Nobu no torneio de sumô, meu almanaque dissera: "Equilíbrio entre mau e bom pode abrir a porta do destino." Desde então quase todos os dias eu pensara nisso de um modo ou outro. Bom e mau... bem, eram Mameha e Hatsumomo; era minha adoção por Mamãe e o *mizuage* que a provocara. E naturalmente era o Presidente e Nobu. Não quero sugerir que eu não gostava de Nobu. Bem ao contrário. Mas tornar-me sua amante teria separado minha vida da do Presidente para sempre.

Mamãe deve ter notado algo do choque que eu senti ouvindo suas palavras — ou, seja como for, não ficou contente com minha reação. Mas antes que ela pudesse responder ouvimos um rumor no corredor como alguém contendo a tosse, e logo Hatsumomo apareceu na soleira. Segurava uma tigela de arroz, o que era algo muito grosseiro de se fazer, pois jamais deveria ter saído da mesa com ela. Quando terminara de engolir, soltou uma risada.

— Mamãe! — disse. — Você vai me fazer sufocar! — Aparentemente estivera ouvindo nossa conversa enquanto almoçava. — Então a famosa Sayuri terá Nobu Toshikazu como seu *danna*. Mas que maravilha!

— Se você veio aqui para dizer algo de útil, diga logo — disse-lhe Mamãe.

— Sim, eu vim — disse Hatsumomo séria, e veio ajoelhar-se junto da mesa. — Sayuri-san, você pode não perceber, mas uma das coisas que ocorrem entre uma gueixa e seu *danna* pode fazer a gueixa ficar grávida, entende? E um homem ficará muito aborrecido se sua amante der à luz o filho de outro homem. No seu caso, deve ter cuidado especial, porque Nobu notará imediatamente se a criança tiver dois braços, e então não poderá ser dele!

Hatsumomo achou sua piada muito cômica.

— Talvez você devesse cortar um de seus braços, Hatsumomo — disse Mamãe —, se isso lhe assegurasse o sucesso que Nobu Toshikazu conseguiu na vida.

— E provavelmente também me ajudaria a ter uma cara como isto aqui! — ela disse, sorrindo, e pegou sua tigela de arroz para que pudéssemos ver seu conteúdo. Estava comendo arroz misturado com feijões adzuki vermelhos, e de uma maneira repugnante aquilo parecia pele manchada.

À medida que a tarde avançava, comecei a sentir-me tonta, com um estranho zumbido em minha cabeça, e logo fui ao apartamento de Mameha falar com ela. Sentei-me junto de sua mesa, bebericando o meu chá de cevada gelado — era no calor do verão — e tentando não deixar que ela visse como eu me sentia. Durante todo o meu treinamento, minha motivação real fora chegar até o Presidente. Se minha vida não fosse mais do que Nobu, recitais de dança e noites e noites em Gion, eu já não sabia por que lutara tanto.

Mameha já esperava um bom tempo para saber por que eu viera, mas quando larguei o copo de chá na mesa tive medo de que minha voz não conseguisse sair normal se eu tentasse falar. Gastei mais alguns momentos para me compor, e finalmente, engolindo, consegui dizer:

— Mamãe me disse que dentro de um mês provavelmente terei um *danna*.

— Sim, eu sei. E o *danna* será Nobu Toshikazu.

Àquela altura eu me concentrava de tal modo em não chorar, que já não conseguia dizer mais nada.

— Nobu-san é um bom homem — ela disse — e gosta muito de você.

— Sim, mas Mameha-san... Não sei como dizer... Eu nunca tinha imaginado que fosse tudo assim!

— O que quer dizer? Nobu-san sempre a tratou com bondade.

— Mas Mameha-san, eu não quero bondade!

— Não? Achei que todas nós queríamos bondade. Talvez queira dizer que deseja mais do que bondade. E isso você não está em posição de pedir.

Naturalmente Mameha tinha razão. Ouvindo essas palavras, minhas lágrimas simplesmente brotaram de trás da frágil parede com que eu as prendera, e com um terrível sentimento de vergonha deitei a cabeça na mesa. Só quando me recompusera de novo Mameha falou.

— Sayuri, o que é que você esperava? — perguntou.

— Alguma coisa além disso!

— Entendo que você talvez ache Nobu difícil de olhar. Mas...

— Mameha-san, não é isso. Nobu-san é um bom homem, como você diz. É só que...

— É só que você queria ter um destino como o de Shizue. É isso?

Embora não fosse uma gueixa especialmente popular, Shizue era considerada por todos em Gion como a mais feliz das mulheres. Por trinta anos fora amante de um farmacêutico. Não era um homem rico, nem ela era uma beldade, mas em toda Kioto não se encontrariam duas pessoas que apreciassem tanto a companhia uma da outra quanto eles. Como de costume, Mameha chegara mais perto da verdade do que eu teria desejado.

— Você tem dezoito anos, Sayuri — prosseguiu ela. — Nem você nem eu sabemos qual é o seu destino. E talvez você nunca saiba! O destino não é sempre como uma festa no fim da tarde. Às vezes é apenas lutar na vida, dia após dia.

— Mas que coisa cruel, Mameha-san!

311

— É cruel, sim — ela disse. — Mas nenhum de nós pode escapar ao seu destino.

— Por favor, não é questão de escapar do destino ou coisa assim. Nobu-san é um bom homem, como você diz. Sei que eu só deveria estar sentindo gratidão pelo seu interesse, mas... eu sonhava com tantas coisas.

— E tem medo de que, uma vez que Nobu a tenha tocado, esses sonhos nunca se realizarão? Ora, Sayuri, o que pensava que seria a vida de uma gueixa? Um romance? Não nos tornamos gueixas para termos uma vida satisfatória, mas porque não tivemos outra escolha.

— Ah, Mameha-san... por favor... será que eu fui boba mantendo a esperança de que um dia, quem sabe...

— Mocinhas esperam toda a sorte de bobagens, Sayuri. Esperanças são como enfeites de cabelo. Mocinhas querem usá-los em demasia, mas quando envelhecem parecem tolas mesmo se usarem só um.

Eu estava decidida a não perder mais o controle de meus sentimentos. Consegui conter as lágrimas, exceto as que ainda escorriam de mim como resina de uma árvore.

— Mameha-san — perguntei —, você tem... sentimentos fortes pelo Barão?

— O Barão tem sido um bom *danna* para mim.

— Sim, claro, isso é verdade, mas você tem sentimentos por ele, como homem? Quero dizer, algumas gueixas sentem coisas pelo seu *danna*, não é?

— A relação do Barão comigo é conveniente para ele e muito benéfica para mim. Se nossos assuntos fossem tingidos pela paixão... bem, a paixão rapidamente pode passar para ciúme, ou até ódio. Eu certamente não posso me dar o luxo de que um homem poderoso se aborreça comigo. Lutei anos a fio para conseguir um lugar em Gion, mas se um homem poderoso decidir me destruir, bem, ele vai conseguir! Se você quer ter sucesso, Sayuri, tem de estar certa de que você está controlando as emoções deles. O Barão às vezes pode ser difícil de lidar, mas tem muito dinheiro e não tem medo de gastar. E graças a Deus não quer filhos. Nobu certamente será um desafio para você. Pois sabe muito bem o que deseja. Não ficarei surpresa se ele esperar mais de você do que o Barão espera de mim.

— Mas Mameha-san, e seus próprios sentimentos? Quero dizer, será que nunca houve um homem...

Eu queria perguntar se nunca tinha havido um homem que despertasse nela sentimentos de paixão. Mas podia ver que, se até ali a irritação dela comigo fora apenas um botão, agora teria desabrochado inteiramente. Ela ergueu-se com as mãos no regaço; acho que estava a ponto de me xingar, mas pedi desculpas pela minha grosseria, e ela voltou a se sentar.

— Você e Nobu têm um *en*, Sayuri, e não podem escapar dele — ela disse.

Mesmo naquele momento eu sabia que ela estava certa. Um *en* é uma ligação cármica que dura uma vida inteira. Hoje em dia muitas pessoas parecem acreditar que suas vidas são totalmente questão de opções; mas em meu tempo nós nos víamos como peças de argila que mostram para sempre as impressões dos dedos de todos os que as tocaram. O toque de Nobu causara em mim uma marca mais profunda do que a maioria. Ninguém podia me dizer se ele era o meu destino definitivo; mas eu sempre sentira o *en* entre nós. Em algum ponto na paisagem de minha vida Nobu sempre estaria presente, mas... será que, de todas as lições que eu aprendera, aquela seria a mais difícil de todas, bem ali à minha frente? Eu realmente teria de guardar todas as minhas esperanças onde ninguém mais as visse, nem eu mesma?

— Volte ao seu *okiya*, Sayuri — disse Mameha. — Prepare-se para esta noite. Nada melhor do que trabalho para superar uma decepção.

Ergui os olhos para ela querendo fazer um último pedido, mas quando vi a expressão em seu rosto mudei de idéia. Não posso dizer o que ela estava pensando. Mas parecia estar fitando o nada, com seu rosto de oval perfeito enrugado nos cantos da boca e dos olhos, de tanta tensão. Então soltou um suspiro profundo, e ficou olhando vagamente o fundo da taça de chá, com o que me pareceu uma expressão de amargura.

Uma mulher que mora numa casa grande pode se orgulhar de seus belos objetos. Mas no momento em que escuta crepitar o fogo de um incêndio decide rapidamente quais os poucos objetos que valoriza mais. Nos dias depois daquele meu diálogo com Mameha, eu certamente senti minha vida consumindo-se em chamas ao meu redor; mas quando lutava para encontrar uma só coisa que ainda tivesse importância para mim depois que Nobu se tornasse meu *danna*, lamento dizer que falhei. Certa noite, enquanto me ajoelhava junto de uma mesa na Casa de Chá Ichiriki tentando não pensar demais em minha infelicidade, pensei subitamente numa criança perdida numa floresta nevada. E quando ergui os olhos para os homens de cabelos brancos que estava entretendo, pareciam-se tanto com árvores cobertas de neve ao meu redor que por um momento horrível senti que eu era a única pessoa viva neste mundo.

As únicas festas em que eu conseguia me convencer de que minha vida ainda poderia ter algum objetivo, por pequeno que fosse, eram aquelas com militares. Já em 1938 todos estávamos habituados a relatórios diários sobre a guerra na Manchúria; e todos os dias éramos lembrados de nossas tropas além-mar, por coisas como a chamada Caixa de Almoço do Sol Nascente — uma ameixa em conserva no centro de uma caixa de arroz, parecendo a bandeira japonesa. Por várias gerações, oficiais do Exército e da Marinha vinham a Gion para relaxar. Mas agora, com olhos úmidos depois de sete ou oito taças de saquê, começavam a nos contar que nada os animava tanto quanto suas visitas a Gion. Provavelmente era o tipo de coisa que oficiais militares dizem às mulheres com quem conversam. Mas a idéia de que eu — apenas uma menina da beira do mar — pudesse estar realmente contribuindo com algo importante para a nação... Não vou fingir que essas festas diminuíam meu sofrimento, mas ajudaram a me lembrar de como esse meu sofrimento era realmente egoísta.

Passaram-se umas poucas semanas, e certa noite, num corredor da Ichiriki, Mameha me sugeriu que chegara o momento de cobrar sua aposta com Mamãe. Você há de lembrar que as duas tinham apostado se eu pagaria minhas dívidas antes dos vinte anos. Naturalmente já tinham sido pagas embora eu só tivesse dezoito.

— Agora que você trocou a gola — disse Mameha —, não vejo por que esperar mais.

Foi o que ela disse, mas acho que a realidade era mas complicada. Mameha sabia que Mamãe odiava acertar dívidas, e odiaria ainda mais pagar as que eram altas. Meus ganhos subiriam consideravelmente depois que eu tomasse um *danna*; Mamãe apenas quereria proteger ainda mais seus próprios ganhos. Sei que Mameha achava melhor cobrar a dívida o mais cedo possível, e só preocupar-se com ganhos futuros no futuro.

Vários dias depois fui chamada para a sala de recepção no andar de baixo de nosso *okiya* e encontrei Mameha e Mamãe dos dois lados da mesa tagarelando sobre o clima de verão. Ao lado de Mameha havia uma mulher grisalha chamada Sra. Okada, a quem eu encontrara várias vezes. Era dona do *okiya* onde Mameha vivera antigamente, e ainda cuidava das contas de Mameha em troca de uma porcentagem dos ganhos. Eu nunca a vira mais séria, olhando a mesa sem nenhum interesse naquela conversa.

— Aí está você — disse Mamãe. — Sua irmã mais velha teve a bondade de nos visitar e trouxe a Sra. Okada. Você certamente lhes deve a cortesia de participar.

Com os olhos ainda na mesa, a Sra. Okada falou:

— Sra. Nitta, como Mameha talvez tenha mencionado ao telefone, esta visita é mais de negócios do que social. Não é preciso que Sayuri fique. Estou certa de que ela tem mais coisas a fazer.

— Não permitirei que ela as desrespeite — respondeu Mamãe. — Ficará conosco à mesa pelos poucos minutos que vocês duas ficarem.

Assim, instalei-me perto de Mamãe, e a criada veio servir chá. Depois Mameha disse:

— Sra. Nitta, deve estar muito orgulhosa com os progressos de sua filha. Sua sorte superou todas as expectativas! A senhora concorda?

— Bem, não sei quais eram as suas expectativas, Mameha-san! — disse Mamãe. Depois cerrou os dentes e deu uma de suas estranhas risadas, olhando de uma para outra de nós, para ver se percebíamos como era inteligente. Nenhuma de nós riu com ela, e a Sra. Okada apenas ajeitou os óculos e pigarreou. Finalmente Mamãe acrescentou:

— Quanto às minhas expectativas, eu certamente não acho que Sayuri as tenha ultrapassado.

— Da primeira vez em que discutimos as perspectivas dela, há alguns anos — disse Mameha —, tive a impressão de que a senhora não esperava grande coisa dela. Até relutou em permitir que eu a treinasse.

— Eu não estava certa se seria bom colocar o futuro de Sayuri nas mãos de alguém de fora deste *okiya*, se me perdoa — disse Mamãe. — Aqui temos a nossa Hatsumomo, como sabe.

— Ora, vamos, Sra. Nitta! — disse Mameha com uma risada. — Hatsumomo teria estrangulado a pobre menina antes de a treinar!

— Admito que Hatsumomo pode ser difícil. Mas quando se percebe uma menina como Sayuri, com algo um pouco diferente, é preciso saber tomar as decisões certas na hora certa — assim como a combinação que você e eu fizemos, Mameha-san. Imagino que tenha vindo hoje acertar as nossas contas.

— A Sra. Okada teve a bondade de anotar as cifras — respondeu Mameha. — Eu agradeceria se a senhora as conferisse.

A Sra. Okada ajeitou os óculos e tirou um livro de contabilidade de uma bolsa junto de seu joelho. Mameha e eu ficamos sentadas quietas enquanto ela o abria sobre a mesa explicando a Mamãe suas colunas de números.

— Esses são os ganhos de Sayuri no ano passado? — interrompeu Mamãe. — Pelos deuses, eu só queria que tivéssemos tido a sorte que vocês imaginam! Isso supera em muito os lucros de todo o nosso *okiya*.

— Sim, são números impressionantes — disse a Sra. Okada —, mas acredito que são corretos. Fiz uma pesquisa cuidadosa nos registros do Cartório de Registros de Gion.

Mamãe cerrou os dentes e riu, acho que por estar embaraçada por ter sido apanhada mentindo.

— Talvez eu não tivesse observado as contas como deveria— ela disse.

Depois de dez ou quinze minutos, as duas concordaram em uma cifra de quanto eu ganhara desde a minha estréia. A Sra. Okada pegou um pequeno ábaco de sua bolsa e fez alguns cálculos, anotando números numa página branca do livro de contabilidade. Finalmente anotou uma cifra definitiva e a sublinhou.

— Isto é o que Mameha-san deve receber.

— Levando em conta quanto ajudou a nossa Sayuri — disse Mamãe —, acho que ela merece ainda mais. Infelizmente, segundo o nosso acordo, Mameha concordou em aceitar metade do que uma gueixa na sua posição habitualmente recebe, até depois de Sayuri pagar suas dívidas. Agora que as dívidas estão pagas, Mameha naturalmente tem direito à outra metade, de modo que complete a quantia total.

— Entendo que Mameha aceitou receber metade dos honorários — disse a Sra. Okada —, mas no fim receberia em dobro. Foi por isso que aceitou o risco. Se Sayuri não pagasse suas dívidas, Mameha não receberia nada mais do que metade dos honorários. Mas Sayuri conseguiu, e Mameha tem direito ao dobro.

— Ora, realmente, Sra. Okada, imagina que eu aceitaria esses termos? — disse Mamãe. — Todo mundo em Gion sabe quanto sou cuidadosa com dinheiro. É verdade que Mameha ajudou a nossa Sayuri. Mas não posso pagar o dobro, porém ofereço um adicional de dez por cento. Se me permitem dizer, isso parece generoso, considerando que o nosso *okiya* não está em posição de lidar descuidadamente com dinheiro.

A palavra de uma mulher na posição de Mamãe deveria ser suficiente — e com qualquer mulher exceto Mamãe teria sido. Mas agora que ela resolvera mentir... bem, ficamos todas sentadas em silêncio por um longo momento. Finalmente a Sra. Okada disse:

— Sra. Nitta, estou numa posição difícil. Lembro claramente o que Mameha me disse.

— Naturalmente lembra — disse Mamãe. — Mameha tem sua lembrança da nossa conversa, e tenho a minha. O que precisamos é de uma terceira pessoa, e por sorte temos uma aqui conosco. Sayuri pode ter sido apenas uma menina naquele tempo, mas tem boa cabeça para números.

— Estou certa de que sua memória é excelente — comentou a Sra. Okada. Mas dificilmente se pode dizer que ela não tenha interesse pessoal nisso. Afinal, é filha deste *okiya*.

— É, sim — disse Mameha, e foi a primeira vez que falou em bastante tempo. — Mas também é uma moça honesta. Estou disposta a aceitar a resposta dela, desde que a Sra. Nitta também a aceite.

— Claro que aceitarei — disse Mamãe, e largou o cachimbo. — Então, Sayuri, como é?

Se me tivessem feito escolher entre escorregar do telhado e quebrar de novo o meu braço, como fizera em criança, ou sentar-me naquela sala e responder àquela pergunta, eu certamente teria subido direto as escadas e trepado no telhado. De todas as mulheres em Gion, Mameha e Mamãe eram as mais importantes em minha vida, e estava claro que eu ia aborrecer uma das duas. Na minha mente não havia dúvidas quanto à verdade, mas de outro lado eu tinha de continuar vivendo no *okiya* com Mamãe. Naturalmente Mameha fizera mais por mim do que qualquer pessoa em Gion, e eu dificilmente poderia tomar partido de Mamãe contra ela.

— Então? — disse Mamãe.

— Lembro que Mameha aceitou metade dos honorários. Mas a senhora concordou em pagar em dobro no fim, Mamãe. Lamento, mas é assim que eu lembro.

Houve uma pausa, e então Mamãe disse:

— Bom, já não sou tão jovem. Não é a primeira vez que minha memória me engana.

— Todo mundo tem problemas desse tipo de vez em quando — retrucou a Sra. Okada. — Então, Sra. Nitta, e quanto à sua oferta de dez por cento adicionais a Mameha? Imagino que tenha querido dizer dez por cento sobre o dobro que originalmente concordara em lhe pagar.

— Se ao menos eu estivesse em posição de fazer uma coisa dessas — disse Mamãe.

— Mas fez a oferta há um momento atrás. Certamente não mudou de idéia tão depressa!

A Sra. Okada agora não olhava mais a tampa da mesa, mas fitava Mamãe diretamente. Depois de um longo momento, disse:

— Bem, acho que vamos esquecer isso por enquanto. Já fizemos bastante por um dia. Por que não nos encontramos outra hora para decidirmos a quantia final?

Mamãe estava com uma expressão grave no rosto, mas fez uma pequena mesura concordando e agradeceu às duas por terem vindo.

— Estou certa de que a senhora deve estar muito feliz — disse a Sra. Okada guardando o ábaco e o livro de contabilidade. — Pois Sayuri em breve terá um *danna*. E com apenas dezoito anos de idade! Tão jovem, e já um passo tão grande.

— Mameha teria feito bem tomando um *danna* com a mesma idade — disse Mamãe.

— Dezoito é um pouco jovem para a maioria das meninas — disse Mameha —, mas tenho certeza de que no caso de Sayuri a Sra. Nitta tomou a decisão certa.

Mamãe tirou algumas baforadas do seu cachimbo espreitando Mameha por cima da mesa.

— Meu conselho para você, Mameha-san — disse —, é que continue ensinando a Sayuri esse belo modo de virar os olhos. Quanto a negócios, pode deixar comigo.

— Eu jamais pensaria em discutir negócios com a senhora, Sra. Nitta. Estou convencida de que sua decisão é a melhor... Mas posso perguntar se realmente a de Nobu Toshikazu foi a oferta mais generosa de todas?

— Foi a única oferta. Acho que então é a mais generosa.

— Única? Que pena... os arranjos ficam tão melhores quando vários homens competem. A senhora não acha?

— Como eu disse, Mameha-san, deixe comigo as questões de negócios. Tenho em mente um plano muito simples para conseguir condições favoráveis com Nobu Toshikazu.

— Se não se importa — disse Mameha —, estou muito ansiosa por escutar.

Mamãe largou o cachimbo na mesa. Pensei que ia repreender Mameha, mas na verdade disse:

— Sim, eu gostaria de lhe contar, já que está falando nisso. Você poderá me ajudar. Tenho andado pensando que Nobu Toshikazu será mais generoso se descobrir que a Eletrônica Iwamura matou a nossa Vovó. Não acha?

— Ah, eu entendo muito pouco de negócios, Sra. Nitta.

— Talvez você ou Sayuri possam deixar isso escapar na conversa da próxima vez que estiverem com ele. Deixem-no saber que terrível golpe foi aquilo. Acho que ele vai querer nos compensar.

— Sim, acho que é uma boa idéia — disse Mameha. — Mas é decepcionante... Eu tinha a impressão de que outro homem manifestara interesse por Sayuri.

— Cem ienes são cem ienes, não importa se vêm desse homem ou daquele.

— Seria correto na maioria dos casos — disse Mameha. — Mas o homem em que estou pensando é o General Tottori Junnosuke...

A essa altura da conversa perdi o fio do que as duas diziam. Pois comecei a entender que Mameha se esforçava por me salvar de Nobu. Eu não esperara nada disso. Não sabia se ela mudara de idéia sobre me ajudar ou se me agradecia por tomar seu partido contra Mamãe... Naturalmente era possível que ela nem estivesse tentando me ajudar, mas tivesse outro objetivo. Meu pensamento disparava, até que senti Mamãe bater no meu braço com o cabo do cachimbo.

— E então? — disse ela.

— Senhora?

— Perguntei se você conhecia o General.

— Eu o encontrei algumas vezes, Mamãe — respondi —, ele vem seguidamente a Gion.

Não sei por que dei essa resposta. A verdade é que eu encontrara o General mais do que algumas vezes. Ele vinha semanalmente a festas em Gion, embora sempre como convidado de outros. Era antes pequeno — mais baixo do que eu. Mas não era o tipo de pessoa que se pudesse ignorar, como não se pode ignorar uma metralhadora. Movia-se de jeito muito brusco, e estava sempre fumando um cigarro atrás do outro, de modo que sempre havia farrapos de fumaça ao redor dele como nuvenzinhas em torno de um trem. Certa noite, um pouco embriagado, o General falara muito tempo comigo sobre as várias hierarquias militares e achara muito engraçado que eu as confundisse. O posto do General Tottori era *sho-jo*, o que significa "pequeno General", quer dizer, o General mais inferior, e eu, menina boba, tive a impressão de que não era um posto muito alto. Ele podia estar diminuindo a sua própria importância por modéstia, e simplesmente acreditei nele.

Àquela altura Mameha estava dizendo a Mamãe que o General acabava de assumir novo posto. Fora encarregado de algo chamado "aquisições militares" — embora, quando Mameha explicou, não parecesse muito mais do que uma dona de casa indo ao mercado. Se o exército tinha falta de tinteiros, por exemplo, o General devia cuidar de que os tinteiros fossem comprados, e a preço favorável.

— Com esse novo cargo — disse Mameha —, pela primeira vez o General agora está em posição de pegar uma amante. E estou bastante certa de que ele mostrou interesse por Sayuri.

— De que me importaria saber que ele se interessa por Sayuri? — disse Mamãe. — Esses militares nunca cuidam de uma gueixa como um empresário ou aristocrata.

— Pode ser verdade, Sra. Nitta, mas acho que a nova posição do General Tottori poderá ser bem útil para o seu *okiya*.

— Bobagem! Não preciso de ajuda para cuidar do *okiya*. Tudo o que preciso é um ganho generoso e constante, e isso um militar não pode me dar.

— Aqui em Gion temos tido sorte — disse Mameha —, mas se a guerra continuar vamos ter racionamentos.

— Tenho certeza disso, se a guerra continuar — disse Mamãe. — Mas a guerra vai terminar em seis meses.

— E, se for assim, o Exército estará mais forte que nunca. Por favor, Sra. Nitta, não esqueça que o General Tottori é o homem que fiscaliza todos os recursos do Exército. Ninguém no Japão está em posição melhor para prover a senhora de tudo o que deseje, quer a guerra continue, quer não. Ele aprova cada item que entra em todos os portos japoneses.

Como fiquei sabendo mais tarde, o que Mameha dizia do General Tottori não era bem verdadeiro. Ele estava a cargo apenas de cinco grandes áreas administrativas. Mas era chefe dos homens que fiscalizavam os ouros distritos, de modo que era como se fosse encarregado deles. Seja como for, você devia ter visto como Mamãe se portou depois que Mameha disse isso. Quase se podia enxergar sua mente agindo quando pensava em ter a ajuda de um homem na posição do General Tottori. Ela lançou um olhar para o bule de chá, e pude imaginar o que pensava: "Bem, não tenho problemas em conseguir chá... ainda não... embora o preço *tenha* subido..." E então, provavelmente sem perceber o que fazia, ela botou a mão dentro do *obi* e amassou sua bolsinha de seda com tabaco, para ver quanto ainda tinha.

Mamãe passou a semana seguinte andando por Gion e dando telefonemas para saber o mais que podia sobre o General Tottori. Estava tão mergulhada nessa tarefa que às vezes quando eu lhe falava ela parecia nem me ouvir. Acho que estava tão ocupada com seus pensamentos que sua mente parecia um trem puxando vagões em demasia.

Nesse período continuei vendo Nobu sempre que ele vinha a Gion, e me esforcei para agir como se nada tivesse mudado. Provavelmente ele esperava que eu fosse sua amante em meados de julho. Certamente eu tinha esperado isso. Mas mesmo quando o mês terminou, suas negociações pareciam não ter levado a lugar algum. Várias vezes nas semanas seguintes percebi que olhava para mim com ar perplexo. E então certa noite ele cumprimentou a dona da Casa de Chá Ichiriki da maneira mais seca que eu já vira, passando por ela quase sem cumprimentar. A dona da casa sempre valorizara Nobu como cliente, e me lançou um olhar que pareceu a um tempo surpreso e preocupado. Quando me reuni à festa que Nobu estava dando, não pude evitar de perceber sinais de ira — um músculo ondulando em seu maxilar, certa brusquidão quando despejava saquê na boca. Não posso dizer que o censurasse por sentir-se daquela maneira. Pensei que devia me considerar uma pessoa sem coração, por ter compensado com negligência suas tantas bondades comigo. Fiquei melancólica pensando nisso tudo, até que o som de uma taça de saquê depositada com ruído na mesa me despertou. Quando ergui os olhos Nobu estava me observando. Todos os convidados a seu redor riam e se divertiam, e ele ali sentado com olhos fixos em mim, tão perdido em seus pensamentos como eu estivera imersa nos meus. Éramos como dois lugares úmidos no meio de brasas acesas.

capítulo vinte e seis

Em setembro daquele ano, enquanto eu ainda tinha dezoito anos, o General Tottori e eu bebemos saquê juntos numa cerimônia na Casa de Chá Ichiriki. Era a mesma cerimônia que eu realizara com Mameha quando esta se tornara minha irmã mais velha, e mais tarde com o Dr. Caranguejo logo antes do meu *mizuage*. Nas semanas seguintes, todo mundo congratulava Mamãe por ter feito uma aliança tão favorável.

Naquela primeira noite da cerimônia fui, segundo instruções do General, a uma pequena estalagem no noroeste de Kioto chamada Suruya, com apenas três quartos. A essa altura eu estava tão acostumada a ambientes luxuosos que a simplicidade de Suruya me surpreendeu. O quarto cheirava a mofo, e os tatames estavam tão deformados e embolotados que quando pisei neles pareceram dar um suspiro. O reboco estava descascado num canto, junto do chão. Pude ouvir um velho lendo uma revista em voz alta no quarto ao lado. Quanto mais tempo fiquei ali ajoelhada, mais estranha me sentia, de modo que fiquei aliviada quando finalmente o General chegou — embora depois que eu o saudara ele pouco fizesse além de ligar o rádio e beber cerveja.

Algum tempo depois, desceu a escada para tomar banho. Quando voltou ao quarto tirou seu robe imediatamente, e ficou andando por ali totalmente nu, secando o cabelo com a toalha, com sua barriguinha redonda saltada debaixo do peito e por baixo dela um grande tufo de pêlos. Eu nunca tinha visto um homem nu antes, achei o traseiro caído do General quase cômico. Mas quando ele me encarou devo admitir que meus olhos se detiveram onde... bem, onde devia estar a sua "enguia". Havia alguma coisa dependurada ali, mas só quando o General se deitou de costas e me disse que tirasse as minhas roupas, ela começou a emergir. Ele era um homenzinho meio maluco, mas totalmente desinibido ao me dizer o que devia fazer. Eu estivera com medo de ter de descobrir algum modo de lhe agradar, mas bastou que seguisse suas ordens. Nos três anos depois do meu *mizuage* eu esquecera o terror que sentira quando finalmente o Doutor se deitara sobre mim. Agora lembrei disso, mas o estranho era que não sentia terror, apenas um vago constrangimento. O General deixou o rádio ligado — e as luzes também, como se quisesse ter certeza de que eu via bem a simplicidade do quarto, até a mancha de umidade no teto.

À medida que os meses passaram aquele embaraço foi cedendo. E meus encontros como General tornaram-se nada mais do que uma desagradável rotina duas vezes por semana. Às vezes eu ficava imaginando como seria estar com o Presidente. E para dizer a verdade tinha um pouco de medo de que fosse desagradável, como fora com o Doutor e com o General. Então algo aconteceu que me fez ver as coisas de outro modo. Por esse tempo um homem chamado Yasuda Akira, que estava em todas as revistas por causa do sucesso de um novo tipo de lanterna de bicicleta que desenhara, começou a vir regularmente a Gion. Não era ainda bem-vindo à Ichiriki, e provavelmente não o tivesse podido pagar, mas passava três ou quatro noites por semana numa pequena casa de chá chamada Tatematsu, no setor Tominaga-cho de Gion, perto do nosso *okiya*. A primeira vez que o vi foi num banquete certa noite, durante a primavera de 1939, quando eu tinha dezenove anos. Ele era tão mais moço do que todos os homens ao seu redor — provavelmente não mais de trinta — que o percebi assim que entrei na sala. Ele tinha a mesma dignidade do Presidente. Achei-o muito atraente ali sentado com as mangas arregaçadas e o casaco atrás dele sobre as esteiras. Por um momento observei um velho ali perto, que levantava seus pauzinhos com um pedacinho de *tofu*, a boca já aberta ao máximo. E tive a impressão de uma porta sendo aberta para uma tartaruga poder entrar lentamente. Por contraste, quase me senti fraca vendo como Yasuda-san, com seu braço magnificamente esculpido, pôs um pedaço de carne em sua boca, abrindo sensualmente os lábios.

Passei em torno do círculo de homens e quando cheguei até ele e me apresentei, ele disse:

— Espero que você me perdoe.

— Perdoar? Por quê? O que foi que você fez? — perguntei.

— Fui muito rude — respondeu ele. — Não consegui tirar os olhos de você a noite toda.

Por impulso botei a mão no *obi*, pegando o envelope de brocado em que guardava meus cartões, e discretamente peguei um, que lhe entreguei. Gueixas sempre levam cartões com seus nomes, como um homem de negócios. O meu era muito pequeno, metade de um cartão de visitas comum, impresso em grosso papel de arroz com apenas as palavras "Gion" e "Sayuri" escritas em caligrafia. Era primavera, de modo que meus cartões eram decorados com botões de ameixa no verso. Yasuda admirou-o por um momento antes de o enfiar no bolso da camisa. Tive a sensação de que nenhuma palavra que disséssemos seria tão eloqüente quanto essa simples interação, de modo que lhe fiz uma mesura e me dirigi ao homem seguinte.

Desde aquele dia Yasuda-san começou a me convidar todas as semanas para entretê-lo na Casa de Chá Tatematsu. Eu não conseguia ir tantas vezes quantas ele queria. Mas cerca de três meses depois de nosso primeiro encontro, certa tarde ele me trouxe um quimono de presente. Fiquei muito lisonjeada, embora na verdade não fosse um traje muito sofisticado — tecido com seda de má qualidade e cores berrantes demais, com um desenho comum de flores e borboletas. Ele quis que eu o usasse para ele certa noite, e prometi que o faria. Mas quando voltei ao *okiya* com ele naquela noite, Mamãe me viu levando o pacote escadas acima e o tirou de mim para olhar. Fez um ar de desdém quando viu o traje, e disse que não queria me ver em uma coisa tão feia. No mesmo dia ela o vendeu.

Quando descobri o que ela fizera, disse-lhe com tanta franqueza quanto ousei que *eu* o recebera de presente, não o *okiya*, de modo que não era certo ela o vender.

— Certamente era seu traje — ela disse —, mas você é filha do *okiya*. O que pertence ao *okiya* pertence a você, e vice-versa também.

Fiquei tão zangada com Mamãe depois disso que não conseguia nem olhar para ela. Quanto a Yasuda-san, que queria me ver no traje, eu lhe disse que por causa de suas cores e borboletas eu só o poderia usar bem no começo da primavera, e já estávamos quase no verão, por isso teria de passar quase um ano antes que ele me pudesse ver assim vestida. Ele não pareceu aborrecido.

— O que é um ano? — disse, olhando-me com olhar penetrante. — Eu esperaria muito mais, dependendo da coisa que estivesse esperando.

Estávamos sozinhos na sala, e Yasuda-san largou seu copo de cerveja na mesa de um jeito que me fez corar. Estendeu a mão para pegar a minha, e eu a entreguei esperando que ele a quisesse segurar um longo momento nas duas mãos antes de a soltar de novo. Mas para minha surpresa ele a levou rapidamente aos lábios e começou a beijar a parte interna do meu pulso, apaixonadamente, de um jeito que eu podia sentir até embaixo, nos meus joelhos. Considero-me uma mulher obediente; até ali eu habitualmente fizera as coisas que Mamãe, Mameha ou até Hatsumomo — quando eu não tinha outra escolha — me mandavam fazer; mas senti tal combinação de raiva de Mamãe e desejo por Yasuda-san, que naquele instante decidi fazer exatamente o que Mamãe me dissera mais explicitamente para não fazer. Pedi-lhe que me encontrasse à meia-noite naquele mesmo aposento, e deixei-o sozinho.

Voltei logo antes da meia-noite e falei com uma jovem criada da casa de chá. Prometi-lhe uma soma indecente de dinheiro se cuidasse de que ninguém perturbasse Yasuda-san e a mim em um dos quartos do andar superior por meia hora. Eu já estava lá esperando no escuro quando a criada abriu aporta e Yasuda-san entrou. Largou seu chapéu na esteira e me pôs de pé antes mesmo que a porta se fechasse inteiramente. Foi tão bom apertar meu corpo contra o dele, como uma refeição depois de um longo período de fome. Não importava quanto ele se apertasse contra mim, eu respondia ao seu aperto com mais força ainda. De alguma forma não fiquei nada chocada ao ver como suas mãos seriam experientes em encontrar minha pele através das fímbrias de minhas roupas. Não vou fingir que não tive nenhum daqueles momentos desajeitados que vivia com General, mas certamente não os sentia da mesma maneira. Meus encontros com o General me lembravam certa vez quando, ainda criança, eu lutara por subir numa árvore e pegar certa folha no alto. Era tudo uma questão de movimentos cautelosos, suportando o desconforto até finalmente atingir meu objetivo. Mas com Yasuda-san senti-me como uma criança correndo livre por um morro abaixo. Mais tarde, quando estávamos deitados juntos, exaustos, nos colchões, afastei a sua camisa e coloquei a mão no ventre dele para sentir sua respiração. Nunca em minha vida estivera tão próxima de um ser humano, embora não tivéssemos trocado uma palavra.

Foi só então que compreendi: uma coisa era ficar deitada quieta no *futon* para o Doutor ou o General. Com o Presidente seria outra coisa.

A vida cotidiana de muitas gueixas muda dramaticamente depois de terem um *danna*; mas em meu caso, dificilmente via qualquer mudança. Eu ainda fazia a ronda por Gion de noite, como fizera nos últimos anos. De tempos em tempos à tarde ia a alguma excursão, incluindo algumas bem estranhas, como acompanhar um homem que visitava seu irmão no hospital. Mas quanto às mudanças que eu esperara — os recitais de dança importantes pagos pelo meu *danna*, luxuosos presentes da parte dele, até um dia ou dois de lazer pago — nada disso aconteceu. Fora exatamente como Mamãe havia predito. Militares não cuidavam de uma gueixa como um homem de negócios ou um aristocrata.

O General pode ter causado pouca mudança em minha vida, mas era bem verdade que sua aliança com o *okiya* era valiosa, pelo menos do ponto de vista de Mamãe. Ele cobria muitas de minhas despesas, como os *dannas* habitualmente fazem, incluindo minhas aulas, o imposto anual pelo meu registro, meus gastos médicos, e... nem sei o quê mais: meias, provavelmente. Mas, mais importante que isso, sua nova posição como chefe das aquisições militares era tudo o que Mameha sugerira, de modo que ele conseguia fazer por nós coisas que nenhum outro *danna* teria podido fazer. Por exemplo, Titia adoeceu em março de 1939. Ficamos terrivelmente preocupadas com ela, e os médicos não ajudavam em nada. Mas depois de um telefonema ao General, um médico importante do hospital militar da Enfermaria Kamigyo nos visitou e providenciou para que Mamãe recebesse um remédio que a curou. Assim, embora o General não me tivesse enviado a Tóquio para recitais de dança nem me presenteasse com pedras preciosas, ninguém poderia sugerir que nosso *okiya* não estava melhor com ele. Mandava regularmente chá e açúcar, bem como chocolates, que estavam se tornando raros até mesmo em Gion. Mamãe estivera muito enganada quanto ao fim da guerra em seis meses. Naquela ocasião não teríamos acreditado, mas mal havíamos começado a ver os anos escuros que ainda estavam por vir.

Naquele outono em que o General se tornou meu *danna*, Nobu cessou de me convidar para as festas em que eu o entretivera tão freqüentemente. Logo percebi que parara inteiramente de vir à Ichiriki. Eu não imaginava o motivo, a não ser que fosse para me evitar. Com um suspiro, a dona da Ichiriki concordou em que provavelmente eu estava certa. No Ano-Novo escrevi um cartão a Nobu, como a todos os meus benfeitores, mas ele não respondeu. Agora é fácil olhar para trás e dizer-lhe casualmente quantos meses se passaram; mas naquela época eu vivia angustiada. Sentia que tratara mal a um homem que fora bondoso comigo — um homem em que pensava como meu amigo. Mais ainda, sem a ajuda de Nobu eu não era mas convidada para as festas da Eletrônica Iwamura, o que significava que eu praticamente não tinha chance de ver o Presidente.

Naturalmente este ainda vinha regularmente à Ichiriki, embora Nobu não viesse. Certa noite eu o vi calmamente repreendendo um sócio mais moço no corredor, gesticulando com uma caneta na mão para dar mais ênfase, e não me atrevi a interromper para dizer olá. Outra noite, uma jovem aprendiz de ar preocupado chamada Naotsu, muito dentuça, o acompanhava ao banheiro quando ele me viu. Deixou Naotsu parada e veio falar comigo. Trocamos os galanteios usuais. Achei que em seu leve sorriso havia o orgulho contido que homens às vezes sentem olhando seus próprios filhos. Antes de ele seguir seu caminho eu lhe disse:

— Presidente, se alguma noite a presença de mais uma ou duas gueixas puder lhe ser útil...

Era um grande atrevimento meu, mas para meu alívio ele não se ofendeu.

— Boa idéia, Sayuri — disse. — Vou chamar você.

Mas passaram-se semanas, e ele não o fez.

Certa noite em fins de março entrei numa festa muito animada dada pelo Prefeito de Kioto numa casa de chá chamada Shunju. O Presidente estava lá, no lado que perdia em um jogo de bebida, parecendo exausto, em mangas de camisa e gravata frouxa. Na verdade o Prefeito perdera a maioria das apostas, conforme fiquei sabendo, mas segurava seu saquê melhor do que o Presidente.

— Estou tão contente por você ter vindo, Sayuri — disse este. — Tem de me ajudar, estou em dificuldades.

Ver a pele macia de seu rosto manchada de vermelho, os braços emergindo de suas mangas arregaçadas, me fez pensar imediatamente em Yasuda-san naquela noite na Casa de Chá Tatematsu. Por um brevíssimo instante tive a sensação de que tudo no aposento desaparecia, menos o Presidente e eu, e que na sua leve embriaguez eu poderia me inclinar para ele até seus braços me rodearem, e colocar meus lábios sobre os seus. Senti até um momento de embaraço receando que meus pensamentos fossem tão óbvios que o Presidente os entenderia... Mas se era assim, ele parecia me encarar como sempre. Tudo que pude fazer para ajudar era conspirar com outra gueixa para reduzir o ritmo do jogo. O Presidente pareceu grato por isso, e quando tudo acabara sentou-se e falou comigo longo tempo, tomando copos de água para ficar sóbrio. Finalmente tirou um lenço do bolso, idêntico ao que estava enfiado no meu *obi*, e limpou a testa com ele, depois ajeitou seu cabelo basto na cabeça antes de me dizer:

— Quando foi a última vez que você falou com seu velho amigo Nobu?

— Bastante tempo, Presidente — eu disse. — Para dizer a verdade, tenho a impressão de que Nobu-san está zangado comigo.

O Presidente estava olhando seu lenço enquanto o dobrava de novo.

— Amizade é uma coisa preciosa, Sayuri — disse ele. — Não deve ser jogada fora.

Nas semanas que seguiram pensei muitas vezes nessa conversa. Então certo dia, em fins de abril, eu colocava minha maquilagem para um espetáculo de *Danças da Velha Capital,* quando uma jovem aprendiz que eu mal conhecia veio falar comigo. Larguei o pincel de maquilagem esperando que ela me pedisse algum favor — porque nosso *okiya* ainda estava bem suprido com coisas a que outros em Gion aprendiam a renunciar. Mas em vez disso ela disse:

— Lamento muitíssimo incomodá-la, Sayuri-san, meu nome é Takazuru. Fiquei pensando se você poderia me ajudar. Sei que outrora era muito amiga de Nobu-san...

Depois de meses e meses pensando nele, fiquei terrivelmente envergonhada pelo que tinha feito, e só ouvir o nome de Nobu foi como abrir persianas numa tempestade e sentir as primeiras rajadas de ar.

— Temos de nos ajudar mutuamente sempre que podemos, Takazuru — eu disse. — E se houver um problema com Nobu-san, fico muito interessada. Espero que ele esteja bem.

— Sim, ele está bem, senhora, pelo menos eu acho. Ele freqüenta a Casa de Chá Awazumi em Gion Leste. A senhora a conhece?

— Ah, sim, conheço-a — eu disse —, mas não sabia que Nobu a freqüentava.

— Freqüenta, e bem seguidamente, senhora — disse Takazuru. — Mas... posso fazer uma pergunta, Sayuri-san? A senhora o conheceu por muito tempo, e... bem, Nobu-san é um bom homem, não é?

— Por que me pergunta, Takazuru-san? Se tem estado com ele, certamente sabe se ele é bondoso ou não!

— Sei que devo estar parecendo uma boba. Mas estou tão confusa! Ele me manda chamar sempre que vem a Gion, e minha irmã mais velha me diz que ele é o melhor benfeitor que se poderia ter. Mas agora está zangada comigo porque chorei na frente dele várias vezes. Sei que não deveria, mas nem posso prometer que não o farei de novo!

— Ele é cruel com você?

Como resposta a pobre Takazuru apertou os lábios trêmulos, e num instante lágrimas começaram a encher seus olhos, e seus olhinhos redondos pareciam me mirar de dentro de duas poças d'água.

— Às vezes Nobu-san não sabe como é grosseiro — eu lhe disse. Mas deve gostar de você, Takazuru, se não, por que a convidaria?

— Acho que ele só me chama porque sou alguém que ele pode maltratar — ela disse. — Uma vez me disse que meu cabelo tinha cheiro de limpo, e que era uma bela mudança, para variar.

— É estranho que você o veja tão seguidamente — eu disse. — Pois há meses espero encontrá-lo.

— Ah, por favor, Sayuri-san, não faça isso! Ele assim já fica dizendo que nada em mim é tão bom quanto em você. Se encontrar você de novo, sua opinião a meu respeito será ainda pior. Sei que não a devia incomodar com meu problema, senhora, mas... Achei que poderia conhecer alguma coisa que eu possa fazer para agradar Nobu-san. Ele gosta de conversa estimulante, mas eu nunca sei o que dizer. Todo mundo me diz que não sou uma moça muito inteligente.

As pessoas em Kioto são treinadas para dizer coisas desse tipo; mas achei que aquela pobre moça podia estar dizendo a verdade. Eu não ficaria surpresa se Nobu a considerasse apenas como a árvore onde o tigre afia as garras. Não consegui pensar em nada de útil, de modo que por fim sugeri que ela lesse algum livro sobre um fato histórico que Nobu pudesse achar interessante, e lhe contasse a história aos pouquinhos quando se encontrassem. Eu mesma fizera isso de tempos em tempos — pois havia homens que gostavam sobretudo de se recostar para trás com olhos aguados semicerrados, ouvindo o som de uma voz feminina. Eu não sabia se isso iria funcionar com Nobu, mas Takazuru pareceu muito agradecida.

Agora que eu sabia onde encontrar Nobu, estava decidida a vê-lo. Lamentava terrivelmente que estivesse zangado comigo. E naturalmente sem ele talvez nunca mais visse o Presidente. Eu não queria fazer Nobu sofrer, mas talvez encontrando-o eu pudesse retomar nossa amizade. O problema era que eu não podia entrar na Awazumi sem ser convidada, pois não tinha relações formais com essa casa de chá. Assim, finalmente resolvi passar na frente durante a noite sempre que pudesse, esperando deparar com Nobu. Conhecia seus hábitos bastante bem para adivinhar a hora em que ele chegaria.

Mantive esse plano por oito ou nove semanas. Finalmente, certa noite vi-o saindo do assento de trás de uma limusine na alameda escura à minha frente. Eu sabia que era ele por causa da manga vazia de seu casaco, presa com alfinete no ombro, o que lhe dava uma silhueta inconfundível. O motorista estava-lhe alcançando a carteira quando me aproximei. Parei na luz de um lampião na alameda, e soltei um pequeno suspiro que devia parecer de encantamento. Nobu olhou em minha direção, como eu tinha esperado.

— Ora, ora — disse ele. A gente até esquece como uma gueixa pode ser linda. — Falou em um tom tão casual que no momento imaginei se saberia quem eu era.

— Ora, parece meu velho amigo Nobu-san — eu disse. — Mas não pode ser ele, pois tenho a impressão de que ele sumiu totalmente de Gion!

O motorista fechou a porta e ficamos parados em silêncio até o carro se afastar.

— Fico tão aliviada por finalmente rever Nobu-san! — eu disse. — E que sorte a minha você estar parado na sombra e não na luz.

— Às vezes não faço a mínima idéia do que você está falando, Sayuri. Deve ter aprendido isso com Mameha. Ou quem sabe ensinam isso a todas as gueixas.

— Com Nobu-san parado na sombra não posso ver a expressão zangada de seu rosto.

— Entendo — ele disse. — Acha que estou zangado com você?

— O que mais posso pensar, quando um velho amigo desaparece por tantos meses? Acho que vai me dizer que esteve ocupado demais para ir à Ichiriki.

— Por que diz isso como se não pudesse ser verdade?

— Porque por acaso sei que tem vindo seguidamente a Gion. Mas não se preocupe em saber como descobri. Não vou lhe contar, a não ser que concorde em vir dar um passeio comigo.

— Tudo bem — disse Nobu. — Está uma noite agradável...

— Ah, Nobu-san, não diga isso. Eu preferia que você dissesse: "Já que encontrei uma velha amiga que não vejo há tanto tempo, nada melhor do que andar com ela."

— Vou caminhar com você — ele disse. — E pode pensar o que quiser dos meus motivos para fazer isso.

Fiz uma leve mesura concordando, e saímos pela alameda em direção do Parque Maruyama.

— Se Nobu-san quer que eu acredite que não está zangado — eu disse —, deveria ser mais amável em vez de ficar feito uma pantera que não come há meses. Não admira que a pobre Takazuru esteja tão aterrorizada com você...

— Então ela lhe falou, é? — disse Nobu. — Bem, se não fosse uma menina que me deixa tão furioso...

— Se não gosta dela, por que a convida sempre que vem a Gion?

— Eu nunca a convidei, nem uma vez! É a sua irmã mais velha que a fica empurrando para mim. Já basta que você me tenha feito pensar nela agora, e ainda quer tirar vantagem de ter me encontrado por acaso para me fazer gostar dela!

— Na verdade, Nobu-san, eu não o encontrei por acaso. Venho passando nesta alameda semanas a fio, só para encontrar você.

Isso pareceu fazer Nobu refletir, pois por uns momentos caminhou em silêncio. Finalmente disse:

— Eu não devia ficar surpreso. Você é a pessoa mais ardilosa que conheço.

— Nobu-san! O que mais eu poderia fazer? — respondi. — Pensei que você tivesse desaparecido completamente. Se Takazuru não tivesse me procurado em prantos para dizer como você a trata mal, eu talvez nunca tivesse descoberto como o encontrar.

— Bom, acho que fui duro com ela. Mas não é tão inteligente quanto você. Nem tão bonita, por falar nisso. E se você achava que estou zangado, tinha razão.

— Posso perguntar o que fiz para um velho amigo ficar tão zangado?

Nobu parou e virou-se para mim com um olhar terrivelmente triste. Senti crescer em mim um afeto que tive por poucos homens em minha vida. Pensei em quanto sentira falta dele, e como agira mal com ele. Mas, embora tenha vergonha de admitir, quase sempre o carinho que sentia por ele se misturava com piedade.

— Depois de um considerável esforço — ele disse —, descobri a identidade do seu *danna*.

— Se Nobu-san me tivesse perguntado eu lhe teria dito com prazer.

— Não acredito em você. Vocês gueixas são o grupo mais fechado que conheço. Perguntei pelo seu *danna* em todo Gion, e todas fingiram que não sabiam. Nunca teria descoberto se não tivesse convidado Michizono para me entreter certa noite, só nós dois.

Michizono tinha cinqüenta anos na época e era uma espécie de lenda em Gion. Não era uma bela mulher, mas conseguia às vezes alegrar até mesmo Nobu, só com um jeito de franzir o nariz para ele enquanto fazia a mesura de saudação.

— Fiz com que ela jogasse jogos de beber comigo — prosseguiu ele — e ganhei até a pobre Michizono ficar bem bêbada. Eu poderia ter-lhe perguntado qualquer coisa, e ela me teria dito.

— Mas quanto trabalho — eu disse.

— Bobagem. Ela foi uma companhia excelente. Não era trabalho, em absoluto. Mas quer que lhe diga uma coisa? Perdi o respeito por você, agora que sei que seu *danna* é um homenzinho de uniforme a quem ninguém admira.

— Nobu-san fala como se eu pudesse escolher meu *danna*. A única escolha que eu jamais faço é a do quimono que vou usar. E mesmo assim...

— Sabe por que o homem tem um cargo de gabinete? Porque ninguém pode lhe confiar assuntos importantes. Eu conheci muito bem o Exército, Sayuri. Mesmo seus superiores não sabem o que fazer com ele. Você podia ter-se unido a um mendigo que daria na mesma! Realmente, eu gostei de você, mas...

— Gostou? Quer dizer que não gosta mais de mim...

— Não gosto de tolos.

— Mas que coisa dura de se dizer! Está querendo me fazer chorar? Ah, Nobu-san! Sou uma tola porque meu *danna* é um homem que você não admira?

— Vocês, gueixas! Nunca vi gente mais irritante. Vocês ficam consultando seus almanaques, dizendo: "Ah, hoje não posso andar para o lado leste porque meu horóscopo diz que vai dar má sorte!" Mas quando se trata de algo que afeta suas vidas inteiras, simplesmente desviam o olhar.

— Não é tanto questão de desviar os olhos, mas de fechar os olhos diante do que não podemos evitar.

—Verdade? Bem, aprendi algumas coisas falando com Michizono naquela noite em que a embebedei. Você é filha do *okiya*, Sayuri. Não pode fingir que não tem nenhuma influência. É seu dever usar toda a influência que tem, a não ser que queira flutuar pela vida como um peixe de barriga para cima na corrente.

— Eu gostaria de acreditar que a vida é algo mais do que uma corrente que nos leva de barriga para cima.

— Tudo bem, mesmo se é uma corrente, você ainda é livre de ficar aqui ou ali, não é? A água sempre acaba cedendo. Se você salta, briga e bate, e usa de todas as vantagens que possa ter...

— Claro, sei que é ótimo, desde que se tenha vantagens.

— Você as teria encontrado por toda a parte, se quisesse ao menos olhar! Em meu caso, mesmo que eu não tivesse nada além de... não sei... um caroço de pêssego mastigado ou coisa assim, não o desperdiçaria. Quando fosse tempo de o jogar fora, certamente o jogaria em alguém de quem não gosto!

— Nobu-san, está me aconselhando a jogar caroços de pêssego?

— Não brinque com isso. Sabe muito bem o que estou dizendo. Somos muito parecidos, Sayuri. Sei que me chamam de "Sr. Lagarto" e coisas assim, e aqui está você, a mais linda criatura de Gion. Mas na primeira vez que a vi naquele torneio de sumô, anos atrás... quantos anos você tinha, catorze? — percebi que você era uma menina cheia de recursos.

— Sempre achei que Nobu-san me valoriza mais do que mereço.

— Talvez você tenha razão. Pensei que havia mais em você, Sayuri. Mas nem ao menos sabe onde fica o seu destino. Amarrar sua sorte a um homem como o General! Eu teria cuidado bem de você, e você sabe. Fico furioso pensando nisso! Quando esse General sair de sua vida, não vai lhe deixar nada para recordar. É assim que pretende desperdiçar sua juventude? Uma mulher que age como tola é tola, não acha?

Se esfregamos um tecido muitas vezes ele vai se gastar. E as palavras de Nobu tinham me esfolado tanto que eu já não conseguia manter aquela fina superfície de verniz que Mameha sempre me aconselhava a usar para me esconder. Tinha sorte de estar na sombra, pois com certeza Nobu pensaria ainda pior de mim se visse a dor que eu sentia. Mas acho que meu silêncio me traiu. Pois com sua única mão ele pegou meu ombro e me virou só um pouco, até a luz incidir em meu rosto. E quando olhou meus olhos, soltou um longo suspiro que soou como decepção.

— Sayuri, por que você me parece tão mais velha do que é? — disse ele depois de um instante. — Às vezes esqueço que você é só uma menina. E agora vai me dizer que fui duro demais com você.

— Não posso esperar que Nobu-san aja como alguém que não seja Nobu-san — eu disse.

— Eu lido muito mal com a decepção, Sayuri. Você devia saber disso. Seja porque era jovem demais, seja porque não é a mulher que eu pensava... você falhou comigo, não foi?

— Por favor, Nobu-san, me assusta ouvi-lo dizer essas coisas. Não sei se posso viver segundo os padrões que usa para me avaliar...

— Que padrões são esses, de verdade? Espero que você ande pela vida de olhos abertos! Se pensar no seu destino, todo momento da vida se torna uma oportunidade de se aproximar mais dele. Eu não esperaria que uma menina boba como Takazuru pensasse nisso, mas...

— Nobu-san esteve me chamando de boba a noite toda.

— Você sabe que não deve me dar ouvidos quando me zango.

— Então não está mais zangado agora. Virá me ver na Casa de Chá Ichiriki? Ou me convidará para visitá-lo? Na verdade não estou com grande pressa esta noite, e poderia ir agora mesmo, se Nobu-san me chamasse.

Tínhamos dado a volta no quarteirão, e estávamos na entrada da casa de chá.

— Não vou convidá-la — ele disse, e abriu a porta.

Ao ouvir isso soltei um grande suspiro. E digo que foi um grande suspiro porque continha em si muitos suspiros menores — um de decepção, um de frustração, um de tristeza... E não sei o quê mais.

— Ah, Nobu-san — eu disse —, às vezes tenho tanta dificuldade em entender você.

— Sou um homem muito fácil de entender, Sayuri — ele disse. — Não gosto que me mostrem coisas que não posso ter.

Antes que eu tivesse chance de responder ele entrou na casa de chá e fechou a porta atrás de si.

capítulo vinte e sete

No verão daquele ano, 1939, fiquei tão ocupada com compromissos, encontros ocasionais com o General, espetáculos de dança e coisas assim, que de manhã, quando queria me levantar do meu *futon,* muitas vezes me sentia como um balde cheio de pregos. Habitualmente no meio da tarde conseguia esquecer meu cansaço, mas freqüentemente imaginava quanto estaria ganhando com tanto esforço. Nunca esperei descobrir, porém, de modo que fiquei bem surpresa quando Mamãe me chamou a seu quarto certa tarde e me disse que nos últimos seis meses eu ganhara mais do que Hatsumomo e Abóbora juntas.

— O que significa — disse ela —, que está na hora de você trocar de aposento com elas.

Não fiquei tão feliz ouvindo isso quanto você talvez imagine. Hatsumomo e eu conseguíamos viver lado a lado naqueles últimos anos ficando longe uma da outra. Mas eu a encarava como a um tigre adormecido, não derrotado. Hatsumomo certamente não pensaria no plano de Mamãe como uma simples "troca de aposentos"; ia sentir que o quarto lhe fora tirado.

Quando encontrei Mameha naquela noite contei-lhe o que Mamãe me dissera e mencionei meu receio de que o fogo dentro de Hatsumomo pudesse se reacender.

— Ora, isso será ótimo — disse Mameha. — Aquela mulher não será definitivamente derrotada até vermos sangue. E ainda não o vimos. Vamos ver que tipo de confusão vai armar para si mesma desta vez.

Cedo na manhã seguinte Titia subiu as escadas do *okiya* para nos dizer como remover nossos pertences. Começou levando-me ao quarto de Hatsumomo e anunciando que agora um determinado canto ali era meu; eu podia botar ali tudo que quisesse, e ninguém mais o poderia tocar. Depois levou Hatsumomo e Abóbora para o meu quarto, menor que o delas, e ajeitou um espaço similar para ambas. Quando tivéssemos trocado de lugar todas as nossas coisas, a mudança estaria completa. Naquela tarde comecei a trabalhar carregando minhas coisas pelo *hall*. Preferia dizer que acumulara uma coleção de belos objetos, como certamente Mameha fizera na minha idade. Mas o estado de espírito da nação mudara muito. Recentemente o governo militar banira cosméticos e permanentes como luxo — embora naturalmente nós de Gion, brinquedos de homens no poder, ainda pudéssemos ter mais ou menos o que nos agradava. Mas presentes luxuosos eram quase inauditos, de modo que naqueles anos eu apenas acumulara alguns rolos, tinteiros e tigelas, e uma coleção de fotos estereoscópicas de paisagens famosas, com um adorável binóculo de prata que o ator *kabuki* Onoe Yoegoro XVII me dera. Seja como for, carreguei essas coisas pelo *hall* — junto com minha maquilagem e roupas de baixo, livros e revistas — e as empilhei no canto do aposento. Mas na noite seguinte Hatsumomo e Abóbora ainda não tinham começado a remover seus objetos. Voltando de minhas aulas ao meio-dia do terceiro dia decidi que se os frascos e ungüentos de Hatsumomo ainda estivessem amontoados na mesa de maquilagem eu pediria ajuda de Titia.

Quando cheguei ao topo da escada fiquei surpresa ao ver a porta de Hatsumomo e a minha abertas. Um jarro de ungüento branco estava no chão do *hall*, quebrado. Algo parecia estar errado, e quando entrei em meu quarto vi o que era. Hatsumomo estava sentada diante de minha mesinha bebericando o que parecia um copinho de água — e lendo uma agenda que me pertencia!

Espera-se que gueixas sejam discretas quanto aos homens que conhecem. De modo que você pode se espantar de saber que vários anos atrás, quando ainda aprendiz, eu entrara numa papelaria certa tarde e comprara um lindo livro de páginas brancas para manter um diário de minha vida. Não era tola ao ponto de escrever coisas que uma gueixa não deve revelar. Escrevia apenas sobre meus pensamentos e emoções. Quando tinha algo a dizer sobre um homem em especial, eu lhe dava um apelido. Assim, por exemplo, Nobu era "Sr. Tsu", porque às vezes fazia com a boca um pequeno ruído desdenhoso que soava como "Tsu!". E o Presidente era "Sr. Haa", porque em certa ocasião inspirara fundo e deixara sair o ar lentamente com um jeito que soara como "Haa", e quando fizera isso eu o imaginara andando a meu lado — e isso me impressionara muito. Mas nem por um momento pensara que alguém fosse ler as minhas coisas.

— Ora, Sayuri, me agrada muito ver você! — disse Hatsumomo. — Estive esperando para lhe dizer quanto estou apreciando o seu diário. Algumas das anotações são muito interessantes... E, realmente, seu estilo é encantador! Não fiquei muito impressionada com sua caligrafia, mas...

— Você por acaso notou algo interessante que escrevi na primeira página?

— Acho que não. Vamos ver... "Particular." Bem, eis um exemplo do que digo sobre sua caligrafia.

— Por favor, Hatsumomo, largue o livro na mesa e saia do meu quarto.

— Com efeito! Estou chocada com você, Sayuri. Apenas tentei ser útil! Ouça por um momento e verá. Por exemplo, por que decidiu chamar Nobu Tochikazu de "Sr. Tsu"? Não combina nada com ele. Você devia tê-lo chamado "Sr. Mancha" ou "Sr. Maneta". Não concorda? Pode mudar, se quiser, e nem precisa me agradecer.

— Não sei do que está falando, Hatsumomo. Não escrevi nada sobre Nobu.

Hatsumomo suspirou como para me dizer que eu era péssima mentirosa, e começou a folhear meu diário.

— Se não é de Nobu que você está escrevendo aqui, quero que me diga de quem está dizendo essas coisas. Vamos ver... Ah, aqui: "Às vezes vejo o rosto do Sr. Tsu vermelho de ira quando uma gueixa o encara. Mas eu posso olhar para ele quanto quiser, e ele parece gostar. Acho que seu afeto por mim cresce porque ele sente que não considero a sua pele e o braço ausente tão assustadores e esquisitos como muitas meninas acham." Então imagino que você está querendo dizer que conhece alguém que é *exatamente como* Nobu. Você devia apresentar os dois! Pense em quanto teriam em comum.

Àquela altura eu sentia meu coração nauseado — não sei maneira melhor para descrever isso. Pois uma coisa é ver seus segredos subitamente expostos, outra é a sua própria tolice exposta neles... bem, se eu estava preparada para amaldiçoar alguém era a mim mesma: por manter o diário, em primeiro lugar, em segundo por guardá-lo onde Hatsumomo o pudesse encontrar. Um dono de armazém que deixa a janela aberta não pode se aborrecer com a chuva que estraga suas mercadorias.

Fui até a mesa para tirar o diário de Hatsumomo, mas ela o apertou ao peito e se pôs de pé. Na outra mão pegou o copo do que estava bebendo, e agora que cheguei perto pude sentir o odor de saquê. Não era água, e ela estava bêbada.

— Sayuri, *claro* que você quer seu diário, e *claro* que eu o darei a você — ela disse. Mas enquanto falava andava para a porta. — O problema é que não terminei de ler. De modo que vou levar para o meu quarto... A não ser que você o prefira levar para Mamãe. Tenho certeza de que ela vai adorar ler os trechos que escreveu a respeito dela.

Mencionei antes que uma garrafa de ungüento quebrada estava no chão do corredor. Era assim que Hatsumomo fazia as coisas, deixando tudo em desordem e nem ao menos chamando as criadas. Mas agora, enquanto saía de meu quarto, ela recebeu o que merecia. Provavelmente esquecera o frasco no chão porque estava bêbada. Seja como for, pisou direto no vidro quebrado e soltou um gritinho. Vi-a olhar o pé um instante e inspirar fundo, mas continuou andando.

Senti pânico quando ela entrou em seu quarto. Pensei em tentar tirar o livro dela à força... Mas recordei o que Mameha percebera no torneio de sumô. Seria melhor esperar que ela começasse a relaxar pensando que ganhara a luta, e depois tirar o diário quando ela não esperava mais por isso.

Pareceu-me uma bela idéia. Mas então imaginei-a escondendo-o onde eu nunca o pudesse encontrar.

Ela já fechara a porta. Parei-me diante dela e chamei baixinho:

— Hatsumomo-san. Lamento se parecia estar zangada. Posso entrar?

— Não, não pode — ela disse.

Mesmo assim abri os painéis da porta. O quarto estava terrivelmente desarrumado, porque Hatsumomo, no esforço de mudar-se, largara as coisas em toda a parte. O diário estava na mesa, enquanto Hatsumomo apertava uma toalha contra o pé. Eu não sabia como a distrair, mas não pretendia deixar o quarto sem meu diário.

Ela podia ter a personalidade de um rato, mas não era boba. Se estivesse sóbria eu nem teria tentado enganá-la, mas levando em conta seu estado naquele momento... Olhei, no chão, as pilhas

338

de roupas de baixo, os vidros de perfume e todas as coisas que ela espalhara por ali. A porta do armário estava aberta e o minúsculo cofre onde guardava suas jóias estava aberto. Peças espalhadas nos colchões como se ela estivesse sentada ali de manhã, bebendo e experimentando algumas. Então um objeto chamou minha atenção, claro como uma estrela num céu negro.

Era um broche de esmeralda, para *obi*, o mesmo que Hatsumomo me acusara de roubar dela anos atrás, na noite em que eu a encontrara com seu namorado no quarto de serviço. Nunca esperara vê-lo de novo. Fui direto até o armário e abaixei me para pegá-lo entre as outras jóias ali espalhadas.

— Que idéia magnífica! — disse Hatsumomo. — Ande, roube uma jóia minha. Na verdade eu preferia ter o dinheiro que você vai ter de me pagar.

— Fico tão contente por você não se importar! — respondi. — Mas quanto dinheiro terei de pagar por isto aqui?

Dizendo isso fui até ela e segurei o broche diante de seu rosto. Seu sorriso radiante morreu como a escuridão morre no vale quando o sol se ergue. Nesse momento, enquanto Hatsumomo se sentava atônita, simplesmente estendi a outra mão para a mesa e peguei o diário.

Eu não sabia como Hatsumomo iria reagir, mas saí do quarto e fechei a porta. Pensei em ir direto até Mamãe mostrar-lhe o que encontrara, mas naturalmente não podia ir com o diário na mão. Abri a porta do armário onde se guardavam quimonos de meia-estação e enfiei o diário numa prateleira entre dois trajes enrolados em papel. Não levei mais do que poucos segundos. Mas todo o tempo minhas costas comichavam da sensação de que Hatsumomo poderia abrir a porta e me descobrir. Depois de fechar de novo a porta do armário corri para meu quarto e comecei a abrir e fechar as gavetas de minha mesinha de maquilagem, dando a Hatsumomo a impressão de que o guardara ali.

Quando cheguei ao corredor ela me observava da soleira de sua porta com um sorrisinho como se achasse tudo aquilo divertido. Tentei fazer ar de preocupada — o que não foi nada difícil — e levei o broche até o quarto de Mamãe, deixando-o na mesa à sua frente. Ela largou a revista que estava lendo e o pegou na mão para o admirar.

— Peça linda — disse. — Mas não vale muito no mercado nestes dias. Ninguém paga muito por jóias como esta.

— Estou certa de **que** Hatsumomo vai pagar bastante por ela, Mamãe — eu disse. — Lembra o broche que disseram que eu roubara dela anos atrás, e que foi acrescido às minhas dívidas? Pois é este. Acabo de encontrá-lo no chão, perto da sua caixa de jóias.

— Você sabe de uma coisa — disse Hatsumomo que entrara no quarto e estava parada atrás de mim —, acho que Sayuri tem razão. É o broche que perdi! Ou pelo menos se parece com ele. Achei que nunca mais o veria!

— É muito difícil encontrar coisas quando se está bêbada o tempo todo — eu disse. — Se ao menos olhasse melhor na sua caixa de jóias.

Mamãe largou o broche e continuou fitando Hatsumomo.

— Eu o achei no quarto dela — disse Hatsumomo. — Estava escondido na sua mesinha de maquilagem.

— E por que mexeu na mesa de maquilagem dela? — disse Mamãe.

— Eu não queria lhe dizer isso, Mamãe, mas Sayuri deixou algo na mesa e eu estava tentando escondê-lo para ela. Sei que devia ter trazido para você, mas... sabe, ela tem um diário. Mostrou-me no ano passado. Escreveu coisas muito incriminadoras sobre certos homens, e... realmente há passagens sobre a senhora também, Mamãe.

Pensei em insistir que era mentira, mas não importava. Hatsumomo estava com problemas e nada que dissesse haveria de mudar a situação. Dez anos antes, quando fora a principal fonte de renda do *okiya*, provavelmente poderia ter-me acusado de tudo o que quisesse. Podia ter dito que eu comera os tatames de seu quarto, e Mamãe me cobraria novos. Mas agora finalmente as coisas tinham mudado; a brilhante carreira de Hatsumomo estava secando, enquanto a minha começava a florescer. Mamãe até estava interessada na verdade.

— Não há diário nenhum, Mamãe — eu disse. — Hatsumomo está inventando isso tudo.

— Estou? — disse Hatsumomo. — Pois vou encontrá-lo, e enquanto Mamãe dá uma olhada você pode lhe contar como eu o inventei.

Hatsumomo foi ao meu quarto com Mamãe atrás. O chão do corredor estava uma confusão horrível. Não apenas Hatsumomo quebrara uma garrafa mas pisara sobre ela, sujando o *hall* do andar de cima de sangue e ungüento — e, pior ainda, os tatames de seu próprio quarto, do quarto de Mamãe e do meu também. Quando olhei, estava ajoelhada diante de minha mesa de maquilagem, fechando as gavetas e parecendo um pouco derrotada.

— De que diário Hatsumomo está falando? — perguntou Mamãe.

— Se existe um diário, certamente Hatsumomo o encontrará — respondi.

Hatsumomo botou as mãos no colo e deu um sorrisinho como se tudo tivesse sido uma espécie de jogo, em que ela fora lograda por gente mais esperta.

— Hatsumomo — disse-lhe Mamãe —, você vai pagar a Sayuri pelo broche que a acusou de roubar. Além disso não quero um só tatame manchado de sangue neste *okiya*. Serão substituídos à sua custa. Este foi um dia muito dispendioso para você, e mal passou do meio-dia. Quer que eu já calcule o total ou espere caso você ainda não tenha terminado?

Não sei se Hatsumomo escutava o que Mamãe dizia. Estava ocupada demais fitando-me, com uma expressão no rosto que eu não estava habituada a ver.

Se você me pedisse, enquanto eu ainda era jovem, para dizer em que momento mudara minha relação com Hatsumomo, eu diria que foi no meu *mizuage*. Mas embora seja bastante claro que o meu *mizuage* me elevou a uma prateleira alta onde Hatsumomo já não podia me alcançar, ela e eu podíamos ter vivido lado a lado até sermos velhas, se nada mais tivesse ocorrido entre nós. É por isso que, vejo agora, o dia crítico foi quando Hatsumomo leu meu diário e eu descobri o broche de *obi* que ela me acusara de roubar.

Para explicar isso, deixe-me contar-lhe algo que o Almirante Yamamoto Isoroku disse certa vez numa noite na Casa de Chá Ichiriki. Não vou fingir que era muito próxima do Almirante Yamamoto — habitualmente descrito como pai da Marinha Imperial Japonesa —, mas tive o privilégio de assistir a festas com ele, em várias ocasiões. Era um homem pequeno. Mas lembre que um bastãozinho de dinamite também é. Festas sempre ficavam mais ruidosas depois que o Almirante chegasse. Naquela noite ele e outro homem estavam na rodada final de um jogo de beber, e tinham concordado em que o perdedor compraria um preservativo na farmácia mais próxima — só pelo constrangimento, você entende, nada mais. Naturalmente o Almirante acabou ganhando, e todo o grupo irrompeu em vivas e aplausos.

— Ainda bem que o senhor não perdeu, Almirante — disse um de seus auxiliares. — Pense no pobre farmacêutico erguendo os olhos e vendo Almirante Yamamoto Isoroku do outro lado do balcão!

Todo mundo achou muito engraçado, mas o Almirante respondeu que jamais duvidara de que iria vencer.

— Ora, vamos lá! — disse uma das gueixas. — Todo mundo perde de tempos em tempos. Até mesmo o senhor, Almirante!

— Acho que é verdade que alguma vez todo mundo perde — ele disse. — Mas eu nunca.

Alguns na sala podem ter achado isso muito arrogante, mas eu não. O Almirante me parecia o tipo de pessoa que realmente se habituara a vencer. Por fim alguém lhe perguntou o segredo do seu sucesso.

— Nunca procuro derrotar o homem a quem estou combatendo — ele explicou. — Procuro derrotar a sua confiança. Uma mente perturbada pela dúvida não pode se concentrar no curso da vitória. Dois homens são *iguais* — de verdade — só quando ambos têm igual confiança.

Acho que na hora não compreendi direito, mas depois que Hatsumomo e eu brigamos por causa do meu diário, a mente dela — como teria dito o Almirante — começou a ser perturbada pela dúvida. Ela sabia que em nenhuma circunstância Mamãe voltaria a tomar partido dela contra mim agora; e por causa disso era como um tecido tirado de seu armário aquecido e pendurado lá fora, onde o clima implacável o irá consumir lentamente.

Se Mameha me ouvisse explicar as coisas assim, certamente diria que discordava em grande parte. Sua visão de Hatsumomo era bem diferente da minha. Acreditava que Hatsumomo era destinada a se autodestruir, e que bastava que a conduzíssemos por essa trilha, que ela de qualquer modo seguiria. Talvez Mameha estivesse certa. Não sei. É verdade que nos anos depois de meu *mizuage* Hatsumomo gradualmente fora atingida por uma espécie de enfermidade do caráter — se é que isso existe. Perdera, por exemplo, controle sobre a bebida, e também sobre seus acessos de crueldade. Até sua vida começar a se desmanchar, ela sempre usara sua crueldade para algum objetivo, como um samurai brande sua espada: não para golpear ao acaso, mas contra inimigos. Mas àquela altura de sua vida Hatsumomo parecia não saber quem eram seus inimigos, e às vezes até golpeava Abóbora. Em festas, de tempos em tempos, até insultava homens que estava entretendo. Outra coisa: ela já não era bela como fora. Sua pele parecia de cera, e seus traços estavam inchados. Ou talvez eu apenas a visse daquele jeito. Uma árvore pode parecer bela como sempre, mas quando a gente nota os insetos que a infestam, e as pontas dos ramos estão marrons de doença, até o tronco parece perder algo de sua imponência.

Todo mundo sabe que um tigre ferido é um animal perigoso. Por isso Mameha insistiu em que seguíssemos Hatsumomo em Gion à noite nas semanas seguintes. Em parte Mameha queria ficar de olho nela porque nenhuma de nós ficaria surpresa se ela procurasse Nobu para lhe falar do conteúdo do meu diário e meus sentimentos secretos pelo "Sr. Haa". Mas mais importante ainda, Mameha queria dificultar a vida de Hatsumomo.

— Quando você quer quebrar uma tábua — disse Mameha —, rachá-la ao meio é apenas um passo. O sucesso vem quando você salta sobre ela com todo o seu peso, até a tábua se partir ao meio.

Assim, todas as noites, exceto quando tinha um compromisso que não podia desfazer, Mameha vinha ao nosso *okiya* ao anoitecer e esperava para sair atrás de Hatsumomo, mas habitualmente pelo menos uma de nós conseguia segui-la de compromisso em compromisso parte da noite. Na primeira noite que fizemos isso Hatsumomo fingiu achar engraçado. Mas no fim da quarta noite olhava-nos com olhos irados e apertados, e tinha dificuldade em parecer alegre com os homens que tentava entreter. Então, no começo da semana seguinte, de repente girou nos calcanhares numa alameda e veio em nossa direção.

— Vamos ver — ela disse. — Cachorros seguem os seus donos. E vocês duas estão me seguindo, farejando, farejando. Então imagino que queiram ser tratadas como cachorros! Querem que lhes mostre o que faço com cachorros de que não gosto?

Dizendo isso recuou o braço para bater em Mameha no lado da cabeça. Dei um grito, o que deve ter feito Hatsumomo parar e pensar no que ia fazer. Olhou-me com olhos que bruxuleiam logo antes de o fogo se apagar, e afastou-se. Todos na alameda tinham visto o que acontecia, e algumas pessoas vieram ver se Mameha estava bem. Ela assegurou que sim, e por fim disse tristemente:

— Pobre Hatsumomo! Deve ser o que o médico disse. Ela parece estar perdendo o juízo.

Naturalmente não havia médico algum, mas as palavras de Mameha tiveram o efeito que ela pretendia. Logo espalhou-se em todo Gion o boato de que um médico declarara Hatsumomo mentalmente desequilibrada.

Anos a fio Hatsumomo fora íntima do famoso ator *kabuki* Bando Shojiro VI. Shojiro era o que chamamos de *onna-gata*, o que significa que sempre fazia papel de mulher. Certa vez, numa entrevista a uma revista, ele disse que Hatsumomo era a mais bela mulher que ele jamais vira, e que no palco muitas vezes imitava os gestos dela para se tornar ainda mais sedutor. Assim, você bem pode

343

imaginar que sempre que Shojiro estava na cidade Hatsumomo o visitava.

Certa tarde fiquei sabendo que Shojiro assistiria a uma festa mais tarde naquela noite, numa casa de chá do distrito de gueixas de Pontocho, do outro lado do rio. Ouvi essa notícia enquanto preparava uma cerimônia de chá para oficiais da Marinha que estavam de licença. Depois corri de volta ao *okiya*, mas Hatsumomo já se vestira e saíra. Estava fazendo o que eu fizera outrora, sair mais cedo para que ninguém a seguisse.

Eu estava muito ansiosa por explicar a Mameha o que soubera, de modo que fui direto ao apartamento dela. Infelizmente a criada me disse que ela saíra meia hora antes "para orar". Eu sabia exatamente o que isso queria dizer: Mameha fora a um pequeno templo na extremidade leste de Gion rezar diante das três minúsculas estátuas *jizo* que mandara colocar ali à sua custa. Sabe, um *jizo* honra a alma de uma criança morta. No caso de Mameha, eram pelas três crianças que ela abortara a pedido do Barão. Em outras circunstâncias eu poderia ter ido à procura dela, mas não podia perturbá-la num momento tão pessoal. E além disso ela talvez não quisesse que eu descobrisse aonde fora. Então fiquei sentada em seu apartamento e permiti que Tatsumi me servisse chá enquanto eu esperava. Finalmente, com um ar um pouco melancólico, Mameha voltou para casa. No começo eu não quis mencionar o assunto, de modo que ficamos tagarelando sobre o iminente Festival das Idades, em que Mameha representaria Lady Murasaki Shikibu, autora de *A História de Genji*. Finalmente Mameha ergueu com um sorriso os olhos de sua taça de chá castanho — quando eu chegara Tatsumi tinha estado torrando as folhas — e eu lhe contei o que descobrira naquela tarde.

— Mas é perfeito! — disse. — Hatsumomo vai relaxar e pensar que está livre de nós. Com toda a atenção que Shojiro certamente lhe dará na festa, vai se sentir renovada. Então você e eu entraremos flutuando como uma espécie de cheiro horrendo, e estragaremos a noite dela.

Levando em conta a crueldade com que Hatsumomo me tratara em todos aqueles anos, e quanto eu a odiava, sei que devia ter ficado contente com esse plano. Mas de alguma forma conspirar para fazer Hatsumomo sofrer não era o prazer que eu tinha imaginado. Não pude evitar de lembrar certa manhã, em criança, quando eu estava nadando na lagoa perto de nossa casinha bêbada e de repente senti uma queimadura terrível no meu ombro. Uma vespa me picara e lutava para se libertar de minha pele. Eu estava ocupada demais berrando e não podia pensar no que fazer, mas um dos meninos arrancou a vespa e a segurou numa pedra pelas asas, enquanto todos nos reuníamos decidindo como a matar. Eu estava sofrendo muita dor por causa da vespa e não sentia nenhuma bondade em relação a ela. Mas tive uma terrível sensação de fraqueza no peito, sabendo que aquela criaturinha debatendo-se ali nada podia fazer para escapar da morte iminente. Senti o mesmo tipo de piedade por Hatsumomo. Nas noites em que a seguíamos por Gion até ela voltar ao *okiya* apenas para escapar de nós, eu me sentia quase como se a estivéssemos torturando.

Seja como for, pelas nove da noite atravessamos o rio até o distrito de Pontocho. Diferente de Gion, que se espalha por muitos quarteirões, Pontocho é apenas uma única alameda comprida ao longo de uma margem do rio. Chamam-no de "cama de enguia" por causa de seu formato. Fazia um pouco de frio naquela noite de outono, mas a festa de Shojiro era ao ar livre, numa varanda de madeira sobre palafitas por cima do rio. Ninguém prestou muita atenção quando saímos pelas portas de vidro. A varanda estava iluminada com lanternas de papel, e o rio brilhava dourado das luzes de um restaurante na margem oposta. Todo mundo prestava atenção em Shojiro, que contava uma história em sua voz de melopéia. Mas você devia ver como se azedou a expressão de Hatsumomo ao nos avistar. Não pude evitar de pensar numa pêra estragada que segurara no dia anterior, porque no meio daqueles rostos alegres a expressão de Hatsumomo parecia uma mancha horrenda.

Mameha foi ajoelhar-se numa esteira ao lado dela, o que achei muito óbvio. Ajoelhei-me do outro lado da varanda, junto de um ancião de ar bondoso que afinal era o tocador de *koto* Tachibana Zensaku, cujos velhos discos arranhados eu ainda tenho. Tachibana era cego, descobri isso naquela noite. Independentemente do meu objetivo para ir até lá, eu teria ficado contente só de passar a noite falando com ele, pois era um homem fascinante e encantador. Mas mal tínhamos começado a falar quando de repente todo mundo começou a rir.

Shojiro era um mímico notável. Era esguio como um ramo de salgueiro, com dedos que se moviam elegantes e vagarosos, e um rosto muito comprido que podia mover de maneira extraordinária. Podia ter enganado um grupo de macacos fazendo-os pensar que era um deles. Naquele momento ele imitava a gueixa a seu lado, uma mulher na casa dos cinqüenta. Com seus gestos efeminados — lábios franzidos, revirar de olhos — ele conseguia parecer-se tanto com ela que eu não sabia se devia rir ou apenas tapar a boca de espanto. Eu já vira Shojiro no palco, mas aquilo era muito melhor.

Tachibana inclinou-se para mim e sussurrou:

— O que é que ele está fazendo?

— Imitando a gueixa idosa a seu lado.

— Ah — disse Tachibana. — Deve ser Ichiwari. — Então deu-me um tapinha com as costas da mão para certificar-se de que eu prestava atenção:

— O diretor do Teatro Minamiza — disse ele, e estendeu o dedo mínimo debaixo da mesa onde ninguém mais o podia ver. No Japão, você entende, estender o mínimo significa namorado ou namorada. Tachibana estava me dizendo que a gueixa idosa chamada Ichiwari era amante do diretor do teatro. E realmente esse diretor estava ali, rindo mais do que todos.

Um momento depois, ainda no meio da mímica, Shojiro enfiou um dos dedos no nariz. Todos riram tão alto que eu sentia a varanda tremer. Naquela hora eu não sabia, mas mexer o dedo no nariz era um dos hábitos conhecidos de Ichiwari. Ela ficou vermelha quando viu isso e tapou o rosto com a manga do quimono, e Shojiro, que já bebera bastante saquê, a continuou imitando. As pessoas riram educadamente mas só Hatsumomo parecia achar aquilo engraçado. Pois àquela altura Shojiro começava a atravessar a linha da crueldade. Finalmente o diretor de teatro disse:

— Vamos, Shojiro-san, guarde um pouco de energia para o espetáculo amanhã! Não sabe que está sentado perto de uma das maiores bailarinas de Gion? Sugiro que a gente lhe peça para dançar.

Naturalmente o diretor falava de Mameha.

— Não, pelos deuses. Não quero ver nenhuma dança agora — disse Shojiro. Compreendi com o tempo que ele queria ser sempre o centro das atenções. — Além do mais, estou me divertindo.

— Shojiro-san, não devemos deixar passar a oportunidade de ver a famosa Mameha — disse o diretor, desta vez sem nenhum traço de humor. Algumas poucas gueixas também falaram, e finalmente persuadiram Shojiro a perguntar se ela dançaria, o que ele fez com o jeito amuado de um menininho. Eu já podia ver o ar de desagrado de Hatsumomo. Ela serviu mais saquê para Shojiro, e ele serviu mais para ela. Trocaram um longo olhar como para dizer que sua festa fora estragada.

Passaram-se alguns minutos enquanto uma criada ia apanhar um *shamisen* e uma das gueixas o afinou e preparou-se para tocar. Então Mameha assumiu seu lugar contra a parede dos fundos da casa de chá e dançou algumas peças bem curtas. Quase todo mundo concordaria em que Mameha era uma mulher encantadora, mas muito poucas pessoas a teriam achado mais bela do que Hatsumomo. De modo que não posso dizer exatamente o que chamou a atenção de Shojiro. Talvez fosse o saquê que bebera, talvez fosse a extraordinária dança de Mameha — pois Shojiro também era dançarino. Fosse o que fosse, quando Mameha voltara a se reunir a nós na mesa, Shojiro parecia arrebatado por ela, e pediu que se sentasse junto dele. Quando ela o fez, ele lhe serviu saquê, e virou as costas para Hatsumomo como se esta fosse apenas mais uma aprendiz que viera venerar Mameha.

A boca de Hatsumomo endureceu, seus olhos diminuíram pela metade. Quanto a Mameha, nunca a vi flertar mais deliberadamente com alguém do que fez com Shojiro. Sua voz ficou aguda e suave, seus olhos deslizavam do peito dele para seu rosto e de volta, de tempos em tempos ela passava as pontas dos dedos na base da garganta como se sentisse o vermelho que aparecia ali. Não havia nenhum vermelho, mas ela agia de maneira tão convincente que sem olhar direito ninguém saberia. Então uma das gueixas perguntou a Shojiro se tinha notícias de Bajiru-san.

— Bajiru-san — disse Shojiro de maneira dramática — me abandonou!

Eu não sabia do que Shojiro falava, mas Tachibana, o velho tocador de *koto*, teve a bondade de me explicar num sussurro que "Bajiru-san" era um ator inglês, Basil Rathbone, embora naquele tempo eu jamais tivesse ouvido falar nele.

Shojiro fizera uma viagem a Londres alguns anos atrás e apresentara lá um espetáculo *kabuki*. O ator Basil Rathbone o admirara tanto que, com a ajuda de um intérprete, os dois homens haviam desenvolvido um tipo de amizade. Shojiro podia dar atenção a mulheres como Hatsumomo ou Mameha, mas de fato era homossexual. E desde sua viagem à Inglaterra costumava brincar dizendo que seu coração estava partido, porque Basil não se interessava por homens.

— Fico triste — disse uma das gueixas calmamente — vendo o fim de um romance.

Todos riram menos Hatsumomo, que continuou fitando Shojiro com ar irado.

— A diferença entre mim e Bajiru-san é esta, vou lhes mostrar — disse Shojiro. E, com isso, levantou-se e pediu a Mameha que fosse com ele. Conduziu-a a um lado do aposento, onde havia algum espaço.

— Quando trabalho, faço assim — ele disse. E esvoaçou de um canto ao outro da sala abanando o leque com punho flexível, e girando a cabeça como uma bola numa gangorra. — Mas quando Bajiru-san trabalha, ele faz assim. — E agarrou Mameha, e você devia ter visto o espanto dela quando ele a baixou até o chão no que parecia um abraço apaixonado, cobrindo seu rosto de beijos. Todo mundo na sala deu vivas e aplaudiu. Todo mundo menos Hatsumomo.

— O que é que ele está fazendo? — perguntou-me Tachibana baixinho. Acho que ninguém mais ouviu, mas antes que eu pudesse responder Hatsumomo gritou:

— Ele está fazendo papel de bobo! É isso que está fazendo.

— Ora, Hatsumomo-san — disse Shojiro —, você está com ciúmes!

— Claro que está — disse Mameha. — Agora vocês dois têm de mostrar como agem. Vamos, Shojiro-san, não seja tímido! Dê-lhe os mesmos beijos que me deu! É justo. E do mesmo jeito.

Shojiro não teve tarefa fácil, mas conseguiu fazer Hatsumomo levantar-se. Então, com o grupo às suas costas, ele a pegou nos braços e a curvou para trás. Mas depois de um instante levantou-se com um grito e agarrou o lábio, porque Hatsumomo o mordera. Não o suficiente para fazer sangrar, mas o bastante para o assustar. Ela estava parada com os olhos estreitados de raiva, dentes expostos. E então recuou a mão e lhe deu um tapa. Acho que mirou mal, por causa do saquê que bebera, pois acertou sua cabeça em lugar do rosto.

— O que foi agora? — perguntou Tachibana. Suas palavras soaram claras no aposento quieto, como uma sineta que tocasse. Não respondi, mas quando ele ouviu o gemido de Shojiro e a respiração pesada de Hatsumomo, sei que compreendeu.

— Por favor, Hatsumomo-san — disse Mameha, numa voz tão calma que parecia totalmente deslocada ali. — Como um favor para mim... *tente* acalmar-se.

Não sei se as palavras de Mameha tiveram o efeito exato que ela pretendia, ou se a mente de Hatsumomo já se desfazia. Mas ela jogou-se contra Shojiro e começou a lhe bater por toda a parte. Acho que de certa forma ela tinha enlouquecido. Não apenas sua mente parecia fraturada; todo aquele momento parecia desconectado de tudo mais. O diretor de teatro levantou-se da mesa e correu até lá para contê-la. De alguma forma, no meio disso tudo Mameha saiu e voltou um instante depois com a dona da casa de chá. Àquela altura o diretor de teatro segurava Hatsumomo por trás. Pensei que a crise tinha passado, mas agora Shojiro gritava com Hatsumomo, tão alto que o eco ressoou nos edifícios do outro lado do rio, em Gion.

— Seu monstro! — gritava ele. — Você me mordeu!

Não sei o que nenhum de nós teria feito se não fosse a calma da dona da casa. Falou com Shojiro em voz apaziguadora, ao mesmo tempo dando ao diretor de teatro um sinal para levar Hatsumomo dali. Mais tarde fiquei sabendo que ele não apenas a levou para dentro da casa. Levou-a pelas escadas até a frente da casa e a empurrou para a rua.

Hatsumomo não voltou ao *okiya* naquela noite. Quando regressou no outro dia cheirava como se tivesse vomitado e o cabelo estava em desalinho. Foi imediatamente chamada ao quarto de Mamãe e passou lá um longo tempo.

Poucos dias depois Hatsumomo deixou o *okiya* usando um simples traje de algodão que Mamãe lhe dera, e com o cabelo como eu nunca vira, pendurado ao redor dos ombros. Levava uma sacola com seus objetos e jóias, e não se despediu de ninguém, apenas saiu para a rua. Não ia embora voluntariamente. Mamãe a botara para fora. Na verdade, Mameha achava que Mamãe provavelmente estava há anos querendo livrar-se dela. Seja verdade ou não, sei que Mamãe estava contente por ter menos bocas a alimentar, uma vez que Hatsumomo não ganhava mais o que ganhara antes, e nunca fora tão difícil obter comida.

Se Hatsumomo não fosse conhecida pela sua maldade, algum outro *okiya* poderia tê-la querido mesmo depois do que fizera com Shojiro. Mas era como uma chaleira de chá que qualquer dia pode escaldar a mão de quem a segura. Todo mundo em Gion sabia isso a respeito dela.

Não sei com certeza o que aconteceu com Hatsumomo. Poucos anos depois da guerra ouvi dizer que ganhava a vida como prostituta no distrito de Miyagawa-cho. Não devia ter ficado lá muito tempo, porque na noite em que me disseram isso um homem, na mesma festa, jurou que se Hatsumomo era prostituta ele a encontraria e lhe daria trabalho. Foi à procura dela, mas não a encontrou. Com os anos ela provavelmente conseguiu beber até morrer. Não seria a primeira gueixa a fazer isso.

Assim como um homem pode se acostumar a uma perna doente, todos nos tínhamos nos habituado com Hatsumomo em nosso *okiya*. Acho que não entendemos todas as maneiras como sua presença nos afligira, até muito tempo depois que ela se fora, quando coisas que nem se havia notado que estavam doentes começavam lentamente a se curar. Mesmo quando Hatsumomo estava apenas dormindo em seu quarto as criadas sabiam que estava ali, e que no curso do dia viria maltratá-las. Tinham vivido com aquele tipo de tensão que a gente sente atravessando um lago congelado cujo gelo pode se romper a qualquer momento. E quanto a Abóbora, acho que acabara dependendo de sua irmã mais velha e se sentia estranhamente perdida sem ela.

Eu já era o utensílio principal do *okiya*, mas, mesmo assim, levei algum tempo para remover todos os hábitos peculiares que se haviam enraizado em mim por causa de Hatsumomo. Sempre que um homem me olhava de maneira mais estranha, eu ficava imaginando se a teria ouvido dizer algo mau a meu respeito, mesmo muito tempo depois que ela se fora. Sempre que subia as escadas para o segundo andar do *okiya*, ainda ficava de olhos baixos, com medo de que Hatsumomo estivesse esperando no patamar, ansiosa por me maltratar. Não posso lhe dizer quantas vezes cheguei ao último degrau e ergui os olhos subitamente, percebendo que não havia mais Hatsumomo ali, nem nunca haveria. Eu sabia que ela se fora, mas até o vazio do *hall* parecia sugerir algo de sua presença. Mesmo agora, já idosa, às vezes ergo a cobertura de brocado do espelho da minha mesa de maquilagem, e por um brevíssimo instante penso que a encontrarei ali no vidro, olhando—me com aquele seu sorriso.

capítulo vinte e oito

E m japonês referimo-nos aos anos da Depressão e da Segunda Guerra como *kurotani* — vale das trevas —, quando tantas pessoas viviam como crianças cujas cabeças eram seguradas debaixo das ondas. Como ocorre muitas vezes, em Gion não sofríamos tanto quanto outros. Enquanto a maior parte dos japoneses viveu no vale das trevas durante toda a década de trinta, por exemplo, em Gion ainda nos aquecia um pouquinho de sol. Sei que não preciso lhe dizer por quê. Mulheres que são amantes de ministros ou comandantes da Marinha têm uma sorte imensa, e a dividem com outras pessoas. Pode-se dizer que Gion era como uma lagoa no alto de uma montanha, alimentada por regatos de rica água de fonte. Corria mais água em alguns lugares do que em outros, mas mesmo assim a lagoa ficava cheia.

Por causa do General Tottori, o nosso *okiya* era um dos locais onde entrava a água de fonte. As coisas pioravam cada vez mais ao nosso redor naqueles anos, mas muito depois do racionamento de bens ter começado continuávamos recebendo nossos suprimentos regulares de comida, chá, roupas brancas, e até luxos como cosméticos e chocolate. Podíamos ter guardado essas coisas para nós e viver atrás de portas fechadas, mas Gion não é esse tipo de lugar. Mamãe passava muitas coisas a outros, e achava isso um bom investimento, não por ser uma mulher generosa, é claro, mas porque éramos todos como aranhas na mesma teia. De tempos em tempos vinham pessoas pedir ajuda, e ficávamos contentes de ajudar quando podíamos. A certa altura do outono de 1941, por exemplo, a polícia militar encontrou uma criada com uma caixa contendo provavelmente dez vezes mais cartões de racionamento do que o seu *okiya* deveria ter. Sua patroa a mandou para nós para que a escondêssemos até se poder fazer algum arranjo e levá-la para o campo — naturalmente porque todo *okiya* em Gion estocava cartões; quanto melhor o *okiya*, mais cartões tinha. A criada nos foi enviada porque o General Tottori instruíra a polícia militar a nos deixar em paz. Assim você vê que mesmo dentro daquela lagoa no topo de uma montanha que era Gion, éramos os peixes que nadavam nas águas mais quentes.

Quando as trevas continuaram a baixar sobre o Japão, finalmente chegou um tempo em que até o raio de luz que ainda nos aquecia de repente se apagou. Aconteceu num momento, no começo de uma tarde, poucas semanas antes do Dia do Ano-Novo, dezembro de 42. Eu estava tomando a refeição da manhã — ou pelo menos a primeira refeição do dia, pois estivera ocupada ajudando a limpar o *okiya* para o Ano-Novo — quando uma voz de homem chamou na entrada. Pensei que estava provavelmente apenas fazendo alguma entrega, de modo que prossegui com minha refeição, mas um momento depois uma criada interrompeu dizendo que um policial militar viera ver Mamãe.

— Policial militar? — eu disse. — Diga que Mamãe saiu.

— Eu disse, senhora, mas então ele quer falar com a senhora.

Quando cheguei ao *hall* da frente encontrei o policial tirando as botas na soleira. Provavelmente a maioria das pessoas teria sentido alívio ao ver que sua pistola ainda estava no coldre, mas, como eu disse, nosso *okiya* tinha vivido diferentemente até aquele momento. Normalmente um policial teria pedido desculpas, mais até do que outros visitantes, pois sua presença nos causaria alarma. Mas vê-lo puxando as botas... bem, era seu jeito de dizer que planejava entrar, quer o convidássemos, quer não.

Fiz uma mesura e saudei-o, mas ele apenas me lançou um olhar como a dizer que mais tarde cuidaria de mim. Finalmente puxou as meias para cima e ajeitou o quépi, subiu para o *hall* de entrada e disse que queria ver nossa horta. Só isso, sem um pedido de desculpas por nos incomodar. Sabe, nesse tempo quase todo mundo em Kioto e provavelmente no resto do país transformara seus jardins decorativos em hortas — todos menos gente como nós, quer dizer. O General Tottori nos fornecia comida bastante e não precisávamos lavrar nosso jardim, por isso tínhamos nele musgo e flores e um pequeno bordo num canto. Como fosse inverno, esperei que o policial apenas olhasse os pedaços de chão congelado onde a vegetação morrera, e imaginasse que tínhamos plantado abóboras e batata-doce entre as plantas decorativas. Por isso, depois de o conduzir pelo pátio, fiquei sem dizer nada. Apenas observei quando ele se ajoelhou e tocou a terra com os dedos. Acho que queria sentir se o chão fora ou não remexido para plantar.

Fiquei tão desesperada por dizer algo que bruscamente gaguejei a primeira coisa que me ocorreu:

— Essa poeira de neve no chão não o faz pensar na espuma do mar?

Ele não respondeu, apenas se levantou em toda a sua altura e perguntou que legumes plantávamos ali.

— Oficial — eu disse —, sinto muitíssimo mas a verdade é que não tivemos oportunidade de plantar legumes. E agora o chão está tão duro e frio...

— Então a associação de vizinhos teve razão a respeito de vocês! — ele disse tirando o quépi. Tirou do bolso um bilhete e começou a ler uma longa lista de malfeitos que nosso *okiya* cometera. Nem ao menos recordo todos — estocar tecido de algodão. Não entregar metal e borracha para o esforço de guerra; usar impropriamente cartões de racionamento. Toda a sorte de coisas desse tipo. Era verdade que fazíamos tudo isso, como todos os *okiya* em Gion. Nosso crime, acho eu, era que tínhamos mais sorte que a maioria, e havíamos sobrevivido mais tempo e em melhor estado do que quase todos eles.

Para minha sorte, Mamãe voltou nesse momento. Não pareceu nada surpresa de ver um policial militar ali, e na verdade foi mais educada com ele do que jamais eu a vira ser com alguém. Levou-o para nossa sala de recepção e serviu-lhe do nosso chá agora tão raro. A porta estava fechada, mas pude ouvi-los falando longamente. A certa altura, quando veio pegar alguma coisa, ela me empurrou de lado e me disse:

— O General Tottori foi posto sob custódia esta manhã. É melhor você correr e esconder suas melhores coisas, ou amanhã vão sumir.

Em Yoroido eu costumava nadar em dias frescos de primavera e depois deitar-me nas pedras ao lado do lago e me banhar no calor do sol. Se o sol desaparecesse de repente atrás de uma nuvem, o que era freqüente, o frio parecia fechar-se sobre minha pele como um lençol de metal. No momento em que eu soube do infortúnio do General, parada no *hall* de entrada, tive a mesma sensação. Era como se o sol tivesse sumido possivelmente para sempre, e eu estava condenada a ficar nua e molhada no ar gelado. Uma semana depois da visita do policial nosso *okiya* fora despojado de coisas que outras famílias tinham perdido havia muito tempo, como estoques de comida, roupas de baixo, e assim por diante. Sempre tínhamos fornecido pacotes de chá para Mameha. Acho que ela os usava para obter favores. Agora seus suprimentos eram melhores que os nossos, e ela se tornou a nossa fornecedora. Pelo fim do mês a associação de vizinhos começou a confiscar muitas de nossas cerâmicas e rolos de pintura para vendê-los no que chamávamos "mercado cinza", diferente do mercado negro. O mercado negro era para coisas como gasolina, comida, metal, em geral itens racionados ou ilegais. O mercado cinza era mas inocente, em geral donas de casa vendendo suas preciosidades para conseguir dinheiro. Mas em nosso caso nossas coisas eram vendidas para nos castigar, e o dinheiro ia para outras pessoas. A chefe da associação de vizinhos, dona de um *okiya* ali perto, lamentava muitíssimo sempre que vinha levar nossos objetos. Mas a Polícia Militar lhe dera ordens. E só se podia obedecer.

Se os primeiros anos da guerra tinham sido como uma excitante viagem pelo mar, pode-se dizer que depois de meados de 1943 todos percebemos que as ondas eram altas demais para a nossa equipe. Pensamos que íamos nos afogar, todos. E muitos se afogaram. Não apenas a vida cotidiana estava cada vez mais miserável. Ninguém se atrevia a admitir, mas acho que todos agora nos preocupávamos com o fim da guerra. Ninguém mais se divertia. Muitas pessoas pareciam achar pouco patriótico até mesmo divertir-se um pouco. A coisa mais próxima de uma piada que ouvi nesse período foi algo que a gueixa Raiha me disse certa noite. Meses a fio ouvíamos boatos de que o governo militar planejava fechar todos os distritos de gueixas no Japão. Ultimamente começáramos a perceber que realmente isso estava por ocorrer. E imaginávamos o que seria de nós, quando de repente Raiha disse:

— Não podemos perder tempo pensando nessas coisas. Nada é mais triste do que o futuro exceto talvez o passado.

Você pode não achar graça. Mas naquela noite rimos até às lágrimas. Um dia, em breve, realmente os distritos de gueixas fechariam. Quando isso acontecesse, sabíamos que acabaríamos trabalhando nas fábricas. Para dar-lhe uma idéia do que era a vida nas fábricas, deixe-me falar-lhe da amiga de Hatsumomo, Korin.

No inverno anterior, a catástrofe que toda gueixa de Gion mais temia realmente sucedera a Korin. Uma criada cuidando do banho em seu *okiya* tentara queimar jornal para aquecer a água, mas perdera controle das chamas. Todo o *okiya* fora destruído, com sua coleção de quimonos. Korin acabara trabalhando numa fábrica ao sul da cidade, colocando lentes em equipamento usado para jogar bombas de aviões. Voltava a visitar Gion de tempos em tempos durante os meses todos, e ficávamos horrorizadas ao ver o quanto ela mudara. Não apenas parecia cada vez mais infeliz. Todas conhecíamos a infelicidade e estávamos preparadas para ela. Mas Korin estava com uma tosse que era tanto parte dela quanto a canção é parte do pássaro. Sua pele estava manchada como se tivesse mergulhado em tinta — pois o carvão das fábricas era de grau muito baixo, e ao queimar cobria tudo com fuligem. A pobre Korin era forçada a trabalhar em turnos dobrados, recebendo apenas uma tigela de caldo fraco e algumas tiras de macarrão uma vez o dia, ou mingau de arroz aguado com pele de batata.

Assim, você pode imaginar nosso horror de fábricas. Todos os dias em que acordávamos vendo Gion ainda aberta, ficávamos agradecidas.

Então, certa manhã de janeiro do ano seguinte, com neve caindo, eu estava na fila do armazém para comprar arroz, segurando meus cartões de racionamento, quando o dono da loja ao lado meteu a cabeça para fora e gritou no frio:

— Aconteceu!

Todas nos entreolhamos. Eu estava embotada demais de frio para me interessar pelo que ele dizia, pois usava apenas um pesado xale em torno de minha roupa de camponesa. Ninguém mais usava quimono de dia. Finalmente a gueixa na minha frente limpou a neve das sobrancelhas e perguntou de que ele estava falando.

— A guerra não acabou, acabou? — perguntou ela.

— O governo anunciou que está fechando os distritos de gueixas — disse ele. — Todas vocês devem se apresentar no cartório de registros amanhã de manhã.

Por um longo momento ouvimos o som de um rádio dentro da loja dele. Então uma porta fechou-se de novo e só se ouvia o sibilar macio da neve caindo. Vi o desespero nos rostos das outras gueixas ao meu redor, e soube num instante que todas pensávamos a mesma coisa: qual dos homens que conhecíamos nos salvaria da vida na fábrica?

Embora o General Tottori tivesse sido meu *danna* até o ano anterior, eu certamente não era a única gueixa que ele conhecia. Tinha de alcançá-lo antes de outra qualquer. Não estava adequadamente vestida para aquele clima, mas guardei no bolso de minhas calças de camponesa os cartões de racionamento e parti para o noroeste da cidade. Dizia-se que o General vivia na estalagem Suruya, a mesma onde nos encontráramos duas noites por semana por tantos anos.

Cheguei lá em uma hora ou mais, dolorida de frio e coberta de poeira de neve. Mas quando saudei a dona, ela me olhou longamente antes de fazer uma mesura pedindo desculpas e dizendo que não sabia quem eu era.

— Sou eu, senhora... Sayuri! Vim falar com o General.

— Sayuri-san... pelos deuses! Nunca pensei em vê-la como uma mulher de camponês.

Levou-me para dentro imediatamente, mas não quis me apresentar ao General sem antes me levar ao andar de cima e me vestir com um de seus quimonos. Até colocou um pouco de maquilagem em mim para que o General me reconhecesse.

Quando entrei em seu quarto o General Tottori estava sentado à mesa ouvindo uma novela de rádio. Seu robe de algodão estava aberto, expondo seu peito ossudo e os pêlos grisalhos. Podia-se ver que vivera muito pior do que eu no ano passado. Afinal, fora acusado de crimes medonhos — negligência, incompetência, abuso de poder e assim por diante; algumas pessoas achavam que tivera sorte de escapar à prisão. Um artigo numa revista até o acusara pelas derrotas da Marinha Imperial no Pacífico Sul, pois não inspecionara o embarque de suprimentos. Mas alguns homens suportam durezas melhor que outros, e olhando o General pude ver que o peso daquele ano passado o esmagara, partindo seus ossos, e até seu rosto parecia um pouco disforme. No passado tinha sempre cheiro de picles azedos. Agora, quando me curvei fundo na esteira perto dele, o seu cheiro azedo era diferente.

— O senhor parece muito bem, General — eu disse, embora fosse mentira. — Que prazer vê-lo outra vez!

O General desligou o rádio.

— Você não é a primeira a me procurar — ele disse. Não posso ajudá-la, Sayuri — ele disse.

— Mas eu vim correndo tão depressa! Não posso imaginar que alguém tenha chegado antes de mim!

— Desde a semana passada quase todas as gueixas que conheço vieram me ver, mas eu não tenho mais amigos no poder.

Não sei por que uma gueixa da sua posição viria me procurar. Tantos homens influentes apreciam você.

— Ser apreciada e ter verdadeiros amigos querendo ajudar são duas coisas muito diferentes — eu disse.

— São mesmo. Que tipo de ajuda quereria de mim?

— Qualquer uma, General. Nestes dias em Gion só falamos de como será miserável nossa vida numa fábrica.

— A vida será miserável para as que tiverem mais sorte. O resto não vai nem viver para ver o fim da guerra.

— Não entendo.

— Logo vão começar a cair as bombas — disse o General. — Pode ter certeza de que as fábricas vão levar mais do que a sua dose delas. Se quiser estar viva quando esta guerra acabar, é melhor encontrar quem a possa esconder num lugar seguro. Lamento, mas não sou esse homem. Já gastei toda a influência que podia ter.

O General perguntou pela saúde de Mamãe e Titia, e logo se despediu. Só muito depois fiquei sabendo o que ele queria dizer ao falar em gastar toda a sua influência. A proprietária de Suruya tinha uma filha, e o General conseguira mandá-la para uma cidadezinha ao norte do Japão.

Na volta ao *okiya* entendi que chegara o tempo de agir; mas não sabia o que fazer. Mesmo a simples tarefa de controlar meu pânico parecia além de minhas capacidades. Passei no apartamento onde Mameha vivia agora — sua relação com o Barão acabara meses atrás e ela se mudara para um lugar muito menor. Pensei que ela poderia saber o que fazer, mas na verdade estava quase tão apavorada quanto eu.

— O Barão não vai fazer nada para me ajudar — ela disse, rosto branco de preocupação. — Não consegui falar com outros homens em que tinha pensado. É melhor você pensar em alguém, Sayuri, e procure por ele o mais depressa possível.

Fazia já mais de quatro anos que eu não via Nobu. Logo vi que não podia me aproximar dele. Quanto ao Presidente... bem, eu teria agarrado qualquer desculpa só para falar com ele, mas não poderia lhe pedir um favor. Por mais que me tratasse com afeto nos corredores, eu nunca era convidada para suas festas, mesmo quando gueixas de menor *status* eram. Isso me magoava, mas o que eu poderia fazer? De qualquer forma, mesmo que o Presidente quisesse me ajudar, suas divergências do governo militar tinham estado nos jornais recentemente. Ele estava com muitos problemas.

Assim, passei o resto da tarde visitando casas de chá naquele frio terrível, perguntando por vários homens que não tinha visto em semanas ou até meses, e nenhuma das mulheres os conseguiu localizar.

Naquela noite a Ichiriki estava fervendo de festas de despedida. Era fascinante ver como todas as gueixas reagiam diferentemente às notícias. Algumas pareciam como se sua alma estivesse morta. Outras pareciam estátuas de Buda, calmas e lindas, mas cobertas de uma camada de melancolia. Não sei como eu me parecia, mas minha mente funcionava como um ábaco. Estava tão ocupada fazendo esquemas e tramas — pensando em que homem abordaria e como — que quase nem ouvi a criada me dizer que me chamavam em outra sala. Imaginei que um grupo de homens pedira minha companhia, mas ela me levou pelas escadas ao segundo andar, e ao longo de um corredor, para os fundos da casa de chá. Lá, junto de uma mesa, sozinho com um copo de cerveja, estava Nobu.

Antes que eu pudesse dizer uma palavra, ele me disse:

— Sayuri-san, você me decepcionou!

— Meu Deus, em quatro anos não tive a honra de sua companhia, Nobu-san, e já num instante eu o decepciono? Que erro posso ter cometido tão depressa?

— Eu fiz uma apostazinha comigo mesmo como você ficaria de boca aberta ao me ver.

— A verdade é que estou espantada demais até para me mexer!

— Entre e deixe a criada fechar a porta. Mas primeiro diga-lhe que traga outro copo e outra cerveja. Há algo a que você e eu temos de brindar.

Fiz o que Nobu me dizia, e ajoelhei-me na ponta da mesa com um canto entre nós. Podia sentir os olhos de Nobu em meu rosto como se me tocasse. Corei como se pode corar ao calor do sol, pois esquecera-me de como era lisonjeiro ser admirada.

— Vejo em seu rosto ângulos que não vira antes — ele me disse. — Não me diga que anda faminta como todo mundo. Nunca esperei isso de você.

— Nobu-san também está um pouco magro.

— Tenho bastante para comer, mas pouco tempo para isso.

— Fico contente porque ao menos está bem ocupado.

— Essa é a coisa mais esquisita que já ouvi. Quando se vê um homem que escapou de balas e assim conseguiu ficar vivo, você fica contente porque ele tem algo com que se ocupar?

— Espero que Nobu-san não queira dizer que realmente teme por sua vida...

— Não há ninguém querendo me assassinar, se é disso que fala. Mas se a Eletrônica Iwamura é minha vida, então certamente tenho medo. Agora me diga, o que houve com aquele seu *danna*?

— O General está tão bem quanto qualquer um de nós, acho eu. Quanta bondade sua perguntar.

— Não pretendo ser nem um pouco bondoso.

— Muito poucas pessoas desejam o bem dele atualmente. Mas mudando de assunto, Nobu-san, suponho que você tenha vindo noite após noite à Ichiriki, mas se esconde de mim neste estranho quarto no andar de cima.

— Quarto estranho, não é? Acho que é o único na casa sem vista para o jardim. Dá para a rua, se abrir esses painéis de papel.

— Nobu-san conhece bem o quarto.

— Não realmente, é a primeira vez que o uso.

Fiz uma careta para lhe mostrar que não acreditava nisso.

— Pode pensar o que quiser, Sayuri, mas é verdade que nunca estive neste aposento antes. Acho que é um quarto para hóspedes, quando a dona da casa tem algum. Teve a bondade de me deixar usá-lo esta noite, quando lhe expliquei por que eu tinha vindo.

— Que misterioso... Então tinha um objetivo ao vir. Vou descobrir qual é?

— A criada está voltando com a cerveja — disse Nobu. — Quando ela se for, você saberá.

A porta abriu-se, e a criada colocou a cerveja na mesa. Cerveja era um conforto raro nesse tempo, de modo que era bom ver o líquido dourado subir no copo. Quando a criada se fora, erguemos nossos copos, e Nobu disse:

— Vim para beber à saúde do seu *danna*!

Ouvindo isso larguei o copo.

— Nobu-san, devo dizer que há poucos motivos de alegria atualmente. Mas eu levaria semanas para imaginar por que você brindaria ao meu *danna*.

— Eu devia ter sido mais específico. Bebo à burrice do seu *danna*! Há quatro anos eu lhe disse que ele era um homem indigno, e ele provou que tenho razão. Você não acha?

— A verdade é que... ele não é mais meu *danna*.

— Exatamente! E mesmo que fosse não poderia fazer nada por você, poderia? Sei que Gion vai fechar, e todo mundo está em *pânico*. Recebi em meu escritório um telefonema de certa gueixa... Não quero dar seu nome, mas pode imaginar? Perguntava se eu podia lhe conseguir um emprego na Iwamura.

— Se não se importa que eu pergunte, o que foi que lhe respondeu?

— Não tenho emprego para ninguém, quase nem tenho para mim mesmo. Até o Presidente pode perder o cargo em breve, e acabar na prisão se não começar a fazer o que o governo manda. Ele os persuadiu de que não temos meios de fabricar baionetas e balas, mas agora querem que desenhemos e construamos aviões de combate! Realmente, aviões de combate! Nós fabricamos eletrodomésticos! Às vezes fico imaginando o que essa gente pensa.

— Nobu-san devia falar mais baixo.

— Quem é que vai me escutar? Aquele seu General?

— Falando do General — eu disse —, eu o vi hoje e lhe pedi ajuda.

— Tem sorte de ele ainda estar vivo para receber você.

— Ele andou doente?

— Doente não, mas vai se matar um dia destes, se não for covarde demais.

— Por favor, Nobu-san.

— Ele não ajudou você, foi?

— Não, disse que já gastou toda a influência que poderia ter.

— E não levaria muito tempo nisso. Por que não economizou para você a pouca influência que tem?

— Mas fazia mais de um ano que eu não o via...

— E mais de quatro que não me via a mim. E *eu guardei* minha melhor influência para você. Por que não me procurou antes?

— Mas pensei que estivesse zangado comigo todo este tempo! Olhe só para você, Nobu-san! Como eu poderia ter vindo à sua procura?

— Como pôde não vir? Eu a posso salvar das fábricas. Tenho acesso ao perfeito abrigo para você. E acredite, é perfeito, como um ninho para um pássaro. Você é a única a quem vou dar isso, Sayuri. E nem a você o darei, a não ser que faça uma mesura até o chão aqui na minha frente, e admita quanto errou há quatro anos. Você deve ter razão, estou zangado com você, sim! Talvez estejamos mortos antes de podermos nos ver de novo. Posso ter perdido a única chance que tive. E não bastou você me botar de lado; desperdiçou os mais belos anos de sua vida com um idiota, um homem que nem sequer paga sua dívida com seu país, muito menos a que tem com você. Continua vivendo como se não tivesse cometido erro nenhum!

Você pode imaginar como eu me sentia a essa altura; pois Nobu sabia jogar palavras como pedras. Não eram só as palavras em si ou seu significado, mas o modo como as dizia. Primeiro eu tinha decidido que não ia chorar, não importa o que ele dissesse. Mas logo me ocorreu que Nobu queria exatamente isso, que eu chorasse. E foi tão fácil quanto deixar um pedaço de papel escorregar de meus dedos. Cada lágrima que deslizava pelas minhas faces foi chorada por um motivo diferente. Parecia haver tanto por que chorar! Chorei por Nobu e por mim mesma. Chorei imaginando o que seria de todos nós. Chorei até pelo General Tottori e por Korin, que ficara tão cinzenta e magra por causa da vida na fábrica. E então fiz o que Nobu exigia. Afastei-me da mesa para ter espaço e fiz uma mesura até o chão.

— Perdoe a minha tolice — eu disse.

— Ora, levante-se. Fico satisfeito se você me disser que não vai cometer o mesmo erro outra vez.

— Não vou.

— Cada momento que você passou com aquele homem foi um desperdício! Foi exatamente o que eu lhe disse que ia acontecer, não foi? Talvez você agora tenha aprendido o suficiente para no futuro seguir o seu destino.

— Seguirei o meu destino, Nobu-san. É só o que desejo da vida.

— Fico contente ouvindo isso. E aonde é que seu destino a leva?

— Ao homem que dirige a Eletrônica Iwamura — eu disse. Naturalmente pensava no Presidente.

— Isso mesmo — disse Nobu. — Vamos tomar uma cerveja juntos.

Umedeci os lábios — pois estava confusa e nervosa demais para sentir sede. Depois Nobu me falou do abrigo que preparara para mim. Era a casa de seu bom amigo Arashino Isamu, o fabricante de quimonos. Não sei se você vai se lembrar dele, mas fora o convidado de honra da festa na propriedade do Barão anos atrás, à qual Nobu e o Dr. Caranguejo tinham estado presentes. Sua casa, também seu ateliê, ficava nas margens do Rio Kamo, a cinco quilômetros de Gion, rio acima. Até poucos anos antes ele e sua esposa e filha tinham feito quimonos no lindo estilo Yuzen que o tornara famoso. Mas ultimamente todos os fabricantes de quimonos eram obrigados a costurar pára-quedas — pois estavam acostumados a lidar com seda. Era um trabalho que eu aprenderia depressa, disse Nobu, e a família Arashino estava disposta a me abrigar. O próprio Nobu faria os arranjos necessários com as autoridades. Escreveu o endereço da casa do Sr. Arashino num papel e o deu a mim.

Repeti várias vezes a Nobu quanto estava grata. Cada vez que lhe dizia isso ele parecia mais satisfeito. Quando eu ia sugerir que andássemos um pouco juntos na neve recém-caída, ele olhou o relógio de pulso e bebeu o último gole de sua cerveja.

— Sayuri — disse-me —, não sei quando vamos nos ver de novo, nem como será o mundo quando isso ocorrer. Talvez nós dois tenhamos então visto coisas horríveis. Mas sempre que eu precisar me lembrar de que há beleza e bondade neste mundo, vou pensar em você.

— Nobu-san! Quem sabe deveria ter sido poeta!

— Você sabe perfeitamente que não há nada poético em mim.

— Suas palavras encantadoras significam que você vai partir? Eu esperava que pudéssemos dar um passeio juntos.

— Está frio demais. Mas você pode me levar até a porta, e nos despediremos lá.

Segui Nobu escadas abaixo, e abaixei-me na soleira da casa de chá para ajudá-lo a calçar seus sapatos. Depois enfiei meus pés nos altos *geta* de madeira que usava por causa da neve, e fui com ele até a rua. Anos atrás haveria um carro esperando, mas naqueles dias só oficiais do governo tinham carros, pois quase não se conseguia gasolina. Sugeri que andássemos juntos até o trólei.

— Não quero sua companhia agora — disse Nobu. — Estou a caminho de uma reunião com nosso distribuidor de Kioto. Tenho coisas demais em minha mente.

— Nobu-san, devo dizer que preferi suas palavras de despedida no andar de cima.

— Então, da próxima vez fique lá.

Fiz uma mesura e disse adeus a Nobu. A maioria dos homens provavelmente teria se virado para olhar sobre o ombro a certa altura. Mas Nobu apenas patinhou pela neve até a esquina, depois entrou na Avenida Shijo e desapareceu. Na mão eu segurava o papel que ele me dera, com o endereço do Sr. Arashino. Percebi que o estava apertando tanto que estava todo amassado. Não sabia por que estava tão nervosa e assustada. Mas depois de contemplar um momento a neve que ainda caía ao meu redor, olhei as fundas pegadas de Nobu que levavam até a esquina, e tive a sensação de estar descobrindo o que me atormentava. Quando eu iria rever Nobu? Ou o Presidente? Ou o próprio Gion? Uma vez, quando criança, eu já fora arrancada do meu lar. Acho que era a lembrança daqueles anos horríveis que fazia com que eu me sentisse tão sozinha.

capítulo vinte e nove

Talvez você pense que porque fui bem-sucedida como jovem gueixa, com muitos admiradores, outra pessoa teria vindo me salvar que não fosse Nobu. Mas uma gueixa necessitada não é uma jóia caída na rua que todo mundo adoraria pegar. Todas as centenas de gueixas em Gion estavam lutando para encontrar um abrigo da guerra naquelas semanas finais, e só poucas tiveram sorte de encontrar isso. Assim, você vê, todos os dias em que vivi com a família Arashino eu me senti mais e mais endividada com Nobu.

Na primavera do ano seguinte, quando soube que a gueixa Raiha morrera durante o bombardeio de Tóquio, descobri como eu tivera sorte. Fora Raiha quem nos fizera rir dizendo que nada era mais triste do que o futuro exceto o passado. Ela e sua mãe tinham sido gueixas famosas, e seu pai era membro de uma famosa família de homens de negócios; para nós de Gion ninguém parecia ter mais chances de sobreviver à guerra do que Raiha. Na hora de sua morte parece que estava lendo um livro para um de seus jovens sobrinhos, numa propriedade rural de seu pai na seção Denenchofu de Tóquio, e estou certa de que se sentia mais segura lá do que em Kioto. Estranhamente o mesmo ataque aéreo que matou Raiha também matou o grande lutador de sumô Miyagiyama. Ambos viviam em relativo conforto. Mas Abóbora, que me parecera tão perdida, conseguiu sobreviver à guerra, embora a fábrica de lentes em que trabalhava nos subúrbios de Osaka fosse bombardeada cinco ou seis vezes. Naquele ano fiquei sabendo que nada é mais imprevisível do que quem vai ou não sobreviver a uma guerra. Mameha sobreviveu trabalhando em um pequeno hospital na Prefeitura de Fukui, como auxiliar de enfermagem. Mas sua criada Tatsumi foi morta pela terrível bomba que caiu em Nagasaki, e seu vestidor, o Sr. Itchoda, morreu de um ataque cardíaco num exercício de ataque aéreo. O Sr. Bekku trabalhava numa base naval em Osaka, mas conseguira sobreviver. Assim também o General Tottori, que viveu na Estalagem Suruya até morrer em meados dos anos cinqüenta, e o Barão — embora eu lamente dizer que nos primeiros anos da ocupação Aliada ele se afogou em sua esplêndida lagoa, depois que seu título e muitas de suas empresas lhe foram tirados. Acho que ele não conseguiria enfrentar um mundo em que não tivesse mais liberdade de agir como bem entendesse.

Quanto a Mamãe, nunca duvidei de que sobreviveria. Com sua habilidade altamente desenvolvida de tirar benefício do sofrimento de outras pessoas, passou a trabalhar no mercado cinzento tão naturalmente como se sempre tivesse feito isso. Passou a guerra enriquecendo em vez de ficar mais pobre, comprando e vendendo objetos de família de outras pessoas. Sempre que o Sr. Arashino vendia um quimono de sua coleção para obter dinheiro, pedia-me para entrar em contato com Mamãe, para que ela o recomprasse por ele. Muitos dos quimonos vendidos em Kioto passaram pelas mãos dela. O Sr. Arashino provavelmente esperava que Mamãe esquecesse seu próprio benefício e segurasse os quimonos dele alguns anos até ele os poder comprar de novo. Mas ela parecia nunca conseguir encontrá-los — ou pelo menos era o que dizia.

Os Arashinos trataram-me com grande bondade nos anos em que morei em sua casa. De dia eu trabalhava com eles costurando pára-quedas. À noite dormia ao lado de sua filha e neto em *futons* espalhados no chão da oficina. Tínhamos tão pouco carvão que queimávamos folhas amassadas para nos aquecermos — ou jornais e revistas, qualquer coisa que pudéssemos encontrar. Naturalmente a comida era ainda mais escassa. Você não imagina as coisas que aprendemos a comer, como cascas de soja, habitualmente dadas aos animais, e uma coisa medonha, chamada *nukapan*, que se obtinha fritando farelo de arroz em farinha de trigo. Parecia couro velho e ressequido, embora eu tenha certeza de que couro teria melhor sabor. Muito eventualmente tínhamos pequenas quantidades de batatas ou batatas-doces; carne de baleia seca; salsicha de carne de foca; às vezes sardinhas, que nós japoneses sempre tínhamos considerado mero fertilizante. Fiquei tão magra nesses anos que ninguém nas ruas de Gion teria me reconhecido. Alguns dias o netinho dos Arashinos, Juntaro, chorava de fome — era então que o Sr. Arashino em geral decidia vender um quimono de sua coleção. Era o que nós japoneses chamamos "vida de cebola" — cada vez tirando uma camada e chorando o tempo todo.

Certa noite na primavera de 1944, quando eu estava vivendo com os Arashinos havia apenas três ou quatro meses, testemunhamos nosso primeiro ataque aéreo. As estrelas estavam tão claras que podíamos ver a silhueta dos bombardeiros quando trovejavam no alto, e também as estrelas cadentes — era o que nos pareciam — que eram disparadas da terra e explodiam perto deles. Tivemos medo de ouvir o horrível barulho de assobio e ver Kioto arder em chamas ao nosso redor. E se isso ocorresse, nossas vidas teriam acabado ali mesmo, quer tivéssemos morrido, quer não. Porque Kioto é delicada como uma asa de mariposa. Se fosse esmagada, não se teria recuperado como Osaka e Tóquio, e tantas outras cidades. Mas os bombardeiros passaram por cima de nós, não só uma mas todas as noites. Muitos dias ao entardecer observávamos a lua tingida de vermelho por causa das chamas em Osaka e às vezes víamos cinza flutuando no ar como folhas caídas — mesmo ali em Kioto, a cinqüenta quilômetros de distância. Você bem pode imaginar quanto eu me preocupava, desesperadamente, com Nobu e o Presidente, cuja empresa tinha base em Osaka e onde os dois possuíam casa além da de Kioto.

Às vezes eu também imaginava o que seria de minha irmã Satsu, onde quer que estivesse. Acho que nunca tive plena consciência disso, mas desde a semana em que ela fugira, eu acreditara de alguma forma, no fundo de minha mente, que os cursos de nossas vidas um dia acabariam por nos reunir. Pensei que talvez ela me enviasse uma carta aos cuidados do *okiya* Nitta ou voltaria a Kioto para me procurar. Então, certa tarde, enquanto levava o pequeno Juntaro para passear ao longo do rio, pegando pedregulhos na beira da água e jogando-os dentro dela, ocorreu-me que Satsu nunca voltaria a Kioto para me procurar. Agora que eu mesma vivia na pobreza, podia entender que viajar para uma cidade distante por qualquer motivo que fosse era totalmente impossível. E em meu caso, nós provavelmente nem nos reconheceríamos se nos víssemos numa rua, caso ela voltasse. Quanto à minha fantasia de que ela me escreveria, bem, mais uma vez senti-me uma menina boba; eu realmente levara todos esses anos para entender que Satsu nem poderia saber o nome do *okiya* Nitta? Mesmo que quisesse ela não poderia me escrever, a não ser que tivesse contato com o Sr. Tanaka, e ela jamais faria isso. Enquanto o pequeno Juntaro jogava pedrinhas no rio, agachei-me ao lado dele e com uma das mãos molhei o rosto com água, sorrindo para ele o tempo todo, fingindo que queria apenas me refrescar. Meu pequeno truque deve ter dado certo, pois Juntaro pareceu não ter idéia do que me acontecia.

A adversidade é como um longo vento forte. Não quero apenas dizer que ela nos afasta de lugares aonde poderíamos ir, mas também arranca de nós tudo, menos as coisas que não podem ser arrancadas, de modo que depois nos vemos como realmente somos, e não apenas como gostaríamos de ser. A filha do Sr. Arashino, por exemplo, sofreu a morte do marido na guerra, e passou a dedicar-se apenas a duas coisas: cuidar de seu filhinho e costurar pára-quedas para os soldados. Parecia não viver para mais nada. Quando foi ficando mais e mais magra, a gente sabia aonde estava indo cada um de seus gramas. No fim da guerra agarrou-se à criança como se ela fosse a beira de rochedo que a impedia de cair nas pedras lá embaixo.

Como eu já tivesse experimentado adversidade uma vez antes, o que aprendi de mim mesma foi como o lembrete de algo que um dia já conhecera mas quase havia esquecido — isto é, que por baixo da roupa elegante, da dança bem executada e da conversa inteligente, minha vida não era nada complexa, mas simples como uma pedra caindo no chão. Todo o meu objetivo em tudo o que eu fizera nos anos passados fora conquistar o afeto do Presidente. Dia após dia eu observava as águas rápidas do Rio Kamo correndo junto da oficina; às vezes jogava nelas uma pétala ou pedaço de palha, sabendo que seriam levados até Osaka antes de sumir no mar. Ficava imaginando que talvez o Presidente sentado em sua mesa de trabalho olharia fora da janela uma tarde e veria aquela pétala ou palha e talvez pensasse em mim. Mas logo comecei a ter um pensamento perturbador. O Presidente poderia ver, mas eu duvidava. E mesmo que visse, e se recostasse em sua cadeira pensando nas cem coisas que a pétala poderia lhe inspirar, eu podia não ser uma delas. É verdade que ele muitas vezes fora bondoso comigo, mas ele era um homem bondoso. Nunca demonstrara o menor sinal de reconhecer que eu era a menina que ele um dia consolara ou que eu gostava dele ou pensava nele.

Certo dia entendi uma coisa. Passara a noite com um pensamento doloroso, imaginando o que aconteceria se eu chegasse ao fim de minha vida e o Presidente ainda não me tivesse percebido de uma maneira especial. Na manhã seguinte olhei cuidadosamente meu almanaque, esperando encontrar algum sinal de que minha vida não seria sem objetivo. Estava me sentindo tão mal que até o Sr. Arashino pareceu notar e me mandou comprar novas agulhas no armazém de secos e molhados a trinta minutos dali. No caminho de volta, andando pela estrada enquanto o sol se punha, quase fui atropelada por um caminhão do Exército. Foi o mais perto que jamais estive de ser morta. Só na manhã seguinte percebi que meu almanaque me avisava de não andar na direção do rato, que era precisamente a direção do armazém. Eu estivera apenas procurando algum sinal do Presidente e não notara nada mais. Com essa experiência aprendi o perigo de concentrar-se apenas no que *não está* ali. E se no fim da vida eu compreendesse que passara cada dia esperando um homem que nunca viria? Que dor insuportável seria, entender que eu realmente nunca saboreara as coisas que tinha comido, nem enxergara direito os lugares onde havia estado, porque só pensava no Presidente, enquanto minha vida estava passando. Mas se afastasse dele meus pensamentos, o que me sobraria de vida? Seria como uma bailarina que treinara desde a infância um espetáculo que jamais apresentaria.

Para nós a guerra acabou em agosto de 1945. Quase todos os que viveram no Japão nessa época lhe dirão que foi o momento mais triste numa longa noite de trevas. Nosso país não estava apenas derrotado, estava destruído — e não falo só das bombas, por piores que tenham sido. Quando seu país perde uma guerra e nele entra um Exército invasor, é como se você mesmo fosse conduzido ao pátio de execução para ajoelhar-se de mãos amarradas esperando pela espada. Durante um ano ou mais nunca escutei o som de um riso, a não ser do pequeno Juntaro, que não entendia nada. E quando Juntaro ria seu avô acenava a mão para que se calasse. Muitas vezes observei que homens e mulheres que foram crianças nesses anos têm uma gravidade especial, pois havia pouco riso em sua infância.

Pela primavera de 1946 todos reconhecíamos que teríamos de viver a provação da derrota. Havia até aqueles que acreditavam que um dia o Japão iria se refazer. Todas as histórias sobre soldados americanos nos estuprando e matando eram falsas. Na verdade, aos poucos entendemos que os americanos eram de modo geral notavelmente bondosos. Certo dia um grupo deles veio em seus caminhões até a nossa área. Fiquei parada com outras mulheres da vizinhança observando-os. Em meus anos em Gion eu aprendera a me considerar moradora de um mundo especial que me separava das demais mulheres; e na verdade eu me sentira tão apartada em todos aqueles anos, que dificilmente pensava em como viveriam outras mulheres, mesmo as esposas dos homens que eu costumava entreter. Mas lá estava eu vestindo calças de trabalho rasgadas, com meu cabelo desgrenhado caindo sobre as costas. Fazia vários dias que não tomava banho, pois só tínhamos combustível para aquecer a água poucas vezes por semana. Aos olhos dos soldados americanos que passavam eu não era diferente das outras mulheres ao meu redor; e pensando nisso agora, quem podia dizer que eu era diferente? Se você já não tem folhas ou casca ou raízes, pode continuar se considerando árvore? "Sou uma camponesa", pensei, "não sou mais uma gueixa." Era uma sensação assustadora olhar minhas mãos e ver como estavam ásperas. Para afastar a mente do medo, prendi novamente minha atenção nos soldados passando em seus caminhões. Não eram esses os soldados americanos que tínhamos aprendido a odiar, pois haviam bombardeado nossas cidades com armas tão pavorosas? Agora passavam pela nossa vizinhança jogando doces para as crianças.

Um ano depois da rendição, o Sr. Arashino foi encorajado a fabricar quimonos outra vez. Eu nada sabia sobre eles exceto como os usar, de modo que me deram a tarefa de passar meus dias no anexo da oficina, uma espécie de porão, cuidando das tinas de tinta fervente. Era um trabalho pavoroso, em parte porque só tínhamos combustível de *tadon*, uma espécie de pó de carvão unido com piche; e você não pode imaginar o fedor quando ele queima. Com o tempo a esposa do Sr. Arashino me ensinou como reunir folhas, galhos e cascas adequados para eu mesma fazer as tintas, o que pode parecer uma espécie de promoção no trabalho. Poderia ter sido, mas um desses materiais, nunca descobri qual, tinha o estranho efeito de irritar minha pele. Minhas delicadas mãos de bailarina, que outrora eu tratara com os mais finos cremes, agora começaram a descascar como a parte externa de uma cebola, e estavam cobertas de manchas como hematomas. Nesse tempo, provavelmente levada pela minha solidão, envolvi-me num romance com um jovem fabricante de tatames. Achava ele muito bonito, com sobrancelhas veludosas como uma pintura na pele delicada e lábios perfeitamente macios. À noite seguidamente, durante várias semanas, eu me esgueirava para o anexo à noite e o deixava entrar. Não percebi quanto minhas mãos estavam horríveis até certa noite quando, à luz do fogo queimando debaixo das tinas, pudemos nos enxergar. Depois que Inoue viu minhas mãos, não permitiu mais que eu o tocasse com elas.

Para dar algum alívio à minha pele, o Sr. Arashino me incumbiu de colher ervas-da-fortuna no verão. É uma flor cujo suco se usa para pintar seda antes de ser engomada e tingida. Tende a crescer na beira de lagos e lagoas na estação das chuvas. Pensei que colhê-las seria uma tarefa agradável, de modo que certa manhã, em julho, saí com minha mochila, pronta para saborear o dia frio e seco; mas logo descobri que ervas-da-fortuna são flores diabolicamente espertas. Parecia-me que convocavam todos os insetos do Japão ocidental como seus aliados. Cada vez que eu colhia um punhado de flores era atacada por divisões de mutucas e mosquitos. E para piorar as coisas ainda mais, uma vez pisei num horrendo sapo. Depois de passar semanas infelizes colhendo as flores, assumi o que pensei que seria uma tarefa muito mais fácil, esmagá-las para extrair o suco. Mas se você nunca cheirou o suco de uma erva-da-fortuna... bem, fiquei contente quando no fim da semana pude voltar a ferver tintas.

Trabalhei muito durante aqueles anos. Mas todas as noites, indo para a cama, pensava em Gion. Todos os distritos de gueixas no Japão reabriram alguns meses depois da rendição, mas eu não estava livre para voltar a Gion até Mamãe me chamar. Ela ganhava bom dinheiro vendendo quimonos, obras de arte e espadas japonesas aos soldados americanos. Assim, de momento, ela e Titia estavam na pequena granja a oeste de Kioto, onde tinham estabelecido uma loja, enquanto eu continuei vivendo e trabalhando com a família Arashino.

Considerando que Gion ficava apenas a poucos quilômetros de distância, você pode pensar que eu a visitava seguidamente. Mas em quase cinco anos que morei longe dali, só uma vez fui até lá. Foi em certa tarde de primavera, mais ou menos um ano depois do fim da guerra, enquanto voltava de buscar remédio para o pequeno Juntaro no Hospital Municipal Kamigyo. Dei um longo passeio pela Avenida Kawaramachi até a Shijo, e cruzei a ponte até Gion. Fiquei chocada ao ver famílias inteiras reunidas vivendo na beira do rio, na maior pobreza.

Em Gion reconheci várias gueixas, e naturalmente elas não me reconheceram. Não falei com elas, esperando ver o lugar como o veria alguém de fora. Mas na verdade nem pude ver Gion enquanto andava por ela. Em vez disso, só via minhas memórias espectrais. Caminhando ao longo do Riacho Shirakawa, pensei nas muitas tardes em que Mameha e eu tínhamos andado por ali. Perto ficava o banco onde Abóbora e eu nos sentamos com tigelas de macarrão na noite em que pedi sua ajuda. Perto ficava a alameda onde Nobu me puniria por tomar o General como meu *danna*. Dali caminhei meio quarteirão até a esquina da Avenida Shijo, onde eu fizera o homem das entregas derrubar as caixas de almoço. Em todos esses lugares senti como se estivesse parada num palco muitas horas depois de encerrado o espetáculo, quando o silêncio pesa no teatro vazio como um cobertor de neve. Fui ao nosso *okiya* e olhei saudosa a pesada fechadura de ferro na porta. Quando estava trancada lá dentro, eu queria sair. Agora a vida mudara tanto que, estando trancada do lado de fora, eu queria entrar de novo. Mas era uma mulher adulta agora — livre, se eu quisesse, para sair de Gion e nunca mais voltar.

Certa tarde gelada de novembro, três anos depois do fim da guerra, eu aquecia minhas mãos sobre as tinas de tinta no anexo quando a Sra. Arashino veio para dizer que alguém queria me ver. Pelo rosto dela vi que não era apenas uma mulher da vizinhança. Mas você pode imaginar minha surpresa quando cheguei ao topo da escada e vi Nobu. Estava sentado na oficina com o sr. Arashino, segurando uma taça de chá vazia na mão, como se já estivesse conversando havia algum tempo. O Sr. Arashino levantou-se quando me viu.

— Tenho trabalho a fazer na outra sala, Nobu-san — disse ele. — Vocês dois podem ficar aqui sentados conversando. Estou encantado com sua visita.

— Não se engane, Arashino — disse Nobu. — Eu venho ver Sayuri.

Achei uma coisa indelicada para se dizer, e nada engraçada. Mas o Sr. Arashino riu e fechou cuidadosamente a porta da oficina ao sair.

— Achei que o mundo todo mudara — eu disse —, mas não pode ser, porque Nobu-san continua exatamente o mesmo.

— Eu nunca mudo — disse ele. — Mas não vim conversar. Quero saber o que há com você.

— Nada. Nobu-san não recebeu minhas cartas?

— Todas as suas cartas pareciam poemas. Você nunca falava senão da linda água que goteja e de outras bobagens dessas.

— Ora, Nobu-san, nunca mais vou desperdiçar uma carta com você!

— Preferia que não o fizesse, se forem assim. Por que não podia simplesmente me contar as coisas que eu queria saber, como: quando vai voltar a Gion? Todos os meses telefono ao Ichiriki perguntando por você, mas a dona me dá uma desculpa ou outra. Pensei que eu a encontraria aqui doente com alguma enfermidade horrível. Você está mais magrinha do que antes, acho, mas parece saudável. O que a está retendo aqui?

— Acredite que penso em Gion todos os dias.

— Sua amiga Mameha voltou faz um ano ou mais. Até Michizono, velha como está, apareceu no dia em que reabriram. Mas ninguém sabe me dizer por que Sayuri não volta.

— Para dizer a verdade, essa decisão não é minha. Tenho esperado que Mamãe reabra o *okiya*. Estou tão ansiosa por voltar a Gion quanto Nobu-san está por me ver lá de novo.

— Pois então chame essa sua mãe e diga-lhe que está na hora. Tive paciência estes últimos seis meses. Você não entendeu o que eu lhe dizia em minhas cartas?

— Quando dizia que me queria de volta a Gion, pensei que quisesse dizer que esperava me rever lá em breve.

— Se eu digo que a quero de volta a Gion, quero dizer que você deve arrumar sua mala e voltar a Gion. Não vejo por que tem de esperar por aquela sua mãe. Se ela não teve o bom senso de voltar ainda, é porque é uma tola.

— Poucas pessoas têm algo de bom a dizer sobre ela, mas posso lhe assegurar que boba ela não é. Nobu-san talvez até a admirasse se a conhecesse. Ela ganha muito bem vendendo lembranças a soldados americanos.

— Os soldados não ficarão aqui para sempre. Diga-lhe que seu bom amigo Nobu quer você em Gion. — Dizendo isso ele pegou um pacotinho com a única mão e jogou-o nas esteiras junto de mim. Não disse mais nada, apenas ficou bebericando chá e olhando para mim.

— O que é que Nobu-san atirou em mim? — perguntei.

— Um presente que eu trouxe. Abra.

— Se Nobu-san me dá um presente, tenho de lhe trazer o meu.

Fui até o canto da sala onde guardava o baú com meus pertences, e encontrei um leque que há muito resolvera dar a Nobu. Um leque pode parecer um presente simples para o homem que me salvara da fábrica, mas para uma gueixa leques usados na dança são objetos sagrados — e aquele não era um simples leque de dança, mas o que me fora dado por minha professora quando eu chegara ao nível de *shisho* na escola de Danças Inoue. Nunca antes ouvira falar de uma gueixa separando-se de um objeto desses — e por isso mesmo eu decidira dá-lo a Nobu.

Embrulhei o leque em um pedaço de algodão e voltei para entregá-lo a ele. Ficou perplexo quando o abriu, como eu sabia que iria ficar. Tentei explicar-lhe da melhor forma possível por que queria que fosse dele.

— Uma bondade sua — ele disse —, mas não sou digno deste presente. Ofereça-o a quem aprecie dança mais do que eu.

— Eu não o daria a mais ninguém. É parte de mim, eu o dei a Nobu-san.

— Nesse caso fico muito agradecido e aprecio muito. Agora abra o pacote que lhe trouxe.

Embrulhado em papel e barbante, entre camadas de jornal, havia uma pedra mais ou menos do tamanho de um punho. Sei que fiquei pelo menos tão perplexa ao recebê-la quanto Nobu deve ter ficado com o meu leque. Quando a examinei melhor, não era pedra, mas um pedacinho de concreto.

— Você tem na mão um pedacinho dos escombros de nossa fábrica de Osaka — ele me contou. — Duas de nossas fábricas foram destruídas. Há um perigo de que nossa empresa não sobreviva nos próximos anos. Assim, como vê, você me deu um pedaço de si com aquele leque, e acho que acabo de lhe dar um pedaço de mim também.

— Se é um pedaço de Nobu-san, vou apreciar muito.

— Não o dei para que o apreciasse. É um pedaço de concreto! Quero que me ajude a transformá-lo numa linda jóia para você.

— Se Nobu-san sabe como fazer isso, por favor me diga, e todos seremos ricos.

— Tenho uma tarefa para você em Gion. Se sair como espero, nossa companhia estará de pé novamente em um ano mais ou menos. E quando eu lhe pedir de volta esse pedaço de concreto, e o substituir por uma jóia, chegará a hora de eu me tornar seu *danna*.

Ouvindo isso minha pele ficou gelada como vidro. Mas não mostrei sinal disso.

— Mas que misterioso está Nobu-san. Uma tarefa que eu posso fazer, para ajudar a Eletrônica Iwamura?

— É uma tarefa muito ruim. Durante os dois anos finais antes de fecharem Gion, houve um homem chamado Sato que costumava ir a festas como convidado do Governador Municipal. Quero que você volte para o entreter.

Ouvindo isso, tive de rir.

— Mas por que isso seria uma tarefa tão horrível? Por mais que Nobu-san tenha horror dele, certamente já entretive gente pior.

— Se se lembrar dele, saberá muito bem como essa tarefa é difícil. Ele é irritante e age como um porco. Contou-me que sempre sentava diante de você à mesa para poder fitá-la. Você é a única coisa de que ele sempre fala — quando fala, porque em geral só fica sentado, mudo. Talvez você tenha visto menções a ele nas notícias de revistas no mês passado. Acaba de ser nomeado assessor do Ministro das Finanças.

— Pelos deuses! — eu disse. — Deve ser um homem muito competente.

— Ah, há uns quinze homens, ou mais, com esse título. Sei que ele é competente para despejar saquê na boca; é a única coisa que jamais o vi fazer. É uma tragédia que o futuro de uma grande empresa como a nossa seja afetada por um homem como ele! É muito duro estar vivo num período assim, Sayuri.

— Nobu-san, não diga uma coisa dessas.

— E por que não? Ninguém está me escutando.

— Não é questão de escutar. É a sua atitude! Não deve pensar assim.

— E por que não? A empresa nunca esteve pior. Durante toda a guerra o Presidente resistiu ao que o governo mandava. Quando finalmente concordou em cooperar, a guerra estava quase no fim, e nada que fizéssemos por eles — nada mesmo — foi empregado na batalha. Mas isso impediu os americanos de classificarem a Iwamura como *zaibatsu* como a Mitsubishi? Comparados à Mitsubishi éramos um pardal observando um leão. E você sabe de uma coisa? Se não conseguirmos convencê-los de nosso caso, a Iwamura será confiscada, seus equipamentos vendidos para pagar compensações de guerra! Há duas semanas eu disse que isso já era bastante ruim, mas agora indicaram esse sujeito, Sato, para fazer uma recomendação no nosso caso. Aqueles americanos acham que são espertos indicando um japonês. Bem, eu preferia ver um cachorro nesse cargo em lugar daquele homem.

De repente Nobu se interrompeu e disse:

— Mas o que houve com as suas mãos?

Desde que subira do anexo eu escondia as mãos o melhor que podia. Obviamente Nobu as vira agora.

— O Sr. Arashino teve a bondade de me empregar nos tingimentos.

— Esperemos que ele saiba tirar essas manchas — disse Nobu. — Você não pode voltar a Gion com essa aparência.

— Nobu-san, minhas mãos são o menor de meus problemas. Não sei nem se posso voltar a Gion. Farei o melhor que puder para persuadir Mamãe, mas sinceramente não é decisão minha. Seja como for, tenho certeza de que outras gueixas quererão ajudar...

— Não há outras gueixas! Escute, eu levei o Ministro Sato a uma casa de chá outro dia, com meia dúzia de pessoas. Ele passou uma hora sem dizer palavra, depois finalmente pigarreou e disse: "Esta não é a Ichiriki." Então eu lhe disse: "Não, não é. O senhor realmente acertou!" Ele grunhiu como um porco e disse: "Na Ichiriki é Sayuri quem entretém." Respondi: "Não, Ministro, se estivesse em Gion ela viria nos entreter aqui. Mas eu lhe disse que ela não está em Gion!" Então ele pegou a taça de saquê...

— Espero que você tenha sido mais educado com ele do que isso — eu disse.

— Claro que não. Posso tolerar a companhia dele por meia hora, depois disso não sou responsável pelo que digo. Por isso mesmo quero você lá! E não me diga de novo que a decisão não é sua. Você me deve isso, e sabe perfeitamente bem. Seja como for, a verdade é que eu gostaria da chance de passar também algum tempo com você...

— E eu gostaria de passar tempo com Nobu-san.

— Mas quando for até lá, vá sem ilusões.

— Depois dos últimos anos, acredite, não tenho mais nenhuma. Mas Nobu-san está pensando em alguma coisa especial?

— Não espere que eu me torne seu *danna* em um mês, é isso que estou dizendo. Até a Iwamura se recuperar não estou em condições de fazer essa oferta. Estou preocupado com as perspectivas da empresa. Mas, para dizer a verdade, Sayuri, depois de rever você fico mais otimista com relação ao futuro.

— Nobu-san! Que bondade a sua!

— Não seja ridícula, não estou tentando agradar a você. Seu destino e o meu estão entrelaçados. Mas nunca serei seu *danna* se a Eletrônica Iwamura não se recuperar. Talvez sua recuperação, como encontrar você, sejam apenas coisas destinadas.

Nos últimos anos da guerra eu aprendera a deixar de pensar no que devia ou não devia ser. Muitas vezes dissera às mulheres da vizinhança que nem sabia se jamais retornaria a Gion — mas a verdade é que eu sempre soubera que voltaria. Meu destino, fosse ele qual fosse, me aguardava lá. Nesses anos todos eu aprendera a suster toda a água em minha personalidade, transformando-a em gelo, pode-se dizer. Só suspendendo assim o fluxo natural de meus pensamentos eu suportava a espera. Ouvindo Nobu referir-se a meu destino... bem, senti que ele quebrara o gelo dentro de mim e voltara a despertar os meus desejos.

— Nobu-san — eu disse —, se for importante causar boa impressão no Ministro Sato, talvez você devesse pedir ao Presidente para estar lá quando o entretém.

— O Presidente é um homem muito ocupado.

— Mas certamente o Ministro é importante para o futuro das empresas...

— Você preocupe-se com chegar lá. Eu me preocupo com o que é melhor para as empresas. Ficarei muito decepcionado se você não estiver de volta a Gion no fim do mês.

Nobu levantou-se para partir porque tinha de estar em Osaka antes da noite. Fui com ele até a entrada para ajudá-lo a vestir casaco e sapatos, e coloquei o chapéu na sua cabeça. Quando terminei ele ficou parado me olhando longo tempo. Pensei que ia me dizer que me achava linda — pois era o tipo de comentário que às vezes fazia depois de me fitar sem motivo.

— Pelos deuses, Sayuri, você está parecendo uma camponesa! — ele disse. E quando se virou para partir, tinha uma expressão de censura no rosto.

capítulo trinta

Naquela mesma noite, enquanto os Arashinos dormiam, escrevi a Mamãe à luz do *tadon* queimando embaixo as tinas de tinta no anexo. Não sei se minha carta teve o efeito certo ou se Mamãe já estava preparada para reabrir o *okiya*, mas uma semana depois uma voz de velha chamou na porta dos Arashinos, e abrindo-a encontrei Titia. Suas faces estavam encovadas onde perdera os dentes, e o cinza doentio de sua pele me fez pensar num pedaço de *sashimi* que ficara no prato da noite anterior. Mas ainda se via que era uma mulher forte. Carregava uma sacola de carvão numa das mãos, e de comida na outra, para agradecer aos Arashinos a bondade que haviam tido comigo.

No dia seguinte despedi-me deles entre lágrimas e voltei a Gion, onde Mamãe, Titia e eu assumimos a tarefa de botar tudo em ordem outra vez. Dando uma olhada no *okiya*, pensei que a própria casa nos punia por nossos anos de negligência. Tivemos de passar quatro ou cinco dias apenas cuidando do pior dos problemas: tirar o pó que jazia como gaze sobre os madeirames; tirar do poço restos de ratos mortos; limpar o quarto de Mamãe no andar de cima, onde pássaros tinham rasgado os tatames usando a palha para fazer ninhos na alcova. Para surpresa minha, Mamãe trabalhou tanto quanto nós, em parte porque só podíamos pagar uma cozinheira e uma criada adulta, embora também tivéssemos uma menina chamada Etsuko. Era filha do homem em cuja granja Mamãe e Titia haviam morado. Como para me lembrar de quantos anos se tinham passado desde que eu viera a Kioto aos nove anos, Etsuko também tinha nove. Parecia me encarar com o mesmo medo que eu sentira por Hatsumomo, embora eu lhe sorrisse sempre que podia. Era alta e magra como uma vassoura, com longos cabelos que ondulavam atrás dela enquanto ela corria de um lado para outro. E seu rosto era estreito como um grão de arroz, de modo que não podia evitar de pensar que um dia ela também seria jogada na panela como eu fora, abrindo-se, branca e deliciosa, para ser consumida.

Quando dava para se viver de novo no *okiya*, parti para homenagear Gion. Comecei visitando Mameha, que agora morava num apartamento de um quarto sobre uma farmácia perto do Altar Gion; desde seu retorno um ano atrás, ela não tinha *danna* para pagar nada maior. Ficou espantada quando me viu, por causa dos meus zigomas salientes, disse ela. Mas a verdade é que eu também estava espantada com ela. O lindo oval de seu rosto continuava igual, mas o pescoço parecia velho demais para ela. O mais estranho é que às vezes ela repuxava a boca como a de uma velha, porque seus dentes, embora eu não notasse a diferença, haviam-se afrouxado certa ocasião na guerra e ainda lhe causavam dor.

Falamos longo tempo e depois perguntei se ela achava que as *Danças da Velha Capital* seriam retomadas na primavera seguinte. Fazia anos que não se via esse espetáculo.

— Ora, por que não? — ela disse. — O tema pode ser "Dança na Correnteza"!

Se você alguma vez visitou um balneário de fontes termais ou lugar parecido, e foi atendido por mulheres fantasiadas de gueixas mas que na verdade são prostitutas, entenderá a pequena piada de Mameha. Uma mulher que realiza a "Dança na Correnteza" realmente faz uma espécie de *striptease*. Finge andar mais e mais fundo na água enquanto levanta mais e mais seu quimono para que a fímbria não se molhe, e finalmente os homens vêem o que estiveram esperando ver, e começam a dar vivas e brindar uns aos outros com saquê.

— Com todos esses soldados americanos em Gion atualmente, — prosseguiu ela —, falar inglês será muito mais vantajoso do que dançar. E o Teatro Kaburenjo foi transformado num *kyabarei*.

Eu jamais ouvira essa palavra que vinha do inglês "cabaret", mas logo aprendi o que significava. Mesmo quando vivia com os

Arashinos ouvira histórias sobre soldados americanos e suas festas ruidosas. Ainda estava chocada quando entrei na casa de chá mais tarde naquele dia e vi — em lugar das habituais fileiras de sapatos masculinos na base do degrau — uma confusão de botas militares, cada uma parecendo-me tão grande quanto o cachorrinho Taku, de Mamãe. Dentro do *hall* de entrada, a primeira coisa que vi foi um americano de cuecas enfiando-se debaixo da prateleira de uma alcova enquanto duas gueixas rindo tentavam puxá-lo para fora. Quando vi os pêlos escuros em seus braços e peito e até nas costas, tive a sensação de que nunca vira algo tão bestial. Aparentemente ele perdera as roupas num jogo e estava tentando se esconder, mas logo deixou que as mulheres o puxassem pelos braços e o levassem de volta até o *hall*, entrando com ele por uma porta. Ouvi assobios e gritos de viva quando ele entrou.

Cerca de uma semana depois de minha volta eu finalmente estava pronta para fazer minha primeira aparição como gueixa. Passei um dia correndo do cabeleireiro ao adivinho; molhando as mãos para remover as últimas manchas; procurando em todo Gion a maquilagem de que precisava. Agora que estava perto dos trinta anos, não precisaria mais usar maquilagem branca, exceto em ocasiões especiais. Mas passei meia hora na minha mesinha de maquilagem naquele dia, tentando usar diferentes sombras de pó ocidental para disfarçar minha magreza. Quando o Sr. Bekku veio me vestir, a menina Etsuko parou e olhou exatamente como eu um dia observara Hatsumomo. E foi o mesmo assombro em seus olhos, mais do que qualquer coisa que eu visse no espelho, que me convenceu de que eu parecia outra vez uma gueixa.

Quando finalmente saí naquela noite, todo Gion estava coberto por uma neve belíssima, tão fina que o menor vento limpava os telhados. Eu usava um xale de quimono e uma sombrinha laqueada, de modo que sei que estava tão irreconhecível quanto naquele dia em que visitei Gion feito camponesa. Reconheci só metade das gueixas que passavam, era fácil dizer quais tinham vivido em Gion antes da guerra, pois davam uma pequena mesura de cortesia ao passar, ainda que parecessem não me reconhecer. As outras não faziam mais do que um aceno de cabeça.

Vendo soldados aqui e ali nas ruas, tive medo do que poderia encontrar na Ichiriki. Mas na verdade na entrada alinhavam-se aqueles sapatos pretos lustrosos usados pelos oficiais, e, estranhamente, a casa de chá parecia mais sossegada do que em meus tempos de aprendiz. Nobu ainda não chegara — ou pelo menos não vi sinal dele —, mas fui levada diretamente para um dos grandes aposentos no térreo, e me disseram que ele chegaria em breve. Normalmente eu teria esperado no alojamento das criadas no fim do corredor, onde poderia aquecer as mãos e bebericar chá. Nenhuma gueixa gosta de que um homem a encontre ociosa. Mas não me importei de esperar por Nobu — além disso, considerei um privilégio passar uns minutos sozinha num aposento daqueles. Nos últimos cinco anos vivera faminta de beleza, e a beleza daquele aposento teria deixado você assombrado. As paredes eram cobertas de seda amarelo pálido, cuja textura tinha certa solenidade, e me fazia sentir contida ali dentro como um ovo no interior de sua casca.

Eu esperava que Nobu chegasse sozinho, mas quando finalmente o escutei na entrada ficou claro que trouxera o Ministro Sato. Não me importava de Nobu me encontrar como já mencionei, mas pensei que seria desastroso fazer o Ministro pensar que eu não era popular. Assim escapei depressa por uma porta para um quarto ao lado. Isso me deu chance de ouvir Nobu esforçando-se para ser agradável.

— Belo aposento, não é, Ministro? — dizia ele. Ouvi um pequeno grunhido em resposta. — Eu o reservei especialmente para o senhor. Aquela pintura em estilo zen é fantástica, não acha? — Então, depois de um longo silêncio, Nobu acrescentou: — É uma linda noite esta. Ah, já lhe perguntei se o senhor provou a marca especial de saquê da Casa de Chá Ichiriki?

As coisas continuaram nesse tom, com Nobu provavelmente sentindo-se tão desconfortável quanto um elefante tentando bancar a borboleta. Quando finalmente fui até a soleira e abri os painéis da porta, Nobu pareceu muito aliviado ao me ver.

Só depois de me apresentar e me ajoelhar junto da mesa dei uma boa primeira olhada no Ministro. Não pareceu nada familiar, embora afirmasse ter passado horas me encarando. Não sei como conseguira me esquecer dele, pois nunca vi alguém com mais dificuldade de simplesmente lidar com a própria cara. Mantinha o queixo enfiado no peito, como se não conseguisse levantar direito a cabeça, e tinha um maxilar inferior esquisito, tão avançado que sua respiração parecia soprar direto para dentro do nariz. Depois de me dar um pequeno aceno e dizer seu nome, demorou algum tempo antes que eu ouvisse dele qualquer som exceto grunhidos, pois seu jeito de reagir a quase tudo parecia ser grunhir.

Fiz o possível para manter uma conversa, até que a criada veio nos salvar com uma bandeja de saquê. Enchi a taça do Ministro, e fiquei atônita vendo-o despejar a bebida direto no seu maxilar inferior como nós as teríamos despejado num ralo. Ele fechou a boca por um momento, depois abriu-a de novo e o saquê se fora, sem qualquer dos sinais que habitualmente as pessoas fazem ao engolir. Eu não tinha certeza se ele engolira de verdade, a não ser quando ele estendeu sua taça.

As coisas prosseguiram assim por uns quinze minutos ou mais, enquanto eu tentava deixar o Ministro à vontade contando-lhe piadas e histórias, e fazendo algumas perguntas. Mas logo comecei a pensar que talvez não houvesse algo como "o Ministro está à vontade". Jamais respondia com mais do que uma única palavra. Sugeri que realizássemos algum jogo de beber, até perguntei se ele gostava de cantar. A mais longa conversa que tivemos em nossa primeira meia hora foi quando o Ministro perguntou se eu era bailarina.

— Sim, claro, eu sou. O Ministro gostaria que eu executasse uma dança breve?

— Não — ele disse, e encerrou o assunto.

O Ministro podia não gostar de contato visual com pessoas, mas certamente gostava de analisar sua comida, como descobri depois que a criada chegou com o jantar para os dois homens. Antes de botar qualquer coisa na boca ele a erguia com seus pauzinhos e espreitava, virando de um lado e de outro. E se não a reconhecesse, perguntava-me o que era.

— Um pedaço de peixe fervido em molho de soja e açúcar — eu disse quando ele ergueu algo cor de laranja. Na verdade não tinha a menor idéia se era peixe ou não, ou um pedacinho de fígado de baleia, ou outra coisa, mas acho que o Ministro não quereria saber. Mais tarde, quando levantou um pedaço de carne marinada e perguntou o que era, decidi provocá-lo um pouco.

— Ah, é uma tira de couro marinado — eu disse. — É especialidade da casa! Feita de pele de elefante, de modo que eu deveria ter dito couro de elefante.

— Couro de elefante?

— Ora, Ministro, o senhor sabe que é brincadeira minha! É um pedaço de carne. Por que olha tão minuciosamente sua comida? Achou que aqui comeria carne de cachorro ou coisa assim?

— Eu já comi cachorro, sabe? — ele disse.

— Muito interessante. Mas aqui não servimos cachorro esta noite. Por isso, não olhe mais os seus pauzinhos.

Logo ele começou a jogar um jogo de beber. Nobu odiava esses jogos, mas calou-se depois que lhe fiz uma careta. Talvez tivéssemos posto o Ministro à vontade demais, pois quando tentávamos lhe explicar as regras de um jogo de beber que ele nunca jogara, seus olhos ficaram inquietos como rolhas em cima da água. De repente ele se levantou e foi até um canto da sala.

— Ministro, aonde planeja ir? — perguntou Nobu.

A resposta do Ministro foi soltar um arroto, o que considerei uma resposta explícita, pois ele parecia na iminência de vomitar. Nobu e eu corremos para ajudar, mas ele já tapava a boca com a mão. Se fosse um vulcão, ele estaria fumegando, de modo que não tivemos escolha senão abrir as portas do jardim e deixá-lo vomitar na neve. Você pode achar horrível um homem vomitar naqueles refinados jardins decorativos, mas o Ministro certamente não era o primeiro. Nós gueixas tentamos ajudar um homem a ir até o banheiro, mas às vezes não é mais possível. E se dizemos a uma das criadas que um dos homens acaba de visitar o jardim, elas todas saberão exatamente o que queremos dizer, e virão com seus utensílios de limpeza.

Nobu e eu fizemos o que podíamos para que o Ministro ficasse de joelhos na soleira com a cabeça suspensa por cima da neve. Mas apesar de nossos esforços ele logo caiu de cabeça para adiante. Tentei empurrá-lo de lado para que pelo menos caísse na neve onde ainda não tinha vomitado, mas o Ministro era forte como um enorme pedaço de carne. Tudo o que consegui fazer foi virá-lo de lado quando desabou.

Nobu e eu só pudemos ficar olhando um ao outro em desalento, ao vermos o Ministro deitado, totalmente imóvel na neve funda, como um galho tombado de uma árvore.

— Bem, Nobu-san — eu disse —, eu não fazia idéia de como seu convidado seria divertido.

— Acho que nós o matamos. E se quiser saber, ele merecia. Que homem irritante!

— Então é assim que você agora age com seus convidados mais distintos? Leve-o para a rua e faça-o andar um pouco para acordar. O frio lhe fará bem.

— Mas está deitado na neve. Isso não é frio o bastante?

— Nobu-san! — eu disse. E acho que adiantou, pois Nobu suspirou e saiu para o jardim em seus pés calçados apenas em meias, começando a tarefa de fazer o Ministro voltar à consciência. Enquanto ele estava ocupado com isso, fui procurar uma criada, porque não via como Nobu conseguiria levar o Ministro de volta para dentro com um braço apenas. Depois peguei meias secas para os dois homens e alertei uma criada para ajeitar o jardim depois que saíssemos.

Quando voltei à sala Nobu e o Ministro estavam novamente junto da mesa. Pode imaginar como estava a cara do Ministro — e qual era o seu odor. Tive de tirar as meias molhadas dos seus pés com minhas próprias mãos, mas fiquei o mais longe dele que podia enquanto fazia isso. Assim que terminei ele caiu sobre as esteiras e voltou a ficar inconsciente.

— Você acha que ele pode nos ouvir? — sussurrei para Nobu.

— Acho que ele não nos ouve nem quando está consciente — respondeu Nobu. — Você já viu um idiota igual em toda a sua vida?

— Quieto, Nobu-san! — sussurrei. — Você acha que ele realmente se divertiu esta noite? Quero dizer, era nesse tipo de coisa que você estava pensando?

— Não se trata do que eu penso, mas do que ele pensa.

— Espero que isso não signifique que vamos ter de fazer a mesma coisa na semana que vem.

— Se o Ministro gostou desta noite, eu gostei desta noite.

— Nobu-san, você certamente não gostou nada. Nunca o vi tão infeliz. Levando em conta o estado do Ministro, acho que ele também não está vivendo a melhor noite de sua vida...

— Quando se trata dele, não se pode achar coisa alguma.

— Estou certa de que ele vai se divertir mais na próxima vez, se conseguirmos tornar o ambiente mais... festivo. Você não acha?

— Traga mais gueixas da próxima vez, se você acha que isso vai ajudar — disse Nobu. — Voltaremos no próximo fim de semana. Convide aquela sua irmã mais velha.

— Mameha é inteligente, mas o Ministro é tão cansativo. Precisamos de uma gueixa que faça muito barulho, entende? Que distraia todo mundo. Pensando nisso... parece que precisamos de outro convidado também, não só outra gueixa.

— Não vejo por quê.

— O Ministro fica só bebendo e olhando para mim, e você fica cada vez mais irritado com ele, de modo que não vamos ter uma noite nada festiva — eu disse. — Para dizer a verdade, Nobu-san, quem sabe você devia trazer o Presidente.

Você talvez pense que todo o tempo eu havia planejado chegar a esse tema. É verdade que desde que voltara a Gion eu esperava mais do que nunca conseguir passar algum tempo com o Presidente. Não que ansiasse apenas por estar de novo no mesmo aposento que ele, e me inclinar e sussurrar alguma coisa para ele e aspirar o seu perfume. Se esses momentos seriam os únicos prazeres que a vida me oferecia, seria melhor fechar aquela única fonte brilhante de luz e deixar meus olhos se ajustarem às trevas. Talvez fosse verdade que minha vida se dirigia só para Nobu. Eu não era tola a ponto de achar que poderia mudar o curso de meu destino. Mas também não podia desistir das minhas últimas esperanças.

— Já pensei em trazer o Presidente — disse Nobu. — O Ministro fica muito impressionado com ele. Mas não sei, Sayuri. Você já me disse uma vez, ele é um homem muito ocupado.

O Ministro saltou no tatame como se alguém o tivesse espetado, e conseguiu soerguer-se até ficar sentado diante da mesa. Nobu ficou tão enojado ao ver suas roupas que me mandou sair e trazer uma criada com uma toalha úmida. Depois que ela limpara o paletó do Ministro e nos deixara de novo, Nobu disse:

— Bem, Ministro, foi certamente uma noite maravilhosa! Da próxima vez vamos nos divertir mais, porque em lugar de vomitar só em cima de mim, poderá vomitar no Presidente e talvez em mais uma ou das gueixas.

Fiquei contente ouvindo Nobu mencionar o Presidente, mas não ousei reagir.

— Eu gosto desta gueixa — disse o Ministro. — Não quero outra.

— O nome dela é Sayuri, e é melhor que a chame pelo nome, ou ela não vai querer vir mais. Agora levante-se, Ministro, está na hora de irmos para casa.

Acompanhei-os até a entrada, onde os ajudei a vestir casacos e sapatos, e fiquei olhando enquanto saíam para a neve. O Ministro estava tão tonto que teria caído em cima do portão se Nobu não o tivesse segurado pelo cotovelo.

Mais tarde na mesma noite fui com Mameha a uma festa cheia de oficiais americanos. Quando chegamos, o intérprete deles não adiantou nada porque o tinham feito beber demais. Mas todos os oficiais reconheceram Mameha. Fiquei um pouco surpresa quando começaram a cantarolar e acenar com os braços sinalizando que queriam que ela dançasse. Achei que íamos ficar sentados quietos olhando para ela, mas assim que Mameha começou, os oficiais se levantaram e começaram a imitá-la. Se você tivesse me dito que isso aconteceria eu me sentiria insegura de saída. Mas vendo aquilo... bem, comecei a rir e me diverti como não fazia há muito tempo. Acabamos jogando um jogo em que Mameha e eu nos dividíamos no *shamisen* enquanto os oficiais americanos dançavam ao redor da mesa. Sempre que parávamos com a música eles tinham de correr de volta aos seus lugares. O último a sentar-se bebia um copo de saquê como penalidade.

No meio da festa comentei com Mameha como era estranho ver todo mundo divertindo-se tanto sem falar a mesma língua, levando em conta que eu estivera em outra festa naquela noite, com Nobu e outro japonês, e fora tudo muito tedioso. Ela me fez algumas perguntas sobre esse encontro.

— Três pessoas é muito pouco — ela disse depois que eu lhe contara —, especialmente se uma delas é Nobu de mau humor.

— Sugeri que da outra vez ele trouxesse o Presidente. E precisamos também de outra gueixa, não acha? Alguém divertido e barulhento.

— Sim — disse Mameha —, quem sabe eu passo por lá...

Fiquei espantada ouvindo-a dizer isso, porque ninguém no mundo a teria descrito como "divertida e barulhenta". Eu ia repetir o que pensava quando de repente ela pareceu reconhecer o mal-entendido e disse:

— Sim, tenho interesse em aparecer, mas... acho que se quer alguém divertido e barulhento devia falar com sua velha amiga Abóbora.

Desde que eu voltara a Gion encontrava lembranças de Abóbora por toda a parte. Assim que entrei no *okiya* recordei-a ali no *hall* de entrada no dia em que Gion fechara, quando me dera um adeus formalizado com uma mesura do tipo que era obrigada a dar à filha adotiva. Na verdade toda aquela semana em que tínhamos limpado a casa eu pensara nela. A certa altura, ajudando a criada a tirar o pó das vigas de madeira, imaginei Abóbora no passadiço à minha frente, treinando no seu *shamisen*. O espaço vazio ali parecia conter uma terrível tristeza. Fazia realmente tantos anos que tínhamos sido meninas juntas? Acho que teria sido fácil tirar aquilo do pensamento, mas nunca aprendi direito a aceitar a decepção de nossa amizade murchando. Eu acusava a terrível rivalidade que Hatsumomo nos impusera. Minha adoção naturalmente fora o golpe final, mas mesmo assim eu me censurava. Abóbora só fora bondosa comigo. Eu podia ter encontrado algum meio de lhe agradecer.

Estranhamente eu não pensara em me aproximar de Abóbora até Mameha sugerir. Não tive dúvidas de que nosso primeiro encontro seria desconfortável, mas passei o resto da noite pensando nisso, e decidi que talvez Abóbora apreciasse ser apresentada a um meio mais elegante para sair daquelas festas de soldados. Naturalmente eu também tinha outro motivo. Agora que tantos anos haviam passado, talvez começássemos a consertar nossa amizade.

Eu não sabia quase nada de Abóbora agora, exceto que voltara a Gion, de modo que fui falar com Titia, que recebera uma carta dela anos atrás. Na carta Abóbora pedira para ser recebida outra vez no *okiya* quando ele reabrisse, dizendo que de outro modo não haveria lugar para ela. Titia estava disposta, mas Mamãe recusara dizendo que Abóbora era um mau investimento.

— Está morando num pequeno *okiya* triste, na seção Hanami-cho — disse-me Titia. — Mas não vá ter pena dela trazendo-a aqui para uma visita. Mamãe não a quer ver. De qualquer modo, acho bobagem sua falar com ela.

— Devo admitir — respondi — que nunca me senti bem com o que aconteceu entre Abóbora e mim.

— Nada aconteceu entre vocês. Abóbora fracassou e você teve sucesso. Mas atualmente ela está se dando bastante bem. Ouvi dizer que os americanos gostam muito dela. É meio rude, você sabe, bem do jeito deles.

Naquela mesma tarde cruzei a Avenida Shijo para a seção Hanami-cho de Gion, e encontrei o pequeno *okiya* triste de que Titia me falara. Se você recordar a amiga de Hatsumomo, Korin, e como o seu *okiya* pegara fogo durante os piores anos da guerra... bem, o fogo prejudicara o *okiya* vizinho também, e era ali que Abóbora vivia agora. Suas paredes externas estavam calcinadas de um lado, parte do telhado que queimara estava grosseiramente remendada com tábuas. Talvez em setores de Tóquio ou de Osaka, aquele fosse o edifício mais intacto da vizinhança, mas ali no meio de Kioto ele se destacava.

Uma jovem criada me levou a uma sala de recepção que cheirava a cinza fria, e voltou depois para me servir uma xícara de chá fraco. Esperei muito tempo até finalmente Abóbora chegar e abrir a porta. Eu mal a enxerguei no corredor escuro, mas só saber que ela estava ali me fez sentir um cálido afeto, e me levantei da mesa para abraçá-la. Ela dera alguns passos dentro do quarto, mas depois ajoelhou-se e fez uma mesura formalizada como se eu fosse Mamãe. Fiquei espantada, e parei onde estava.

— Ora, Abóbora... sou apenas eu! — eu disse.

Ela nem me fitava, de olhos baixos como uma criada aguardando ordens. Fiquei muito decepcionada e voltei ao meu lugar à mesa.

Da última vez que nos tínhamos visto nos anos finais da guerra, o rosto de Abóbora ainda estava cheio e redondo como na infância, mas com uma expressão de tristeza. Desde então ela mudara muito. Naquela ocasião eu não sabia, mas depois de fecharem a fábrica de lentes onde ela trabalhara, Abóbora passara mais de dois anos em Osaka como prostituta. Sua boca parecia diminuída — talvez porque estivesse apertada. Não sei. Embora tivesse o mesmo rosto largo, seus zigomas pronunciados estavam mais estreitos, dando-lhe uma elegância melancólica que me espantou. Não quero sugerir que Abóbora se tornara uma beldade que rivalizasse com Hatsumomo ou coisa assim, mas seu rosto adquirira certa feminilidade que antes não existira.

— Estou certa de que estes anos foram duros, Abóbora — eu disse —, mas você está muito bonita.

Ela não respondeu. Apenas inclinou de leve a cabeça para indicar que me ouvira. Congratulei-a pela popularidade e tentei indagar de sua vida depois da guerra, mas ela ficou tão inexpressiva que comecei a lamentar ter vindo.

Finalmente, depois de um silêncio desconfortável, ela falou.

— Você veio apenas conversar um pouco, Sayuri? Porque não tenho nada a dizer que lhe interesse.

— A verdade é que eu encontrei Nobu Toshikazu recentemente — eu disse —, e ele está trazendo um homem a Gion de tempos em tempos. Pensei que talvez você quisesse ter a bondade de nos ajudar a entretê-lo.

— Mas naturalmente agora que me viu você mudou de idéia.

— Nada disso — respondi. — Não sei por que está dizendo isso. Nobu Toshikazu e o Presidente — quero dizer, Iwamura Ken... o Presidente Iwamura... gostariam muito de sua companhia. É só isso.

Por um momento Abóbora apenas ficou ajoelhada em silêncio olhando o tatame.

— Parei de pensar que a vida é tão simples assim — disse ela finalmente. — Sei que você me acha burra...

— Abóbora!

— ...mas acho que você provavelmente tem algum motivo que não vai me dizer.

Abóbora fez uma breve mesura, que achei muito enigmática. Ou era uma desculpa pelo que acabava de dizer, ou talvez ela fosse se despedir.

— Acho que tenho outro motivo, sim — eu disse. — Para dizer a verdade, esperei que depois de todos estes anos talvez você e eu pudéssemos ser amigas, como fomos um dia. Sobrevivemos a tanta coisa juntas... incluindo Hatsumomo! Parece-me apenas natural que a gente se encontre de novo.

Abóbora não disse nada.

— O Presidente Iwamura e Nobu estarão recebendo o Ministro outra vez no sábado, na Casa de Chá Ichiriki — eu lhe disse. — Se quiser ir ter conosco, eu ficarei muito contente.

Eu lhe trouxera um pacote de chá como presente, e agora o tirei do pano de seda em que o trouxera e o coloquei na mesa. Quando me pus de pé, tentei pensar em algo bondoso para lhe dizer, mas ela parecia tão perplexa que achei melhor simplesmente ir embora.

capítulo trinta e um

Nos quase cinco anos que se haviam passado desde que eu vira o Presidente pela última vez, de tempos em tempos eu lera nos jornais sobre as dificuldades que ele sofrera — não apenas sua discordância do governo militar nos anos finais da guerra, mas sua luta para que as forças de Ocupação não lhe tirassem suas empresas. Não teria me surpreendido nada se depois de tanta luta ele tivesse envelhecido muito. Uma foto dele no jornal *Yomiuri* mostrava uma expressão tensa em torno de seus olhos, de tanta preocupação, como o vizinho do Sr. Arashino que costumava a toda hora olhar o céu para ver os bombardeiros. Seja como for, quando o fim de semana se aproximava, tive de lembrar a mim mesma de que Nobu nem decidira se traria o Presidente. Eu só podia esperar.

No sábado de manhã acordei cedo e abri o painel de papel da minha janela para ver uma chuva fria bater na vidraça. Na pequena alameda abaixo, uma jovem criada acabava de pôr-se de pé depois de escorregar nas pedras cobertas de gelo. Era um dia triste e escuro, e eu tive até medo de ler meu almanaque. Ao meio-dia esfriara ainda mais, e eu podia ver as nuvenzinhas de minha respiração enquanto almoçava na saleta de recepção, com o som da chuva gélida tamborilando na vidraça. Várias festas naquela noite foram canceladas porque as ruas estavam muito perigosas, e ao cair da noite Titia telefonou à Ichiriki para saber se a festa da Eletrônica Iwamura ainda estava de pé. A dona da casa nos disse que as linhas telefônicas de Osaka estavam danificadas e ela não tinha como se certificar. Então tomei banho e me vesti, e fui até a Ichiriki pelo braço do Sr. Bekku, que usava um par de galochas que tomara emprestado de seu irmão mais jovem, vestidor no distrito de Pontocho.

Quando cheguei, a Ichiriki estava um caos. Uma torneira de água estourara nos alojamentos das criadas, e elas estavam tão ocupadas que não consegui que uma só prestasse atenção em mim. Fui sozinha pelo corredor até a sala onde entretivera Nobu e o Ministro na semana anterior. Não esperava que houvesse ninguém lá, porque os dois, Nobu e o Presidente, teriam de viajar de Osaka — e até Mameha estivera fora da cidade e poderia ter dificuldades em voltar. Antes de abrir os painéis da porta ajoelhei-me por um instante de olhos fechados e com uma mão no estômago para acalmar meus nervos. De repente ocorreu-me que o corredor estava quieto demais. Não ouvia nem um murmúrio de dentro da sala. Com uma terrível sensação de desapontamento, vi que o quarto devia estar vazio. Eu ia me levantar e sair, mas decidi abrir a porta mesmo assim. E quando fiz isso, ali à mesa, segurando uma revista nas mãos, estava sentado o Presidente, olhando-me por cima dos óculos de leitura. Fiquei tão espantada ao vê-lo que nem consegui falar. Finalmente eu disse:

— Pelos deuses, Presidente! Quem foi que o deixou aqui sozinho? A dona da casa vai ficar muito aborrecida.

— Foi ela quem me deixou — ele disse e fechou a revista. — Não imagino o que aconteceu.

— Nem ao menos tem algo para beber. Deixe-me trazer-lhe saquê.

— Foi isso que a dona da casa disse. Desse jeito você também não vai voltar, e terei de continuar lendo esta revista a noite toda. Prefiro a sua companhia. — Ele tirou os óculos de ler, e enquanto os guardava no bolso fitou-me longamente com olhos apertados.

O amplo espaço com suas paredes de seda amarelo pálido começou a me parecer muito pequeno quando me levantei para me instalar junto do Presidente, pois acho que espaço nenhum poderia conter tudo o que eu sentia. Vê-lo de novo depois de tanto tempo era mais triste do que alegre. Por vezes eu me preocupara pensando que ele envelhecera durante a guerra como Titia. Mesmo do outro lado da sala, percebera nos cantos de seus olhos mais rugas do que eu lembrava. A pele em torno de sua boca também começara a ficar mais frouxa, embora isso me parecesse conferir dignidade ao seu queixo marcante. Lancei-lhe um olhar enquanto me ajoelhava diante da mesa, e vi que ainda me observava com ar inexpressivo. Quando eu ia iniciar uma conversa, o Presidente falou primeiro.

— Você é uma linda mulher, Sayuri.

— Ora, Presidente —, eu disse —, nunca vou acreditar em nada do que me disser. Passei meia hora na minha mesa de maquilagem esta noite para esconder a aparência encovada de minhas faces.

— Imagino que durante os anos passados tenha sofrido bem mais do que essa perda de peso. Eu certamente sofri.

— Presidente, se me permite dizer... Nobu-san falou-me um pouco das dificuldades de suas empresas...

— Sim, sim, mas não precisamos falar desse assunto. Às vezes sofremos adversidades, Sayuri, só ao imaginar que adorável lugar o mundo seria se nossos sonhos se realizassem.

Lançou-me aquele sorriso triste que eu achava tão belo, e perdi-me na contemplação de seus lábios perfeitos.

— Eis uma chance de você usar seu charme e nós mudarmos de assunto — me disse. Eu nem começara a responder quando a porta se abriu e entrou Mameha com Abóbora logo atrás. Fiquei surpresa ao ver Abóbora; não esperava que ela viesse. Quanto a Mameha, era evidente que acabava de voltar de Nagoya e correra à Ichiriki pensando que estava terrivelmente atrasada. A primeira coisa que perguntou — depois de saudar o Presidente e agradecer-lhe algo que ele fizera na semana anterior — foi por que Nobu e o Ministro não estavam ali. O Presidente admitiu que andara pensando na mesma coisa.

— Que dia bem estranho foi este — disse Mameha parecendo quase falar para si mesma. — O trem parou fora da Estação Kioto, e não conseguíamos sair. Dois rapazes finalmente saltaram pela janela, acho que um deles até se machucou. Depois, quando chegamos à Ichiriki, parecia não haver ninguém aqui. A pobre Abóbora estava vagando pelo corredor, perdida! Conhece Abóbora, não conhece, Presidente?

Eu realmente não a olhara de perto até então, mas ela usava um extraordinário quimono cinza, manchado abaixo da cintura com brilhantes pontos dourados que eram vaga-lumes bordados, contra a imagem de montanhas e água à luz do luar. Nem o meu nem o de Mameha podiam se comparar com aquilo. O Presidente pareceu achar o traje tão deslumbrante quanto eu, porque lhe pediu que se pusesse de pé e o mostrasse. Ela ficou de pé, muito modesta, e girou uma vez sobre si mesma.

— Imaginei que não podia vir à Ichiriki nos quimonos que uso habitualmente — ela disse. — A maior parte dos que temos no *okiya* não são muito bonitos, embora os americanos aparentemente não notem a diferença.

— Abóbora, se você não fosse tão sincera, íamos pensar que você se veste habitualmente assim — disse Mameha.

— Está brincando? Nunca usei uma roupa tão linda em minha vida. Tomei-a emprestada de um *okiya* na mesma rua. Você nem imagina o que esperam que eu pague, mas como nunca vou ter o dinheiro mesmo, não faz diferença.

Pude ver que o Presidente estava se divertindo — porque uma gueixa nunca fala na frente de um homem nada tão vulgar quanto o preço de um quimono. Mameha virou-se para dizer-lhe alguma coisa, mas Abóbora interrompeu.

— Achei que esta noite ia ter algum figurão aqui.

— Talvez você estivesse pensando no Presidente — disse Mameha. — Não o considera "um figurão"?

— Ele é que sabe se é ou não, e não precisa que eu lhe diga isso.

O Presidente olhou para Mameha e ergueu as sobrancelhas fingindo surpresa.

— Seja como for, Sayuri tinha me falado num outro sujeito — prosseguiu Abóbora.

— Sato Noritaka, Abóbora — disse o Presidente. — É assessor do Ministro das Finanças.

— Ah, eu conheço aquele cara, o Sato. Parece um porção.

Todos rimos ouvindo isso.

— Com efeito, Abóbora, — as coisas que você diz!

Nesse instante abriu-se a porta e Nobu e o Ministro entraram, vermelhos de frio. Atrás deles vinha uma criada carregando uma bandeja com saquê e aperitivos. Nobu abraçava a si mesmo com o seu braço e batia os pés no chão, mas o Ministro simplesmente passou por ele e jogou-se diante da mesa. Deu um grunhido para Abóbora e inclinou a cabeça de lado, dizendo-lhe que se afastasse para ele poder enfiar-se do meu lado. Fizeram-se as apresenta-ções, e Abóbora disse:

— E aí Ministro, aposto que não se lembra de mim, mas eu sei um monte de coisas a seu respeito.

Servi saquê para o Ministro e ele despejou tudo na boca, olhando para Abóbora com o que me pareceu ar de censura.

— O que você sabe? — disse Mameha. — Conte-nos alguma coisa.

— Sei que o Ministro tem uma irmã mais nova, casada com o Prefeito de Tóquio — disse Abóbora. — E sei que praticava caratê, e que uma vez quebrou a mão.

O Ministro pareceu um pouco surpreso, e vi que tudo aquilo devia ser verdade.

— É isso, Ministro, conheço uma moça que o senhor conhecia — prosseguiu Abóbora. — Nao Itsuko. Trabalhamos juntas na fábrica fora de Osaka. Sabe o que ela me disse? Que vocês dois fizeram "você sabe o quê" algumas vezes.

Tive medo de que o Ministro ficasse zangado, mas a expressão dele se abrandou e comecei a ver o que parecia certo orgulho. Ele despejou as últimas gotas de saquê na boca e largou a taça na mesa.

— Era uma moça bonita aquela Itsuko, era mesmo — disse ele para Nobu com um sorriso contido.

— Ora, Ministro — disse Nobu —, nunca imaginei que o senhor tivesse jeito com mulheres. — Suas palavras soaram muito sinceras, mas pude ver que mal disfarçava a repulsa. Os olhos do Presidente passaram pelos meus; ele parecia estar se divertindo com tudo aquilo.

Um momento depois a porta se abriu e entraram três criadas com jantar para os homens. Eu estava com alguma fome, e tive de desviar os olhos do creme de nozes de *gingko*, servido em belas taças de um verde pálido. Mais tarde as criadas voltaram com pratos de peixe tropical grelhado num leito de agulhas de pinheiro. Nobu deve ter percebido quanto eu parecia faminta, pois insistiu em que eu provasse. Depois o Presidente ofereceu um pouco a Mameha, e também a Abóbora, que recusou.

— Eu não toco nesse peixe por nada deste mundo — disse ela, — e não quero nem olhar.

— Mas qual é o problema? — perguntou Mameha.

— Se eu disser vocês vão rir de mim.

— Conte, Abóbora — disse Nobu.

— Por quê? É uma longa história e ninguém vai acreditar.

— Mentirosa! — eu disse.

Não estava realmente chamando-a de mentirosa. Antes de fecharem Gion, jogávamos um jogo chamado "grande mentiroso", em que todo mundo tinha de contar duas histórias, só uma delas sendo verdadeira. Os outros jogadores tentavam adivinhar qual era; os que erravam bebiam um copo de saquê como penalidade.

— Eu não estou brincando — disse Abóbora.

— Então conte a história do peixe — disse Mameha, e não precisou insistir, pois logo ela começou.

— Tudo bem. É assim. Eu nasci em Sapporo, e lá havia um velho pescador que certo dia pegou um peixe muito esquisito que sabia falar.

Mameha e eu nos entreolhamos e caímos na risada.

— Riam quanto quiserem — disse Abóbora —, porque é tudo verdade.

— Ora, vamos, Abóbora. Estamos escutando — disse o Presidente.

— Bom, o pescador botou o peixe na mesa para o limpar, e ele começou a fazer ruídos como os de uma pessoa falando, só que o pescador não conseguia entender. Chamou um grupo de outros pescadores, e todos escutaram. Logo o peixe estava quase morto por estar fora d'água, de modo que resolveram matá-lo. Mas então um velho abriu caminho no grupo e disse que entendia cada palavra do peixe, porque este falava russo.

Todos rimos, e até o Ministro soltou alguns grunhidos. Quando nos acalmamos Abóbora disse:

— Eu sabia que vocês não iam acreditar, mas é verdade.

— Quero saber o que o peixe estava dizendo — disse o Presidente.

— Estava quase morto, de modo que ele estava quase... sussurrando. Então o velho se inclinou e botou o ouvido junto dos lábios do peixe, e...

— Peixes não têm lábios — eu disse.

— Tudo bem, junto dos... seja lá o que for do peixe — continuou Abóbora. — A beira da sua boca. E o peixe disse: "Diga-lhes que me limpem. Não tenho mais razão para viver. O peixe que morreu ali há um momento era minha mulher."

— Então peixes se casam! — disse Mameha. — Têm maridos e esposas!

— Isso foi antes da guerra — eu disse. — Depois da guerra não podem mais se casar porque é muito caro. Ficam só nadando por aí procurando emprego.

— Isso foi bem antes da guerra — disse Abóbora. — Muito antes. Antes até de minha mãe nascer.

— Então como sabe que é verdade? — disse Nobu. — O peixe certamente não lhe contou.

— O peixe morreu ali mesmo! Como podia me contar se eu nem tinha nascido? Além disso, eu não falo russo.

— Tudo bem, Abóbora — eu disse —, então você acha que o peixe do Presidente também é um peixe falante.

— Eu não disse isso. Mas se parece *exatamente* com aquele peixe falante. Eu não comeria nem que estivesse morta de fome.

— Se você ainda não tinha nascido, nem sua mãe — disse o Presidente —, como é que sabe a cara que o peixe tinha?

— O senhor sabe o que o Primeiro-Ministro parece, não sabe? — disse ela. — Mas alguma vez o encontrou pessoalmente? Bom, o senhor provavelmente sim. Me deixe ver um exemplo melhor. O senhor sabe como o Imperador é, mas nunca teve a honra de o encontrar!

— O Presidente teve a honra sim, Abóbora — disse Nobu.

— O senhor sabe do que estou falando. Todo mundo sabe como é o Imperador, é isso que estou tentando dizer.

— Há retratos do Imperador — disse Nobu. — Você não pode ter visto um retrato desse peixe.

— Mas o peixe é famoso lá onde eu me criei. Minha mãe me contou tudo sobre ele, estou-lhe dizendo, *e se parece exatamente com essa coisa aí na mesa!*

— Graças aos deuses existe gente como você, Abóbora — disse o Presidente. — Você faz com que todos nós pareçamos muito sem graça.

— Bem, essa é a minha história, e não vou contar outra. Se vocês quiserem um "grande mentiroso", outro que comece.

— Eu começo — disse Mameha. — Eis minha primeira história. Quando eu tinha uns seis anos saí certa manhã para pegar água no poço de nosso *okiya*, e ouvi um homem pigarrear e tossir. Vinha de *dentro* do poço. Acordei a dona da casa e ela veio escutar. Quando seguramos uma lanterna sobre o poço não vimos ninguém lá dentro, mas continuamos a ouvi-lo até o sol nascer. Então os ruídos cessaram, e nunca mais os ouvimos.

— A outra história é a verdadeira — disse Nobu, e eu não a escutei ainda.

— Tem de escutar as duas — prosseguiu Mameha. — Eis a segunda. Certa vez fui com várias gueixas a Osaka entreter na casa de Akita Masaichi. — Era um famoso empresário que fizera fortuna antes da guerra. — Depois de bebermos e cantarmos por horas, Akita-san adormeceu no tatame e uma das outras gueixas nos levou para a sala ao lado e abriu uma grande cômoda cheia de toda a sorte de pornografia. Havia xilogravuras pornográficas, incluindo de Hiroshige...

— Hiroshige nunca fez gravuras pornográficas — disse Abóbora.

— Fez sim, Abóbora — disse o Presidente. — Eu tenho algumas delas.

— E também — continuou Mameha — ele tinha toda a sorte de retratos de homens e mulheres europeus bem gordos, e alguns filmes.

— Eu conheci bem Akita Masaichi — disse o Presidente. — Ele não teria uma coleção de pornografias. A outra história é a verdadeira.

— Ora, com efeito, Presidente — disse Nobu. — Acredita que uma voz de homem saía do poço?

— Eu não tenho de acreditar. Interessa o que Mameha pensa que é verdadeiro.

Abóbora e o Presidente votaram pelo homem no poço. O Ministro e Nobu, pela pornografia. Eu ouvira as duas antes e sabia que a do homem no poço era a verdadeira. O Ministro bebeu seu copo de penalidade sem se queixar, mas Nobu resmungou o tempo todo, de modo que fizemos com que ele fosse o seguinte.

— Não jogo esse jogo — ele disse.

— Vai jogar ou vai beber um copo em cada rodada, de castigo — disse-lhe Mameha.

— Tudo bem, vocês querem duas histórias, vou contar — ele disse. — Eis a primeira. Eu tinha um cachorrinho branco chamado Kubo. Certa noite cheguei em casa e o pêlo de Kubo estava completamente azul.

— Eu acredito — disse Abóbora. — Ele provavelmente fora seqüestrado por algum demônio.

Nobu olhou como se não conseguisse entender se Abóbora falava a sério.

— No dia seguinte — continuou ele — aconteceu de novo, só que dessa vez o pêlo estava de um vermelho brilhante.

— Demônios, sem dúvida — disse Abóbora. — Demônios adoram vermelho, é a cor do sangue.

Ouvindo isso Nobu pareceu realmente zangado.

— Eis minha segunda história. Na semana passada fui ao escritório tão cedo de manhã que minha secretária ainda não tinha chegado. Tudo bem, qual a verdadeira?

Claro que todos escolhemos a secretária, exceto Abóbora, que teve de beber o copo de saquê. Não falo em taça, falo em copo. O Ministro serviu-a, enchendo gota a gota depois de o copo já estar cheio, até começar a derramar sobre a beirada. Fiquei preocupada só de olhar, pois ela não tolerava bem álcool.

— Não posso acreditar que a história do cachorro não seja verdadeira — ela disse depois de esvaziar o copo, e suas palavras já vinham um pouquinho arrastadas. — Como pôde inventar uma coisa dessas?

— Como pude? O problema é como você pôde acreditar! Cachorros não ficam azuis. Nem vermelhos. E não existem demônios.

Foi minha vez de jogar.

— Minha primeira história é esta. Certa noite, há alguns anos, o ator *kabuki* Yoegoro ficou muito bêbado e me disse que sempre me achara linda.

— Essa não é verdadeira — disse Abóbora —, eu conheço Yoegoro.

— Eu sei. Mas ele me disse que me achava linda, e desde essa noite de tempos em tempos me manda cartas. No canto de cada uma ele gruda um cabelinho preto crespo.

O Presidente riu, mas Nobu endireitou-se parecendo zangado, e disse:

— Esses atores *kabuki*! Que gente irritante!

— Não entendo. O que quer dizer com um cabelo preto crespo? — disse Abóbora; mas pela expressão adivinhava-se que ela sabia bem a resposta.

Todos ficaram calados esperando minha segunda história. Eu pensara nela desde o começo do jogo, mas estava nervosa, sem certeza de que era a coisa certa para se fazer.

— Uma vez, quando criança — comecei —, fiquei muito triste e fui às margens do Riacho Shirakawa chorar...

Quando comecei a história quase senti que estendia a mão sobre a mesa para tocar a do Presidente. Porque me parecia que ninguém mais no mundo veria nada inusitado no que eu dizia, mas o Presidente entenderia essa história tão particular — ou pelo menos eu esperava que entendesse. Sentia que estava tendo com ele o nosso diálogo mais íntimo. E enquanto falava sentia-me inundada de calor. Antes de concluir ergui os olhos esperando que o Presidente estivesse me olhando intrigado. Em vez disso ele parecia não estar prestando nenhuma atenção. De repente me senti tão fútil, uma menina fazendo pose para a multidão enquanto caminha, e descobrindo que a rua está vazia.

Estou certa de que àquela altura todo mundo na sala estava cansado de esperar, porque Mameha disse:

— E então? Prossiga.

Abóbora também resmungou alguma coisa, mas não a pude entender.

— Vou contar outra história — eu disse. — Vocês se lembram da gueixa Okaichi? Morreu num acidente na guerra. Muitos anos atrás, estávamos conversando, e ela me disse que sempre tivera receio de que uma pesada caixa de madeira caísse em sua cabeça matando-a. E foi exatamente assim que ela morreu. Um caixote cheio de lascas de metal caiu de uma prateleira.

Eu estivera tão preocupada que não percebera que nenhuma de minhas histórias era falsa. As duas eram parcialmente verdadeiras. Mas não me preocupava muito, porque a maior parte das pessoas blefava nesse jogo. De modo que esperei até o Presidente escolher uma história, a de Yoegoro e o cabelo crespo — e disse que ele estava certo. Abóbora e o Ministro tiveram de beber copos de saquê como penalidade.

Então foi a vez do Presidente.

— Não sou muito bom nesse tipo de jogo — ele disse. — Não tanto quanto vocês, gueixas, treinadas para mentir.

— Presidente! — disse Mameha, naturalmente brincando.

— Eu estou preocupado com Abóbora, de modo que vou fazer esta bem simples. Se ela tiver de beber outro copo de saquê, acho que não vai conseguir.

Era verdade que Abóbora já estava tendo dificuldade em focar os olhos. Não acho que estivesse ouvindo o Presidente, até ele dizer o nome dela.

— Escute bem, Abóbora. Eis minha primeira história. Esta noite eu vinha a uma festa na Casa de Chá Ichiriki. Eis a segunda. Vários dias atrás um peixe entrou caminhando no meu escritório — não, esqueça. Você talvez acredite em peixes que caminham. Que tal esta: há vários dias abri a gaveta de minha escrivaninha e um homenzinho saltou dela vestido de uniforme e começou a cantar e a dançar. Então, qual delas é verdadeira?

— Não pensa que vou acreditar que saltou um homem de sua gaveta — disse Abóbora.

— Escolha uma das histórias. Qual a verdadeira?

— A outra. Não lembro o que foi.

— Você deveria beber um copo como penalidade por isso, Presidente — disse Mameha.

Ouvindo as palavras "copo como penalidade", Abóbora deve ter pensado que fizera algo errado, pois antes que pudéssemos intervir já bebera metade de um copo cheio de saquê, e não parecia nada bem. O Presidente foi o primeiro a notar, e tirou o copo de sua mão.

— Abóbora, você não é um poço sem fundo — disse ele. Ela o fitou tão inexpressiva que ele perguntou se ela o estava escutando.

— Pode escutar — disse Nobu —, mas certamente já não está enxergando mais nada.

— Vamos, Abóbora — disse o Presidente —, vou acompanhá-la até a sua casa. Ou arrastá-la, se for preciso.

Mameha ofereceu ajuda, e os dois levaram Abóbora, deixando Nobu e o Ministro à mesa comigo.

— Bem, Ministro — disse Nobu finalmente —, que tal a sua noite?

Acho que o Ministro estava tão embriagado quanto Abóbora, mas resmungou que a noite fora muito agradável.

— Muito agradável mesmo — acrescentou, acenando algumas vezes com a cabeça. Depois disso estendeu a taça de saquê para que eu a enchesse, mas Nobu arrancou-a de sua mão.

capítulo trinta e dois

D urante todo o inverno e a primavera seguinte Nobu continuou trazendo o Ministro a Gion uma ou duas vezes por semana. Considerando quanto tempo os dois passaram juntos naqueles meses, seria de pensar que eventualmente o Ministro perceberia que Nobu se sentia, em relação a ele, como um furador de gelo sente em relação a um bloco de gelo; mas nunca parecia perceber grande coisa do que se passava ao seu redor, exceto quando eu me ajoelhava a seu lado ou quando sua taça estava cheia de saquê. E vez em quando sua devoção dificultava a minha vida. Quando eu dava atenção demais ao Ministro, Nobu ficava mal-humorado, e o lado de seu rosto com menos cicatrizes ficava vermelho de raiva. Por isso a presença do Presidente, Mameha e Abóbora era tão valiosa para mim. Eles desempenhavam o papel que um rolo de palha desempenha num caixote em que se transportam objetos frágeis.

Naturalmente eu valorizava a presença do Presidente por outro motivo também. Vi-o mais vezes nesses meses do que o vira antes disso, e com o tempo percebi que a imagem dele em minha mente, quando me deitara em meu *futon* à noite, não fora exatamente igual à realidade. Por exemplo, eu sempre imaginara suas pálpebras macias quase sem cílios; mas na verdade eram beiradas por pêlos densos e macios como pincéis. E sua boca era muito mais expressiva do que eu notara — tão expressiva, na verdade, que muitas vezes escondia muito mal seus sentimentos. Quando se divertia com alguma coisa mas não queria demonstrar, eu podia perceber que sua boca tremia nos cantos. Ou quando estava imerso em pensamentos — remoendo algum problema do dia, quem sabe — às vezes ficava girando a taça de saquê na mão e franzia fortemente a boca, provocando rugas nos lados do queixo. Sempre que ele se afundava nesse estado de espírito eu me considerava livre para o contemplar sem inibição. Havia algo naquela expressão preocupada e naqueles sulcos que eu achava incrivelmente belo. Parecia mostrar como ele conseguia pensar concentradamente nas coisas, e como levava o mundo a sério. Certa noite, enquanto Mameha contava uma longa história, eu me entreguei tão completamente à contemplação do Presidente, que, quando por fim emergi, vi que todo mundo que me estivesse vendo ficaria espantado. Por sorte, o Ministro estava confuso demais de tanto beber, e Nobu mascava alguma coisa e brincava no prato com seus pauzinhos, sem prestar atenção em Mameha ou em mim. Mas Abóbora parecia ter estado me observando o tempo todo. Quando a fitei, tinha um sorriso que não consegui interpretar direito.

Certa noite, pelo fim de fevereiro, Abóbora ficou de cama com resfriado e não pôde ir conosco à Ichiriki. O Presidente atrasou-se também, de modo que Mameha e eu passamos uma hora entretendo Nobu e o Ministro. Finalmente decidimos dançar, mais para nossa própria diversão do que deles. Nobu não era muito apreciador, e o Ministro não se interessava por nada. Não era uma grande escolha de como passar o tempo, mas não podíamos pensar em nada melhor.

Primeiro Mameha executou uma peça breve enquanto eu a acompanhava no *shamisen*. Depois trocamos de lugar. Quando eu estava assumindo a postura inicial de minha primeira dança — o dorso inclinado com meu leque tocando o chão e meu outro braço estendido para o lado — a porta abriu-se e o Presidente entrou. Nós o saudamos e esperamos que se sentasse à mesa. Fiquei encantada por ele ter chegado, porque embora soubesse que já me vira no palco, certamente nunca me vira dançar num ambiente tão íntimo. Primeiro eu pretendia executar uma breve peça chamada "Folhas de Outono Cintilantes" mas mudei de idéia e pedi a Mameha para tocar "Chuva Cruel". "Chuva Cruel" é a história de uma jovem profundamente comovida quando seu amante tira a jaqueta do quimono para a cobrir durante uma chuva forte, porque sabe que ele é um espírito encantado que vai derreter se se molhar. Minhas professoras seguidamente me elogiavam pela maneira como eu expressava os sentimentos de dor de uma mulher. Na hora em que eu tinha de me ajoelhar, raramente permitia que minhas pernas tremessem como faz a maioria das dançarinas. Provavelmente já mencionei isso. Mas em danças da Escola Inoue, a expressão facial é tão importante quanto os movimentos de braços e pernas. Assim, embora eu quisesse ter lançado olhares ao Presidente enquanto dançava, tinha de manter os olhos em posição adequada e não o podia encarar. Em vez disso, para ajudar a pôr emoção em minha dança, fixei-me na coisa mais triste em que podia pensar, que era imaginar meu *danna* ali na sala comigo — não o Presidente, mas Nobu. No momento em que formulei esse pensamento, tudo ao meu redor me parecia imensamente pesado. Fora, no jardim, os beirais do telhado gotejavam chuva como contas de vidro. Até os tatames pareciam pesados no assoalho. Lembro-me de ter pensado que dançava, não para expressar a dor de uma jovem que perde seu amante sobrenatural, mas a dor que eu mesma sentiria quando finalmente tivessem roubado de minha vida a única coisa que eu realmente queria. E também pensei em Satsu. Dancei a amargura da nossa separação eterna. No fim estava quase dominada pela dor, mas certamente não estava preparada para o que vi quando me virei para olhar o Presidente.

Ele estava sentado no canto da mesa mais próximo de mim, de modo que ninguém podia me ver senão ele. Primeiro achei que sua expressão era de espanto, por estar com os olhos tão abertos. Mas assim como sua boca às vezes tremia quando ele tentava não sorrir, agora pude vê-la tremendo sob uma emoção diferente. Não tive certeza, mas achei que seus olhos estavam cheios de lágrimas. Olhou a porta fingindo coçar o lado do nariz para poder limpar o olho. E alisou as sobrancelhas, como se elas é que o estivessem incomodando. O choque de ver o Presidente sofrendo foi tamanho que por um momento quase fiquei desorientada. Voltei para a mesa e Mameha e Nobu começaram a falar. Logo depois o Presidente interrompeu:

— Onde está Abóbora esta noite?

— Está doente, Presidente — disse Mameha.

— O que quer dizer isso? Então ela não virá?

— Não — disse Mameha —, e é melhor, pois está com resfriado de estômago.

Mameha continuou falando. Vi o Presidente dar uma olhada no relógio de pulso, e depois, com a voz ainda insegura, disse:

— Mameha, você vai ter de me desculpar, pois eu mesmo não estou me sentindo muito bem.

Nobu disse algo engraçado no momento em que o Presidente estava fechando a porta, e todo mundo riu. Mas eu pensei algo assustador. Em minha dança tentara expressar a dor da ausência. Certamente isso me deixara nervosa mas eu também deixara o Presidente nervoso. E seria possível que ele estivesse pensando em Abóbora — que afinal estava ausente? Eu não o podia imaginar à beira das lágrimas por causa da doença de Abóbora ou coisa assim, mas talvez eu tivesse remexido sentimentos mais sombrios e complexos. Tudo o que eu sabia era que ao fim de minha dança o Presidente perguntara por Abóbora; e saíra ao saber que ela estava doente. Eu quase nem podia acreditar. Se descobrisse que o Presidente estava envolvido com Mameha, por exemplo, não teria me surpreendido. Mas Abóbora? Como o Presidente podia desejar alguém tão... bem, tão pouco refinado?

Você pode pensar que a essa altura qualquer mulher de bom senso desistiria de suas esperanças. E por algum tempo fui procurar o adivinho todos os dias, e lia meu almanaque ainda mais cuidadosamente, procurando algum sinal de que deveria me submeter ao que parecesse meu destino inevitável. Naturalmente nós japoneses vivíamos uma década de esperanças desfeitas. Eu não ficaria surpreendida se as minhas tivessem acabado como as de tanta gente. Mas, por outro lado, muitos acreditavam que o próprio país se reergueria. E todos sabíamos que isso não aconteceria se nós nos resignássemos a viver para sempre entre escombros. Cada vez que lia um relato no jornal sobre, por exemplo, uma pequena fábrica de peças de bicicleta antes da guerra que voltara a funcionar quase como se a guerra nem tivesse ocorrido, eu dizia a mim mesma que, se toda a nossa nação podia emergir do seu escuro vale, certamente havia esperanças de que eu saísse do meu.

No começo de março e durante toda a primavera Mameha e eu ficamos ocupadas com as *Danças da Velha Capital*, que seriam apresentadas pela primeira vez desde que Gion fechara nos anos finais da guerra. O Presidente e Nobu também tiveram muitos compromissos nesses meses, e só duas vezes trouxeram o Ministro a Gion. Então, certa noite na primeira semana de junho, eu soube que a Eletrônica Iwamura solicitara minha presença na Ichiriki. Eu tinha um compromisso marcado semanas antes, que não podia desfazer facilmente. Assim, quando finalmente abri a porta para entrar no grupo, estava meia hora atrasada. Para minha surpresa, em lugar do grupo habitual, encontrei apenas Nobu e o Ministro.

Logo pude ver que Nobu estava zangado. Naturalmente imaginei que estava aborrecido comigo por fazê-lo passar tanto tempo sozinho com o Ministro — embora, para dizer a verdade, os dois não estivessem "passando tempo juntos", assim como um esquilo não passa seu tempo com os insetos que vivem na mesma árvore. Nobu tamborilava com os dedos na mesa, com ar muito aborrecido, enquanto o Ministro estava parado junto da janela olhando o jardim.

— Muito bem, Ministro! — disse Nobu quando eu me acomodara diante da mesa. — Basta de ver se os arbustos estão crescendo. Vamos ficar sentados aqui a noite toda esperando pelo senhor?

O Ministro ficou atônito e fez uma pequena mesura de desculpas antes de se acomodar na almofada que eu preparara para ele. Habitualmente era difícil pensar em algo para lhe dizer, mas naquela noite minha tarefa ficou mais fácil, pois fazia tempo que eu não o via.

— Ministro — eu disse —, o senhor não gosta mais de mim!

— Eh? — disse ele, conseguindo compor seus traços numa expressão de surpresa.

— Não veio me ver em mais de um mês! É porque Nobu-san foi malvado não o trazendo a Gion tantas vezes quantas deveria?

— Nobu-san não é malvado — disse o Ministro. E soprou várias vezes em direção do nariz antes de acrescentar: — Eu já tenho exigido demais dele.

— Mantendo o senhor afastado daqui um mês inteiro? Ele é cruel, sim. Temos muita coisa a recuperar então.

— Sim — interrompeu Nobu —, principalmente beber.

— Mas Nobu está mal-humorado. Esteve assim a noite toda? E onde estão o Presidente, Mameha e Abóbora? Não virão ficar conosco?

— O Presidente está ocupado — disse Nobu. — Não sei onde estão os outros. São problema seu, não meu.

Num momento a porta abriu-se e entraram duas criadas com bandejas de jantar para os homens. Esforcei-me para fazer-lhes companhia enquanto comiam — isto é, tentei por algum tempo fazer Nobu falar, mas ele não estava disposto. Depois tentei fazer falar o Ministro, mas naturalmente seria mais fácil arrancar uma palavra ou duas do peixinho grelhado em seu prato. Assim, finalmente desisti e fiquei apenas falando sobre qualquer coisa, até começar a me sentir uma velha dama falando com seus dois cachorros. Durante todo o tempo servia liberalmente saquê para os dois homens. Nobu não bebeu muito, mas o Ministro estendia sua taça o tempo todo, agradecido. Quando ele estava assumindo aquele olhar vidrado de um homem que acaba de acordar, Nobu de repente botou a taça na mesa, com firmeza, limpou a boca com o guardanapo e disse:

— Tudo bem, Ministro, basta por uma noite. Está na hora de ir para sua casa.

— Nobu-san! — eu disse. — Tive a impressão de que seu convidado está apenas começando a se divertir.

— Ele já se divertiu bastante. Estamos indo para casa cedo, ao menos esta vez, graças aos céus. Vamos, Ministro! Sua esposa ficará contente.

— Não sou casado — disse o Ministro, mas já estava ajeitando as meias e preparando-se para se erguer.

Acompanhei Nobu e o Ministro pelo corredor até a entrada e ajudei o Ministro a calçar os sapatos. Táxis ainda não eram comuns, por causa do racionamento de gasolina, mas a criada chamou um riquixá, e ajudei o Ministro a entrar nele. Eu já notara que ele andava um pouco estranho, mas nessa noite apenas fitava os próprios joelhos e nem quis se despedir. Nobu ficou na entrada olhando a noite como se observasse as nuvens se acumulando, embora na verdade fosse uma noite clara. Quando o Ministro se fora, eu lhe disse:

— Nobu-san, o que afinal está havendo com vocês dois?

Ele me lançou um olhar aborrecido e voltou para dentro da casa de chá. Encontrei-o na sala batucando na tampa da mesa com sua taça de saquê vazia. Pensei que quisesse bebida, mas quando perguntei ignorou-me — e de qualquer forma a garrafinha estava vazia. Esperei um longo momento pensando que ele tinha algo para me dizer, mas finalmente falei:

— Olhe só para você, Nobu-san. Rugas tão fundas entre os olhos como sulcos numa estrada.

Ele relaxou um pouco os músculos em torno dos olhos, de modo que a ruga pareceu se desfazer.

— Não sou mais tão jovem como já fui, sabe? — ele disse.

— E o que quer dizer isso?

— Quer dizer que algumas rugas se tornaram traços permanentes e não vão desaparecer só porque você diz que deviam.

— Há rugas boas e rugas más, Nobu-san. Nunca esqueça isso.

— Você mesma não é tão jovem quanto foi um dia.

— E agora começa a me insultar! Você está ainda mais mal-humorado do que eu receava. Por que não temos álcool aqui? Você precisa de um gole.

— Não a estou insultando, estou constatando um fato.

— Há rugas boas e rugas más, e fatos bons e fatos ruins — eu disse. — É melhor evitar os fatos ruins.

Encontrei uma criada e pedi que trouxesse uma bandeja com uísque e água, e um pouco de lula seca para mastigar — pois dei-me conta de que Nobu comera pouco no jantar. Quando chegou a bandeja servi uísque num copo, enchi-o de água e coloquei-o na frente dele.

— Aqui — eu disse —, finja que é remédio e beba. — Ele tomou um golinho, mas muito pequeno.

— Tudo — eu disse.

— Vou beber no meu próprio ritmo.

— Quando um médico ordena um paciente que beba remédio, o paciente bebe. Agora beba tudo!

Nobu esvaziou o copo mas não me olhou. Depois servi mais e mandei que bebesse.

— Você não é um médico! — ele disse. — Vou beber no meu próprio ritmo.

— Ora, ora, Nobu-san! Cada vez que abre a boca você se complica mais. Quanto mais doente o paciente, mais remédio tem de tomar.

— Não quero. Odeio beber sozinho.

— Tudo bem, eu o acompanho — eu disse. Botei alguns cubos de gelo no copo e o estendi para que Nobu o enchesse. Ele tirou o copo de minha mão com um leve sorriso — certamente o primeiro sorriso dele a noite toda — e com muito cuidado serviu duas vezes mais uísque do que eu servira no dele, depois um pouco de água. Tirei o seu copo dele e despejei o conteúdo numa tigela no centro da mesa, depois enchi-o de novo com a mesma quantidade de uísque que ele pusera no meu, e um pouquinho mais ainda, como castigo.

Enquanto esvaziávamos nossos copos não pude evitar fazer uma careta. Acho beber uísque tão bom quanto beber água da chuva da valeta na rua. Acho que essas caretas foram boas, porque depois Nobu pareceu bem menos rabugento. Quando consegui respirar de novo, eu disse:

— Não sei o que lhe deu esta noite. E no Ministro também.

— Nem me fale daquele homem. Eu estava começando a me esquecer dele, e agora você me lembrou. Sabe o que ele me disse antes?

— Nobu-san — eu disse —, minha responsabilidade é alegrar você, queira você mais uísque ou não. Você observou o Ministro embebedar-se todas as noites, agora chegou a sua vez.

Nobu lançou-me outro olhar desagradável, mas pegou seu copo como um homem começando a caminhar pelo pátio de execução, e contemplou-o algum tempo antes de o esvaziar. Largou-o na mesa e depois esfregou os olhos com as costas da mão, como se quisesse enxergar melhor.

— Sayuri — começou então —, preciso lhe dizer uma coisa. Você vai ficar sabendo, cedo ou tarde. Na semana passada o Ministro e eu tivemos uma conversa com a dona da Ichiriki. Investigamos a possibilidade de o Ministro tornar-se o seu *danna*.

— O Ministro? — eu disse. — Mas não entendo, Nobu-san. Você deseja isso?

— Claro que não. Mas o Ministro nos ajudou imensuravelmente, e não tive escolha. As autoridades da Ocupação estavam preparadas para dar sua sentença final contra a Eletrônica Iwamura. A empresa seria confiscada. Acho que o Presidente e eu teríamos de aprender a fazer concreto ou coisa assim, pois nunca mais nos teriam permitido trabalhar no negócio. Mas o Ministro fez com que reabrissem nosso caso e conseguiu persuadi-los de que estávamos sendo tratados com excessiva severidade. O que, você sabe, é verdade.

— Mas Nobu-san continua chamando o Ministro de toda a sorte de nomes — eu disse. — Me parece...

— Ele merece ser chamado de todos os nomes que posso imaginar! Não gosto do sujeito, Sayuri. Saber que sou seu devedor não melhora minha opinião a respeito dele.

— Entendo — eu disse. — Então eu devo ser dada ao Ministro porque...

— Ninguém estava tentando dar você ao Ministro. Ele jamais poderia pagar para ser o seu *danna*, de qualquer jeito. Eu o fiz acreditar que a Eletrônica Iwamura estaria disposta a pagar, o que naturalmente não era verdade. Eu sabia a resposta de antemão, ou nem teria feito a proposta. O Ministro ficou terrivelmente decepcionado, sabe? Por um momento quase tive pena dele.

Não havia nada de engraçado no que Nobu acabava de dizer, mas acabei rindo, porque imaginei o Ministro como meu *danna*, inclinando-se cada vez mais perto de mim com seu maxilar inferior esticado, até de repente sua respiração soprar no *meu* nariz.

— Ah, então você acha isso engraçado? — disse Nobu.

— Realmente, Nobu-san... desculpe, mas fiquei imaginando o Ministro...

406

— Não quero que você imagine o Ministro! Já foi ruim bastante ficar sentado do lado dele falando com a dona da Ichiriki.

Preparei outro uísque com água para Nobu, e ele preparou um para mim. Era a última coisa que eu queria, pois a sala já me parecia enevoada. Mas Nobu ergueu o copo e tive de beber com ele. Depois ele limpou a boca com seu guardanapo e disse:

— São uns tempos horríveis para se estar vivo, Sayuri.

— Nobu-san, achei que estávamos bebendo para nos alegrarmos um pouco.

— Certamente nos conhecemos há muito tempo, Sayuri. Talvez... uns quinze anos! É isso? — ele disse. — Não, não responda. Quero lhe dizer uma coisa, e você vai ficar aí sentada escutando. Quero lhe dizer isso há muito tempo, e agora chegou a hora. Espero que esteja escutando, porque só o vou dizer esta única vez. É isto: eu não gosto muito de gueixas. Provavelmente você já sabe disso. Mas sempre senti que você, Sayuri, não é como todas as outras.

Esperei um pouco para Nobu prosseguir, mas ele não prosseguiu.

— Era isso que Nobu-san queria me dizer?

— Bom, isso não sugere que eu deveria ter feito muitas coisas por você? Por exemplo... hã... por exemplo, devia ter-lhe comprado jóias.

— Você comprou uma jóia para mim. Na verdade, você sempre foi bondoso demais comigo, e certamente não é bondoso com todo mundo.

— Mas eu devia ter-lhe comprado mais jóias. Seja como for, não é disso que estou falando. Não estou conseguindo ser mais claro. Antes você riu da idéia de ter o Ministro como seu *danna*. Mas olhe para mim: um homem maneta, com uma pele como.... Por que me chamam de lagarto?

— Nobu-san, nunca fale de si mesmo dessa maneira...

— Finalmente chegou a hora. Esperei anos a fio. Tive de esperar todo este tempo que durou aquela sua situação absurda com o General. Todas as vezes que eu o imaginei com você... bom, nem quero pensar nisso. E a mera idéia daquele Ministro idiota! Eu lhe contei o que ele me disse esta noite? O pior de tudo foi isso. Depois de ver que não conseguiria ser o seu *danna*, ele ficou ali sentado muito tempo como um monte de imundície, e finalmente comentou: "Pensei que você tinha me dito que eu poderia ser o *danna* de Sayuri." Bem, eu não tinha dito nada disso! "Fizemos o melhor que podíamos, Ministro, mas não deu certo." Respondi. E ele disse: "Mas você não podia arranjar isso com ela só uma

407

vez?" Eu disse: "Arranjar o quê uma vez? Você ser o *danna* de Sayuri só uma vez? Quer dizer, por uma noite?" Ele fez que sim com a cabeça! Bem, aí eu disse: "Olhe aqui, Ministro, já foi ruim procurar a dona da casa de chá para propor que um homem como você fosse *danna* de uma mulher como Sayuri. E eu só fui porque sabia que não ia dar certo. Mas se você pensa..."

— Você não disse isso!

— Claro que disse. Eu disse: "Se você pensa que eu arranjaria para você ficar com ela sequer um quarto de segundo a sós... Por que ela seria sua? Além disso, ela não é minha para que eu a dê a você, é? Imagine se eu iria falar com ela para pedir uma coisa dessas!"

— Nobu-san, espero que o Ministro não tenha levado a mal, depois de tudo o que ele fez pela Eletrônica Iwamura.

— Espere aí. Não pense que sou ingrato. O Ministro nos ajudou porque era trabalho dele fazer isso. Todos estes meses eu o tratei bem, e não vou parar agora. Mas isso não significa que eu tenha de desistir de algo por que esperei mais de dois anos e dar a ele! E se eu tivesse lhe pedido o que ele queria? Você teria dito: "Tudo bem, Nobu-san, farei isso por você"?

— Por favor... como posso responder a uma coisa dessas?

— Facilmente. Só me diga que nunca faria isso.

— Mas Nobu-san, eu lhe devo tanto... Se me pede um favor, eu nunca o poderei recusar com facilidade.

— Bom, isso é novidade. Você mudou, Sayuri, ou sempre houve uma parte de você que eu nem conhecia?

— Muitas vezes pensei que Nobu-san tem uma opinião excessivamente boa de mim...

— Eu sei julgar as pessoas. Se você não é a mulher que penso que seja, este não é o mundo que pensei que fosse. Quer dizer que poderia pensar em dar-se a um homem como o Ministro? Não sente que no mundo há bem e mal, certo e errado? Ou você passou tempo demais de sua vida em Gion?

— Pelos deuses, Nobu-san... faz anos que não o vejo tão zangado...

Deve ter sido a coisa errada para se dizer, pois de repente o rosto de Nobu-san se inflamou de raiva. Pegou o copo na mão e bateu-o na mesa com tanta força que ele rachou, espalhando cubos de gelo na mesa. Nobu virou a mão e vi uma linha de sangue na palma.

— Nobu-san!

— Responda!

408

— Nem posso pensar neste assunto agora... Por favor, preciso pegar alguma coisa para a sua mão...

— Você se entregaria ao Ministro, não importa quem lhe pedisse? Se você for o tipo de mulher que faria uma coisa dessas, quero que saia desta sala agora mesmo e nunca mais fale comigo!

Eu não podia compreender como a noite tomara aquele rumo perigoso. Mas estava perfeitamente claro que eu só podia dar uma resposta. Estava desesperada para pegar um pano para a mão de Nobu — o sangue já pingara na mesa — mas ele me encarava com tamanha intensidade que não me atrevi a me mexer.

— Eu jamais faria uma coisa dessas — eu disse.

Achei que isso o acalmaria, mas ele continuou me fuzilando com o olhar por um bom tempo. Finalmente, expirou.

— Da próxima vez responda antes que eu tenha de cortar a minha mão.

Saí correndo da sala para chamar a dona da casa. Ela chegou com várias criadas e uma bacia de água e toalhas. Nobu não quis que ela chamasse um médico, e para dizer a verdade o corte não era tão grave quanto eu receara. Depois que a dona da casa saiu, Nobu ficou estranhamente quieto. Tentei começar um diálogo, mas ele não se mostrou interessado.

— Primeiro, não consigo acalmar você — eu disse por fim —, e agora não consigo fazê-lo falar. Não sei se devo fazê-lo beber mais, ou se a bebida é que é o problema.

— Já bebemos o bastante, Sayuri. Está na hora de você devolver aquela pedra.

— Que pedra?

— A que lhe dei no outono passado. O pedaço de concreto da fábrica. Vá buscá-lo.

Senti minha pele gelar ao ouvir isso — porque sabia perfeitamente o que ele estava querendo dizer. Chegara a hora de Nobu finalmente se apresentar como meu *danna*.

— Sinceramente, eu bebi tanto que não sei nem se conseguirei andar — eu disse. — Nobu-san não me deixaria trazê-lo no nosso próximo encontro?

— Quero que o traga esta noite. Por que acha que fiquei aqui depois que o Ministro saiu? Vá buscá-lo enquanto eu espero aqui.

Pensei em mandar uma criada pegar a pedra, mas sabia que não conseguiria lhe explicar onde estava. Assim, com alguma dificuldade, desci pelo *hall*, enfiei os pés nos sapatos, e fui me arrastando — era assim que me sentia, pois estava embriagada — pelas ruas de Gion.

Chegando ao *okiya*, fui ao meu quarto e encontrei o pedaço de concreto embrulhado em seda e enfiado numa prateleira de meu armário. Desembrulhei-o e deixei a seda no chão, mas não sei bem por quê. Quando eu saía, Titia — que deve ter-me ouvido cambalear e veio ver o que tinha ocorrido — me encontrou no corredor do andar de cima e perguntou por que estava com uma pedra na mão.

— Tenho de levá-la a Nobu-san, Titia. — eu disse. — Por favor, não me deixe ir!

— Você está bêbada, Sayuri. O que foi que lhe deu esta noite?

— Tenho de devolvê-la a ele, e.. Ah, será o fim da minha vida! Por favor, não me deixe ir...

— Bêbada e soluçando. Você ficou pior que Hatsumomo! Não pode sair desse jeito.

— Por favor, nesse caso telefone à Ichiriki, e mande dizer a Nobu-san que não posso voltar hoje. Pode?

— E por que Nobu-san está esperando que você lhe leve uma pedra?

— Não posso explicar. Não posso...

— Não importa. Se ele está esperando, você tem de ir — ela me disse e me levou pelo braço de volta ao meu quarto, onde secou meu rosto com um pano e retocou minha maquilagem à luz de uma lâmpada elétrica. Eu estava tão mole enquanto ela fazia isso que ela precisava apoiar meu queixo em sua mão para que minha cabeça não balançasse. Titia ficou tão impaciente que por fim agarrou minha cabeça com as duas mãos, para deixar claro que eu devia mantê-la quieta.

— Espero nunca mais ver você nesse estado, Sayuri. Os deuses hão de saber o que lhe deu.

— Titia, eu sou uma idiota.

— Esta noite, com certeza, você foi uma idiota — ela disse. — Mamãe ficará muito zangada se você tiver feito algo para estragar o afeto de Nobu-san por você.

— Ainda não fiz — eu disse. — Mas se você souber de alguma coisa que me ajude nisso...

— Isso não é maneira de falar — disse Titia. E não disse mais nada até concluir minha maquilagem.

Voltei à Casa de Chá Ichiriki com a pesada pedra nas duas mãos. Não sei se era tão pesada, ou se meus braços estavam pesados da bebida. Quando me reuni a Nobu na sala outra vez, senti que gastara toda a minha energia. Se ele me pedisse para ser sua amante, eu não sabia se poderia esconder meus sentimentos.

Botei a pedra na mesa. Nobu pegou-a com seus dedos e a segurou com a toalha enrolada na mão.

— Espero não ter-lhe prometido uma jóia deste tamanho — ele disse. — Não tenho tanto dinheiro assim. Mas coisas que antes eram impossíveis, hoje são possíveis.

Fiz uma mesura e tentei não parecer aborrecida. Nobu não precisava me explicar o que tinha querido dizer.

capítulo trinta e três

N aquela mesma noite, deitada em meu *futon* com o quarto rodando, decidi ser como o pescador que hora após hora tira peixes com sua rede. Sempre que lembranças do Presidente emergiam em mim, eu as retirava, outra vez e mais outra, até não haver mais nenhuma. Teria sido um bom sistema, tenho certeza, se eu conseguisse fazê-lo funcionar. Mas quando eu tinha um pensamento, nunca o conseguia agarrar antes que se gastasse por si e me levasse de volta ao mesmo lugar de onde eu banira meus pensamentos. Muitas vezes me interrompi pensando: não pense no Presidente, pense em Nobu. E muito deliberadamente imaginava-me encontrando Nobu em algum lugar de Kioto. Mas alguma coisa sempre dava errado. O local onde o imaginava era, por exemplo, um lugar onde costumava me imaginar com o Presidente... E então, num momento, voltava a me perder em conjeturas com o Presidente.

Passei por isso semanas a fio, tentando me reprogramar. Às vezes quando deixava de pensar no Presidente por algum tempo, começava a sentir que um poço se abrira em meu interior. Não tinha apetite, nem quando a pequena Etsuko vinha à noite com uma tigela de caldo para mim. Nas poucas vezes em que consegui concentrar minha mente em Nobu, ficava tão embotada que não sentia coisa alguma. Enquanto eu colocava minha maquilagem, meu rosto parecia um quimono pendurado num cabide. Titia me disse que eu parecia um fantasma. Eu ia a festas e banquetes como sempre, mas ficava ajoelhada em silêncio, mãos no regaço.

Eu sabia que Nobu estava na iminência de se apresentar como meu *danna*, e esperava cada dia que essa notícia chegasse. Mas as semanas se arrastaram sem uma palavra. Então, em certa tarde quente no fim de junho, quase um mês depois de eu ter-lhe devolvido a pedra, Mamãe me trouxe o jornal enquanto eu almoçava, e abriu-o mostrando-me um artigo chamado: "Eletrônica Iwamura consegue financiamento do Banco Mitsubishi." Eu esperava encontrar ali toda a sorte de referências a Nobu e ao Ministro, e certamente ao Presidente, mas o artigo dava quase só informações que nem consigo recordar. Dizia que o nome da Eletrônica Iwamura fora mudado pelas autoridades da Ocupação Aliada de — não recordo bem — Classe Tal para Classe Tal, o que significava, explicava o artigo ainda, que a companhia já não era impedida de realizar contratos, pedir empréstimos, e assim por diante. Vinham depois vários parágrafos sobre ações e linhas de crédito, e depois finalmente sobre um grande empréstimo que o Banco Mitsubishi lhe concedera no dia anterior. Era um artigo difícil de ler, cheio de números e termos empresariais. Quando concluí, ergui os olhos para Mamãe, ajoelhada do outro lado da mesa.

— A sorte da Iwamura mudou completamente — ela disse. — Por que não comentou nada disso comigo?

— Mas Mamãe, nem eu entendo quase nada do que acabei de ler.

— Não admira que eu não tenha mais ouvido falar em Nobu Toshikazu nos últimos dias. Você deve saber que ele propôs ser o seu *danna*. Eu estava pensando em recusar. Quem quer um homem de futuro incerto? Agora posso ver por que você parecia tão distraída nas últimas semanas! Bem, fique descansada. Finalmente está acontecendo. Todos sabemos como você gostou de Nobu nestes muitos anos.

Continuei fitando a mesa como uma filha deve fazer. Mas certamente tinha uma expressão de dor no rosto, porque logo Mamãe prosseguiu:

— Não vá ficar imóvel desse jeito se Nobu a quer em sua cama. Talvez sua saúde não ande boa. Assim que você voltar de Amami eu a mandarei ao médico.

A única Amami de que ouvira falar era uma pequena ilha não longe de Okinawa. Eu não podia imaginar que lugar era esse de que Mamãe falava. Mas na verdade, segundo ela continuou a ex-

413

plicar, naquela manhã a dona da Ichiriki recebera um telefonema da Iwamura sobre uma viagem à ilha de Amami, no fim de semana seguinte. Pediram que eu fosse com Mameha e Abóbora, e também com outra gueixa cujo nome Mamãe não lembrava. Sairíamos na tarde da próxima sexta-feira.

— Mas Mamãe.... isso não faz nenhum sentido — eu disse. — Um fim de semana num lugar distante como Amami? Só a viagem de barco levará um dia.

— Nada disso. A Iwamura conseguiu que todas vocês viajem de avião.

Num instante esqueci minhas preocupações com Nobu, e sentei-me ereta como se alguém tivesse me espetado com um alfinete.

— Mamãe! — eu disse. — Eu nunca vou voar de avião.

— Se você estiver sentada num avião e essa coisa subir no ar, não vai poder pedir que parem! — respondeu ela. E deve ter achado a sua piada muito engraçada, pois deu uma de suas risadas tossidas.

Decidi que com tanto racionamento de gasolina não podia ser um avião, e resolvi não me preocupar. Mas no dia seguinte falei com a dona da Ichiriki. Parece que oficiais americanos na ilha de Okinawa viajavam de avião a Osaka vários fins de semana ao mês. Normalmentente o avião voltava vazio, e alguns dias depois retornava para os apanhar. A Iwamura conseguira que nosso grupo aproveitasse as viagens de volta. Íamos a Amami apenas porque a viagem estava disponível; de outro modo, provavelmente iríamos a um lugar de águas termais, sem nenhum temor pelas nossas vidas. A última coisa que a dona da casa me disse foi:

— Ainda bem que é você que vai voar naquela coisa, não eu.

Na manhã de sexta-feira partimos de trem para Osaka. Além do Sr. Bekku, que veio nos ajudar com nossos baús até o aeroporto, o pequeno grupo consistia de Mameha, Abóbora e eu, e uma gueixa mais velha chamada Shizue. Ela não era de Gion, mas de Pontocho, e usava óculos feios e cabelos grisalhos que a faziam parecer mais velha ainda. Pior que isso, seu queixo era dividido ao meio como dois seios. Shizue parecia nos enxergar como um cedro vê o capim crescendo lá embaixo. Em geral olhava pela janela do trem, mas de vez em quando abria sua bolsa vermelha e laranja para pegar um caramelo, e olhava para nós como se não entendesse por que a perturbávamos com nossas presenças.

Da Estação Osaka fomos ao aeroporto num pequeno ônibus não muito maior do que um carro, movido a carvão e muito sujo.

Finalmente, depois de mais ou menos uma hora, desembarcamos ao lado de um avião prateado com duas grandes hélices nas asas. Não fiquei nada sossegada ao ver a minúscula roda em que repousava a cauda; e quando entramos, o corredor descia tão dramaticamente que tive certeza de que o avião estava quebrado.

Os homens já estavam a bordo em assentos no fundo, falando de negócios. Além do Presidente e Nobu, estava ali o Ministro, e um homem mais velho que mais tarde eu soube ser o diretor regional do Banco Mitsubishi. Sentado ao lado dele estava um homem de uns trinta anos, com queixo igual ao de Shizue, e óculos igualmente grossos. Depois fiquei sabendo que Shizue era há muito tempo amante do diretor do banco, e o rapaz era seu filho.

Sentamo-nos na frente do avião e deixamos os homens com sua conversa aborrecida. Logo ouvi um rumor de tosse e o avião tremeu... E quando olhei pela janela a hélice gigante lá fora começara a girar. Em poucos instantes girava suas lâminas a poucas polegadas de meu rosto, com um horrendo zumbido. Tive certeza de que entraria no lado do avião e me cortaria ao meio. Mameha me colocara num assento à janela pensando que a paisagem me acalmaria quando estivéssemos voando, mas agora, vendo o que a hélice fazia, recusou-se a trocar de lugar comigo. O ruído da máquina foi piorando e o avião começou a gingar na pista, virando aqui e ali. Finalmente o barulho tornou-se aterrorizador, e o corredor ficou nivelado. Poucos momentos depois ouvimos um baque e começamos a nos erguer do solo. Só quando o chão estava bem abaixo alguém finalmente me disse que a viagem seria de setecentos quilômetros, e levaria umas quatro horas. Ouvindo isso, receio que meus olhos tenham se enchido de lágrimas, e todo mundo começou a rir de mim.

Fechei as cortinas sobre a janela e tentei me acalmar lendo uma revista. Algum tempo depois, quando Mameha adormecera no assento a meu lado, ergui os olhos e vi Nobu parado no corredor.

— Você está bem, Sayuri? — disse ele baixinho para não acordar Mameha.

— Acho que Nobu-san nunca me perguntou isso antes — eu disse. — Deve estar muito contente.

— O futuro nunca pareceu mais promissor!

Mameha se mexeu e Nobu não disse mais nada, mas prosseguiu no corredor até o banheiro. Logo antes de abrir a porta olhou pelo corredor até onde os outros homens estavam sentados. Por um instante eu o vi de um ângulo em que raramente o vira, que lhe dava um ar de feroz concentração. Quando seu olhar pousou em mim achei que ele poderia perceber que eu estava tão preocupada com meu futuro quanto ele estava seguro do seu. Como parecia estranho, quando eu pensava nisso, que Nobu me compreendesse tão pouco. Naturalmente uma gueixa que espera compreensão de seu *danna* é como um camundongo esperando simpatia de uma cobra. E no meu caso, como Nobu poderia me entender se sempre vira em mim unicamente uma gueixa com seu verdadeiro eu cuidadosamente oculto? O Presidente era o único homem que eu jamais entretivera como Sayuri, a gueixa, que também me conhecera como Chiyo — embora fosse estranho pensar nisso, pois nunca pensara assim antes. O que teria feito Nobu se fosse ele a me encontrar aquele dia no Riacho Shirakawa? Certamente teria passado por mim... e como teria sido mais fácil para mim. Não teria passado minhas noites ansiando pelo Presidente. Não pararia em lojas de cosméticos de tempos em tempos para sentir seu aroma de talco e recordar a pele dele. Não me esforçaria por mentalizá-lo a meu lado em algum lugar imaginário. Se você me perguntasse por que eu queria aquelas coisas, eu teria respondido: por que um caqui maduro tem um sabor delicioso? Por que madeira cheira a fumaça quando queima?

Mas lá estava eu de novo, como uma menina tentando pegar camundongos com as mãos. Por que não podia parar de pensar no Presidente?

Sei que minha angústia devia estar clara em meu rosto quando a porta do banheiro se abriu um momento depois e a luz se apagou. Não queria que Nobu me visse desse jeito, de modo que encostei a cabeça na janela fingindo dormir. Depois que ele passou abri de novo os olhos. Vi que minha cabeça abrira a cortina e pela primeira vez desde que tínhamos saído da pista olhei para fora do avião. Embaixo estendia-se uma ampla vista de um oceano azul, manchado com o mesmo verde-jade dos enfeites de cabelo que Mameha usava às vezes. Eu nunca imaginara que o oceano tivesse manchas verdes. Visto dos rochedos de Yoroido sempre me parecera cor de ardósia. Ali o mar se estendia até uma única linha como um fio de lã onde começava o céu. Não era uma visão assustadora mas indizivelmente bela. Até o disco nebuloso da hélice era belo à sua maneira, e a asa de prata tinha certa magnificência, decorada com os símbolos dos aviões de guerra americanos. Como era estranho vê-los ali, considerando o mundo de cinco anos atrás. Tínhamos lutado uns contra os outros uma guerra brutal. E agora? Havíamos renunciado ao nosso passado; eu entendia isso plenamente, pois também fizera isso em minha vida pessoal um dia. Se ao menos eu conseguisse renunciar ao meu futuro...

E então pensei algo assustador: vi-me cortando o fio do destino que me ligava a Nobu, enquanto ele caía até o oceano lá embaixo.

Não quero dizer que fosse apenas uma idéia ou um tipo de devaneio. Quero dizer que de repente entendi perfeitamente como fazer. Naturalmente eu não ia jogar Nobu no mar, mas compreendi, tão claro como se tivessem aberto uma janela em minha mente, a única coisa que eu poderia fazer para destruir para sempre a minha relação com ele. Nobu era um obstáculo que eu não conseguiria vencer. Mas podia fazê-lo consumir-se nas chamas de sua própria ira. O próprio Nobu me dissera como fazer isso, poucos momentos depois de cortar sua mão aquela noite na Ichiriki, semanas atrás. Se eu era o tipo de mulher que se daria ao Ministro, ele dissera, queria que eu saísse da sala imediatamente e nunca mais falaria comigo.

A emoção que me dominou quando pensei nisso... era como uma febre que irrompesse. Senti todo o meu corpo úmido. Fiquei grata por Mameha continuar dormindo a meu lado. Sei que se me visse ofegando e secando a testa com os dedos, quereria saber o que estava acontecendo. Eu realmente conseguiria concretizar essa idéia que tivera? Não pensei no ato de seduzir o Ministro. Sabia perfeitamente bem que podia fazer isso. Seria como ir ao médico levar uma injeção. Eu desviaria os olhos, e tudo acabaria logo. Mas podia fazer uma coisa dessas a Nobu? Que maneira horrível de recompensar sua bondade. Comparado com o tipo de homens que tantas gueixas suportavam anos a fio, Nobu era provavelmente um *danna* muito desejável. Mas eu poderia viver uma vida em que minhas esperanças tivessem morrido para sempre? Semanas a fio tentara me convencer de que podia. Mas podia mesmo? Pensei que talvez entendesse porque Hatsumomo se tornara tão cruel, e Vovó, tão perversa. Até Abóbora, que mal tinha trinta anos, por muito tempo tivera um ar de desilusão. A única coisa que me livrara disso fora a esperança. E agora, eu cometeria um ato abominável para sustentar minha esperança? Não falo de seduzir o Ministro. Falo de trair a confiança de Nobu.

Pelo resto do vôo lutei com esses pensamentos. Jamais imaginara que seria capaz de tramar tais esquemas, mas com o tempo comecei a imaginar os passos envolvidos nisso, como lances de xadrez: eu levaria o Ministro para um local isolado na estalagem — não, não lá, mas em outro lugar — e prepararia tudo para que Nobu deparasse conosco... ou talvez bastasse saber do fato por outra pessoa. Pode imaginar como eu estava exausta no fim da viagem. Mesmo quando saí do avião devia continuar com ar muito preocupado, pois Mameha ficou me dizendo que o vôo terminara e finalmente eu estava salva.

Chegamos à nossa estalagem uma hora antes do pôr-do-sol. Os outros admiraram o quarto onde ficaríamos todos juntos, mas eu estava tão agitada que só podia fingir. Era espaçoso como o maior aposento da Ichiriki, e lindamente mobiliado em estilo japonês, com tatames e madeira polida. Uma longa parede era inteiramente de portas de vidro, diante das quais ficavam extraordinárias plantas tropicais — algumas com folhas do tamanho de um homem. Um passadiço coberto levava entre as folhas até as margens de um rio.

Quando a bagagem estava arrumada, todos estávamos prontos para um banho. A estalagem providenciara biombos dobráveis que abrimos no meio do quarto para termos privacidade. Vestimos nossos trajes de algodão e saímos por uma sucessão de passadiços cobertos, levando pela densa folhagem a uma luxuosa piscina de água quente no outro extremo da estalagem. As entradas de homens e mulheres eram protegidas por divisórias, e havia locais separados, forrados de azulejos, para as pessoas se lavarem. Mas quando estávamos imersos nas águas escuras das fontes termais, e saíamos para além das divisórias, homens e mulheres ficavam juntos na água. O diretor de banco fazia brincadeiras com Mameha e comigo, pedindo-nos que pegássemos certo pedregulho ou galhinho na margem, naturalmente para nos ver nuas. Tudo isso enquanto seu filho conversava com Abóbora, e não levamos muito tempo para entender que os peitos de Abóbora, bastante grandes, ficavam flutuando expostos na superfície enquanto ela prosseguia com seu jeito de sempre, sem notar nada.

Talvez você ache estranho que todos tomássemos banho juntos, homens e mulheres, e que planejássemos dormir todos no mesmo quarto naquela noite. Mas na verdade gueixas fazem esse tipo de coisa o tempo todo com seus melhores clientes — ou pelo menos faziam no meu tempo. Uma gueixa que valoriza sua reputação jamais será apanhada sozinha com um homem que não seja o seu *danna*. Mas banhar-se inocentemente num grupo como aquele, com aquela água escura nos envolvendo... isto já é outra coisa. E quanto a dormir em grupo, temos até uma palavra para isso: *zakone*, "peixes adormecidos". Você imagina um cardume de cavalinhas jogadas juntas num cesto, acho que é isso que significa.

Tomar banho assim em grupo era inocente, como estou dizendo. Mas isso não significa que nunca uma mão roçasse onde não deveria, e eu pensei muito nisso mergulhada ali na fonte quente. Se Nobu fosse um homem de provocar, poderia ter flutuado em minha direção. E depois de conversar um pouco poderia de repente me tocar no quadril ou... bem, na verdade, quase em qualquer lugar. O passo seguinte seria, conforme as conveniências, eu dar um grito e Nobu uma risada, e tudo acabaria ali. Mas Nobu não era um provocador nesse sentido. Estivera algum tempo no banho conversando com o Presidente, mas agora sentava-se numa pedra com as pernas na água e uma pequena toalha úmida sobre os quadris. Não prestava atenção em nós, mas esfregava o coto de seu braço, distraído, e olhava as águas. O sol se pusera, e a luz era quase noturna. Mas Nobu estava na claridade de uma lanterna de papel. Eu nunca o vira tão exposto antes. As cicatrizes que pensei que eram piores num lado do rosto eram igualmente graves no seu ombro danificado — embora o outro fosse belo e macio como um ovo. E pensar que eu o queria trair... Ele acharia que eu o fizera por um só motivo, e nunca entenderia a verdade. Eu não suportava a idéia de magoar Nobu ou destruir seu respeito por mim. Não tinha certeza de poder fazer aquilo.

Depois do café, na manhã seguinte, todos demos um passeio pela floresta tropical até os penhascos onde o riozinho de nossa estalagem despencava no oceano numa pitoresca cascatinha. Ficamos longo tempo admirando a paisagem. Mesmo quando estávamos prontos para ir embora, o Presidente não conseguia sair dali. No passeio de volta andei ao lado de Nobu, ainda tão contente como eu nunca o vira. Depois visitamos a ilha num caminhão militar provido de bancos, vendo plantações de bananas e abacaxis, e lindos pássaros. Do alto dos morros o mar parecia um cobertor amassado, cor de turquesa, com manchas azul-escuras.

Naquela tarde andamos pelas ruas de terra da pequena aldeia, e logo chegamos a uma antiga construção de madeira que parecia um armazém, com um telhado inclinado de colmo. Acabamos caminhando por trás dessa casa, onde Nobu subiu em degraus de pedra para abrir uma porta num canto, e o sol invadiu um palco poeirento de tábuas. Evidentemente um dia aquilo fora um armazém, mas agora era o teatro da aldeia. Logo que entrei não pude enxergar muita coisa. Mas depois que a porta bateu e estávamos de novo na rua, comecei a ter a sensação de febre iminente; porque em minha mente havia uma imagem de mim mesma naquele assoalho com o Ministro, quando a porta se abriu e o sol entrou. Não teríamos como nos esconder. Nobu não poderia deixar de nos ver. De muitas maneiras sei que aquele era o único lugar que eu vagamente esperara achar. Mas não pensava nessas coisas; na verdade nem estava pensando, mas lutando para pôr alguma ordem em meus pensamentos, pois pareciam arroz escorrendo de um saco rasgado.

Quando subíamos de novo a colina de volta para nossa estalagem, tive de afastar-me do grupo para tirar da manga o meu lenço. Estava muito quente na estrada, com o sol da tarde direto em nossos rostos. Eu não era a única transpirando. Mas Nobu veio até mim para saber se eu estava bem; como não conseguisse responder-lhe imediatamente, esperei que ele pensasse que era do esforço de subir a colina.

— Você não pareceu bem todo o fim de semana, Sayuri. Talvez devesse ter ficado em Kioto.

— Mas então eu nunca conheceria esta ilha maravilhosa.

— Imagino que seja o mais longe que você jamais chegou de sua cidade natal. Estamos tão longe de Kioto quanto Hokkaido.

Os outros já dobravam a curva. Sobre o ombro de Nobu eu podia ver os beirais da estalagem entre as folhagens. Quis responder-lhe, mas estava consumida com os mesmos pensamentos que tinham me atormentado no avião, de que Nobu não me conhecia nem um pouco. Kioto nem era minha cidade natal. Não no sentido de que Nobu falava, de um lugar onde eu crescera, de onde nunca me afastara. E nesse instante, olhando para ele no sol escaldante, decidi que ia fazer aquilo que temia tanto. Trairia Nobu mesmo que ele estivesse parado ali me olhando com bondade. Escondi o lenço com mãos trêmulas e continuamos subindo o morro sem falar.

Quando cheguei ao quarto o Presidente e Mameha já estavam sentados à mesa para um jogo de *go* contra o diretor do banco, com Shizue e seu filho olhando. As portas de vidro ao longo da parede oposta estavam abertas. O Ministro estava apoiado num cotovelo olhando para fora, tirando a casca de um pedaço de cana que trouxera consigo. Eu sentia um receio louco de que Nobu começasse a conversar comigo, mas na verdade ele foi direto à mesa e começou a falar com Mameha. Eu ainda não sabia como levaria o Ministro ao teatro comigo, e menos ainda como faria para que Nobu nos encontrasse lá. Talvez Abóbora levasse Nobu para um passeio, se eu lhe pedisse. Achava que não podia pedir isso de Mameha, mas Abóbora e eu tínhamos sido meninas juntas, e embora eu não queira chamá-la de grosseira como Titia a chamava, Abóbora era uma pessoa um tanto rude e ficaria menos chocada com meu plano. Eu precisaria lhe pedir explicitamente que levasse Nobu ao velho teatro; não nos encontrariam ali por mero acaso.

Por algum tempo fiquei ajoelhada olhando as folhas iluminadas de sol e desejando poder apreciar aquela bela tarde tropical. Perguntava a mim mesma se não estava louca de pensar nesse plano. Mas por mais desconfortos que pudesse ter sentido, não foram bastantes para me impedir de prosseguir. Nada aconteceria até que eu conseguisse levar o Ministro para um lado, e não podia correr o risco de chamar a atenção dos demais ao fazer isso. Anteriormente ele pedira a uma criada que lhe trouxesse algo para comer, e agora estava sentado com as pernas em torno de uma bandeja, despejando cerveja na boca e jogando lá dentro com os pauzinhos também pedacinhos de tripa de lula salgada. Você talvez achasse isso repulsivo, mas posso lhe assegurar que encontrará tripas de lula salgadas em bares e restaurantes aqui e ali no Japão. Nunca consegui suportar essa comida e não podia nem olhar o Ministro comendo.

— Ministro — disse-lhe então baixinho —, não quer que eu encontre algo mais apetitoso para comer?

— Não — ele disse. — Não estou com fome. — Admito que pensei em perguntar por que então estava comendo. Àquela altura Mameha e Nobu tinham saído pela porta dos fundos conversando, e outras pessoas, incluindo Abóbora, reuniam-se em torno do tabuleiro de *go* na mesa. Aparentemente, o Presidente acabava de blefar e todos estavam rindo. Pareceu-me que chegara a minha chance.

— Se está comendo de tédio, Ministro — eu disse —, por que não vamos os dois explorar esta estalagem? Estou querendo vê-la toda e não tivemos tempo.

Nem esperei sua resposta e me pus de pé, saindo da sala. Fiquei aliviada quando ele saiu para o corredor logo depois. Caminhamos em silêncio pelo corredor até chegarmos a uma esquina de onde eu podia ver que ninguém vinha vindo de lado algum. E parei.

— Desculpe, Ministro — eu disse —, mas... quem sabe vamos dar um passeio de volta à aldeia juntos?

Ele parecia muito confuso.

— Ainda falta uma hora para terminar a tarde — prossegui —, e me lembro de uma coisa que gostaria muito de ver de novo.

Depois de longa pausa ele disse:

— Primeiro terei de ir ao banheiro.

— Sim, muito bem — eu lhe disse. — Vá ao banheiro, e quando terminar espere por mim bem aqui, e vamos caminhar juntos. Não saia daqui antes que eu o venha apanhar.

O Ministro pareceu gostar e continuou pelo corredor. Voltei à sala, e estava tão tonta — agora que realmente executava meu plano — que guando botei a mão na porta para a fazer deslizar, quase nem sentia meus dedos tocando nela.

Abóbora não estava mais junto da mesa. Olhava no seu baú de viagem procurando alguma coisa. Primeiro, quando tentei lhe falar, não saía voz alguma. Tive de pigarrear e tentar de novo.

— Desculpe, Abóbora — eu disse —, um momentinho só...

Ela não pareceu querer interromper o que fazia, mas deixou o baú desarrumado e veio até o corredor comigo. Levei-a alguma distância pelo corredor e então virei-me para ela disse:

— Abóbora, preciso de um favor seu.

Esperei que ela dissesse que ajudaria com prazer, mas ficou apenas parada me olhando.

— Espero que não se importe de eu pedir...

— Peça — ela disse.

— O Ministro e eu estamos indo dar um passeio. Vou levá-lo ao antigo teatro e...

— Por quê?

— Para podermos ficar sozinhos.

— O Ministro? — disse ela incrédula.

— Outra hora eu explico, mas eis o que quero que você faça. Que leve Nobu até lá e... Abóbora, vai parecer muito esquisito, mas quero que você nos flagre.

— O que significa "flagre"?

— Quero que descubra um jeito de levar Nobu ate lá e abrir a porta de trás, que vimos antes, para que ele nos veja.

Enquanto eu explicava isso Abóbora percebera o Ministro esperando por mim em outro passadiço coberto entre a folhagem. Olhou novamente para mim.

— Sayuri — disse ela —, o que é que você vai fazer?

— Não tenho tempo de explicar agora. Mas é terrivelmente importante, Abóbora. Na verdade, todo o meu futuro está em suas mãos. Apenas cuide de que ninguém vá até lá senão você e Nobu — não o Presidente, por amor dos céus, ou outra pessoa. Vou recompensá-la de qualquer jeito que você queira.

Ela me encarou longamente.

— Então está na hora de outro favor de Abóbora, não é? — disse ela, e não entendi direito o que queria dizer, mas em vez de explicar ela se afastou.

Eu não sabia ao certo se Abóbora concordara em me ajudar, mas agora só me restava ir ao médico receber a injeção, e esperar que ela e Nobu aparecessem. Fui com o Ministro pelo corredor, e descemos a colina.

Quando dobrávamos a curva na estrada, deixando a estalagem, não pude evitar de lembrar o dia em que Mameha me cortara na perna e me levara ao Dr. Caranguejo. Naquela tarde eu me sentira exposta a um tipo de perigo que eu não entendia bem. E sentia-me do mesmo jeito agora. Meu rosto ardia ao sol da tarde como se eu estivesse sentada perto dos *hibachi*. E quando olhei o Ministro, o suor corria pela sua têmpora até o pescoço. Se tudo corresse bem, logo ele estaria apertando aquele pescoço contra mim... E pensando nisso tirei meu leque do *obi* e comecei a me abanar até meu braço ficar cansado, tentando refrescar-me e ao Ministro também. Todo o tempo mantive um fluxo de conversa até que, poucos minutos depois, paramos diante do velho teatro com seu telhado de colmo. O Ministro parecia perplexo. Pigarreou e olhou o céu.

— Quer entrar comigo um instante, Ministro? — pedi.

Ele pareceu não saber o que fazer, mas quando segui pela trilha ao lado da casa ele trotou atrás de mim. Subi pelos degraus de pedra e abri a porta para ele. Ele hesitou só um momento antes de entrar. Se ele tivesse freqüentado Gion a vida toda, certamente teria entendido o que eu pretendia — porque uma gueixa que leva um homem a um lugar isolado está arriscando sua reputação, e uma gueixa de primeira categoria jamais faz isso sem um motivo muito sério. Mas o Ministro estava parado dentro do teatro, no raio de luz do sol, como se esperasse por um ônibus. Minhas mãos tremiam tanto que dobrei o leque e o enfiei de novo no *obi*. Eu não sabia se conseguiria levar meu plano a cabo. O simples ato de fechar a porta consumiu toda a minha força, e aí estávamos parados na luz difusa que se filtrava pelos beirais. O Ministro ainda estava inerte, com o rosto virado para uma pilha de colchões de palha no canto do palco.

— Ministro... — eu disse.

Minha voz fez tamanho eco no pequeno aposento que falei mais baixinho.

— Entendo que o senhor falou com a dona da Ichiriki a meu respeito. Não é?

Ele inspirou fundo, mas não disse nada.

— Ministro, se me permite — eu disse —, gostaria de lhe contar uma história sobre uma gueixa chamada Kazuyo. Não vive mais em Gion, mas eu a conheci muito bem. Um homem muito importante, como o senhor, Ministro, encontrou Kazuyo certa noite e gostou tanto de sua companhia que voltou a Gion todas as noites para vê-la. Depois de alguns meses pediu para ser o *danna* de Kazuyo, mas a dona da casa de chá pediu desculpas e disse que seria impossível. O homem ficou muito desapontado, mas certa tarde Kazuyo o levou a um canto calmo onde podiam ficar sozinhos, bem parecido com este teatro vazio. E ela lhe explicou que... embora ele não pudesse ser o seu *danna*...

Assim que eu disse essas últimas palavras, o rosto do Ministro mudou como um vale onde as nuvens se afastam e o sol irrompe. Deu um passo desajeitado em minha direção. Meu coração começou a pulsar como tambores reboando em meus ouvidos. Não pude evitar de desviar os olhos e fechá-los. Quando os abri de novo o Ministro estava tão perto que quase me tocava, e senti então sua carne úmida contra a minha face. Lentamente ele aproximou o corpo do meu até ficarmos comprimidos. Pegou meus braços, provavelmente para me empurrar sobre as tábuas, mas eu o fiz parar.

— O palco está empoeirado demais — eu disse. Traga um colchão daquela pilha.

— Vamos até lá — respondeu ele.

Se nos deitássemos nos colchões no canto, Nobu não nos veria na claridade ao abrir a porta.

— Não — respondi —, por favor, traga o colchão aqui.

O Ministro fez o que eu pedia, e ficou parado de mãos caídas dos lados olhando para mim. Até aquele momento eu imaginara vagamente que algo nos interromperia. Mas agora via que isso não iria acontecer. O tempo parecia muito lento agora. Meus pés pareciam pertencer a outra pessoa quando saíram dos meus *zori* laqueados e subiram no colchão.

Quase imediatamente o Ministro chutou os sapatos de seus pés e estava em cima de mim, braços ao meu redor puxando o nó do meu *obi*. Eu não sabia o que ele estava pensando, pois não estava disposta a tirar meu quimono. Estendi a mão para trás para o impedir. Naquela manhã, quando me vestira, ainda não havia me decidido inteiramente, mas para ficar preparada enfiara deliberadamente um vestido de baixo cinza de que não gostava muito — pensando que antes do fim do dia poderia estar manchado — e um quimono lavanda e azul, de gaze de seda, bem como um resistente *obi* de prata; quanto às roupas de baixo, eu encurtara o meu *koshimaki* — meu "pano de quadris" — enrolando-o na cintura, de modo que, se afinal decidisse seduzir o Ministro, ele não teria dificuldade em achar o caminho ali para dentro.

Agora quando tirei suas mãos de cima de mim ele me olhou atônito. Acho que pensou que eu o estava fazendo parar, e pareceu muito aliviado quando me deitei no colchão. Não era um tatame mas uma simples esteira de palha. Dava para sentir o chão duro por baixo. Com uma mão abri meu quimono e meu vestido de baixo de um lado, expondo a perna até o joelho. O Ministro ainda estava todo vestido, mas deitou-se em cima de mim logo, pressionando o nó do meu *obi* de tal forma nas minhas costas que tive de levantar um quadril para ficar mais confortável. Minha cabeça também estava virada de lado porque eu usava meu cabelo no estilo chamado *tsubushi shimada*, com o coque dramático atrás, que se desfaria se eu pusesse peso em cima. Era uma situação incômoda, mas isso não era nada comparado com a insegurança e a ansiedade que sentia. De repente fiquei pensando se não entrara numa grande confusão ao me submeter a tal provação. O Ministro soergueu-se num braço e começou a remexer dentro do meu quimono com uma mão, arranhando minhas coxas com as unhas. Sem pensar no que fazia levei minhas mãos até os ombros dele para o afastar de mim. Depois imaginei Nobu como meu *danna* e a minha vida sem esperança... e afastei as mãos, largando-as de novo na esteira. Os dedos do Ministro se remexiam subindo cada vez mais pela minha coxa; era impossível não o sentir. Tentei me distrair concentrando-me na porta. Talvez ela se abrisse agora, antes que o Ministro fosse mais longe. Mas ouvi o tilintar de seu cinto, e o zíper de suas calças, e um momento depois ele forcejava para entrar em mim. De alguma forma eu me sentia de novo uma menina de quinze anos, porque a sensação me lembrava tão estranhamente o Dr. Caranguejo. Até ouvi meu próprio gemido. O Ministro apoiava-se nos cotovelos, rosto por cima do meu, e eu só o podia ver pelo canto de um olho. Visto assim de baixo e de perto, com seu queixo avançando em minha direção, ele parecia antes um animal do que uma pessoa. E isso não era o pior. Pois com o maxilar assim avançado, o lábio inferior dele se tornou uma taça da qual a saliva se derramava. Não sei se era por causa das entranhas de lula que ele comera, mas sua saliva era grossa e cinzenta, e me fez pensar nos resíduos deixados numa tábua depois que os peixes foram limpos.

Naquela manhã, ao me vestir, eu enfiara várias camadas de um papel de arroz muito absorvente na parte de trás do meu *obi*. Não esperara precisar deles até depois, quando o Ministro quereria limpar-se, se eu decidisse levar meu plano a cabo. Agora pareceu-me que eu precisaria de uma toalha bem antes, para limpar seu cuspe no meu rosto. Mas com todo aquele peso dele em meus quadris eu não podia botar a mão para trás. Tentei isso algumas vezes, e receio que o Ministro tomasse aquilo como excitação — pois de repente ficou mais animado, e agora balançava com tanto ímpeto a poça de saliva de seu lábio que era inacreditável que aquelas ondas não se derramassem inteiramente. Só me restou fechar os olhos com força e esperar. Sentia-me tão enjoada como se estivesse deitada no fundo de um barquinho balançando nas ondas, com a cabeça sendo batida repetidamente de lado. Então de repente o Ministro soltou um grunhido, ficou muito quieto, e sua saliva caía em minha face.

Tentei novamente pegar o papel no meu *obi*, mas agora o Ministro jazia sobre mim como num desmaio, respirando como se tivesse acabado uma corrida. Eu ia tirá-lo de cima de mim quando ouvi um som arranhado lá fora. Minha repulsa fora tão intensa que eu esquecera quase todo o resto, mas agora que lembrei Nobu meu coração voltava a bater loucamente. Ouvi outro arranhão. Era alguém nos degraus de pedra. O Ministro parecia não ter idéia do que ia acontecer. Ergueu a cabeça e virou-a para a porta com vago interesse, como se esperasse ver algum pássaro. Então a porta se abriu com um rangido, e o sol nos inundou. Fechei os olhos, mas consegui divisar duas figuras. Abóbora estava lá, viera ao teatro como eu tinha esperado. Mas o homem olhando-me a seu lado não era Nobu. Não tive idéia do motivo dela, mas Abóbora trouxera o Presidente.

capítulo trinta e quatro

Quase não lembro de nada depois que aquela porta se abriu — e acho que meu sangue me deixou, pois fiquei gelada e embotada. Sei que o Ministro saiu de cima de mim ou talvez eu o tenha empurrado. Lembro de ter chorado perguntando se ele vira o mesmo que eu, se fora realmente o Presidente ali na porta. Eu não pudera perceber a expressão dele com o sol do fim de tarde às suas costas, mas quando a porta se fechou de novo não pude evitar de pensar que no seu rosto eu vira o mesmo choque que eu sentia. Eu não sabia se o choque estava realmente ali — e duvidava disso. Mas quando sentimos dor, até as árvores floridas nos parecem densas de sofrimento; da mesma maneira depois de ver o Presidente ali... bem, minha dor se refletiria em tudo que eu visse no mundo.

Se você lembrar que eu levara o Ministro àquele teatro vazio pelo simples objetivo de me pôr em perigo — por assim dizer para que a faca golpeasse o bloco —, sei que entenderá que, no meio de toda a preocupação, medo e repulsa que me dominavam, eu também estivera sentindo certa excitação. No instante antes de abrir-se a porta eu quase podia sentir minha vida expandindo-se como um rio cujas águas começaram a inchar; pois nunca antes dera um passo tão drástico para mudar meu próprio futuro. Era como uma criança andando na ponta dos pés ao longo de um precipício sobre o mar. Mas de alguma forma eu não tinha imaginado que uma onda imensa poderia me atingir ali e arrastar tudo consigo.

Quando o caos de emoções foi amainando e lentamente retomei a consciência de mim mesma, Mameha estava ajoelhada junto de mim. Fiquei espantada ao ver que eu não estava mais no velho teatro, mas olhando para cima, deitada no chão de tatames num quartinho escuro da estalagem. Não recordo ter deixado o teatro, mas devo ter feito isso, nem eu sei como. Mais tarde Mameha me disse que eu tinha procurado o dono pedindo um lugar quieto para descansar; ele percebera que eu não me sentia bem, e logo depois fora buscar Mameha.

Por sorte ela parecia disposta a acreditar que eu estava realmente doente e me deixou ali para descansar. Mais tarde, quando voltava para o quarto atordoada e com uma terrível sensação de pavor, vi Abóbora sair do passadiço coberto à minha frente. Parou quando me viu, mas em vez de vir correndo pedir desculpas como eu vagamente esperava que fizesse, ela foi me encarando devagar como uma cobra que descobriu um ratinho.

— Abóbora — eu disse —, eu lhe pedi que levasse Nobu, não o Presidente. Não entendo...

— É, deve ser duro para você entender quando a vida não sai perfeita, Sayuri!

— Perfeita? Nada pior poderia ter-me acontecido... você não compreendeu direito o meu pedido?

— Você realmente acha que eu sou burra! — disse ela.

Fiquei confusa e em silêncio.

— Pensei que você fosse minha amiga — eu disse por fim.

— Eu também pensei que você fosse minha amiga, um dia. Mas isso faz muito tempo.

— Você fala como se eu tivesse lhe causado algum mal, Abóbora, mas...

— Não, você nunca faria uma coisa dessas, faria? Não a perfeita Senhorita Nitta Sayuri! Acho que não faz mal você ter tomado meu lugar como filha do *okiya*! Lembra-se disso, Sayuri? Depois de eu me arriscar para ajudar você com aquele Doutor... não importa o nome dele. Depois de eu arriscar a raiva de Hatsumomo por ajudar você! Aí você mudou tudo e roubou o que era meu. Em todos estes dias fiquei imaginando por que você me traria para este pequeno encontro com o Ministro. Lamento que não tenha sido fácil para você desta vez tirar vantagem de mim...

— Mas Abóbora — interrompi —, você não podia ter simplesmente recusado me ajudar? Por que tinha de levar o Presidente?

Ela se endireitou em toda a sua altura.

— Sei perfeitamente o que você sente por ele — disse. — Sempre que ninguém está observando seus olhos ficam presos nele como o pêlo num cachorro.

Estava tão irada que mordia os lábios. Eu podia ver a mancha de batom nos dentes. Então, percebi, agora ela resolveu me ferir da pior maneira possível.

— Você tirou algo de mim há muito tempo, Sayuri. Como se sente agora? — disse ela. Suas narinas estavam infladas, seu rosto consumido de raiva como um galho queimando. Era como se o espírito de Hatsumomo tivesse vivido preso dentro ela em todos estes anos, libertando-se finalmente.

Do resto daquela noite recordo só uma confusão de eventos. E o pavor constante. Enquanto os outros se sentavam por ali bebendo e rindo, tudo o que eu podia fazer era fingir. Devo ter passado a noite vermelha, porque de tempos em tempos Mameha tocava meu pescoço para ver se eu tinha febre. Eu me sentara o mais longe possível do Presidente, de modo que nossos olhos nunca se encontrassem. E consegui passar toda a noite sem o enfrentar. Mas mais tarde, quando todos estávamos nos preparando para a cama, entrei no corredor quando ele voltava para dentro do quarto. Eu devia ter-me afastado de seu caminho, mas estava tão envergonhada que fiz uma breve mesura e passei por ele depressa, sem esforço para esconder minha infelicidade.

Foi uma noite de tormentos, e lembro apenas uma outra coisa a respeito dela. Em algum momento depois que todo mundo adormecera saí da estalagem, confusa, e acabei nos rochedos junto do mar, olhando as trevas, com o bramido das águas enfurecidas abaixo. O trovejar do oceano era como um lamento amargo. Eu parecia enxergar debaixo de todas as camadas de uma crueldade que nem sabia que existia — como se as árvores e o vento e até as pedras onde eu estava parada tivessem se aliado com a velha inimiga de minha infância, Hatsumomo. O uivo do vento e as árvores agitadas pareciam zombar de mim. A torrente de minha vida realmente fora dividida para sempre? Eu tirara da manga o lenço do Presidente, pois levara-o para a cama naquela noite para me consolar uma última vez. Sequei o rosto com ele e segurei-o no vento. Ia deixá-lo desaparecer dançando na escuridão, quando pensei nas minúsculas tabuinhas mortuárias que o Sr. Tanaka me enviara tantos anos atrás. Temos de guardar sempre algo que nos recorde os que nos deixaram. As tabuinhas mortuárias no *okiya* eram tudo o que restava de minha infância. O lenço do Presidente seria o que sobraria do resto de minha vida.

De volta a Kioto fui arrastada numa torrente de atividades nos dias seguintes. Não tinha outra escolha senão aplicar a maquilagem como sempre, e cumprir compromissos nas casas de chá como se nada no mundo tivesse mudado. Tentava lembrar-me sempre do que Mameha um dia me dissera, de que nada era melhor do que o trabalho para superar uma decepção, mas meu trabalho não parecia me ajudar em nada. Todas as vezes que voltava à Casa de Chá Ichiriki eu me lembrava de que em breve Nobu me chamaria para me dizer que finalmente os arranjos estavam concluídos. Considerando quanto ele andara ocupado nos meses passados, pensei que não teria notícias dele por algum tempo, talvez uma semana ou duas. Mas na quarta de manhã, três dias depois de nossa volta de Amami, disseram-me que a Eletrônica Iwamura telefonara à Ichiriki pedindo minha presença naquela noite.

No fim da tarde vesti um quimono amarelo de gaze de seda com um vestido de baixo verde, e um *obi* azul profundo com fios de ouro. Titia me assegurou que eu estava linda. Mas quando me vi no espelho, eu parecia uma mulher derrotada. Certamente no passado tivera momentos em que me desagradara minha aparência antes de sair do *okiya*. Mas em geral eu conseguia encontrar pelo menos um traço que poderia usar no curso da noite. Um vestido de baixo cor de caqui, por exemplo, sempre destacava mais o azul do que o cinza em meus olhos, por mais exausta que eu estivesse. Mas naquela noite meu rosto parecia totalmente escaveirado debaixo dos zigomas, embora eu colocasse maquilagem ocidental como de costume. E mesmo meu penteado pareceu-me torto. Não consegui pensar em nenhum modo de melhorar minha aparência, a não ser pedindo que o Sr. Bekku amarrasse meu *obi* de novo, só um dedo mais alto, para melhorar aquele meu ar abatido.

Meu primeiro compromisso era um banquete dado por um coronel americano em honra do novo Governador Municipal de Kioto. Realizava-se na antiga propriedade da família Sumitomo, que agora era o quartel-general da sétima divisão do Exército Americano. Fiquei surpresa ao ver as belas pedras no jardim todas pintadas de branco, e placas em inglês — que eu obviamente não podia ler — presas em árvores aqui e ali. Depois da festa fui até a Ichiriki, e uma criada me conduziu ao andar de cima, ao mesmo pequeno aposento peculiar onde Nobu me encontrara na noite em que estavam fechando Gion. Era o lugar onde eu soubera do porto que ele encontrara para me abrigar da guerra. Parecia totalmente adequado que nos encontrássemos naquela noite celebrando o fato de que ele estava se tornando o meu *danna* — embora para mim nada houvesse a celebrar. Ajoelhei-me num extremo da mesa, para que Nobu pudesse sentar-se olhando para a alcova. Tive o cuidado de me posicionar de modo que ele pudesse servir saquê usando seu único braço, sem que a mesa o estorvasse. Ele certamente quereria me servir uma taça de saquê depois de dizer que os arranjos finalmente estavam todos feitos. Seria uma bela noite para Nobu, e eu me esforçaria ao máximo para não a perturbar.

Com a luz fraca e a sombra avermelhada das paredes cor de chá, a atmosfera era bem agradável. Eu esquecera o aroma muito peculiar daquele quarto — uma combinação de poeira e óleo para polir madeira —, mas agora que o sentia de novo lembrei detalhes sobre a noite com Nobu anos atrás, que de outra maneira não teria recordado. Ele tivera furos nas duas meias, recordei isso. Através de um saía um esguio dedo grande do pé, com a unha bem-feita. Seria realmente possível que só cinco anos e meio tinham-se passado desde aquela noite? Parecia-me que uma geração inteira viera e se fora. Tantas pessoas que eu um dia conhecera estavam mortas. Era essa a vida que eu devia viver voltando a Gion? Mameha tivera razão ao me dizer um dia: não nos tornamos gueixas porque queremos uma vida feliz. Nós nos tornamos gueixas porque não temos outra escolha. Se minha mãe fosse viva eu poderia ser uma esposa e mãe na beira do mar, pensando em Kioto como algum lugar remoto para onde se levavam os peixes de barco — e minha vida seria realmente pior? Nobu um dia me dissera: "Sou um homem muito fácil de entender, Sayuri. Não gosto que me mostrem coisas que não posso ter." Talvez eu fosse igual. Toda a minha vida em Gion imaginara o Presidente junto de mim, e agora não o podia mais ter.

Depois de aguardar por Nobu dez ou quinze minutos, comecei a imaginar se ele afinal viria. Eu sabia que não podia fazer isso, mas deitei a cabeça na mesa para descansar, pois dormira muito mal nas últimas noites. Não adormeci, mas por algum tempo fiquei flutuando na minha dor. Então pareceu-me ter um sonho muito estranho. Pensei ouvir o som de tambores distantes, e o assobio de água de uma chaleira, e então senti a mão do Presidente tocando meu ombro. Eu sabia que era a mão dele porque, ao erguer a cabeça para ver quem me tocara, ele estava ali. O rumor fora dos seus passos, e o sibilar fora da porta deslizando em seu batente. E agora ali estava ele parado, com uma criada esperando

431

às suas costas. Fiz uma mesura e desculpei-me por ter adormecido. Por um momento fiquei tão confusa que pensei que talvez eu nem estivesse realmente acordada. Mas não era sonho. O Presidente sentou-se na almofada onde eu esperara que Nobu se sentasse, e não havia Nobu em parte alguma. Enquanto a criada colocava saquê na mesa, um pensamento horrível começou a agir em minha mente. O Presidente viera me dizer que Nobu sofrera um acidente ou alguma coisa horrível lhe acontecera. Por que Nobu não viera pessoalmente? Eu ia perguntar ao Presidente, quando a dona da casa de chá espiou pela porta.

— Ora, Presidente — disse ela —, faz semanas que não o vemos!

Ela era sempre agradável diante de convidados, mas pude ver, pela tensão em sua voz, que estava pensando em outra coisa. Provavelmente imaginava onde andaria Nobu, como eu. Enquanto eu servia saquê para o Presidente, a dona da casa veio ajoelhar-se junto da mesa. Interrompeu o gesto dele antes que ele levasse a taça de saquê à boca para beber, e inclinou-se para ele cheirando a sua bebida.

— Com efeito, Presidente, nunca entendi por que prefere esse saquê aos outros — disse. — Abrimos um esta tarde, o melhor que tivemos em anos. Sei que Nobu o apreciará quando chegar.

— Tenho certeza de que o faria — respondeu o Presidente —, pois Nobu gosta das boas coisas. Ma esta noite ele não virá.

Ouvindo isso fiquei alarmada, mas mantive os olhos baixos sobre a mesa. Pude ver que a dona da casa também estava surpresa, porque logo mudou de assunto.

— Ah, bem — disse ela —, seja como for, não acha que Sayuri está linda esta noite?

— Ora, senhora, quando é que Sayuri não esteve linda? — disse o Presidente. — O que me faz lembrar... deixe-me mostrar algo que eu trouxe.

O Presidente colocou na mesa um embrulhinho de seda azul. Eu não o percebera em sua mão quando ele entrara. Ele o desamarrou e tirou um rolo de pintura curto e grosso que começou a abrir. Estava marcado pelo tempo e — em miniatura — exibia cenas da Corte Imperial em cores brilhantes. Se você já viu esse tipo de rolo, sabe que a gente pode desenrolá-lo num aposento inteiro e ver todo o terreno do Palácio Imperial, dos portões de um extremo do Palácio ao outro. O Presidente sentava-se com o rolo à sua frente, abrindo-o de um suporte ao outro — passando cenas de festas, aristocratas jogando bola com quimonos arrepanhados entre as pernas —, até chegar a jovens mulheres em seus belíssimos trajes de doze camadas ajoelhadas no assoalho de madeira diante dos aposentos do Imperador.

— O que acha disto? — disse ele.

— Mas que rolo esse! — disse a dona da casa. — Onde foi que o Presidente o encontrou?

— Ah, eu o comprei anos atrás. Mas veja essa mulher ali. Foi por causa dela que o comprei. Não percebe nada nela?

A dona da casa olhou. Depois o Presidente o virou para mim para que eu o visse. A imagem da jovem, embora não maior do que uma moeda grande, estava pintada em detalhes refinados. Primeiro não notei, mas seus olhos eram pálidos... e quando olhei melhor, vi que eram de um cinza-azulado. Fizeram-me pensar imediatamente nas obras que Uchida pintara usando-me como modelo. Fiquei vermelha e murmurci algo sobre a beleza do rolo. A dona da casa também o admirou por um momento, depois disse:

— Bem, vou deixar vocês dois agora. Mandarei trazer um pouco daquele saquê novo, gelado, que mencionei. A não ser que queira que eu o guarde para a próxima visita de Nobu-san.

— Não se incomode — disse ele. — O saquê que temos aqui nos serve.

— Nobu-san está... está bem, não é?

— Ah, sim — disse o Presidente —, ele está bastante bem.

Fiquei aliviada ao ouvir isso. Mas ao mesmo tempo fiquei nauseada de vergonha. Se o Presidente não viera me dar notícias de Nobu, viera por outro motivo — provavelmente para me censurar pelo que eu fizera. Nos poucos dias desde a volta a Kioto eu tentara não imaginar o que ele devia ter visto: o Ministro com as calças baixadas, eu com minhas pernas nuas saindo do quimono desarrumado...

Quando a mulher saiu da sala, o som da porta fechando-se atrás dela me parecia uma espada sendo tirada da bainha.

— Por favor, Presidente, posso dizer — comecei com voz tão firme quanto podia — que meu comportamento em Amami...

— Eu sei o que você está pensando, Sayuri. Mas não vim aqui pedir suas desculpas. Sente-se quieta por um momento. Quero lhe falar de algo que aconteceu há muitos anos.

— Presidente, estou tão confusa — consegui dizer. Por favor me perdoe, mas...

— Escute, nada mais. Logo você vai entender por que estou lhe contando isso. Lembra-se de um restaurante chamado Tsumiyo? Fechou pelo fim da Depressão, mas... bom, não importa. Naquele tempo você era muito jovem. Seja como for, um dia, há muitos anos, dezoito anos para ser exato, eu ia almoçar lá com vários sócios meus. Estávamos acompanhados por certa gueixa chamada Izuko, do distrito de Pontocho.

Logo reconheci o nome de Izuko.

— Naqueles tempos ela era a favorita de todos — prosseguiu o Presidente. — Terminamos o almoço cedo, de modo que sugeri que a caminho do teatro déssemos um passeio pelo Riacho Shirakawa.

A essa altura eu tirara do *obi* o lenço do Presidente. E agora, silenciosamente, estendi-o na mesa e alisei-o para que o monograma dele ficasse bem visível. Em todos aqueles anos o lenço adquirira uma mancha num canto, e o linho estava amarelado. Mas o Presidente pareceu reconhecê-lo imediatamente. Suas palavras se interromperam, e ele o apanhou.

— Onde você conseguiu isso?

— Presidente — eu disse —, em todos estes anos sempre imaginei se o senhor sabia que eu era a menininha com quem falou. O senhor me deu seu lenço naquela tarde a caminho da peça *Shibaraku*. E também me deu uma moeda...

— Você quer dizer... que, mesmo quando era uma aprendiz, sabia que eu era o homem que lhe falara?

— Reconheci o Presidente no momento em que o revi no torneio de sumô. Para dizer a verdade, fico espantada por o Presidente se lembrar de *mim*.

— Bem, talvez você devesse se olhar no espelho de vez em quando, Sayuri. Especialmente quando seus olhos estão úmidos de chorar, porque ficam... nem sei explicar. Eu senti que podia ver através deles. Sabe, passei muito tempo de minha vida sentado diante de homens que nunca me dizem a verdade. E ali estava uma menina que eu nunca vira antes e que me deixava olhar direto no seu interior.

O Presidente interrompeu-se.

— Você nunca ficou pensando por que Mameha se tornou sua irmã mais velha? — perguntou.

— Mameha? — respondi. — Não compreendo. O que é que Mameha tem a ver com isso?

— Você realmente não sabe, sabe?

— Sabe o quê, Presidente?

— Sayuri, fui eu que pedi a Mameha que a tomasse aos seus cuidados. Eu lhe falei de uma linda menina que encontrara, com surpreendentes olhos cinzentos, e lhe pedi que a ajudasse se a encontrasse em Gion. Eu disse que cobriria suas despesas se fosse preciso. E ela a encontrou poucos meses depois. Pelo que me disse nestes anos todos, você certamente jamais teria se tornado gueixa sem a ajuda dela.

É quase impossível descrever o efeito que as palavras do Presidente tiveram em mim. Eu sempre julgara certo que a missão de Mameha fora pessoal — para livrar a si mesma e a Gion de Hatsumomo. Agora que entendia seu real motivo, que eu fora sua tutelada por causa do Presidente... bem, senti que teria de reconsiderar todos os comentários que ela jamais me fizera, e tentar saber seu verdadeiro significado. E não era apenas Mameha que de repente se transformava aos meus olhos. Mesmo eu parecia uma mulher diferente. Quando meu olhar caiu sobre minhas mãos em meu colo, eu as vi como mãos que o Presidente fizera. Fiquei a um tempo eufórica e assustada, e grata. Afastei-me da mesa para fazer uma mesura e expressar minha gratidão, mas antes tive de dizer:

— Perdoe-me, Presidente, mas queria tanto que o senhor me tivesse falado sobre isso anos atrás... Não posso lhe dizer quanto teria significado para mim.

— Há um motivo pelo qual eu não podia, Sayuri, e insistia em que Mameha não lhe dissesse. E tem a ver com Nobu.

Ouvindo o nome de Nobu toda a emoção saiu de mim, pois de repente achei que entendia aonde o Presidente queria chegar.

— Presidente — eu disse —, sei que não mereço sua bondade. Nesse fim de semana passado, quando eu...

— Confesso, Sayuri — ele interrompeu —, que tenho pensado muito no que aconteceu em Amami.

Pude sentir o olhar do Presidente sobre mim. Mas não pude retribuir.

— Há uma coisa que preciso discutir com você — ele prosseguiu. — Pensei nisso o dia todo. Penso em algo que aconteceu há muitos anos. Sei que deve haver um jeito melhor de me explicar, mas... espero que entenda o que venho tentando dizer.

Ele parou, tirou o paletó e dobrou-o no tatame a seu lado. Pude aspirar o cheiro de goma em sua camisa, o que me fez pensar nas visitas ao General na Estalagem Suruya e em seu quarto que seguidamente cheirava a roupa passada a ferro.

— Quando a Eletrônica Iwamura ainda era uma companhia jovem — começou o Presidente —, conheci um homem chamado Ikeda, que trabalhava para um de nossos fornecedores do outro lado da cidade. Era um gênio em resolver problemas de fiação. Às vezes, quando tínhamos dificuldades com uma instalação, pedíamos que nos emprestassem esse homem um dia, e ele ajeitava tudo para nós. Então certa tarde, quando corria para casa depois do trabalho, casualmente me encontrei com ele na farmácia. Ele me disse que estava se sentindo muito bem porque se demitira do emprego. Perguntei-lhe por que fizera isso, e ele disse: "Chegou a hora de sair, e eu saí!" Bem, eu o empreguei na hora. Algumas semanas depois perguntei-lhe de novo: "Ikeda-san, por que *realmente* saiu do seu emprego do outro lado da cidade?" E ele me disse: "Senhor Iwamura, há anos desejo trabalhar em sua empresa. Mas o senhor nunca me convidou. Sempre me chamava quando tinha um problema, mas nunca me pediu para trabalhar para o senhor. Então um dia percebi que o senhor *nunca* me chamaria porque não queria me tirar de um de seus fornecedores e arriscar sua relação comercial. Só se eu me demitisse primeiro o senhor poderia me contratar. Foi o que fiz."

Eu sabia que o Presidente esperava que eu respondesse, mas não me atrevia a falar.

— Bem, tenho pensado — disse ele —, que talvez seu encontro com o Ministro foi como Ikeda saindo do emprego. E digo-lhe por que tenho pensado nisso. É algo que Abóbora me disse depois que me levou ao teatro. Fiquei muito zangado com ela, e exigi que me dissesse por que o fizera. Primeiro ela ficou longo tempo sem falar, depois me disse algo que no começo não fez sentido. Disse que você lhe pedira para levar Nobu.

— Por favor, Presidente — comecei, insegura —, eu cometi um erro tão horrível...

— Antes que diga outra coisa, só quero saber por que fez aquilo. Talvez você sentisse que estava fazendo uma espécie de... favor à Iwamura. Não sei. Ou talvez devesse ao Ministro algo que ignoro.

Devo ter sacudido de leve a cabeça, porque o Presidente parou de falar.

— Presidente, estou profundamente envergonhada — consegui dizer por fim —, mas... meus motivos foram puramente pessoais.

Depois de longo momento ele suspirou e estendeu sua taça de saquê. Servi-o com a sensação de que minhas mãos nem eram minhas, e então ele jogou o saquê na boca e o reteve ali algum tempo antes de engolir. Vendo-o com sua boca momentaneamente cheia pensei em mim mesma como uma taça vazia transbordando de vergonha.

— Tudo bem, Sayuri — ele disse —, vou-lhe dizer exatamente por que estou perguntando. Vai ser impossível você entender por que vim esta noite, ou por que a tratei do jeito que tratei todos estes anos, sem saber da natureza de minha relação com Nobu.

Acredite, sei mais do que qualquer pessoa como ele às vezes pode ser difícil. Mas é um gênio. Eu o valorizo mais do que toda uma equipe de homens juntos.

Eu não sabia o que pensar ou dizer. Assim, com mãos trêmulas, peguei o frasco para servir mais saquê ao Presidente. Achei um sinal muito ruim ele não levantar sua taça.

— Um dia, quando eu conhecia você havia pouco tempo — ele prosseguiu —, Nobu lhe trouxe um presente, um pente, e deu a você na frente de todo mundo na festa. Até então eu não percebera o quanto ele gostava de você. Sei que houve outros sinais antes, mas de alguma forma eu não os percebi. E quanto entendi como ele se sentia, o modo como a olhou naquela noite... bem, nesse momento eu soube que não poderia tirar dele algo que ele queria tão obviamente. Isso nunca diminuiu minha preocupação com seu bem-estar, Sayuri. Na verdade, com os anos tornou-se cada vez mais difícil para mim escutar desapaixonadamente Nobu falando de você.

O Presidente fez uma pausa e perguntou:

— Você está me ouvindo, Sayuri?

— Sim, Presidente, claro que sim.

— Não há como você saber disso, mas tenho uma grande dívida com Nobu. É verdade que sou o fundador da companhia, e chefe dele. Mas quando a Eletrônica Iwamura ainda era bem nova, tivemos um terrível problema com fluxo de caixa e quase falimos. Eu não queria ceder o controle da companhia, e não queria ouvir Nobu quando ele insistia em trazer investidores. No fim ele ganhou, embora isso causasse um afastamento entre nós por algum tempo. Ele ofereceu sua demissão e eu quase a aceitei. Mas naturalmente ele estava com a razão, eu estava errado. Sem ele eu teria perdido as empresas. Como se pode compensar um homem por algo assim? Sabe por que eu sou chamado "Presidente" e não "Diretor Presidente"? Porque renunciei ao título em favor de Nobu, embora ele tentasse recusar. Por isso, assim que percebi o afeto dele por você, decidi que manteria o meu interesse por você oculto a fim de que Nobu tivesse você. A vida foi cruel com ele, Sayuri. Ele recebeu muito pouca bondade deste mundo.

Em todos os meus anos de gueixa eu jamais me convencera por um instante de que o Presidente tivesse qualquer consideração especial por mim. E agora, saber que ele desejara que eu fosse de Nobu...

— Nunca desejei dar-lhe tão pouca atenção — ele prosseguiu —, mas certamente você há de entender que, se ele notasse o menor sinal de meus sentimentos, teria desistido de você na hora.

Desde quando era criança eu sonhara com o dia em que o Presidente me diria que se interessava por mim, mas nunca acreditara que isso realmente fosse ocorrer. Certamente nunca imaginara que ele me diria o que eu tanto esperara ouvir, e *também* que meu destino era Nobu. Talvez o objetivo que eu buscara em minha vida fugisse de mim. Mas pelo menos nesse momento eu podia me sentar na mesma sala com o Presidente e dizer-lhe do meu sentimento profundo.

— Por favor, me perdoe o que vou dizer — consegui articular por fim.

Tentei prosseguir, mas minha garganta queria engolir... nem sei o que eu engolia, talvez um pequeno nó de emoção que eu tinha de esconder ali, porque em meu rosto não havia mais lugar.

— Tenho grande afeto por Nobu, mas o que fiz em Amami... — tive de controlar um longo momento o fogo em minha garganta, antes de prosseguir. — Fiz o que fiz em Amami por causa de meu sentimento por você, Presidente. Todo passo que dei em minha vida desde quando era criança em Gion, foi dado na esperança de me aproximar de você.

Quando eu disse essas palavras todo o calor de meu corpo pareceu subir ao rosto. Senti que iria levitar no ar como um pedaço de cinza de uma fogueira, a não ser que conseguisse me focar em alguma coisa na sala. Tentei encontrar uma mancha no tampo da mesa, mas a própria mesa já estava nebulosa e desaparecendo de minha visão.

— Sayuri, olhe para mim.

Eu queria fazer o que o Presidente pedia, mas não consegui.

— Que estranho — ele continuou, baixinho, quase falando para si mesmo — que a mesma mulher que me encarou tão francamente em menina, há muitos anos, não consiga fazer isso agora.

Talvez devesse ser uma tarefa fácil, erguer os olhos para o Presidente, mas de alguma forma eu não estaria mais nervosa se estivesse sozinha num palco, com toda Kioto olhando. Estávamos sentados numa ponta da mesa, tão próximos que, quando finalmente limpei os olhos e os levantei para ver os dele, enxerguei o círculo escuro em torno de sua íris. Fiquei pensando se não devia desviar os olhos e fazer uma pequena mesura, e oferecer-me para lhe servir saquê... Mas nenhum gesto seria suficiente para romper aquela tensão. Enquanto eu pensava nessas coisas o Presidente moveu o frasco de saquê e a taça para o lado, estendeu a mão e pegou a gola de meu vestido para me puxar para perto dele. Num instante nossos rostos estavam tão próximos que pude sentir o calor de sua pele. Eu ainda lutava para entender o que estava me acontecendo — e o que eu devia dizer ou fazer. Então o Presidente me puxou para si mais ainda e me beijou.

Você talvez fique surpreso se eu lhe disser que era a primeira vez em minha vida que alguém realmente me beijava. O General Tottori às vezes pressionara seus lábios nos meus quando era meu *danna*. Mas era sem qualquer paixão. Na hora eu às vezes pensava que, quem sabe, ele apenas queria descansar o rosto. Mesmo Yasuda Akira — o homem que comprara um quimono para mim e a quem eu seduzira certa noite na Casa de Chá Tatematsu — deve ter-me beijado dúzias de vezes no pescoço e no rosto, mas nunca tocou meus lábios com os seus. Então você pode imaginar que esse beijo, o meu primeiro, me pareceu a coisa mais íntima que eu jamais experimentara. Tive a sensação de que estava tirando algo do Presidente, e que ele me dava algo também, a coisa mais privada que alguém jamais me dera. Tinha um gosto muito surpreendente, tão nítido quanto de fruta ou doce, e quando o saboreei meus ombros desabaram e meu estômago inchou; porque por algum motivo aquilo evocava uma dúzia de diferentes cenas que não sei por que lembraria. Pensei na nuvem de vapor quando a cozinheira levantava a tampa da panela de arroz na cozinha de nosso *okiya*. Vi mentalmente um retrato da pequena alameda, a principal de Pontocho, como a vira certa noite cheia de pessoas congratulando Kichisaburo depois da última apresentação, no dia em que se aposentou do teatro *kabuki*. Estou certa de que poderia ter pensado em centenas de outras coisas, pois era como se todos os limites em minha mente tivessem ruído e agora minhas memórias fluíssem livres. Mas então o Presidente se recostou para trás, afastando-se de mim de novo, com uma das mãos ainda em meu pescoço. Estava tão perto que pude ver a umidade brilhando em seu lábio, e ainda sentia o aroma do beijo depois que ele terminara.

— Presidente? — eu disse. — Por quê?

— Por que o quê?

— Por que... tudo? Por que me beijou? Acaba de falar em mim como um presente seu a Nobu-san.

— Nobu-san desistiu de você, Sayuri. Eu não tirei nada dele.

Na minha confusão de sentimentos não consegui entender direito o que ele dizia.

— Quando vi você com o Ministro, havia em seus olhos a mesma expressão que eu vira tantos anos atrás junto do Shirakawa — ele me disse. — Você parecia tão desesperada, como se fosse se afogar se ninguém a salvasse. Depois que Abóbora me disse que você queria que Nobu visse aquele encontro, decidi contar a ele o que eu vira. E ele reagiu com tanta raiva.... bom, como se nunca a pudesse perdoar, e então ficou claro para mim que ele não era realmente o seu destino, Sayuri.

Certa tarde, quando eu era criança em Yoroido, um menininho chamado Gisuke subiu numa árvore para saltar na lagoa. Subiu muito mais alto que deveria, e a água não era bastante funda. Mas quando lhe dissemos que não saltasse, ele teve medo de voltar a descer por causa das pedras embaixo da árvore. Corri até a aldeia para chamar seu pai, o Sr. Yamashita, que chegou andando tão calmamente colina acima que pensei que ele nem teria entendido o perigo que seu filho corria. Parou debaixo da árvore, exatamente quando o menino — sem notar a presença do pai — se soltou da árvore e caiu. O Sr. Yamashita o pegou tão facilmente, como se alguém tivesse jogado um saco em seus braços, e o pôs de pé. Todos gritamos encantados, e pulamos na beira da lagoa algum tempo enquanto Gisuke estava ali parado piscando os olhos muito depressa, com pequenas lágrimas de susto nos cílios.

Agora eu sabia exatamente como Gisuke devia ter-se sentido. Eu fora lançada sobre as pedras e o Presidente me apanhara. Fiquei tão dominada pelo alívio que nem ao menos pude limpar as lágrimas que saltavam dos cantos de meus olhos. A figura dele ficou borrada, mas eu podia vê-lo chegando mais perto, e num momento ele me pegara nos braços como se eu fosse um cobertor. Seus lábios procuraram diretamente o pequeno triângulo de carne onde as beiradas do meu quimono se uniam em minha garganta. E quando senti sua respiração em meu pescoço, e a urgência com que ele quase me consumia, lembrei um momento anos atrás quando eu entrara na cozinha do *okiya* e encontrara uma das criadas inclinada sobre a pia tentando esconder a pêra madura que mordia, o suco escorrendo pelo seu pescoço. Disse-me que a quisera tanto, e que eu por favor não contasse nada a Mamãe.

capítulo trinta e cinco

Agora, quase quarenta anos depois, sento-me aqui e revejo aquela noite com o Presidente como o momento em que todas as vozes doloridas dentro de mim silenciaram. Desde o dia em que eu deixara Yoroido, nada fizera senão preocupar-me, porque cada giro na roda da vida colocava mais um obstáculo em meu caminho. E naturalmente a preocupação e a luta tinham tornado a vida sempre tão vívida e real para mim. Quando lutamos rio acima contra uma corrente submarina, cada lugarzinho onde podemos apoiar os pés assume um caráter de urgência.

Mas depois que o Presidente se tornou meu *danna* a vida se suavizou e ficou muito mais agradável. Comecei a sentir-me como uma árvore cujas raízes finalmente penetraram no rico e úmido solo bem abaixo da superfície. Eu nunca antes pensara em mim mesma como mais afortunada do que outras, mas agora eu era. Embora deva dizer que só depois de viver longo tempo num estado de contentamento pude finalmente olhar para trás e admitir quanto minha vida fora desolada. Estou certa de que de outro modo jamais poderia ter contado minha história. Acho que ninguém pode falar da dor enquanto ainda a sofre.

Na tarde em que o Presidente e eu bebemos saquê juntos numa cerimônia na Casa de Chá Ichiriki, algo singular aconteceu. Não sei por que, mas enquanto eu bebericava da menor das três taças que usamos, deixei o saquê correr pela minha língua e uma gotinha saiu do canto de minha boca. Eu usava um quimono preto de cinco camadas com um dragão tramado em ouro e vermelho em torno da bainha até minhas coxas. Lembro-me de ter observado a gota cair em meu braço e rolar pela seda preta de minha coxa até parar nos densos fios de prata dos dentes do dragão. Sei que a maior parte das gueixas diria que era mau agouro eu ter derramado saquê; mas para mim aquela gotinha de umidade que escorreu de mim como uma lágrima parecia quase contar a história de minha vida. Ela tombava pelo espaço vazio, sem qualquer controle sobre seu destino. Rolara ao longo da trilha de seda. E de alguma forma repousara nos dentes daquele dragão. Pensei nas pétalas que eu jogara no Rio Kamo diante da oficina do Sr. Arashino, imaginando que talvez chegassem até o Presidente. Parecia-me agora que afinal, de algum modo, tinham chegado.

Nas tolas esperanças que eu tanto amara desde a infância, eu sempre imaginara que se me tornasse amante do Presidente minha vida seria perfeita. É uma idéia infantil, mas eu a levara comigo mesmo quando adulta. Devia ter sido mais sábia: quantas vezes eu já tivera a dolorosa lição de que, embora possamos desejar que a lasca de madeira seja tirada de nossa carne, ela deixa uma cicatriz que não desaparece? Banindo Nobu de minha vida para sempre, eu não apenas perdera a sua amizade, mas acabei banindo-me de Gion.

A razão é simples. E eu devia ter sabido de antemão que isso aconteceria. Um homem que ganhou um prêmio que foi cobiçado por seu amigo enfrenta uma escolha difícil: ou esconde seu prêmio onde o amigo jamais o verá, ou sofre o prejuízo na amizade. Era esse o problema central que surgira entre Abóbora e mim. Nossa amizade nunca se refizera depois de minha adoção. Assim, embora as negociações do Presidente com Mamãe para se tornar meu *danna* se arrastassem por vários meses, no fim concordaram em que eu não trabalharia mais como gueixa. Eu não era a primeira gueixa a deixar Gion. Além daquelas que fugiam, algumas se casavam e partiam como esposas. Outras se recolhiam para instalar casas de chá ou *okiya*s próprios. Mas, em meu caso, eu estava presa num meio-termo singular. O Presidente queria que eu saísse de Gion para que Nobu não me visse, mas certamente não ia se casar comigo, pois já era casado. Provavelmente a solução perfeita, e a que o Presidente propôs, teria sido estabelecer-me com minha própria casa de chá ou estalagem — que Nobu jamais visitaria. Mas Mamãe não queria me deixar sair do *okiya*; minha relação com o Presidente já não lhe traria mais lucros se eu deixasse de ser membro da família Nitta, entende? Por isso, no fim, o Presidente concordou em pagar ao *okiya* uma soma considerável todos os meses, com a condição de que Mamãe me deixasse encerrar minha carreira. Continuei a viver no *okiya* como fizera por tantos anos. Mas não ia mais à escola de manhã, nem fazia a ronda por Gion para festas especiais. E naturalmente não entretinha mais à noite.

Como eu quisera me tornar gueixa unicamente para conseguir a afeição do Presidente, provavelmente não deveria sentir nenhuma perda por me afastar de Gion. Mas com os anos eu cultivara muitas amizades ricas, não apenas com outras gueixas, mas com muitos dos homens que conhecera. Não fui banida da companhia de outras mulheres apenas porque cessara de entreter; mas a maior parte das mulheres que ganhavam a vida em Gion tinham pouco tempo para uma vida social. Muitas vezes eu sentia inveja ao ver duas gueixas correndo para seu próximo compromisso, rindo juntas por algo que acontecera no último. Não as invejava pela incerteza de suas vidas, mas pela sensação de promessa, que podia lembrar muito bem, de que a noite à minha frente contivesse algum prazer um pouco maldoso.

Eu via Mameha freqüentemente. Tomávamos chá juntas várias vezes por semana. Levando em conta tudo o que ela fizera por mim desde minha infância, e o papel especial que tivera em minha vida por causa do Presidente, você pode imaginar quanto eu me sentia sua devedora. Um dia em uma loja vi uma pintura em seda do século XVIII, mostrando uma mulher ensinando caligrafia a uma jovem. A mestra tinha um refinado rosto oval e observava sua aluna com tal benevolência que me fez pensar imediatamente em Mameha, e comprei o quadro como presente para ela. Na tarde chuvosa em que ela o pendurou na parede de seu modesto apartamento, escutei o tráfego que zunia pela Avenida Higashi-oji. Não pude evitar de lembrar com uma terrível sensação de perda o seu apartamento elegante de anos atrás e o som encantador da água correndo pela cascatinha do Shirakawa. O próprio Gion me parecera uma bela peça de tecido antigo. Mas tantas coisas tinham mudado agora. O simples apartamento de um quarto de Mameha tinha cor de chá velho e cheirava às poções herbáceas da farmácia chinesa do andar de baixo — tanto que os próprios quimonos dela por vezes emanavam aquele vago odor medicinal.

Depois de pendurar a pintura à tinta na parede e admirá-la por algum tempo, ela voltou para junto da mesa. Sentou-se com as mãos em torno da taça de chá fumegante, olhando-a como se esperasse encontrar ali palavras que buscava. Fiquei surpresa ao ver que os tendões de sua mão começavam a aparecer por causa da idade. Finalmente, com um traço de tristeza, ela disse:

— Como é curioso o que o futuro nos reserva. Tome cuidado, Sayuri, para nunca esperar demais.

Sei que ela estava certa. Nos anos seguintes teria sido mais fácil para mim se não continuasse acreditando que Nobu um dia iria me perdoar. Por fim tive de desistir de interrogar Mameha, para saber se ele perguntara por mim. Doía-me demais vê-la suspirar e lançar-me um longo olhar triste como a dizer que lamentava muito que eu ainda esperasse por uma coisa daquelas.

Na primavera depois de eu me tornar sua amante, o Presidente comprou uma luxuosa casa no nordeste de Kioto e a chamou de *Eishin-an* — "Retiro da Verdade Próspera". Era para os convidados da companhia, mas na verdade o Presidente a usava mais que todos. Era onde ele e eu nos encontrávamos para passarmos a noite juntos, três ou quatro vezes por semana, às vezes até mais. Em seus dias mais ocupados ele chegava tão tarde que só queria mergulhar num banho quente, enquanto eu falava com ele, e depois adormecer. Mas na maior parte das noites ele chegava ao pôr-do-sol ou logo depois e jantava enquanto conversávamos ou víamos os criados acenderem as lanternas no jardim.

Habitualmente, logo que chegava, o Presidente falava algum tempo sobre seu dia de trabalho. Podia me falar de problemas com um novo produto, ou sobre um acidente de tráfego envolvendo uma carga de peças, coisas assim. Naturalmente eu ficava feliz sentada ali escutando, mas compreendia perfeitamente que o Presidente não me contava essas coisas por querer que eu as soubesse. Ele as estava clareando em sua própria mente, como quem tira água de um balde. Assim, eu escutava atentamente, não suas palavras mas o tom de sua voz. Porque assim como o som fica mais forte quando o balde vai se esvaziando, a voz do Presidente se acalmava ao falar. Quando chegava o momento certo, eu mudava de assunto e logo estávamos falando de algo não tão sério quanto trabalho, mas sobre tudo, como o que lhe acontecera naquela manhã a caminho do trabalho. Ou sobre um filme que tínhamos visto algumas noites antes na *Eishin-an*; ou talvez eu lhe contasse alguma história engraçada que ouvira de Mameha, que algumas noites vinha ter conosco. Seja como for, esse simples processo de primeiro esvaziar a mente do Presidente e então fazê-lo relaxar com uma conversa amena tinha o mesmo efeito que a água tem numa toalha que secou ao sol. Logo que ele chegava eu lavava suas mãos com um pano quente, e os seus dedos estavam rígidos como gravetos. Depois que falávamos algum tempo, curvavam-se graciosamente como se ele estivesse adormecido.

Eu esperava que isso fosse a minha vida, entreter o Presidente de noite e ocupar-me como pudesse durante o dia. Mas no outono de 1952 acompanhei o Presidente em sua segunda viagem aos Estados Unidos. Ele já fora no inverno anterior, e nenhuma experiência de sua vida antes o impressionara tanto; disse que pela primeira vez havia compreendido o verdadeiro sentido da prosperidade. Nessa época a maioria dos japoneses tinha luz elétrica apenas durante algumas horas, por exemplo, mas nas cidades americanas a luz queimava vinte e quatro horas. Enquanto nós em Kioto nos alegrávamos porque o chão de nossa nova estação de trens era de concreto em vez da antiquada madeira, o chão das estações de trem americanas eram de sólido mármore. Até em pequenas cidades americanas os cinemas eram imponentes como o nosso Teatro Nacional, disse ele, e os banheiros públicos por toda a parte eram imaculadamente limpos. O que mais o surpreendera era que toda família nos Estados Unidos tinha um refrigerador, que podia ser comprado com o que um trabalhador médio ganhava em apenas um mês de trabalho. No Japão um trabalhador precisava do salário de quinze meses para comprar uma coisa dessas, e poucas famílias os possuíam.

Seja como for, como eu disse, o Presidente me permitiu acompanhá-lo em sua segunda viagem à América. Viajei sozinha de trem a Tóquio, e dali voamos juntos em um avião para o Havaí, onde passamos alguns dias notáveis. O Presidente comprou-me um traje de banho — o primeiro que eu já tivera —, e eu me sentava na praia com ele, usando cabelos soltos nos ombros como todas as outras mulheres ao meu redor. O Havaí me lembrava estranhamente Amami. Fiquei preocupada com a possibilidade de que o Presidente pensasse o mesmo, mas ele nada comentou. Do Havaí continuamos até Los Angeles, e finalmente Nova Iorque. Eu nada sabia dos Estados Unidos exceto o que vira em filmes. Acho que, no fundo, antes disso não acreditava que os grandes edifícios de Nova Iorque fossem reais. E quando finalmente me instalei em meu quarto no Hotel Waldorf Astoria e olhei pela janela para as montanhas de edifícios ao meu redor, e para as ruas limpas abaixo, tive a sensação de estar vendo um mundo em que tudo era possível. Confesso que esperara sentir-me como um bebê que fora tirado de sua mãe, pois nunca antes deixara o Japão, nem podia imaginar que um ambiente tão estranho como Nova Iorque fosse qualquer coisa senão assustador. Talvez o entusiasmo do Presidente me ajudasse a ter tamanha boa vontade com relação àquela visita. Ele pegara outro quarto para si, que usava em geral para negócios. Mas todas as noites vinha ficar comigo na suíte que reservara. Seguidamente eu acordava naquela cama estranha e virava-me para vê-lo ali no escuro sentado numa cadeira junto da janela, abrindo a cortina e olhando para a Park Avenue lá embaixo. Certa vez, pelas duas da manhã, ele me pegou pela mão e me levou até a janela para ver um jovem casal vestido como se tivesse vindo de um baile, beijando-se debaixo do lampião da esquina.

Nos três anos seguintes viajei mais duas vezes com o Presidente para os Estados Unidos. Enquanto ele realizava seus negócios durante dia, minha criada e eu visitávamos museus e restaurantes, e até um espetáculo de balé, que achei incrivelmente belo. Estranhamente, um dos poucos restaurantes japoneses que conseguimos encontrar em Nova Iorque agora era dirigido por um *maître* que eu conhecera bem em Gion antes da guerra. Durante o almoço, certa tarde, acabei na sua sala particular, nos fundos, entretendo vários homens que não via há anos — o vice-presidente da Nippon Telephone & Telegraph; o novo Cônsul-Geral japonês, que antes fora Prefeito de Kobe; um professor de ciência política da Universidade de Kioto. Era quase como ter voltado a Gion mais uma vez.

No verão de 1956, o Presidente — que tinha duas filhas com sua esposa, mas nenhum filho — arranjou que sua filha mais velha se casasse com um homem chamado Nishioka Minoru. A intenção do Presidente era que o Sr. Nishioka assumisse o sobrenome Iwamura e se tornasse seu herdeiro. Mas na última hora o Sr. Nishioka mudou de idéia, e informou o Presidente de que não queria mais realizar o casamento. Era um jovem muito temperamental, mas, na visão do Presidente, muito brilhante. Por uma semana ou mais o Presidente ficou muito aborrecido, e falava bruscamente com os criados e comigo sem a menor provocação. Eu nunca o vira tão perturbado.

Ninguém me disse por que Nishioka Minoru mudara de idéia. Mas não era preciso. Durante o verão anterior o fundador de uma das maiores companhias de seguros do Japão demitira seu filho como presidente e entregara a firma para um homem muito mais jovem — o filho ilegítimo que tivera com uma gueixa de Tóquio. Isso foi naquela época um grande escândalo. Coisas desse tipo haviam acontecido antes no Japão, mas em geral em escala muito menor, em lojas de quimonos ou de doces — esse tipo de negócio de família. O diretor da companhia de seguros descreveu seu primogênito nos jornais como "um jovem sério cujos talentos infelizmente não podem ser comparados com..." e nomeava seu filho ilegítimo, sem dar qualquer indicação de sua relação. Mas não fazia diferença: todo mundo logo soube da verdade.

Agora, se você imaginar que Nishioka Minoru, depois de ter concordado em tornar-se herdeiro do Presidente, tivesse descoberto alguma informação nova — por exemplo, que o Presidente há pouco tempo gerara um filho ilegítimo... bem, estou certa de que nesse caso a relutância dele em cumprir o casamento parece bastante compreensível. Todo mundo sabia que o Presidente lamentava não ter um filho homem, e era profundamente ligado às duas filhas. Havia alguma razão para pensar que não ficaria igualmente ligado a um filho ilegítimo — talvez o bastante para mudar de idéia antes da morte e entregar-lhe a companhia que tinha construído? Quanto à questão de eu ter ou não dado à luz um filho do Presidente... se eu tivesse, certamente relutaria em falar muito sobre ele, com medo de que sua identidade se tornasse pública. Isso não seria do interesse de ninguém. Naturalmente, o melhor será eu não comentar nada; tenho certeza de que você vai entender.

Mais ou menos uma semana depois da mudança de atitude de Nishioka Minoru, decidi levantar com o Presidente um assunto muito delicado. Estávamos na *Eishin-an*, depois do jantar, sentados na varanda que dava para o jardim de musgo. O Presidente estava pensativo e não falara uma palavra desde que fora servido o jantar.

— Eu já mencionei a *Danna-sama* — comecei — que ultimamente tenho tido a mais estranha sensação?

Lancei-lhe um olhar mas ele não mostrou sinal de sequer estar escutando.

— Fico pensando na Casa de Chá Ichiriki — continuei — e realmente começo a perceber quanto me faz falta entreter pessoas.

447

O Presidente comeu uma colherada do seu sorvete, depois largou de novo a colher no prato.

— Naturalmente nunca poderei voltar a Gion para trabalhar; sei disso perfeitamente. Mas fico pensando, *Danna-sama*... não haverá em Nova Iorque lugar para uma pequena casa de chá?

— Não sei do que você está falando — ele disse. — Você não tem motivos para querer deixar o Japão.

— Políticos e empresários japoneses estão aparecendo em Nova Iorque nestes dias tanto quanto tartarugas saltando numa lagoa — eu disse. — A maioria são homens que conheço há anos. É verdade que deixar o Japão seria uma mudança muito brusca. Mas levando em conta que *Danna-sama* vai passar cada vez mais do seu tempo nos Estados Unidos...

Eu sabia que era verdade porque ele já me dissera do seu plano de abrir lá uma filial de sua companhia.

— Não estou com vontade de falar nisso agora, Sayuri — começou ele. Acho que pretendia dizer algo mais, mas eu continuei como se não o tivesse ouvido.

— Dizem que uma criança criada entre duas culturas muitas vezes passa dificuldades — eu disse. — Então naturalmente uma mãe que se muda com sua criança para um lugar como os Estados Unidos provavelmente faria uma coisa sábia tornando-o seu lar permanente...

— Sayuri...

— O que quer dizer — continuei — que uma mulher que fizesse tal escolha provavelmente nunca mais traria seu filho de volta ao Japão.

A essa altura o Presidente devia ter entendido o que eu sugeria — que eu tirasse do Japão o único obstáculo para ele adotar Nishioka Minoru como herdeiro. Por um momento ele pareceu perplexo. Depois, provavelmente quando se formou em sua mente a imagem de minha partida, seu mau humor se desfez como um ovo partido, e do canto de seu olho saiu uma única lágrima, que ele apagou piscando rapidamente como se espantasse uma mosca.

Em agosto do mesmo ano mudei-me para a cidade de Nova Iorque para estabelecer minha pequena casa de chá para empresários e políticos japoneses em viagem pelos Estados Unidos. Naturalmente Mamãe tentou assegurar que qualquer negócio que eu iniciasse em Nova Iorque seria uma extensão do *okiya* Nitta, mas o Presidente recusou-se a ponderar essa possibilidade. Mamãe teve poder sobre mim enquanto eu permaneci em Gion. Mas quando parti rompi meus laços com ela. O Presidente mandou-lhe dois de seus contadores para certificar-se de que Mamãe me dava até o ultimo iene que eu merecia.

Não vou fingir que não senti medo há tantos anos passados, quando a porta do meu apartamento aqui no Waldorf Towers se fechou atrás de mim pela primeira vez. Mas Nova Iorque é uma cidade excitante. Em breve eu me sentia pelo menos tão em casa aqui quanto em Gion. Na verdade, olhando para trás, as memórias das muitas longas semanas que passei aqui com o Presidente tornaram minha vida de algumas formas ainda mais rica do que era no Japão. Minha pequena casa de chá no segundo andar de um antigo clube na Quinta Avenida teve desde o começo um sucesso modesto; várias gueixas vieram de Gion trabalhar comigo, e até Mameha de vez e quando me visita. Hoje em dia eu mesma só vou até lá quando algum amigo próximo ou velho conhecido vem à cidade. Passo meu tempo de várias outras maneiras. De manhã seguidamente participo de um grupo de escritores e artistas japoneses da área para estudar temas de interesse — como música, poesia, ou, durante um mês inteiro, a história de Nova Iorque. Almoço quase todos os dias com amigos. De tarde ajoelho-me diante de minha mesa de maquilagem para me preparar para alguma festa — às vezes aqui mesmo em meu apartamento. Quando levanto a cobertura de brocado de meu espelho, não posso evitar de lembrar o odor leitoso da maquilagem branca que tanto usei em Gion. Gostaria muito de voltar para lá de visita. Mas, por outro lado, penso que me perturbaria ver todas as mudanças. Quando amigos trazem fotos de suas viagens a Kioto, seguidamente penso que Gion se desgastou como um jardim malcuidado, cada vez mais invadido pelas ervas daninhas. Depois da morte de Mamãe há muitos anos, por exemplo, o *okiya* Nitta foi derrubado e substituído por um pequeno edifício de concreto, alojando uma livraria no térreo e dois apartamentos por cima.

Oitocentas gueixas trabalhavam em Gion quando lá cheguei. Hoje há menos de sessenta, com apenas meia dúzia de aprendizes, e o número diminui cada dia mais. Na última visita do Presidente a Nova Iorque demos um passeio pelo Central Park. Por acaso falávamos do passado. E quando chegamos a um caminho entre pinheiros, de repente o Presidente parou. Falara-me muitas vezes nos pinheiros ladeando a rua num subúrbio de Osaka onde ele nascera; observando-o eu sabia que ele estava pensando nisso. Segurava a bengala com suas duas frágeis mãos, de olhos fechados, e inspirava profundamente o aroma do passado.

— Às vezes — suspirou ele — acho que as coisas que recordo são mais reais do que as que vejo.

Quando eu era mais jovem acreditava que a paixão deve diminuir com a idade, como uma xícara deixada numa sala gradualmente deixará seu conteúdo evaporar-se no ar. Mas quando o Presidente e eu voltamos a meu apartamento bebemos um ao outro com tanto desejo e necessidade que depois eu me senti esvaziada de todas as coisas que ele tirara de mim e repleta de todas as coisas que eu tomara dele. Caí num sono profundo e sonhei que estava num banquete em Gion, falando com um homem idoso que me explicava que sua esposa, de quem ele gostava muito, não estava realmente morta, porque o prazer do tempo que tinham passado juntos vivia nele. Enquanto ele dizia essas palavras bebia uma tigela da mais extraordinária sopa que jamais tomara. Cada golinho era uma espécie de êxtase. Comecei a sentir que todas as pessoas que jamais conheci, que tinham morrido ou já não estavam comigo, realmente não haviam partido mas continuavam a viver dentro de mim como a esposa daquele homem vivia nele. Senti que brindava a todos eles — minha irmã, Satsu, que fugira e me abandonara tão pequena; meu pai e mãe; o Sr. Tanaka, com sua perversa visão de bondade; Nobu, que jamais me perdoara; e até o Presidente. A sopa era feita de tudo o que jamais me importara na vida; e enquanto eu a sorvia, aquele homem dizia suas palavras dentro do meu coração. Despertei com lágrimas correndo pelas têmporas, e peguei a mão do Presidente com medo de não poder mais viver sem ele quando ele morresse e me deixasse. Pois nessa época ele já estava muito frágil, mesmo ali, enquanto dormia, que não pude deixar de pensar em minha mãe em Yoroido. Mas quando ele morreu, alguns meses depois, compreendi que no fim de sua longa vida me deixara tão naturalmente como as folhas caem das árvores.

Não posso lhe dizer o que nos guia nesta vida. Mas, quanto a mim, tombei para o lado do Presidente como uma pedra cai para a terra. Quando cortei meu lábio e encontrei o Sr. Tanaka. Quando minha mãe morreu e fui cruelmente vendida. Tudo era como uma torrente que cai sobre penhascos rochosos antes de chegar ao oceano. Mesmo agora que ele se foi, eu ainda o tenho, na riqueza de minhas memórias. E contando-as a você, eu tenho novamente a minha vida.

É verdade que às vezes, quando atravesso a Park Avenue, sou golpeada pela estranha sensação de como é exótico tudo que me rodeia. Os táxis amarelos que passam disparando, tocando suas buzinas. As mulheres com suas bolsas, que parecem per-plexas ao verem uma pequena japonesa idosa parada de qui-mono numa esquina. Mas realmente, será que Yoroido parece-ria menos exótica se eu voltasse lá? Quando menina eu acredi-tava que minha vida nunca teria sido difícil se o Sr. Tanaka não tivesse me arrancado de minha casinha bêbada. Mas agora sei que nosso mundo não é mais permanente do que uma onda subindo no oceano. Quaisquer que sejam as nossas lutas e triun-fos, qualquer que seja o modo como os experimentamos, em breve todos fundem-se numa coisa só, como a tinta aguada de uma aquarela num papel.

Para minha esposa, Trudy,
e meus filhos, Hays e Tess

AGRADECIMENTOS

Embora a personagem Sayuri e sua história sejam totalmente inventadas, os fatos históricos da vida cotidiana de uma gueixa nos anos de 30 e 40 não são. No curso da extensa pesquisa que realizei, devo agradecer sobretudo a uma pessoa entre tantas outras. Mineko Iwasaki, uma das principais gueixas de Gion nos anos 60 e 70, abriu-me seu lar em Kioto, em maio de 1992, e corrigiu todos os conceitos errôneos que eu tinha sobre a vida de uma gueixa — embora todas as pessoas que conheci e que moraram ou ainda moram em Kioto me dissessem que eu não contasse com muita franqueza. Enquanto eu revia o meu japonês no avião, preocupava-me que Mineko, a quem eu ainda nem encontrara, falasse comigo uma hora inteira sobre o tempo e considerasse isso uma entrevista. Mas ela me levou a um passeio dentro de Gion, e junto com seu marido Jin e suas irmãs, Yaetchiyo e a falecida Kuniko, respondeu pacientemente a todas as minhas perguntas sobre o ritual da vida de uma gueixa, em detalhes íntimos. Tornou-se e continua sendo uma boa amiga. Tenho as melhores recordações da viagem de sua família para visitar-nos em Boston, e da sensação de outro mundo que minha mulher e eu tivemos assistindo a uma partida de tênis na televisão em nossa sala, com nossa nova amiga, uma japonesa na casa dos quarenta que também era uma das últimas gueixas treinadas na velha tradição.

Para Mineko, obrigado por tudo.

Fui apresentado a Mineko pela Sra. Reiko Nagura, amiga de muitos anos, mulher de enorme inteligência da geração de minha mãe, que fala japonês, inglês e alemão com a mesma fluência. Obteve um prêmio por um conto escrito em inglês enquanto era aluna da faculdade em Barnard, poucos anos depois de vir estudar nos Estados Unidos, e logo

455

tornou-se boa amiga de minha avó. O afeto entre sua família e a minha agora já percorre quatro gerações. Sua casa tem sido um porto habitual em minhas visitas a Tóquio. Devo-lhe muito mais do que poderia expressar. Junto com todas as outras gentilezas que teve comigo, leu meu manuscrito em vários estágios e ofereceu muitas sugestões valiosíssimas.

Nos anos em que trabalhei neste romance, minha mulher, Trudy, me deu mais ajuda e apoio do que eu tinha direito de esperar. Além de sua inesgotável paciência, sua boa vontade em largar tudo e ler quando eu precisava de seu olho, e sua franqueza e extremo escrúpulo, ela me deu o maior dos dons: constância e compreensão.

Robin Desser, da Knopf, é o tipo de editora com que todo escritor sonha: apaixonada, perspicaz, interessada, sempre solícita — e, além disso, muito divertida.

Pelo seu calor, objetividade, profissionalismo e encanto, não há ninguém como Leigh Feldman. Tenho muita sorte por tê-la como agente.

Helen Bartlett, você sabe tudo o que fez para me ajudar desde o começo. Obrigado a você e a Denise Stewart.

Obrigado à minha boa amiga Sara Laschever pela cuidadosa leitura do manuscrito e suas sugestões e idéias úteis.

Teruko Craig teve a bondade de passar horas falando comigo sobre sua vida de menina de colégio em Kioto durante a guerra. Também agradeço a Liza Dalby, única mulher americana que se tornou gueixa, e a seu excelente livro *Gueixa*, estudo antropológico da cultura gueixa, que também relata suas experiências no distrito de Pontocho. Ela me emprestou, generosamente, uma série de livros ingleses e japoneses úteis, de sua coleção pessoal.

Obrigado também a Kiharu Nakamura, que escreveu sobre suas experiências como gueixa no distrito Shimbashi, de Tóquio, e generosamente passou uma noite falando comigo durante minha pesquisa.

Também agradeço as escrupulosas idéias e preocupação de meu irmão Stephen.

Robert Singer, curador de arte japonesa no Museu de Arte de Los Angeles, teve muito trabalho comigo enquanto eu estava em Kioto, para me mostrar em primeira mão como viveram ali outrora os aristocratas.

Bowen Dees, a quem conheci num avião, deixou-me ler seu manuscrito inédito sobre suas experiências no Japão durante a Ocupação Aliada.

Também agradeço a Allan Palmer por dar-me o benefício de seu amplo conhecimento da cerimônia do chá e de superstições japonesas.

John Rosenfield ensinou-me história da arte japonesa como ninguém mais, e fez com que uma universidade gigantesca como Harvard parecesse uma pequena faculdade. Grato a ele por conselhos úteis em todo o meu trajeto.

Sou profundamente grato a Barry Minsky pelo valioso papel que desempenhou enquanto eu trabalhava para produzir este romance.

Além disso, por suas gentilezas numerosas demais para citar, obrigado a David Kuhn, Merry White, Kazumi Aoki, Yasu Ikuma, Megumi Nakatani, David Sand, Yoshio Imakita, Mameve Medwed, à falecida Celia Millward, Camilla Trinchieri, Barbara Shapiro, Steve Weisman, Yoshikata Tsukamoto, Carol Janeway, da editora Knopf, Lynn Pleshette, Denise Rusoff, David Schwab, Alison Tolman, Lidia Yagoda e Len Rosen.

SOBRE O AUTOR

Arthur Golden nasceu e criou-se em Chattanooga, Tennessee. Formou-se em história da arte em Harvard, em 1978, especializando-se em arte japonesa. Em 1980 concluiu o mestrado em história japonesa da Universidade de Columbia, onde também estudou chinês mandarim. Depois de viver e trabalhar no Japão, ensinou literatura na Universidade de Boston. Em 1988 concluiu outro mestrado, em literatura inglesa, na Universidade de Boston. Mora em Brookline, Massachusetts, com sua esposa e filhos.

RR DONNELLEY

IMPRESSÃO E ACABAMENTO
Av Tucunaré 299 - Tamboré
Cep. 06460.020 - Barueri - SP - Brasil
Tel.: (55-11) 2148 3500 (55-21) 3906 2300
Fax: (55-11) 2148 3701 (55-21) 3906 2324

IMPRESSO EM SISTEMA CTP